퇴근하는 아내를 기다리던 겨울 저녁(1996년)

▶ 대학 졸업(1988.2)

▼ 결혼하면서 떠났던 성북구 집을 찾아서(1994.2)

지리산에서(1988)

『김소진 전집』을 펴내며

작가 김소진이 우리의 곁을 떠난 지 다섯 해째가 되는 시점에서 그의 전집을 펴낸다. 여기 저기 흩어져 있는 그의 흔적들을 한데 모음으로써 그새 풀이 자라고 관목들이 우거진, 그에게로 가는 길을 닦기 위함이다.

생전에 김소진은 네 권의 소설집과 두 권의 장편소설, 각각 한 권의 창작동화와 산문집, 두 권의 짧은소설집, 그리고 책으로 묶이지 못한 미완성 장편 한 편을 남겼다. 김소진의 소설은 고난의 시대를 살아온 서민들의 삶의 애환을 절실하고도 아름다운 문체로 그려냈다는 평가를 받았으며, 그러므로 우리 문학사의 귀중한 자산 목록에 올려져 있다. 습작기부터 그가 세상을 뜨기 직전까지 쓴 글들을 모은 이 전집이 김소진 문학의 전체적 면모를 조망하는 지도가 될 수 있기를 기대한다. 그리하여 작가가 다양한 축도와 시선으로 작성한 삶의 지형도를 통해 이 책의 독자들이 인생과 사회를 보다 넓고 깊게 응시할 수 있는 계기가 마련되었으면 한다.

이 전집은 모두 여섯 권으로 구성되어 있다. 우선 작가의 중단편을 시기별로 재구성하여 세 권으로 묶었다. 새로운 지식인 소설의 탄생으로 평가받았던 그의 초기작으로부터 아버지의 자리를 고통스럽게 확인하는 기억의 서사를 거쳐 새로운 소설적 가능성을 시도했던 후기작들에 이르는 김소진 소설 세계의 흐름을 일목요연하게 드러내기 위함이다. 『장석조네 사람들』은 연작의 형식임을 고려하여 따로 독립시켜 한 권으로 묶었으며, 나머지 두 권에는 짧은 소설과 작가의 산문, 그 외의 자료들을 담았다. 매권 끝에는 새로 해설을 달아 김소진 문학의 현재적 의미를 가늠해보고자 하였다. 그리고 전집과는 별도로 김소진의 삶과 문학에 바쳐진 글들을 엮어 가까운 기일 내에 출간할 예정이다.

전집을 펴내는 과정에서 발견된 명백한 오자와 탈자는 바로잡았으나 애매하거나 작가의 고유한 표현이라고 생각되는 것들은 그대로 두었다. 그것을 수정할 수 있는 이는 단 한 사람이지만 그를 이곳으로 불러낼 방법이 없었기 때문이다.

신풍근 배커리 약사

신풍근 배커리 약사

김소진 소설

문학동네

| 차례 |

목마른 뿌리

1. 해후

"내가 바로 김태섭이외다." 물이 많이 빠진 낡은 자줏빛 반코트를 입은 사내가 천천히 걸어오며 말했다. 나는 소리나는 쪽으로 고개를 돌렸다. 그의 등뒤에는 해가 떠 있어 눈이 부셨다. 나는 이마에 손갓을 만들어 붙였다. 사내는 굵은 모직 천으로 만든 흰 운동화를 신은 왼쪽 다리를 땅에 대고 가볍게 끌고 있었다.

"예…… 제가 김호영입니다. 어서 오시지요."

나는 어색한 웃음을 흘렸다.

"처음 인사 드립니다, 아주버님. 호영씨 안사람 됩니다."

아내가 머리를 숙여 첫 인사를 건네자 그는 고개를 보일락 말락 하게 끈덕거렸다.

"으흠, 반갑습네다."

나이보다 더 늙어 보이는 탓일까? 그는 몹시 피곤한 얼굴을 하고 있었다. 아버지가 생전에 언뜻 밝힌 바에 따르면 그는 틀림없이 50년생일 터였다.

"내가 원산 철수 때 포 연기에 휩싸인 그 시내에서 강보에 싸인 백일짜리 갸를 못 데리고 나왔지……"

그렇다면 이제 쉰두 살로 나와는 십삼 년 차이였다. 그러나 굵은 주름이 도랑처럼 파인 그의 얼굴은 그를 제법 육십대 중반의 늙은이로 보이게 하는 데 충분했다. 머리에는 잔설을 인 듯한 흰 머리칼이 검은 머리칼보다 더 우세해 보였다. 나는 어깨에 비스듬히 기대놓았던 피켓을 내려 아내에게 건네주었다. 라면 상자를 뜯어 엉성하게 만든 그 피켓에는 김태섭이라는 이름이 커다랗게 씌어 있었다.

말하자면 그는 아버지가 북한에 두고 내려온 나의 이복형이었다. 우리들의 상봉은 내가 애초에 생각했던 대로 밋밋하기 그지없었다. 그러나 그건 하등 이상하게 생각할 것도 없는 일이었다. 그와 나는 사실 어떤 추억도 공유하고 있지 않기 때문이었다. 단 하루를 같이 살아본 적도 없고 이 자리가 초면이었으니. 게다가 서로 몇십 년을 다른 체제에서 살아온 게 아닌가? 다만 아버지라는 같은 뿌리에서 가지를 친 인생들이라는 점이 희미한 끈이라면 끈이었다. 하긴…… 그보다 더 끈질기고 근본적인 끈이 또 어디 있으랴 싶은 생각도 들었지만 내 마음은 흥분하기는커녕 차분하게 가라앉아 있었다.

그는 바람 때문인지 몹시 숨차 보였다. 곁에서 들으니 문풍지 떨리는 듯한 숨소리가 가르랑가르랑 들릴 정도였다. 약한 천식을 앓고 있는지도 몰랐다. 임진강 가를 스쳐 드넓은 만남의 광장을 훑어온 먼지바람이 세 사람을 덮쳐왔다. 희뿌연 연막이 일어났다. 우린 막막했다. 삼 년 전 막 통일이 됐을 때만 해도 많은 사람들이 서로 뒤엉켜 울음의 바다를 연출하던 이 만남의 광장도 이제는 별로 만나는 사람이 없는 한갓진 곳이 되고 말았다. 만날 사람은 대충 만나서 그렇기도 하겠지만, 일단 열기가 가라앉은 사람의 감정이란 그렇게 힘없이 타고 남은 재처럼 사위고 마는 법인가 싶었다.

"뭐 하세요? 어서 차 안으로 뫼시지 않고?"

아내가 내 옆구리를 찌르며 채근을 했다. 나는 그제야 퍼뜩 정신을 차린 듯 어어 하며 사내에게 다가섰다. 그는 목에 흰 천으로 감싼 자그마한 상자를 걸고 있었다. 언뜻 유골 상자 같아 보였다. 나는 그가 다리를 절고 있는 점을 감안해 그 상자를 받아 차 안으로 들여놓으려 했다.

"내비두기요!"

나는 손길을 황급히 거두며 주춤하고 서버렸다. 그가 내 손을 완강히 뿌리치는 바람에 호된 무안을 당한 사람처럼 귀밑이 약간 붉어졌다. 나랑 나란히 뒷자리에 앉은 그는 아내가 시동을 걸고 운전대를 잡자 떨떠름한 낯빛으로 나에게 곁눈질을 했다.

"가장이 차를 부리는 게 에이요?"

나는 실실거리며 객쩍은 웃음을 흘렸다.

"전 운전을 못 하거든요. 그래서……"

"기, 기게…… 쯧쯧."

그는 입 안에서 잠시 혀를 끌끌거렸다. 그러고서도 네가 무슨 가장 구실을 하고 있느냐는 투가 역력했다. 차 안에 잠시 침묵이 흘렀다. 그는 흰 상자를 무릎에 가만히 올려놓고 두 손으로 정성스레 떠받들고 있었다. 나는 눈길이 자꾸 그 상자에 머물렀지만 좀전에 매몰차게 뿌리치던 그의 완강함이 손끝에 그대로 남아 있어 선뜻 입을 떼지 못했다. 차는 통일 전에는 자유로로 불렸지만 지금은 경평로(京平路)로 불리는 길을 따라 달렸다. 팔차선의 도로가 시원하게 뻗은 창 밖에 시선을 고정시킨 그는 아무 표정이 없었다.

"라디오 좀 틀까요?"

"그, 그러지……"

나는 무료한 시간을 깨기 위해 선뜻 동의를 했다. 라디오에서는 통일한국에서 이제 막 열리고 있는 2002년 월드컵 개막전을 중계하는 아나운서의 들뜬 목소리가 흘러나왔다. 서울 잠실운동장에서 벌어지는 한국과 루마니아의 첫 경기 전반전이었다.

"평양 능라도 경기장인가요? 거기서도 월드컵 경기가 몇 차례 열린다지요?"

"우린 공차기에는 관심이 없어서리……"

그러자 아내가 음악 채널로 돌렸다. 그러나 그는 발랄한 대중음악에도 별 관심이 없는 듯 시큰둥한 표정에는 변함이 없었다.

"저어…… 이제부터 형님이라고 부르겠습니다."

"편한 대로 하기요."

"왠지 형님을 뵈니깐 어디선가 낯을 익힌 듯한 느낌이 듭니다. 하긴 형님도 아버님을 조금은 닮은 것도 같아서 그런지……"

그러자 그가 고개를 내게 돌리며 불퉁스러운 목소리를 내질렀다.

"난 그 아바이를 별로 닮지 않았음둥, 오마니 쪽이디."

"왜요? 첫 느낌이 그렇잖은데요."

아버지라는 단어가 나오자 난 비로소 이산 가족을 만났다는 실감이 들기 시작했다. 내가 아버지라고 부르는 대상을 그도 똑같이 아버지로 인식하고 부르고 있는 것이다. 나는 차의 좁은 공간 속에서도 머리를 깊숙이 숙였다.

"우선 형님께 제가 정중히 사과 드립니다. 사실 저도 삼 년 전 통일된 직후에 이곳저곳 많이 수소문해서 형님께 연락을 드리려고 나름대로 애를 쓰긴 썼거든요. 그런데 뭐, 제 불찰이긴 하지만 무슨 손에 잡히는 실마리가 있어야지요. 그저 제가 알고 있는 건 아버지 고향이 함경도 성진이라는 것하고 또 할아버지께서 태 자, 성 자 존함을 쓰시는 분이라는 것이 전부였죠. 사실 형님 이름을 안 것도 제가 일 주일 전에 거신 전화를 받고 나서였으니까요. 정말 부끄럽습니다."

그는 고개를 좌우로 절레절레 흔들었다.

"아임매. 그건 호상간에 마찬가지 아임둥. 무스거 개의할 게 있겠음?"

"그래도 제가 아랫사람으로서 좀더 적극적으로 뛰어다녔어야 하는데 그만…… 저, 형님의 어머니 그러니깐 옥 자, 분 자 쓰시는 큰어머님이 얼마 전에 세상을 뜨셨다구요?"

"……!"

나는 말을 잘못 꺼냈다는 느낌이 들었다. 그의 굳어지는 표정을 보는 순간 내 눈길은 갑자기 그가 부둥켜안고 있는 흰 상자에 가 달라붙었다. 혹시…… 저 상자가 혹시 그 분의 유골상자가 아닐까?

"앞서 말씀드렸다시피 저는 소설가입니다. 글을 써서 밥을 벌어 먹습니다."

"작가 선생? 좋은 직업이잖쿠."

그가 굳게 다물고 있던 입가를 허물며 빙긋이 미소를 지었다. 처음으로 그가 나한테 보여주는 호의였다.

"뭐, 좋다기보다는 그럭저럭 먹고살 만한 정도죠. 집사람이 책 만드는 출판사에 나갑니다. 맞벌이 부부인 셈이죠. 같이 번다 이 얘깁니다."

그는 또다시 고개를 끄덕였다.

"근데 식구는 어찌 됨둥?"

"아버님이 이남이녀를 남기셨는데, 제 위에 형이 좀 일찍 죽고요. 누나들은 시집가서 다들 서울에 삽니다. 저는 태형이라고요, 이제 초등학교 이학년짜리 사내아이를 하나 두었는데요."

"태형이……! 초등학교면 인민학……"

"예, 그렇습니다. 그리고 일산에서 어머니하고 네 식구가 같이 살고 있습니다."

"오마니? 어허. 쿨룩 아푸 헉헉."

그는 오마니라는 한 단어를 급작스레 말한 뒤, 한 손으로 입을 가리고 밭은기침을 숨이 자지러지게 토해냈다. 턱을 가슴팍에 꽂은 채 안주머니를 뒤져 은단통 같은 걸 꺼내더니 입 안에 몇 개 털어넣었다. 그러자 천식성 기침이 잦아들었다. 나는 그가 어떤 표정을 짓나 놓치지 않으려고 눈을 가늘게 뜨고 쳐다봤다. 그러나 그의 얼굴에는 아무런 표정도 떠오르지 않았다. 그 대신 무릎에 놓인 흰 상자를 더욱 꼭 끌어안을 뿐이었다.

"형님은 식구가 어떻게 됩니까?"

"으음, 난 혼자디."

"응 자 호 자 쓰시는 작은아버지가 계신다고 들었는데 그분은……"

"전사했디."

"전사요? 육이오 때요?"

"……"

"저기 나와 계시네요."

그는 내 손가락이 가리키는 쪽을 물끄러미 바라보았다. 차가 아파트 단지로 진입하자 입구에 태형이를 데리고 나와 서 있는 한복 차림의 어머니 모습이 보였다. 태형이가 거동이 자유롭지 않은 어머니를 슬쩍 부축하고 있었다. 누나와 매형들은 일부러 하루쯤 뒤에 오라고 연락을 해두었다. 갑자기 사람이 북적거리면 그가 아무래도 심리적 부담을 느낄 것 같아서였다.

"어서 오시지요. 내가 호영이 에미 되는 사람입니다. 먼길 오시느라 수고가 많으셨습니다. 이거 초면에 뭐라고 드릴 말씀이 없어요……"

그는 가볍게 목례를 먼저 하고 자신의 목에 걸고 있던 흰 상자를 조심스레 벗어 바닥에 놓은 다음 두 무릎을 꿇었다.

"작은오마니 북쪽에서 온 이 김태섭이 뒤늦게 큰절 올립니다."

그는 큰소리로 인사말을 하면서 그대로 바닥에 엎드려 큰절을 드렸다. 그러자 그 자리에 풀썩 주저앉은 어머니가 눈물 바람을 일으켰다.

"에이구 이게 무슨 경우유? 살다보니 이런 기막힌 일이…… 어서 일어나시구래."

같이 맞절하는 시늉을 한 어머니는 그의 손을 잡아 이끌었다. 지켜보던 아내가 뒤돌아서서 코를 탱탱 풀었다. 눈시울이 붉어져 있었다. 나도 가벼운 한숨을 내쉬었다. 그는 방 안에 들어서자 또 한 번 큰절을 했다. 물론 어머니한테가 아니었다. 그를 맞이하기 위해 일부러 거실에 내건 아버지의 액자 사진을 향해서였다.

"아바이…… 큭큭큭. 이 불초가 이제야 다시 찾아뵙습네다. 어흐흥……"

그는 흰 상자에 얼굴을 파묻고 어깨를 흐득흐득 떨며 울었다. 나는 그의 흐느낌 중에서 '다시'라는 말이 좀 이상하게 들렸지만 그를 부축하느라 깊이 생각해볼 겨를이 없었다.

"형님, 고정하시지요."

"에구, 그게 맘대로 되겠니?"

손수건으로 눈자위를 꾹꾹 누르며 지켜보던 어머니가 기운이 없어 소파 위로 풀썩 주저앉으며 말했다.

"저이도 그 동안 맺힌 게 있을 텐데…… 암, 복받치고 말고……"

지금으로부터 십칠 년 전이던 85년 아버지가 돌아가실 때 나는 대학 삼학년을 휴학하고 군 입대를 기다리던 상태였다. 집안은 아직 가난에서 헤어나오지 못했고, 더군다나 그 전해에 일어난 형의 자살 사건으로 인해 완전히 풍비박산이 되어 있었다. 그 바람에 중풍이 도져 다시 쓰러진 아버지는 대소변을 가리지 못한 채 사경을 헤매고 있었고, 집안 살림은 시장에서 채소 장사를 하는 어머니가 근근이 이어가고 있었다.

아버지 방에서는 악취가 코를 찔렀다. 아주 가끔씩 그런 아버지의 이부자리 위에서 대소변을 가리는 일은 나의 몫이 되곤 했다. 아버지의 희멀건 눈길은 천장에 붙박힌 듯 꽂혀 있었다. 갓난아기처럼 옹아리를 하면 대변을 봐놓았다는 증거였다. 나는 이를 앙다문 채 이불을 떠들치고 부지깽이처럼 마른 아버지의 몸을 아이 다루듯 가뿐히 들어 옆으로 돌려놨다.

정신이 혼미한 상태에서도 아버지는 대소변을 치워주면 몸짓 눈짓으로 고맙다는 표시를 했다. 어떨 때는 입으로 뭔가를 애써 말하려 했다.

아버지 힘드시면 그만 말씀하세요. 으응응, 끄응…… 어브아…… 고, 고마…… 고맙다구요? 예, 잘 알았어요. 이불 잘 덮어줄 테니 눈 꼭 감으세요. 오, 오우부이…… 예, 뭐라구요? 오, 오우부부이.

나는 나중에 그것이 옥분이라는 걸 알 수 있었다. 아버지가 북에 두고 온 아내의 이름. 그걸 아버지는 꺼져가는 생명을 붙들고 외쳐대는 중이었다. 나는 고개를 가로저었다.

불행히도 아버지의 임종을 지켜본 사람은 아무도 없었다. 가슴 깊은 곳에 아버지에 대한 반항심이 은근히 자리잡고 있던 나는 밖으로 겉돌며 술만 마셔댔다. 그날도 밤새 학교 주변에서 술을 마시고 친구 자취방에서 잠시 눈을 붙이고 돌아오던 길이었다. 문 밖에서는 어머니의 외로운 오열 소리가 새나오고 있었다. 나는 직감했다. 숙취가 덜 풀린 상태에서 방 안으로 뛰어들었고 방 한가운데는 흰 이불 호청으로 머리끝까지 덮인 아버지가 누워 있었다. 어머니는 방바닥을 두드리며 오열을 하다가 술냄새를 풍기고 들어오는 나를 보자 눈에 핏발을 세운 채 달려들어 얼굴을 할퀴려 들었다.

"이, 금수만도 못한 놈아. 애비가 숨이 떨어지는데 어딜 싸돌아다니다 이제야 낯짝을 들이미는 거냐 응? 어이구 무심한 하늘아……꺼이꺼이, 기구한 내 팔자야. 이 불쌍한 영감탱이. 이녘 땅에서 고생만 실컷 하다가 혼자서 천장 바라기만 하다 저승사자를 맞다니. 저승가면 남모르게 홀로 죽음을 한 영혼이니 저승사자들한테 또 얼마나 홀대를 당할 것이야 응? 이승에서도 설움, 저승에서도 설움이니, 어이구 그 인간의 팔자하곤……"

어머니의 신세 타령은 끝이 없었다. 동네에서는 아버지가 병사했다는 소문이 떠도는 탓인지 균이 옮는다며 아무도 얼씬거리지 않으려 했다. 뒤늦게 다니던 직장에서 연락을 받고 뛰어온 누나들도 주먹으로 입만 틀어막고 있을 뿐 주검을 수습할 엄두를 내지 못했다. 다행이 독실한 천주교 신자이던 수더분한 뒷집 리따(세례명) 아주머니의 권유를 받아들여 아버지가 천주교에 입문해 베드로라는 세례명까지 받은 바 있어서 성당 교우분들이 나와서 모든 일을 거들어주었다. 그때 나는 아버지를 화장하지 않고 묘지에 모실 수 있어서 그것이 무엇보다 고마울 따름이었다.

지금 거실에 걸려 있는 아버지의 액자 사진은 그때 영정으로 썼던 것이다. 당시 영정으로 쓸 아버지의 사진을 찾았지만 희한하게도 한 장도 발견할 수 없어서 하는 수 없이 주민등록증의 흑백 증명사진을 떼어 확대해서 썼다. 때문에 윤곽선이 좀 희미하고 전체적으로 어른거리는 등 상태가 별로 좋지 않았다. 게다가 사진 속의 아버지 모습은 말이 아니었다. 한창 병고에 시달리던 때 주민등록증을 일제 갱신하느라 찍었던 것이라 병색이 완연해 추레한 모습이 찍힌 것이다.

그 사진에 대해서는 내가 군대를 제대하고 난 다음 어느 일간신문 신춘문예에 투고한 데뷔 단편 「쥐잡기」에 이렇게 여실하게 그려져 있다.

"……그 사진은 전체적으로 우중충한 기분을 줄 뿐 아니라 윤곽마저 희미하게 어른거려 마치 급조된 몽타주 속의 인물을 연상시켰다. 조붓한 공간 속에 갇혀 경성드뭇한 대머리를 인 채 음펑 꺼져 대꾼한 눈자위로 방 안을 내려다보고 있는 아버지는 무엇에 놀랐는지 잔뜩 겁에 질린 표정이었다……"

"이런 사진을 어떻게 북쪽에서 찾아온 사람한테 보여준단 말이냐?"

어머니는 북쪽 형님을 맞이할 준비를 하면서 처음엔 거실에 사진을 걸어두는 것에 대해 반대했다. 이유는 북쪽 형님이 그 사진을 통해서나마 자신의 아버지 모습을 처음 볼 텐데 얼마나 실망이 크겠는가 하는 점이었다. 차라리 사진관에 부탁해 초상화를 하나 그려오자는 것이었다. 하지만 나는 반대했다. 초상화는 암만 번듯하게 만든다 해도 결국 그림에 불과한 것이니, 사진이 좀 좋지 않다 해도 아버지의 살아 생전 모습을 그대로 보여주자고 주장했다.

"지금은 이렇게 삼십삼 평짜리 아파트에 살면서 어떻게 지 애비 사진 하나 변변한 걸루다 챙겨두지 못했냐고 당연히 타박하지 않겠니? 너도 참."

"사실 저 사진이 아버지의 원래 모습에 더 가깝잖아요. 고생만 하시다 가신 분인데, 사진이나 번드레하게 걸어놓으면 그게 뭐 진짠가요?"

"그래도 그렇지."

거실 바닥에 널브러져 울어대던 그는 눈물이 어느 정도 걷히자 절룩거리는 다리를 이끌고 거실 벽에 가까이 다가가 아버지의 사진을 끌어내려 얼굴에 바짝 댔다.

"아바이, 아바이…… 여기 계셨구만요, 여기 계셨구만요. 태섭입네다, 태섭입네다. 이 못난 불초를 내려다보구 계시는 겁네까?"

그가 우는 모습을 지켜보면서 나는 처음에 어쩔 수 없이 가졌던 서먹했던 분위기가 많이 가셔졌음을 느꼈다. 왠지 모르게 내 핏줄 속에서 그와 내가 동일한 유전인자를 지녔다는 강한 혈연의식이 꿈틀거림을 감지하지 않을 수 없었다.

"형님, 이제 고정하시지요."

"오마니가 얼마나 아바이를 그리다가 끝내 크흐흐흑……"

북쪽 형님의 울음은 끝이 없었다. 그런데 어느 순간 소파에 앉아 있던 어머니의 눈에 형님이 가져온 흰 상자가 띄었다. 어머니의 눈이 갑자기 뜨악하게 변했다. 나에게 손짓을 해 불렀다.

"저, 저게 무에지?"

"그, 글쎄요. 저도 잘 모르겠어요."

"뭘 싸가지고 온 것 아닌가?"

요즘 남쪽 친지를 찾는 북쪽 사람 중에는 굳이 자신이 먹을 양식을 챙겨가지고 오는 경우가 종종 있다고 들었다. 자존심과 관련한 문제인 듯싶었다.

"그건 아닌 것 같고요……"

"아니면 혹시……?"

그제야 어머니도 짚이는 게 있는 모양이었다.

"설마……?"

"아무래도 맞는 것 같습니다. 유골상자인 것 같아요."

"유골? 아니 누구?"

"아버지이 북쪽 그분 저, 최옥분이라고 아시잖아요? 그분 것 같……"

내 말이 끝나기도 전에 어머니는 몸을 부리나케 일으켜 싱크대 쪽으로 다가갔다. 가스레인지가 놓인 싱크대 밑 문을 열어제친 어머니는 부스럭거리며 소금을 한 움큼 쥐었다. 나는 당황한 표정으로 주위를 돌아보았다. 다행이 아직 감정을 채 정리하지 못한 형님은 이쪽으로 눈길을 돌리지 못했다. 저벅저벅 거실을 가로질러 현관문을 나선 어머니는 문 밖에다 소금을 훌훌 뿌리며 나지막하게 뭐라고 중얼거렸다.

"훠이, 동녘에 해가 뜨니 나쁜 기운이나 귀신은 물러가라, 물러가라, 물러가라!"

"아이구 이런……"

나는 형님이 상황을 눈치채지 못하도록 얼른 그 앞을 가리고 막아서며 너스레를 떨기 시작했다.

"형님, 아버님 얼굴을 처음 뵈오니 기분이 어떠세요? 응어리가 조금 풀리는 것 같습니까? 그 동안 얼마나 가슴이 사무쳤겠어요?"

"아바이께서 노년에 생각보다 헐쑥 야위셨구먼."

"그땐 저희가 무척 가난해서요. 아버님이 마음이고 몸이고 고생을 많이 하셨죠."

형님은 가벼운 한숨을 길게 내쉬며 고개를 끄덕였다.

"오늘은 늦었으니 내일쯤 아버님 묘역도 함께 들러보시죠?"

"기럼…… 오늘은 늦었겠지…… 근데 아바이 묘에 가기 전에……"

그는 잠깐 입을 다물고 뭔가 생각하는 폼이었다.

"저어, 그런데 한 가지 형님께 여쭤도 될는지 모르겠습니다."

"무스거……?"

나는 소파에 심란한 얼굴로 앉아 있는 어머니를 한 번 힐끗 쳐다본 다음 마음을 다잡아먹고 그 흰 상자에 대해 물어보기로 작정했다.

"이 흰 상자 말입니다."

형님의 눈길이 아래로 내려가 상자에 가 닿았다. 어머니도 긴장된 표정으로 이쪽을 바라보았다.

"무엇이 담겨 있는 상자인가 싶어서요. 혹……"

"혹……? 길치. 내레 이제껏 암말두 아니 했구만."

얼굴을 두 손바닥으로 쓱쓱 비벼 평상시 표정을 일궈낸 형님은 옷매무새를 가다듬었다.

"우선 자네, 내레 이젠 맘놓고서리 자네라고 부름세."

"아 예, 당연히 그러셔야죠."

"우선 이 함에다 대고 큰절부터 올리기요."

"큰절이요? 갑자기 왜……?"

그는 어디서 힘이 났는지 내 팔을 우악스레 잡아 이끌었다.

"북쪽 큰오마니니깐두루 개의치 말고 인사드리시오. 그거이 호상간에 예의 아임둥?"

"그러면 이게 저기, 큰어머니의 유골상자가 맞습니까?"

나는 옆쪽으로 어머니 눈치를 살피며 그의 팔에 이끌려 마지못한 듯 엉거주춤한 자세로 상자 앞에 서서 절을 올렸다.

"이 배 하시구 반절 더 드리시구."

내 절이 끝나자 그는 어머니 앞으로 절룩절룩 다가갔다.

"작은오마니, 제가 다 숨김없이 말씀을 드리디요. 놀래지 마시고 들어주시디요."

"말씀하시구료……"

어머니는 한숨을 푹 내쉰 뒤 체증에 걸린 사람처럼 당신의 앙가슴을 손바닥으로 내리 쓸었다.

"이 함이 바로 저희 오마니 뼈를 담은 겁네다. 작년에 돌아가셨디요, 펭생 저 하나만을 데리고 수절하며 사시다 가셨디요. 펭생 소원이 아바이 얼굴 한번 보는 것이었는데 기렇게도 못 되고 저렇게 한줌의 재가 되고 말았디요. 지금부터 염체없는 말씀 좀 드리갔습네다. 다름이 아니옵고 오마니가 돌아가실 때 내게 유언을 남겼드랬지 않갔습네까? 뭔가 하니, 아바이 무덤을 찾거들랑……"

"거기서두 우리 영감이 죽은 걸 다 아시구 계셨수?"

"휴우, 알았디요."

"어떻게 그걸 다 알았수?"

"다 아는 수가 있디요. 이 호영 동생이 바로 작가 아닙네까? 그 이야기 책에 발써 아바이가 돌아가신 걸로 나와 있어 알 수 있었지요."

어머니가 놀라 눈을 휘둥그레 떴다.

"아니, 그럼 우리가 그쪽을 못 찾은 게 아니고 거기서 우릴 피한 게 유? 무슨 말인지 잘 모르겠구만. 우리 아이 책을 사서 읽을 정도였으면 연락하는 게 그리 어려운 일은 아니었을 거구만."

"……길티요. 길킨 한데, 오마니가 생전에 부득부득 아바이도 돌아가셨는데 번거롭게 굳이 합칠 게 또 무에 있냐시면서 마뜩찮아 하셔서요. 폐만 끼친다구요. 예, 그렇습네다, 그런데……"

"그런데 뭐유?"

"오마니가 돌아가시면서 유언을 남겼디요, 꼭 아바이 무덤에 같이 묻어달라구요. 기래서 내가 이렇게 연락을 취하게 된 겁네다."

그는 내 얼굴을 한 번 쳐다본 다음 말을 다시 이었다.

"작가가 쓴 그 무에든가? 아바이의 고향이라는 글을 보니 울 아바이를 무슨 교회당 묘지에서 파가지구설랑 저기, 북쪽 하늘이 훤히 트인 포천 넘어가는 어느 공원묘지에다 뫼셨다고 했다지요? 옆에 합장할 만한 자리를 하나 미리 준비해가지고 말입네다."

어머니가 고개를 설레설레 흔들었다. 목소리에 노기마저 느껴졌다.

"그 자리는 내가 죽으면 기어들어갈 자리지 딴 사람이 들어갈 자리가 아니라우."

그는 어머니의 말에 즉각 대답을 하지 않고 뒤돌아서 그 유골상자 앞으로 다가갔다.

"오마니, 괜찮습네다. 아무 걱정 마시라요. 제가 있잖습네까? 이곳까지 찾아온 이상은 아무 염려 마시라요. 아바이 곁에 편히 모시게 될 테니 아무 걱정 허지 마시라요."

다시 뒤돌아선 그는 희미한 미소를 흘리고 있었다.

"작은오마니, 내 말 좀 차분히 들어주시라요."

어머니는 강경하게 손사래를 흔들었다.

"듣고 자시고 할 것도 없다니깐 그러네. 그럴 작정으로 우리를 찾았다면 매몰찬 말로 들릴진 몰라도 우리 서로 앞으론 더 못 보고 산다쳐도 어쩔 수 없는 일로 여기겠수다."

"작은오마니께서 의당 이렇게 나오실 줄 알고 있었습네다. 물론 그러시겠죠. 갑자기 왕청 같은 자가 나타나서리 묏자리 내놓으라 하면 어느 누가 순순히 그러마 하고 응하시겠습니까? 하지만, 하지만 작은오마니, 고깝게 생각하지 말고 내 말 좀 들어주시라요."

"갑자기 집에 사람 송장을 짊어지고 와서 이게 또 무슨 경우란 말이우? 세상에 이런 변이 어디 있단 말이우?"

"어머니 송장은 무슨……"

내가 끼어들었다. 어머니는 그 동안 당신을 위해 한마디 말도 거들지 못하고 두 사람 사이에 문문하게 끼어 있는 내가 야속한 모양이었다.

"그럼 저게 송장 담은 상자가 아니고 뭐니? 너는 애가 왜 그 모양이야? 왜 암 말도 못 하고 그리 서 있기만 하니 맹추처럼……"

"어머니 그게 아니구요."

"아니긴 뭐가 아냐? 너희 아버지와 그 징그런 고생을 하면서 같이 살을 맞대고 산 세월을 따져도 그렇지…… 지금 내가 이 지경을 당할

까닭이 어디 있단 말이냐, 도대체?"

귀한 손님을 맞아 경사 분위기가 넘칠 줄 알았던 집 안은 뜻밖의 긴장에 가득 차 올랐다. 나는 전혀 예상치 못했던 사태가 벌어지는 바람에 두 손에 맥살이 쫙 풀렸다.

'이거 어느 편을 들어줘야 하는지, 원 참!'

낭패도 이런 낭패가 없는 일이었다. 그때였다. 북쪽 형님이 가슴을 쥐어뜯을 듯 거머쥐며 모로 쓰러졌다. 아무래도 천식 기침이 도진 모양이었다. 나는 다급하게 달려가 그를 세워 안으며 아내에게 소리쳤다.

"물! 냉수!"

북쪽 형님이 쓰러지는 모습을 본 어머니도 기를 약간 누그러뜨렸다. 나는 상계동 누나에게 연락을 해서 당분간 어머니를 모시고 있으라고 말했다. 민간신앙을 잘 믿는 어머니에게 슬쩍 능을 쳐 배웅을 했다.

"엄니! 집 안에 연분 있는 송장이 들어왔을 땐 함부로 내치는 게 아니래요. 그렇게 하면 집 안에 생기복덕이 다 죽고 또 큰 동티가 생긴다던대요?"

"누가 그러더냐?"

"다들 그래요. 책에서도 제가 봤구요."

"그럼 이 일을 도대체 어쩐단 말이냐?"

"걱정 마세요. 제가 수를 생각해낼 테니, 제가 두 눈 시퍼렇게 뜨고 있는데 설마 엄니 뮛자리 뺏기겠어요?"

"그럼…… 저렇게 와서 대구 죽치고 있으면 그것도 우세스러운 일이잖고?"

"기왕 이리 됐으니 혹 아버지 묘역에 납골당 있잖아요? 거기라도 한번 알아보는 것도 방법이긴 한데……"

그러자 어머니는 다소 맘이 놓이는 표정을 지었다.

"내가 평생 늬 아버지 만나 갖은 고생 다 하다가 이제 죽어 누울 자리마저 빼앗긴다면 그게 무슨 꼴이니?"

"아하, 염려 말고 상황이 좀 진정될 때까지 누나네 집에 머물러 계세요. 제가 어떻게 돼가는지 전화 일일이 드릴 테니."

북쪽 형님은 안주머니에서 꺼낸 약통에서 알약 몇 알을 꺼내 혀끝에 묻혀주었더니 얼마 후 평정을 되찾았다. 아내는 저녁으로 특별히 장을 봐온 전복죽을 쑤어 대접했다. 그는 아주 천천히 음미해가며 한 그릇을 다 비웠다.

"조금 더 드시죠?"

"되서."

"그래두……"

"흠흠, 정 기렇다믄 술이나 한 고뿌 내주지, 쩝쩝."

"술이요? 괜찮으시겠어요?"

"저녁에 반주루다 소주 한 고뿌 정도는 괜티않아."

그는 식탁에 앉아 식사하는 게 좀 불편한 기색이었다. 그래서 나는 아내에게 거실에 술상을 보라고 부탁했다. 내가 화장실로 손을 씻으러 들어가자 바로 뒤따라 들어온 아내가 걱정스런 얼굴로 말했다.

"여보, 저기, 당신 누님하고 매형들 부를까요?"

"건 왜?"

"그럼 오늘 저 아주버니하고 같이 자야 할 텐데……"

"그럼 같이 자지 않고? 큰 손님인데 여관이라도 잡아서 내쫓으란 건 아닐 테고?"

"그게 아니고……"

"아니긴 뭐가 아냐?"

나는 목소리를 짐짓 높였다. 아내는 입술에 손가락을 갖다대며 울상이었다.

"혹시 독침 같은 거……"

"뭐? 우하하! 이 사람이 정말 이렇게 매욱할 줄은 몰랐네 응? 통일된 지가 벌써 언젠데? 그리고 자기 어머니 유골상자를 들고 단신으로 찾아온 사람이야. 인간적으로 이해가 안 돼?"

"그래두요……"

나는 아내의 어깨를 다독거려주고 나왔다. 무릎을 공손히 꿇고 그에게 소주 한 잔을 그득히 따라 올리자 그는 흥감 어린 표정을 지었다. 천식이 있지만 평소 술을 즐기는 품이 틀림없었다. 그가 술을 마실 줄 안다는 게 나한테는 얼마나 고마운 일이었는지 몰랐다. 그렇지 않다면 그와 만난 첫날 밤을 어떻게 지내야 할지 정말 막막했던 것이다. 아들 태형이는 나와 그가 술상을 차리는 등 분위기가 화기애애하게 돌아가자 틀어박혀 있던 자기 방에서 나와 알짱거렸다.

"큰아버지죠?"

"오호라, 네가 태형이냐? 호오, 지 할아버지를 빼닮았어."

"와, 큰아버지 시계 되게 오래됐다."

태형이가 자신의 머리를 쓰다듬어주던 북쪽 형님의 손목에 채워진 시계를 보고 탄성을 질렀다. 태형이는 시계에 관심이 많아서 각종 시계를 모으는 게 취미 중 하나였다.

"이, 이거 말이디……"

북쪽 형님은 순간 당황해 했다. 나는 그 표정을 놓치지 않았다. 그리고 그 오래된 시계를 보는 순간 뭔가 뒤통수를 묵직한 물체가 강타하는 듯한 충격을 받았다. 그건 분명히……

"아, 형님 그 시계 좀 제가 다시 볼 수 없을까요?"

"이 시계 말이디? 뭐 헌털뱅이가 다 된 걸 봐서 무스걸 하겠다고?"

"그게 아니고요? 글쎄…… 한 번만 보여주세요."

"허, 거 참."

그는 마지못한 듯 왼쪽 손목을 내밀었다. 유리에 금이 간 일제 세이코였다. 내가 어렸을 때 아버지가 차고 있던 시계도 바로 일제 세이코였다. 나는 눈을 손등으로 부빈 다음 깜빡거리며 시계를 자세히 살펴보았다.

"이건 마치 제가 잘 알고 있는 시계 같은데요?"

"그럴 리가 있음둥? 분명히 내레 북에서 몇십 년간을 차고 있던 건데 말이야."

"정확히 얼마나 됐습니까?"

"기러니까니 칠십년대 초쯤 얻어찼으니까니 거진 삼십 년이래 족하디."

"어디서 나셨는데요?"

"쎄이꼬레 흔하디 뭐, 난 일본에서 들어온 북송 동포한테 돼지 한 마리 주고 얻었디. 한 잔만 더 주겠음?"

"아, 예. 받으시죠. 그런데 이 시계가…… 그러시다구요? 그럼 제가 잘못 봤나……"

2. 성묘 가는 길

"여보 아, 아주버님이 어, 없어졌어요!"

새벽같이 서둘러 아침식사 준비를 하던 아내가 호들갑을 떨며 욕실 문을 밀어제쳤다. 밤늦도록 월드컵 경기 녹화를 보고 잠자리에 든 나는 세면대 앞에서 잠이 모자라 벅벅해진 눈두덩에 물칠을 하다가 고개를 번쩍 쳐들고 물방울이 튄 세면 거울을 통해 아내를 쳐다봤다.

"형님이 없어지다니, 당신 그게 뜬금없이 무슨 소리야?"

나는 그것이 아내의 잘못으로 빚어진 사태라도 되는 양 격앙된 소리부터 버럭 내질렀다. 국화꽃 무늬가 벙그러진 행주치마를 어깨에 두른 아내의 얼굴은 백랍 인형처럼 하얗게 질려 있었다.

"난 먼길을 오셔서 몸이 곤해 늦잠을 주무시나 싶었는데…… 퍼뜩 현관 바닥을 보니 아주버님이 신고 오신 낡은 운동화가 보이질 않아서 말예요. 신발장에 넣어둔 것도 아닌데, 예감이 심상찮다 싶더라구요. 새벽에 현관문 투입구로 배달되는 우유병 소리가 난 다음 문소리가 한 번 더 울린 게 아무래도 마음에 걸리지 않겠어요? 그래서 다짜고짜로 아주버님 주무시는 방에 노크를 하고…… 서너 번씩이나 노크를 해도 아무런 반응이 없길래 살며시 열어보니 이부자리하고 내가 꺼내드린 잠옷 줄무늬 파자마는 차곡차곡 개어서 한구석에 가지런히 정돈해놓긴 했는데 온다간다 없이 자취가 묘연해진 거예요."

"그럴 리가 있나? 당신이 뭔가를 착각하고 있는 게지. 형님이 꼭두새벽부터 뭔 볼일이 있다고 우리 몰래 길을 나선다는 게야!"

겁에 질린 표정을 지은 아내는 두 손으로 발그레 상기된 양 뺨을 감싸쥐고 있었다.

"여보, 왠지 무서워져요……"

"어허, 쓸데없는……"

나는 얼굴의 비눗기를 얼른 닦아낸 다음 물방울이 뚝뚝 떨어지는 얼굴로 작은방으로 성큼성큼 다가갔다. 아무래도 어제 어머니와 유골상자 문제로 부닥친 게 마음에 걸렸다. 그것 때문에 심사가 뒤틀려 말도 않고 도로 발걸음을 북쪽으로 돌리신 게 아닌가 하는 생각이 든 것이다.

그러나 작은방 문을 왈칵 열어본 나는 적이 안심했다. 왜냐하면 책상 아래에 형님이 뫼시고 온 유골상자가 단정하게 자리잡고 있는 게 눈에 띄었기 때문이었다. 그제야 태섭형님이 멀지 않은 집 근처로 바람을 쐬러 나간 게 틀림없다는 확신이 들었다.

그러면 그렇지……

나는 아내가 등뒤에서 건네주는 수건을 받아 얼굴을 닦으며 안도의 한숨을 내쉬었다.

"별일 없겠죠?"

"아따 별일은 이 사람아, 저기 북쪽의 큰어머니 유골상자가 안 봬? 그 일 때문에 구메구메 우릴 찾아온 양반이 그래, 무책임하게 우리에게 뒷일을 떠억 떠넘기고 암 말 없이 뒤도 안 돌아보고 자취를 감추겠어? 상식 밖이지. 아, 안 그래?"

"듣고 보니 그건 또 그러네요. 그래도 왠지 자꾸만 마음이 불안해서 일손이 안 잡혀요."

"쯔쯧, 이 사람이 그걸 말이라고 하고 있는 거야? 어쨌거나 태섭형님은 엄연히 나랑 한핏줄이면서 당신의 큰아주버님이란 말이야. 그렇게 마음의 빗장을 걸어닫고 있으면 혈육끼리라 해도 뭐가 되겠어?"

"옛말에 믿는 도끼에 발등 찍힌다고 한핏줄이라고는 하지만 언제 어느 때 우리한테 해코지가 닥쳐올는지는 아무도 모르는 일 아녜요? 그리고 당신 입만 떼면 같은 핏줄임을 강조하는데, 당신이 생전에 서로 얼굴을 한번 봤수, 아니면 이름 석 자나 들어봤수? 아, 안 그래요? 그렇게 떨어져서 오십 년 이상 일면식도 없이 지내다 이제야 처음 얼굴 맞댄 사람을 어떻게 덜컥 믿고 마음을 활짝 열어준단 말예요. 마음을 연다면 되레 그게 더 이상한 거 아녜요?"

"쯧쯧, 여자들의 좁은 소견머리하고는. 사람이란 무릇 수십 년을 사귀어도 속마음이 처음부터 거시키하면 끝내 열리지 않는 법이고, 단 하룻밤을 지내도 정이 통하면 마음을 활짝 여는 건 시간 문제라구. 같은 핏줄끼리 서로 당겨오는 인력을 느낀다면 당신도 생각이 달라질 거야. 그건 그렇고 아마 태섭형님이 식전까지는 틀림없이 돌아오실 테니 어서 차리던 식탁이나 마저 손봐두라고. 오시거든 제꺽 수저 드실 수 있게 말이야. 어제 재워둔 고기도 좀 푸짐하게 볶고. 나도 아침부터 허둥지둥했더니 갑자기 허기가 지네. 참, 태형이녀석도 빨리 깨워. 또 지각할라."

아내는 태형이의 공부방 문을 거칠게 통탕탕 몇 번 두드리며 이름을 부른 다음 얼른 싱크대 앞으로 가 일에 매달렸다. 나는 잉크 냄새가 물씬 풍기는 아침 신문을 주워들고 소파에 몸을 던졌다. 막 머릿기사 제목을 훑어나가는 순간 자기 방 문을 열고 나온 태형이가 눈을 비비다 말고 양미간을 좁혔다. 그러다가 갑자기 히물쩍거리며 멋쩍은 듯 웃었다.

"어? 크, 큰아버지…… 안녕히 주무셨어요?"

"기래. 우리 씩씩한 소년이래 밤잠일랑 펜히 잤니?"

"예, 큰아버지. 근데 지금 어딜 다녀오시는 거예요?"

나는 신문을 소파 위에 놓고 얼른 현관 쪽으로 발걸음을 옮겼다. 태섭형님이 현관에서 신발을 벗고 있었다. 아내도 고개를 비죽 내밀고 쳐다보고는 다시 주방으로 돌아갔다.

"니레 한번 기걸 알아맞히면 용허지."

태섭형님은 태형이의 머리를 쓰다듬으며 말했다.

"형님, 어딜 가시면 가신다고 저희한테 미리 일러주고 가셔야죠? 방이 빈 줄 알고 얼마나 당황했었는데요? 길도 모르시는 양반이."

"당황할 것이 무에 있갔어? 척 보믄 아는 것 아이겠음."

"척 보다니요?"

"목욕재계를 한 것 아니겠어? 어, 시원타."

"목욕재계요!"

태형이와 나는 한 목소리로 외치며 서로 얼굴을 쳐다보았다. 그는 목 둘레에 걸치고 있던 노란 수건을 빼 이마의 땀을 씻었다.

"어디서요? 여기 욕실 놔두고 어디서 하셨단 말예요? 혹시 대중목욕탕 가신 건가요?"

"엥이요, 그게 에이고……"

그는 고개를 세차게 흔들었다. 그때 아내가 소리를 쳤다.

"식사들 하세요! 태형아, 큰아버님 모시고 얼른 식탁에 앉아라."

식탁에 앉은 그는 냉수를 찾아 한 컵을 벌컥벌컥 다 비웠다.

"목욕재계는 밖에서 무슨 목욕재계를……"

"아유, 당신은 그렇게 숨넘어가게 아주버님을 다그치지 좀 말고 천천히 식사나 드시게 하면서 말씀 좀 나누세요."

"기래, 기거이 좋갔네. 제수씨 이거 너무 수고래 많았겠시다. 식탁다리가 부러지게 한상 차리셨으니 이거 참. 이런 민폐가 다시는 없을 거구래."

"호호, 아주버님은 참. 다시없는 친척끼리 폐는 무슨 폐라구요? 그저 마음 푹 놓으시고 양껏 드세요. 그러시면 음식을 마련한 제 마음이 편하겠어요."

식탁을 물러나와 거실 바닥에 앉아 과일을 깎아 먹을 때서야 태섭 형님은 자신이 새벽에 어딜 다녀왔는지 털어놓았다.

"어제 오후에 오다보니 커다랗고 시원한 담수호가 보이지 않았음?"

"아항, 호수공원 말씀이시죠? 그렇죠, 아주버님?"

아내가 맞장구를 쳤다.

"아, 그 담수호 이름이 호수공원이라고 하오? 둘레만 해도 거진 시오 리는 될 듯하던데."

"이곳의 명소예요. 휴일이면 사람들이 많이 거기로 놀러 가거든요."

그는 고개를 끄덕거렸다.

"내 거길 갔었지."

"아니 그 먼 델 성치도 않으신 몸으로 걸어서요?"

"멀다니? 그거이 메가 멀다고 그리함둥? 내가 다리를 절기는 하오마는 기껏해야 사오십 분 거린데. 하하, 사실 요 문 밖의 태형이 조카 자전거를 좀 이용했디."

"그러면 그 목욕재계라는 걸 거기 호수공원에서 하셨단 말씀이세요?"

"무릇 그래야 되지 않갔소? 어떻게 위아래 구분 없이 들락거리는 저 욕탕에서 한단 말이오? 거기서 무슨 목욕재계가 된단 말이오. 목욕재계란 사람의 눈이 띄지 않는 곳에서 또 수돗물이 아니라 자연수로 하는 게 제일 아니겠음? 기래서 내레 오면서 눈여겨봐뒀던 그 호수를 찾아가서 남몰래 몸을 씻고 오는 길이오. 깜깜한 새벽이니 아무도 본 사람 없고……"

아내는 숫제 기가 막힌다는 표정이어서 입 안으로 들어간 사과 조각을 씹을 생각도 못하고 있었다.

"아, 아주버님…… 그래도 그렇지, 어떻게 깜깜하다고 호수공원에서 목욕을……"

"비누칠 않고 문댔으니 절대 물을 오염시키지 않았음둥."

"그게 아니고……"

"풋, 푸하하……"

나는 억지로 참았던 웃음을 터뜨리고야 말았다. 어두컴컴한 호숫가에 자전거를 몰래 세우고 발가벗은 채 물속으로 들어가 살을 에는 듯한 새벽 찬물을 등짝에 뿌리는 그의 모습을 떠올리니 저절로 웃음이 솟은 것이다. 아내한테는 그게 더할 나위 없이 촌스럽고 비위생적이고 곰바우 같은 행위로 비칠지 모르지만 그 행위 속에서 나는 태섭 형님의 우직스러움과 아버지와의 첫 대면을 앞둔 조심스런 마음을 읽을 수 있었다. 사실 오늘은 경기도 포천 너머 공원묘지에 모신 아버지의 묘로 성묘를 가기로 돼 있었던 것이다.

"형님, 아주 잘하셨어요. 아파트 욕실에서 목욕재계를 한다면 조상들이 얼마나 우리 후손들을 같잖게 굽어보시겠어요? 적어도 심산계곡의 맑은 석간수는 아닐지라도 넓게 펼쳐진 호숫물 정도에는 몸을 담그고 구석구석 몸의 때를 그리고 세속에 찌든 마음의 때를 벗겨내는 정성을 마땅히 기울여야지요. 형님에 비하면 저의 정성이 지금 터무니없이 모자라는 것 같아 면목이 없습니다."

그가 온화한 눈빛으로 내 손목을 덥썩 잡았다.

"아우님, 정말 고맙소. 내 아우님 마음 씀씀이가 이렇게까지 너르고 갸륵하신 줄은 정말 몰랐수다. 예까지 아버님을 찾아온 보람이 있수다기래, 허허."

아파트 입구에서 성묘를 위해 출발한 시각이 오전 아홉시 삼십오분이었다. 출근하는 차들이 썰물처럼 빠져나간 도로는 막힘이 없었다.

"송추 쪽으로 해서 의정부로 넘어가지."

운전석에 앉은 아내는 고개를 끄덕였다. 운전석 뒷자리에 내가 앉고 바로 옆에 그가 자리를 잡았다. 아내는 자신이 애써서 준비한 제수용품을 하나도 쓰지 못하게 된 게 유감인 모양이었다. 태섭형님이 북쪽에서 조촐하게 싸가지고 온 게 있어서였다. 함경도에서 가져온 청하 크기 정도의 소주병과 북한산 명태 한 마리가 전부였다. 나는 약소하지만 자신의 손으로 차린 성묘상을 드리고 싶은 그의 심정을 충분히 이해했기에 아내를 설득했다. 땅속에 누우신 아버지도 내가 부어드릴 고급 법주나 살찐 과일들 그리고 기름진 떡보다도 당신의 북쪽 아들이 가져온 마른 명태나 쓴 소주를 더욱 달게 드실 거라는 생각이 들었다

문제는 바로 태섭형님이 모시고 온 큰어머니의 유골상자였다. 그

렇지 않아도 누나 집에 가 계신 어머니한테서 전화가 득달같이 와 있었다. 수화기의 목소리가 어찌나 찌렁찌렁 울리는지 나는 귀에서 수화기를 십 센티 정도는 떼고 말했다.

"엄니, 고정하세요. 제가 그렇게 속없는 놈은 아니니 아무 걱정 마시구요. 다 어머니 허락을 분명히 받고 행동을 할 테니…… 아, 글쎄 저만 믿으시라니깐요."

"아무튼 나 몰래 니가 왕청 같은 일을 저질렀다간 그땐 너 죽고 나 죽고 사생결단 낼 테니 그렇게 알아라! 내가 지금 기가 넘어가게 생겼단 말이야. 어제 저녁부터 입에 물 한 모금 안 물고 지내고 있으니 알아서 하라구. 생각하면 할수록 이게 웬 날벼락인지."

어머니는 내가 동정심에서 북쪽 큰어머니의 유골을 덥석 아버지 옆에 마련된 합장 터에 안장할까 걱정이 되는 모양이었다. 태섭형님의 딱한 사정을 모르는 바 아닌 나로서는 그 문제에 대해 마냥 매몰차게 외면할 수만은 없는 처지였다. 그래서 차를 아파트 입구에 출발 대기시켜놓고 나서 다시 들어왔을 때 사뭇 갈등을 느껴야 했다. 형님이 막무가내로 유골상자를 싣고 가겠다면 이를 어쩌나? 막을 수도 없고 그대로 방관할 수도 없고 이거 참……

"갑세!"

자줏빛 반코트를 입은 형님이 방문을 열고 나섰다. 나는 긴장된 눈길로 우선 그를 위아래로 주욱 훑어보았다. 유골상자를 안고 있나 아닌가를 살펴보기 위함이었다.

"……!"

뜻밖에도 그의 목에도 또 손에도 그 흰 유골상자는 보이지 않았다. 순간 나는 얼굴에 희색을 떠올렸다.

"빈손이세요?"

내가 묻자,

“무스거 말이오? 빈손이 아임둥. 여기 소주하고 명태 있지 않음.”

“그게 아니고……”

그는 내 의중을 간파했다.

“그것은 오늘 처리할 일이 아니지 않음둥. 여기 작은오마니도 설득을 해야 할 시간이 필요한 것이구, 또 오늘은 내가 아버님을 처음 뵙는 자리니 함부로 일을 우겨넣는 자리가 아니지 않기요? 기래도 벌초는 해야 할 거니 낫이나 한 자루 챙기면 좋고. 그런 다음 그저 오십 년 동안 아버님을 뵙지 못한 불효를 사죄 드리고 잔에 가득히 넘쳐나게 한 잔 올리고, 그리고…… 그리고 또 무엇이 남겠음?”

그의 눈동자가 잠시 축축해지는지 눈자위가 간잔지런하게 물커져 있었다.

“그저…… 봉분 위에 엎어져 맘껏 눈물을 펑펑 쏟고 싶은 생각뿐 아니겠음? 한없이 그렇게 울다가 차라리 그 자리서 명이 끊어져도 좋을 만큼 울다가…… 그러다보면 뭔가 가슴에 응어리진 게 조금은 풀리지 않겠음둥? 고만 하기요. 하아…… 생각만 해도 숨이 차서리.”

그는 천식 증세가 도지는지 가슴을 쥐어짜듯 붙잡고는 숨을 몰아쉬었다. 나는 얼른 그의 양 겨드랑이 속으로 손을 집어넣고 부축을 했다.

“형님, 지금 생활은 어떻게 꾸리고 계세요?”

나는 무심결에 달리는 차 안에서 이렇게 물어보았다. 그는 대답 대신 끄응 하는 신음 소리를 냈다.

“……”

“이 연세에 혼자 사신다니깐 얼마나 불편하실까 싶어서요.”

“사는 데는 큰 난관이 없어. 내레 짐승들을 좀 치니까니. 도야지가 주력이고 닭의 새끼랑 개들도 몇 마리씩 치고. 생활은 그럭저럭 된다이. 채마밭두 한 뙈기 있어서 연간(年間) 남새 걱정은 없이 살지. 식량이야 팔아와야 되지만서두.”

나는 고개를 끄덕였다.

“통일 전에두 여기에 아버지가 살아 계실 거라는 기대를 품으셨었나요?”

“기대? 허허, 기대라……”

그의 눈가에 잔주름이 겹겹이 잡혔다.

“아우님이야 허나사나 애비라고 부를 사람이 있었지 않은가? 홍복이잖구. 내레 북쪽에서 허구한 날 후레아들놈 소릴 들으며 자랐지. 우리집이래 애시당초 동요 계층에 속했으니깐두루.”

“동요 계층이요?”

“생각해보기요. 아바이래 조국전쟁중에 반동 쪽에 협력한 것으로 비판받지 않았음둥? 강보에 싸인 핏덩이와 오마니레 못 거두고 월남하실 때 말이야. 아바이 때문에 우리집은 물론이고 얼마 안 되는 친가 쪽하고 외가 쪽 모두가 동요 계층으로 분류된 기지. 월남가족이니까니.”

그는 갑자기 냉소적인 눈빛을 지어보였다. 나는 좀 당황스러워졌다. 그러한 눈빛에서 난 그가 아버지에 대해 이중적인 애증(愛憎)의 감정을 지니고 있음을 눈치챘다. 조금만 미루어 짐작해보아도 그건 당연한 귀결이 아니겠는가? 자신을 낳아준 아버지에 대한 어쩔 수 없는 혈육적 그리움에 앞서 또한 그 아버지로 인하여 북쪽 체제에서 변두리 삶으로 쫓겨나 허덕이며 살 수밖에 없는 멍에를 짊어져야 했던 그의 처지로서는 아버지에 대한 절절한 그리움이란 바로 절절한 원망에 다름아니었을 터였다.

—아우님이야 허나사나 애비라고 부를 사람이 있었지 않은가?

그의 이 한마디가 내 가슴을 비수처럼 파고들었다. 그러나 그런 비수를 내가 받을 이유는 없었다. 나는 하마터면, 아버지 슬하에서 저 또한 형님 못지않은 신산고초를 겪었단 말입니다, 하고 소리지를 뻔했다. 통일 전 남한 땅에서 마음의 잔뿌리를 전혀 내리지 못한 아버지가 아니던가? 또한 그 철저한 무능력 때문에 여자 몸으로서 어머니가 겪어야 했던 고통은 이루 말할 수 없었고 결국 아버지는 북쪽의 큰어머니인 최옥분, 그 이름 석 자를 그리워하며 부르다 죽어갔다.

아버지가 남쪽에 마음의 뿌리를 내리지 못하는 한 그 아버지의 아들인 난 철저한 서자에 머물 수밖에 없었다. 젊은 시절 내내 내 작은 가슴을 멍들게 하고 방황과 좌절의 폭음을 강요했던 그 서자의식 역시 나한테는 작지 않은 차꼬였음이 사실이었다. 그런 의미에서 그와 나는 동일한 피해자 입장에 설 수도 있었다.

"하지만 내 이 순수한 노력으로 난 동요 계층에서 기본 계층으로 상승할 수 있었지. 참 눈물겨운 헌신과 인내가 있지 않고서는 계층을 바꾼다는 것이 불가능한 일이잖구."

"아, 그러셨어요?"

그는 얘기를 하면서 은근히 절음이 난 자신의 왼쪽 무릎을 손바닥으로 천천히 쓸고 있었다. 나는 무릎 종짓굽을 거머쥔 그의 손등을 힐끗 바라보았다. 혹시 그 다친 무릎은 그가 말하는 눈물겨운 노력의 부산물이 아닐까? 그는 엄청나게 고된 몸놀림으로 노력영웅이라는 칭호라도 따낸 것은 아닐까? 갈수록 자못 궁금해지는 대목이 아닐 수 없었다.

"동요 계층에서 기본 계층으로 바뀌었다면 형님은 통일을 좀 뭐라 그럴까요…… 마뜩찮아 하셨을 수도 있었겠네요? 동요 계층 때보다는 기본 계층으로 편입되셨을 땐 생활이 좀 안정적이 되셨을 테니까요. 아무래도 낯설고 적대적인 체제 아래서 생활한다는 게 두렵기도 하고 불안하니까요. 어떻게 될지 모르는 미래보다는 그럭저럭 살아갈 수 있는 현 체제가 더 나을 수도 있다, 뭐 이런 생각 말예요."

"아우님이 뭘 몰라도 하냥 모르는구먼."

그가 정색을 했다.

"예?"

"많은 남쪽 인민들도 그랬겠지만서두 북쪽 인민들도 통일을 생각할 때는 그것이 당장의 생활에 유리하고 불리하고를 그닥 그렇게 크게 생각지는 않았다니까니. 그렇게들 얄팍하게 생각했더라믄 통일이래 이렇게 별 소동 없이 순조롭게 이뤄졌겠나 말이디?"

"그렇죠. 통일이야 너무나 필연적인 당위였으니까요."

"다만 한 가지, 내레 통일될 때쯤 해서 안 사실이지만, 당에서 우리 북쪽 인민들에게 참으로 엄중한 사실과 현실적 모순을 거짓 없이 내놓질 못하고 숨겼다는 걸 알게 됐지. 당이 이미 낡았던 게지. 그렇게 낡은 당이 인민의 새로운 요구에 충실하지 못하게 된 게 사실이구. 기렇지만 내레 이해는 할 수 있어. 어느 체제나 권력이든지 자신한테 불리한 사실은 숨길 수도 있는 거 아니갔나 이거지. 기거이 통치의 한 방식이라면 그럴 수도 있겠다 기렇게 생각이 들었다구."

그는 숨이 차는지 잠깐 가슴에 손을 얹고 숨을 고르고 나서 다시 시작했다.

"근데 문제는 기거이 아냐. 가장 역점적으로 봐야 할 문제는 당이라고 해서 다 무오류고 절대 진리는 아니었는데 말이지. 우리야 물론 당이 결정하면 한다고 외쳤었지. 하지만 당의 일이라는 것도 다 한계가 있는 사람이나 일꾼들이 하는 건데 왜 삐뚜루 나가는 게 없겠나? 있디. 기러니까니 어떨 땐 당이 인민을 가르치다가도 어떨 땐 거꾸로 당이 인민한테서 새로운 생각과 방식을 배워서 그걸 적극적으로 채택할 줄도 알아야 했는데 그만 그걸 시기를 놓쳐서리…… 그런 의미에서 우리가 남쪽과의 체제 경쟁에서 진 게 아니라는 게지, 내 말은. 남쪽이야 나라 외부적 사정도 북쪽보다 훨씬 나았고…… 우리 북쪽은 결정적으로 내부와의 싸움에서 이기질 못하고 맥없이 주저앉은 게지."

태섭형님의 눈에 열기가 비쳤다.

"저는 이데올로기나 뭐 그런 쪽은 잘 모르는 편이지만…… 형님 들으실 땐 좀 언짢으실지 모르겠는데, 체제나 국가라는 게 단지 국민들이 기와 지붕 아래서 이팝에 고깃국 말아 먹게 하는 수준에 머무르는 건 아니지 않느냐, 이런 생각이에요. 현실적으로도 북쪽이 그런 정도의 문제도 원활히 해결하지 못한 맹점이 무엇이냐, 이런 걸 생각할 때……"

그는 눈을 지그시 감고 있었다. 나는 괜히 민감한 문제를 꺼냈다 싶어 아차 후회스러웠지만 이미 엎질러진 물이었다.

"좋은 지적이디. 적어도 인민의 먹거리 정도는 감당해냈어야 하는 건데…… 변명의 여지가 없는 비판이디. 그것은 당의 중대한 실책이야. 하지만 되풀이 강조하는 바이지만 많은 인민들은 창자가 좀 비었다고 해서 당분간의 그런 굶주림을 참지 못해 곧바로 배신 행위를 하려고 들지는 않았디. 문제는 그런 굶주림을 딛고서라도 어려움을 헤쳐나가려는 인민들의 뜻과 의견을 당이 민주적으로다 제대로 받아들이지 못했고, 그런 점이 대다수 인민들에게 절망감을 안겨준 게지. 가령 내레 통일되기 전해에 도야지 한 마리를 할당받지 않았음? 지금 키우고 있는 도야지들이 다 그놈의 후손들인 셈인데, 모두 마흔야들 마리나 되니 그런 드높은 생산력이 또 어디 있갔음둥? 그래서 주변의 나 같은 사람들이 한번은 모여서 다들 그렇게 얘기했지. 이 도야지야말로 혁명 도야지다, 이렇게 말이야."

"혁명 도야지요? 쿡쿡, 그게 뭐하는 건데요 아주버님?"

운전을 하고 있던 아내가 처음으로 입을 열었다.

"길치. 기런 말이 있었디. 찬찬히 귀를 열고 들어보기요. 왜 혁명이냐? 혁명이라는 게 고루 잘사는 노선을 견지하고, 자주도 하고 통일도 굳건히 하는 것이라면 그것의 토대가 무엇이겠음? 바로 인민의 이런 창발성을 개발케 하고 의욕을 돋우고 그래서리 경제적 부를 한껏 높임으로서만이 제대로 된 혁명이 가능한 것 아임매? 그러니 쓸데없이 모여서 비판하고 학습하고 동원하고 하는 것보다 이렇게 혁명 도야지를 한 마리씩 노놔주는 것이야말로 진짜 밑으로부터의 저력 있는 혁명이다, 이렇게들 얘기한 것이다. 근데 좀 늦었어, 진작에 당에서 손을 썼어야 하는 건데……"

"손을 쓴다 해도 이미 거스를 수 없는 대세가 형성이 되어서……"

"내레 한마디 더 함세. 남쪽 인민들도 이런 점을 놓쳐서는 아니 됨둥. 통일의 분위기는 거스르기 어려운 기세로 북쪽 인민들 코앞에 박두해 있고 대등하고도 최선의 꼴을 갖춘 통일은 못 되지만 그것조차도 아니 될 땐 파국을 면키 어려운 시점에서 북쪽 인민들이 나름대로 현명한 선택을 한 것은 남쪽 체제와 인민을 위해서도 아주 다행한 일이 아님둥? 삼 년 전 분단의 철조망이 일거에 걷힐 때만 해도 북쪽 인민들 사이에선 민족 내부가 합치지 않으면 일본을 위시해서 한반도의 사대 열강들의 과거 역사처럼 밀실 담합이나 장난질에 나서서 민족이 또 결정적 상처를 받을 것이란 말이 파다하게 퍼져 있었어. 그럴 바에야 일단 하나로 합치고 보자는 인식들이 세를 얻어서리……"

나는 이 문제는 더이상 논의하지 않는 게 좋을 것 같다는 생각이 들었다. 그래서 화제를 돌린다는 게 분위기를 더 어색하게 만들었다.

"형님, 그런데 어떻게 해서 동요 계층에서 기본 계층으로 올라서셨어요? 그게 보통 어려운 일이 아니었을 텐데."

그의 낯빛이 급격히 변하면서 눈 밑 근육이 미세하게 떨렸다. 그러더니 단호한 어투로 말을 잘랐다.

"그건 다음 기회에 기탄없이 토론함세."

추석이 지난 지 얼마 되지 않아 그런지 아버지 묘는 깨끗하게 관리

돼 있었다. 가을의 절정에 이른 무덤 가의 잔디들은 붉은 기운이 스며들어 금잔디 빛깔이 언뜻언뜻 드러났다. 계곡의 양쪽 등성이에 조성된 공원묘지는 찾는 사람이 없어 고즈넉했다. 이따금 휘파람새의 경쾌한 울음소리만이 허공을 휘젓고 지나갔다. 나는 하얀 화선지를 펼쳐 무덤 앞에 깔았다. 태섭형님은 두 손을 앞으로 가지런히 모은 채 서서 검은 돌에 새긴 아버지의 묘비명을 바라보았다.

—忠州金公應三之墓.

무덤 앞에 선 그의 머리도 어느새 반백이었다. 그러나 그의 얼굴은 생각보다 무덤덤한 표정이었다. 향을 피우고 술을 한 잔 따라주자 초헌을 드리고 난 그가 절을 할 자세를 갖추었다. 나와 아내는 옆으로 떨어져나와 손을 모은 채 서 있었다. 그가 일 배를 드렸다. 옆 숲속에서 휘파람새가 긴 울음을 뽑았다. 술을 봉분에 뿌리고 다시 채우고 또 절을 하고…… 아버지에게 드리는 그의 첫 인사는 오 분이 채 되지 않아 끝났다. 끝 잔을 들어 봉분에 뿌리던 그가 비석 앞에 무릎을 꿇고 앉아 두 손으로 정성껏 쓰다듬기 시작했다. 손바닥으로 어루만지다 윗옷 소매로 닦는 시늉을 했다. 그가 갑자기 아버지 비석을 품안 한가득히 끌어안았다. 그의 입에서 잘 알아들을 수 없는 중얼거림이 쉼없이 새나왔다.

"아바이래…… 이게 몇 년 만인지…… 절 알아보시겠…… 이게 누구의 잘못이갔시요. 누구래 탓하갔시요…… 참으로 어릴 적부터 아바이 꿈이래 많이 꿨드랬시우…… 아바이랑 한이불 밑에서 잠이나 한번 씩씩 자봤으면 원이 없겠다가 내 평생 소원 아니드랬시요?…… 가슴에 박힌 못 이젠 곰삭았겠디요…… 아암, 기래야디요…… 오마니, 울 오마니 보고 싶더랬겠디요…… 뫼시고 왔시요, 내레 목숨을 걸고 뫼시고 왔시요. 아바이 옆에 모시게 될지 못할지는 내레 자신 없시요. 이 태섭이래 이젠 늙었시요. 아무 힘이 없시다. 발써 쉰 하구두 둘이라요…… 걱정 마시라요, 오마닌 편하게 눈 감았으니까니…… 아바이 원망은 하나두 하지 않았으니까니…… 맘 편히 잡수시라요…… 아우님이래 훌륭한 작가 선생이 되셨으니, 이곳에서 자식 농사는 잘 지신 것 같아서 내레 기쁘외다 아암…… 혹 발써 저승에서 오마니하고 아바이하고 만나신 것은 아닌지…… 기러면 기렇다고 기별이래두 꿈속에서나마 주시잖구 와 내 속을 이리 끓이시요 아바이?…… 기러시면 안 돼요, 정짜로 안 돼……"

그는 마치 살아 있는 사람을 앞에 두고 말을 하듯 어떨 땐 미소를 짓다가 어떨 땐 어린아이처럼 울어버릴 것 같은 울음기를 머금다가 또 어떨 땐 투정부리듯 입술을 불쑥 내밀었다. 혼잣말을 하는 내내 아버지의 비석을 쓰다듬고 있었다. 그는 무엇엔가 도취한 사람 같았다.

"……!"

"……!"

아내와 나는 서로 얼굴을 마주보았다. 눈물이 많은 아내는 벌써 눈자위가 붉어져 있었는데 나와 눈길이 마주치는 순간 봇물 같은 눈물을 뺨 위로 밀어내었다. 나는 아내를 살포시 안아 등을 쓰다듬어주었다.

"여보 너무 기구해요…… 아주버님의 삶이……"

"그래 됐어. 당신도 울고 싶으면 울어. 이게 우리 역사의 맨얼굴이야. 순 상채기투성이지. 아직 아물려면 멀었어."

"흐흐흑…… 엉엉엉."

그는 이마를 비석머리에 댄 채 꼼짝을 하지 않았다. 이따금씩 등줄기만 꿈틀거릴 따름이었다. 그의 눈에서 소리 없이 흘러나온 눈물이 비석을 적시기 시작했다. 그는 소리내어 울 기운조차 없었나보다. 나는 허약해 뵈는 그가 실신할까 걱정이 돼 비석 앞으로 다가갔다. 그는 잠자는 사람처럼 젖은 눈을 지그시 감고 있었다. 떨어진 눈물이 비석을 타고 흘러내렸다.

"형님, 태섭형님 이제 그만 우세요. 몸을 생각하셔야죠. 형님 심정은 제가 이해합니다."

그가 눈을 한 번 반짝 떴다가 도로 감았다. 평온하고 행복한 미소가 그의 얼굴에 어렸다.

"이 비석이래 꼭 아바이 몸뚱어리 같아서리. 왠지 따스함이 느껴져. 한없이 끌어안고 있다가 그냥 이대로 잠들어버리고 싶어서리 말이야."

"무슨 말씀이세요, 형님! 이제 그만 오늘은 돌아가세요. 내일 또 올 수도 있고 모레도 오고 형님 하자는 대로 할 테니까요."

그는 고개를 설레설레 가로저었다.

"조금만 더 있자이…… 오 분이래두 좋고, 십 분이래두 좋고. 이 눈물은 서럽고 슬퍼서 흘리는 눈물이 아니잖구. 내레 기뻐서 나도 몰래 주체 못 하게스리 나오는 눈물이거든. 아, 아바이야…… 아바이야 태섭이 품이 어떻수다래? 좋으면 좋다고 말씀이나 좀 하기요. 그리고 헝헝, 이 태섭이래 앞으론 어쩔까보우? 어떻게 살아갈까보우? 이젠 여한이 없을 것두 같은데……"

아내가 돌아서서 휴지에 물코를 탱탱 풀었다. 얼굴은 눈물 때문에 화장기가 지워져 엉망이었다. 결국 나는 그를 등에 업고 공원묘지 주차장까지 내려와야 했다. 나는 자동차 뒷자리에 그를 조심스레 내려놓았다. 그는 거의 탈진한 모습이었다. 나는 묘지 입구 슈퍼마켓에서 오백 밀리짜리 생수 한 통을 사 그의 입에 흘려넣었다. 아내가 걱정스런 얼굴로 나를 쳐다봤다.

"괜찮아. 별일 없을 거야. 형님이 정서적 충격 때문에 좀 기진한 상태에 빠졌던 것 같아. 곧 회복되실 거야. 그런데 당신은 괜찮아? 운전할 수 있겠어?"

"운전을 왜 못 해요? 슬쩍 눈물이 비친 것뿐인데."

"그래. 알았어."

나는 태섭형님의 머리를 내 어깨 위에 올려놓았다. 아내가 시동을 걸었다. 가는 길 내내 그는 눈을 감고 자는 듯했다. 딱 한 번 장흥을 지날 때쯤 그가 왼손을 들어 더듬거리더니 내 손을 붙잡아주었다. 나도 무슨 뜻인지 충분히 알고도 남았기에 힘 주어 그의 손을 맞잡아주었다. 그때 또다시 그가 차고 있는 낡은 일제 세이코 시계가 눈에 띄었다. 나는 갑자기 가슴이 뛰기 시작했다. 그의 말이 떠올랐다.

—쎄이꼬레 흔하디 뭐, 난 일본에서 들어온 북송 동포한테 새끼돼지 한 마리 주고 얻었디.

그러나 내 눈은 속일 수 없었다. 나는 그 시계를 너무나 정확히 기억하고 있었다. 그 시계는 틀림없이 내가 국민학교 삼학년 때만 해도 아버지의 왼손목에 채워져 있던 시계였다. 나는 아버지 몰래 그 시계를 갖고 놀기를 좋아했다. 그래서 사실 아버지 몰래 시계 유리를 벗기고 열어보는 분해도 몇 번인가 시도했었다. 나중에 아버지가 아시곤 이노무 시키 하시며 크게 역정을 내기도 했다. 그때 그 시계를 분해하는 장난을 하면서 나는 아무도 모르게 그 시계에 나만 알 수 있는 표시를 해놓았었다. 유리 안쪽의 네모난 판 밑에 새겨진 세이코의 영어 SEIKO 가운데 E와 I를 뜯어낸 다음 바꿔놓아 SIEKO로 해놓았다. 웬만한 사람은 얼핏 보면 구분이 되질 않았다. 어제 저녁 태섭형님이 벗어서 잠시 보여준 시계를 들여다보니 원판에 시커먼 때가 두텁게 달라붙어 있었지만 희미하게 보이는 세이코 글자 중 뒤바뀐 E와 I를 알아볼 수 있었다.

나는 내 오른손 위에 포개진 태섭형님의 왼손을 살며시 쳐들어 그 시계를 다시 들여다보았다. 어제 저녁의 내 눈이 정확했다는 사실을 다시 한번 확인했다. 그 순간 내 맥박이 조금 빨라지기 시작했다. 이것을 어떻게 해석해야 한단 말인가? 머릿속이 혼돈스럽기까지 했다.

어떻게 아버지가 생전에 차고 있었던 시계가 지금 태섭형님의 손목에 감겨 있단 말인가! 귀신이 곡을 할 경우라는 게 바로 이 경우를 두고 하는 말이 아닐까!

3. 기약

나는 성치 않은 몸으로 성묘를 다녀온 태섭형님이 집에 이르자마자 피곤을 주체하지 못해 곯아떨어질 것으로 생각했다. 그러나 욕실에서 찬물로 등멱을 좍좍 끼얹고 나온 그의 얼굴 피부에는 팽팽한 생기가 서려 있었다. 보기보단 강건한 체질의 소유자인 듯했다.

"형님, 피곤하시죠?"

그는 수건으로 목덜미를 닦다 말고 손사래를 휘휘 내저었다.

"이까짓 것 가지고 뭘……"

나는 아내에게 갈아입을 내의를 가져오라는 눈짓을 보냈다.

"이기 뭐임둥?"

"형님 갈아입으실 속옷이에요."

"속옷? 나두 이거 새것으루다 바꿔입은 지 게우 하루 된 거인데? 염려 없다구."

"하루면 갈아입으셔야죠."

그는 다짜고짜 내의를 들고 있는 내 손목을 잡아 끌며 몇 발짝 방문 앞으로 이끌어간 다음 나지막이 속삭였다.

"이건 거저 접어두시고 말이야…… 내레 아우님한테 부탁이래 한 가지 있는데……"

"무엇이든 말씀하세요."

나는 태섭형님이 내게 부탁이 있다는 말이 오히려 반가운 심정이었다. 그의 성질로 볼 때 턱없는 청탁을 할 리는 아예 없었다. 그러잖아도 뭔가 인정을 건네고 싶은 생각을 잔뜩 품고 있던 터라 나는 그의 입으로 귀를 가까이 들이대는 시늉을 했다.

"어려운 부탁인데……"

"뭔진 몰라도 제가 할 수 있는 일이면 다 해드릴 테니깐 거리낌 없이 털어놓으세요, 형님."

"약품 좀 구해달라는 겐데……"

"약이요?"

"기러티. 내레 아우님이 보다시피 삭신이 좀 멀쩡치가 않아서 말이야. 긴데 북쪽에서는 아무래도 약품을 구하는 게 수월하지가 않아서 말이디. 어지간만 하면 이런 구차스런 말이래 꺼내지 않으려 했지만서두 말이야. 주변에 아픈 사람들도 솔찮이 있는데 민간요법으로는 한계가 있어서리…… 긴데 괜한 오핸 허지 말라구. 혹, 여기 남쪽에서 은근히 그런 필수 물자래 수집해서리 보따리로 떼넘겨 이문을 남기는 알로까진(약아빠진) 장사를 허려는 게 아니야. 기럼."

"하하하!"

나는 태섭형님의 두 손을 부여잡고 소리내 웃었다.

"그런 거라면 조금도 걱정하시지 마세요. 제가 다 알아서 챙겨드릴 테니까요. 형님이 몸이 편치 않으셔서 드실 약이라면 제가 왜 소홀히 하겠어요? 그러잖아도 요 건너편 백마역 앞에서 제 절친한 동창녀석 하나가 약국을 하거든요. 그 친구한테 당장 전화로 말을 넣어서 필요한 약품을 몇 꾸러미 마련해드릴 게요."

"기러케만 해준다면 고맙기 짝이 없디. 긴데 지금 내가 보답할 만한 것이라곤 변변치가 않아서 말이디……"

그는 내 손목을 잡아끌어 방 안으로 들어간 다음 벗어놓은 옷 갈피를 뒤적뒤적 더듬어 하얀 종이에 둘둘 말아싼 것을 조심스레 보여주었다.

"이게 뭡니까?"

"약품 값으로 치를 것인데……"

"약품 값이요?"

그는 말없이 고개를 끄덕였다.

"에이, 형님도 차암, 제가 언제 형님한테 약값을 따로 받겠다고 그랬어요? 제가 그렇게 야박하게 굴면 뭐가 되겠어요? 전 그렇게는 죽어도 못 합니다."

"그건 경우가 다른 거야요. 가만가만…… 내 말을 좀 직심히 들어보기요. 내레 안즉까지 남한테서는 물론이고 동기간에도 허턱 공것을 받아 챙기는 갱충쩍은(조심성 없고 아둔한) 짓거리를 한 적이래 없다 이거 아이요. 공은 공이고 사는 사, 이것 아임둥? 이게 여기서는 얼마 나갈지 모르지만 저기 북쪽에선 그래도 값을 후하게 치는 영물이니깐 이곳 금을 잘 가늠해서리 그에 해당하는 값어치만큼만 약품을 조달해주기요."

나는 태섭형님이 하도 정색을 하고 말하는 바람에 일단 수긍해두는 척 고개를 끄덕였다. 그리고는 종이에 싼 물건이 무엇인지 궁금한 생각도 들어 손가락 끝으로 슬쩍 건드리며 물어보았다.

"근데 이건……"

"쉬잇! 이건 장뇌임둥."

태섭형님은 손가락을 입술에 대며 조용하라는 시늉을 하였다. 그의 표정이 사뭇 진지해졌다.

"장뇌요? 장뇌라……!"

나는 입속말로 낮게 읊조렸다. 그는 빙긋이 웃으며 천천히 종이를 펼쳐 보였다. 그 안에는 가느다란 인삼 두 뿌리가 가지런히 들어 있었다.

"이거 인삼 아닙니까?"

"인삼 같아 보이기요?"

"예, 겉보기에는…… 그럼 산삼인가요?"

"산삼은 아이요. 장뇌라고, 말하자면 기르는 산삼이라고 해야 옳디."

"아, 기른 산삼이요. 산삼을 집에서도 기르나요? 심마니들이 심봤다 하고 심심계곡에서 캐는 게 아니고요?"

"길티. 원래 진짜 산삼 뿌래기에서 얻은 씨를 받아개지고 땅을 잘 골라 키우는 건데, 기건 여기 남쪽에서도 잘 재배하는 것 아임둥?"

"아 예, 그러고 보니깐 그런 얘길 어디서 들어본 것 같기도 하네요. 근데 이건 한 뼘 남짓한데, 몇 년쯤 기른 건가요?"

"이래 봬도 말임세, 이거이 거진 이십 년을 키운 것 아이겠음?"

"이십 년이나요? 어휴, 그 동안 이걸 형님이 직접 키우셨군요?"

"으음……"

"당(黨) 몰래요?"

나는 아차 실수를 저질렀다 싶어 손바닥으로 입을 틀어막았다. 나도 모르는 새 튀어나온 말이었다. 나는 당혹스런 눈빛을 지으며 태섭 형님을 바라보았다. 그는 의외로 덤덤한 표정이었다.

"……"

저녁을 먹은 뒤 아홉시 뉴스가 끝날 때까지 거실에 앉아 텔레비전을 보던 나는 아내에게 술상을 봐놓으라고 일러놓고 굳게 닫힌 태섭 형님의 방문을 두드렸다.

"형님! 형님, 주무세요?"

"으흠, 쿨룩 쿡쿡, 발써 자긴…… 근데, 거 무스거……"

방문이 미끄러지듯 빠끔 열렸다. 그는 내복 차림으로 베개를 겨드랑이에 낀 채 이부자리 위에 비스듬히 누워 있었다.

"주무시기 전에 약주 좀 한잔허시라구요. 피로도 풀리고 이래저래 형님한테 옛날 애기도 좀 듣고 싶어서요."

"옛날 애기는 무스거가 할 게 있다구 설라무네…… 끄응, 암튼 내 입성(옷) 주워 걸치구 게루(거기로) 나가디."

나는 지난 추석 때 선물로 들어온 안동소주를 개봉해 술상 위로 올렸다.

"한잔 올리겠습니다."

"어이쿠 참, 이거 쩝쩝……"

태섭형님은 술잔 그득히 담긴 안동소주에서 밀려오는 진한 향에 콧잔등에 주름살이 지도록 코끝을 실룩거리며 냄새를 음미한 다음 잔을 상 위에 내려놓았다.

"아우님도 한잔 받으시게나."

"아, 예……"

아내가 주방에서 부치던 해물파전을 접시에 담아 푸짐히 내놓았다.

"당신도 좀 앉지 그래?"

"아 예 그러디요. 아주망이도 좀 정좌를 하시디요?"

"예 큰아주버니, 하던 일이나 마저 후딱 해치우고요."

아내는 행주치마에 두 손을 쓱쓱 부비며 빙긋 웃었다. 오늘 아침만 해도 태섭형님이 호수공원으로 목욕재계를 나간 줄도 모르고 무슨 큰일이나 날 듯이 안절부절못하고 호들갑을 떨던 것에 비하면 하늘과 땅 차이의 변화였다. 그만큼 마음속에 어느덧 인간적 미더움이 쌓였다는 증거였다.

"한잔 듭서."

"예, 형님."

술잔을 들어 입 안으로 털어넣던 그는 움찔하는 자세로 동작을 멈추었다. 술이 너무 독한 듯싶었다. 입에 잔을 댄 채 꼼짝 않고 코로 숨을 몇 번 고르던 그는 눈을 질끈 감으며 단숨에 잔을 비워냈다.

"커억!"

그는 목젖에 달라붙은 소주를 요란한 소리로 털어내었다. 으스스를 치는 아이처럼 몸서리도 한 번 길게 부르르 뽑아내었다.

"목젖이 덜덜덜 떨리고 목구멍을 쩌르르 훑는 것을 보니 이거이 보통 술 같아 보이진 않는데 말이디. 도대체 이 술 이름이 가설라므네…… 안동소주라……"

그는 새삼스럽다는 표정으로 술병을 비스듬히 눈앞에 치켜들고 상표에 적힌 술 이름을 확인했다.

"소주 중에서는 제일 이름난 술이지요. 우리 전통 민속주랍니다."

"길티. 안동소주면 이름은 한번 들어본 적이 있는데 맛보기는 이 자리가 처음이어서리. 거 참, 좋다, 좋아 껄껄껄."

그는 얼굴이 발그레해져서 어린애처럼 좋아하는 표정을 지었다.

"술 먹고 난 다음 깰 때의 뒤끝도 아주 좋답니다."

"오호, 그러면 절대적으로다 착한 술이군."

"착한 술이요? 술한테도 착하다는 말을 붙이나요?"

나는 착하다는 말이 우스개로 들려 빈 술잔에 술병을 기울이며 되물었다.

"우리게서는 착하다는 말을 사람의 맘씨에도 기리고 물건한테도 두루 다 붙이디…… 좋지 않음둥? 착하다는 말이, 으흠……"

"듣고 보니 그렇기도 하네요. 이 안동소주는 정말 착한 술이야요, 하하."

"길티!"

태섭형님은 나를 따라 웃다가 천식이 도졌는지 한동안 발작적으로 일어나는 기침을 다스리느라 고개를 베란다 쪽으로 돌린 채 가슴을 쓰다듬으며 쿨룩거렸다.

"너무 웃다보니까니…… 긴데 아까 아우님이래 그 장뇌에 대해서리 당에서 몰랐던 거 아이냐, 기러니까니 애진작부터 수십 년간 혼자서 몰래 사적인 이득을 취해온 게 아니냐는 투로 묻지 않았갔어?"

"아, 아닙니다 형님! 뭐, 따지자는 게 아니었구요, 단지 그렇게 귀하고 비싼 장뇌를 어떻게 은밀히 기를 수 있었는가 하고 묻고자 했는데 말이 그만 그런 식으로 나오고 만 겁니다."

"안다, 안다이. 내레 무슨 뜻인지 정히 헤아리잖구. 기래서 내레 이렇게 답변을 해보려구 허는 게지. 기건 아우님 말이 맞아. 당에선 내레 장뇌를 키우고 있는 줄 몰랐지. 신고를 안 했으니까니. 왜냐면 기건 우리 집안의 대를 이은 비밀이었기 때문이었어."

"대를 이은 비밀이요?"

나는 나도 모르게 갑자기 큰 목소리를 내었다. 태섭형님은 가부좌를 튼 상체를 앞뒤로 흔들며 눈을 감은 채 고개를 끄덕였다.

"길티…… 생각해보라우? 그 장뇌 한 뿌리가 제대루다 크기 위해서는 짧게는 이십 년에서 길게는 오십 년까지 세월을 잡아먹는다는 것을. 그러니 그 영물을 키우는 일이 어디 한 대(代)에서 끝날 일이겠는가를 말이우다. 당연히 몇 대를 이어가며 키울 일이었으니까니. 우리 집안은 증조부 때부터 시작한 걸루다 내레 듣고 있었디."

나는 고개를 갸웃거렸다.

"아니, 형님. 저는 그런 말씀을 난생 처음 듣는데요? 아버님 살아생전에 전혀 그런 말씀을 귀띔해주신 적이 없었거든요."

그가 손바닥으로 이마를 쓱쓱 문지르며 웃었다.

"아마 당연할 게야. 아바이께서도 실제 그 사실을 모른 채 이남으로 내려오셨을 테니."

"아니 어떻게 그런 일이? 제가 듣기로는 아버지가 집안의 장남이셨다면요?"

"기렇긴 하더라도 말이디, 그 장뇌를 키우는 일은 워낙 종요로운 일이 돼놔서 말이야…… 사실 부자지간에도 의가 맞지 않거나 그 가업을 물려줄 아들이 아니고서는 어디서 어떻게 기르는지 비밀에 부치는 게 상례였다는 게지."

"그럼 증조부님께서는 당연히 조부님께 장뇌 키우는 가업을 이어주셨을 테고, 그럼 할아버지께서 장남인 아버지한테 그 일을 물려주신 게 아니라 작은아버님이신 응 자 호 자 쓰시는 어른한테 가업을 이어주신 셈이네요. 그리고 그 작은아버님은……"

"길티…… 작은아바이께선 집안의 장손인 내가 가업을 이어야 한다며 외려 당신의 자식인 사촌들한테는 비밀에 부치고 장조카인 내게 물려주셨지. 기렇지만 지금은 그 사촌들하고 내가 공동으로 기르고 있다. 지금 고향 마을에서도 그 사실을 아는 사람이 없는 지경이니, 아우님도 혹 이 사실을 주변에 피새나게 하면 아이 됨둥."

"피새가 나다니요?"

"은밀한 일이 소문이 확 불거지는 일을 말하는 기요."

"아유, 그런 일이라면 아무 염려 마세요. 근데 증조부님은 어떻게 해서 처음에 장뇌 키우시는 일에 손을 대게 되셨나요?"

이번엔 가부좌를 튼 상체를 양 옆으로 흔드는 태섭형님은 기분이 확 풀렸는지 몹시 홍감 어린 표정에 잠겨 있었다. 나 역시 뭔가 달뜬 기분이 돼 있었다. 조상의 얘기가 나오면서부터 태섭형님과 나 사이에 이물질처럼 끼어 있던 서먹서먹함이 말끔히 가시게 되었다. 그와 나는 다를 바 없는 한핏줄이라는 진한 감정이 북받쳐오는 것이었다. 그래서 그런지, 나는 그의 얼굴에서 언뜻 아버지 얼굴이 밑그림처럼 어른거린다는 느낌을 받았다.

"아 참, 아우님이래 기런 사실을 잘 모르시는 모양이구먼. 나도 다 작은아버지하고 오마니한테서 살아 생전에 들은 얘기니까니 기결 펼쳐 보여야지, 엇험."

그가 잔을 들었다. 나도 잔을 들어 입술을 축였다. 그때 아들 태형이 녀석이 방문을 열고 고개를 빼꼼히 내밀었다.

"우리 소년 조카래 아직 잠들지 않았구만?"

"예……"

태형이는 쭈뼛쭈뼛한 표정으로 나와 뒤통수를 긁적이며 내 눈치를 할금할금 보았다. 이 이야기 자리에 자신도 끼고 싶다는 표정이 역력했다.

"아직, 안 자니? 오줌 누려고?"

"아뇨…… 잠이 잘 안 와서요."

"그러다가 저번처럼 늦잠 자서 학교 지각하면 어쩌려고?"

태형이는 다리를 배배 꼬며 물러설 기색이 아니었다. 그 속내를 짐작한 태섭형님이 손짓으로 불렀다.

"어이구, 우리 당당한 소년 조카래 이리 좀 와보라우. 이 큰아부지래 기렇잖아두 우리 집안 내력에 대해서리 말문을 트려는 순간이었는데 잠이 솔솔 올 때까지라두 옆에 앉아서리 듣는 것도 하등 나쁠 게 없을 것 아임둥?"

그 말을 들은 태형이가 반색을 지었다. 나도 그닥 나쁠 게 없다 싶어서 그러마 하는 표정으로 고개를 주억거렸다.

"찬찬히 듣기요. 얘기는 우리 집안 고조부님으로 거슬러올라가는 기지. 나도 고조부님에 대해서는 그리 많은 얘기를 듣지 못했지만 거저 충주 지방에서 논 서너 마지기를 지닌 소농이어서 양반 지주의 땅을 또 그만큼이래 얻어서 간신히 소작을 부친 형편이었다는 게지. 기러니까니 집안 사정이 넉넉지 않은데다 고조부님께서 춘추 서른여덟에 건넛마을 잔칫집에 걸음하셨다가 갑자기 급체에 걸리셔서 돌아가시자 증조부님은 일찌감치 서울, 즉 옛날 한성이 되갔지? 그리루다 수자리를 살러 나오게 되었는데……"

"큰아버지 수자리가 뭐예요?"

"오호, 수자리?"

"어허, 태형아 큰아버지가 말씀중이신데 그렇게 중동을 자르고 들어오는 버르장머리가 어디 있니? 말씀이 끝나실 때까지 기다렸다가 여쭈어보아야지?"

"그냥…… 듣다보니 궁금해져서요……"

"아무리 궁금해도 그렇지."

"아냐, 아냐 기거이 썩 훌륭하고 좋은 정신이디. 지금 한창 자라나는 아해니깐 궁금한 게 있으면 오래 참지를 못하는 게 당연한 일이잖구. 내 일러줌세. 수자리란 말이디 옛날, 옛날에 말이디, 나라의 국방을 튼튼히 하는 일에 남정네들이 나가는 것을 말하지. 기러니까니 요즘 말로 군 입대 정도로 하면 알아들을 수 있을까?"

"아항, 그러면 텔레비전 연속 사극에 나오는 포졸이셨겠네요?"

"거 비슷한 거라고 보면 영락없지. 그런데 태형이 너 우리 역사책에서 배웠는지 모르겠지만서두 임오년에 큰 난이 일어났지."

"왜 몰라요, 큰아버지? 우리가 학교에서 다 배웠는데요. 그거 임오군란 말씀하시는 거죠? 1882년에 구식 군대 병사들이 밀린 봉급으로 받은 쌀에 모래와 겨가 반쯤 섞여 있어서 화가 나 들고일어나 일본 공사관도 불태우고 한 사건 말예요."

"기래, 기거이 맞을 테지. 참으로 똑똑하누만. 아, 기래서 기때 말이야, 결국 증조부님이 수자리를 사시던 구식 군대가 일본 군대와 야합한 봉건 모리배들의 반격을 받아서리 뿔뿔이 흩어지게 됐지 않갔어? 기래서 거기에 참여했던 증조부님도 창을 버리고 변복을 하신 채 밤을 도와 죽을 둥 살 둥 피신을 하신 게지. 그래서 구메구메 들어가서 자리를 잡으신 곳이 지금 우리게 고향이디, 함경도 성진. 기런데 그때까지만 해도 증조부님이 미장가셨던 모양이었어. 새벽 어름에 지금 마을의 동구 밖을 다 해진 옷과 굶주려 빼빼 마른 몰골로 지나치시려는데 장승 옆에 웬 젊은 처자가 서 있었다지."

"귀신이었나요?"

태형이가 마른침을 꼴깍 삼키며 관심을 보였다.

"허허 첨엔 귀신이 아닌가 싶어 머리털이래 곤두섰겠지. 그런데 찬찬히 보니 사람이 틀림없어. 보아하니 나비 모양의 헝겊을 들고 서 있는 것을 보니 어데서 소박을 맞았거나 지아비가 돌연 죽게 돼 새로운 남정네를 찾는 게 틀림없었던 게지. 기냥 지나치려는데 그 처자가 부르잖구!"

"왜요?"

"태형아, 큰아버지 말씀하시는 족족 그렇게 말허리를 자르고 나설래? 그럼 너 들어가서 잠자라고 할 테야!"

"아, 다신 안 그럴 게요."

"괜티않아, 괜티않아. 옛날엔 그런 여인을 처음 만나는 남정네는 무조건 아낙으로 맞이하는 풍습이 있었더랬디. 아, 그래서 그 아낙이 떡 부르더니 옆에 있는 광주리에서 기름기 있는 음식과 술을 꺼내 권하더라는 거디. 그 처자분이 바로 증조모님이셨지. 증조모님은 청상과부셨는데 시댁에서 홀로 독수공방하는 참상을 차마 두고 보지 못할 짓이라며 억지로 그렇게 동구 밖으로 끌어내 새 지아비를 틇게 했던 거 아임둥? 기런데 그 먼젓번 시아버님이 국량이 너른 분이셔서 내보내는 며느리 보따리에 남몰래 그 귀하디귀한 산삼 씨를 몇 알 넣어주셨다고 들었디. 그게 우리 집안에서 장뇌를 기르게 된 시초의 일이디."

"아버님은 왜 끝내 그 장뇌를 키우는 가업을 모르셨을까요?"

나는 그 점이 궁금해졌다.

"내레 듣기로는 아바이께서 열댓 살이 되시기 전에 상투를 자르고 왜놈식 풍물을 따르시더니 마침내는 만주 지방에서 젊은 시절 유랑을 즐기셨던 모양이야. 기래서 할아버님이 못 미더우신 생념이 드셔서 그러셨는지도……"

태섭형님은 말꼬리를 흐렸고 나는 고개를 끄덕였다. 태형이가 하품을 했다.

"졸리면 들어가서 자렴."

접시에 과일을 담아 내온 아내가 약간 거리를 두고 떨어져 앉으며 태형이에게 말했다.

"칫! 나 없을 때 큰아버지하고 더 재미난 얘기 하려고 그러는 거지, 아빠?"

"그래. 그렇다면 니가 어쩔래? 벌써 눈에 졸음이 그득해 가지고?"

"허허, 졸리면 고만 자야지 또 내일 움직일 수 있지 않갔어?"

태형이는 더이상 참을 수 없다는 표정으로 무릎을 짚고 일어나 꾸벅 인사를 드린 다음 제 방으로 들어갔다.

"거, 몇 잔 기울이지 않았는데도 췌(취)하네 췌해 응?"

"그래도 한 잔 더 드세요. 제가 따를 게요."

나는 잔과 함께 따라올라온 그의 왼손목에 아직도 지워지지 않는 시곗줄 자국을 물끄러미 바라보았다. 나는 태섭형님과 눈길을 마주쳤다. 그도 내 눈길이 자주 자신의 왼손목 위에 머무는 눈치이자 뭔가 심상찮다는 표정을 지었다.

"무스거 일이 있음……"

"형님한테 하나 물어볼 말씀이 있어서요."

나는 정색을 하며 가부좌했던 다리를 풀어 무릎을 꿇었다. 나의 이런 돌발적 자세에 태섭형님이 놀라 눈을 휘둥그래 떴다.

"거, 무슨 일인데 이렇게 깍듯이 과분한 예를 갖추고 그렇게 함둥?"

"……!"

나는 몇 번 숨을 고른 다음 술기운을 빌려 단숨에 질문을 내던졌다.

"형님, 솔직히 말씀해주셔야 합니다. 형님께서 사실은 여기가 초행이 아니시죠?"

"메, 메라고 하는 말임둥? 그거이 난데없이 무스거 말이오? 처음이 아니라니?"

나는 대답 대신 그윽한 눈길로 태섭형님의 눈동자를 응시했다. 그의 눈동자가 보일락 말락 흔들렸다.

"기거이……"

"형님……! 제가 이미 시계를 눈여겨보았습니다. 그만하면 족히 아실 텐데요?"

"……!"

그가 고개를 비스듬히 꼬았다.

"형니임……!"

"나를 알아보았었음……?"

목소리가 미세하게 떨리고 있었다.

"제 기억이 틀림없다면 쥐색 양복에 맥고모자……"

"그 맥고모자 쓴 분은 내가 아니디……"

"그럼?"

"그 옆에 까만 비닐 가방을 들고 야자수 이파리 그려진 헐렁한 남방 셔츠 입은 젊은이가 안 떠오름둥?"

"아…… 예 맞습니다, 맞아요. 두 사람이었죠? 그럼……?"

"그 젊은이였지, 내레."

"그럼 맥고모자는……?"

"응……호…… 어른……"

나는 술잔을 들어 목마른 사람처럼 단번에 들이켰다. 목젖을 스쳐 기도를 타고 흘러내리는 액체가 살갗을 태울 듯 쩌릿했다.

내가 초등학교 삼학년 때이니 1972년도 여름의 한낮이었을 터이다. 나는 그때 혜정이네 골목에서 또래들과 딱지치기에 열중하고 있었다. 코찔찔이 용성이가 다가와 손가락 끝으로 조심스레 내 등을 쿡 찌른 다음 웬 아저씨들이 날 부른다고 귓속말로 알려줬다. 녀석의 손에는 녹아 질퍽질퍽한 아이스케키가 들려 있었다. 아마 심부름의 대가인 모양이었다. 나는 펼쳐놓았던 딱지들을 주섬주섬 챙겨 호주머니에 넣은 다음 슬쩍 몸을 빼 나왔다.

—어쭈, 어디야 임마! 너 나한테 구라 까면 아구통 날아갈 줄 알아. 지금 한참 끗발이 오르는 판인데 말이야.

나는 골목을 빠져나왔는데도 나를 찾는다는 아저씨들이 보이지 않아 용성이를 양아치 형들의 말투를 빌려 불량스럽게 윽박질렀다. 용성이의 눈이 휘둥그래졌다.

—아니, 여기말고…… 저, 저 돌산 밑 채석장이랬어, 아저씨들이. 남한테 말하지 말고 너만 조용히 오라고 그랬거든. 난 이제 말 전했으니깐 돌아간다 응?

—그래, 가봐 짜식아.

채석장 밑에 가보니 과연 용성이가 일러준 대로 맥고모자를 쓴 양복쟁이와 푸릇푸릇한 남방을 걸친 청년 두 사람이 아카시아 밑에서 땡볕 더위를 식히고 있었다.

—아찌들이 절 찾았어요?

—네 이름이 호영이냐?

—그런데요?

—……!

남방을 입은 청년은 날 뚫어지게 쳐다보고 있었고 맥고모자는 땀

범벅이 된 내 머리를 쓰다듬어주었다. 나는 그 맥고모자를 빤히 올려다보았다. 어디서 많이 본 듯한 느낌이 들었다. 그 느낌은 특히 남방을 입은 청년에게 더 강렬했다. 그러자 이상하게도 무섬증이 와락 달라붙었다.

—아찌 누구세요? 애들 잡아가는 사람이에요? 전 보기보담 호락호락하지 않으니깐 그리 아세요?

—염려 놓으라니깐. 우린 네 아버지를 잘 아는 사람이야.

아버지를 잘 안다는 말에 내 귀는 솔깃해졌고 눈길은 자연스레 남방 청년이 쥐고 있는 뚱뚱한 비닐 가방에 가 닿았다. 혹시 울 아버지를 도와주려고 왔나!

—아버지 집에 계시지?

그러면서 맥고모자는 청년을 시켜 가방에서 캐러멜하고 일제 과자가 든 봉지를 내밀었다. 나는 마른침을 꼴깍 삼켰다. 그러나 덥석 받진 않았다. 오른발 검정 고무신 끝으로 내 주위의 땅을 파고 둥그런 원을 되풀이해서 그렸다.

—이거 받아라! 그리고 너희 집으로 우리를 안내하렴.

나는 체면을 지키려고 애를 썼지만 허사였다. 그러기에는 어린 나의 인내력은 너무도 취약했던 것이다. 맥고모자가 봉지에서 캐러멜을 하나 꺼내 억지로 내 입에 넣어주었다. 생전 처음 보는 맛이었다. 입 안에선 금세 침이 홍수처럼 밀려들었고 혓바닥도 격하게 꿈틀댔다. 불가항력이었다. 내 의지와는 상관없이 움직인 손은 그예 과자 봉지 쪽으로 스물스물 뻗어갔고 앞장을 서서 두 사람을 집으로 데리고 들어왔다. 아버지가 현기증이 나는지 문설주를 붙잡을 만큼 몹시 놀라는 표정으로 짐작컨대 그들이 아버지와 오랜만에 만나는 잘 아는 사람이라는 생각이 들었다.

—호영아 어서 나가 놀아라!

아버지가 이렇게 말씀하시지 않았어도 나는 그 일제 과자와 캐러멜들을 자랑하고 싶어서 안달이 나 있었기에 뒤도 돌아보지 않고 뛰쳐나갔다.

“기래 맞아. 그 청년이 바로 나였지. 내레 작은아바이와 함께 공작원으로 뽑혔었어. 이런저런 공작을 성공적으로 수행하고 마지막 남은 공작이 바로……”

“아버지를……”

태섭형님이 고개를 끄덕였다.

“함께 북으로 돌아가는 거였디. 첫 대면이었지만 아바이래 한눈에 날 알아보시드만. 그거이…… 기래 바로 혈육의 끌어당김이라는 거 아님둥? 기때 처음으로 아바이 무릎에 얼굴을 파묻고 내레 소리 죽여 실컷 울었디, 아암 원 없이. 여기서 병든 몸으로 생고생하지 말고 같이 가서 오마니랑 잘살자고 말씀 드리면서 말이야.”

“아버지가 그때 뭐라고 하시던가요……?”

내 목소리는 떨려서 나왔다. 그 대목에서는 나도 어쩔 수가 없었다. 북쪽에 잔뼈가 굵은 고향에다 부모 처자식을 모두 두고 남쪽으로 흘러나온 당신의 저주받은 운명을 끌어안고 사시던 아버지가 아니던가! 게다가 남쪽에서는 병고와 가난에 시달리고 있는 상황에서 북에서 공작원으로 파견된 아우와 이름도 지어주지 못했던 핏덩이 아들이 찾아왔다. 그래서 같이 고향과 부모 및 본처와 자식이 있는 곳으로 가자고 했다. 어쩔 것인가! 그 절체절명의 상황에 낀 나란 존재는 무엇이었을까? 그들이 내민 달디단 캐러멜을 애들 앞에서 자랑스레 씹으며 혜정이네 골목을 신바람 나서 누비던 어린 나의 존재란 무엇이던가!

“……!”

“아버지가요……?”

"이 시계가 말하고 있는 게 아니겠음둥?"

그는 왼손목을 어루만지며 말을 이었다.

"기때 아바이래 약속하게두 이렇게 말씀허셨지. 봇도랑 같은 눈물을 흘리시면서. 당신이래 북쪽을 발써 잊었다구 말이디. 저 어린것과 고생만 하는 에미를 보라면서 말이야. 그러니 함께 갈 수 없다고 하시며 가슴을 쥐어뜯었드랬디. 태섭아 부르시며, 엎드린 내 등을 쓰다듬으시면서리 이 아바이를 부디 용서하라고…… 기러시면서 차고 계시던 시계를 풀어주셨디. 혹, 아바이가 생각나면 시계라도 보라고…… 그땐 그렇게 말씀허시는 아바이레 얼마나 섭했던지…… 허지만서두 나중에 지켜보니 그거이 옳은 결정이라는 생각이 들었디. 그럴 수밖에 없었던게, 철조망 이쪽 저쪽을 오간다고 해서 문제가 해결될 일도 아니고 퉁일에 일조를 하는 일도 아니겠고…… 내레도 만약 그런 처지라믄 기러케 했을 거이야, 아마도."

나는 숙인 고개를 들 수가 없었다. 코가 맹맹해져왔다. 눈이 여린 아내가 고개를 돌려 어깨로 눈시울을 훔쳤다.

"작은아바이는 되돌아가는 길에 사단이 벌어져 돌아가셨고, 나도 다리에 심한 부상을 입었다가 간신히 살았디. 희생은 컸지만 그 일로 해서 우리 집안이 비로소 동요 계층에서 기본 계층으로 바뀔 수 있었디……"

아내가 운전하는 차는 경평로를 따라 이틀 전 태섭형님을 모셔왔던 임진강변의 만남의 광장 쪽으로 달리고 있었다. 차창 밖은 맑고 쾌청한 전형적인 가을 날씨였다.

"형님, 이거 면목이 없습니다. 큰어머님 모시는 문제도 잘 아퀴를 지어드리지도 못하고 말입니다."

나는 최옥분, 그분을 서슴없이 큰어머님이라고 불렀다. 뒷좌석에 나와 나란히 앉은 태섭형님의 무릎에는 올 때와 마찬가지로 흰 천에 둘러싸인 상자가 놓여 있었다.

"미안하긴 무스거…… 사실 내레 좀 성급했디, 아 안 그래 아우? 이쪽 저쪽 사정 좀 잘 톺아서리 순서와 조리 있게 일을 추진해야지 되는 건데 말이야. 기래두 오마니한테 아바이 계신 곳에 나들이라도 시킨 형용이니 기것도 괜찮은 거 아임둥?"

태섭형님은 짐짓 쾌활한 목소리를 내었다.

"제가 장담하는 건 좀 뭐하지만, 늦어도 내년 한식 이전에는 저희 어머니를 잘 설득해서 일이 수월하게 풀리도록 할게요. 저희 어머니도 속이 그렇게 꽉 막힌 사람은 아니니까요…… 다만 사람이 감정이라는 게 있어서 응어리가 풀리려면 시간이 필요할 때가 있는 것이잖아요. 시간이 좀 흐르면 어머니도 형님 사정을 이해하고 말고요."

"기래…… 기러케 되믄 더할 나위 없는 거구…… 내 아우님만 턱 믿으니까니."

"고맙습니다. 이해를 해주셔서."

"고맙긴 내가 되레……"

태섭형님은 옆에 둔 약품상자를 돌아다보았다. 내가 전화 한 통화를 넣어 자초지종을 얘기하자 백마역 앞에서 다솜약국을 운영하던 친구는 일부러 이곳저곳에 연락을 해 약 한 꾸러미를 만들어 보냈다. 나는 형님이 내놓는 장뇌 두 뿌리를 한사코 거절했지만 하도 정색을 하며 부득부득 주장을 내세우는 통에 하는 수 없이 받아들일 수밖에 없었다.

—작은오마니에게 한번 드시게 해보라우. 효험이 아주 은근할 게지.

"아 참, 그거 어드러케 됐디?"

"뭐가요?"

"아 왜, 우리가 이 길로 해서 나올 때 래지오(라디오)에서 축구경기

중계했지 않음둥?"

"아, 거 우리나라와 루마니아하고 벌인 경기요?"

"아마, 그거이지."

"무승부예요. 그 팀이 유럽에서는 아주 강팀이거든요. 무승부도 잘한 겁니다. 나머지 팀이 약팀이어서 앞으로 일 승만 올리면 십육강 진출은 무난할 거예요."

그는 고개를 끄덕이다 말고 무심코 차창 밖을 내다보았다. 그 사이에 나는 그의 불편한 왼다리를 내려다보았다.

—아직도 제거하지 못한 파편이래 조금 남아 있디.

만남의 광장이 거진 다가오는지 차는 한강변에 바짝 붙어 달렸다.

"형님, 뭘 그리 폭 빠져서 보세요?"

"저기, 날갯짓하는 새떼 좀 보기요."

"어디요?"

"저 뻘 너머."

형님이 손가락으로 가리키는 곳에서 갑자기 수많은 새떼 무리가 일제히 솟구쳐 올랐다. 수백 마리, 아니 수천 마리는 족히 됨직했다. 그 날갯짓 소리가 아련히 들려오는 듯했다.

"우리 인간이란 게 알구 보믄 저 하찮은 미물보다도 더 매욱할 때가 있는 것 아임둥? 저네들이 그토록 자유롭게 넘나들던 철조망을 반세기가 넘도록 치우지 못하고 있다가 이제야…… 하지만 봅세. 저 새들이야 날개가 있으니까니 퉁일 전에도 저 녹슨 철조망 위를 맘대로 넘나들었을 거 아임둥? 하지만서두 우리 인간들이 철조망을 걷어치우니깐 허공을 나는 그들의 날갯짓이 더 자유로워 보이지 않소?"

나는 그의 말뜻을 어렴풋이나마 이해할 만했다.

"예…… 그러나 저러나 형님이 단 며칠이라도 더 머무르셨다면 좋았을 텐데요."

"허허, 나도 지금은 그러고 싶은 맴이야 굴뚝 같지만서두 누차 얘기했지 않음. 마흔야들 마리나 되는 내 도야지 새끼들이 얼마나 목이 빠지게 날 기대리겠소 응? 물론 사촌이래 잘 돌보고 있겠지만서두 하루라도 시일을 단축해 가서리 내 손으로 돌봐야지 가네들도 살이 토록토록 찌지 않갔음둥?"

"그렇긴 하죠……"

나는 고개를 숙여 다시 그의 왼무릎을 쳐다보았다. 그런 나의 눈길을 감지했는지 그가 빙그레 웃어보였다.

"형님, 그때 많이 다치셨죠?"

"기거야 뭐…… 보고 싶네?"

나는 대답 없이 그의 눈동자를 올려다보았다. 그러자 그는 바짓가랑이를 허벅지께까지 걷어올렸다. 나는 눈을 지그시 감았다 떴다. 무릎에서 정강이까지 굵은 뱀처럼 꿈틀거리는 흉칙한 상처가 드러났다. 나는 침을 삼키려 했지만 목울대만 출렁거릴 뿐 입 안에 침이 고이지 않았다.

"파편이 아직 남아 있다고요?"

"날이 궂으면 좀 욱씬거릴까, 사는 데는 크게 지장 없다우."

나는 자신도 모르게 그 상처 위에 내 손바닥을 얹었다. 그러자 형님도 약간 놀란 표정을 지었다. 그의 상처를 덮은 내 손등 위로 그의 손이 다시 포개졌다.

"형님! 우린 누가 뭐래도 한뿌리입니다!"

"기거를 새삼 말하믄 무얼 하겠음? 타고난 핏줄인 것을…… 서로에게 가 닿지 못해서 그 동안 얼마나 애달프고 목마른 뿌리로 살아왔음둥? 이제는 그런 일 없어야 함둥!"

"예, 형님!"

그는 더이상 배웅하지 말라며 만남의 광장에서 내려 앞장서 걸어갔다. 그가 한 번 뒤돌아보았다. 나는 입에 손나발을 해 붙이고 소리쳤다.

"형님! 이번엔 제가 태형이 방학하면 데리고 찾아가 뵐게요!"

그가 고개를 끄덕이며 어서 차 안으로 들어가라는 손짓을 해보였다. 그가 올 때처럼 갈 때도 역시 햇살이 그의 등뒤를 따사롭게 감싸고 있었다. 나는 그의 모습이 사라질 때까지 꼼짝 않고 서 있었다. 메마른 먼지바람이 나를 오랫동안 감싸 입술이 버썩버썩 말랐지만 난 갈증을 느낄 수 없었다. 단비를 잔뜩 머금은 나무의 뿌리처럼 내 몸 안에서 뭔가 알 수 없는 축축함이 샘솟듯 힘차게 차오르는 느낌 때문이었다.

(『자유공론』 1996년 2·4·5월호)

쐬주

야, 이래 가지고선 영 낭패 보기 십상이겠는걸…… 쩝쩝.

야간 경비조 근무 교대를 마치고 사복 차림으로 나오던 황보동필씨는 윗니로 아랫입술을 꽉 찍어눌렀다. 왕모래를 뿌려둔 듯 깔깔한 혀끝에 보풀이 일어나 헤어진 입술이 달라붙었다. 그런 판에 물기가 마르지 않은 머리채로 자신을 목 빠지게 기다리고 있을 마누라의 새치름한 얼굴이 떠올랐다.

이거 원, 마누라한테 가는 길이 염라대왕 만나러 가는 길보다 더 아득해 보이니…… 끄응, 명색이 남자 꼴인즉슨 말씀이 아닌데. 이럴 줄 알았다면 엊저녁에 성질 좀 죽이고 차분히 몸 좀 만들어놨어야 집에 닿는 길로 헛기운이나마 좀 쓰는 시늉을 하는 건데 말이야. 아무튼 오늘은 삼수갑산을 보낸다 해도 젖 먹던 힘조차 풀어 쓸 기운이 없구만.

다리가 풀려 구름 위를 걷는 듯 허청허청 발걸음을 떼던 동필씨는 아파트 단지 끄트머리께에서 새싹유치원 벤치가 나오자 그 위에 물

먹은 솜처럼 처진 몸뚱이를 부려놓았다. 호주머니를 더듬어 담배를 찾았지만 손아귀에는 밤새 거덜난 꾸깃꾸깃한 빈 갑만 쥐어졌다. 그는 등받이에 팔을 얹고 비스듬히 기댄 채 아침 봄햇살 쪽으로 얼굴을 돌렸다. 방금 부쳐낸 해물파전처럼 노르스름한 해가 눈에 들어오는 순간 그러잖아도 짓물러빠진 동필씨의 눈초리가 시어터진 동치미 국물에 담근 것처럼 꼬부라졌다.

"어, 시겁다. 나이 탓인감…… 쉰 줄도 벌써 반은 꺾어졌으니 솔찮은 나이구말구."

나이를 먹을수록 눈가에 매가리가 사라지고 툭하면 신 눈물이 비어져나왔다. 마누라는 그게 그 동안 곱다시 쌓인 술지게미가 찍찍 녹아나오는 것이라고 비아냥거렸다. 어깨에서 힘이 빠져나가자 윗몸이 벤치 바닥에 모로 포개졌다. 동필씨는 늑골 아래에 짓눌린 네모난 비닐 가방을 빼내 벌린 다음 노란 수로 경비라고 새겨진 모자를 꺼내 쏟아지는 햇살을 가렸다. 마누라가 싸준 도시락에서 딸그락 젓가락 쏠리는 소리가 새나왔다. 정겨운 금속성 소리였다. 에이, 그려 한 오 분만 기운 차리고 나서 가설라므네……

마누라가 밤 근무 나가는 남편을 붙들고 눈가에 웃음기를 처바른 채 오늘은 쉬엄쉬엄 근무혀요, 할 때는 뭔가 알조가 아닌가? 동필씨는 부러 퉁바리스럽게 마누라의 치켜올라간 눈초리께를 쏘아보면서 집이나 잘 봐, 문단속 접때처럼 허투루 하지 말고, 하며 오금박듯 얘기했다. 그러면서 암만 사십대 초반이지만 눈초리에 저렇게 시퍼러둥둥한 색기를 달고 다녀서야 하며 속으로 끌탕을 하였던 거다. 하지만 흥, 내일은 마침 도배일도 없는 날인데…… 헛코 풀어본 게 언젯적인지두 모르는 양반이면서 하는 낯 뜨뜻한 쫑덜거림을 등뒤로 막아내기엔 동필씨의 등판이 너무 야위었다.

"밥 속에 삶은 겨란 한 알 파묻어뒀으니깐 거, 접때처럼 합죽이 최석동씨한테 절대 양보하지 말라구요. 알았죠?"

"알았어. 하지만 최반장 그 양반도 홀애빈데 마누라 둔 처지인 내가 노놔먹을 건 노놔먹어야지, 거 맨날 곁에서 조미료 덩어리 같은 밍밍한 라면이나 끓이는 꼴을 보자니…… 아무튼 내 되도록 일찍 들어오지 뭐. 근데 봄이면 한창 이사철일 텐데 어째 도배일이 빈다냐? 재작년만 해도 당신이랑 나랑 정신없이 뛰었잖아?"

"뭐라구요? 어제까지 공휴일도 없이 뛰었잖우. 내가 기계예요? 마누라가 다리에 가래톳이 서서 하루쯤 쉬겠다는데두 그게 그렇게 켕기우, 당신은?"

"누가 켕긴댔나? 그렇다고 당신이 말이 좋아 쉬는 거지, 이 좋은 봄날에 가만히 집구석에 처박힐 성질도 아니니깐 하는 소리지."

"놀러 가긴…… 몰라요, 내일 낮쯤 해서 우리 부녀회 총무랑 통장 아저씨서껀 해서 열병합발전소 뒤쪽에서 삼겹살이나 구워 목구멍에 때 좀 벗길지……"

"아니, 또 그 야유흰가 뭔가야?"

"또는 뭐가 또예요? 지난가을 한 번 하고 올 들어서는 이번이 처음인데. 당신도 같이 가려면 가시구려."

"……내가 정신 나갔어? 뭣 빠지게 야근하고 나면 뭔 힘이 넘친다고."

어디서 새소리 같은 게 동필씨의 귓가로 흘러들었다. 그는 유치원 아이들이 떠드는 소리를 새소리로 혼동할 만큼 기운이 자우룩이 잦아들고 있었다. 그래 썅, 죽기 아니면 까무러치기다. 쐬주 한 고뿌 부으면 한 번쯤은 거시키가 체면치레용으루다 비록 짧은 사역에라도 선선히 나서줄지도 모르잖남, 제길.

시간이 얼마나 지났을까, 동필씨는 문득 진흙탕 속에서 뒹굴고 있는 자신을 보았다. 걸쭉한 진흙탕 속에 넉장거리로 드러누운 그의 눈에 부연 하늘이 비쳤다. 비가 추적추적 내리는지 얼굴이 축축했다. 그는 입가로 봇물처럼 새나온 침을 후르륵 들이마셨다. 귓전에서 간지럽게 찰랑거리는 진흙탕물 소리가 들렸다. 진흙탕 속은 의외로 따듯하고 푸근했다. 어릴 적에 자다가 오줌을 싸고 나서 미처 그것을 깨닫기 직전까지 느끼곤 했던 아늑함 같은 것이었다. 동필씨는 기분이 막 좋아지려고 했다. 특히 발목께에 보드라운 간지러움과 따스함이 달라붙어서 자꾸 발가락을 꼼지락거렸다. 누군가의 입김이 와 닿는 듯한 느낌이었다. 그런데 어디선가 흐느끼는 울음소리가 들렸다. 순간 정신이 확 깬 동필씨는 위아랫니를 악다물고 헉 소리를 지르며 벤치에서 벌떡 일어났다. 그 통에 얼굴에 걸쳐놓았던 경비 모자가 벤치 아래로 굴렀다. 여전히 눈이 부셨다. 동필씨는 팔을 들어 눈앞을 가렸다.

눈을 떠보니 발치에 노란 유치원 복장을 한 사내아이가 울먹거리며 서 있었다.

"너 왜 우니 얘야? 누가 때렸니?"

"아찌 쉬야, 쉬 했쩌."

그제야 자신의 발밑을 내려다본 동필씨는 아이가 자신의 발목에 오줌을 싸놓았음을 알았다. 아이의 바지가 무릎께까지 내려와 있었다. 그의 양미간이 순간적으로 좁혀졌다가 펴졌다.

"네가 그랬니?"

"예, 힝힝…… 아찌 코 하는 거 응, 보는데…… 쉬야가 와서…… 으앙."

당황한 아이는 겁에 질려 큰소리를 내며 본격적으로 울 참이었다. 그러나 정작 당황한 건 동필씨였다. 그는 얼른 사방을 살폈다.

"얘야, 울 것 없다니깐 그러네. 에헤 괜찮다니깐. 아저씨는 암시랑토 않아. 아주 기분이 좋단다. 그러니까 울 필요가 없어 너는. 근데 이름이 뭐지? 몇 살이야? 과자 사줄까?"

동필씨는 벤치에서 내려와 아이 앞에 쭈그리고 앉아 바지를 치켜 준 뒤 진땀을 빼며 달래주었다. 그러나 그럴수록 아이의 울음소리는 커졌다. 그는 아이 입을 틀어막으려는 시늉을 하다가 오해를 살 것 같아 하릴없이 쩔쩔 맬 뿐이었다.

"동준아! 너 거기서 뭐 하니?"

유치원 건물에서 교사로 보이는 젊은 처녀가 후닥닥 뛰어나왔다. 얼른 아이를 낚아채듯 안아올린 처녀는 수상쩍다는 눈길로 동필씨의 위아래를 싸늘하게 훑었다.

"왜 아이를 울리고 그러세요 아저씨는? 뭐 하는 분인데요?"

"아, 그게 그러니깐……"

다그치는 말투에 동필씨는 더욱 말문이 막혔다.

"그게 그런 게 아니고……"

"어머 이상한 아저씨다, 그치 동준아?"

하마터면 아이 유괴범이거나 이상한 변태성욕자로 몰릴 뻔한 동필씨는 자신의 비닐 가방 속의 경비 복장을 펼쳐 보여주며 자신의 신분을 밝히고 마침 동준이란 아이도 손짓발짓으로 자신이 아저씨 발 위에다 쉬야를 해서 울었다는 시늉을 해주어서 위기 상황을 겨우 벗어날 수 있었다.

그러고 나니 집에 가는 시간이 거진 한 시간은 지체된 셈이었다. 그래도 벤치에서 눈을 좀 붙여서 그런지 한결 걸음새가 가벼워지긴 했다. 아이 오줌 때문에 구두 속에서 뽀드득 소리가 났다. 간신히 마을버스를 잡아 타고 집에 돌아와보니 그 새를 못 참은 건지 아니면 토라진 건지 마누라는 나가고 자취가 없었다.

"어이, 혜정 엄마, 혜정 엄마! 사람도 참 고 틈을 못 참고…… 벌써 야유회를 갔나? 나 참."

먼저 샤워를 하고 나서 집 안을 찬찬히 둘러봤지만 냉장고 문이나 현관문 안쪽에 혜정 엄마가 흔히 붙여놓곤 하는 쪽지조차 눈에 띄지 않았다.

"어지간히도 토라진 모양일세…… 쩝쩝."

냉장고 문을 등지고 선 동필씨는 입맛을 다셨다. 갑자기 시금털털한 생침이 한가득 고였다. 뭔가 입 안이 궁금해진 것이다. 냉장고를 열어봤지만 평소 먹다 남은 반 병짜리 쐬주병이라도 놓여 있던 자리는 텅 비어 있었다. 그렇다고 운동복 차림에 슬리퍼를 질질 끌고 나가 LG 편의점에서 쐬주를 사오자니 그것도 좀 남의 이목이 껄끄러울 터였다.

"이 여편네가 야유회를 가면서 그런 것 하나 챙겨놓질 못하나…… 끌끌. 남편이 터진 꽈리만도 못해 보이남!"

그러자 은근히 통장을 맡고 있는 맹성섭씨가 얄미워지는 것이었다. 동필씨를 헹님이라고 부르는 맹 통장은 구 년 아래였다. 신도시의 남쪽 지역을 담당하는 신문지국장이라는 명함을 갖고 있었다. 그 명함이 통장이라는 직책과 묘하게 어울려 전국적으로 다섯 손가락 안에 들지 못하는 신문이지만 통 안에서 삼십여 부를 확장해냈다. 물론 동필씨도 그 신문을 구독한다. 다용도실 옆에 붙어 이따금 낮잠을 방해하는 뻐꾸기 시계가 바로 맹 통장이 경품으로 준 것이다.

"옌장, 이 집구석엔 먹을 거라곤 개뿔도 없군."

더욱 불만스러운 것은 팍팍한 다리를 끌고 집으로 돌아올 때와는 달리 샤워를 하고 나니 의외로 손끝으로 눌러본 장딴지가 딴딴한 게 힘이 팽팽하게 느껴지는 것이었다. 이 정도라면…… 쩝쩝. 아쉬운 생각이 들었다. 지금쯤 마누라는 꽃향기 실린 봄바람 속에서 치맛자락 펄럭이며 거나하게 돌아갈 텐데.

동필씨는 찬밥 한 공기에 양조간장을 끼얹고 구운 김 부스러기를 뿌려 비빈 것을 억지로 몇 술 집적거리다 말고 소파 위에 무릎을 곧추 끌어안고 앉은 궁상스런 자세로 끄덕끄덕 졸기 시작했다. 그러다 문득 눈을 화등잔만하게 떴다. 거실 한구석에 서 있는 옷걸이대에 마누라가 나들이 가려고 내놓은 듯한 분홍빛 투피스 양장에 눈길이 가 닿은 것이다. 옷걸이에 걸린 그 옷은 균형이 맞지 않아서 한쪽으로 축 늘어져 있었다. 아마 그래서 그의 눈길을 더 잡아끌었는지도 몰랐다. 주인이 벗어놓고 간 기우뚱한 옷, 그것이 풍기는 묘한 느낌을 뭐라고 말해야 좋을까. 동필씨는 어쩌면 옷이란 것도 좀전에 그 안에서 꿈틀거리던 살덩이에 대한 기억을 간직하고 있을지도 모를 일이라고 생각해보았다.

"하면, 야유회를 나간 게 아닌가? 아니면 순간적으로 변덕이 생겨 꺼내놓은 옷이 마음에 들지 않아서 딴 옷으로 갈아입고 나갔남? 지난 가을 백화점 세일 때 사온 맘보 바지 그것도 나들이용으론 괜찮은 편이긴 하지."

동필씨는 자꾸만 묵지근해져오는 사추리 새의 압박도 덜 겸 해서 훌쩍 소파 위에서 용수철 튕기듯 내려섰다. 그리고는 딴전을 펴는 사람처럼 미적미적 베란다 앞 유리문에 다가서 밖을 바라보는 시늉을 하다가 커튼 자락을 확 잡아챘다. 그리곤 우연인 듯이 혜정 엄마의 분홍빛 투피스 자락 앞에 다가섰다.

"사람 하곤, 얼마나 급히 나갔으면……"

그는 무릎을 꿇고 옷을 두 손으로 어린아이 감싸듯 슬쩍 끌어안는 시늉을 해보았다. 어깨 부근 봉을 넣은 바로 그 자리에 까맣고 굵은 마누라의 머리카락이 한 올 눈에 띄었다. 동필씨는 조심스레 머리카락을 떼어낸 다음 이마 위에서 형광등 빛에 비춰보다가 입김으로 훅 불어 날렸다. 그리고는 다시 한번 팔뚝으로 아내의 옷을 휘감아 당겼다. 그런데 그 순간 팔뚝에 와 닿는 묵직한 느낌이 있었다. 어…… 그는 눈동자를 한바퀴 휘 내둘렀다.

"이건 그놈인데…… 어이 육실할 놈 같으니라구……"

동필씨는 아내의 옷 가슴 부위에서 자신의 팔뚝에 전달해준 느낌의 실체를 순간적으로 직감했다. 그는 고개를 갸우뚱거렸다. 눈가에 힘을 모아 옷을 지그시 노려보았다. 마치 아내의 정부(情夫)라도 그 안에 오들오들 떨며 숨어 있기라도 하는 듯. 동필씨는 팔뚝의 소매를 걷어올렸다. 그리고는 천천히 아내의 옷 안주머니 쪽으로 손길을 뻗었다. 그의 코끝에서 콧방울이 튀면서 콧등이 홍당무 냄새를 맡은 말처럼 씰룩거렸다.

드디어 그의 가운뎃손가락 끝에 그놈이 걸려들었다. 그 녀석은 아내의 투피스 안주머니에 그렇게 다소곳이 숨어 있다가 들킨 것이었다. 동필씨는 미세한 떨림에 휩싸인 손끝을 그대로 정지 상태에 두었다. 그 서늘하고 미끈한 촉감을 뭐라고 얘기하면 좋을까? 손끝이 천천히 더 깊은 속으로 미끄러져내렸다.

왜 잊어버리겠는가? 열다섯 살 되던 해 도망쳐나오던 고아원 뒷산 풀수풍에서 천둥처럼 맞닥뜨린 영순이의 그 젖가슴의 감촉이 아니고 무엇이던가? 동필씨는 문득 눈물겨웠다. 두 살 연상이던 영순이…… 그후로 다시는 보지 못할 영순이였지만 그 뽀얀 살결의 젖가슴은 그 감촉이 있었기에 사십 년 동안을 기억의 물이 바래지 않고 불쑥불쑥 되살아온 것이었다.

단발머리 영순이는 고아원 밥순이였다. 누룽지의 여왕. 어쩌면 동필이보다 그의 기타 소리에 더 반했을는지도 모르는 처녀였다. 고집이 황소처럼 셀 것 같은 옥니박이였지만 큰 눈엔 항상 눈물 바람이 그렁그렁하고 밤에 부엌을 습격한 원생들에게 주걱 한번 되알지게 휘둘러보지 못한 순둥이가 아니었던가. 아, 펌프질을 할 때마다 양옆으로 흔들리던 그 방댕이에 열다섯 살 소년의 마음도 따라서 흔들리고,

고아원 들어와서부터 줄만 보면 그게 빨랫줄이든 고무줄이든 상관없이 다가가 만지면서 손가락으로 튕겨볼 만큼 음악적이던 소년은 육번 줄이 없는 고아원 유일의 낡은 기타줄을 뜯었지. 그러면 말만한 방댕이는 더욱 바람 타고 는실난실 흔들렸었고.

"동필아, 여기 남아서 기술 배워. 원장 아부지가 넌 잘 찍었잖니?"

"쌩 마. 아부진 무슨? 황구렁이 같은 놈인데. 그리고 내 결심은 변함없어. 오늘 밤이야. 내 저녁은 팔푼이 용수녀석한테 줘. 항상 모자라서 걸근거리잖아. 한 끼라도 배지껏 처먹으라고 해."

"그러지 말고…… 이 집에서 너만 유일하게 원장 아부지 성인 황보를 이어받았잖아?"

"필요 없어. 그깟 황보면 어떻고 홍보면 어때? 그나저나 내가 없어지고 나면 너 같은 계집애는 어쩌면 황구렁이한테 따먹힐지도 몰라."

"어쩜…… 무슨 그런 말을……"

영순이의 뺨에 스산한 홍조가 스친다. 두 사람 다 말이 없다. 소쩍새만 애가 타서 멀리서 외쳐대는데 이윽고……

"나 좋아하니……"

동필이 던진 돌멩이가 소쩍새 울음소리 나는 쪽으로 날았다.

"게 무슨 소용이람…… 니 엉댕이는 쬐끔 좋아했지만서두……"

"그럼 날 좋아한 게지 무에? 남자가 떠나는 마당에서두 그렇게 싸가지 읎는 말을 한담?"

"그려…… 씨팔, 그래서 이렇게 떠나가잖아. 여기선 백날 있어봤자 죽도 밥도 안 될 게 뻔하거든. 니두 그런 허릅숭이 남정넨 좋아하지 않을 거구만. 봐! 내가 이 줄 하나로 이름을 세상에 여봐란 듯이 날리고 말 테니깐."

"그려 넌 해낼 것이구만…… 근디…… 근디……"

"근디 뭐?"

"여그 좀 보고 말혀도 좋겠구만."

또 돌멩이 하나를 집어 허공으로 날려보내려는 시늉을 하던 동필이 신경질적으로 고개를 홱 돌린다. 원대한 뜻을 세운 소년의 눈이 휘둥그레진다. 숨이 턱 막힌다. 거기에는 보드라운 구름이 있었다. 새잎 돋는 산등성이가 있었다. 맑은 샘물이 솟는 꼭지가 있었다. 아아, 인자한 어머니의 얼굴이 있었다.

"츰이여, 증말 이렇게 보여주는 건 니가 츰이란 말이여. 난 이젠 워쪄. 부끄러워설랑……"

영순이가 고개를 외로 꼬았다.

소년의 코에서 단내가 훅 풍겨나왔다.

"마, 만져두 돼여?"

"그럼 도루 단추 잠궈?"

"아녀, 아녀 그런 말이 아니구……"

소년의 손아귀에 쥐어져 있던 돌멩이가 스르륵 미끄러져내린다. 소년은 흙먼지가 잔뜩 묻은 자신의 손가락을 보자 고개를 돌려 얼른 마른침을 묻힌 다음 바짓가랑이에 썩썩 문질렀다.

동필씨는 더이상 못 참겠다는 듯 손아귀에 힘을 준 다음 우악스레 움켜쥐었다. 그리고는 힘들이지 않고 뽑아내었다. 그것은 역시 뚜껑을 따지 않은 쐬주였다. 그는 병을 가만히 흔들어보았다. 병 안의 쐬주가 기포를 뿜어올리며 몸을 뒤채는 것을 들여다보았다. 병 안에 든 쐬주의 한 뼘 남짓한 푸르름은 동필씨에겐 천 길 바다 심연의 웅숭깊음에 버금가는 매혹이 있었다. 쐬주를 벗해온 지 어느덧 사십 년의 세월이 흘렀지만 그 푸르름의 비밀을 아직껏 알지 못한다. 물론 사기잔에 담으면 하얀 빛이고 붉은 잔에 담으면 불그레한 빛깔을 띠겠지만 그 깊이로 따지자면 뭐니뭐니 해도 푸르름이 으뜸이다. 한 사내가 태어나서 능히 익사하고도 남을 태초의 푸르름이었다. 거기엔 세상 사나이의 깊이 멍든 마음이 무르녹아 있기 때문이기도 했다.

그는 더이상 참지 못하겠다는 듯 병마개를 비틀었다. 옛날에는 이빨로 마개를 물어뜯는 재미도 괜찮았지만 요즘은 비틀어 따는 병 마개가 더 많이 나온다. 하지만 적어도 쐬주라면 깡다구 부리듯 이빨로 물어뜯는 재미도 있어야 하는데……

"그래 바로 이 맛이야!"

동필씨가 다른 술과는 달리 쐬주에 대해 갖는 사소하다면 사소한 불만 중의 하나는 바로 이런 것과 관련이 있었다. 쐬주는 마시면 마실수록 이런 말을 할 수 없게 된다. 하지만 사실 이렇듯 뭐라고 딱 부러지게 말할 수 없는 쐬주의 변화무쌍한 맛, 바로 그것이야말로 우리가 쐬주에 대해 딱 부러지게 말할 수 있는 본래의 맛이라는 게 동필씨의 생각이다. 뭐라고 딱 부러지게 말할 수 있는 맛이 아예 정해져 있었다면 그런 술과 더불어 사십 년을 오로지 한결같이 벗 삼아 살아올 수 있는 사람이 나올 턱이 없는 노릇 아닌가.

술을 마시는 사람들은 보통 첫 잔의 의미를 과장하는 경우가 많다. 그런 너절한 허풍은 피하자는 게 동필씨 나름대로의 쐬주 철학이다. 다만…… 첫잔의 쐬주는 아린 가슴팍에다 조용히 흘려주는 것이라는 말씀…… 왜냐…… 세상 부대끼면서 가슴만큼 닳아지는 게 또 있으려구!

투명한 쐬주를 또다시 들여다보고 있자면 경탄하지 않을 수 없다. 이 순결하도록 차가운 투명함 속에서 어떻게 그 뜨거운 열정이 숨쉬고 있을까? 혹시 악마적이라는 속성이 있다면 이런 게 아닐까 싶은 게 동필씨의 평소 생각이었다. 만일 그러하다면 그 유혹에 빠지는 게 어찌 타락이고 죄이랴 하고 항변까지 하고 싶은 심정이었다.

두번째 잔에는 보통 누군가에게 하소연하고 싶은 정경이 떠오르기 쉽다. 동필씨한테는 바로 어젯밤 같은 사건 말이다.

그 미친놈하고 멱살잡이를 하는 게 아닌데…… 하지만 내가 또 명색이 경비 아닌감? 완장을 찼으면 완장 값을 하긴 해야지……

동필씨가 경비를 맡은 신도시 끄트머리의 옥돌마을 1104동 앞에서 지난밤 한바탕 소란이 빚어졌다. 그 아파트 17층에 뿔테 색안경을 곧잘 끼고 다니는 삼십대 후반 정도의 여자가 살고 있었는데 베스트 셀러 저자라고 했다. 동필씨가 보기에는 아직도 살갗이 팽팽한 게 아가씨 같기도 했건만 그 여자가 자신이 썼다며 보라고 건네준 책을 보니 이혼 경력도 있는 모양이었다.

"황보 성님 멀 그렇게 눈알 빠져라 세게 보쇼 잉? 존 그림이어라?"

경비생활이 십 년이 넘었지만 이 년도 채 되지 않은 동필씨를 나이 대접하느라 꼬박꼬박 성님 자를 붙여주는 최석동씨가 어깨 너머로 고개를 들이밀었다.

"존 그림? 아니 최반장 이 사람아, 내 나이가 몇인데 존 그림을 찾아 글쎄?"

"게서 나이는 왜 따져부러요? 하도 거시키한게 그런 거지. 간판이 뭐라고 돼 있어요?"

"제목? 보자…… 섹, 섹스? 으응, 가설라므네…… 거시기보다 더 깊은 삶은 없다 이건가부네. 왜 십칠층에 살잖아. 뿔테 싼그라스 쓰고 여기 본게 이름이 조화라던가?"

"오매, 간판 한번 쌈박하게 죽여줘부리네. 성님 후딱 읽어뿔고 야그 좀 해주소."

"아직 초장이여."

소란을 피운 장본인은 한 달 전쯤부터 그 여자를 만나기 위해 아파트 주위를 어정거리는 정신나간 젊은 사내였다. 나이는 서른댓이나 됐을끼, 약간 곱슬머리에 철 지난 가죽잠바를 걸치고 있었다. 눈동자를 척 들여다보니 맛이 애저녁에 간 사람이었다.

"누굴 찾소 댁은?"

"알 것 없시다."

"아니, 이 사람아. 내가 이 아파트의 안녕과 질서에 대해서 전적인 책임을 맡고 있는 경비인 줄 모르남? 자네 눈엔 이 완장이 도통 뵈질 않아?"

은근히 부아가 끓은 동필씨는 허릿장을 지르며 짐짓 큰소리를 쳤다.

"남자가 자기 여자를 찾는 일에 당신이 끼어들 일이 없으니 국으로 가만히 계시쇼. 몸 성히 장수허실라면."

그 말을 할 때 보니 흐리멍덩하게 초점이 흐려 있던 눈동자의 눈씨가 맵게 돌아갔다. 그렇지만 기왕 빼든 칼 썩은 무라도 벤다고 동필씨는 경비 모자의 챙을 옆으로 삐딱하게 잡아제치며 호기를 부렸다.

"아니 이 젊은것이 딱한 처지를 보아 알아듣게 타일러서 돌려보내려 했는데 증말 존 말로는 안 되겠어 응? 여기 늬 여자가 어디 있다고 패악을 쓰냐 이 숭악헌 자석아!"

"조화라씨가 바로 여기 살잖소? 그 여자가 바로 나랑 천년가약을 맺어야 할 당사자란 말이오."

"자네가 거기 서방이라도 돼냐 응? 아니믄 같이 살자고 내락을 해줬냔 말이여?"

"그 여자가 쓴 책에 다 써 있구만요. 내 꽉 막힌 삶에 빛을 던져줬다구. 난 알아요. 나와의 육체적 결합을 그녀가 얼마나 갈망하고 있는지를…… 흐흐."

"야아, 이 자석 완전히 미쳐부렀네. 이것 봐 최반장 뭇 혀? 빨리 팔을 단단히 붙들으라고."

"아 긍게…… 경험적으로 볼 때 남녀간의 문제에는 섣불리 뛰어드는 게 아닌데 말여…… 이거 참."

"게 뭔 소리여? 이놈은 정신이 헤까닥 돈 놈인데 무슨 남녀간의 문제여 문제가? 선 밥알 줏어먹은 소린 그만하고 빨리 달겨들어 거들라니깐!"

동필씨는 레슬링 경기의 그레코로만형 선수들이 하는 식으로 머리부터 디밀어 가죽잠바의 가슴팍을 들이박은 다음 옆구리를 두 팔로 꽉 조였다. 최반장은 어어, 하면서 주춤주춤 다가서는 중이었다. 불의의 기습을 받은 가죽잠바는 한 번 힘을 쓰더니 서너 발짝 옆의 가로등으로 다가가 달라붙었다. 그러고 나서 숨을 한 번 고른 다음 등뒤에 매달려 소리만 꽥꽥 지르고 있는 동필씨를 힘껏 뿌리쳤다. 동필씨는 가죽잠바의 용틀임 서너 번만에 허공중에 불쑥 치솟았다가 그만 블록 바닥에 오뉴월 논두렁의 개구리처럼 나동그라지는 패댕이질을 당하고 말았다.

"음머, 나 죽네!"

"보소 성님, 괜찮어라우? 긍게 미친놈이 월매나 힘이 시부리는데 말이여, 함부로 성님은 그 나쎄에 뭔 의협심으루다 나부댄단 말이여 나 참."

그러나 상황은 그것으로 끝이 나지 않았다. 손바닥을 툭툭 털며 마치 연적이라도 물리친 듯한 득의의 표정이 되어 고개를 젖히며 십칠층 꼭대기를 쳐다보는 가죽잠바에게 동필씨가 엄지손가락으로 콧구멍을 번갈아 틀어막고 물코를 탱탱 풀며 전열을 정비한 다음 다시 달겨들었다.

"어따, 이 젊은것이!"

"아니, 이 늙은것이!"

동필씨가 럭비 선수처럼 두 다리를 감싸안는 바람에 이번에는 어쩔 수 없이 가죽잠바가 썩은 나무 물러앉듯 바닥에 고꾸라졌다. 그러나 아무래도 힘에 부친 동필씨가 종아리를 물어뜯자 가죽잠바는 감전이라도 된 사람처럼 소스라치듯 외마디 비명을 지르며 상대의 얼굴을 두 손으로 와락 움켜쥐었다. 그러자 동필씨의 얼굴이 말이 아니었다. 우악스런 손바닥에 밀려 돼지처럼 떠들린 코가 거진 이마빡에가 달라붙었는가 하면, 대각선 방향으로 각각 자리를 옮긴 한쪽 눈은 그야말로 흰 창이 검은 창 면적의 서너 곱절은 확대돼서 아예 관자놀이 위쪽으로 밀려올라갔다. 그리고 한쪽 뺨의 눈가와 입가는 거의 뽀뽀를 할 정도로 밀착돼 있어 아는 사람은 알겠지만 입체파 화가 피카소의 인물화를 떠올릴 법도 했다. 아무튼 두 팔을 벌리고 무릎을 엉거주춤 굽힌 채 달려들 틈새를 노리고 있던 최반장의 입술 새에서는 그 긴박한 와중에서도 픽 하는 웃음소리가 새나올 지경이었다.

"아니, 이 후러베아덜놈이 환장을 해부러도 분수가 있는 벱이지. 똥창을 굵직한 남원 순대처럼 김이 모락모락 나게 말이여 쏘옥 뽑아부릴까부다 잉!"

하고 최반장이 소리를 지르며 가죽잠바의 엉덩이에 힘껏 발길질을 하자 그는 미주알이라도 터진 양 엉덩이를 두 손으로 감싸쥐며 제자리에서 숭어뜀을 폴짝폴짝 뛰었다. 때마침 십칠층 여잔지 아니면 주민들이 신고를 했는지 오토바이를 탄 방범대원들이 아파트 단지 어귀로 들이닥치는 바람에 가까스로 상황이 끝났다.

이런저런 생각에 세번째 잔을 들여다보자면 가슴 깊이 앙금처럼 가라앉아 있는 의심 덩어리가 뽀글뽀글 피어오르는 경우가 많다. 동필씨는 제일 위쪽의 빨간색 뚜껑을 물끄러미 내려다보았다.

— 25% 360ml 희석식 소주, 주세납세필 대한민국국세청

"그럼, 주세는 성실하게 갖다바쳐야지. 납세의 의무니깐. 근디 올리고당 함유는 또 뭔 소린고? 이젠 쐬주에다가두 잔재주 자꾸 부려대니 이거 원. 가만…… 이 홉들이면 옛날 막쐬주를 근(斤)으로 달아 먹을 때의 한 근 정도쯤 될 텐데."

하지만 글자나 숫자보다는 한가운데의 원에 앉아 있는 두꺼비에

자꾸 석연찮은 눈길이 갔다. 우둘두둘한 등짝을 이고, 언제 혓바닥이 널름 뛰쳐나올지 모르는 식욕 좋아 보이는 큰 입, 퉁방울눈이 바로 그놈의 거였다. 왜 두꺼비를 보고 바로 맹 통장을 떠올렸는지 알다가도 모를 일이었다. 사실 두꺼비랑 외양이 비슷한 맹 통장의 별명이 두꺼비이기도 했다.

'이 쐬주가 왜 뜬금없이 아내의 나들이 옷 안주머니에 들어 있을까? 혹, 아내가 나더러 먹으라고 넣어둔 것은 필경 아닐 테고…… 왜 이놈의 쐬주가 외간남자처럼 아내의 품안에 뛰어들어가 있는 거지, 젠장.'

지난가을 행주산성 근처로 놀러갔을 때는 혜정 엄마가 밤늦게 맹 통장의 등짝에 인사불성이 되어 실려왔었다.

"헹님! 부녀회장님이 마 억병으로 취해서 말임더. 제가 식겁했심더."

"그냥 버려두고 자네나 올 일이지 뭐하려고 델고 와!"

"어데예. 그럴 수가 있나요 지가. 암튼 헹수님이 뭔가 억수로 스트레스를 받으신 모양이데예 헤헤."

동필씨는 마누라의 등을 헐렁하게 덮은 윗도리가 흘러내려 맹 통장의 목을 휘감은 아내의 겨드랑이께가 민망하게 드러나자 고개를 돌렸다.

통장과 부녀회장은 아삼륙으로 붙어 지내는 사이였지만 이상하게도 입주자 대표회의에 참여하는 동대표와는 완전히 개와 고양이 사이였다. 얼마 전만 하더라도 두 가지 건으로 동대표와 맞서 부녀회와 통장 쪽이 한바탕 푸닥거리를 하였다. 하나는 주부들 에어로빅장으로 쓰이는 관리사무소 지하 공간을 다른 장소로 활용하는 건이었고 또하나는 토요일마다 열리는 장터 문제였다. 장터는 물론 부녀회 주관이었고 따라서 거기서 나오는 수익금도 부녀회에서 관리하면서 그

쓰임새만 공개하면 그만이었다. 그런데 그 수익금을 입주자 대표회의에서 관리하겠다며 제동을 걸고 나와 결국 주민 투표까지 간 끝에 가까스로 현행대로 부녀회 관리를 고수하게 되었다.

동필씨는 혜정 엄마가 부녀회장직을 맡고 나서부터 도배일을 등한시하는 게 우선 제일 큰 불만이었다. 툭하면 빠지고 일을 나간다 해도 반나절만 하고 들어오기 일쑤였다. 그리곤 들어오면 이곳저곳에 인터폰 하느라 정신이 없었다. 그리고 뭔가 꼬투리가 잡혔다 하면 반상회에서 알릴 회보를 만든다, 혹은 임시 주민회의를 열어야 한다며 거실 바닥에 배를 깔고 누워 작전 짜기에 골몰하기 일쑤였다. 그리고 맹통장이나 몇 사람을 대동하고 관리사무소나 관계기관을 찾아다녔으며 그중에는 동대표의 집도 끼어 있곤 했다.

"뭐 먹을 알이 있다고 가을철 메뚜기 설치듯 난리야 난리가? 당장 부녀회장인지 개나발인지 그 닭벼슬 감투 좀 홀렁 벗어던지지 못하남!"

"칫 벗어던지긴…… 누가 하겠다는 사람이 있어야 널름 넘겨주지, 넘겨주길!"

"그게 바로 독재의 심성이야, 알았어? 아, 두환이 태우가 달리 나라 도적질을 해쳐먹었남? 바로 그런 심뽀들이 있었기 때문 아니냐고?"

"때 되면 다 하는 사람이 나설 테니 영감은 지금 도와주진 못할망정 요상시런 까탈이나 부리지 마세요!"

"아이구 두야, 팔자에두 못 섬길 이내 신세야!"

소주 반 병을 넘기기 전에는 암만 간덩이가 부은 술꾼이래두 지레 안주거리를 걱정해봄직하다. 지금처럼 혼자 간단하게 마실 때는 오징어나, 아니면 노가리 이상의 안주거리는 없다는 게 동필씨의 지론이다. 특히 노가리는 값도 싸고 냄새도 거의 없는데다 이가 약한 사람도 씹어 넘길 수 있어 안성맞춤이다.

"그런데 히힉……"

싱크대 앞 찬장 한구석에서 간신히 찾아내어 가스 불꽃을 쪼인 노가리의 대가리를 고추장에 찍어 입 안으로 집어넣고 와삭바삭 씹던 동필씨는 갑자기 피식 김새는 듯한 실소를 터뜨렸다.

"사람 안주도 짭짤한 편이지……"

동필씨는 아내와 둘이서 짝을 이뤄 도배를 다니면서 경험한 그 사람 안주 맛을 잊을 수가 없다. 내숭떨 것 없이 털어놓고 얘기하자면 바로 아내의 살 맛이다. 신도시 근처라 이태 전만 해도 도배 일감이 차고 넘쳤다. 입주 직전의 집주인한테 열쇠꾸러미를 받아들고 지정한 아파트나 빈집을 찾아간다. 둘은 호흡이 잘 맞기 때문에 초배질이 돼 있는 집이면 곧바로 최종 막배질에 들어가 웬만하면 오전 나절에 거실 정도의 도배까지는 마친다. 찬합에 싸가지고 간 점심을 먹고 나면 좀 나른해지지만 참고 안방으로 도구들을 옮겨놓는다. 도배지에 풀칠을 하고 천장에 붙이는 일만 끝나면 작업의 팔 할은 끝마치는 셈이다. 받침대에 오른 아내가 까치발을 들고 팔을 높이 들어 겨냥한 다음 천장에 도배지 끝을 댄다. 그는 중간에 공기가 들어가 거푸집이 생기지 않도록 최대한 팽팽하게 도배지를 잡아당긴다. 도배지 자리를 잡고 방비로 쓰다듬기 위해 내려오면 아직까지 두 손을 높이 들고 있는 아내의 겨드랑이에 무성한 그것이 보인다. 그는 마른침을 꼴깍 삼킨다.

"힘들어. 한잔 빨구 시작허자구!"

"내가 비질을 하고 있을 테니 당신 얼른 한잔 쭉 들이키시구려."

그는 구석에 세워둔 쐬주병을 들어 물잔에 한가득 채운다. 반 병 분량이다. 숨도 안 쉬고 들이켰다. 그리고는 입가를 소매로 쓰윽 문지른 다음 도시락의 남은 반찬으로 안주거리를 삼는 것 대신 고개를 젖히고 두 팔을 뻗어 천장에 붙은 도배지 위로 거푸집이 생기지 않도록 열심히 비질을 해대는 아내에게 슬그머니 다가간다. 소매 없는 윗옷을 걸친 아내의 겨드랑이가 코앞에 닥친다.

"음머, 이 양반이 미쳤나, 왜 이러실까?"

동필씨가 아내를 다짜고짜 끌어안는 바람에 두 사람은 풀투성이인 바닥에 한몸이 되어 그대로 나뒹군다. 혜정 엄마가 동필씨의 등짝을 손바닥으로 소리나게 후린다.

"오매, 주책…… 크악, 쏘주 냄새! 현관문 잠겼지?"

마시면 마실수록 웬만한 사람이면 쐬주가 독한 술이기보다는 고독한 술임을 눈치챌 수 있을지도 모른다. 물론 독한 술이 아니라는 말뜻은 아니다. 독하지! 쐬주라는 말 자체가 그러하지 않은가. 稀釋式燒酎! 유식한 척 읽어보자면 희석식 쐬주라는 건데, 동필씨가 이 한자를 다 알아낸 것은 불과 일 년 전의 일이다. 같은 층의 405호에 소설을 쓴다는 젊은 친구가 한낮부터 빌빌거리고 있길래 불러다가 쐬주 한잔을 하며 물어봐서 간신히 알아낸 것이었다. 그런데 과연 그 뜻이 무릎을 치도록 똑 맞아떨어졌다. 불타는 진한 술! 바로 쐬주! 진짜 독주!

독한 술의 독기를 빼는 방법은 그것을 마시는 사람이 고독해지는 수밖에 없다는 것이 동필씨의 판단이었다. 그래야지만 쐬주와의 교감이 가능해지고 퍼먹듯이 마시는 것은 그런 상태에서는 불가능하다는 것이었다.

그 정도 수준에 이른 사람을 동필씨는 아파트 단지에서 단 한 사람 목격했다. 의외로 악을 바락바락 쓰며 동대표 감투를 붙들고 늘어지고 있는 1201호의 홍우탁씨였다. 마누라와 맹 통장이 하도 홍두깨라고 부르는 바람에 그에 대한 동필씨의 인상이 좀 나쁜 것도 사실이었다. 실제로 그에 대한 비방이 허턱 터무니없는 것은 아니라는 게 일부 밝혀진 바도 있어 동필씨는 우연히 그와 마주치는 일이 있어도 우물쭈물 인사를 생략한 채 덮어버리는 경우가 많았다. 결정적으로는 그의 직업이 은행원이라는 데 있었다. 하이고, 제 털 뽑아 제 구멍에 넣어야 직성이 풀리는 족속들 말이지! 그 숫자 놀음에 이골이 난 냉혈한들 말이지! 서민들한테는 큰소리 떵떵 치면서 힘 있는 사람 앞에서는 꼬리나 살살 흔들며 호박씨나 까는 족속들! 이게 동필씨의 은행원들에 대한 대체적인 인상이었다.

그러니깐 아파트 노인들이 항의하러 가도 맞대거리를 하고, 동대표의 임기가 있다며 법대로 하자고 몇몇 주민들에게 따지고 들고, 동대표가 나서야 하는 하자 보수에 관한 업무를 가장으로서의 임무와 휴식 운운하며 불성실하게 했다는 게 꼭 혜정 엄마의 베갯머리 송사 때문은 아니라 해도 동필씨가 지난가을까지만 해도 지니고 있는 선입견이었다.

지난 초가을 무렵이었다. 동필씨는 열병합발전소 밑 철로변에서 쐬주를 한 병 놓고 홀짝거리고 있었다. 막차를 기다리면서. 도배일 나간 마누라가 그 기차를 타고 올 것이었다. 막차가 지나간 뒤 자리를 털고 일어나 잰 걸음으로 집으로 가면 얼추 문 앞에서 마누라를 만날 수도 있을 터였다. 한 시간에 한 차례 다니는 기차의 막차 시간은 적어도 삼십 분쯤은 남아 있었다. 자칫하다간 쐬주 한 병으로 메우기에는 긴 시간이 될지도 몰랐다. 철로 위에 두터운 스포츠 신문지를 깔고 앉은 동필씨는 서울 방향으로 고개를 돌리고 있었다. 쐬주를 거의 다 비워갈 무렵 누군가 어둠 저편에서 비틀거리며 걸어오고 있었다. 농담 같지만, 그리고 사람에 따라 조금 다르긴 하지만 취한 걸음새를 보면 대충 어떤 종류의 술을 마셨는지 짐작이 될 때도 있었다. 오뉴월에 똥파리 잡는 소꼬리 모양 휘둘리는 걸음새는 필시 맥주나 청주나 뭐 이런 밍밍한 술을 마시고 취한 경우가 더 많았다. 또 깍두기 썰듯 가다서다 배칠거리는 듯한 걸음새는 막걸리를 의심해볼 만하다. 그런데 어둠 속에서 나온 그 사내는 풍랑 만난 돛대 모양 흔들리는 걸로 봐서 쐬주일 가능성도 없지 않았다. 위험할 수도 있는 철길 옆을 따라 무아지경에서 걸어간다는 것은 보통 심상한 일이 아닐 수도 있었다.

동필씨는 고개를 푹 숙인 채 한치의 흐트러짐도 용납하지 않을 철길에 항의라도 하듯 갈지자로 걸어가는 그 사내의 아슬아슬함을 눈을 간잔지런하게 뜨고 지그시 바라보았다. 그 아슬아슬함이 왠지 마음에 들었다. 옳거니, 너도 어쩔 수 없이 곡예를 하는 인간이로구나! 이리 와 쐬주나 한잔해라, 까짓것!

그가 동필씨 코앞을 스쳐 지나갔다. 아니나다를까 달달한 쐬주 냄새가 풍겼다. 사뭇 반가웠다.

"저…… 형씨."

"……"

"보쇼, 형씨! 마침 쐬주가 한잔 남았는데 좀 앉았다 가시구래."

그가 고개를 돌렸다. 동필씨는 실실 흘리던 웃음기를 걷어들였다. 그는 바로 홍우탁씨였다.

"아니, 그쪽은 홍두깨, 아니 동대표님 아니슈?"

"예…… 부녀회장님 바깥양반이시군요."

"아니, 이게 웬일이슈 그래?"

"허허, 죄송합다…… 취했습니다."

그 아슬아슬한 사내가 완고한 동대표일 줄은 꿈에도 생각지 못했다.

"……동생 기일이어서요. 오늘 이리저리 돌아다녔지요. 무덤가에도 가보고 떼가 금잔디가 됐습디다."

동필씨는 언뜻 아내가 홍우탁씨를 두고 제수씨와 붙어먹은 막돼먹은 놈이라고 베갯머리에서 욕을 퍼붓던 생각이 머릿속을 스쳤다. 아람 엄마라고 불리는 홍 대표의 아내는 긴 생머리에다 눈이 몹시 큰 여자였다. 양미간에 수심이 잔뜩 어려 있다가도 한번 웃을 적에는 초생

달 같은 눈썹이 후르륵 허공으로 날아갈 듯 퍼져나갔다. 쉬운 말로 미인이었다.

"……두 살 터울인 동생은 국립대학의 법대생이었지요. 후유, 생일이 이월이어서 학교를 일 년 일찍 들어가는 바람에 학년은 저랑 일 년 차이였구요. 전 노느라고 공부를 못했어요. 삼류 대학 회계학 전공을 했고…… 집안에서는 동생한테 거는 기대가 컸지 않겠어요? 고시 보라구 자꾸 그래서 동생이 일차꺼정은 패슬 했죠, 했긴 했는데 갑자기 죽었대요…… 의문사랬죠? 말 그대로 왜 죽었는지 아무도 모른다 이거죠. 민들레 핀 철로변에 운동화를 짝짝이로 바꿔 신고 잠바를 뒤집어쓴 채 유서 한 장 없이 누워 있었으니, 달리는 기차에서 뛰어내린 것 아니냐…… 뭐 그렇게 끝났어요. ……부녀회장님 아저씨도 그게 궁금하겠죠? 동생의 부인하고 지금 같이 사냐, 뭐 이런 거요? 안 그러세요?"

"끙…… 그게 뭘 그리 중허다구 설라므네…… 관두슈, 쐬주도 읎는데."

"쐬주가 왜 없다구 허세요? 여깄잖아요."

대표는 품안에서 뭔가를 하나 꺼내놓았다. 쐬주였다.

"웬 쐬주를 마시지 않구 품안에 개지구 다녀 그래 참?"

"부녀회장님 아저씬 쐬주만 마셔요? 몇 년이나요?"

"내 이름이 황보동필인디 황보씨 아니믄 줄여서 황씨 허든지 아니믄 우스개 삼아서 똥필이 성 해두 괜찮지 뭐. 쐬주? 그거 몇 년 안 됐지 뭐. 까짓것 뭐 한 사십 년……"

"한 사십 년이면…… 그러시군요……"

"이녘 동생이 그럼, 죽기 전에 장가는 들었남?"

"……정내를 약속하고 사귀던 애인이 있었대요."

"근디, 그 전도양양한 청년이 왜 별안간 죽긴 죽어서 그 모양이래 차암, 카하."

그때 두 사람의 등뒤에서 딸랑딸랑 소리가 들렸다. 건널목 쪽에서 막차가 진입하고 있다는 신호였다. 막차의 기적 소리가 고막을 찢을 듯이 들려왔다. 갑자기 홍 대표의 말이 레일을 짓이기는 불규칙한 기차바퀴 소리를 피하느라 빨라졌다.

"……아람 엄마가…… 동생은…… 운동권…… 두 형제를…… 견디고…… 벌써…… 애를 갖…… 제일…… 무서운 적은…… 권태…… 극복하…… 법대로……"

동필씨는 굉음 속에서 건진 몇 마디 토막말만 갖고도 사정을 훤히 꿰찰 수 있었다. 그것이야말로 나잇값이라고나 할까. 아무튼 아람 엄마와 홍 대표와 죽은 동생 간에 보이지 않는 점선으로 연결되는 밑그림이 얼핏 보인 것이다. 그런데 끝으로 들은 법대로라는 말은 영 동이 닿지 않았다. 그는 기차가 지나갔는데도 관자놀이를 짚은 양 손갈퀴를 부르르 떨며 계속 그 법대로를 읊조리고 있었다. 그러더니 돌아서서 기차 꽁무니를 쫓아 허겁지겁 철로 위를 걷기 시작했다. 동필씨는 그 법대로를 이틀인가 사흘 뒤의 저녁에 베란다에서 다시 들을 수 있었다.

"저 여편네가 그냥 썅!"

내다보니 부녀회장과 맹 통장이 앞장을 서서 몇몇 주민들을 데리고 막 퇴근해 들어온 홍 대표 앞을 가로막고 실랑이를 벌이고 있었다. 홍 대표의 코앞에 들이미는 것은 아마 전날 열린 주민 임시회의에서 가결된 동대표 불신임 서명부인 모양이었다. 홍 대표는 기죽는 법이 없이 소리를 지르고 있었다.

"이건 무효야, 무효! 소집 절차와 서명부 작성 과정이 적법하지가 않다구! 이런 인민재판식의 결정을 난 절대로 받아들일 수 없어! 법대로 하라구, 법대로! 내 몸에 손대지 말아, 당신네들! 이렇게 주민들을 선동해서 밀어붙이려고 하지 말고 말이야. 법대로 하지 않는 한 난 절대로 당신들 의도대로 호락호락 물러나지 않을 거야!"

동필씨는 쓴 침이 한가득 도는 입 안에서 혀를 끌끌 찼다.

"저 여편네가 남세스럽게 기어코 동네를 시끄럽게 만드는 일에 앞장을 서? 집에 들어오기만 해봐라!"

"음머, 혜정 아빠 오늘 도통 웬일이세요 으흥! 이러다가 기 넘어가는 건 아니죠? 오매 난 완전히 죽어뿌리네! 흐학흐학."

"당신 부녀회장직 당장 그만 때려치울 거야 말 거야? 때려치운다면 내 앞으로 지속적으로 용 좀 써볼 테니 말이야, 지발 좀."

동필씨는 눈까풀을 제대로 치켜올리기 어려울 만큼 녹초가 돼 까부러지면서 단단히 다짐을 받으려 했다. 혜정 엄마가 콧소리를 내며 미적미적 즉답을 피했다.

"흐훙, 신중히 생각해볼란게요, 여보……"

아아, 쐬주병의 비어버린 밑바닥을 맨정신으로 보는 일만큼 쓸쓸하고 또 소름 끼치도록 비참한 경우는 없으리라. 하지만 그 밑바닥을 회피하고 외면하면서 자리를 털고 일어서지 못하고는 쓸데없는 고집을 피우는 일만큼 비겁한 일도 다신 없는 법이다. 동필씨는 그것을 안다고 스스로 생각했다. 그리고…… 알 뿐이었다.

하지만 아직도 우리가 쐬주한테서 배워야 할 점은 너무도 많지 않은가.

그것은 연약한 비명을 질러야 하는 사내의 혀를 마비시킴으로써 어떤 의미에선 단련시킨다. 그래서 비명 대신에 일순간이나마 함성을 지르게끔 한다. 고마운 일이다. 그런 사내의 가슴을 통과한 쐬주는 본디 그대로의 투명한 빛깔의 눈물로 남모르게 재생되기도 한다. 그게 거시기 두 쪽만 달랑 찬 사내들에게 내일을 견디는 힘이 돼주는 유일한 밑천임을 모르는 사람은 바보다. 그리곤 속삭임이 있다. 미치는 것보다는 취하는 게 백 번 낫다고. 나을 것도 없지만…… 혹 덧없는 사랑 때문에 혹 권태 때문에 혹 허영 때문에 속세를 저주하고 고통받는 이들이 있다면 쐬주만한 친구도 더이상 없을 성싶었다.

이와 비슷한 생각들이 말로서가 아니라 형체 없는 두루뭉실한 느낌으로서 뒤죽박죽 동필씨의 뇌리를 스멀스멀 스쳐갔다.

그런데 지금 아내가 없다, 아내가…… 그러나 마누라와 비둘기는 진득하게 기다리노라면 끝내 참을성 있는 집주인의 품으로 돌아오게 돼 있는 법이다. 그 인내의 기간을 또 이 쐬주가 줄여준다. 그리고 끝으로 하나. 동필씨는 자신의 검지손가락을 곧추세워 코앞에 바짝 들이댔다.

난 쐬주를 마시는 동안에는 입때껏 남한테 몹쓸 짓이나 죄를 짓지 않았다구. 단 한 번, 혜정 엄마 처녓적에 시집간 큰아이 숙이를 배게 한 것 빼고는. 근데 그것도 알고 보면 미군 부대에서 기타줄 뜯는 늙다리 총각인 나한테 지가 죽고 못 살겠다고 달라붙은 결과 아닌감? 그래도 자, 축, 인, 묘…… 십이지(十二支)를 뒤로 한 바퀴 후퇴시켜 띠가 같아져버린 스물 갓 넘은 철없는 처녀를…… 그건 그렇다 치고 지금껏 내내 고생시킨 건 죄일 수도 있지 암. 그러다 보니 음양오행의 순탄한 조화를 다소나마 거스른 측면도 없지 않고. 하지만 아무튼, 그것 빼고는 난 남에게 큰 죄 짓지 않았네. 쐬주가 있었기에. 지금도 가난처럼 쐬주를 끼고 사는 게 큰 죄를 짓지 않았다는 하나의 명백한 증거라면 증거이지 않겠는감? 아욱, 빈속에 슬슬 쉔다, 쉐. 이놈의 꼴 보기 싫은 쐬주! 너는 병입년월일 950925A1, 출고 가격 440원 41전짜리!

(『소설과사상』 1996년 여름호)

갈매나무를 찾아서

눈개비가 부슬부슬 바람에 흩뿌리는 게 보였다. 두현은 진흙투성이 발자국이 바닥에 어지럽게 찍힌 역사를 빠져나와 갈 곳 잃은 사람처럼 잠시 우두커니 서 있었다. 고개를 아래로 꺾은 채 발짝을 떼기 시작했다. 그러다 문득 생각났다는 듯 왼쪽 어깨 너머로 자신을 싣고 온 기차가 굴러간 철로 위로 물끄러미 눈길을 던졌다. 기차 바퀴에 닳아 은회색으로 빛나는 레일 표면이 빗물에 젖어 차갑게 누워 있었다. 그는 어깨에 메고 있던 사진기 가방의 멜빵을 추스려 겨드랑이 사이에 단단히 끼워넣었다. 사진을 찍기에는 별로 좋지 않은 날이었다.

철로 오른쪽 위의 높은 둔덕을 따라왔던 길을 되돌아가던 두현은 곧 둔덕 밑으로 내려서서 철로변에 깔린 돌멩이들을 소리내 밟으며 걸어갔다. 등산할 때 가끔 쓰는 둥근 챙모자를 바짝 눌러썼지만 그 밑으로 굵디굵은 빗방울이 자꾸만 안경에 와 달라붙어 시야가 흐려지곤 했다. 입에서 하얀 입김이 뿜어져나오기 시작할 무렵 차단기가 공중으로 높이 솟은 무인 건널목이 나왔고 그는 폐유를 머금어 시커매진 침목을 밟고 철로 반대편으로 가로질렀다. 길이 보였다. 그 포장되지 않은 길은 들판을 향해 구불구불 뻗어나갔다. 길 앞에 서는 순간 왠지 장딴지에서 맥이 풀리는 것을 느꼈다.

아, 그 아름다운 지옥이 지금도 남아 있을까?

그는 목에 걸친 수건으로 안경을 벗어 닦고 얼굴을 훔치며 입속말로 짧게 읊조렸다. 그렇다. 그는 지금 아름다운 지옥을 찾아가는 길이었다. 오 년 전에 붉게 타올랐던 그곳을. 아름다운 지옥은 서울의 시끌벅적함에 지친 연인들이 경의선을 타고 가다 내려서 찾아드는 호젓한 카페의 이름이었다. 오 년 전만 해도 두현은 그 카페의 단골손님 중의 하나였다. 아니 둘이었다. 윤정이가 곁에 있었으니까.

두현은 입속으로 아름다운 지옥을 읊조리면서 갑자기 요의(尿意)를 느낀 듯 가볍게 으스스를 쳤다. 그러나 요의는 곧 사라지고 말았다. 어쩌면 오한이거나 오 년 만에야 이 길을 걸어보면서 새삼 느끼게 되는 진저리인지도 몰랐다. 아, 그 오 년 동안 나는 얼마나 달라지고 늙고 또 닳다 못해 상처의 심연 속에서 비틀거리고 있는 것일까!

아름다운 지옥 근처로 서서히 다가가면서 사뭇 달라진 주위 지형 속에서도 눈에 익은 광경이 언뜻언뜻 비치자 두현은 느꺼운 가슴을 쓰다듬어내렸다. 아파트 개발 바람의 여파인지 군데군데 농사를 그만둔 땅은 묵정밭이 되어 있었고 곳곳에 파인 웅덩이를 따라 가슴팍까지 닿을 것 같은 잡풀들이 긴 목으로 서성거리고 있었다.

어제 우연히 책 정리를 하다보니 낯익은 배경을 두르고 윤정이의 어깨에 팔을 걸뜨린 채 다정스레 찍은 사진이 발등에 떨어졌다. 둘은 너무나도 환히 웃고 있었다. 특히 이마가 초가집 지붕 선처럼 푸근하고 서늘했던 그녀. 우리에게도 이렇게 환한 웃음이 깃들인 적이 있었던가. 그는 갑자기 콧마루가 시큰해져왔다. 둘 뒤에 이파리 무성한 갈매나무가 눈에 띄었던 것이다. 그 갈매나무만 아니었다면 두현이 불현듯 출판사에 지독한 몸살이라는 전화를 넣고 이렇듯 아름다운 지옥을 향해 실성한 사내처럼 마음만 급해 허둥지둥 비바람 부는 들판을 가로질러 가고 있진 않았을 것이다.

갈매나무는 두현의 기억이 미칠 수 있는 어린 시절부터 내면에 자리잡아온 움직일 수 없는 한 풍경이었다. 어릴 적 한때 할머니 손에서 자란 두현이도 그 갈매나무와 더불어 컸다. 할머니집 안마당에 어른 키의 갑절만큼 자라 있던 그 늙은 나무는 노년 들어 홀로 대청마루에 나앉는 일이 잦았던 할머니에게는 무언의 친구이기도 했을 터였다.

가지 끝에 뾰족뾰족한 가시를 달고 있는 그 갈매나무는 두현에겐 지옥이자 천당이었다. 갈매나무 아래서 윤정이와 사진을 찍고 난 다음 그녀와 가진 첫 입맞춤이 천당에 대한 기억에 해당한다면 아내가 됐던 윤정이와 이 년이 채 안 돼 헤어지기로 동의한 다음 이혼 서류에 마지막으로 도장을 찍고 내려가 찾아뵌 할머니집 앞의 갈매나무는 바로 캄캄한 지옥이었다.

현아 니 맴이 많이 아프제……

두현은 두렵고 송구스런 마음 때문에 엎드려 드린 큰절을 차마 일으키지 못하고 등짝을 들썩거리며 흐느꼈다. 그 격정의 잔등을 삭정이처럼 야윈 할머니의 손길이 잔잔히 더듬고 지나갔다.

할머니…… 이 매욱한 손자가 세상에 다시없는 불효를 저지르고 이렇게 찾아뵈었으니 이 일을 어쩌면 좋습니까? 호되게 꾸짖어주세요, 부디!

꾸짖긴 눌로? 어림도 없지러. 니가 아프면 낼로(나를) 찾아와야지 그럼 눌로(누구를) 찾아…… 옹냐 잘 왔네라. 에구 불쌍한 내 새끼야, 니 맴 할미가 알제 하모하모……

부엌 문짝에 옆이마를 기대어 집게손가락으로 눈가를 꼭꼭 찍어누르고 섰던 작은숙모한테 더운 밥을 지어 내오도록 한 할머니는 그가 물에 만 밥그릇을 앞에 두고 천근만근으로 무거워진 깔깔한 밥술을 놀리는 걸 지켜보다가 숙모의 부축을 받아 갈매나무 아래 평상에 나앉으셨다. 그리고는 등을 돌린 채 눈물을 지으셨다. 두현은 밥이 아니라 눈물을 떠넣고 씹었다.

지집한테 찔리운 까시는 오래 가는 벱인디……

할머니가 갈매나무 우듬지께를 망연자실한 눈길로 쳐다보시며 중얼거렸다. 그러자 그도 어릴 적 겁도 없이 갈매나무에 오르려다 가시에 찔려 떨어졌던 기억이 났던 것이다. 아마 할머니도 그때 기억 때문에 더 북받치시는 것일지도 모를 일이었다. 눈물이 그렁그렁한 어린 손자의 손바닥에 깊숙이 박힌 가시를 입김을 몇 번이고 호호 불어가면서 빼주실 때 해주던 할머니의 말씀이 새삼 엊그제 일인 양 생생할 뿐이었다.

까시 아프제? 앞으로두 세상의 숱해 많은 까시가 널 괴롭힐지도 모르제. 그래도 사내니깐 울지는 말그래이. 그럴수록 더 독한 까시를 가슴속에 품어야 하니라. 알긋제?

야아…… 할무이.

세상의 독한 가시를 이기라는 그 말씀은 삼 년 전 늦깎이 시인으로 등단한 그가 여태껏 시의 화두로 삼아온 것이었다. 그러나 윤정이와 헤어지고 난 여섯 달 뒤 할머니는 세상의 육신을 훌훌 벗고 떠나셨다. 두현의 가슴은 갈가리 찢어지는 듯했지만 그나마 한 가지 위안은 돌아가신 할머니의 얼굴 위에 감돈 평온한 미소였다. 그는 그 미소가 자신에게 보내는 할머니의 이 세상에서의 마지막 위안으로 여겨졌다.

그런데 아름다운 지옥의 뒤뜰에 왜 하필 갈매나무가 서 있었을까? 윤정이와 한창 열애를 하던 시절 그는 그 사실을 그다지 의식하지 못했었다. 원래 너무도 친숙해서 그랬던 것일까, 아니면 풋사랑에 눈이 멀어서 그랬을까? 오히려 그걸 물어본 쪽은 윤정이었다.

두현씨 이거 무슨 나문지 알아?

바보. 그건 바로 갈매나무라는 거야. 언제 같이 가볼 기회가 있겠지만 우리 할머니집 앞에 오래 전부터 있던 나무지. 꽃은 그저 질박하게 피는 편인데 그 열매는 할머니가 말려서 다락에 모아두셨다가 가끔 우리들이 된똥을 누거나 할 때 설사 내리라고 약으로 달여 먹이기도 했었어. 가까이 가지 마. 가시가 숨어 있는 나무니깐.

두현씬 이렇게 가시가 돋힌 나무를 좋아해?

좋아한다기보다는 친숙하지. 그리고 친숙하다보니 정겹게 느껴져.

난 가시 있는 나무는 딱 질색이야.

할머니에게 윤정이를 처음 인사시키기 위해 하동으로 내려갔을 때였다. 옛날 한복을 꺼내 손을 보신 다음 정갈하게 차려 입으신 할머니는 당신께서 손수 국수를 삶아 손자며느리가 될 이에게 차려주었다.

이 할미가 둔한 손으로 말아서 맛은 없겠지만 많이 자시게나.

말씀을 낮추라고 계속 권했지만 할머니는 끝내 하댓말을 쓰지 않으셨다. 윤정이에게는 그것조차 불편했던 모양이었다. 긴장한 표정으로 집안 어른들한테 두루 인사를 드리고 무릎을 꿇고 앉아 드문드문 이어지는 말을 주고받으며 흘러보내야 했던 시간이 그녀에게는 고역임에 틀림없었다. 두현도 그것을 모르는 바 아니었다. 동네 친지들이 다 돌아가고 방 안에 할머니 혼자서 곰방대를 무실 무렵 두현은 눈치껏 윤정의 손을 이끌고 갈매나무 앞에 다가가 섰다.

힘들었지? 이게 내가 말한 그 갈매나무야.

그래……

할머니가 특히 좋아하시는 나무이기도 해.

한번 이파리를 만져도 보고 꽃내음도 맡아봐. 보통 초여름이면 이렇게 한 번 꽃을 피우거든. 화려한 꽃은 아니지만 보면 볼수록 은근한 맛이 있어.

됐어……

에이, 그래두.

윤정이는 피곤해서 그런지 밖에 나오자마자 두현에게 갑자기 시큰둥해진 표정을 지었다. 두현이의 권유에 마지못한 듯 건성으로 늘어진 가지를 잡아당겨보는 시늉을 했다. 두현은 평상에 엉덩이를 걸치고 앉아 손깍지를 하고 무릎을 감싸안았다. 윤정이가 더운지 윗도리를 벗었다. 소매 없는 블라우스를 걸친 그녀의 희디흰 두 팔이 어깨위까지 드러났다. 두현은 얼른 옷을 받았다. 바람이 턱밑으로 시원하게 스쳐가자 기분이 좀 풀렸는지 그녀가 두현을 보고 생긋 웃어주었다. 가지를 휘어잡느라 팔을 위로 치켜들자 윤정의 겨드랑이 옆으로 작지만 봉긋한 젖가슴이 솟아올랐다. 두현은 바람에 실려오는 꽃내음을 맡느라 콧방울을 굼실거렸다.

그때 윤정이가 아얏 하는 비명을 지르며 주저앉았다. 아마 가시에 찔린 모양이었다. 두현은 평상에서 용수철처럼 튕겨올랐다. 그녀는 가시에 찔린 손가락을 짧은 스커트 치마폭으로 감싸안은 채 쩔쩔매고 있었다.

어? 어디 봐!

두현은 옆에 앉아 가시에 찔린 손가락을 보자며 어깨를 다독거려주었지만 윤정이는 한사코 치마폭 안으로 집어넣은 손가락을 꺼내 보여주지 않으려 했다. 두현은 억지로 윤정이의 팔을 빼내 보았다. 피가 몰려 새카매진 검지손가락 끝에서 바늘에 찔린 것처럼 동그란 핏방울이 삐져나왔다. 두현은 자신도 모르는 새에 그 손가락에 입을 갖다대고 피를 빨아냈다.

독이나 균이 들어갈 수도 있거든. 빨아내면 괜찮댔어, 할머니가!

순간 윤정의 뺨에 홍조가 스치는가 싶더니 손가락을 빼낸 그녀가 두현의 가슴을 거칠게 밀어냈다.

내가 뭐랬어! 가시는 딱 질색이라고 했잖아!

두현은 얼떨결에 뒤를 돌아보았다. 열린 방문으로 고개를 갸웃이 빼고 마당 쪽을 내다보시던 할머니의 얼굴이 곰방대에서 막 빨아올린 담배연기로 자우룩이 흐려졌다.

아름다운 지옥을 찾는 것은 그리 어려운 일이 아니었다. 마을 어귀에서 옆으로 비껴난 샛길로 빠져 낮은 둔덕을 한 굽이 끼고 돌자 좀 퇴락했지만 옛 모습을 그대로 지닌 그 집의 검은 지붕이 눈에 들어왔다. 그는 왼손으로 미끄러져내린 안경을 추스려 올리며 양미간에 힘을 주어 찡그렸다. 아지랑이가 피어오르는 듯 눈앞의 정경이 약간 흔들렸다.

두현은 숨을 멈추고 그 자리에 우뚝 섰다. 서둘러 안주머니를 뒤져 신촌역 앞 자판기에 지폐를 넣고 뽑아 한 개비를 태운 다음 넣어두었던 담뱃갑을 꺼내 이빨로 담배를 뽑아 물었다. 그리곤 바람을 피해 돌아서서 라이터 불을 댕겼다. 허파 깊숙이 빨아들인 첫 모금의 담배연기가 좀 독했는지 사레가 들린 것처럼 밭은기침이 서너 번 터져나왔다. 그는 다시 발짝을 떼기 시작했다. 걸을 때마다 단화 뒤축에 들러붙었던 걸쭉한 진흙덩이가 수수떡처럼 뭉텅뭉텅 떨어져 나갔다.

그러나 뒤뜰로 난 둔탁한 문은 안에서 잠갔는지 열리지 않았다. 문 바로 위 문설주에 불에 달군 쇠막대로 써내린 '아름다운 지옥' 이란 나무 간판이 걸려 있던 자리는 허전했다. 문을 몇 번 두드려보았지만 안에서는 기척이 없었다. 이마에 손갓을 올려붙인 다음 먼지가 켜켜이 앉은 옆창문 안을 들여다보았지만 너무 어두컴컴해서 아무것도 보이지 않았다. 그는 처마 밑에서 비그이를 하며 그 갈매나무를 우두커니 바라보았다. 왠지 모르게 뒤통수가 근질근질해서 몇 번인가 뒤돌아서 창문 안을 들여다보려 했지만 실패했다. 꼭 누군가가 자신의 뒤에서 눈길을 쏘아붙이고 있는 것 같았다.

두현은 갈매나무 앞으로 저벅저벅 다가가 우뚝 섰다. 가슴팍 높이에서 두 갈래로 갈라져 올라간 그 갈매나무는 변함이 없었다. 빗물에 젖어 약간 색깔이 짙어진 이파리들은 바람 따라 살랑살랑 손을 흔들었고 나무 둥치는 예전보다 얼추 엄지손가락만큼은 더 굵어진 듯했다. 그는 예전에 윤정이와 어깨를 기댄 채 사진을 찍었음직한 자리에 서서 손을 뻗어 갈매나무를 쓰다듬었다. 그리곤 그 자리에 쪼그리고 앉았다. 무슨 흔적을 찾으려는 듯 질척한 땅바닥을 뚫어지게 내려다보았다.

어디선가 응애응애 아이 우는 듯한 들고양이 울음이 들려 소리나는 쪽으로 무심코 고개를 돌렸다. 거기엔 무릎께가 풍덩 빠진 헐렁한 하늘색 면바지에다 몸에 착 달라붙는 반팔 검정 티셔츠를 입은 삼십대 중반의 여자가 부스스한 퍼머머리를 이고 서 있었다.

아직 장사 허기는 좀 이른데……

장사를 하나요?

장사라는 말에 귀가 번쩍 트인 두현은 반갑게 되물었다.

오후 세시는 돼야 애아범도 오고 그럭저럭 준비가 되는데요.

무슨 장산데요?

들어오시면서 간판 못 봤어요? 우린 오리탕 전문집인데.

아 예……!

그제야 주모 같아 보이는 아낙은 전후 사정을 알았다는 듯 배시시 웃었다. 볼우물이 가지런히 파이면서 고른 치열이 하얗게 드러났다.

혹시 여기서 전에 하던 까페인가 뭔가가 아직도 하는 줄로 아시고 찾아오신 양반 아니에요? 작년만 해도 그런 사람이 한 달에 두엇은 있었는데 올해는 거기가 처음이네요? 주인이 바뀐 지 벌써 삼 년 됐으니까요. 근데 기왕에 오셨으니깐 뭐 간단한 요기나 마실 거라도 드시구 가셔야지 이 우중에…… 근데 혼자세요?

두현이 그토록 열려고 애썼지만 열리지 않았던 그 둔탁한 문이 주모가 슬쩍 밀치자 스르륵 소리없이 열렸다. 그는 주춤주춤 어두운 집 안으로 들어서려다 말고 멈칫 문턱을 밟고 섰다. 그리고는 잠시 숨을 멈췄다가 문 안쪽의 공기를 한껏 들이마셨다.

어머니도 차암, 불 좀 켜실 일이지……

아낙이 어둠 속에 대고 말했다. 스위치를 딸깍 올리는 소리가 들리자 어둠 속에 도사리고 있던 탁자 대여섯 개가 드러났다. 그는 나지막이 찬탄의 소리를 질렀다. 언뜻 보기에도 아름다운 지옥 시절과 내부 구조가 크게 달라지지 않았던 것이다. 우선 창가 쪽 벽에 기대어 서 있는 커다란 물레방아가 반갑게 눈에 띄었다. 그 앞자리가 바로 윤정이와 그가 단골로 앉던 자리였다.

또 나와 있으세요? 날도 궂은데.

구석빼기에서 부연 먼지를 뒤집어쓴 한 탁자 뒤에 반백의 할머니가 창문 쪽으로 시선을 고정시킨 채 그림처럼 앉아 있었다. 머리카락 한 올의 흐트러짐도 없을 성싶게 쪽을 지른 머리에 솜배자를 걸친 한복 차림이었다. 두현은 양미간을 좁혔다. 할머니…… 그는 아낙이 조심조심 안으로 부축해 모셔가는 그 할머니의 뒷모습을 멍하니 바라보았다. 그는 갈매나무 앞에 서 있을 때 왜 뒤통수가 근질근질했는가를 그제야 깨달을 수 있었다.

앉으세요. 직업 사진산가봐요?

곧 돌아온 여자가 사진기 가방을 가리키며 아는 체를 했다.

아 예…… 그건 아니고요. 가끔씩 찍는 정도죠.

주모는 잠깐 안에 들어갔다 나온 사이에 옷을 갈아입었다. 그가 어릴 적에 어머니가 자주 입었던 것으로 기억하는 얇은 깨끼 한복 차림에다 앞치마를 두르고 있었다.

뭐 하실래요?

술 있다고 그러셨죠?

술은 새로 거르면 되지만 지금은 안주가 별로 신통치 않아서……

안주는 뭐 간단한 걸로 아무거나……

파전 같은 건 어때요? 손님도 출출할 때가 됐을 텐데 실팍한 파전으로 요기도 삼을 겸 해서……

빨리 되나요?

그건 일두 아니에요. 마침 아침에 녹두 갈아서 한 양푼 풀어놓은 거 있으니깐 번철에다 두툼하게 금세 부치면 되지요.

일단 술은 동동주 한 동이 먼저 내주시구요, 그러면 되겠네요.

그러실래요?

주모가 술을 거르러 간 사이 그는 먼지가 부옇게 앉은 커다란 물레방아를 손가락 끝으로 찍어보았다. 어른 키를 훌쩍 넘어 보이는 그 물레방아는 예전에 연인들이 소식을 주고받는 메모판 구실을 하던 물건이었다. 바큇살 옆에 압핀으로 메모지를 꽂거나 충계처럼 돌아가면서 시냇물을 받아내던 물레방아의 칸 위에 조약돌을 지질러 얹어두기도 했을 터였다.

표주박을 띄운 술동이가 나왔다. 열무김치와 깍두기 보시기가 깔렸다.

파전은 곧 지질 테니 우선 목부터 축이시고…… 이건 집에서 담근 거라서 달지 않고 텁텁하고 담백한 게 다들 맛 좋다고 합디다.

주모가 젓가락을 떨궈주면서 말했다. 두현은 고개를 들지 않고 생각보다 팽팽한 주모의 손등을 가만히 내려다보았다. 그걸 눈치챘는지 그녀가 앞치마 안으로 손을 슬쩍 가져가버렸다.

이거 잘 마시겠습니다.

한잔 쳐주고 갈까봐요? 그래도 오늘 첫 손님에다 첫 잔인데.

괜찮습니다. 제가 떠마실…… 게 아니라 그럼 한잔 쳐주세요.

그러실래요?

주모가 가득 따라주고 돌아서자마자 그는 잔을 들어 입술을 댔다. 집에서 담근 술이라는 그녀의 말은 허풍이 아니었다. 억지로 이것저것 치고 넣어서 달짝지근하게 맛을 낸 술과는 달랐다. 시골 양조장에서 물을 전혀 타지 않고 걸러 내온 전내기 술인 양 진국이었다.

두현은 식도를 쩌르르 훑으며 내려갔다가 명치 끝에서 탄산가스와 함께 다시 역류해 올라오는 술기운 때문에 간잔지런해진 눈길로 물레방아를 쓰다듬었다. 그러자 무슨 소리가 들리는 듯했다. 어느 때였을까, 그 맑고 시원한 계곡물에 온몸이 젖어 빙글빙글 돌아가며 사람들이 정성들여 걷어온 알곡들의 옷을 하나하나 벗기던 때가. 그래서 오랜만에 남의 눈을 피해 치맛자락을 걷어올린 젊은 아낙의 알토란 같은 종아리를 넘겨다보면서, 혹은 흡족한 마음에 목소리가 걸걸해진 남정네의 구성진 풍년가 노랫소리를 들으며 돌고 돌던 때가 있었을 것이다. 또한 길을 잘못 들어 자신한테로 휩쓸려 내려온 날피리나 쇠리들의 싱그런 푸드덕거림 때문에 삐걱삐걱 간지럽다는 소리를 내던 때도 있었을 것이다. 그렇다. 지금은 아무런 감정 없이 메말라 먼지만 켜켜이 뒤집어쓰고 있지만 아마 저 물레방아 역시 한때 잘나가던 시절의 추억을 꿈꾸고 있는지도 모를 것이다. 자기 옆에서 이렇듯 동동주에 취해가는 사내처럼.

윤정이는 그 물레방아를 역사의 수레바퀴에 비유했다. 얼핏 보면 그 물레방아는 거대한 수레바퀴를 자연스레 연상시키기도 했던 것이다.

역사는 결국 진보하게 돼 있잖아. 그게 절대 진리이니깐…… 우리는 역사의 수레바퀴가 좀더 원활하게 굴러가도록 밑거름이 되려는 신념을 바탕으로 만난 사람들이고. 이 물레방아를 보니깐 왠지 그런 생각이 실감나게 들어. 그 어떤 보수 반동 세력들이 역사의 수레바퀴를 거꾸로 돌리려 기를 쓰고 덤벼도 결국은 그 준엄한 역사의 수레바퀴 밑에 깔려 죽을 것 같다는 생각 말이야.

물론 맞는 말이야. 아무튼 진보든 반동이든 그 역사의 수레바퀴에 깔리는 사람 수가 되도록 적어야지. 그러면 얼마나 좋겠어.

두현씬 보기보담 좀 나약한 데가 있어.

그때 둘은 『자본론』을 공부하는 그룹에 나란히 속해 있었다. 그날은 아마 윤정이가 발제를 한 것 같았다.

이것 봐. 그러니깐 아일랜드에서는 천팔백사십육년에 대기근이 일어나 백만 명 이상의 인간이 죽었다는 거야. 엄청난 재앙이지. 그리고 나서 계속적으로 이민이 생겨서, 사람들이 살기 힘드니깐 딴 데로 한번 가보려는 건 당연한 일 아냐? 그래서 인구가 절대적으로 감소했는데도 불구하고 노동자들의 상태는 전혀 개선되지 않았다고 하거든. 그 이유를 어떻게 볼 수 있을까? 여기 팔백칠십팔에서 구십사 쪽에 걸쳐 나와 있는 게 바로 그것에 대한 내용이야. 국부는 증가하지만 아무 소용 없는 게 말이지, 노동자는 여전히 쪼들리게 되는 궁핍화 경향의 모순이 해결되지 않거든. 자본주의 아래서는 말이야.

윤정이가 낭랑한 목소리로 발제를 하는 걸 들으며 두현은 스물다섯이라는 나이는 도대체 무엇일까를 생각했다. 스물다섯, 스물다섯…… 술 때문에 위장병을 얻기에 딱 알맞은 나이, 한 번쯤 자유가 현기증 나는 것은 아닌지 의심해볼 나이, 명쾌한 것보다 애매모호한 게 가끔씩은 저도 모르게 끌리는 나이……

생산수단을 독점한 자본가들은 임금의 형태로는 생계에 필요한 최저한 이하로 지불하고 나머지 부지불 노동이 창출해낸 잉여가치를 배타적으로 소유하는 관계를 강제적으로 지속함으로써 자본 축적을 이어나가며……

아, 또 있다. 악어처럼 아가리를 쩍 벌리고 있는 저 도저한 허무의 심연 앞에서도 아랑곳없이 고개를 들이밀려는 자멸적 열정에 부대껴야 하는 그 나이란! 스스로 거역할 수 없다는 사실을 알고 있는 삶의 부패 앞에서 그것이 두려워 발버둥치는 스물다섯의 초상이 바로 우리일 것이다. 아, 오늘따라 왜 이렇게 아름다운 지옥으로 가고 싶을까? 목이 컬컬하다.

두현은 술잔을 들어 입술을 댄 채로 눈을 치떠 창 밖의 갈매나무를 바라보았다. 찬 술이 코끝에 차란차란 와 닿았다. 씨익 웃음이 새나왔다. 자신도 모르게 남이 읊은 시가 주저리주저리 엮어져나왔다.

> 어느 사이에 아내도 없고, 또,
> 아내와 같이 살던 집도 없어지고,
> 그리고 살뜰한 부모며 동생들과도 멀리 떨어져서,
> 그 어느 바람 세인 쓸쓸한 거리 끝에 헤매이었다

평안북도 정주 출신의 가객 백석(白石)의 시 「南新義州 柳洞 朴時逢方(남신의주 유동 박시봉방)」이 아니었더라면 두현 자신이 먼저 썼음직한 시구였다. 좀전에 입가에 머물렀던 웃음이 채 가시기도 전에 울음기가 숨을 턱 가로막고 왈칵 밀려들었다. 두현은 당황스러웠다. 쿨럭쿨럭 기침이 새나왔다. 그 바람에 입과 코로 밀려나온 숨바람 때문에 술방울이 사발 밖으로 마구 튀어나갔다. 입 주변을 비롯해 온 얼굴로 술이 끼얹어졌다. 두현은 숨을 한번 고른 다음 사발 안에 있는 술을 단숨에 빨아들였다. 그가 탁자 위에 술잔을 소리나게 탁 내려놓자 옆에서 주모가 기다리고 있었다는 듯 차가운 물수건을 내밀었다.

에구, 천천히 마시지……

저한테도 수건 있어요.

마른 수건보다 젖은 수건이 안 나아요?

고맙습니다, 아주머니. 갑자기……

그는 입가보다는 눈가를 먼저 훔쳤다. 그런 다음 입가를 틀어막고 얼굴 전체를 수건에 파묻었다. 얼굴을 닦고 나니 개운한 느낌이 들었다. 그는 눈을 커다랗게 뜨며 창 밖의 갈매나무를 다시 응시했다. 갈매나무 너머로 집 한 채가 눈에 어른거렸다. 신혼살림을 차렸던 산기슭 바로 아래 그린벨트 안의 허름한 양옥 이층방이었다. 보일러가 자주 고장나서 가끔은 습내도 나고 누긋한 바로 그 방바닥 위에서 둘은 얼마나 서로에게 코를 박고 뒹굴었던가. 아아, 그때를 기억하며 시를 짓고 싶다. 저 백석의 절망을 뛰어넘는 시를. 두현은 숨이 찬 듯 헐떡거렸다. 그러나……

기다리는 사람이 없는 집은 집이 아니로구나, 집이 없는 사내여
스산한 바람 가득 찬, 텅 빈 집을 굽은 등에 지고 가는 사내여

달팽이처럼 느린 사내여…… 아, 이 이미지는 내 꺼가 아냐! 진부해! 두현은 눈을 감고 고개를 저었다. 그의 시는 거기서 한 자도 더이상 나가지 못했다. 두현은 아랫입술을 윗니로 지그시 깨물었다. 주모가 슬그머니 앞자리에 앉는 모습이 보였다. 두현은 아무 말도 하지 않고 목덜미를 닦아낸 물수건을 탁자 위에 던져놓았다.

몇 살이세요 그래?

주모는 두현과 시선을 나란히 해 창 밖을 보면서 말을 꺼냈다.

얼마로 보이세요?

그저 한 서른 남짓?

비슷해요. 오늘로 딱 삼십 년 하고도 사십이 일을 더 살았습니다.

호호호…… 적당한 나이구료!

입을 가리고 웃는 주모의 손가락 틈새로 하얀 치열이 비쳤다.

적당하다니요?

아니 그저…… 왠지 세상 물정을 알 만큼은 아는 나이 같아서요. 신경쓰지 마세요.

세상 물정은요? 아직 멀었죠 뭐. 한잔 드릴까요? 이거 혼자 마시려니……

그야 주시면 마셔야죠.

손님이 없는 술청에 단 둘이 마주앉은 주모는 보기보다는 붙임성이 있었다. 그녀는 두현의 앞에 앉기 전에 이미 눈자위가 불콰해지도록 동동주를 몇 잔 마셔서 그런지도 몰랐다. 주모에게 줄 잔을 간신히 채우고 나니 동이 바닥을 표주박이 다그락다그락 긁어대는 소리가 들렸다.

이번 동동주 한 동이는 지가 낼 거구만요.

장사 준비는 어떻게 허실려구요?

흥, 장사? 장사는 무슨 오뉴월에 얼어죽을 장사…… 하루에 한 번 손님이 들까 말까 한데.

아깐 바깥양반이 장보러 가셨다면서요?

그럼 기껏 찾아온 손님한테 파리만 날리고 있다고 할 텐가요?

주모가 눈을 곱게 흘겼다. 두현은 불쑥 관자놀이께를 엄습한 취기 때문에 고개를 흐느적거렸다.

……!

손님이 저 갈매나무를 처연히 살펴보는 깐을 보고는 감을 척 잡았드랬지요. 뭔 사연이 있어도 속절 깊게 있는 양반이다 이렇게. 내 말이 틀렸나요? 이래 봬두 사내 눈빛만 척 봐두 속에서 무슨 생각 하고 있는 줄 짐작하고두 남는다 이거죠. 우리 어머닌 치매가 있어서요. 시엄만데 이 년 전부터 그 증상이 도져가지고설랑…… 오핸 마세요.

난 효부는 아녜요. 그저 울 엄마가 불쌍해서 돌아가시는 날까지만 그럭저럭 뫼시자 그런 생각이죠 뭐. 정 때문에. 울 엄마가 왜 치매가 들려 저 갈매나무만 들입다 쳐다보는 줄 아세요?

그는 술잔을 급히 뒤집어 입 안으로 털어넣었다. 여자가 얼른 일어나 주방 쪽으로 들어가더니 술동이 위에 표주박을 새로 띄워 내왔다. 그리고는 두현의 잔을 가득 채웠다.

왜죠?

돌아올 둘째아들을 기다려야 하니깐…… 우리 되련님인데 지금 이태째 징역살이를 허고 있지요. 도합 칠 년을 받았으니깐 앞으로두 다섯 해는 콩밥을 더 먹어야 하니 울 엄니 살아 생전엔 어려울지도 모르지요. 그놈의 신도시 보상금 때문에…… 다들 눈이 뒤집혀서. 남들은 여기 땅 좀 있는 사람들이 보상금 나와서 돈다발이나 만진 줄 알지만 천만에요. 그저 땅이나 파먹고 살아야 할 사람들이 고향은 뺏겼지 뜬금없이 생긴 눈먼 돈 앞에선 어쩔 줄 몰랐지 해서 결국 거덜나서 뿔뿔이 흩어진 이들이 적지 않다구요. 젊은 되련님이 보상금으로 그 아름다운 지옥인지 뭔지 하는 재수 없는 집을 인수한 게 화근이었다구요. 우리 되련님은 그 카페를 흔전만전하는 술집으로 만들어버렸어요. 장사란 하던 사람이 해야 하는 법인데…… 처음엔 되는 듯하다가 영…… 게다가 계집까지 잘못 들어오는 바람에 아주 망조가 들었지요. 주방일을 해야 할 년이 갈매나무 앞에서 찾아오는 뭇사내를 맞아 눈웃음치며 헤실바실 헤픈 정이나 퍼주고 있었으니 되련님이 눈이 뒤집힐 만도 했지요. 실제로 눈이 맞은 사내가 생겼구. 그래서 하루는 순진한 우리 되련님이 저 갈매나무 앞에서 그 기생오라비 같은 사내에게 장작개비로 병신이 되도록 매타작을 날렸지 뭡니까? 우리 되련님이 발목을 상해서 오래 전에 오른 다리에 절음이 나긴 했지만 허우대가 좋아서 그깟 팔랑개비 같은 사내 하나쯤은 아주 우습게 다루거든요. 아무튼 계집은 그 길로 도망가고…… 후우, 지가 저 갈매나무를 뽑아버리려 해도 어무이가 우리 근식이 되련님이 그러면 집을 못 찾아올 거라며 그러셔서. 참, 손님 술맛 떨어지게 지가 너무 주책없이 떠들었죠?

무슨 말씀을요……

아참, 근데 원래 이 집의 먼젓번 이름이 그 뭣이냐, 아름다운 지옥이라는 무시무시한 거였다며요? 그 간판 때문에 손님도 추적추적한 빗속을 더듬어 오신 듯한데 무슨 내력으로 이름을 그렇게 지었다고 합디까?

모르죠. 저도 그 집 다닐 때 집주인 코빼기 한번 못 봐서요, 사실은 잘 몰라요.

지옥이라는 글씨를 스스럼없이 척 넣은 걸 보면 교회 다니는 사람이 아닌 건 틀림없는 것 같고……

글쎄요…… 그런데 그건 어떻게 생각하세요? 비웠어요? 한 잔 더 하셔야죠. 무엇이냐 하면 아름다운 지옥이라는 게 말이나 되는 것 같아요?

힝, 말도 안 되는 싱거운 간판 아녜요? 그러니깐 그 집도 아마 장사하는 데 망조가 들어서 우리한테 넘겼다가 우리까지도……

그렇겠지요…… 지옥이 아름답다는 건 거짓말이겠죠? 지옥은 괴롭고 끔찍하고 추하고 불결한 것 아닙니까? 이건 누구나 다 아는 평범한 사실이죠. 안 그래요? 저도 사실은 오 년 전만 해도 그런 상식을 붙들고 늘어졌던 사람입니다. 예, 그랬지요. 그때는 내가 지옥을 분명히 볼 줄 안다고 굳게 믿었던 거니까요. 그래서 지옥을 두고 아름답다고 누군가 말했을 때는 말이죠, 이렇게 쉽게 생각을 먹었어요. 이 땅의 이 순마히는 현실을 받아들이자! 그래서 지옥과 같은 이 현실을 아름답게 바꾸도록 가열차게, 예 가열차게요, 그렇게 노력하고 실천하자. 세계를 좋게 바꾸자! 좋게! 이랬죠, 하하하!

알 듯 말 듯 쪼끔은 이해가 될 것도 같구…… 그런데 지금 와서는요?

주모는 사뭇 진지한 표정이었다. 그녀는 술기운이 설핏 개인 말간 눈동자로 그를 쳐다보고 있었다. 두현은 순간 그 눈동자, 그 눈빛을 박제로 만들어두면 좋겠다는 이상한 충동이 명치께에 부젓가락처럼 스치는 걸 느꼈다. 그는 술이 번진 입가를 훔쳐낸 손등을 털며 고개를 가로저었다.

아, 지금요? 여기 우리가 서로 얼굴을 마주보고 있는 현 시점을 묻는 겁니까? 그런데 지금은 말이죠. 그게 말이죠. 어떻게 된 거냐 하면 말이죠. 말하자면 말이죠…… 이런 게 아닐까요? 이제 지옥이니 낙원이니 하는 것 자체가 보이지 않는다 이 말이지요. 지금은 그런 생각이 주욱 들어요. 지옥이나 낙원이 있다면 그게 도대체 무엇일까……? 정녕 그게 무엇이란 말인가. 있으면 한번 나와봐라! 더군다나 그 가혹한 지옥을 두고 아름답다, 아름다운 지옥이다 했을 땐…… 거기에 한때 현혹되었을 내가 결코 장난일 수 없다면 그 지옥이란 게 진짜로 뭔지 또 가짜로는 뭔지…… 그것이 알고 싶어 토옹 견딜 수가 없어졌단 말이죠. 그렇다면 지옥이라도 좋으니 그곳에서라도 기다리는 사람이 있는 집이 있어서 진저리가 나도록 지지고 볶으며 다시 살고 싶다는 생각이 간절히 들어요.

애써 휘저어논 술 다 가라앉기 전에 마시며 한숨 돌리고……

예, 그건 중요한 게 아녜요. 제 말 아시겠어요? 기껏 나이 서른 문턱에 벌써부터 집이 없어진 이 사내의 길고 긴 절망과 한숨의 그림자를 끌고 가는 무엇인가를 묻고픈 겁니다. 저 지푸라기인들, 먼지인들 그리고 티끌들이라도 황혼녘에는 휩쓸려 들어가 박히는 집구석이, 하다못해 썩어가는 마구간 구석이라도 있는 법인데 하물며 나이 서른의 사내가 말이죠…… 왜 헐헐헐, 제가 좀 취한 것 같아요? 아니라구요? 그러니깐 이 지옥이라는 말은 함정인 겁니다. 함정!

빠져버리는 거 말예요?

그렇죠! 빠져버리게 되는 거죠. 그러니까 앞이 보이지 않는 겁니다. 한시바삐 지옥에서 벗어나 아름다운 쪽으로 가고픈 욕망만 헐떡거리고 있고…… 물론 가야 하는 거지만…… 하지만 지옥이 있으니까 아름다움이 있어 그 둘이 본래는 하나이듯이…… 왜냐하면 아름다운 건, 그리고 어떤 걸 아름답다고 부르기로 한다면 그건 애진작부터 지옥이 아니었지요. 물론 그걸 낙원이라고 부르기도 어렵고…… 하지만 어떤 꿈을 가리키는 것만큼은 분명해요. 그 꿈은 뭘까요? 그것은 아득한 기억뿐일지도 모르죠. 사실인지 착각인지도 잘 모르겠고…… 아무튼 흔적 없이 지나간 시간을 붙드는 유일한 육체처럼 흔들림 없이 버티고 섰는 그 기억의 집 말예요. 바로 저 갈매나무 같은 것!

두현은 팔을 들어 손가락으로 찌를 듯이 창 밖의 나무를 가리켰다. 주모의 눈길이 국수가락처럼 손가락 끝에 걸렸다. 그는 손을 내리자마자 뻐근해진 방광을 풀어주기 위해 자리에서 비척비척 일어났다.

는개비는 여전했다. 좀더 칙칙하고 끈끈해졌을 따름이었다. 뜨뜻하게 달아오른 목덜미께가 간지러웠다. 뒤뜰 오른쪽 구석에 있는 화장실로 가다가 말고 그는 갈매나무를 돌아다보았다. 그리고는 갈매나무 아래로 휘적휘적 팔을 흔들며 걸어가 바지의 지퍼를 내렸다. 딱딱하고 검붉은 색으로 변한 한 움큼의 살덩이를 꺼내 쥐고 다른 한 손으로는 갈매나무를 짚은 채 오줌발을 세웠다. 그는 눈까풀을 내린 채 옆이마를 차가운 갈매나무의 까칠한 몸뚱이에 기댔다. 그러자 서늘한 기운에 눈까풀이 도로 걷히며 풀숲에 가려진 새 오솔길처럼 희미하게 시가 한 구절 떠오르는 게 눈앞에 보였다.

이리하여 사내는 자신이 지고 가는 회억의 집 속에 갇힌 채
지나온 熱砂의 나날을 곱씹고 있는 것이리라
자신의 몸조차 누일 수 없는 그 속 좁은 회억의 집 속에서
손깍지 베개를 한 채 슬픔의 무게와 어리석음의 무게를 재고 있는 것이리라
슬픔과 어리석음의 무게를 어쩌지 못하는 병신 같은 꼬락서니의 사내여

아아, 병신 같은 사내, 병신 같은 사내여! 지퍼를 올린 다음 안경 속으로 새끼손가락을 집어넣어 눈두덩을 꾹꾹 누르던 두현은 혼잣말처럼 나지막이 주절거렸다.

나 영국 유학 가기로 했어. 동의해줄 거지?

헤어지기 두 달 전부터 친정에 가 있어 사실상 별거 상태에 있던 윤정이는 그 집에 돌아와 그렇게 말했었다. 두현은 그게 무슨 뜻인지 알고도 남았다. 아, 결국 이렇게 되는 것인가? 내가 무슨 말을 꺼내야 한단 말인가. 두현은 등허리께에서 배어나오는 후끈한 땀기가 목덜미 쪽으로 뻗지 못하도록 애써 억누르며 말없이 고개를 끄덕였다. 어차피 그가 동의하고 말고 할 여지는 사라진 터였다.

그래…… 아무 걱정 하지 마.

별거 직전 우연히 임신한 사실을 안 윤정이는 두현이를 거칠게 닦아세웠다.

지금 내가 얼마나 중대한 고비에 있는 줄 알아? 일분 일초를 아껴 한창 논문을 준비해야 할 땐데 말이야. 이렇게 무책임하게 일을 덜컥 저질러놓으면 도대체 어쩌자는 거야. 두현씬 정신이 있는 남자야 없는 남자야! 난 도저히 이해할 수도 그리고 묵과할 수도 없어.

우리 멀리 생각해보자구. 기왕에 연이 닿은 생명인데 그 아이를 기

르면 안 될까?

그따위 소리는 다신 입 밖에 내지도 말아! 누가 애를 키우냐고? 그게 쉬운 일인 것 같아? 자기 시 쓴답시고 거의 룸펜처럼 생활한 게 벌써 언제부턴데, 그럴 능력이나 제대로 있어서 하는 말이냐구? 결국 나보고 애나 키우며 집 안에 주저앉으라는 얘긴데 비열해 넌! 정말이지 그 동안 치른 맘고생만 해도 남세스러워 죽을 지경인데! 우린 이것으로 끝장이야! 더이상 나도 참을 수가 없어! 정말이야, 흑흑.

경제적 무능력이 애를 못 키우는 온당한 이유가 된다고 믿니 넌?

두현도 자신이 하고 있는 말이 얼마나 설득력이 없고 어리석은가를 잘 알고 있었다. 그는 다음날 윤정이가 아무 일도 없었다는 듯이 매끈한 낯으로 애를 떼고 들어왔을 때 분노보다는 수치감이 앞섰다. 내가 내 아이 하나 내 손으로 받을 권리가 없단 말인가. 그래서 당장 필요한 옷가지만 보자기에 주섬주섬 구겨박고 친정집으로 돌아가는 윤정이를 붙잡을 수 없었다.

아내가 가고 없는 그 신혼방에서 두현은 한사코 자신에게서 달아나려는 어떤 아이에 대한 꿈을 서너 번 꾸었다. 힐끗 뒤를 돌아다보는 꿈속의 작은 아이는 그를 닮아 보일 때도 있었고 얼굴이 하얗게 지워져서 나타날 때도 있었다. 아주 무서운 꿈이었다. 꿈자리에서 깨어날 때마다 그는 눈물이 핑 돌아 낯선 곳에서 잠이 설깬 아이처럼 훌쩍거리곤 했다.

그래서요?

그래서 그렇다는 말이죠.

에이, 시시해. 그럼 전 부인은 진짜 유학을 갔어요?

아직까지 한 번도 못 만났으니 그럴 가능성도 있을 겝니다.

그럼 요즘도 아이 꿈을 꾸세요?

아뇨. 요즘은 한 나무에 대한 꿈을 꾸는 편이죠.

나무요?

나뭅니다. 아주 헌걸차고 씩씩한 녀석이죠. 바로 수칼매나무입니다. 갈매나무가 암수딴그루 나무인 건 아시죠?

암수딴그루라뇨?

왜, 은행나무처럼 암수가 따로 있다 이겁니다. 제가 여태껏 보아온 건 모두 암크루였죠. 아직 수크루를 한 번도 보지 못했죠. 아마 어느 깊은 계곡 어디에선가 뿌리를 박고 홀로 눈보라와 찬 비와 거친 바람을 맞으며 추운 계절을 꿋꿋이 견디며 힘차게 수액을 높은 우듬지 위로 뽑아올리는 자태를 간직한 수크루를 알아보게 될 겁니다. 그럴 날이 꼭 올 겁니다. 제 꿈이 그렇거든요. 그놈을 봤어요. 한 번도 아니고, 두 번도 아니고…… 몹시 앓을 땐 내가 직접 그 수칼매나무가 되는 꿈을 꿔요. 아주 편안한 나무가 되는 꿈을 꿔요.

오후 세시가 다 돼갔지만 주모가 말하는 애아범은 예상대로 나타나지 않았다. 그 사이에 주모는 젓가락으로 탁자 모서리를 가볍게 두드리며 철지난 유행가를 두 곡이나 불러주었다. 행주치마도 못 벗고 보낸 님 소식에~ 전선의 향기 품어 그대의 향기 품어~ 군사 우편 전해주는 전선 편지에~ 배달부가 사립문도 못 가서~ 나는 그만 울어었쏘오~. 두현은 노래를 마친 주모가 식은 파전을 데우겠다고 쟁반을 가지고 나가자 탁자 위에 지폐를 몇 장 꺼내놓고는 일어섰다.

문 밖 한쪽 처마 밑에는 웬 건장한 사내가 낡은 삿자리를 깔고 앉아 있다 문을 열고 나오는 두현을 향해 턱을 비죽 내민 다음 눈을 내리떠 보았다. 바람은 여전했지만 비는 그쳐 있었다. 구레나룻을 길러서 그런지 강인한 인상에다 덩치깨나 있어 보였다. 두현은 자신을 쏘아보는 사내의 눈길이 심상치 않음을 느꼈지만 서둘지 않고 그 앞을 천천히 지나갔다. 사내가 자리에서 일어나 엉덩이의 먼지를 툭툭 터는 시늉을 했다. 두현은 뒤돌아서서 갈매나무를 향해 사진기를 들이댔다.

셔터를 누르려다가 사내가 다리를 저는 모습을 보고는 사진기에서 눈을 뗐다. 역시 오른쪽 다리였다.

……!

그, 근식아……

어느새 갈매나무 옆에 나와 선 할머니가 퀭한 눈으로 그 사내를 맞이하고 있었다. 앉아 있을 땐 몰랐지만 일어선 사내의 한 손에는 부식거리가 담긴 까만 비닐 봉투가 그리고 다른 한 손엔 짤막한 등산용 손도끼가 들려 있었다. 사내가 움직이기 시작했다. 다행히 두현을 향한 발걸음은 아니었다. 갈매나무 앞으로 다가선 사내는 도끼를 쥔 손을 허공으로 쳐들었다.

근, 근식아 어서 온……

사내가 힐끗 뒤를 돌아보았다. 그러더니 장난하다 들킨 아이처럼 수줍은 웃음을 지으며 순순히 도끼를 내던졌다. 그의 손을 떠난 도끼는 물러진 땅바닥에 내리박혔다.

두현은 사내와 문설주에 빨래처럼 축 늘어져 달라붙어 있는 노인을 번갈아 봤다. 그렇다면 그 사내는 앞서 주모가 감방에서 오 년을 더 썩어야 한다는 도련님 근식이가 틀림없을 터였다. 그런 사내가 어떻게 버젓이 나타난단 말인가. 두현은 순간 다리 저는 남편을 두고 갈매나무 앞에서 술손님한테 헤픈 정을 팔면서 기생오라비 같은 남정네와 통정을 하다 결국은 쫓겨 달아났다는 젊은 여인이 바로 그 주모일지도 모른다는 느낌이 스쳤다.

그는 돌아서서 뭐라고 주절거리고 싶었지만 말문이 열리지 않아 허둥지둥 마당을 가로질러 빠져나왔다. 들판 끝에서 다시 변덕스런 먹구름이 빠른 속도로 아름다운 지옥을 향해 꾸역꾸역 몰려드는 모습이 보였다. 아무래도 큰비가 질 모양이었다. 두현은 마구 달려가기 시작했다. 길을 막아서기라도 하듯 들판 저 멀리에서 부연 비안개가 피어올랐다. 그러자 때늦은 시어들이 일렬종대로 몰려와 그의 어깨를 툭툭 건드리고 있었다.

그것은 갈매나무, 한 그루 갈매나무였다
늦봄이면 꽃을 피우고야 만다는 갈매나무
굳고 정한 갈매나무, 외로운 갈매나무, 눈을 맞고 있는 갈매나무
사내는 슬픔과 어리석음과 부끄러움과 절망감, 그 너머 먼산에 외로이 서 있는
갈매나무를 생각하는 것인데
사내는 너무 쉽게 슬픔과 어리석음과 부끄러움과 절망감에서 빠져나오려 하는데……

(안찬수 시인의 「갈매나무」에서 인용)

(『서른 살의 강』, 문학동네, 1996년 7월)

부엌

나는 부엌의 어둠 속에서 태어났다. 나보다 다섯 살 많은 누나가 귓속말로 일러주었다. 그러니까 누나는 그때 겨우 여섯 살이었고 찬 바람이 비집고 들어오는 찢어진 문창호지 틈새로 징그러운 애벌레처럼 꿈틀거리는 새빨간 몸뚱어리의 아기가 세상으로 나오는 모습을 봤다고 의기양양해 했다. 그 얘기를 들을 때면 나는 꾸뻑 기가 죽었다.

너는 그때 도마 위에 누워 있었어.

도마!

도마라니! 갓 태어난 아기가 도대체 그 위에서 무슨 볼 일이 있단 말인가. 나는 그 생각만 하면 이상하게 온몸에 닭소름이 좍좍 끼치고 염통에 모인 피가 빠지질 않아 터질 듯 팔딱거렸다. 어찌 놀라지 않을 수 있었겠는가? 내 생일이 섣달 초사흘이니까 양력으로 따져보면 대략 정월 초순경이었을 것이다. 문고리를 잘못 잡으면 손가락 끝의 살점이 쩍쩍 떨어져나간다는 강원도 철원의 한겨울에 어느 외딴 집에서였다. 그것도 군불을 땐 뜨끈뜨끈한 구들목 위에 가지런히 깔린 포대기 속에서가 아니라 차디찬 부엌 바닥 위에서 나는 세상과 을씨년스런 첫 대면을 했다.

뜨개질인지 바느질인지 아무튼 호야 앞에서 눈을 내리깔고 일에 열중하던 엄마가 손을 잘못 놀려 반짇고리를 엎었다구. 실꾸러미 헝겊 쪼가리 뜨개바늘 같은 게 방바닥에 한가득 쏟아졌다구. 엄만 팥알만큼 굵은 식은땀을 줄줄 흘리고 있었구.

누난 뭐 했어?

나? 바보 같으니라구…… 내가 그때 기껏 여섯 살이었어. 니 생각에는 뭘 했을 것 같니?

그냥…… 밥풀 같은 거나 떼먹지 그래?

벌써 먹었지. 깜깜했는데 말이야. 그땐 지낙(저녁)때마다 허구한 날 자루에서 강냉이를 퍼서 끓여먹었지. 밥 먹구 나선 뭘 했겠냐구?

글씨……

맹꾀(맹꽁이)…… 히히, 빤스 까뒤집고 이를 잡고 있었지 뭘 하긴 뭘 해? 두 엄지 손톱이 봉숭아 물 들인 것인 양 볼그죽죽한 판이었는데 말이지…… 그런데 분가루 냄새가 코를 팍 찌르더라구.

애걔, 분가루!

우리 반짇고리 속에는 분가루통이 하나 뒹굴어 다니고 있었거든. 엄마가 반짇고리를 뒤엎는 바람에 그 분가루통이 허연 가루를 내쏟고는 개구리 뱃구레처럼 발랑 나자빠졌다구. 그 은은하면서도 콧구멍이 벌룽벌룽거리도록 알싸한 냄새 때문에 내가 그때 모습을 이렇게 뚜렷이 기억하는 줄도 모르지. 그 전에 분가루 한번 잘못 묻혔다가 엄마한테 싸리비로 뒈지게 얻어맞았거든.

그래서!

뭐가 그래서야?

왜 내가 도마 위에서 태어났냐구?

그야 모르지…… 내 기억이 틀리는지도. 그냥 기억일 뿐인데, 아마 맞을 거야.

도대체 뭐 하던 도만데?

너 도마가 뭐 하는 건지 국민학교 이학년이 돼서도 아직도 모르냐? 머리를 자꾸 안 쓰니깐 머리에 비듬이 볼펜 심으로 팍팍 찍어두 안 아플 만큼 두껍게 딱지처럼 내려앉지!

참견 말어! 그리고 누가 도마를 모른댔어, 씨팔! 그거 배추김치나 도야지나 물고기 같은 거 올려놓고 식칼로 다지는 거 아냐? 누굴 똘팍으로 알아! 내가 왜 그따위 위에서 버르작거리며 태어났냔 말이야!

너 쬐끄만 애가 먹다남은 중국 호떡 뺏긴 아이처럼 왜 누나한테 가자미눈을 치뜨고 발악이니? 얘기 더 안 듣고 싶어?

뭘? 그게 아니고……

그게 아니라면 그 미루끄 하나 이리로 더 내. 세상에 공짜가 어딨어.

이건 회충약 먹으라고 선생님이 준 거 아냐?

암튼 미루끄는 미루끄 아냐! 얘가 주기 싫으니깐 말이 많아. 이 누나도 요즘 회가 많이 끓는지 삭은침이 자꾸자꾸 괴어오른다구, 쩝쩝. 처음엔 엄마가 이따만하게 부른 배를 한 손으로 받치고 다른 한 손으로는 무릎걸음을 짚으면서 엉금썰썰 방문을 열고 부엌으로 기어나갈 때만 해도 왜 그런지 알 수가 있어야지. 밤에 오줌누러 가려는 건지, 먹는 둥 마는 둥 한 저녁이 얹힌 건지. 엄만 뒤돌아 내 얼굴을 쳐다보며 말했다구. 너 문 열어보면 절대 안 돼! 내가 아부진…… 하고 물었는데 엄마는 대답은 않고 얼굴만 잔뜩 찡그리면서 신음 소리에 가까운 목소리로 쌍둥이가 나오면 더운 물이 모자를 텐데 했을걸. 그때 엄마 널 뱄을 때 고양이보다 조금 큰 새끼 호랑이 두 마리가 산에서 내려와 집 안으로 들어오는 꿈을 꿨기 때문에 어쩌면 쌍둥이를 낳을지도 모른다는 걱정을 했었거들랑.

왜 하필 부엌으로 갔어? 엄만.

그것도 모르냐? 그때 우리가 가게를 내주고 개천가에 새로 허름하게 지은 집으로 이사를 가게 됐지. 근데 마을 할머니들이 그랬는데 새로 이사간 집에서는 아이를 방에서 낳지 않는다는 거야. 동티가 나기 때문에 부엌에서들 난대나 어쩐대나…… 암튼 맨땅인 부엌 바닥에 잘 기억이 나지 않는데 신문 쪼가린지 누런 시멘트 종인지, 아니면 비료부대 껍데긴지 아무튼 뭔가를 바닥에 주섬주섬 까는 걸 봤다구.

봤어!

그럼, 두 눈으로 똑똑히. 그런데 사실 난 그때까지 애기를 어떻게 낳는 줄 한 번도 본 적이 없었거든.

울 아부진?

아부지…… 말이지? 없었어. 하긴 남자가 여자 애 낳는 데 있으면 뭘 하겠니?

그때 우리집은 한마디로 망조가 든 시기였다. 자유당 정권 아래서 함께 부패한 군부대에서 빼돌려지는 군수품을 받아 가게에서 파는 장사를 하던 아버지는 한때 호황을 누린 모양이었다. 엄마한테 동업을 하던 사람의 이름을 하도 들어서 지금도 기억하고 있다. 박동세.

그는 눈치가 빠른 사람인 모양이었다. 사일구로 군수품 장사에 약간 서늘한 기운이 감돌자 그는 즉각 감을 잡고 자신의 지분인 절반을 빼가겠다고 나왔다. 나중에 엄마한테 들은 바로는 말이 오 대 오였지 그때까지 그가 어수룩한 아버지 몰래 빼돌린 것을 따져본다면 아마 아버진 미처 이 할 정도도 받아먹지 못했다는 거였다. 그렇지만 경기가 어찌나 좋았던지 그 이 할만 갖고도 읍에서 제일 기름지다고 소문난 읍사무소 뒤쪽의 텃밭 사천 평을 사들일 수 있었다.

니 애비란 위인이 처가에 보태준 것은 그 텃밭을 사던 해에 할 수 없이 거둔 소출 가운데 떼어준 물고구마 한 가마가 평생 고작이었단다.

엄마는 두고두고 그 말을 우려먹으며 아버지를 곤혹스럽게 만들었다. 아무튼 박동세씨는 빳빳한 종이돈으로 자신의 지분을 챙기고 손을 뗀 다음 읍내 한복판에 국수 공장을 크게 차렸다고 한다. 나중에 들으니 그가 바로 요즘 철원뿐 아니라 도내에서도 방귀깨나 뀐다는 신풍건설의 사장이 됐다.

그런데 내가 태어날 무렵에는 오일륙으로 군수품 경기가 찬바람을 맞았고 사채에다 묻어뒀던 장사 밑천들도 군인들이 발표한 사채동결령 때문에 꽁꽁 묶여 그야말로 거덜이 나고 말았다. 마침 내가 태어나던 날 밤에 좌절에 빠진 아버지는 그 동안 야금야금 팔아온 읍사무소 뒤의 텃밭의 마지막 자투리를 판 돈뭉치를 판돈 삼아 어느 절절 끓는 노름방에서 흰자위를 희번덕거리며 끗발 죽은 화툿장을 오기로 까고 있었다.

엄마가 부엌 바닥을 이를 악물고 기어다니며 신음 소리를 내다가 갑자기 짐승 같은 비명 소리를 내지르기도 했거든. 그 바람에 엄마가 입고 있던 치마가 어느샌가 없어졌다구. 옷티(옷)가 홀떡 벗겨진 거야. 완전히…… 쪽 지른 머리가 풀어졌는지 귀신처럼 막 그렇게 된 거야. 나는 방문 고리만 잡고 창호지 찢어진 틈새로 와들와들 떨면서 지켜보기만 했지 선뜻 나서질 못했다구. 엄마가 제정신이 아닌데 생각하니 무섭고…… 누구나 다 그랬을 거야. 부뚜막에 보니깐 칼두 있더라.

카, 칼?

그래 부뚜막에 대고 썩썩 갈다 만 식칼……

엄마는 두 팔꿈치와 무릎에서 피가 철철 나도록 바닥을 헤매고 이를 하도 앙다무는 바람에 입천장이 다 헤지고 잇바디가 뭉청뭉청 흔들릴 때쯤 해서 혼자서 나를 낳았다. 그때 여우가 세 번 길게 목청을 빼고 울었다고 누나는 말했지만 그 정도는 허풍이라는 걸 난 안다. 아무튼 엄마는 기진맥진한 가운데서도 이빨로 탯줄을 끊고 부뚜막 위에서 덜겅덜겅 끓고 있는 물솥을 열고 손수 갓난아기를 목욕시켰다. 그 시각이 바로 술시(戌時)였다. 물론 괘종시계를 쳐다볼 경황이 있었던 건 아니었다. 엄마는 둑방 위로 막차가 뜨는 소리를 듣고 그렇게 생각했다고 한다.

엄마는 내가 자라서 골골 앓을 때마다 이렇게 얘기했다. 너를 뱄을 때 니 애비 따라서 밤이면 밤마다 호랑이가 나온다는 산길로 빼돌린 군수물자를 짊어지고 나르느라 조그맣게 부스럭거리는 나뭇잎 소리만 들려도 그게 굶주린 산짐승인지 빤쪼(판초) 우비 뒤쓰고 잠복근무 중이던 브라보 포대 헌병들인지 몰라 그 자리에 오줌을 지리고 주저앉아 가슴 졸이는 일이 하도 많아서 태아가 아마 편치 않았을 거라는 푸념이셨다. 또 담요 한 장 깔지 못한 찬 부엌 바닥에서 낳아서 탯줄도 이빨로 끊는 바람에 독이 탯줄 따라 들어갔을지도 모른다고 생각했다.

사실 부엌 바닥에 뉘여졌다가 기운을 추스린 엄마가 방 안으로 데리고 들어가긴 했지만 이미 냉기가 몸에 들었는지 갓 태어난 아기가 울음소리도 내지 못하고 아무런 매가리도 보이지 않았다고 한다. 아무래도 이렇게 낳아서 버리는가보다 하고 뒤늦게 느낌이 이상해 우연히 들러본 고무신 가게집의 섭이 할머니가 끓여준 미역국으로 빈속을 달랜 엄마는 나를 포대기에 말아 찬 웃목에 나흘 간이나 젖 한 번 못 주고 놔두었다. 섭이 할머니가 따뜻한 아랫목에 놔두면 백이면 백 다 아기가 물크러지고 못 살고 그나마 찬 웃목에 놔두면 열에 한둘은 사는 수가 있으니 그렇게 해보라고 권했던 것이다.

결국 나는 나흘 만에 웃목에서 가느다란 울음을 터뜨렸다고 한다. 그제야 엄마는 퉁퉁 분 젖을 내 입에 물려주었다. 그러나 그 선달의 삭풍이 창호지를 후벼대는 나흘간 아버지는 돌아오지 않았다.

물론 나는 내가 태어나던 날 밤의 그 차디찬 부엌을 기억하지 못한다. 다시 찾아가보려야 가볼 수도 없다. 그곳은 도시의 반(班) 정도에 해당하는 당시의 시골 행정 명칭인 구(區)로 따져서 2구에 해당하는 터였는데 지금은 논이 돼버렸다. 봄이면 그 부엌 바닥이었던 곳에 아지랑이가 피어오르고 여름이면 땡볕을 받아 개구리 눈알이 뿌옇게 익을 정도로 뜨거워진 논물이 넘실대고 가을이면 메뚜기들이 뛰어놀다가 겨울에는 또 동네 아이들이 썰매를 지치는 곳이 된 것이다.

아버지가 나흘간 노름방에서 돌아오지 않았다는 것도 별로 중요한 사실이 아니다. 나는 안다. 그 당시 며칠씩 돌아오지 않는 애비들이 비단 울 아버지뿐이었으랴! 그들이 설령 돌아와 있었다 해도 부엌에서 할 일이란 도무지 없었을 것이다. 나는 부엌 밖 마당에서 이제나 저제나 산파 할머니가 고추여! 혹은 조개여 하고 외쳐주는 목소리를 초조하게 기다리며 발을 구르는 아버지의 발짝 소리를 듣고 태어나지 못했지만 그게 조금도 아쉽지 않다. 엄마도 그랬다. 너를 그래도 죽지 않게끔 지켜본 것은 부엌의 터줏대감인 조왕신이라고.

그래서 그런지 나는 체질적으로 부엌이 편했다. 그 어둠이, 그 냄새가 익숙했고 부뚜막에서 은근히 전해져오는 연탄불의 희미한 온기가 내 살갗에 와 닿으면 어쩔 땐 등골이 녹아내리는 듯 짜릿한 느낌을 받을 때도 있었다.

아이들하고 숨바꼭질을 할 때면 부엌은 나의 단골 은신처가 됐다. 특히 부뚜막 옆의 찬장과 부엌문 옆의 커다란 물항아리 사이의 좁은 공간은 비쩍 마른 내가 구겨지듯 빨려들어가 숨기에 아주 좋은 곳이었다. 어두운 부엌 안까지 들어온 어느 술래 아이들도 나를 찾아내진 못했다. 심지어는 밤눈이 턱없이 어두워서 그러긴 했지만 창학이는 그 틈새로 빼꼼히 들여다보기까지 하고도 나를 발견하지 못하고 끝내 못 찾겠다 꾀꼬리를 다섯 번이나 외쳐야만 했다.

한번은 그 틈새에서 웬일인지 몸이 빠져나오지 않아 술래가 못 찾겠다 꾀꼬리를 외치는데도 꼼짝할 수가 없었다. 무릎이 잘못 낀 탓이었다. 그러나 나는 당황해 하거나 울지 않았다. 오히려 물항아리에 이마를 대고 깜빡 잠까지 들었다가 결국 엄마한테 들키고 말았다.

너 사내자식이 거기서 뭐 하고 있니?

어, 엄……마. 지금 몇 시야요?

엄마는 대답은 않고 한참 동안 내 시야를 가린 채 서 있었다. 그러더니 갑자기 손에 들고 있는 냉수 대접에 입을 대 볼을 한껏 부풀린 다음 세 번 내 얼굴에 물을 뿜어대고는 알아들을 수 없는 소리를 주문처럼 중얼댔다. 그 물 세례를 피하려고 몸을 비트는 순간 항아리와 벽 사이에 꽉 끼었던 무릎이 쑥 빠졌다. 내 앞에 엄마가 던진 양은사발이 요란한 소리를 내며 떨어졌다. 엄마가 그렇게 무서운 얼굴을 짓고 있는 모습은 아마 그때가 처음이자 마지막이었던 것 같다. 물론 더 화난 표정을 지은 경우는 그 뒤로도 많이 있었지만 어린 나한테도 섬뜩한 귀기가 서린 그런 표정은 다시 구경하기 어려웠다. 그후로 나는 부엌 근처에는 얼씬도 하지 않았다. 중학교 일학년 때까지는.

그해 여름부터 나는 지독한 만성장염 때문에 학교에도 장기 결석을 하고 있었다. 국민학교 사학년 때 옮겨온 그 집에는 부엌 위로 다락방이 하나 나 있었다. 마침 중학교 일학년이 되던 그해 여름 누나가 봉제 공장 기숙사에서 먹고 자며 일을 하게 돼서 그 다락방은 자연히 나의 차지가 되었다. 나 혼자만의 방이 생기다니! 나는 꿈만 같았다. 빤스만 홀랑 입고, 아니 벗고 자도 누구 하나 뭐라고 그럴 사람이 없었다. 그리고 그 다락방에 누워 있자면 밑의 부엌에서 엄마가 달그락 소리를 내며 밥 짓고 설거지 하는 소리와 보글보글 끓는 뚝배기 속의 된장국 소리가 너무도 정겹게 들려오곤 했다. 새로 이사간 집의 부엌은 특히 바닥이 맨땅이 아니라 시멘트를 바른 것이었다. 그러다보니 부엌이 자연히 목욕하는 장소를 겸하게 되었다.

나는 밖에 나가봤자 어울릴 친구도 없는지라 주야장천 다락방에 이불을 깔고 뒹굴며 문고판 책을 읽거나 공상을 즐기기 일쑤였다. 밥도 다락방으로 올려주는 걸 간신히 받아 먹다가 아예 요강을 갖다놓아 변소 가는 시간마저 줄인 채 다락방 위에서 지냈다.

부엌문 잘 질러놨는지 확인해야지.

잠결에 가물가물 엄마의 목소리가 들렸다.

예에…… 근데 민홍이는 위에 있어요? 좀 괜찮아요?

가끔 주말이나 혹은 월급날이면 집을 찾아오는 누나의 목소리도 들려왔다.

요즘은 고만고만해. 지금은 자는 모양이더라…… 애가 저렇게 새벽 화로 속의 사윈 재처럼 시부저기 까부러져서야 앞으로 사내 구실이나 제대로 할지 걱정이다, 걱정, 후우.

제가 라면땅 한 박스 사왔으니깐 매일 두어 봉지씩 간식으로 먹이세요.

그런 것으로 입정이나 놀리다가는 그나마 밥맛이 뚝 떨어져버릴 텐데.

요즘 애들은 그러다가도 입맛이 돌아오는 수가 있대요.

부엌 수챗구멍 옆으로 난 수도꼭지를 틀었는지 양동이에 물이 쏟아지는 소리가 들렸다.

내가 등 밀어줄까?

아냐 엄마, 혼자서 하지 뭘……

억지로 눈을 감고 있자니 눈알이 아릿하고 눈두덩이 뻐근해졌다. 나는 눈을 떴다. 부엌 바닥에 바가지째로 끼얹어지는 물소리가 들렸다. 나는 부시시 몸을 돌려 베개를 가슴에 대고 엎드린 자세로 머리맡의 삼중당 문고 책을 펴들었다. 내가 읽다가 잠이 든 갈피에서 밑줄을 긋곤 하던 뭉툭한 4H 연필이 굴러나왔다. 나는 그 연필을 집어들고는 갑자기 생각이 났다는 듯 책상 밑에 있는 도루코 면도날을 꺼내 조심스레 깎기 시작했다. 아버지가 면도를 하고 버린 양날 면도칼이어서 무척 신경쓰지 않으면 언제 손가락 끝을 벨지 몰랐다. 나는 얇은 꺼풀을 벗겨내듯 연필을 돌려가며 벗겨냈다. 그러자 뭉툭했던 연필 심은 곧 날카로운 창처럼 뾰족해졌다. 그러나 나는 칼질을 멈추지 않았다. 왜냐하면 달리 할 일이 없었기 때문이었다. 연필은 자꾸만 키가 작아졌지만 연필 심은 거진 손가락 두 마디쯤으로 자라났다. 나는 다락방 바닥에 쌓인 부스러기들을 다락 바닥의 나무 틈새로 밀어넣기 시작했다. 낡은 바닥의 나무 틈새에는 충분히 눈을 박아 아래를 내려다볼 수 있을 만큼 벌어진 곳도 있었다. 그곳은 아마 나무의 옹이가 박혔다가 빠진 자린가보았다. 엄지 손톱만하게 초승달 모양으로 둥그렇게 파여 있었다. 기다란 연필 심을 틈새에 박아 툭 분질러뜨린 나는 어느새 그 둥근 틈새로 눈알을 박아넣었다.

달거리에 이상은 없지?

엄만……

눈앞을 가로막고 있는 것은 무릎을 모으고 쭈그리고 앉은 누나의 기다란 머리채였다. 양동이에서 바가지로 물을 푸려고 앉았다 일어서느라 젖은 머리채가 출렁거렸다. 뽀얀 살결이 눈에 들어왔다. 엉덩이 같았다. 나는 순간 눈을 질끈 감았다.

집에서 다녀도 좋은데 말이야.

집은 너무 멀어요 엄마. 먹고 자고 공짠데…… 으흐 시원하다!

여잔 몸 버리면 끝장인 것 알지? 추근거리는 놈팡이들이 있데? 응 있니?

엄만 쓸데없이…… 없어요! 샴푸나 이리 좀 건네주세요.

조금씩 써라. 근데 그건 뭐니?

뭐가요?

젖가슴에 웬 붉은 반점 같은 게……

젖가슴이라는 말을 듣는 순간 나는 숨이 꽉 막혔다. 보드랍게 출렁거리는 두 살덩이가 틈새 너머로 얼핏 스쳤기 때문이었다. 캄캄한 눈앞에서는 햇볕을 받아 눈이 녹는 한낮의 기름종이 지붕처럼 아지랑이가 모락모락 피어났다. 아마 한 줄기 현기증인지도 몰랐다.

아녜요. 잠을 잘못 자서 그런 모양이죠 뭐.

왜 잠을 잘못 자?

아유, 제발 그렇게 꼬치꼬치 캐묻지 좀 마세요. 집에 오면 좀 푸근하게 쉬는 맛이 있어야 하는데 이건 무슨 빚 받으러 온 사람처럼 닦달을 해대니 어디 살겠어요?

말만한 계집년을 돈 벌어오랍시고 밖으로 둘러대는데 어떤 물정 없는 에미가 맘이 편켔냐 응 이것아 헤잉 핑!

누나가 엄마를 향해 앙칼지게 돌아앉았다. 그때 나는 겨드랑이보다 약간 낮은 곳에서 막 부풀어오른 꽃봉오리를 똑똑히 보았다. 순간 누나의 벗은 몸뚱이가 그 꽃봉오리 속으로 아득히 멀어져갔다. 갑자기 누나가 갓 태어난 아기 같다는 생각을 했다. 그래서 다시 엄마의 자궁 속으로 태아처럼 꺼져들어갈 존재일지도 모른다는 공상이 들었다. 마치 내가 태어나는 광경을 문창호지 틈으로 누나가 목도했던 것처럼 나는 그 반대로 누나가 아기처럼 한없이 작아져 태아를 거쳐 생명체 이전의 단계로 거슬러올라가는 환상에 젖었던 것이다.

바닥이 푹 꺼지긴 했지만 다락 때문에 천장이 낮아진 부엌에서 누나가 젖은 머리 타래를 한 번 길게 휘두르자 한 갈래가 거진 다락 바닥에 닿을 듯 솟구쳐올랐다. 마치 내 눈 속을 파고들 듯이 바짝 달라붙는 그 머리칼 때문에 나는 움찔거리며 눈을 틈새에서 뗐다. 그리고는 베개 속으로 얼굴을 파묻고 귀를 세게 틀어막았다. 입술이 새카맣게 말라 있었다. 아마 또다시 열꽃이 필 모양이었다. 나는 왠지 그 열꽃을 즐기고 싶은 생각이 들었다. 아아, 이 머릿속 허연 뇌수까지 벽에 짓이겨진 파리의 내장처럼 바짝 태워주라 나의 열꽃이여! 나는 메마른 혓바닥으로 꺼끄러운 베갯잇을 마구 핥기 시작했다.

거기서 성장을 멈추고 싶었다. 나는 언제까지나 다락방의 아이이자 부엌의 아이로 남고 싶었다. 그후로도 나는 한동안 부엌을 떠나지 못했다.

여자들은 아버지가 없을 때면 곧잘 우리 부엌으로 몰려들었다. 갑식이네 구멍가게에 세를 살고 있는 전필례도 우리집 부엌을 찾아오는 단골이었다. 그녀가 오면 엄마는 양푼에다 밀가루를 풀어서 통파를 놓고는 그녀가 박카스 병에 가득 따라갖고 온 질 나쁜 낙화생유(땅콩 기름)를 프라이팬에 두르고 파전을 자글자글 부쳐먹곤 하였다.

전 아무것도 몰라요. 왠지 집이 목포라는 생각이 드는 것하고……

그리고 또?

엄마는 다섯 살 땐가 여섯 살 땐가 기찻간에 버려졌다는 그녀의 기억을 되살려보려고 틈만 나면 꼬치꼬치 캐묻는 버릇이 있었다. 대답을 미적미적 늦게 하거나 우물쭈물하면 그만큼 프라이팬 안의 부침개가 타들어가기 때문에 그녀는 부침개가 적당히 익을 만하면 서둘러 말문을 열었다.

집 앞 신작로로 하루에 빠스가 세 번 지나갔지요. 어무이가 개가를 해서 의붓아버지 밑에서 얹혀살았던 것 같은데…… 잘 기억이 안나요.

처음 식모 들어가 살았던 집 아주머니한테서 무슨 말 들은 것 없구?

헤잉, 안다 해도 가르쳐줄 성싶은가요 뭐? 내가 알면 가만 있겠어요. 막 도망치려고 했을 텐데. 그래도 그 아주머닌 좋은 사람이에요.

월급도 제대로 안 줬다면서?

시집보내줬잖아요.

십 년 부려먹고 그깟 시집 잘도 보내줘서 술 석 잔도 더 얻어먹겠다.

엄마가 이렇게 비아냥거리는 데는 다 까닭이 있었다. 필례는 열여덟이 되던 삼 년 전에 지금의 털보를 만났다. 눈 밑에 칼로 그은 듯한 흉터가 징그럽게 난 그의 직업은 트럭 운전사였다. 며칠씩 지방을 뛰고 돌아오는 날에는 그는 항상 고기를 싼 종이를 끈에 달랑달랑 매달고 집으로 들어왔다.

우리 같은 운짱들은 하루라도 괴기를 씹지 않으면 소증이 갈쿠리처럼 목구멍으로 치솟아서 운전대를 못 잡거든.

필례 얘기를 들으면 그는 웬만한 고기는 그저 참기름에 으깬 소금을 찍어 날로 집어삼킨다고 했다. 나는 화살을 맞은 사랑의 하트 문신이 새겨진 그의 울퉁불퉁한 이두박근과 삼두박근을 떠올리면 그가 날고기를 으적으적 씹는 장면이 저절로 연상이 되었다. 그러니깐 기운이 펄펄 날아서 집에 돌아오는 날이면 그렇게 마누라를 두들겨패지. 엄마 말을 들으면 필례와 털보는 띠가 같다고 했다. 그러니깐 딱 열두 살 차이인 것이다. 그는 마누라 패는 게 무슨 자랑이나 되는 듯 동네 사람 다 들으라는 듯이 고래고래 소리를 지르곤 했다.

나는 마누라 세 끼 밥은 못 먹여도 세 끼 주먹 공양은 빠뜨리지 않는 게 생활 신조여, 아무렴 신조!

그러한 신조가 옳은지 그른지는 접어두고 난 그 빌어먹을 털보가 필례를 두들길 때는 꼭 옷을 거의 벗겨놓는다는 얘기에 분개를 했다. 개자식 같으니라구! 어디 동네 남세스럽게 말이야. 나는 갑식이네 구멍가게 앞 평상에서 하드를 빨고 있던 필례가 슬쩍 치마를 걷어올렸을 때 드러난 희디흰 허벅지에 시퍼런 멍이 들 걸 떠올리면 더욱 부아가 긁었다. 그런데 한번은 털보의 매를 이기지 못했는지 필례가 대낮에 우리집으로 탈출을 감행해온 적이 있었다.

하필 집에는 아무도 없었다. 나만 다락방에 드러누워 이빨 나간 책 받침으로 슬렁슬렁 부채질을 하며 『호밀밭의 파수꾼』인가 뭔가 하는 문고판 책을 읽고 있었다. 아마 우리집뿐만 아니라 온 동네가 텅 비어버린 듯 고요했는데 싸우는 소리도 듣지 못한 판에 필례가 부엌문을 벌컥 열고서 허겁지겁 뛰어들었다. 나는 얼른 바닥 옹이 틈새에 눈을 박았다. 과연 필례였다. 그런데 말로만 들었던 그 사실을 난 직접 확인할 수 있었다. 필례는 정말 너덜너덜 찢어진 얇은 천 쪼가리로 중요한 부위만을 간신히 가리고 있는 정도였다. 그녀는 얼른 부엌문 고리를 걸었다. 뒤따라온 털보가 부엌문짝이 떨어져나갈 듯이 거칠게 잡아당겼다. 필례는 필사적으로 문고리를 붙잡고 늘어졌다. 털보가 몇 번 흔들지 않아서 돌쩌귀까지 들썩거리더니 문고리를 걸쳐놓은 구부러진 못이 아예 통째로 뽑혀나갔다. 필례는 그만 부엌 바닥에 헌 빨래처럼 맥없이 풀썩 널부러졌다.

쌍년!

러닝 바람의 털보가 부엌 안으로 성큼 들어서더니 덜컹 하고 문을 닫았다. 나는 침을 꼴깍 삼켰다. 저놈이 끝내 사람 죽이겠구나! 소리쳐 동네 사람들을 불러모을까. 그러나 얼어붙은 내 입은 달싹거리지도 않았다. 혀끝이 자꾸 목젖 뒤로 말려들었다. 내가 소리를 지르다간 아마 눈에 뵈는 게 없어진 저 털보가 나마저 짓밟고 죽이려들지도 모를 일이었다. 나는 틈새에 박아놓은 내 눈알이 구르는 기미라도 그가 눈치 챌까봐 숨을 잔뜩 죽였다. 필례는 체념한 듯 미동도 없었다.

아휴, 치거……

털보는 즉각 두들겨 패지 않고 뜬금없이 수도꼭지 밑에 있는 양동이에서 물을 한 바가지 떠 필례에게 끼얹었다. 필례는 으스스를 치며 손으로 입을 틀어막았다. 옛날에 포도청에서 엄한 중죄인을 다스릴 때 물볼기를 친다는 얘기는 들었는데…… 물에 젖은 얇은 천이 필례의 몸에 착 달라붙었다. 털보는 한 발짝 더 다가섰다. 그러더니 필례의 몸뚱어리를 겨우 가리고 있던 천쪼가리를 확 잡아챘다.

그들 둘이 서로 붙은 것은 정말 눈 깜짝할 새의 일이었다. 허풍이 아니라, 내가 눈을 질끈 감았다 뜨느라 눈까풀이 눈동자를 가리고 있던 시간이 평소의 서너 배쯤 더 걸렸을 뿐이었다. 그래 봤자 한 영점오 초나 될까! 나는 처음엔 털보가 필례의 몸을 레슬링 선수처럼 휘감아 뼈를 으스러뜨려 죽이는 줄 알았다. 얼핏 보매 필례의 저항도 만만치 않았다. 있는 힘을 다해 버둥거리며 손톱 끝을 세워 털보의 등 한복판에 그야말로 지겨운 오선지처럼 내려긋는 걸 보았다. 그러나 잠시 뒤 나는 내 판단이 틀렸음을 알았다.

오매, 죽여주라니깐, 죽여……

둘은 내가 잠깐 눈을 감고 숨을 들이쉬는 동안 실오라기 하나 걸치지 않은 알몸뚱이가 되었고 오히려 털보한테 죽을 둥 살 둥 치달라붙는 쪽은 필례였다.

저 저, 남의 집 부엌에서 뭣 하는 짓들이람……

나는 네 개의 다리가 말미잘의 촉수처럼 서로 뒤엉켜 휘감기는 꼴을 지켜보아야 했다. 털보의 너럭바위 같은 등짝이 거칠게 요동을 쳤다. 나는 털이 다 바래버린 낡은 군용 담요 위에 찰싹 달라붙은 채 엎드려 있었다. 부엌에서의 열기가 다락방으로까지 치솟아오르는 것 같은 착각이 들었다. 그것은 사춘기 소년한테는 참기 어려운 열기인지도 몰랐다. 그때 뭔지 모르지만 아무튼 아랫도리가 마렵다는 걸 알았다. 물론 요강은 앉은뱅이 책상 밑에 놓여 있었다. 그러나 어떻게 요강을 쓴담! 저들이 알아채버릴 텐데! 나는 자꾸 불두덩께가 묵직해지는 걸 느꼈다. 두 다리를 구부리고 무릎을 당겨 몸을 새우처럼 둘둘 말았지만 점점 더 참기 어렵게 돼갈 뿐이었다. 할 수 없이 나는 손을 사타구니 사이로 집어넣어 불알을 꽉 움켜쥐었다. 그때 내 몸 안에서 빠른 속도로 주체할 수 없이 빠져나온 액체는 물론 오줌이 아니었다. 나는 어찌할 수 없는 불쾌감 때문에 울고 싶어졌다. 그러자 눈가에 눈물이 이슬처럼 맺혔다.

한여름을 다락방에서 지낸 나는 찬바람이 나도 내려올 수가 없었다. 엄마는 무당 꽁이엄마를 불러 굿을 한판 하면 어떻겠냐고 했다. 아버지도 그게 좋겠다고 했지만 결국 굿판 비용이 만만치 않아서 그 계획은 실행되지 못했다. 그 대신 엄마는 시장통에서 하얀 오리를 한 마리 사왔다. 기가 허한 데는 오리 피가 좋다는 째보 아줌마의 말을 듣고서였다. 시장통 길가에서 시금치와 당근을 파는 그녀는 과부였다.

그러나 아버지는 집에서 키운 짐승의 목을 한 번도 비틀어본 적이 없는 알량한 인간이었다. 결국 누군가가 그 오리를 잡아야 했는데 필례가 하겠다고 나선 모양이었다.

자넨 안 돼!

엄마는 한마디로 가로막고 나섰다.

왜요? 저 잘해요.

그게 아니고, 이념이 부정 탄다 이 말이지. 필례네가 접때 꾼 꿈이 내 짐작엔 틀림없이 태몽이란 말이야. 몸가짐을 조신하게 해야 된다 이거야. 알아들어?

에이……

쯧쯧, 에이가 아니라니깐.

그래서 우리집 부엌에 모인 사람이 엄마와 째보 그리고 펌프집 곰보아줌마였다. 붉은 재생 고무로 만든 함지를 이고 생선을 팔러 다니는 곰보는 보기에도 뚱뚱해서 힘이 세게 생겼고 또 닭 같은 것도 많이 잡아봤다고 했다.

비린내 나는 물괴기는 도통 보기만 해도 질려서 말이여. 희번덕거리는 비늘이 없는 털 난 짐승의 살점이라면 환장하긴 허는데……

엄마는 오리의 멱을 따서 흰 사기 대접으로 한가득 피를 뽑고 나면 나머지 고기의 절반을 주겠다고 약속했다.

부뚜막 위에 도마가 놓여 있었고 도마 위에는 날카롭게 벼린 칼이 누워 있었다. 그 칼은 칼등과 칼날 사이가 복어 배처럼 넓적하게 한 뼘은 늘어진 것이었다. 나는 자꾸만 오금이 저렸다. 부엌 한구석에 매어놓은 흰 오리가 곧이어 닥칠 자신의 운명을 아는지 모르는지 주둥이로 깃속을 헤비작거리다 제자리 걸음을 떼며 꽥꽥 울음소리를 냈다.

물이나 한솥 설설 끓여놔, 까짓것!

앞치마를 두른 곰보가 팔뚝을 걷어붙였다.

물 끓으려면 한 이십 분은 기다려야 하지.

두꺼비집 좀 활짝 열어놓으쇼. 물솥이 달아오르려면 탄불 아끼지 말고 괄게 피워버려야지. 야, 째보 너는 오늘 나 땀시 목구멍의 때 좀 시원하게 벗기게 됐으니 내 덕 톡톡히 보는 거여.

믄 소리여? 철원댁한테 애초 오리 피가 좋다고 일러쥔 게 바로 나라니깐. 탁배기 한 되 받아놓은 것도 난뒤.

그러잖아도 말이 새는 째보인데 서두르다보니 발음이 더 엉망이 되었다.

그저 혓바닥 놀리는 일엔 지지 않겠다 이거지? 그러니깐 먹는 게 다 살로 안 가고 입으로 가고 말지.

너 쥐금 뇔 뇔리는겨?

아유, 왜들 이러셔?

엄마가 끼어들지 않았다면 아마 멱살잡이로 번질지도 몰랐다. 그나저나 오리 피를 먹어야 하는 나로서는 걱정이 이만저만이 아니었다. 비위가 많이 약해져 있어서 하얀 사기그릇에 담긴 불그족족한 피 생각만 해도 벌써부터 욕지기가 목젖을 툭툭 건드리는 판이었다. 곰보가 생선 다듬는 칼을 들었다가 도마 위에 콱 내리찍어 꽂았다.

괴기를 묵으면 뭇 한다냐, 철원댁아.

아, 왜 그러는가?

남정네가 션찮아서 그래.

아줘씨가 뭐가 션찮다고 그래?

쳇, 겉으로 허우대만 멀쩡하지 언제나 서리 맞은 수세미처럼 제 풀에 시르륵이야.

째보가 입을 가리고 웃으며 곰보의 어깨를 툭 친다.

여기 청상과부도 있는데 뭘 그래?

아따 과부 좋아한다. 째보들이 얼굴을 잘 뜯어보면 다들 빤쪼롬헌게 입맛 당기는 상판대기들이 수두룩하지 아암.

째보는 그 말이 과히 듣기 싫지는 않은 기색이었다.

아, 그래서 옛말에 째보 아니면 일색이라고들 하지 않았수.

엄마가 째보의 비위를 맞추면서 곰보를 향해 눈을 찡긋거린다.

그러니 군것질들을 오죽 많이 허우?

뭐 군것질? 믄 요상쉬런 말이여 고게?

이보게 째보, 한쪽 귀로 듣고 한쪽 귀로 흘려버리게! 벌써 물이 설설 끓는 모양이야. 어서 서둘러야 할걸.

물솥을 열어본 엄마가 슬그머니 부엌을 빠져나갈 태세였다.

민홍엄마 어딜 가우?

저기 잠깐……

잠깐은 무슨 놈의 찜쪄먹을 잠깐이람. 양쪽에서 다리 붙들고 머리 찍어눌러야 내가 칼질을 제대로 허지.

아, 그러우? 그럼 내가 자리를 지켜야겠네.

도마 위에 올려진 오리의 묶인 두 발을 붙든 엄마는 윗니로 아랫입술을 지그시 깨물어 누른 채 고개를 한껏 뒤로 돌려 뺐다. 양볼에 냉수를 문 곰보가 칼날을 세워 코앞에 대더니 눈동자를 양미간으로 바짝 몰아서 모들뜬 눈으로 쳐다보다가 갑자기 입 안의 물을 분수처럼 칼날 위로 푸우푸우 내뿜었다. 나는 눈을 질끈 감았다. 이어서 도마 위로 칼날이 박히는 소리가 둔탁하게 들렸다.

얼른 사기그릇 갖다대지 않고 뭣들 혀!

알았어, 알았다니깐!

처음엔 먹지 않겠다고 발버둥을 쳤지만 강제로 코를 잡아 비틀고 입 안으로 흘려넣는 바람에 입가와 목덜미에 피칠갑을 하면서 반쯤은 비웠다. 그 오리 피 덕분인지 아닌지는 몰라도 며칠 뒤 나는 몸이 자꾸만 깃털처럼 가벼워지는 걸 느꼈다. 그러나 그 가벼움의 뒤를 따라 일 주일 가량 비몽사몽간을 헤매게 만든 신열이 내 몸을 파도와 같이 덮쳐 점령하고 지나갔다. 아버지는 처음부터 그 신열을 대수롭지 않게 생각했다.

원래 잔병을 앓다가 나을 때쯤 되면 그렇게 열이 나는 수도 있는 벱이지. 내가 원산 대철수 때 군함 밑바닥에서 가마니때기 한 장 깔고 오면서도 주변에서 그런 경우를 많이 봤다우.

다른 음식은 냄새 때문에 일절 입에 대지 못하고 흰 쌀로 끓인 미음에 조선간장을 두 순갈 뿌린 것으로 기껏 볼가심을 하던 나였지만 끝내 다락방을 내려가지 않았다.

사람 구실은 글른 것 같어! 인자 곧 겨울이 닥칠 양인데 위선(우선) 다락에서라도 내려와야 허는 걸 도통……

낙관적이던 아버지도 어둑어둑한 다락방을 들여다보고는 내려가 엄마한테 푸념을 했다. 다락방을 내려간다! 나는 고개를 절레절레 흔들었다. 그것은 상상할 수도 없는 일이었다. 왜냐하면 바깥세상이 어떻게 변했을지 나는 전혀 자신이 없었기 때문이었다. 그리고 나는 어느덧 고소공포증 환자가 돼 있었다. 어느 정도인가 하면 다락문을 통해 얼핏 내려다본 안방 바닥이 왜 그렇게 까마득한 심연 바닥으로 보였는지 모를 일이었다. 나는 바깥세상만 생각하면 배멀미가 나는 듯해서 관자놀이께를 두 손가락으로 꾹꾹 누르며 모로 쓰러져 헐떡였다. 내가 어떻게 이 높은 다락 위로 올라올 수 있었는지가 자못 궁금해질 따름이었다.

그런 나를 다락방에서 끌어내린 건 대낮부터 질퍽하게 내리기 시작한 첫눈이었다. 무언가가 손바닥 두 개쯤 되는 다락방의 작은 비닐 봉창을 퍽 하고 두들겼다. 가까이 가보니 누군가 첫눈을 뭉쳐 던진 거였다. 퍽 하고 봉창을 때리는 소리에 나는 문득 멀게만 느껴졌던 바깥세상이라는 게 바로 코앞에 다가와서 내게 손짓을 하고 있다는 느낌이 확연히 들었다. 갑자기 다락방이 좁아진 것 같은 생각도 그래서 든 모양이었다.

벌써 눈이!

나는 삭은 못을 몇 개 뽑고 봉창의 모서리를 조금 뜯어냈다. 골목길은 질척질척한 눈에 두텁게 덮여 있었다. 시원한 바람이 콧속을 파고들었다. 그때 나는 턱밑 부근에서 솜털 같은 게 일제히 오소소 소리치며 일어서는 느낌을 받았다. 여태껏 숨죽이고 있던 감각들이 일거에 되살아나는 느낌이 그것이었을까. 그것은 곧바로 검증되었다. 나는 항상 역겨움에 시달리던 후각으로부터 일거에 해방돼 오랜만에, 아주 오랜만에 어떤 강렬한 냄새를 빨아들이고 있었다. 역겨움과는 거리가 먼, 아주 상큼하면서도 오랫동안 빈 공간으로 남아 저항하던 위장 속을 잠시도 참을 수 없는 허기로 꽉 채우는 냄새였다. 다름아닌 틉틉한 청국장 냄새였다. 나는 발꿈치로 다락문을 박차고 방으로 성큼 내려와 섰다. 방에는 엄마와 아버지가 청국장 뚝배기를 가운데 놓고 막 늦은 점심상을 받으려는 찰나였다.

밥 줘! 배고파!

밥? 죽?

두 사람은 나의 돌연한 출현에 적이 놀랐는지 두 눈을 화등잔만하게 뜨고 바라봤다. 아버지는 입 안으로 들어가려던 첫술을 그대로 상위에 딸그락 내려놓았다.

으응, 밥!

엄마는 첫술에 체하지 말라고 솥에서 막 퍼담은 뜨거운 밥에 찬 물을 부어 말아주었다. 나는 청국장과 함께 물에 만 밥을 몇 술 뜬 다음 숟가락을 놓고 밖으로 나갔다. 집 앞 골목에서 첫눈을 맞고 있자니 문득 세상이 그 동안 별로 변한 것 같지는 않다는 생각이 들었다. 고개를 돌려보니 엄마가 물에 만 내 밥그릇을 들고 눈물을 글썽인 채 부엌에 나와 서 있었다. 나는 일부러 어린애처럼 큰소리로 말하며 손을 길게 뻗었다.

엄마, 그거 인 줘. 나 밥 다 먹을래!

물부터 들이켜고!

내가 먹을 밥그릇 위로 첫 눈송이가 하분하분 빨려들어가 녹고 있었다.

(『시와사람』 1996년 가을호)

건널목에서

하루 종일 땡볕에 달구어진 지붕 때문인지 해가 떨어지고 난 다음에도 화차 안의 공기는 한증막처럼 숨구멍을 틀어막았다. 왼손에 비닐 가방 끈을 거머쥔 안씨는 콧방울을 벌름거리며 꽉 다문 이빨 사이로 미끈덩거리는 공기를 허파 가득히 빨아들였다. 매캐한 입자들이 코끝을 간지르는 것으로 미루어 보지 않아도 시멘트 수송열차임을 알 수 있었다. 아마 칠흑 같은 어둠 한켠에는 보드라운 밀가루가 담긴 듯한 시멘트 포대들이 차곡차곡 쌓여 있을 것이다. 그렇다면 한결 안심이 되었다. 시멘트 수송열차들은 보통 화차문을 밖에서 꼼꼼히 봉인하는 경우가 드물기 때문이었다. 안씨는 어둠 속으로 손을 휘저으며 주춤주춤 몇 발짝 떼어놓았다. 곧 시멘트더미가 손끝에 닿았고 그는 뒤돌아서 그 더미에 등을 기대고 두 팔로 가방을 품안에 그러안은 채 헌 빨래 모양 주르륵 미끄러져내렸다. 그리고는 머리 위의 등산모를 푹 잡아당겨 눈 아래로 내리썼다.

킥킥…… 그대로 잠이라도 들 것 같았던 안씨의 입초리가 슬그머니 무너졌다. 어둠 속에서 웃고 있는 거였다. 열차를 몰래 훔쳐 타는 짓을 무엇에 비교할 수 있을까. 그는 갑자기 그런 생각을 해보았다. 그냥 덤으로 흔들려 가는 거지 뭐…… 물처럼 틈새로 스며들고 나면 마음이 편해지잖아…… 이상할 것 하나도 없어……

그 순간 왜 몇 년 전 우연히 문경새재를 넘어 경상도 상주 쪽으로 갔다가 통나무 굴뚝 선술집에서 만난 젊은 과부가 떠올랐는지 모른다. 어른 키 두 길은 됨직한 대추나무 밑에 쌍과부집이라는 간판을 달고, 쉬어터진 막걸리 냄새로 찌든 그 술집에는 꼬붕이라고 부르는 젊은 과부와 마흔 줄에 든 과부가 동이술을 팔고 있었다. 개골창이 에돌아나가는 마당에는 혈기왕성한 싸움닭의 벼슬모양 불그스레한 맨드라미들이 뻣뻣이 쳐든 고개를 간당간당 흔들고 있었다. 호시절이었다. 그때는 지금처럼 다리품으로 먹고사는 보따리 장수 신세가 아니었다. 빤짝이로 테를 두른 여자용 샌들이라면 시골 어느 구석엘 가나 환장들을 해서 인기 최고였다. 고방(庫房)을 뒤져 하다못해 콩 한 말, 깨 한 됫박, 남편 몰래 말려둔 약초 두름까지 치마폭에 싸가져와 들이밀었다. 운전을 할 줄 아는 동업자와 아예 용달차를 하나 빌려서 핸드마이크를 들고 장터를 구석구석 돌았다. 되는 대로 마구 쑤셔넣은 종이돈으로 전대주머니가 풍년 든 해의 개구리처럼 불룩했고 해가 떨어져 장사판을 거둔 다음에는 술집에서 흔전만전 하룻밤을 보낼 수 있었다.

그때 그 쌍과부집의 젊은 과부를 무려 샌들 다섯 켤레를 주고 샀었다. 그리고 물론 에누리 없이 날밤을 새며 본전을 뽑을 만큼은 뽑은 셈이었다. 초저녁엔 그렇게 딴딴한 허벅지를 자랑하던 그 과부도 새벽녘에는 파김치가 되어 샌들 다섯 켤레를 되돌려주겠다고 코 먹은 소리로 애원을 할 정도였으니까. 하긴 그때만 해도 마흔 고개를 바라보는 자신이었지만 아랫도리 힘만큼은 이십대에 못지않게 팔팔했다고 믿었던 안씨였다.

그런데 지금은 물론 그런 호경기가 아니다. 그가 안고 있는 헐렁한 비닐 가방 속에는 서울역 옆의 염천교 위 구두거리에서 떼온 싸구려 구두들이 한가득 들어 있다. 물론 메이커야 있다. 쎄븐 스타, 영 레이디, 만하턴, 잉글랜드 로얄 등 그럴듯한 상호들을 붙이고 있지만 이제는 서울 변두리 지하실이나 수도권 골짝으로 밀려난 이른바 족방(구둣방)에서 마구잡이로 만들어 내온 물건들이 태반일 터이다. 하지만 이런 물건들 중에서 반반한 치들은 시내 백화점의 내로라 하는 코너를 차지하고 있는 유명 메이커들이 파격 세일이나 상품권 남발을 할 때 남몰래 납품받는 것들이기도 하다. 흐흐…… 결국 여자나 구두나 정들이기 나름이고, 얼마나 맞췄는가 나름이고, 길들이기 나름이라는 점에서는 거기서 거기가 아닌가.

안씨는 가슴팍을 더듬어 담뱃갑을 꺼내들었다. 기차가 움직이기 시작하면 피우는 게 안전했지만 제기랄, 오늘따라 니코틴을 참기가 힘들었다. 안씨는 몸을 틀어 머리를 시멘트 더미로 향한 다음 두 손을 둥그렇게 오므려 그 안에서 일회용 라이터 불을 댕겼다. 한 모금을 빨자 긴장이 풀려서 그런지 관자놀이께가 띵해졌다. 담배를 구두 뒤축에 비벼 끄고 뒷주머니에 쑤셔넣고 나자 갑자기 오줌이 마려워졌다. 아무래도 역전 광장 한귀퉁이의 손수레 앞에 서서 빈속에 들이부은 미숫가루 냉차 때문인 듯싶었다.

참을까 말까…… 엉덩이를 막 일으키려 하는 순간 뜻하지 않게 화차문이 서너 뼘쯤 벌쭉히 열렸다. 안씨는 벌린 입을 소리 날까봐 다물지도 못하고 그 자리에 얼어붙었다. 긴 장대 같은 플래시 불빛이 화차 안을 두어 번 국자처럼 휘저었다. 두 사내가 발로 기차 바퀴를 툭툭 차며 두런거렸다.

여그 타고 갈까? 아서…… 차라리 무개차(뚜껑 없는 화차)가 낫지…… 킁킁 믄 냄새여? 뭐가? 안에서 댐배 냄새가 쏘시락거리네잉? 역시 말코가 개코일세그려. 믄 소리당가? 히힛, 내가 낮에 작업할 때 깜빡하고 여기 구석에다 댐배하고 라이터랑 놔두고 갔거들랑…… 코가 크니깐 별 걸 다 구신처럼 맡아버리네 잉. 그런가…… 홀애비 냄새도 풍겨 큼큼. 징허네…… 내가 벌써 집에서 멀미 안 나는 배를 타본 지가 달포가 넘었으니 명색이 남편이지, 홀애비나 다름없지 않은가베. 제수씨가 어디 갔남? 친정 갔어…… 문 아주 닫지 마소. 건 왜? 이따가 역에서 통운 애들한테 옮겨줄 때 일하기 덥잖은가베. 하긴 그려……

두 사내가 사라지자 안씨는 긴 한숨을 내뿜으며 가방을 열고 샌들 더미 틈 속에 박혀 있던 소주를 꺼냈다. 바지춤에 손바닥을 부벼 땀을 자꾸 닦아내도 안씨의 손은 병 뚜껑을 비틀어 따려고 할 때마다 미끈덩 헛돌았다.

소주병에 입을 대고 고개를 젖히자 뜨거운 액체가 목구멍을 꽉 메우며 흘러들어갔다. 쩌릿한 목구멍과는 달리 소주를 끼얹은 가슴은 가쁜 맥박을 잠재우고 맑고 차갑게 변했다. 땀기 때문에 미끈거리는 손등으로 입가를 훔쳤다.

멀리서 건널목에 당도할 것임을 알리는 경보 소리가 쩔렁쩔렁 들려왔다. 화차 바닥에 소주병을 조심스레 굴리고 난 안씨는 가방을 끌어안고 일어섰다. 비닐 가방의 두 끈을 배낭에 달린 멜빵인 양 어깨에 둘러메었다. 건널목에서 열차가 속도를 줄일 때 사뿐히 뛰어내리자면 그 자세가 제일 편했다. 그는 열린 화차문 밖으로 고개를 내밀어 앞뒤를 살핀 다음 철커덕거리는 기차 바퀴 리듬에 호흡을 맞추기 시작했다. 하낫 둘 셋 넷…… 하낫 둘 셋 넷…… 오른발 끝부터 앞으로…… 발이 땅에 닫는 순간부터 허리를 최대한 숙여 단거리 달리기 선수처럼 열차의 진행방향으로 뛰어주어야 한다. 그래야 열차의 속도에 익숙한 몸이 무리없이 균형을 잡고 땅에 내려설 수 있다.

안씨는 멀어져가는 기차의 뒤꽁무니를 바라보며 철로 위를 절뚝절뚝 걸었다. 아무래도 무거운 가방을 짊어져서 그런지 착지가 불완전했다. 아니 가방 때문이 아니고 발끝을 디딘 곳이 하필이면 풀포기가 난 곳이었다. 오른쪽 발목을 살짝 접지르긴 했지만 침 몇 방이면 곧 풀릴 것 같았다. 그만하면 다행이다 싶었다. 그런데 누군가 그의 오른쪽 어깨를 거세게 잡아챘다. 그리고는 귓속으로 뜨거운 입김을 쏟아부었다.

"어딜 기차를 몰래 훔쳐타고 돈도 안 내고 도망치려 그래 으잉! 이 쥐새끼 같은 놈아!"

이런, 재수 옴 붙었네! 안씨는 고개를 떨구었다. 그리고는 모자를 벗고 뒤를 돌아보며 일갈을 했다.

"아니 이 느자구 없는 놈이! 밤이 깊었으면 방구석에 처박혀 마누라 엉덩이나 두드릴 일이지 뭔 먹을알이 있다고 바람 맞은 개코 마냥 쏘다니냐, 쏘다니길."

철로변에 오줌을 누고 돌아서는 길인지 바짓가랑이 단추를 추스리고 있는 까만 러닝셔츠 차림의 방씨였다.

"아암, 먹을 쾌가 와장창 터졌지. 너 이 안가야, 조금만 늦었더라면 목구멍에 오랫동안 낀 때도 못 벗길 뻔했어. 그래도 대머리 까진 놈이라고 먹을 복은 있어 가지구설랑."

"왜? 오늘 솜사탕이 많이 팔려 아이들 코 묻은 돈 좀 울궈냈냐? 왜 뜬금없이 남의 목구녕에 낀 때까지 주제넘게 걱정해주는 거야?"

방씨가 기세 좋게 안씨의 팔짱을 끼며 앞장서 이끌었다.

"구린 아가리 봉허구설랑 이 헹님만 쪼르륵 따라와보라구!"

길게 늘어진 기차는 느릿느릿 코앞을 스쳐 지나가고 있었다. 방씨의 입가에서는 이미 술냄새가 진하게 풍겨나오고 있었다. 코를 벌름거리던 안씨는 그제야 건널목 거리에 온통 돼지 곱창 냄새가 퍼져 있다는 사실을 깨달았다.

"길수야, 어서 온나. 무겁제?"

화차 사이사이로 언뜻 모습이 비치는 따봉호프 주인 현씨가 앉은 채 손을 번쩍 쳐들었다. 건널목 양쪽으로 서 있는 가로등 불빛 아래 두터운 스티로폼을 깔고 앉은 사내들의 얼굴이 번질번질 빛났다. 박리분식의 김씨도 개미슈퍼 최씨도 물역가게 라씨도 웬일인지 모두 한자리이다.

"떴대!"

"뭐?"

"떴다니깐!"

방씨는 딴청을 부리는 사람처럼 밤하늘을 쳐다보며 말했다. 기차 바퀴 구르는 소리 때문에 목소리가 잘 잡히지 않았다.

"누구?"

"누구긴…… 병호……"

"병호? 어떻게?"

"주변에 아마 황개비들이 쫙 깔렸을걸!"

방씨는 무슨 일인지 몰라도 사복경찰들을 황개비라고 불렀다. 마지막 화차가 두 사람 옆을 스칠 듯 통과했다. 그제야 안씨는 주위를 슬며시 돌아보았다. 그리고 흉칙하게 일그러진 흔적이 남은 자신의 귀를 갑자기 어루만졌다. 오 년 전 면도사 일을 다니던 아내가 이발소에 드나들던 젊은 놈팽이와 눈이 맞아 밤도망을 쳤을 때 그는 미칠 지경이었다. 한 달이 넘도록 소주병을 껴안고 뒹굴고 악을 쓰다가 드디어는 철도 자살을 꾀하게 되었다. 그래서 밤길에 소주 두 병을 까고 건널목을 한참 벗어난 곳에 가 드러누웠다. 스르륵 졸린 듯이 눈이 감겼었다. 그때 그를 향해 달려오던 기관차가 마침 병호가 모는 기관차였다. 멀찍이서 안씨를 발견한 눈썰미 좋은 조수 병호는 기관사에게 급브레이크를 잡아달라고 부탁한 뒤 비호처럼 뛰어내려 달려왔다. 그러나 안씨는 막무가내였다. 술에 취한 그를 보통 완력으로는 끌어내리기 어려웠다. 기차는 급브레이크를 밟았지만 속도를 이기지 못해 철로 위로 미끄러지며 어느새 목덜미까지 바짝 달려와 있었다. 병호는 안씨의 머리를 두 손으로 싸잡은 채 한입에 귀를 덥썩 물었다. 귀를 물린 안씨는 힘을 쓰지 못하고 질질 끌려내려와 목숨을 건질 수 있었다.

—썅! 개 값 물어주면 되지 그깟놈 뭐 하러 살려!

흥분한 기관사가 차창으로 주먹을 휘두르며 소리를 고래고래 질렀다. 그 뒤 염천교 샌들 장사를 시작했을 때 서부역 근처에서 가끔 안씨를 만나면 병호는 자신이 모는 기관차로 그를 이 건널목까지 태워다주곤 했었다.

"헉, 저기다!"

방씨가 낮게 읊조렸다. 병호가 건널목 시장통 아래에서부터 천천히 걸어오고 있었다. 그는 희미한 불빛 아래서 혼자였다. 그는 보리밭 사이를 거니는 한가로운 사람처럼 아주 호젓하게 홀로 걸어오고 있었다. 건널목께로 가까이 오면서 가로등 불빛에 비춰 자세히 보니 팔을 다쳤는지 삼각붕대가 목에 걸려 있었다. 두 사람은 숨을 죽이고 고개를 빼 늘였다. 면바지와 헐렁한 사파리 남방을 걸친 그는 예전보다 퍽이나 말라 보였다. 얼굴 표정도 핼쑥해서 광대뼈가 툭 튀어나와 보였다. 오른쪽 발목께가 자꾸 시큰해져왔다.

"병호가 맞는가?"

"글쎄……"

건널목까지 건너온 그가 막 오른손을 들어 보이려 하는 순간 땅바닥을 급작스레 울리는 소리가 들렸다.

"저 새끼야, 잡아!"

"죽여! 거기 꼼짝 마!"

커다란 고함 소리와 함께 누군가 쏜살처럼 뛰쳐나왔고 순간 건널목 옆에서 술을 마시던 사내들이 술렁거렸다. 눈 깜짝할 새에 벌어진 일이었다. 갑자기 차 브레이크 밟는 소리가 요란하게 들리는가 하면 어디 숨어 있었는지 모를 잠바 차림의 억센 남자들 서너 명이 불쑥 튀어나와 건널목 쪽으로 우르르 몰려갔다. 그들에게 사지가 붙들린 병호의 얼굴은 가려서 보이지 않았다. 그때 목덜미를 짓눌린 병호가 얼핏 헝클어진 머리를 들어 뒤를 돌아봤다. 그의 얼굴에 짧은 순간 웃음기가 스치는 듯했다. 안씨는 시큰한 오른 발목을 감싸안으며 주저앉았다.

"야 이놈들아, 우리 아들을 에미 앞에서 오뉴월 개 패듯이 또다시 끌고 가냐? 곱다시 아무 일 없이 해주면서 다시 데려가겠다는 것은 다 흰소리고 개소리였냐! 아이구 이 저승에서 온 두억시니 같은 놈들아, 못 간다! 날 죽이고 가지, 못 가!"

악을 쓰며 소리를 고래고래 지르던 곱창할매가 건널목 위에서 정신을 잃고 쓰러지자 옆에 서 있던 동네 사내들이 달려들었다. 안씨는 자신의 샌들 가방 위에 엎드려 두 팔 가득이 부둥켜 안은 채 병호가 사라진 건널목 쪽을 흡뜬 눈으로 바라보았다. 발목에 칼로 찌르는 듯한 통증이 밀려왔다. 오지게 삔 모양이었다.

"야 느그덜언 잠도 없냐?"

더위 때문인지 오늘 밤따라 유달리 아이들이 건널목에 많이 꾀었다.

"철기야, 너 개학도 을마 안 남았는데 이렇게 나돌아만 다니는겨?"

방씨가 술에 취해 자전거를 타고 지나가는 철기에게 소리를 질렀다.

"힝 아부지, 낮술 먹구서 또 저녁술까지 먹으려구?"

"이놈의 자석이!"

방씨가 종주먹을 들이대는 척하자 철기는 근처 골목길로 훌쩍 뛰어들어 사라진다. 그러나 철기는 아버지한테 욕을 들어먹었어도 기분이 좋았다. 어쩌면 감방에 갔다는 병호형이 나타날지도 모른다고 생각하니 그랬다. 어른들의 얼굴에 약간의 긴장기가 흐르는 광경도 구경거리긴 했지만 철기 같은 초등학교 고학년 급만 되도 병호의 얼굴을 얼핏 기억할 수 있는 나이였다. 그는 삼 년 전 운전 부주의로 대형사고를 내기 전까지만 해도 건널목 아이들의 한결같은 우상이었다.

병호도 가파른 건널목 길을 헐떡이며 오르는 배달차 뒤에 매달려 '후장 까기' 를 감쪽같이 해치우는 한 철없는 건널목 소년이었다. 건널목 아이들은 배달차 운전사가 눈치채지 못하도록 몰래 달리는 차 뒤쪽에 올라붙은 뒤 음료수나 소주병 등을 슬쩍 빼갖고 나오는 짓을 후장 까기라고 불렀다. 그러던 그가 집을 떠난 뒤 갑자기 엄청난 기차를 모는 조수가 되어 나타난 것만 하더라도 그것은 하나의 신화가 되기에 모자람이 없었다. 한마디로 출세를 한 것이었다.

아침나절부터 박리분식에 가서 왕만두를 베물고 나오던 철기는 분식집 옆의 곱창할매 집을 찾아온 두 남자가 휘장 속에서 할머니를 을러대는 소리를 들었다. 그중 청바지를 입은 사내가 호주머니에서 손을 뺄 때 부주의로 함께 딸려나온 은빛 수갑을 보는 순간 철기는 그들이 형사임을 눈치챘다. 철기는 뒤돌아서서 계속해서 왕만두를 질겅질겅 씹으며 누구를 기다리는 척했다.

—그 친구는 반드시 이리로 올 겁니다.

—뭐 하려고? 날 잡아잡수쇼 하고 호랑이 아가리 속으로 기어든디야?

—이것 보세요, 할머니. 저희 얘기를 잘 새겨들어야 합니다. 뭐냐 하면 말이죠. 우리들 불찰이기도 한데 그 친구가 화장실에 가겠다고 해놓고서는 눈깜짝할 새에 기차 밖으로 몸을 던졌단 말예요. 수갑을 찬 채 내리뛰는 통에 아마 몸 어딘가를 세게 다쳤을 거예요. 그 친구 입버릇처럼 어머니를 한번 보고 싶다고 했으니깐 그 다친 몸으로 멀리 못 가고 이 근처로 오긴 올 겁니다.

—걘 그렇게 바보가 아니라니깐두……

—뭐가 바봅니까 할머니? 그 친구는 이번 일만 아니면 거의 광복절 감형을 받아서 내년 봄까지는 출소할 수 있었단 말입니다. 아시겠어요? 그런데 왜 그런 어리석은 짓을 자초했는지 암만해도 이해가 되지 않아요.

—……!

—시간이 얼마 남지 않았다구요. 늦어도 오늘 자정까지는 상부에 상황 보고를 올려야 하는데……

—그러면 당신들한테는 아무 일도 일어나지 않을 테지. 기차에서 몸을 던져 죽음을 무릅쓰고 탈주한 죄인을 끝까지 쫓아 다시 가두게 됐으니 오히려 표창을 받을 만하겠지.

—표창은요? 탈주는 용납되기 어려운 사안입니다 할머니. 가중처벌 감이에요. 물론 우리도 단단히 시말서 감이에요.

—아직까지 윗사람들한테 알리지 못한 당신들 책임도 적지는 않을 거구만.

—예……?

—계급이 뭡니까? 경사? 경장? 아니면 순경? 아직 창창하게 승진들을 허셔야 할 나이시구먼.

어휴, 이 할머니 보기보단 보통내기가 아닌데요 반장님.

—가만있어봐!

휘장을 걷고 나온 사내의 눈과 철기의 눈이 마주쳤다. 철기는 뒷덜미가 오싹해져 얼른 고개를 돌리며 까치발로 겅중겅중 뛰어갔다. 그러나 자신만이 알게 된 새로운 사실에 가슴이 벅찼다. 병호형이 형사들을 따돌리고 튀었다는 것하고 그 두 사람은 병호형 뒤를 쫓는 형사들이라는 점이었다. 그리고 어쩌면 오늘 병호형이 이리로 모습을 나타낼지도 모른다는 것이었다. 생각만 해도 대단한 구경거리가 아닐 수 없었다.

철기는 무엇보다도 뽀빠이처럼 기운 찬, 기관조수 병호의 땀에 번질거리는 이두박근과 삼두박근을 좋아했다. 어쩌다 한번 동네 건널목을 병호가 모는 기차가 지나갈 때면 아예 철로 위에 책가방을 내려놓고 손을 흔들며 그 위로 달음박질을 쳐서 따라가곤 했었다. 후장 까기라면 타의 추종을 불허하는 철기는 초등학교 이학년 때에는 건널목에서 기차가 속도를 늦추는 틈을 타 어느새 훌쩍 올라탈 만큼 종아리가 튼튼해졌다. 물론 그때는 병호 위에 기관사가 없을 때였다. 그런 운 좋은 날에는 그를 따라 한없이 생소한 길을 흔들려 갔다 오곤 했다.

—철기야, 이 기차는 말이지 그저 딱딱한 쇠붙이가 아니란다.

—그럼 뭐예요?

—이건 살아 있는 거야. 살아서 숨쉬고 나와 호흡을 맞춰서, 또 어쩔 땐 내 노랫소리를 들으며 숨차게 달리는 생명체야. 무릇 남자라면 바로 이 기차를 닮아야 해.

—나도 크면 기관사가 될 테야!

—그것도 사내로서 해볼 만한 일이지.

—한번 만져볼래?

철기는 끄덕이며 병호의 당장이라도 터져버릴 것 같은 단단한 알통들을 손끝으로 스스럼없이 만졌다.

—어? 그거말고 이거. 이 피스톤 조정기 말이야.

—아 이거, 기차요?

—응!

그때 철기는 기차가 바로 병호형이고 병호형이 바로 기차 같다는 엉뚱한 생각이 들었었다.

"야, 깜치 너 이리 와봐!"

"왜 그래?"

"오라면 오는 거지 짜샤!"

게임기를 들고 대문간 앞 돗자리에 앉아 있던 준만이는 양미간을 찌푸리며 인상을 썼다.

"너 병호형이라고 아냐?"

"몰라."

"그것도 모르다니 웃기는 짜식. 옛날에 이 건널목 동네에서 전설적인 형님이셨지. 아마 잘하면 오늘 보게 될지도 모른다 이거야. 기대하라구, 개봉박두!"

철기는 이렇게 말하고 나니 자기가 영화 속의 주먹세계에 발이라도 들여놓은 듯한 기분이 들어 우쭐해졌다. 아무튼 요즘은 뭔가가 잘 풀렸다. 어제는 미스 정 누나가 호주머니를 갑자기 두툼하게 부풀려주질 않나 참.

—애 철기야, 너 나랑 같이 어디 좀 가줄래?

—더운데 어딜요?

어제 점심 무렵 개미슈퍼 앞에서 만난 미스 정 누나가 아이스크림을 하나 사주며 물었다.

—따라와보면 알아. 넌 그냥 문 밖에서 한 시간 정도 날 기다려만 주면 돼.

—공짜가 어딨어요?

—쬐끄만 게 벌써부터 밝히기는! 배추 이파리 한 장 주마.

—좋아요.

미스 정 누나가 들어간 곳은 청석골 주유소 뒷골목의 삼층짜리 허름한 산부인과였다. 롤러스케이트화를 신고 따라간 철기는 입구 층계에 앉아 있다가 졸았다 깨보니 어느새 미스 정 누나가 눈부시게 웃으며 눈앞에 서 있었었다. 그녀는 핸드백에서 만원짜리를 꺼내 건네주었다.

—너 여기 온 거 아무한테도 말하면 안 돼.

—이래 봬도 한번 닫힌 내 입은 죽어도 열리지 않는다니깐요.

미스 정 누나가 허리를 살짝 굽히면서 양미간을 찌푸렸다. 비디오에서 들은 듯한 대사를 옮겨놓고 철기는 즉각 후회를 했다. 철기는 속으로 나는 아무것도 모르고 모르는 것도 모르고 모른다고 말하는 입도 모르고…… 하는 말꼬리 따라잡기 장난을 하며 앞서서 걸어갔다.

자전거로 건널목을 열 번쯤 가로지를 때쯤 해서 철기는 병호형이 자신을 정식 부하로 임명한 기억이 떠올랐다. 물론 나중에 그렇게 임명된 부하들이 자기말고도 몇 더 있다는 사실을 알고 좀 실망하긴 했지만 그렇다고 자랑스러움은 크게 퇴색하지 않았었다.

—너를 이 천마호의 기관조수보로 임명하지!

—정말? 근데 기관조수보가 뭐예요?

—그건 바로 내 밑이라는 뜻이지.

—애걔! 그래두…… 헤헤.

그와 한번은 밤기차를 탄 적이 있었다. 달이 휘영청 밝았다.

—야! 얘는 뭐 하는 꼬마야?

사람 좋아 보이는 배불뚝이 기관사가 짐짓 호통을 쳤다.

—예, 기관사님! 제 동생인데요 아직 기차 여행을 한 번도 해보지 못했답니다. 그래서……

—그래? 원래 대장간 집에 식칼이 논다는 옛말이 있긴 있어. 우리 철도쟁이들도 식구들이 기차 타기가 더 어려운 법이지. 암튼 애니깐 조심은 시켜라.

—옛, 정말 고맙습니다 기관사님.

밤새도록 달을 쫓아가는 길이었다. 그 어느쯤엔가 철기는 이런 말을 들었다.

—사실 너한테만 말하는 것인데 저 달의 임자는 바로 나다.

—형, 그런 게 어딨어?

—증거를 보여달라면 보여줄 수도 있어.

—어떻게?

—네가 제대로 이해를 할지 모르겠구나. 우리 조상 중에서 지금으로부터 따지자면 약 이백 년 전쯤에 저 남해안 어느 고을에서 해군 장교로 있던 분이 계셨단다. 존함은 봉 자, 수 자를 쓰셨지. 응, 이름이 정봉수라는 뜻이지. 그런데 그분이 천칠백구십일년 음력 칠월에 말이지, 그 기록이 분명히 역사책에 나와 있는데 말이지, 흑산도 앞바다에 침입한 왜놈 여섯 명을 통쾌히 칼로 베어 죽였단 말이야. 그 공으로 당시 임금이시던 정조대왕께서 무엇을 원하는고 하고 물어보시니까 그분이 다른 것은 필요없고 저 하늘의 달을 저에게 주십시오 했단 말이야. 그래서 대왕께서 순순히 밀지를 내리셔서 응, 밀지라는 건 임금님이 몰래 내리는 명령이라는 거야. 아 그래서 말이야 그분에게 달을 하사하신다고 분명히 밝히셨거든.

병호형은 무슨 시험을 볼 거라며 항상 옆구리에 끼고 나니던 국사책 갈피를 펼쳐 다소 참고를 하였다.

—달을 어떻게 가져요?

—왜 지금 인류는 달에 갈 수 있잖니?

—그때는 타고 갈 게 없었을 텐데.

—그러니깐 그게 문제긴 한데…… 언젠가는 갈 수 있을 거라는 생각이 있으셨던 거지 아마.

—……!

—그래서 말이야, 내가 저 달의 왼편으로 얼룩진 부분 있잖아. 그게 우리 지구로 따지자면 숲과 산맥에 해당하는 것이거든. 그걸 네게 떼주겠어.

—정말요?

—아암. 싸나이가 두말하냐?

그러나 정작 기다리던 병호형이 건널목에 삼사 초간 모습을 드러냈을 때 철기는 대문간에서 준만이와 게임기를 만지작거리느라 정신이 없었다. 막 기차가 지나가고 그 뒤를 따라 욕설이 튀고 지축을 울리는 듯한 발짝 소리에 소스라쳐 자리를 박차고 일어섰지만 어른들이 앞을 가려 볼 수가 없었다. 간신히 어른들 옆구리 틈새로 고개를 쑤셔박았지만 이미 상황 끝이었다. 다만 병호형인지는 분명하지 않지만 두 팔과 다리를 붙잡혀 공중에서 개구락지처럼 버둥거리는 사내의 신발이 벗겨진 맨발만 눈에 얼핏 들어올 뿐이었다.

"저 맨발이 니가 말하던 병호형이라는 사람 거니?"

"몰라. 아니, 아녀…… 아닐 거야. 야 깜치 이 다음번 게임은 뭐냐?"

"스트리트 파이터 쓰리!"

"그거 죽여주겠구나!"

"오늘 밤은 이 건널목 시장통에 먹구 살통이 났구나, 났어! 도대체 뭔 일이 있는 거여? 당신은 오늘 호프 장사 안 해부리는가보네?"

"야, 기럼 우리 따봉호프야 오늘 장사 일찌감치 때려치웠지 아암. 여기 이렇게 공짜 술판이 흐드러지게 벌어졌는데 무슨 손님이 들겄냐? 우리야 저기 고급스러운 멕시칸호프랑은 달라서 그저 고뿌에다 따봉으로 채워 초고추장에 오이 찍어먹는 맛에 오는 동네 손님뿐 아니냐? 근데 오늘은 파장해야지. 곱창할매가 이렇게 걸판지게 마련했으니. 오늘 하루 장사 땡쳤지만 기분은 따봉이다, 따봉!"

철로와 교차하는 길을 따라서 자그마한 시장통이 형성되어 사람들이 건널목시장이라고 불렀다. 이제는 하루에 기껏해봤자 화물열차 두어 편만 스쳐가는 건널목이라 이 시장통 사내들은 웃통을 겨드랑이까지 쑥쑥 걷어붙이고 어떤 이는 철로 위에 엉덩이를 붙이고 공짜 술잔을 잡아챘다.

"오늘 곱창할매가 귀빠진 날이래요."

건널목에 가장 가까운 솜틀집 앞의 평상에 따로 자리를 보고 입정을 놀리고 있던 태평양 미용실의 미스 정이 노란 매니큐어를 칠한 손가락 끝을 입술로 가져가 쭉 빨며 한마디 거들었다.

"올봄에도 귀빠졌다고 곱창 한 접시씩 돌렸는데 일 년에 두 번씩이나 귀가 빠지냐, 이것아."

미용실 주인 은정 엄마가 미스 정의 등짝을 시늉만으로 한 대 후린다.

"귀빠진 날도 귀빠진 날이지만 내가 처음 이곳에 와서 다라이(함지) 갖다놓고 이 장사로 연명한 지가 이십 년째여, 이십 년. 그러니 마땅히 이곳 사람들한테 이따금씩 장사시켜 목숨 붙어 있게 해줘서 고맙다는 인사는 해야 인두겁 쓴 보람이 있을 것 아니겠냐구! 여름엔 무턱대고 기름기 있는 음식을 피하는데 그거 틀려먹은 거지. 더위를 이기려면 그만큼 우리 몸에서 열기가 빠져나오는 거이구, 그럴수록 이런 괴기를 섭취하면설랑 영양을 벌충해야 한다구, 아암."

할매곱창집이라고 페인트로 쓴 양철 간판이 기우듬하게 매달린 집에서 살피기 두툼한 곱창할매가 어기적거리는 걸음으로 곱창볶음을 한 접시 들고 나오며 말했다.

"맞는 말씀이세요. 그런데 그렇게나 오래됐어요 할머니? 그럼 내가 아장아장 걸음마 탈 때부터 여기서 하셨나부다? 그렇죠 끄응?"

"어이 미스 정, 지금 자네가 마시는 맥주 임자는 바로 나니깐 그런 줄이나 알고 홀짝이더라구."

개미슈퍼 최씨가 농을 걸자 미스 정이 짧은 핫팬츠 밑으로 길게 뻗은 다리를 꼬며 "한잔 술이 마시는 사람이 임자지, 주는 사람이 임자예요?" 하며 눈을 흘긴다.

"그렇고 말고. 그런데 지내면 지낼수록 이 동네가 아주 진국이야, 진국."

"왜요? 끄응."

살짝곰보인 박리분식 김씨 부인이 종이컵에 페트병 콜라를 따라 마시며 트림을 섞어 건성으로 묻는다.

"우선 사람들이 이곳에 터를 잡으면 오래들 살아서 진득한 이웃이 되잖남."

"에헤, 그게 그런 까닭이 아닙죠."

"그럼 무슨 까닭이에요, 철기 아버지."

방씨가 엉덩이를 비스듬히 떠들치며 부러 방귀를 소리나게 뀐다.

"아무튼 알아줘야 해, 방씨 아저씬. 성이 방이라서 방귀를 잘 뀌나봐 호호."

미스 정이 코를 감싸쥐는 시늉을 하며 고개를 절레절레 흔든다.

"고게 그러니깐 내 생각에는 말이지. 다들 여기 왔다가 쉽게 못 나가는 이유가 말이지 딴 데 있는 게 아니고 바로 방값이 싸다는 단 그 이유 하나뿐이라 이거 아니유."

"고건 고래."

주변의 사내들이 고개를 끄덕이며 동의를 표한다.

"그리고 이 기차에 한번 정이 붙어버리면 그거 끊어버리기가 어렵지."

"뭔 정?"

"아 언젠가 세상에 말이야, 이런 우스갯소리가 유행적으로 떠돌았잖남."

"뭔 우스개?"

"거시키 몰러? 그 말이야, 그러니깐…… 옹옹, 기찻길 옆 오막살이에 왜 아그들이 인구적으로다 따져볼 때 딴 데보다 더 넘치냐 이거지."

"그런 통계가 나와 있었나?"

"뚫린 귀로 뭐 하고 사남?"

"근디?"

"뭐가 근디여? 그게 다 새벽기차 때문이라는 거지."

"새벽기차가 으때서?"

"이런 안동답답이 같으니라구. 여그 시집도 안 간 츠녀랑 아주머니들이랑 이렇게 좌악들 포진해 쌌는데 내 입으로 고걸 까발려야 써? 그렇게 되면 이 시장통에서 앞으루다 내 정치적 생명은 그것으로 끝장나부리는 것인데?"

"하이고, 뭔 소린지 끝꺼정 다 들을라치면 밥이 죽이 돼버릴란게 뜸 좀 고만 들이고 확 싸질러부러봐. 여기 있는 아가씨고 아주머니고 궁금주머니가 터질라고 해서 귀를 토끼맨치로 빠짝 곧추세우고 있으니까."

"이래서 대중은 분위기가 무서운 것이라고. 그러니깐 들어봐. 새벽기차가 빵 하고 베갯머리를 까뭉개고 지나가면 으떻냐? 잠이 싱숭생숭 확 달아나잖아. 그참에 일어나서 담배 한 대라도 꼬실리려고 보면 으때? 발치께로 떼밀려간 홑이부자리 사이로 마누라의 허연 허벅지 아니면 토실토실한 엉덩이는 탐스럽게 나와 있지, 또 거시키는 그것

대로 썽이 나 있지, 으쩌면 좋겠냐구? 다들 에라 모르겠다 하고 나오는 거 아니겠냐구? 그러니깐 아마 모르긴 몰라도 우리 이 건널목 동네의 쪼맨한 아이들을 진짜로 점지해준 이는 옛적부터 나오는 삼신할멈이 아니라 바로 저 새벽기차가 틀림없단게."

방씨가 바지춤을 틀어쥐며 엉거주춤 일어섰다.

"그래서 자네집 애들 이름이 모두 철자 돌림이었구먼. 철기, 철규에다 철민이, 그리고 딸애 이름마저 철화지 아마? 철마는 새벽에 힘차게 씩씩거리며 달려부렀다, 이것을 이름으로다 완전히 증명해 보이려는 거야 뭐야?"

사람들이 무르팍을 내리치고 엉덩이를 들썩거리며 큰 웃음소리를 자아냈다.

"아, 그래서 그런 게 아니라 사실 나도 우리 막내애 낳을 때 말예요. 건널목에 오래 살다보니깐 우둔이가 들려서 그런지 연기를 엄청나게 뿜어대는 시커먼 증기기관차가 선불 맞은 돼지처럼 칙칙푹푹거리면서 내 품안에 뛰어드는 꿈을 꾸고 나서 태기를 알았다니까요. 그게 태몽이지 뭐예요? 근데 역시 사내아이더라구요."

"그 시커먼 증기기관차가 바로 나였어, 이 사람아."

하면서 박리분식의 김씨가 가슴팍을 썩 열어 보인다. 과연 거무튀튀한 털수세가 자란 가슴팍이 드러났다. 그러자 김씨 아줌마가 남세스럽다는 듯 눈을 흘기며 타박을 했다.

"치잇, 그런데 그 기관차가 왜 중간에 까댁하면 시부저기 서버린답디까?"

사람들이 다 뒤로 나자빠져 배꼽을 잡았다. 개미슈퍼 최씨가 그에게 손짓을 했다.

"어, 방가야 일어선 김에 저기 철로 옆에 고추밭 뵈지? 그 밑에 우리 뙈기밭에서 상추하고 거 뭐냐, 응 치커리인가 뭔가 좀 훑어서 여기로 가져와라. 내 인심 쓴다 까짓것."

"그려."

끝이 긴 웃음소리를 뒤로 하며 방씨는 어두운 철로 변에다 그대로 일을 보려다 말고 할매곱창집 옆의 화장실 쪽으로 질룩질룩 걸어갔다. 화장실 문에는 자그마한 맹꽁이 자물쇠가 걸려 있었다. 안씨는 곱창할매에게 열쇠를 달래기 위해 술청 안으로 들어섰다. 술청 안에는 눈매가 날카로운 사내 둘이 한구석 식탁을 차지하고 앉아 곱창을 지분거리고 있었다. 그들과 눈길이 마주치는 순간 방씨는 온몸이 굳는 듯한 느낌을 받았다. 아무래도 예사 사람이 아닌 것 같았다.

"곱창할매, 이보세요 곱창할매! 야구공만한 오줌보가 터질 듯하니 후딱 열쇠 좀 건네주세요."

"거기 문설주에 걸려 있지 않남?"

"안 보이는데……"

"이것 찾으쇼?"

사내 중 좀 젊어 보이는 치가 식탁 위에 놓인 열쇠를 집어 건넸다. 풍성한 티셔츠 차림인 그는 목덜미 살이 파르라미 들여다보일 정도로 머리가 짧게 올려쳐져 있었다.

"어, 이거 실례 많습다. 어허 그럼 물 좀 빼러 가볼까."

"형씨, 잠깐 여기 좀 봅시다."

방씨가 화장실 열쇠를 문설주에 걸어놓고 나가려는데 나이 든 이가 뒤에서 불러세웠다. 그는 뒤를 돌아다보지 않은 채 되물었다.

"무슨 일이란가요?"

"이리 와 보시면 알게요."

좀 나이가 들어 보이는 축의 목소리는 비록 나지막했지만 칼칼하고 빼긴 소리였다. 방씨는 후들거리는 안다리를 겨우 진정시키며 다가섰다. 그의 표정에는 피곤한 기색이 역력했다.

"왠지 어디서 안면이 익은 것 같기도 헌디……"

"난 노형들이 초면인디……"

"농담이오."

"난 댁들 농담 받아줄 만큼 지금 한가롭지가 못……"

방씨는 오줌이 마려운 듯 한 발을 정갱이께까지 들었다.

"금방이면 되요. 몇 가지 물어볼 것이 있으니 협조해주는 차원에서 좀 앉으시오."

하면서 나이가 든 사내는 뒷주머니에서 지갑을 꺼내 뭔가를 열어보여주었다. 비닐 속에 든 무슨 증명서 같은 게 불빛을 받아 어른거리는 통에 똑똑히 눈여겨볼 수는 없었지만 그런 시늉을 하는 작자들은 경찰 떨거지밖엔 없었다. 그는 가슴이 덜컹 내려앉았다.

"정병호가 혹 여기 온 기미를 알지 못하오?"

"정병호라면……"

"그렇소. 이 집 주인 아들."

그렇게 묻는 그 사내는 입술이 바짝 말라 있었다. 왠지 초조한 기색이 묻어 있었다.

"그 친구라면 지금 빵간에서 콩밥을 푸짐하게 씹고 있는 걸루다 알고 있는디……"

"그러니깐 오늘 동네 근처에서 본 적이 있는가 없는가만 대답하라 이거지."

젊은 축이 손마디로 식탁 위를 신경질적으로 두드리며 반말지거리로 나왔다.

"아, 그러니깐 지금 빵간에 있는 사람을 내가 어쩌크롬 본다 이것이요 잉. 참 답대비……"

"그럼 정말 못 봤다 이거죠?"

"두말하면 잔소리죠!"

하면서 두 사내의 엉덩짝에 짓눌린 바지 뒷주머니께로 눈길을 박았다. 둥그스름한 자국이 흘낏 눈에 띄었다. 그 순간 방씨는 대충 어떤 일이 벌어졌는지 감잡을 수 있었다.

"알았시다."

—병호가 튀었구나! 어릴 적부터 별명이 비호(飛虎)라더니 역시 다르긴 다르군.

그러자 왠지 입가에 자신도 모르게 미소가 번져 얼른 정색을 하며 짐짓 표정 관리를 해야 했다. 안씨는 마침 문턱을 넘어서는 곱창할매와 마주쳤다. 그녀는 한구석을 차지하고 있는 두 사내에게 시큰둥한 눈길을 한 번 주었을 뿐 별로 초조해하는 기색이 아니었다. 초조해하기는커녕 육십대 후반의 나이답지 않게 팽팽한 귀밑 뺨에는 보일 듯 말 듯한 홍조가 스쳤다. 그 홍조를 보는 순간 안씨는 문득 병호가 근처에 와 있을지도 모른다는 생각이 들었다. 순전히 감이었지만.

"어이, 형씨 열쇠 안 가져가슈?"

"볼일 없시요."

갑자기 요의(尿意)가 가셔버렸다. 방씨는 담배 한 대 피우고 난 다음 건널목 돌아가는 담벼락 구석빼기로 가서 갈길 요량이었다.

……설레이는 이 가슴에 / 사랑을 쓰려거든 연필로 쓰세요 우아우아~ / 사랑을 쓰다가 쓰다가 틀리면 / 지우개로 깨끗이 지워야 하니깐 / …… 처음부터 너무 진한 잉크로 / 사랑을 쓰면은 / 지우기가 너무너무 힘들잖아요……

곱창할매는 가게 안에 툭 터지게 들인 쪽방에 엉덩이를 걸치고 앉아 미스 정이 취해서 질러대는 목소리에 귀를 기울였다.

—음전아 내 좀 보자!

일손이 잡히지 않아 맥을 놓고 있는 곱창할매에게 임경업 장군을 신장(神將)으로 모셔 시장통에서 장군만신으로 통하는 홍할머니가 찾아왔다.

—만신님께서 웬일이야?

곱창할매와 홍할머니는 이십 년지기 사이이다.

—이 집 지붕 위로 신기가 서렸기에 알려주려고 왔어. 내용을 자세히 알고 싶으면 목욕재계하고 비린내 싹 지운 다음 우리 장군 신당으로 찾아오게나. 자네와 내가 친구 사이긴 하지만 이건 장군님께 올리는 복채니깐 두둑히 챙기는 것 잊지 말고. 명심하게나, 이렇게까지 뚱겨줬는데 장군님 말씀을 외면하면 동티가 생긴다는 걸.

곱창할매는 얼른 안채 부엌으로 들어가 등허리에 냉수를 뿌리고 천원짜리 다섯 장을 곱게 개켜 챙긴 다음 만신에게로 향했다.

—길을 떠난 시라소니가 상처를 입고 다시 어미 품안에 뛰어들 격이로고. 오호라, 앞에는 벼랑이요 뒤에는 물어뜯는 승냥이떼뿐이니 진퇴양난의 형국이로고. 새끼를 거둔 어미가 서둘면 낭패요, 침착하게 들여다보면 활수(活數)가 보일 것이야.

—뭔 말씀인고?

—쯧쯧, 그렇게 귀띔을 해주었건만…… 귀 좀 이리 가까이…… 내가 그애한테서 전화를 받아놨어……

—뭐라고?

곱창할매는 경험상으로 이럴 땐 어떻게 대처해야 하는지 잘 알고 있었다. 육십년대 초반 강원도 철원 지역에서 처음 만난 영감과 부대 군수품 장사를 할 때였다. 곱창할매는 부라보 포대의 헌병대에서 첫손 꼽히는 요주의 인물이었다. 얼마나 밤길을 신출귀몰 헤집고 다니는지 헌병 일개 분대가 매복을 서도 꼬리를 잡지 못했던 것이다.

헌병대장이던 박대위는 아예 병사들한테 곱창할매 가게 앞마당에 모닥불을 피워놓고 지키도록 명령했다. 그러나 심지어는 피곤한 헌병들이 깜빡 조는 틈을 타고 나가 쌀 한 가마를 거뜬히 날아올 만큼 준족에다 악바리였다. 그러다 꼬리가 잡히고 말았다. 식용유를 받아서 이고 뒷문으로 막 들어서는 순간 곯아떨어진 줄 알았던 헌병 두 명이 부시시 눈을 뜨고 삽짝 앞으로 다가서는 것이었다.

—이거 꼬리가 너무 길었음다?

드디어 증거를 잡게 된 두 병사는 만면에 웃음을 띠었다. 그러나 곱창할매 부부는 태연했다. 두 병사는 서로 얼굴을 쳐다보며 어깨를 으쓱거렸다.

—자, 현장에서 증거가 잡혔으니 헌병대로 갑시다.

—한번 봐주슈!

—봐줄 게 따로 있지, 흥정할 생각은 아예 걷어치우는 게 좋을 거유. 근데 어? 근데 내 하이바하고 탄대가 어디로 갔지? 어 너도 그러네.

—봐주실 수가 없다면 그럼 순순히 따라가야지요.

곱창할매는 무표정하게 일어나 앞장서 문 쪽으로 또박또박 걸어갔다.

—이것 봐요 아주머니. 이거 아주머니 장난이지? 우리 하이바하고 탄대 몰래 딴 데다 옮겨놓은 것 말이야.

—무슨 그런 억지를…… 우린 맹세코 하이바가 소똥 속에 구르는지 말똥 속에 구르는지 알 바 없시다. 앰한 사람 잡을 생각 말고 빨리 군수품 취급한 죄로 우리에게 오라나 지우슈.

그러자 두 헌병은 어쩔 줄 몰라하며 상을 찡그렸다. 왜냐히면 파리가 앉으면 미끄러질 정도로 빛나게 닦아 갖고 다니는 하이바는 헌병의 기율과 권위의 상징으로서 절대 분실해서는 안 되는 물품이었다. 게다가 탄대까지 온데간데 사라지고 없으니 두 젊은 병사는 죽을 맛이었던 것이다.

—졌시다, 아주마이. 오늘만큼은 우리가 못 본 척할 테니 어서 우리 하이바랑 탄대부터 내주시오. 이것 참 완벽한 현장을 덮쳤다 싶었는데 우리가 당하다니……

—잠복근무에 출출하실 텐데 목삼겹살로 빈속이나 좀 달래고 가실려우?

거래를 할 때는 그때처럼 당당하고 다부지게 나와야지, 쌀뜨물처럼 뜨뜻미지근하게 나오면 되레 화가 되는 법이라고 곱창할매는 생각했다.

—우리 병호가 이리로 올지 안 올지 나도 모르는 배지만 우리 아들 입에 당신 앞으로의 출세 운이 오락가락한다는 점을 잊지 마우.

—이거 적반하장도 유분수지…… 아무튼 무슨 일이 있어도 자정 전에는 우리가 신병을 확보해야 피차간에 누이 좋고 매부 좋다는 걸 똑바로 아쇼, 나 참.

어디선가 "반장님 떴답니다" 하는 다급한 목소리가 기차 소리에 섞여 들려왔다. 곱창할매는 감고 있던 눈을 번쩍 떴다. 그러나 눈앞이 깜깜한 게 뵈는 게 없었다. 두 사내가 번개같이 뛰쳐나갔지만 곱창할매는 앉은자리에서 두 팔만 버둥거릴 뿐 꼼짝할 수 없었다. 신발 한 짝이 벗겨져 달아난 채로 허둥지둥 달려나왔지만 아들은 보이지 않았다. 얼핏 희번덕거리는 경보등을 지붕에 단 차 속으로 어떤 젊은이 하나가 보쌈을 당하듯 구겨진 채 처박힌 광경이 눈에 들어왔다. 이, 이 쎄를 빼놓을 놈들이! 곱창할매는 자신도 알아들을 수 없는 소리를 지르며 앞으로 고꾸라질 듯이 달려나갔다. 그러나 건널목께에서 땅이 허방처럼 쑥 꺼지는 듯한 기분이 들었다.

영문도 모르고 엉겁결에 덩달아 달겨들다가 철로 위로 풀썩 엎어진 미스 정의 술 취한 목소리가 밤하늘을 갈랐다.

"야 이 씨팔 놈들아! 거기 서! 다 죽여버린다구! 너희가 뭔데 사람을 이 지경으로 만들 수가 있니 응!"

(『금호문화』 1996년 9월호)

벌레는 단 과육 속에 깃들인다

"얘들아 꺼져라 푸하. 마 차장님 퇴근 안 하세요?"

팔뚝에 토시를 끼고 대지(臺紙) 위에 코를 박은 채 따붙이기 작업을 하던 열매가 잔허리를 손으로 받치고 펴며 묻는다. 그녀의 부푼 뺨에서 빠져나온 입김에 떼밀려 제가끔 자기 덩치만한 활자 하나씩을 떠안은 네모난 종이 부스러기들이 탁자 아래로 가루처럼 흩뿌려진다.

"후후 야근에 따붙이기까지 하려니 좀 지겹지? 슬슬 행동 개시해볼까……"

"저기, 영권이 아저씨하고는 만나서 들어가기로 했어요?"

"아까 전화 통화하는 것 못 들었니? 그 남잔 오늘도 지방 촬영 출장이시란다."

"애개! 그 남자가 뭐예요? 하늘 같은 남편한테."

"이게 신혼 맞니? 빽하면 지방 촬영에다 그게 아니면 일 주일에 사나흘씩은 다음날 새벽에 들어올 정도로 고주망태고 말이야. 우린 마치 권태기에 들어선 삼사 년차들 같아. 지겨워……"
"보람차게 손 씻고 올게요."
"보니깐 비누가 없더라. 쥐가 물어갔나?"
"좀전에 새로 벗겨놨잖아요? 굵은 놈으로."
"너 현관문 닫을 때 비밀번호 외우지? 저번처럼 삑삑거려서 또 달려오고 생난리 칠라."
"에이 장사 한두 번……"
미술부 건너편 모퉁이 쪽으로 난 주방 겸 화장실 문이 쿵 하고 닫히면서 열매의 말꼬리를 자른다.
"숫자라면 영 젬병이라서 난 말이야, 싫답니다."
허리를 숙여 살짝 구김살이 간 치마를 두 손으로 잡아당겨 펴다가 스스로에게 풀어놓은 가락이었다. 고개를 드는데 탁자 위의 열쇠꾸러미가 이마에 스친다. 그것을 집게손가락으로 코앞까지 들어올렸다가 장난스레 목 아래 옷의 앞자락 속으로 떨구었다. 살갗에 닿아 흐르는 서늘한 금속성 감촉에 눈썹 끝이 쭈뼛 치솟았다. 옷 속에서 빠져나온 열쇠꾸러미가 철커덕 소리를 내며 책상 위에 펴놓은 디자인 워크북『TALENTO』갈피로 떨어진다.
RAPE ME!(차라리 나를 강간하라)
검은 혁대에 온몸이 친친 감긴 여자가 말처럼 엎드려 울부짖고 있다. 비스듬히 선 채로 눈을 내리깔고 물끄러미 바라본다.
이번 표지에는 여울처럼 흐르는 선을 가로지르면 좋을 것 같긴 한데…… 시선을 깔끔하게 모아줄 포인트에 앉힐 게 아무래도……쩝쩝.
"차장님은 손 안 씻어요?"
짧은 반바지 아래로 곧게 뻗어나간 다리가 눈부시게 걸어온다. 열매 그는 길다. 그게 바로 스물세 살의 젊음이겠지. 그와 나 사이에 가로놓인 팔 년 세월은 얼마나 길고 아득한 강인가! 하지만 젊음이란 단지 덜 늙은 세포덩어리로 뭉쳐져 있다는 사실만이 전부는 아닐 터이다. 그럼 뭘까?

"너도 얼굴에 기스 났구나?"

"기스라뇨? 거 무슨 말예요?"

어리둥절한 표정을 지으며 쳐다보던 열매가 비로소 알았다는 듯 입을 가리고 킥킥거린다.

"그래 그 뾸그족족한 뽀드락지 말이야. 코끝에."

그래, 지저분하게 곪고 상한 흔적인 뾰루지마저도 되레 싱싱함을 돋보이게 해줄 때 그 현상을 가리켜 젊음이라고 할 수 있지 않을까?

"아유, 차장님도 짓궂게시리 차암⋯⋯ 그런데 너도라뇨? 차장님 얼굴은 별로⋯⋯ 괜찮은데요 뭐."

"잘 봐."

"뭘요?"

"거기 말고 여기 아래쪽."

엉덩이를 옆으로 씰룩 내밀며 손가락으로 가리키자,

"아유 난 못 살아, 차장님 때문에"

하며 열매가 귀밑 뺨을 발그레 물들이며 눈을 하얗게 흘긴다. 그러자 오른쪽 엉덩이 옆에 난 뾰루지께가 갑자기 가려워져 내친김에 손바닥으로 철썩 올려붙였다.

"코끝에 난 뾰루지는 님 생각에 솟는 거라는데? 거기엔 애인이 발라주는 생침이 왕따봉이래."

"그 말 진짜 맞아요?"

"글쎄, 누가 그러데."

"누가 그러긴요? 차장님 히프짝에 난 거나 바로 그런 걸 테지."

"어쭈 지지밴! 빨리 나와."

"근데 참, 왜 집들이 아직 안 해요?"

"셋방살인데 뭐."

"어머 그런 게 어딨어? 그거 반칙이야 언니. 집 사서 집들이 하려면 어느 세월에 꿩 구워먹어요?"

"웬 꿩? 꿩 구워먹는 게 또 뭐야, 너 제발! 쟤 또 그 엉뚱 나왔다. 어휴 머리 아파…… 아무튼 내부 정리 좀 하고."

"딴 팀은 했어요?"

"시댁 쪽 딱 한 번."

시댁 쪽 집들이를 했다는 것은 거짓말이다. 도저히 사람들을 집으로 불러모을 수가 없는 형편이었다. 왜냐하면 결혼식을 올린 지 삼 주 만에 그러니까 신혼여행 다녀온 지 이 주일 만에 다세대주택 이층에 차린 신혼살림이 완전히 털렸다. 아래층 아줌마는 대낮에 웬 타이탄 트럭을 현관에 대고 짐을 옮겨 싣기에 이사를 가는 줄 알았다고 했다. 장롱과 냉장고 그리고 침대를 빼놓고는 다 들고 가버렸다.

하필 결혼 이후 영권씨와 첫 외식을 하고 들어오던 날 저녁에 일어난 일이었다. 방송사의 하청업체인 독립 프로덕션의 피디가 피곤한 자리인 줄은 짐작하고 있었지만 그 정도일 줄은 미처 생각지 못했었다. 어쩔 땐 기다림에 지쳐 깜빡 노루잠이 들었다 깨어나 팬티 바람으로 곁에 곯아떨어진 낯선 얼굴의 사내를 발견하곤 깜짝 놀라 침대 위에서 굴러떨어진 적도 있었다. 그 와중에서 정말 갖은 투정을 다 부린 끝에 하루를 잡아 돈암동에 있는 프랑스 요리 전문점에서 오붓이 만나 기분 좋게 먹고 마시고 들어오던 길이었다.

나는 핸드백에서 열쇠를 꺼내 현관문 열쇠구멍 깊숙이 밀어넣었다. 어두운 틈새로 미끄러져 들어간 열쇠는 내 엄지와 검지 사이에서 빚어지는 균일한 압력을 현관문의 잠금 장치에 전달했다. 딸깍 소리와 더불어 빗장을 푼 현관문을 평소와 다름없이 기세 좋게 밀고 들어간 나는 뒤따라 들어오는 남편을 돌아보며 미소를 지었다. 나의 미소를 지켜본 영권씨의 눈살에 알콜기 때문인지 힘이 어렸다. 나는 돌아서서 신발장에 엉덩이를 살짝 걸치고 뭔가를 원하는 사람처럼 입술을 조금 달싹거렸다. 그런데 그는 꼼짝을 하지 않고…… 그제야 나는 뒤통수께가 허전함을 깨달았다.

뒤돌아본 집 안은 휑뎅그렁하게 비어 있었다. 그 황당무계함이란 겪어보지 않은 사람은 도저히 알 수 없는 일일 것이다. 뭔가 남의 집에 잘못 들어온 것 같기도 해서 몇 번이고 문 밖으로 나가 영원빌라라는 문패와 201호라는 표지를 하릴없이 쳐다보다 손으로 직접 어루만지기까지 했다. 그래도 납득이 안 돼 이게 무슨 착각이겠거니 하며 더듬거리다가 마침 우두커니 서 있는 냉장고 문을 열어 그날 아침 내가 샌드위치를 만드느라 반쯤 썰다 랩을 씌운 채 남겨둔 양상추를 보고서야 무릎이 푹 꺾였다. 이건 장난이 아니야! 영권씨도 어이가 없는지 현관 신발장 앞에 우두망찰 서서 한동안 발짝을 뗄 생각을 못했다. 단 한마디를 던져놓고는.

올 것이 왔군……

그게 무슨 말이야 영권씬!

그때 내가 소리를 지른 건 그의 시큰둥한 태도 때문이었지 그의 말 때문이 아니었는데 나중에 시간이 갈수록 그 말의 의미가 예사롭지 않게 새록새록 되새겨졌다.

아무튼 그는 입을 꽉 다물었다. 나는 울 수도 화를 낼 수도 없었다. 도둑맞은 건 신혼살림이 아니라 바로 신혼 그 자체였다. 나는 그때 우리들의 신혼 기분이라는 게 다름이 아니라 새로운 가구와 찻잔과 전자제품들에 얼마나 빚지고 있는가를 절감했다. 그뿐만이 아니었다. 냉장고의 냉동실을 열어본 나는 가득 들어차 있던 고깃덩이 대신 덜렁 자리를 차지하고 있는 봉지를 끌어내렸다. 그것은 절도범들이 미처 손대지 못하고 간 고깃덩이가 아니고 사람의 것인지 짐승의 것인지 아니면 어떤 찌꺼기인지는 몰라도 아무튼 배설물 같은 것을 꽁꽁 얼린 것이었다. 으악! 소리를 지르며 그 봉지를 목덜미에 달라붙은 벌레 털듯이 주방 구석에 팽개치고 나서야 비로소 나는 옷가지가 널려 있는 바닥에 어린애처럼 퍼더버리고 앉아 펑펑 눈물을 쏟을 수가 있었다. 그것은 우리가 나중에 벌충을 할 수 있는 뭔가를 덜어간 손실이 아니었다. 순결해야 할 우리 신혼을 잔인하게 덮친 참을 수 없는 모욕이었다.

"차장님 머리 좀 잡아요."

"왜 또 뻗쳤냐? 이번엔 어느 쪽이냐?"

"왼쪽으로. 뜸부기 둥지처럼요. 찍찍이로 물 좀 뿌리고 빗질하면 될 것 같은데."

"내비둬. 허구한 날 머리만 매만지다 말겠다. 비도 올 것 같은데 쏘다니다보면 가라앉겠지 뭐."

출판사는 겉보기엔 평범한 가정집이었다. 베란다가 달린 이층 양옥집이었고 오륙십 평의 마당을 거느리고 있었다. 원래 잘 다듬어져 있던 잔디는 마당가를 빼고는 차 바퀴와 사람 발짝에 시달려 메마른 지 오래였다. 현관문을 열고 나오자 물기를 머금은 서늘한 바람 한 줄기가 턱밑을 스쳐간다.

"열매야, 거기 일층 화장실 들어가는 옆에 우산 남은 거 있지? 하나만 챙겨갖고 나올래?"

"비 와요?"

"곧."

셔터 내린 은행 앞의 횡단보도에 서서 블라인드가 쳐진 틈새로 아직 퇴근을 못 하고 잔무 처리에 바쁜 은행원들을 들여다보았다.

"열매 너 디자인 하기 전에 은행 같은 데서 일해본 적 있다고 했지?"

"쬐끔요. 은행 같은 데서가 아니고 은행!"

같이 우산을 받고 있던 그도 뒤쪽으로 고개를 늘여 틈새 안을 기웃거린다.

"은행이라…… 쬐끔이면 얼마나?"

"한 여덟 달? 견습 떼고 그러니깐……"

"돈냄새에 질렸겠다."

그녀가 콧방울을 서너 번 굼실거리더니 초점이 풀어진 눈동자 때문에 맹해 보이는 표정을 짓는다.

"원 없이 주물러는 봤지 히히."

"결국 돈은 종이지 뭐. 아냐?"

"종이 중에서도 아주 더러운 종이라고나 할까."

"아쭈, 뭐 아는 것처럼 얘기하네 너?"

"알죠 그럼! 모르는 게 고등어 통뼈가요?"

"너 꽈배기 못 먹어 죽은 조상이라도 뒀냐? 배배 꽈서 헷갈리는 소리 좀 그만 해라. 내 앞에선. 무슨 말을 못 해요 내가. 야, 빨리 건너기나 해."

우산을 앞으로 확 끌며 파란등으로 바뀐 횡단보도로 들어서자 비를 피하느라 어깨를 움츠린 열매가 곁에 착 달라붙는다.

"참 근데 차장님, 아니 언니는 왜 건너요?"

"난 건너면 안 되냐?"

"집이 저쪽 방향이잖아."

"남자도 없는 집구석에 뭐하려고 일찍 기어들어가니?"

"남자? 아 그렇지."

갑자기 엉덩이의 뾰루지가 미칠 듯이 가려워졌다. 그 때문에 등판의 근육이 굳어져 뻣뻣해지고 걸음걸이가 갈지자로 배배 꼬이기 시작했다.

"아아……"

"왜요?"

"좀 출출하지 않니?"

"쬐끔요."

"저기 부산오뎅집에 들어가서 떡볶이 같은 것 좀 먹고 갈래?"

"좋아요."

부산오뎅이라고 써 있는 두 뼘짜리 아크릴판을 내건 간이 판매대의 비닐 포장 안은 사람 네댓이 간신히 서서 먹을 만큼 좁았다. 나는 우산을 접자마자 달라붙은 빗물을 터는 시늉을 하며 엉덩이께를 손바닥으로 툭툭 치며 비볐다. 열매가 우산을 받아들었다. 그녀의 뒷종아리에 알록달록 달라붙은 흙탕물 방울이 내려다보였다. 그 순간 손가락 끝으로 뾰루지가 얼얼해질 때까지 서너 번 후벼팠다.

"떡볶이 좋아하지?"

"언니만큼은요."

"그럼 이 인분하구요, 오뎅은 하나만 주세요."

"부산오뎅 맛있어요?"

"하모요."

광대뼈가 툭 튀어나온 아저씨가 주걱으로 떡볶이를 모아 비닐을 씌운 타원형 접시에 담으며 긴단히 대꾸했다. 열매가 떡볶이를 입 안에 넣고 우물거리며 또 묻는다.

"그거 계란 하나 서비스로 주실 거죠?"

"이거예?"

"아녜요?"

아저씨가 주걱으로 벌건 고추장 국물이 묻은 삶은 달걀을 아이스 하키 선수가 퍽을 다루듯이 철판 위로 지그재그로 몰다가 널름 접시에 떠넣는다.

"쩝, 까짓것 디리야제 뭐."

"호호 고마워요 아저씨."

"부산오뎅 이거 어떻게 해요? 무슨 비결 같은 거 있어요 아저씨?"

냅킨으로 입가를 닦으며 묻자 아저씨는 눈에 빛을 반짝거리며 쳐다본다.

"비결 같은 거예?"

"집에서 한번 해보게요."

"시집은 갔능교?"

"울 언니 처녀 같아 보여요? 호호."

사내가 고개를 좌우로 갸웃거리자 열매가 싱글거리며 농을 붙여 준다.

"이래 뵈도 애가 둘인 아줌만데요."

"애개! 얼라가 둘? 택도 없…… 감쪽같대이."

아저씨의 입에서 새나온 애개라는 말이 우스워 나도 모르게 입을 가리고 킥킥 웃었다. 남자의 눈길이 아랫배를 스치는 것을 보면서 웃음을 멈추었다.

"이래 뵈도 마 이기 비결은 비결인데…… 원캉 장사하는 사람은 그런 건 서로 안 갤쳐주는 기라. 하지만 내사 간단히 일러는 줄 거구마. 잘 듣소. 오뎅은 뭐니뭐니 해도 역시 국물맛이 살아야 하는 기라 마. 오뎅이야 국물 속에 풀어놓으면 헤벌래한 게 다 매한가지고. 우린 국물을 해산물로 내는 데 비결이 있는 기라. 씨언한 게 그만이고……"

"아욱 아크크, 언니 나 혀 깨물었나봐 어휴."

열매가 발을 동동 구른다.

"쨈통!"

그 여자는 잘 다듬어진 밀랍인형처럼 생동감이 느껴지지 않는 것을 빼고는 완벽했다. 비교하긴 싫었지만 나와는 상대가 되지 않을 정도로 고운 피부와 깎은 듯한 얼굴을 잘 수련된 교양미가 적절히 뒷받침해주고 있었다. 여자는 한동안 넋을 놓고 앉아 내 얼굴을 하염없이 바라보기만 하였다. 얼굴에 끈끈한 액체를 처바른 듯 불쾌했다. 나는 밀리면 안 된다는 절박한 심정으로 여자의 시선을 감당해내고 있었다.

죄송해요. 뜬금없이 이렇게 나오시라고 해서요.

근데…… 무슨 일이시죠.

이렇게 물어보긴 했지만 여자로서의 나의 직감이 크게 빗나가고 있지 않음을 알았다. 영권씨가 스쳐가듯 말했던 바로 그 여자군!

그냥 한번 보고 싶었습니다.

사람 놀리시긴가요? 댁이 누군지도 모르는데도 전 이렇게 불려나와 있잖아요! 이런 법이 세상에 어딨어요!

여자의 얼굴에 영권씨를 겹쳐놓고 보니 너무도 잘 어울리는 한 쌍이라는 생각이 들어 갑자기 걷잡을 수 없는 짜증이 밀려들었다. 명치께가 콱 막히면서 울고 싶어졌다. 나는 눈물샘을 틀어막기 위해 눈초리에 잔뜩 힘을 주어 치떴다. 입 안에서 꼬이고 있던 혀가 나도 모르는 새에 어금니 사이로 빨려들었다. 하지만 아픔을 느낄 겨를이 없었다.

용서하…… 보고 싶었어요. 부영권이라는 남자가 선택한 여자를 가까이서 보고 싶었을 뿐이었어요. 죄송해요.

바늘구멍 하나 들어갈 틈이 없을 것 같은 그 여자가 울고 있었다. 뺨 위로 소리 없이 흐르는 눈물을 닦을 생각도 없이 그렇게 내버려두고 있었다. 나는 가슴이 답답하고 벅차서 자리를 박차고 일어나고 싶었다.

아직도 믿을 수가 없어요…… 모든 준비가 완벽하게 끝나 있었는데…… 그때…… 원목가구, 파카 글라스, 화장대…… 아아, 진득한 소리를 두 사람 귓가에 흘려주던 진공관 오디오까지 갖춘 완벽한 신혼살림들…… 신혼집에 어울리는 화사한 배꽃 무늬 도배질까지두 같이 지켜봤는데…… 주례 선생님도 찾아가 뵙고…… 우린 일 주일 뒤에 결혼식만 올리면 되는 사이였는데……

그런데요……

나는 쉰 듯이 갈라져 나오는 목소리를 내고는 얼른 물잔을 잡아채 목구멍 안으로 찬물을 콸콸 부어댔다.

갔어요…… 떠났어요…… 알 수가 없어…… 그후로 저는 한동안 벌레 꿈만 꾸었지…… 벌레에 시달리다가 언젠가는 내가 벌레가 된 꿈도 꾸고…… 정말 지독했어…… 그런데 정작 벌레는 누구일까요?…… 난 이제 알겠어…… 벌레는 부영권 바로 그 남자였다구…… 아무렴…… 하마터면 벌레한테 먹힐 뻔했어 흐흐흐……

—그럼 내가 벌레한테 먹힌 여자란 말인가!

나는 가방끈을 움켜쥔 채 벌떡 일어나 말없이 여자를 쏘아보았다. 그러나 여자의 시선은 내가 일어나 비어버린 소파 위에 낚시 갈고리처럼 걸려 움직이지 않았다. 나는 돌아섰다. 그러나 너무 서둘러 일어나는 바람에 다탁 모서리에 무릎을 찧어 절룩거리며 카운터까지 걸어나왔다.

뾰루지에 성이 났는지 화끈거리다가 아릿해지는가 하면 또다시 가려워져 손이 슬금슬금 가 닿으면 다시 화끈거리는 악순환이었다. 이를 악물고 참는 수밖에는 딴 도리가 없을 듯하다.

"언니, 자리가 불편해요? 등받이에 푹 기대요."

"아냐……"

카페 이름이 '실크웜' 이었다. 실크웜…… 누에, 누에고치…… 뽕나무 이파리를 먹고 곱디고운 비단실을 뽑아내는 벌레의 이름. 그러고는 애벌레의 허물을 벗고 나방이 되어 날아가는 벌레.

"어째 좀 이상하다."

"뭐가?"

"여기 언니 단골이에요? 단골치고는…… 지붕에서 막 잉크빛 물이 줄줄 샐 것 같아. 느낌이. 재떨이도 파란색이야, 나 미쳐."

탁자도 벽도 천장 인테리어도 모두 파란빛 일색이었다.

"실크웜이 누에고치잖아. 물컹물컹한 애벌레의 눈으로 본다고 해봐. 세상이라는 게 다 이렇게 시퍼러둥둥할지도 모르지."

"여기 오래 있다간 진짜 나도 모르게 거기서 푸른 명주실이 줄줄 나오겠다. 그치?"

"한번 있어봐. 어딜 가니? 주문도 안 하고."

"아무거나 시켜요. 그리고 왜 있잖아? 걔…… 아까 말한 은행 동기 팽점순."

"으응 킥킥, 그래 들었어."

"걔한테 삐삐 칠려구요. 잠깐 만나기로 했는데 여기로 오라 그래도 되잖아요?"

"잘됐다. 그러잖아도 심심했는데. 전화는 화장실 가는 저기 보이지? 거기 옆에 뵈잖아. 동전 가져가야 하고."

전화를 걸러 가는 열매의 뒷모습을 지그시 바라보고 있자니 문득 엉덩이께의 뾰루지가 무스럼이 될지도 모른다는 생각이 들었다. 울퉁불퉁한 것. 진물도 질질 흐르고 가렵고 딱지 앉고 피가 몰려 결국 붉은 인주로 도장을 힘줘서 꾹 찍은 것처럼 둥그스름하게 흔적이 반점처럼 남고…… 도장밥, 도장…… 브래지어.

"뭘로 하실래요?"

앞에 와 섰는 남자애가 퉁명스러운 소리를 지른다. 나는 메뉴판은 열어보지도 않은 채 머리칼을 두 손으로 그러쥐고 뒤로 넘기며 말한다.

"밀러 식스."

"안주는요?"

"안주?"

"……"

"이따가 시킬게요. 한 사람 더 오거든. 그리고 담배 하나."

열매는 삐삐를 치러 가면서 화장실까지 들르는 모양이었다. 담배 한 대를 꺼내물고 첫 모금을 허공에 길게 뿜어내자 가려움을 참느라 꽉 힘을 주어 오므리고 있던 팔약근에서 힘이 조금 덜어졌다.

도장이라는 건…… 아휴 그거를 왜…… 정말 몰라, 모른다구.

입에서 알 수 없는 허텅지거리들이 뒤죽박죽 새나왔다. 나는 이맛살을 찌푸리며 뒷머리에 손을 집어넣고 득득 긁는다. 온몸이 참기 힘든 가려움에 휩싸일 것 같은 공포감이었다. 소파 위에서 미친 듯이 뒹굴어? 탁자 위의 냉수잔을 잡아채 벌컥벌컥 들이켜고 나니 좀 진정되었다.

그놈의 빌어먹을 기억 때문이었다. 초등학교 육학년을 마치던 해 여름 무렵 중학교 입학을 위한 무슨 서류인가를 꾸미고 있었다. 아침에 일을 나가던 엄마가 돌아서서 갈치 비늘이 희번덕하게 묻어난 생선 함지를 대문간 벽에 세워놓고는 몸빼 안을 뒤져 비린내가 나는 꾸깃꾸깃한 종이돈으로 백오십원을 손에 쥐어주었다.

오늘은 도장 꼭 파거라 응? 어디서요? 그 좁은 귓구멍은 뒀다 뭣에다 쓰냐 이 잡것아! 저 노란 애호박꽃 줄줄이 핀 길노인네 끝에 셋방사는 그 머리 길고 안경 낀 아저씨 있잖아. 그 아저씨가 도장 파는 기술자였대잖아. 에이, 거긴 폐병쟁인데 엄만. 이 베라묵다 거꾸러질

년이 그냥. 엉덩이가 말만한 년이 엄마 말이라면 거 뭇이냐, 콩으로 쑨 메주라 해도 쌍심지를 켜고 뎀빌 거여 그냥 콱. 그게 아니고…… 아니긴 뭐가 아녀! 근데 왜 백오십원뿐이야? 뭔 잔소리야, 잔소리가! 그거면 해준다고 했으니깐 그렇제 이 잡것아! 시장통에선 에누리 없이 삼백원 줘야지 한다고 애들이 그러던데. 이 아저씬 야미(뒷거래를 뜻하는 일본말) 아니냐, 야미. 그리구 말이여 여기 도장 있다. 니 아부지 옛날 도장인데 이거 파제끼고 긍게, 긁어내고 말이여. 네 마혜란 이름을 파란 말이여 알긌제? 아유 입 아퍼. 한 번만 더 말 시켜부리면 가만 안 둔다 잉! 도장만 파믄 다여? 그럼 또 뭐여? 그거 증말 안 사줄 거냐구? 그게 뭐여? 브라자…… 브, 브 뭐라고? 젖싸개? 그래…… 그거 검사헌다니깐, 선생이. 손바닥 맞고 학부모 모셔오라고 난리 치는데…… 내가 젖싸개 해줬잖남! 을매나 챙피한데 엄만…… 죽고 싶다구 증말. 애들은 레이스꺼정 달리고 을매나 이쁜데 난 그저 걸레 같은 헝겊 쪼가리로 싸매고 있으니 다 놀리고…… 썅. 워매 남세스럽게 이년이 마당가에서 씨부리는 꼬락서니 좀 보소 잉? 쪼맨한 게 젖퉁이만 크면 뭇 혀냐 뭇 혀!

엄마가 등짝이라도 올려붙이기 위해 팔을 번쩍 들어 때리는 시늉을 했다. 그러나 지레 흥분하는 바람에 머리 꼭대기에 있던 짚똬리가 흘러내려 데굴데굴 개골창으로 굴러갔다. 그 바람에 나는 몸을 피해 발을 굴리며 대문 옆 층계로 올라섰다.

뱃속에서 나온 새끼가 아니고 아귀여, 아귀.

그때 나는 정말 브래지어를 갖고 싶어 애를 태우고 있었다. 누추한 헝겊 속에서 출렁거리는 그 가엾은 살덩이를 위해서. 아니, 가엾지는 않았다. 나는 초등학교 육학년답지 않게 풍성히 웃자라 있는 내 가슴에 대해서 은근한 자부심을 갖고 있었다. 대낮에 문을 잠그고 왼쪽 귀퉁이에 금이 간 우리집의 산수책만한 거울 속으로 비춰본 내 젖가슴은 말갛게 익은 복숭아 빛깔을 띠었다. 도리질하듯 상체를 살짝 흔들어보면 탄력을 얻은 젖가슴은 유선형으로 출렁거렸다. 젖가슴 위에는 마늘쪽처럼 살짝 고개를 쳐든 앙증맞은 꽃판이 더욱 짙어가고 있었다. 아아, 그 위에 레이스가 달린 순결한 브래지어를 입히고 싶었다. 그것은 일종의 사명감 같은 것인지도 모를 일이었다.

그 얼마 전 환경 미화 때문에 늦게까지 교실에 남아 있다가 부반장 건희네 집에 놀러가게 되었다. 엄마가 약사인 건희의 집은 옥상이 있는 양옥이었다. 미화부장을 맡고 있는 미숙이도 따라왔다. 하드를 하나씩 물고 갔지만 날이 더워서 갈증만 더 도진 셋은 건희네 목욕탕 안으로 한꺼번에 몰려들어갔다. 문을 걸어 잠그고 서로에게 바가지와 샤워 꼭지로 물을 퍼붓고 까르륵거리며 몸을 닦았다. 건희와 미숙이는 눈부신 듯한 표정으로 내 젖가슴을 바라보았다. 나는 그런 시선을 의식하는지 마는지 아무튼 당당하게 가슴을 내밀고 상체를 흔들었다.

한바탕의 물장난이 끝날 무렵 건희가 나에게 네 가슴은 꼭 다 큰 처녀 가슴 같다고 말하며 키들거렸다. 그 말에 미숙이도 고개를 끄덕여 동의했다. 뒤로 다가선 건희가 우린 변치 않는 친구야 하면서 나를 껴안았다. 건희는 내가 가난하다는 걸 잘 알면서도 나를 진정한 우정으로 대해준 몇 안 되는 친구라는 걸 물론 난 잘 알고 있었다. 내 젖가슴 위에 건희의 손바닥이 얹혀졌고 미숙이도 물끄러미 쳐다보았다. 반사적으로 건희의 손등 위로 내 손바닥이 포개졌다. 처음엔 부끄러운 듯하던 감정이 의외로 편해졌다. 얼마나 되는 시간인지는 몰라도 셋 모두 제자리에 가만히 서서 짧지 않은 침묵에 빠졌다.

당시 가장 싼 값에 살 수 있는 브래지어가 삼백원짜리였다. 그 돈이면 봉제 공장에 시다로 다니는 명애언니가 도깨비 시장에서 하나 사다줄 수 있다고 했다. 마침 내가 그 동안 모은 돈이 딱 백오십원이었다. 그리고 도장을 파라고 엄마가 쥐어준 돈이 백오십원이어서 합치면 그 금액이 되었다. 그러나 도장을 파지 않는다는 것은 그러잖아도 집안에서 마뜩찮게 생각하는 중학교 진학을 포기한다는 것을 의미했다. 그럴 수는 없는 노릇이었다.

가까이서 보니 도장 파는 아저씨의 뿔테안경 쓴 얼굴은 양처럼 순하게 느껴졌다. 가끔씩 주먹을 말아쥐고 입에 댄 채 잔기침을 하긴 했지만 별로 신경이 쓰이지 않았다. 가느다랗고 하얀 손이 날카로운 칼날을 밀어내고 있었다. 중학교 가니? 마치 양호선생처럼 사근사근한 목소리로 물었을 때 나는 깜짝 놀라는 시늉을 했다. 예에…… 좋겠구나? 나는 대답 없이 팔각정 그림이 그려져 있는 오십원짜리 종이돈 석 장을 자꾸만 만지작거리고 있었다. 이 돈만 있으면 브라자를 살 수 있을 텐데. 아저씨가 곁눈질로 내 손의 움직임을 흘낏흘낏 쳐다보곤 했다. 해가 바다 해 자이지? 아, 아녜요…… 이렇게 쓰는데요. 으응, 은혜 혜 자인 모양이지. 심심하면 와서 구경하렴. 그러잖아도 나는 좀이 쑤시던 차였다. 도대체 이 좁은 나무 위에 어떻게 글자를 새긴담. 나는 아랫입술을 비죽 내민 채 입김을 이마 위로 불어올려 눈앞에 거추장스럽게 흔뎅거리던 머리카락을 날려버린 다음 다가갔다.

칼날은 움직이는 듯 마는 듯 꼼지락거렸다. 그러나 내 성인 '마' 자가 이미 완전한 모습을 드러냈고 가운뎃자인 혜 자가 이제 막 윤곽이 잡히는 찰나였다. 몇살이니? 열셋이요. 나는 숫기를 조금 회복하고 있었다. 다 컸구나. 내 손아귀에서 배어나온 땀에 절어 종이돈은 흐물흐물해져 있었다. 덥지 않니? 아뇨. 아저씨가 도장 위의 나무 부스러기를 떨궈내느라 훅 하고 불었다. 나는 순간 호흡을 멈췄다. 이상한 냄새가 코끝을 간질이는 듯했다. 아저씨의 머리에서는 아릿한 기름 냄새가 났다. 그 돈 어디 쓸 데가 있는 모양이지? 이거요…… 이거 도장 파는 값이라고 그랬는데요. 누가? 엄마가요. 그 돈 엄마가 줬니? 예에…… 아저씨가 나를 돌아다보며 사람 좋아 보이는 웃음을

씩 보냈다. 나도 그 웃음으로 응답했다. 그때 내 가슴속에는 어떤 느낌이 스치고 지나갔다. 그렇다. 거래. 잘하면 뭔가 거래 같은 게 이뤄질지도 모른다는 느낌이었다. 그 거래가 구체적으로 뭔지는 당장 알 수 없었지만.

자, 어때? 한번 보렴. 아저씨는 손가락으로 도장 표면을 썩썩 문지른 다음 내게 도장을 건넸다. 과연 내 이름 석 자가 선명하게 파여 있었다. 그때 우연인지 어쩐지 모르지만 탁 하는 소리가 나 고개를 들어보니 아저씨가 도장을 파던 책상머리의 들창이 닫혔다. 그만큼 방 안의 밝기는 떨어져 있었다. 희미한 백열등 하나가 온 힘을 다 쥐어짜 빛을 쏟아내고 있긴 했지만. 다 됐다. 찍어볼래? 예. 아저씨가 책상에서 내려와 내 앞에 무릎을 꿇고 앉았다. 아저씨가 하나 얘기할 게 있어. 나는 왠지 가슴이 쿵 하고 내려앉았다. 그거군. 나는 그게 백오십원이 걸린 거래 조건의 제시라는 걸 직감으로 알았다. 그래서 말은 않고 숨을 참으며 빤히 아저씨의 얼굴을 쳐다보았다. 뭐냐 하면 말이지…… 오히려 부끄러워한 쪽은 아저씨였다. 나는 빨리 거래를 마쳤으면 하는 생각이었다. 어서 말씀해보세요. 전 엄마가 오기 전에 서둘러 집에 가서 저녁 준비를 해야 하거든요. 물론 그건 거짓말이었다. 내 저녁 준비라는 게 기껏해야 쌀 일어놓는 것뿐이었으니깐. 그게 그러니깐…… 아저씨가 그냥 해보는 소리니깐 들어만 둬. 알았지? 알았어요. 나는 아저씨를 안심시키기 위해 웃어주기까지 하였다. 사실 네 엉덩이를 보고 싶단다. 아니 보는 게 아니고 이 아저씨가 도장이 잘됐나 안 됐나 알아보기 위해서 네 엉덩이에 도장을 한번 찍어보고 싶어서 그래. 그래서요? 나는 당돌하게 물었다. 그러고 나면 도장 새긴 값은 네가 가져도 좋단다…… 히야, 드디어 브라자를 살 수 있다! 나는 백오십원이 들린 손아귀에 힘을 꽉 주었다. 혹 가슴이라면 몰라도 엉덩이 정도라면…… 하는 영악스런 생각까지 들었다.

만약 약속과 달리 딴짓을 더 하려들어 수틀리는 경우가 생기면 소리를 지를 터이고 그러면 어떻게 되는지는 아저씨가 더 잘 알 터였다. 나는 손아귀를 풀고 돈을 들어 보였다. 그러자 아저씨가 고개를 세차게 끄덕였다. 가져도 좋다는 표시였다. 도장 찍는 데 얼마나 시간이 걸려요? 오랜 안 걸릴 거야. 눈 깜짝할 새지 뭐. 뒤 돌아서 눈을 꼭 감고 천천히 열 정도만 세면 될 거야, 더도 말고 딱 열까지…… 그래서 나는 까만 고무줄을 넣은 치마를 들추고 팬티를 엉덩이만 드러나도록 살짝 아래로 내리고 눈을 질끈 감았다. 손가락을 접어가며 느릿느릿 열까지 세어갔다. 뜨겁고 부드러운 입김이 엉덩이께를 휘감았지만 상관하지 않았다. 아홉을 세는 동안에도 아무런 감촉이 없어 오히려 불안하였다. 여……여…… 말이 잘 나오지 않았다. 나는 무릎을 구부려 엉덩이를 약간 내민 채 팬티 고무줄을 부여잡았다. 이 씨, 증말 여얼! 그 순간 나는 오른쪽 엉덩이에 마치 불도장을 찍는 듯한 강렬한 아픔을 느꼈다. 너무 아파 숨이 턱 막힐 지경이었다. 나는 아마도 억 하는 듯한 비명 소리를 낮게 지르며 반사적으로 고개를 꺾어 뒤를 돌아보았고 눈물이 그렁그렁한 아저씨의 축축한 눈길과 마주쳤다. 물론 그 도장에 불이 댕겨져 있는 것은 아니었다. 하지만 손가락 길이만한 그 도장이 내 엉덩이 살 속으로 반쯤 파고들어 박힌 것은 화인(火印)처럼 움직일 수 없는 장면으로 지금껏 남았다.

그런데 어쩌면 이것은 허구적인 기억에 불과한지도 모른다. 얼마간 깜빡 잊고 있다가 언제부턴가 다시 그 기억의 뿌리를 더듬게 된 나는 그것이 착각일지도 모른다는 생각이 자꾸 들었다. 그러나 분명한 것은 그것이 실제에 근거한 기억이든 아니면 한갓 착각이든 간에 이미 상처가 됐다는 사실이었다.

"왜 이렇게 늦었어?"

"빙빙 돌았는데 바로 옆 골목 북카페에 죽치고 있지 뭐야."

"어딜……?"

아주 짧은 커트 머리에 'Autobahn'이라고 휘갈겨쓴 글자가 새겨진 소매 없는 흰 셔츠를 입은 여자애가 열매를 따라들어와 선머슴처럼 어깨를 숙여 인사를 했다.

"안녕하셔요? 말씀 많이 들었어요. 전……"

"언니 애예요."

"저도 많이 들었어요. 저, 팽……"

소파 위로 털퍼덕 몸을 던지자마자 스타킹처럼 착 달라붙는 까만 칠부바지를 끼운 다리를 꼬며 맥주병 꼭지를 입 안에 넣었다. 내가 혀끝으로 막 자기 이름을 굴려내려 하자 갑자기 이맛살을 찡그리며 열매를 쳐다본다.

"야, 내가 왜 팽 아무개냐?"

입가에는 맥주 거품이 그대로 묻어났다.

"아 참, 언니 애는 이런 자리에서는 띠끄라고 불러주세요. 좀 까다롭거든요 원래."

"뭐가?"

"밖에 나와서는 이름 불리는 걸 죽는 것보다 싫어해요. 언니가 이해 좀 해주세요."

"이름을? 우리 모두 다?"

"아뇨. 자기만요."

"아 그러셔요 띠끄 씨?"

"이거 초면에 죄송함다 언니. 서로 편하려고 그러는 거니깐 아예 씨 자도 빼주세요."

"띠끄? 재미있다. 무슨 뜻이지 그런데?"

"잘 몰라요. 옛날 만화영화에 나오던 까불이 이름이래나봐요. 이민간 우리 작은고모가 쓰다 던져준 이름인데 저도 잘 모릅니다 이거. 아무튼 이렇게 불러주셔서 고맙습다. 한잔하셔요."

가만히 살펴보니 역시 가발이었다. 하긴 은행을 들락거리면서 보아도 저런 헤어 스타일은 본 적이 없었다. 뒤통수가 봉긋하게 솟은 걸로 봐서 가발 안쪽에 적어도 어깨 정도까지는 늘어질 머리채가 담겨 있음이 틀림없다.

"얼마 전에 결혼하셨다구요?"

"석 달 됐어요."

"석 달……"

"참 월급날이 바로 내일이네. 언니 결혼한다고 막 돌아다닐 때 들어왔는데 이번이 세번째 월급이네, 난."

"월급날이 없어졌으면 좋겠어."

칠부바지가 뒤통수에 손깍지를 한 손을 얹으며 소파 뒤로 등을 기댔다.

"왜? 그게 낙 아니니?"

"낙은? 비참해지잖아. 아 이 정도의 돈이 아니 멍텅구리 같은 숫자가 내 근육을 신경을 그리고 헤퍼진 웃음까지 샀구먼 하는 심정……"

"그럼 뭐 대수냐?"

"카드 곡예도 해야 하고 또 월급날 우리 가게에 사람들 바글거리면 특근 돌아오고."

칠부바지의 인중에 그려진 내 천(川) 자가 사라질 줄 모른다.

"그기 뽀게비려리 얘. 있으면 더 쓴다니깐."

"뽀개면 재활용도 안 돼요 언니."

"우리 그 남자는 저번 달에 결혼 전에 긁은 거라며 삼백이나 청구서가 날아왔더라."

"삼백? 어머 어머, 그거 뒷조사 해야 한다 언니. 정말이야."

"뒷조사는 뭐……"

"언니 남편은 그렇게 안 생겼는데. 피디는 돈 많이 받잖아요."

"프로덕션 피디는 말이 빛 좋은 개살구지 완전히 막노동이야. 월급도 그저 그렇고…… 그렇다고 생기는 것도 없는 모양이던데……"

"그래도 다들 그런 일 하고 싶어하잖아요. 조사하면 언제나 일등이래요. 영화 비디오 아무튼 이렇게 찍는 거 말예요."

"아 참, 나 그러고 보니깐 어젯밤 꿈꿨어."

"무슨 꿈?"

"그냥 히히…… 자전거 타는 꿈이었는데 하얗게 빛나는 새것을 쭉 타고 가다보니 그 아스팔트 같은 길이 막 이렇게 허공으로 까마득히 뻗어가다 끊겨가지고 발 아래가 낭떠러지처럼 된 거 있지? 꿈속인데도 정말 오금이 전기 오른 것처럼 팍 저리더라구. 그러다 자전거를 탄 채 추락하는데……"

"키 크는 꿈 아냐? 열매 너 아직 어린가보다."

"애개 그게 무슨 소리야 언닌. 더 들어봐. 그런데 말이야. 내가 이상하게도 몸에 실오라기 하나 걸치고 있지 않은 거 있죠?"

"옷을 홀랑 벗은 채 자전거를 타!"

"그러게요 헤헤."

"개꿈이구나!"

칠부바지가 새로운 맥주병을 입으로 가져가며 시큰둥하게 받는다.

"개 짖는 소리도 안 들렸는데 무슨 개꿈이라고 그러니 너 방정맞게."

열매가 귀밑을 붉히며 입가를 실쭉 일그러뜨린다.

"그게 아니고 그런 장면은 너무나 익숙한 거 아냐? 쳇, 거 뭐야 응 우리 초등학생 때 본 이티 있잖아. 거기서 애들이 줄줄이 하늘을 나는 자전거를 타고 달빛 속으로 가는 것하고 또 있어. 또또가 주인공인 거

뭐드라. 맞아, 시네마천국. 거기서도 포스터 같은 데 필름 길 따라서 또또랑 그 영사기 돌리는 노인네랑 같이 자전거 타는 장면도 있었잖아. 그런 게 꿈속에 뒤죽박죽 엉겨든 거지 뭐. 내 말이 틀렸니?"

"그래 니 팔뚝 굵다!"

"또 삐졌구나 쳇."

"아 참, 이거 먹을까?"

열매가 소파 한구석에서 까만 비닐봉지를 낚아채올리며 말한다.

"먹어봐. 냄새는 좋더라."

"그게 뭐니?"

"아 이거요? 아까 얘 데리고 올 때 리어카에서 복숭아 몇 알 골랐지 히히. 쪼맨하지만 잘 익은 것 같애. 줄까요?"

"하나만."

"나도."

나와 칠부바지에게 하나씩 나눠준 열매가 자기 몫을 한 입 베물다가 눈을 휘둥그레 뜨고는 탁자 위에 복숭아를 내던지고 입을 가린 채 냅킨을 황급히 뽑았다.

"왜?"

"어휴, 벌레 먹었나봐. 어후후후 나 어떡해……"

"어떡하긴. 상한 건 아니고?"

"상한 게 이래요? 막 쓰던데. 띠끄 니가 고른 거잖아."

"열매야, 어디 불빛에 가까이 대봐."

"나야 고른다고 골랐시. 나 참, 그래서 복숭아 같은 과일은 냄새만 맡아서는 모른다니깐. 괜찮아 이것아. 과일에 든 벌레 많이 먹으면 미용에도 좋다는 신문 기사도 있었어."

"정말?"

지난해 이맘때 양자강 유람선 위에서 먹던 중국 복숭아 생각이 갑자기 떠올랐다. 우리나라 임시정부가 있던 중경에서 무한이라는 곳까지 나흘간 강 위에 떠 있으면서 내가 먹은 복숭아가 거진 한 소쿠리는 될 정도였다. 아무튼 중간중간 관광지에 내릴 때마다 노점상에서 복숭아를 한 봉지씩 사 배 위로 날랐으니 말이다. 기름진 중국음식이 입에 잘 맞지 않던 나로서는 유일하게 입맛을 돋울 수 있는 게 바로 그 시큼한 복숭아였다.

대학 동창이던 미희가 가이드를 겸해서 함께 따라나섰다. 자동차 회사에 다니는 남편이 베이징 지사로 발령이 난 미희는 그곳에서 일 년 가까이 머물고 있어서 간단한 중국말은 운을 뗄 수 있는 처지였다. 양자강의 절경인 삼협에 댐이 들어서면 볼거리가 없어진다고 권유를 하는 바람에 여름 휴가를 서둘러 중국으로 결정했던 것이다.

그리고 중국인들이 장강이라고 부르는 강물 위 천릉호(川陵號) 측소(厠所 : 화장실)에서 남편 부영권을 우연히 만났다. 밤이어서 당시의 정확한 장강 지점을 알아내긴 어렵지만 아마 삼협의 첫 관문인 구당협은 지났고 두번째인 무협과 세번째인 서릉협의 중간쯤 되었을 것이다. 원래 쾌청한 날을 보기 어려운데다 우기의 길목에 접어든 중국의 날씨에 비춰볼 때 그날 구름 사이로 언뜻언뜻 둥근 달이 숨바꼭질하듯 얼굴을 보여준 것은 이례적이라고 미희는 말해줬다.

그러나 주로 대만 사람들로 이뤄진 관광객들은 전날 아침부터 온종일 구당협과 무협을 구경하고 난 다음이라 저녁식사 뒤에는 가라오케로 변한 삼층 식당에서 실컷 술을 퍼먹고 지르박 비슷한 특유의 사교춤을 추다가 잠자리에 들었다. 사실은 훤한 대낮보다 어스름 달빛에 드러난 기암괴석의 협곡 그림자가 물결이 잠자듯 고요한 강물에 어린 모습은 훨씬 진경이었다. 나도 미희도 배 꼭대기에 쭈그리고 앉아 밤늦도록 강바람을 맞으며 구경을 하다 잠자리에 들었다. 아마

추어 사진사로 보이는 한 사람만이 배 앞과 뒤를 오가며 이따금씩 셔터를 누르는 바람에 파란 플래시 불빛이 시야를 눈부시게 하곤 했다.

나는 그때 저녁을 거른 상태였다. 저녁 메뉴로 나온 미꾸라지 요리를 보는 순간 속이 뒤집혀 입맛을 잃어버렸다. 빈속에 복숭아를 몇 알 억지로 깨물어넣은 게 탈이 난 모양이었다. 밤늦게 설사가 찾아들었다. 나중엔 빠져나올 게 없는데도 자꾸 화장실을 찾게 되었다. 그래서 정신없이 배 뒤쪽에 있는 화장실로 종종걸음을 쳐 문을 연다는 게 그만 남자 측소를 열게 되었다.

화장실 문은 모두 여섯 개였다. 왼쪽 네 개가 남측소고 오른쪽으로 두 개가 여측소였다. 그런데 중국식 화장실이라는 게 남녀 구별은 돼 있지만 남측소나 여측소 안은 허벅지께까지만 오는 칸막이만 쳐 있는 구조였다. 강물을 끌어올려 가운데의 한 뼘만한 홈통으로 흐르게 함으로써 명색은 수세식인 셈이었다. 그래서 옆칸 사람이 힘 쓰는 장면이 고스란히 보이는 것이다. 그런데 내가 손잡이를 더듬은 게 본의 아니게 오른쪽에서 세번째 문이었다. 화장실 안팎으로 전등이 훤하게 켜져 있었다. 문을 열고 급하게 뛰어들어 허리춤을 막 풀어젖히는 순간 아차 싶었지만 이미 늦고 말았다. 옆칸에서 누군가 일을 마치고 불쑥 일어나는데 바지를 미처 치키지 못했는지라 경마장 말 같은 푸짐한 엉덩이가 한동안 고스란히 내 쪽으로 드러나고 말았다. 복장을 얼핏 보니 얼마 전까지만 해도 유유자적하게 누비며 셔터를 누르던 바로 그 사내였다. 나는 그때까지만 해도 그 사내가 한국인인 줄은 꿈에도 생각지 못했다.

엄마얏!

사내는 뒤를 돌아보고 씨익 웃으며 한국말로 화장실에서 엄마는 왜 찾으세요 하고는 능글능글한 웃음을 지었다. 나는 싸전 아저씨가 지게에서 막 부려놓은 정부미 포대처럼 호벅진 남자의 엉덩짝을 정면으로 보게 된 것보다 그 사내가 한국인이라는 데 더욱 놀라지 않을 수 없었다. 그 사내는 미희와 내가 대화를 나누는 곁을 몇 번인가 스쳐간 적이 있어서 진작부터 우리가 한국에서 온 사실을 알고 있었던 것이다. 그는 내게 정로환을 몇 알 떨궈주면서 이름이 부영권이라고 말했다. 프로덕션의 피디라고 했다. 마혜란이라고 해요. 마씨 성이세요? 둘 다 희귀 성이네요. 합치면 마부(馬夫)라…… 그렇군요. 우리 둘의 선상 데이트는 그렇게 시작됐다. 정로환 때문인지 그의 부드러움 때문인지 그 달빛 데이트는 환상적이었다. 솔직히 나는 좋은 느낌을 받았고 그 느낌은 한국에 돌아온 뒤에도 그대로 이어져 내가 출판사에서 북디자이너로 일한다고 슬쩍 말해준 실마리를 잡고 뒤에 연락을 해온 그와 다시 만났다. 나중에 따져보니 그는 결혼식을 앞둔 신부로부터 도피중이었다. 예정대로였더라면 그는 그 시각에 그 여자와 신혼여행을 하고 있어야 할 때였다.

칠부바지는 보기보담 술이 약했다. 제일 먼저 취해 탁자 위에 아무렇게나 옆얼굴을 대고 엎드렸다. 그 바람에 가발이 조금 비끄러져서 그 안에 갇혀 있던 긴 생머리 타래가 조금 비어져나왔다. 열매가 다가와 그것을 추슬러주었다. 머리를 매만지던 열매의 손이 어느덧 그녀의 귓불께로 내려와 부드럽게 쓰다듬고 있었다. 그리곤 나와 눈이 마주쳤다. 서로 빙긋이 웃었다.

둘이 정말 친하구나?

예…… 조금요.

나는 고개를 끄덕이며 뭔가를 생각하는 양 천장을 바라보았다. 술에 취한 칠부바지를 바래다주겠다는 열매에게 우산을 양보했다. 빗줄기가 이슬비처럼 많이 가늘어져 있는데다 나는 집이 워낙 가까운 거리에 있기 때문이었다. 그러나 십여 분을 걷다보니 어깨 위의 옷이

비에 흠뻑 젖어 있었다.

집 안은 더이상 위험하지 않았다. 주방 뒤쪽에 보안창을 덧대고 잠금 장치를 삼중으로 해둔 현관문 덕택인지도 몰랐다. 날씨 때문인지 형광등 불빛이 평소보다 어둡게 느껴졌다. 비를 맞고 났지만 샤워를 하고 싶다는 생각이 들지 않았다. 그저 수건으로 머리를 털고 목덜미와 어깨를 닦았을 뿐이었다.

새로 마련한 세간살이들이 좀 낯설기는 했다. 손때라도 조금 타면 낫겠지! 안방문 맞은편에 놓인 장식장 안에서 그가 애지중지하는 발렌타인 21년짜리를 꺼내 글라스에 조금 따라 식탁 위에 올려놓았다. 그리곤 의자 위에 올라 두 팔로 감싸안은 무릎에 턱끝을 박고 앉았다. 자동응답 전화기에 녹음돼 있는 게 없는 걸로 봐서 아마 자정을 넘기 직전에 남편한테서 전화가 올지도 몰랐다.

저녁식사는 어떻게 했어요?

근처에 토란국 기막히게 끓이는 집이 있어서 촬영 마치고 몰려갔어…… 문단속 잘 하고 일찍 자지그래.

거기도 비 와요?

그럼 엄청 왔지. 밤늦게까지 찍느라고 다들 완전 뻥이 쳤어.

감기 들지 않도록 이불 잘 덮구 술은 많이 마시지 말구……

내 걱정은 말구…… 니가 감긴가본데? 벌써 콧소리가 밍밍한 거 보니까.

……영권씨 벌레에 대해서 어떻게 생각해?

벌레? 왜 거기 지금 벌레 많이 꾀나?

그게 아니라…… 내가 좀 낯설어서, 아니 낯선 게 아니고 갑자기 그 여자 말대로……

어허, 그건…… 잊어버리라고 했는데 내가!

영권씨는 그 여자가 그에게 벌레라고 했다는 말을 나중에 전해들을 때 너털웃음을 지었다. 나는 그의 허벅지를 야무지게 꼬집으며 그럼 나는 뭐야 하고 소릴 질렀었다. 그는 그때 비틀린 허벅지를 감싸안으며 잘라 말했다.

—누가 벌레인가 아닌가는 중요하지 않아. 하지만 벌레라 해도, 아니 벌레이기에 더욱 자기가 깃들일 과일에서 어떤 향이 나고 또 그 과육이 쓴지 단지는 귀신처럼 알아내지. 절대불변의 진리란, 벌레는 결코 자기에게 쓴 과육을 찾지 않는다는 거야. 벌레가 찾지 않은 과일은 지독한 약이 묻어 있거나 과육이 형편없거나 둘 중의 하나거든. 사람으로 따져도 그건 마찬가지일 테지.

나는 발렌타인이 찰랑거리는 술잔을 간단히 뒤집고는 물었다.

그러니깐 자기한텐 내가 달콤한 과육이란 말이지. 자기 정말 거짓말하는 거 아니지?

너 한잔했구나? 그래 잘했어. 그런데 이제는 그만 먹고 자.

빨리 대답이나 해!

아, 이렇게 부영권이라는 벌레가 찾아든 것을 보면 몰러?

정말이지? 힝, 그럼 단맛 다 빠지고 나면 그땐 뭐가 되는 거야!

에헤, 어린애 같기는…… 벌레라고 하냥 단맛만 밝히라는 법이 어딨겠어…… 살다보면 구수한 맛이나 신맛도 찾게 마련인 것을…… 단맛이란 바로 입맛에 해당하는 거지…… 안 그래?

그래 알았어. 진짜 잘 자……

나는 한참 뒤에야 끊어진 전화기를 붙들고 바보처럼 울고 서 있는 나를 발견했다. 그러나 어쩔 수 없었다. 이렇게 울 수 있는 기회도 흔치 않을 것 아닌가. 나는 고개를 옆으로 틀고 어깨를 들어 흐르는 눈물을 닦으려 했다. 맨살이 드러난 어깨는 눈물과 콧물과 땀기로 뒤범벅이 돼 번들거렸다. 약간 벌어진 입술 새로 나온 혀끝이 우연찮게 살갗을 스쳐갔다. 그 순간 나는 울음을 멈추고 젖은 눈까풀을 반짝 걷어올렸다. 그리고는 다시 한번 혀를 내밀고 내 어깻살을 천천히 핥기 시작했다. 마치 내가 진짜 단 과육인지 아닌지 알아보기 위한 것인 양. 아, 이 맛…… 그제야 나는 달다는 말의 뜻을 어렴풋이 알 것도 같다는 생각이 서서히 들었다.

(『현대문학』 1996년 9월호)

지붕 위의 남자 1

어떤 놈은 나더러 팔자 좋은 '셔터맨'이라고 부른다. 약간의 비아냥거림을 혓바닥 밑에 은근히 꼬불치고서. 물론 틀린 말은 아니다. 도원상가의 일층에 자리잡은 아내의 홍익약국 셔터를 새벽같이 열고 밤늦게 내리는 게 나의 중요한 일과 중 하나이다. 또 아내가 가끔 대학원 강의를 들으러 가느라 자리를 비울 때 영양제나 피로회복제 또는 드링크류 정도 파는 건 엄연한 내 몫이었다.

"하지만 내게도 시인이라는 버젓한 직업이 있다 이겁니다. 흥, 무시하지 말라 이겁니다. 다만 수입이 변변찮은 게 한 가지 흠이긴 한데…… 쩝쩝."

"야 이 짜식아, 그 잘난 시인 소리 좀 작작 하고 그만 집어치워라. 술맛 떨어진다. 너는 왜 아직도 그 나쎄에 그렇게 철이 못다 들었냐 응? 도대체 여태껏 시를 몇 편이나 썼는데? 네가 시 써서 받는 알량한 원고료를 일 년간 몽땅 모아도 네 마누라 약국에서 이틀간 판 박카스 이문보다 아마 못하면 못하지 더하진 않을 게다."

"거 같은 말이라도 꼭 그렇게 해야 쓰겠어요, 형은?"

달원이형은 더 들을 필요가 없다는 듯 주먹으로 내 머리를 한 번 쥐어박는 시늉을 하더니 나무 젓가락으로 접시 위에 썰어놓은 해삼을 집어 초고추장에 마구 휘저었다. 널름 빼문 혓바닥 위에 놓인 해삼의 살점이 사라지고 난 뒤 그의 입가에는 시뻘건 초고추장 자국이 묻어났다. 방금 먹은 음식의 흔적을 꼭 입가에 남기는 게 달원이형의 특기였다. 나는 그게 질색이었지만 아무래도 보통 사람의 두 배 정도 되는 두터운 입술 때문인지 형은 볼 때마다 그 모양이었다.

그는 나의 대학 삼 년 선배이다. 대학 졸업 후 재야운동권 단체에서 몇 년간 홍보간사 일을 보더니 아예 현장에 들어간다며 겸사겸사 따놓은 운전면허증으로 영업용 택시 운전기사가 되었다. 그 택시 회사에서 민주노조운동 한다고 하더니 소위 어용이라고 불리는 반대파한테 표 대결에서도 지고 또 매만 늘씬하게 얻어맞고 해고가 됐다. 부당해고라고 회사 쪽과 지루하게 밀고 당기다가 어떻게 타협을 보았는지 조용히 중국 관련 서적 전문 출판사에서 일 년 동안 교정일을 보았다. 그러다 갑자기 재야단체에서 일할 때 만난 야물딱진 마누라의 연줄을 타고 국회의원 보좌관 노릇을 거진 삼 년간이나 지냈다.

형수 얘기에 따르면 사실은 달원이형이 택시 운전기사 노릇을 할 때가 그래도 제일 걱정 없고 행복한 시절이었다는 것이다. 왜냐하면 수입이 일정하고(합승이나 미터 꺾기 등 부수입까지 합쳐서) 남들 보기에도 정상적인 직장생활을 하는 듯이 비쳤기 때문이다. 재야운동할 때는 형수 자신도 어떤 시대적 물결에 휩쓸려 같이 뛰어다녔지만 생활감각이란 전혀 있을 수가 없었고, 다 쓰러져가는 출판사에서는 봉급이 밀리기 일쑤였으며, 의원 보좌관을 할 때도 자기가 모시는 의원이 정치를 하는 건지 자기가 정치를 하는 건지 모를 정노도 밤낮 술에 찌들어 살아서 빚은 빚대로 지고 생활은 생활대로 불안정했다고 한다. 형은 원체 술을 좋아하기도 했지만 자신이 모신 의원이 술에 약해서 항상 술자리에 같이 가서는 자기 앞의 잔은 물론이고 의원 앞으로 가는 잔까지도 남몰래 도맡는 이른바 술상무, 아니 술보좌관 구실을 했다.

아무튼 그런 헌신적인 보좌관생활 덕분에 지난해 치러진 지방의회 선거에서 드디어 시의원으로 진출했다. 그는 그게 마치 의미심장한 정계 진출이라도 되는지 어깨에 힘이 많이 들어가 있었다.

"우리 과에선 정계 입문이 아마 내가 처음이지?"

"그럼 영문과 나와서 미국말 밑천 삼아서 훈장질 하지 않으면 여의도 월스트리트에서 돈굴리기 하는 일밖에 무엇이 또 있겠어요?"

"그런데 이거 정치판에 뛰어드니깐 말이지, 힘들더라구."

"뭐가요?"

"요즘 정치는 옛날과 달리 사기 치는 것은 없거든. 특히 우리 같은 의원들은 말이야. 공불 많이 해야지. 나 같으면 활동 상임위가 보사위 쪽인데."

"와, 형 그거 끝내주는 자린데? 뭐, 위생 검열 같은 거 도맡아 하는 데 아녜요? 그럼 각종 업소나 이런 데서 죽여줍쇼 하고는 촌지를 바리바리 안길 텐데."

달원이형이 시큰둥한 표정으로 콧구멍에 새끼손가락을 집어넣고 후빈다. 그는 콧구멍이 커서 코딱지가 어디로 떨어질지 몰라 은근히 신경이 쓰였다.

"옛날 같으면서야…… 물론 지금도 우리가 뜨면 납짝들 엎드리지. 워낙 구린 구석이 많은 동네니깐. 그런데 그럴 분위기도 아니고 또 그래서도 안 되지. 지난날의 낡은 정치를 깨고 새 정치를 해야 하잖아. 내가 그래서 이번에 여야를 막론하고 의사당에 들어온 젊은 친구들을 모아서 이십일세기 새정치모임을 만들었거든. 우리부터 실력을 쌓아서 정말 지역구민의 복리와 편의를 위한 알찬 의정활동을 펼쳐 보자는 취지이지. 호응이 대단해서 벌써 가입 의원들이 서른 명이 넘었어. 아마 모르긴 몰라도 새로운 파워 그룹이 될 거야."

"예, 맞아요 형. 그렇게 나가다보면 중앙 정치판도 밑에서부터 서서히 새로운 기운이 일어날 거예요. 참 그 말이 다시금 실감 나네요."

"어떤 말?"

"옛날에 형이랑 세미나 할 때 내가 장강의 뒷물이 앞물을 밀어낸다는 말이 무슨 뜻이냐고 물어본 적이 있었잖아요. 그때 형이 세상은 항상 새로운 기풍으로 바뀌게 돼 있어서 영원한 듯이 보이는 도그마나 체제나 인물이라 할지라도 참신한 가치를 띤 기풍이나 인물들에 의해 대체된다고 했잖아요. 그 말에 난 뿅 갔잖아요."

나는 그와 대학 삼학년 때 약 반 년 동안 구로공단의 어느 성당 지하실에서 야학을 같이 한 적이 있었다. 그때 그는 나의 세미나 지도 선배였다.

"내가 그랬던가? 하긴 맞는 말이야. 그런데 그런 자연스런 흐름에도 역시 기본적으로 이게 있어야 하겠더라."

그러면서 달원이형은 밑에 있는 손의 엄지와 검지를 맞대어 둥그런 원을 그려 보였다.

"돈이라면?"

"야 임마, 요즘은 워낙 정보들이 방대하기 때문에 의정활동을 수행하자면 의원 혼자 뛰어가시고신 댁도 없거든. 보좌관들이 있어야지 일을 제대로 할 수 있다구. 그런데 지금 중앙정부에서는 지방의회를 야당이 꽉 틀어쥐고 있어서 그런지 유급 보좌관을 쓰지 못하게 하고 있거든. 그게 말하자면 젬병이지. 요즘 어느 능력 있고 실력 있는 놈이 미쳤다고 이것도 없는데 허벌나게 뛰겠냐 말이야. 그러니 지금 내

돈만 깨지는 판국이어서 빛 좋은 개살구 식으로 빚만 늘고 정말 죽갔어, 죽갔다구. 그래서 사업하는 선배 동문들을 돌면서 후원회 조직 좀 만들어보려고 하는데 그것도 여의찮고 말이야. 다들 왜 이렇게 빼는 거야? 후배 하나 제대로 키워주지도 못하구설랑."

나는 얼른 소줏잔을 들어 내 입을 틀어막았다. 할말이 없었기 때문이었다. 사실 달원이형이 바쁜 시간을 쪼개서 나 같은 룸펜을 찾아와서 술 상대까지 해줄 때에는 다 이유가 있는 법이다. 후원회의 한 계좌를 들어달라는 것쯤 눈치채지 못할 내가 아니었다. 며칠 전에 이미 전화를 통해 그것에 대해 뚱겨받은 바가 있었다.

"네 마누라가 약사니깐 아마 내가 펴고 있는 의정활동과 아주 무관하다고는 볼 순 없을 테고…… 아무튼 내가 금명간 갈 테니 소주나 한잔 꺾자!"

형은 전화를 통해 후원회 얘기를 잔뜩 늘어놓은 끝에 이렇게 말했다. 결국 한 계좌 마련해놓으라는 얘기나 다름없었다. 한 달에 만원쯤! 아냐, 명색이 시의원인데 한 오만원쯤 아내한테 얘기해볼까? 하다못해 체면치레로 삼만원이라도 어떻게 안 될까…… 그러나 아내는 그 얘기를 듣는 순간 허연 송곳니를 드러내며 나를 잡아먹을 듯이 닦아세웠다.

—당신 지금 정신이 있어, 없어! 오만원이 뉘집 똥개 이름인 줄 알아! 당신이 언제 내 손에다 자기 손으로 직접 벌어온 단돈 만원이라도 쥐어줘본 적이 있냐구! 있어, 있어? 그리고 그 정치라는 게 뭐하자는 노릇이야! 남 등쳐먹고 생색내는 게 정치인지도 모르고…… 그 범의 아가리 같은 구멍에다 남의 개를 빌려 쑤셔넣어주는 게 차라리 낳지! 에구 복장이야, 터져…… 속 터져. 당신 앞가림이나 해요!

"형, 상임위 활동도 중요하지만 지역구민들의 문화의식을 창달시키기 위해서라도 가령 시인들을 초대한 시 낭송회나 문학의 밤 같은 것도 자치단체에 건의해보세요."

"뭐 시?"

"요즘은 그게 행정 이미지 쇄신뿐 아니라 장사도 된대요."

"야, 다들 아등바등 벌어먹고 사느라고 정신이 없는 판에 시는 무슨 놈의 시야!"

"그게 아니라니까요."

"뭐가 아냐?"

"이제야말로 삶의 질을 따지는 시대가 됐다구요. 특히 집에 있는 주부들 좀 생각해보세요. 아이 키워놓고는 이제 자신의 일이나 보람에 대해 생각하는 사람들이 많아졌어요. 그래서 간판만 잘 달고 하면 사람들이 구름처럼 몰린다니까요."

"난 그런 것에 관심없어. 시에서 밥이 나오냐, 빵이 나오냐? 왠지 시인들이라고 하면 다들 사기꾼 같아서 말이야. 너도 뜬구름만 잡고 있지 말고 하다못해 출판사 교정일이라도 보아가며 실업자생활을 청산할 궁리를 해야지. 시선을 하향조정해서 자기 발 앞의 땅을 잘 보면서 가란 말이야, 땅을. 내 말 섭하게 듣지 말고 잘 새겨봐."

"꼭 저를 앞에 두고 그렇게 야박스런 말을 해야 직성이 풀리겠어요?"

"시꺼 임마. 넌 아무튼 베갯머리 밑에서 네 마누라나 잘 꼬셔놔. 많이 바라는 것도 아냐 기본으로 한 계좌만 틀어막으라는 거야."

"해보긴 해볼게요."

"해보긴 짜식이. 자, 여깄다. 온라인 번호. 그만 일어서야지. 너 셔터 안 내리냐?"

달원이형은 숫자가 일렬횡대로 길게 늘어진 쪽지를 내밀었다. 시계를 흘낏 보니 그러잖아도 약국 셔터를 닫을 시각인 열두시가 다 돼가던 참이었다. 포장마차에서 나와 약국 쪽을 향해 어슬렁어슬렁 걷다보니 은근히 취기가 북받쳐 올랐다. 사실 나에게 시인의 길을 걷도록 부추긴 장본인이 바로 달원이형이었다. 그는 저항시인 김지하의 열렬한 팬이었고 자신이 대학 일학년 때 아직 판금이 풀리지 않은 그 시인의 필사본 시집을 삿갓집이라는 동동주 술집에서 내게 건네주었다. 가리방(철필로 등사 원지에 쓸 때 밑에 받치는 철판)에 대고 긁은 찌라시 묶음이었다. 그때 나는 「황톳길」이라는 시를 보고 순전히 술기운 때문에 뿌연 동동주가 흐르는 식탁 모서리에 이마를 박고 울었었다.

……뜨거운 해가 / 땀과 눈물과 모밀밭을 태우는 / 총부리 칼날 아래 더위 속으로 / 나는 간다 애비야 / 네가 죽은 곳 / 부줏머리 갯가에 숭어가 뛸 때 / 가마니 속에서 네가 죽은 곳……

바로 이 구절이었다. 왜 이 대목이 내 성긴 속눈썹을 왈칵 젖게 만들었을까? 그 까닭을 확연히 알 수는 없었지만 아무튼 '나는 간다 애비야' 란 한 줄이 가시처럼 내 가슴을 확 긁었던 것이다. 갑자기 그해 겨울의 서강(西江)의 노을이 떠올라서 그런지도 몰랐다.

돈 벌러 나간 아버지는 오랫동안 집을 비웠다. 집에는 쌀 팔 돈은 고사하고 찬 구들장을 데울 구공탄 한 장 들여놓을 돈조차 없었다. 간신히 하혈이 멈춘 엄마는 옆집 제철이 엄마한테 사정을 해서 버스삯을 꾸어와서는 나를 불러 앞세웠다.

가자!

바깥에는 어느새 눈보라가 흩날리고 있었다. 다행히 거세지는 않았다. 마후라를 머리끝에서 턱끝까지 뒤집어쓴 엄마는 내가 미취학 아동이라고 우기며 빵모자를 쓴 버스 차장과 싸워 어른 한 사람 차비만 내고는 내처 백삼십팔번 버스의 종점인 마포 근처의 서강으로 달려갔다. 내가 한강을 본 것은 그때가 처음이었다. 물이라곤 백운대에서 흘러내리는 정릉천만 구경한 게 고작인 나는 그게 진짜 바다인 줄 알았다.

가자!

낯선 풍물과 상점들 간판을 쳐다보느라 자꾸 발걸음을 멈추고 해찰을 부리며 넋을 빼앗기는 내 등을 밀치며 엄마는 채근을 했다.

엄마, 저거 책에서 본 인어공주 맞지?

강 한편에 돌인지 시멘트인지 모를 재료로 만든 인어상 같은 게 보였다. 엄마는 대꾸를 하지 않고 대신 내 얼어붙은 볼따구를 푸짐하게 비틀었다. 나는 그제야 정신을 차렸다. 천막이 어지럽게 쳐져 있는 어두컴컴한 시장통 안으로 들어섰다. 두리번거리며 여기저기를 기웃거리던 엄마가 드디어 아버지를 찾아냈다. 아버지는 털이 숭숭 빠진 개털모자를 뒤집어쓰고 질척거리는 바닥에 둥근 맷방석을 깔고 그 위에 땅콩을 수북히 쌓아놓은 채 팔고 있었다. 엉덩이 밑에는 작고 낡은 가마니때기가 깔려 있었고 그 옆에는 아버지가 먹다 남긴 퉁퉁 분 면 몇 가닥이 꽁꽁 얼어 있었다.

어어……!

……

아버지는 벙어리처럼 어어 소리만 냈고 엄마는 아무 말 없이 내 어깨를 아버지 쪽으로 슬쩍 떼밀었다. 빰이 얼어 말이 잘 되지 않았다.

……아부!

불 쬐, 와 불 쬐……

아버지는 자신과 동업자로 보이는 옆 사내 사이에 지펴놓은 화톳불 사이로 내 언 손을 잡아 끌었다. 엄마는 아버지 등뒤로 내외를 하며 쪼그리고 앉았다. 갑자기 온기를 받은 손등이 따갑고 근지러워졌다. 이미 다 타고 재만 사위어가는 화톳불의 화력이 미미해지자 아버지는 갑자기 자신이 깔고 앉아 있던 가마니때기를 빼 화톳불 위에 얹었다. 가마니때기가 눅진했는지 처음에는 잘 타지 않고 매운 연기만 풀풀 내뿜었다. 모두들 엉덩이를 불가로 내밀고는 돌아앉았다. 내 눈에도 아버지 눈에도 엄마 눈에도 옆 아저씨의 눈에도 눈물이 찔끔 비어져나왔다. 그러나 나는 곧 웃었다. 엄마를 빼고는 다들 웃었다. 동업하는 사내가 슬그머니 자리를 피해주었다. 아버지가 동업자 몰래인지 아니면 원래 아버지 몫으로 챙겨놓은 것인지 아무튼 꼬깃꼬깃한 종이돈을 엄마 손에 건네는 걸 난 보았다. 그러자 엄마 얼굴도 한결 푸근해지는 것 같았다.

두 파수만 더 돌고……

물건을 두 번만 더 받아 팔고는 집으로 가겠다며 아버지는 엄마와 나를 집으로 먼저 돌려보냈다. 돌아가는 길에 엄마는 싸전에 들러 봉지 밀가루 석 되를 사면서 내 손을 꼭 잡아주었다.

'가마니 속에서 네가 죽은 곳' 하는 구절에서 내 기억은 문득 서강으로 달려갔던 것이다. 그때 아버지의 궁둥이를 덥히던 그 가마니때기가 생각나고 그리고 눈물샘을 자극하던 그 가마니때기가 내뿜던 푸른 연기가 떠올라 눈물이 흘렀던 것일까? 그러자 달원이형이 내 등을 토닥거려주면서 말했다. 나는 그 말을 믿었다.

—너는 정말 시적인 감수성이 있는 놈인 것 같구나! 한번 잘 해봐라. 시라는 것도 별 게 아니거든. 시인이 어떤 천부적 재능으로 쓴다고 믿는다면 그것이야말로 어리석고 잘못된 부르주아적 편견이지. 시도 수련 과정을 거쳐서 씌어져야 하고 또 쓸 수 있거든.

"그럼 밥이 나오고 떡이 나오는 것만이 세상의 전붑니까, 형."

나는 걸어가면서 밤하늘을 쳐다보며 중얼거렸다. 그리고는 누구에겐지 모르게 고개를 절레절레 흔들었다. 역시 나를 위로해줄 놈은 나밖엔 없군 그래.

그래 밥이니 권력이니 그것들이 무엇이 그렇게 중요하랴! 사람들의 배를 불리거나 복지를 증진시키는 것도 중요하지만 그것 못지않게 아니, 그보다 훨씬 더 마음이나 정신의 허기를 꺼주는 일도 중요한 거지 하하하!

그래서 나는 일찍이 이 도원상가를 가리켜 '욕망의 바벨탑'이라고 질타하는 시를 쓰기도 했다. 지면 관계상 아직 발표는 하지 못했지만. 그 시를 쓴 이유는 이 상가의 구조를 보면 대번에 알 수 있다.

지하에는 무려 방을 열여덟 개나 갖춘 대형 노래방이 있다. 그리고 일층에는 아내의 약국과 비디오방, 이층에는 호프집, 삼층에는 중국집과 한정식집, 사층에는 교단을 알 수 없는 정체불명의 개척교회 같은 게 들어서 있다. 그러니깐 한마디로 맘껏 먹고 마시고 노래를 부르고 놀다가 혹 속이 더부룩하면 약을 사먹고, 그러고 나서 정신적으로 좀 꺼림칙하면 즉석에서 회개까지 할 수 있는 완벽한 시스템을 갖추고 있는 셈이었다.

아내한테는 미안한 말이지만 나를 포함해 이 바벨탑 안에서 유일하게 정신적 순결함을 잃지 않고 있는 이가 딱 한 사람 있다. 허난주……

그녀는 삼층에 있는 '李家'라는 한정식집에서 일하는 아가씨이다. 얼굴은 범상했다. 그러나 이 년에 걸친 관찰 끝에 나는 온갖 짓궂음을 감수해야 하는 손님맞이를 항상 밝은 미소로 감당해내는 그녀야말로 첫눈처럼 순백한 마음의 소유자라는 결론을 내렸다. 물론 그녀의 가냘픈 손목에 시골 촌구석에 사는 세 식구의 아슬아슬한 밥줄이 달렸음도 난 안다. 다만 한 가지 아쉬운 점은 그녀가 벙어리여서 제대로 말을 붙여보기 어렵다는 사실이었다. 하지만 쓰잘데없는 말이 너무 많아 탈인 이 세상에서 말을 할 수 없다는 것은 어쩌면 형벌이 아니라 되레 축복인지도 모르지 않을까 하는 게 내 생각이었다.

—선생님이 주신 시 잘 읽었습니다. 고맙습니다. 그런데……

내가 약국 카운터 자리를 지키고 있는 날 저녁에 일을 마친 난주가 내려왔다. 그녀는 아내 대신 내가 약국을 지키고 있는 것을 보자 귀밑 빰을 살짝 붉히며 우물쭈물거렸다. 의자에서 벌떡 일어나 다가선 나는 즉각 어떻게 된 상황인지 알아차렸다. 그녀는 바로 생리대를 사러 온 것이었다.

말이 나왔으니 하는 것인데 내게 가장 곤혹스러울 때가 바로 생리대나 콘돔을 사러 오는 손님을 맞이할 때이다. 앞서서 밝히지는 않았지만 이 두 품목이 사실은 드링크류 다음으로 내가 많이 파는 또 팔 수 있는 종류였다. 하지만 아내가 이 도원상가에 홍익약국 간판을 단 이래로 난 이것을 사러 오는 남자를 한 번도 구경하지 못했다. 내 곤혹스러움은 단지 여자를 상대로 그런 품목을 판다는 데 있지 않다. 대개의 경우는 무표정하게 자기가 선호하는 상호나 사이즈를 대거나 아니면 직접 물건을 가져와서 돈을 치르고 나가면 그만이다. 그러나 적지 않은 경우 여자들의 뻔뻔스러움에 질려 얼굴이 홍당무가 되고 쩔쩔매는 쪽은 바로 나이다.

그들은 내가 약사가 아닌 줄 뻔히 알면서도—주로 삼십대 주부들 가운데 그런 사람들이 많은데— 손님이 없을 때면 일부러 마치 성 카운슬링이나 받으러 온 사람처럼 짓궂게 굴기 일쑤이다.

—남편이 사십대 초반인데요, 요즘 계속 임포 상태예요. 바람을 피우는 건 아닐까요?

—그이가 꼭 특정 체위만 고집하는데 무슨 이유가 있을까요? 그리고 난 전희에서 더 몸을 떠는데 분위기용으로 마주앙이 좋을까요 아니면 발렌타인 십칠 년이 좋을까요?

심지어는 내 얼굴을 지그시 바라보며 눈을 맞추다가 싱글싱글 웃으면서 아예 지폐 밑에 모모 여관 몇 호실 몇 시까지 적어넣은 쪽지를 끼워넣고 의중을 떠보는 경우도 심심치 않다. 물론 나는 그런 쪽지들은 빠짐없이 잔돈과 더불어 되돌려주지만 카운터를 뛰어넘어가 뺨이라도 한 대 갈겨주고 싶은 욕망이 불쑥 치밀어 머리카락이 쭈뼛 솟곤 했다.

그런 판에 난주처럼 수줍어 어쩔 줄 모르는 모습을 보는 건 잔잔한 즐거움에 해당하기도 했다. 내가 남몰래 난주에게 건네준 시는 바로 「검은 고통의 눈물」이라는 자작시였다. 난주가 이렇게 어려운 시를 이해해줄까!

하얀 나비들 사이로 / 해맑은 소녀 한 명이 걸어간다 / 안개가 피어오르는 아침 / 오솔길 옆으로 / 소녀여, 그대는 오월의 미지근한 공기에 / 부드러운 미소를 퍼뜨리면서 / 깊은 말 없음의 고통에서 깨어나 / 싱싱한 은빛 미소로 부서진다 / 아아, 소녀의 신성한 침묵이여, 순수한 고통이여 / 그대 뺨 위로 흐르는 검은 고통의 눈물이 / 할퀴고 간 황금빛 둥지에 / 비로소 한가득 치자꽃 향기 흐드러진다

하지만 생리대를 사러 왔던 난주가 뒤도 안 돌아보고 얼른 던지고 간 쪽지의 뒷구절을 읽는 순간 나는 이마를 치며 경탄하지 않을 수 없었다. 아, 내 시보다 한수 높게 읽었구나!

—그런데 우리 시골 마을엔 오월엔 은방울꽃이 핀답니다, 선생님.

"당신 기껏 집에서 싸온 도시락 안 먹고 또 이가에 올라갔죠?"

밤늦게까지 나를 기다리고 있던 아내는 도시락통을 내게 불쑥 내밀며 힐난조였다.

"요즘 도통 입맛이 돌지 않아서 말이야."

미누리는 내가 도시락을 풀어보지도 않고 슬금슬금 이가에나 올라가 노닥거리고 오는 게 꽤나 마뜩찮은 모양이었다.

"내가 없을 때 약국을 함부로 비워도 되는 거예요!"

—마누라한테는 지는 게 곧 이기는 것이다!

이처럼 평범한 듯하지만 실천하기 어려운 삶의 지혜도 세상에 달리 없다. 나는 말없이 담배를 빼문다.

"또 담배? 약국 안은 금연 아녜요, 금연! 위생에 철저해야 할 약국 안에서 약사의 남편이 담배를 피면 손님들이 무척이나 좋아하겠어요!"

"비가 올라나……"

나는 딴전을 펴며 벽에 걸린 달력을 쳐다보았다. 그러고 보니 이번 달에는 난주가 그것을 사러 오지 않았다. 물론 내가 없을 때 들렀다가 아내한테 사갔을 수도 있다. 그건 큰 문제가 아니겠지.

아내는 내가 듣는 둥 마는 둥 아예 상대를 하지 않자 부아가 났는지 하얀 가운을 신경질적으로 벗어 걸더니 그대로 나가버렸다. 어차피 셔터를 내리는 일은 나 혼자서도 할 수 있는 일이니까 아무 상관이 없다.

"김형, 김형!"

"왜 그러슈? 어디 배탈이라도 났습디까?"

"그, 그게 아니고…… 지금 하늘에 새로운 혜성이 나타나서 기막힌 우주 쇼를……"

"예? 그게 정말이에요?"

내가 막 자리를 털고 일어나 약국 문을 닫으려 하는 순간 나타나 이렇게 호들갑을 떠는 이는 이 욕망의 바벨탑 꼭대기에 사는 사내이다. 쉽게 얘기하자면 옥탑방에 산다. 내가 알기로는 벌써 삼 년째 그곳에서 생활하고 있는 그 사내의 이름은 강광수이다.

동네에서 그의 직업을 제대로 알고 있는 사람은 하나도 없다. 그가 옥상 가득히 고물을 잔뜩 끌어들이는 것을 보면 고물상 같기도 하고 어떨 땐 망가진 자전거나 라디오 텔레비전 다리미 가구 등등을 주워

다가 말끔히 고쳐 벼룩시장 같은 데 내다파는 것을 봐서는 만능 수선공 같기도 했다.

아무리 철저하게 망가진 물건도 연금술사 같은 그의 손을 거치면 꽤 쓸 만한 물건으로 다시 태어났다. 심지어는 누군가 길거리에 번호판을 떼고 무단으로 갖다버린 자동차도 보름쯤 그의 손을 거치고는 움직이기 시작했다. 비록 삼십 분에 불과했지만.

그는 이곳저곳에서 긁어모은 각종 부속을 갈아끼워 동네 사람들이 밤잠을 설치게끔 하면서 그래서 빗발치는 비웃음을 받아가면서 결국은 그 폐차를 1930년대 모델을 연상시키는 무개차로 만들어냈다. 그리고는 시동 걸 때 나온 시커먼 연기에 콧구멍이 시커매진 나의 열렬한 환송을 받으며 시속 이십 킬로의 시험 운전에 들어갔다. 그러나 그는 한 시간 뒤 터덜터덜 차를 버리고 혼자 귀환을 했다. 그의 성공적인 시험운전을 기대해 마지 않았던 나는 손에 쥔 샴페인을 터뜨릴까 말까 갈등을 하면서 그에게 물어보았다.

—어떻게 됐어요, 강형?

그는 씨익 웃으며 바벨탑 위로 올라갔다. 나는 뒤를 따르며 계속 물어보았다.

—네거리에서 좌회전을 하려는데 교통이 잡습디다.

—왜요?

—글쎄요. 교통도 잘 모르고 있습디다. 자신이 왜 날 잡았는지. 잡긴 잡아야 할 것 같았는데 잡고 나서는 고개를 갸우뚱거리면서…… 이거 차요, 자전거요, 아니면 장난감이요 하고 묻질 않겠소?

—그래서요?

—내친 김에 그냥 우주선이라고 했더니 그가 배꼽을 잡고 웃고나서 곧 근엄한 표정을 지으며 내게 내리라고 지시합디다. 공권력이 내리라는데 일개 서민이 별 수 있겠소? 내렸죠. 그러니깐 나보고 도로

를 무단 횡단했다며 딱지를 떼겠다며 별도 연락이 있을 때까지 기다리라고 돌려보냈다우.

—……?

그의 말을 액면 그대로 믿을 만큼 순진한 나도 아니었지만 아무튼 나는 그의 눈동자에서 어떤 순수함의 원형질 같은 것을 보았다. 그가 만일 나를 가볍게 속였다 쳐도 그에게는 어떤 악의도 없었고 오히려 나를 즐겁게 하려는 의도이기에 나는 전혀 개의치 않는다.

그리고 밤에는 그의 허름한 집 창턱에 설치한 커다란 고물 천체망원경으로 천문학자인 양 캄캄한 하늘을 살피는 버릇이 있다. 그 때문에 오히려 동네에선 그를 약간 실성한 사람으로 보는 사람도 꽤 된다. 내가 한번은 밤하늘에 무엇이 있기에 그렇게 들여다보고 있냐고 물어본 적이 있었다. 그의 대답은 간단했다.

"사람, 사람을 찾거든……"

"사람? 그게 도대체 누구요?"

"죽은 아내."

"……!"

"아내의 혼이 깃들인 별이 저 밤하늘 어딘가에서 혜성처럼 나타날 날이 틀림없이 올 게요……"

그의 아내는 암에 걸려 손써볼 틈도 없이 죽었다고 얼핏 들었다.

—손도 못 써본 게 차라리 낫지. 손쓸 여지가 있는데 그렇게도 못하고 떠나보냈으면 더 찢어졌을걸……

그런 속사정을 알고 있는 나이기에 언젠가 아내가 벙어리 아가씨와 광수씨가 수상쩍은 관계인 것 같다고 했을 때 자신 있게 일축해버릴 수 있었다. 물론 난주씨가 남몰래 특별히 광수씨한테 이것저것 먹을 것을 싸다 갖다주곤 하는 건 사실이었다. 하지만 그런 친절을 받고도 광수씨의 마음이 별로 움직이지 않는 모양이었다.

사실 그 천체망원경은 시장통 고물상에서 훔쳐온 것이었다. 그때 나는 그의 공범이었다. 내가 기꺼이 그의 공범이 되기를 자청한 이유는 그가 최소한 나보다는 더 원대한 꿈을 지닌 사람이고 내 주변에 꿈을 지닌 사람이 있다면 그 사람이 그 꿈을 제대로 펼칠 수 있도록 도와주는 게 시인으로서의 내 임무라고 생각했기 때문이다. 그는 자신이 하늘에 관심을 갖는 게 꼭 아내 때문만은 아니라고 말해줬다.

—김형 우리 인류가 언제까지나 이 지구라는 푸른 별에서 살 수 있을 것 같소?

—글쎄요.

—그 문제가 꼭 몇백 년 뒤쯤의 머나먼 시기의 일일 것 같소? 나는 그렇게 생각지 않아요. 현 인류의 문명은 환경 파괴, 무분별한 군비 경쟁, 인간의 대량 살상으로 얼룩져 있기 때문에 이미 지구의 주인으로 행세할 자격을 상실한 존재들이지요. 때문에 아마 우리 인류는 앞으로 오십 년 안에 그러니까 이십일세기 중반쯤에는 스스로의 생존을 위해서라도 어쩔 수 없이 지구를 포기하고 다른 별로 떠나야 할지도 모르오. 그리고 그 별은 화성이나 달이나 금성 따위가 아니라 최소한 태양계 너머일 가능성이 높아요. 왜냐하면 태양에 엄청난 재앙이 올 수가 있기 때문이지요. 그때가 되면 태양이 엄청난 양의 엑스 광선과 자외선을 내뿜게 되면서 태양계의 모든 행성이 어둡고 차가워질 겁니다. 그러면 태양은 지금보다 훨씬 커지고 밝아지고 지구에서 공기와 물이 사라지며, 바다가 끓어오르고 바위들이 증발하면서 지구는 마침내 태양 한복판으로 빨려들어갈 겁니다.

그는 한밤중에 침입해들어간 고물상 안에서도 겁 없이 계속 떠들어댔다. 그러나 나는 그의 입을 틀어막을 수가 없었다. 그의 이론이 너무 정연해서 나를 흠뻑 빠아들였기 때문이었다. 나는 그런 원대한 포부를 지닌 그가 하늘을 탐색할 천체망원경을 훔치는 일에 공범이 돼준 게 자랑스러웠다.

—그건 뭡니까?

—아, 이거요? 신쭈죠.

그는 천체망원경말고 몇백 근은 됨직한 구리덩어리도 함께 들고 나왔다.

—그건 또 왜?

—군자금이죠.

—군자금이요!?

—별을 바라보기 위한 것이죠.

그로부터 혜성이 나타났다는 말을 들은 나는 터럭만한 의심도 품지 않고 숨을 헐떡이며 옥상으로 올라갔다. 그리고는 그가 새로 발견한 혜성을 향해 고정시켜놓은 길다란 천체망원경의 접안 렌즈에 허겁지겁 눈을 붙였다. 과연 무수히 빛나는 별 사이로 유달리 긴 꼬리를 달고 있는 밝은 별이 눈에 들어왔다. 나는 흥분했다.

"강형! 축하해요. 당신은 지금 세계적인 발견을 한 거야! 우리 이럴 게 아니라 빨리 방송사나 신문사에 알립시다. 지금 당장!"

그러나 그는 움직이지 않았다. 그저 빙긋이 웃는가 싶더니 망원경 끝에서 뭔가를 확 벗겨냈다. 그러자 방금 전까지 내 시야에 들어왔던 밤하늘 대신 새로운 밤하늘이 나타났다. 내가 들여다보고 흥분했던 밤하늘의 혜성은 다만 그가 망원경 끝에 붙여놓은 얇은 한 장의 그림이었을 뿐이었다.

"미안스럽소, 김형. 아내 생각에……"

나는 어이가 없어 아무 말도 꺼낼 수 없었다. 옥상 난간에 기대 담배를 빼어물었지만 생각할수록 화가 머리끝까지 치밀어 올랐다. 골탕을 먹어서가 아니었다. 죽은 아내의 환영(幻影)에 붙들려 갈수록 자신을 마모시키는 그가 너무 매욱해서였다.

다 탄 담배꽁초를 손끝으로 튕겨버린 난 천천히 그의 천체망원경으로 걸어갔다. 그리고는 망원경에 손을 얹자마자 있는 힘을 다해 끌어당겼다. 망원경은 생각보다 무거웠다. 그것을 끌어안은 나는 상가 뒤쪽의 텅텅 빈 주차장 밑바닥으로 서슴없이 내던져버렸다. 나의 돌발적인 행동에 놀란 그는 한동안 입을 쩍 벌리고 서 있더니 그 자리에 덜퍼덕 주저앉아 자신의 머리칼을 마구 쥐어뜯기 시작했다.

—우우우우……

그 뒤로 그와 나의 관계는 다시는 회복되지 않을 것 같았다. 그가 혹시 상심해서 자살이라도? 그런데……

"김형, 오랜만이오."

보름쯤 뒤 그가 싱글벙글 웃으며 약방 문을 기운차게 열고 들어오는 것이 아닌가. 나는 카운터에서 엉거주춤 일어섰다. 왜냐하면 그의 곁에는 바로 그 벙어리 아가씨 허난주가 다소곳이 서 있었기 때문이다.

"그 동안 신세 많이 졌시다. 나 곧 여길 뜹니다."

"뜨다뇨?"

나는 두 사람을 번갈아 쳐다보며 물었다.

"이 사람 고향으로 갈랍니다."

"이 사람이요……? 아항!"

난주씨가 숙였던 고개를 들어 나를 쳐다보며 수줍은 듯이 미소지었다.

"예. 거기 가서 웬만하면 자전거포나 전파상 차리고 텃밭 좀 일구면 되지 않겠소?"

"그래요? 아유, 헤어지게 된다니 섭하긴 하지만 정말 잘된 일이에요."

약방 문 멀리까지 따라나간 내게 그가 손바닥으로 입을 가리고 귀엣말을 쑤셔넣었다.

"김형이 천체망원경을 산산조각 내는 순간 문득 깨달았시다. 죽은 아내는 환각일 뿐이라는 걸. 이 처자하고는 그간 이심전심으로 통하던 차라 서로 마음을 정했수다."

나는 그 벙어리 아가씨와 지붕 위의 남자의 다정한 뒷모습을 바라보면서 콧잔등이 시큰해졌다. 갑자기 한 편의 시가 아침해처럼 막 떠오르려 했다. 그때 약방을 찾은 손님이 내 뒤통수에 대고 소리를 쳤다.

"이봐요, 약국 아저씨 쌍화탕 한 병 빨리 주세요."

"아 예 곧 갑니다, 가!"

나는 힘차게 대답하며 돌아섰다.

(『기업과문학』 1996년 9 · 10월호)

울프강의 세월

지난 칠 년간 나는 어딘가에서 강선태와 다시 마주칠 것이라는 막연한 느낌에 사로잡혀왔다. 우린 그렇게 가뭇없이 사라지고 말 인연일 수가 없었다. 아마도 지방 도시의 허름한 버스터미널이나 시골 다방 안, 혹은 갯가의 비릿한 어물 시장에서 우연히 맞닥뜨리게 될지도 몰랐다. 최근 들어서는 아무래도 갯가 쪽이 유력해 보였다. 이 년 전에 그가 자갈치시장에서 등에 칼을 맞고 죽었다는 뜬소문이 나돌기도 했다. 물론 나는 믿지 않았다. 그는 절대 칼 앞에서 등을 돌릴 위인이 아니었다.

그가 갯가 출신인지는 분명치 않다. 돌이켜보건대 길데없는 서울 말씨였던 그에게 갯가 쪽 억양이나 사투리가 섞였던 경우는 없었다. 다만 내 짐작일 뿐이다. 항상 버석 마른 입술과 오른쪽 어금니가 드러나 보이도록 입가 한쪽으로 실그러지는 미소가 짠 소금기를 머금은 갯가 바람에 익은 것이라는 인상을 받았다. 그렇다면 내가 강선태를 다시 만난 곳이 남도의 한 쇠락한 항구 도시에 있는 대학 교정에서였으니 갯가 쪽이라고 한 내 짐작이 절반 정도는 들어맞은 편이다. 하지만 대학 교정 안이라는 건 천만 뜻밖이었다. 나는 내 박사논문 지도교수를 맡았던 탁경진 교수와 그 대학 문과대 학장인 황호연 교수가 막역한 사이여서 두 학기째 전공과목 시간강사로 나가던 터였다.

하루는 두 시간 연속의 한국근대문학사론 강의를 마치고 나오는데 콧잔등에 주근깨가 호로록 올라붙은 과사무실의 미스 배가 학장님이 기다린다는 전갈을 해왔다. 학생식당에서 얼른 이른 점심을 때우고 올라가는 길에 대전에 들러 한 탕을 더 뛰어야 하기 때문에 시간이 빠듯한 처지였다. 그러나 이 중차대한 시기에 학장이 부른다면 만사를 제쳐두고 뛰어올라가지 않을 수 없는 일이었다.

왜냐하면 삼 주쯤 뒤에 근대비평 전공 분야의 전임강사를 공개 채용하는 한 과정으로서 서류 심사를 거쳐 올라온 네 명의 지원자가 '전향문학론' 이라는 제목으로 공개 연구수업을 하기로 돼 있었던 것이다. 일종의 백일장을 치르는 셈이었다. 지방 사립대인 만큼 학장의 입김을 조금이라도 가까이에서 쏘여두는 게 나은 터라 나는 옷매무새를 여민 다음 학장실 문을 두드렸다.

"용선생 어때요? 잘돼갑니까?"

"되는 것도 없고 안 되는 것도 없습니다."

"허허 준비 잘하셔야죠. 지원한 선생들이 서류상으로는 다들 고만고만하셔 가지고 아마 교수들이 전체적으로 평점을 매길 때 이번 공개 연구수업이 적잖은 참고가 될 듯해요."

"명심하겠습니다."

"그건 그렇고, 그럭저럭 점심시간이 다됐는데 식사나 같이 하고 가도 되겠죠?"

"아 예, 그러시죠 선생님."

밥 먹고 커피광인 그와 어차피 차까지 마신다면 애초 십오 분 정도로 쪼개놨던 점심시간이 적어도 시간 반은 잡아먹힐지도 몰랐다. 그러나 이런 자리도 흔치 않겠다 싶어 다음 강의 중 한 시간 정도는 까먹을 각오를 하지 않을 수 없었다.

그런데 사실 강사료의 몇 곱이 드는 비행기 삯을 마다지 않고 다니는 '경력 관리형' 들과는 달리 나 같은 '생계형' 시간강사한테 이렇게 한 군데에서 노닥거릴 시간은 많지 않았다. 국공립대 교수들이 일 주일에 보통 여섯 시간 강의를 하고 일반 사립이나 지방대에선 평균 아홉 시간을 맡는다. 가끔 열한두 시간을 하는 사람도 있지만 최소한 사년제 대학에선 그런 경우는 거의 없다. 그런데 내가 맡은 강의 시간이 믿지 않을는지 모르지만 일 주일에 자그마치 스물두 시간이다. 게다가 이번 학기에는 운이 나빠서 그런지 수도권 대학은 한 군데도 걸리지 않고 제주도만 뺀 나머지 네 개 도에 띄엄띄엄 걸쳐 있어 일 주일마다 전국 순례를 하는 셈이었다. 요즘에는 꾀가 생겨 두 시간이나 세 시간을 연속 강의로 묶어놓고는 끄트머리의 한 시간쯤은 도마뱀 꼬리처럼 은근슬쩍 잘라먹어 강의표에는 스물두 시간이지만 실제 내가 손가락에 분필을 묻히는 시간은 열여덟 시간이다.

가능한 한 지방 나들이를 줄이기 위해 나흘에 몽땅 밀어넣다보면 시간이 서로 겹치지 않도록 조정하는 것도 대단한 곡예였다. 어지간한 대수학적 능력이 없으면 자칫 다른 대학에서의 강의 시간이 서로 꼬리를 물거나 심지어는 일부가 겹치는 경우도 있어 무척 애를 먹곤 했다. 대학과 대학 사이의 강의 간격을 보통 두 시간으로 잡아놓는데 그 시간 안에 도 경계선을 넘어서려면 오후의 고속도로에서 목숨을 걸어야 한다. 그나마 무역 오퍼상을 하는 큰처남이 재작년에 십삼만 킬로까지 뛰고 물려준 구십년식 헌털뱅이 승용차가 시속 백이십 킬로가 넘으면 차체가 심하게 떨리는 것을 빼고는 아직까지 큰 탈 없이 굴러가주는 바람에 이런 아슬아슬한 전국일주가 가능했다. 학생식당에서 미역국에 만 불어터진 밥알을 삼키는 경우는 양반이고 대부분 달리는 차 안에서 퍽퍽한 햄버거나 식빵 쪼가리로 때우는 경우가 허다했다.

하지만 그나마 나처럼 강의 시간을 많이 챙길 수 있는 것도 다행인지도 모른다. 주변에는 열 시간 미만의 강의밖에 따내지 못하고 그나마 부수입도 없는데다 맞벌이가 아닌 경우도 많다. 그런 사람은 기껏 한달 수입이 육십만원을 넘기가 힘들다. 그에 비하면 나는 강사료만도 백만원이 넘고 또 신춘문예로 등단한 평론가라는 타이틀이 있어 한 달에 한두 꼭지 정도는 원고 청탁이 들어오는 편이어서 강의가 없는 하궁기(여름방학)나 동궁기(겨울방학)를 감안하더라도 그럭저럭 월수입이 백삼사십만원은 된다. 게다가 마누라가 알음알음을 통해 입시학원이나 학력고사평가원 같은 데서 고교생들 논술 답안지를 장당 만원씩에 채점해주는 빨간 사인펜 선생님이라는 부업거리를 짬짬이 물어들이지 않는가.

"더위가 한결 수그러들었지요?"

"예 선생님."

황교수는 문과대 식당으로 가지 않고 도서관 뒷길을 거쳐 공과대 식당 쪽으로 난 길을 잡았다. 고혈압이 있는 그는 문과대 찬은 너무 짜고 조미료를 남발한다며 푸념을 했다. 식당에서 돌아올 때는 공과대와 자연대를 가르는 길을 택했다. 길 아래쪽에는 농구장이 서너 면 들어서 있었다. 막 점심을 욱여넣고 나온 학생들이 러닝셔츠 차림으로 뽀얀 먼지를 일으키며 농구에 열중하는 모습이 보였다. 붉은색 공을 쫓아 손을 뻗으며 발로 땅을 박차는 젊은 그들의 구릿빛 어깨 위에는 서걱서걱한 소금기가 햇빛을 받아 희끗희끗 빛났다. 주변 나무 그늘에서 가슴에 책을 껴안고 구경을 하던 몇몇 여학생들이 농구대가 철렁거릴 때마다 소리를 끼약끼약 질렀다.

"선생님, 젊음이란 그 젊다는 사실 하나만으로도 보기에 좋은 것 같습니다."

"그래요? 지금 용선생 나이가 몇이지?"

나는 속으로 아차 싶었다.

"아유 죄송합니다, 선생님. 제가 외람되게 나이를 들먹거려서요. 왠지 저 학생들을 보니 뜬금없이 그런 생각이 들어서요. 소띱니다."

"소띠라! 그럼 작은 나이가 아니네 뭐. 서른여섯 아냐?"

"예."

"고빈데……"

"예에……?"

"아닐세."

황교수는 내가 알아들을 듯 말 듯하게 중얼거리며 고개를 주억거렸다. 나는 땀이 배어난 손바닥을 바지 재봉선 따라 쓱쓱 문지르며 농구장을 내려다보았다. 그런데 유독 행동이 느려터진 학생이 하나 눈에 띄었다. 다른 학생들은 신세대답게 색상이 있는 러닝 셔츠를 입었는데 그는 흰 반팔 러닝셔츠에다 종아리께까지 걷어올린 면바지를 입고 머리도 어깨까지 내려올 만큼 치렁치렁했다. 나는 눈이 부신 듯 양미간을 찡그렸다. 그리고는 입을 반쯤 벌린 채 아 하는 탄성음을 자아냈다. 어디서 많이 본 얼굴이었다. 나는 그 자리에 우뚝 섰다. 황교수가 뒤를 돌아다보았다.

"용선생 왜 그래요?"

"아 예, 아는 사람인가 싶어서요."

내가 막 돌아서려는 순간 선 밖으로 나가려는 공을 코트 안쪽으로 쳐넣으려고 뛰어오르다 아우돼버린 그 사내가 옆구리에 땀 묻은 공을 끼고는 나를 힐끗 바라보았다. 그도 처음엔 좀 놀라는 기색을 띠었지만 곧 미소를 베물며 나머지 한 손을 번쩍 들어보이는 것 같았다. 나는 손등으로 먼지바람이 들어가 껄끄러워진 눈시울을 비벼댔다.

"자, 갑시다. 방에서 내가 새로 들어온 헤이즐넛 커피를 맛 좋게 우려줄 테니."

"아, 예예."

그날 이후로 나는 황교수의 호의로 마침 비어 있는 그 대학의 독신자 아파트를 한 달 동안 마음대로 빌려 쓸 수가 있는 열쇠를 건네받았다. 한곳에 차분히 눌러앉아 공개 연구수업 준비를 하라는 배려였다. 마침 중간고사와 학술제 등의 행사가 겹치는 시기여서 돌아다닐 데가 많지 않았다. 나는 거기서 교안을 짜기 위해 머물 때 틈만 나면 학교로 나와서 농구장 근처를 배회했지만 그를 다시 볼 수가 없었다. 하지만 그가 바로 강선태일 것이라는 확신에는 흔들림이 없었다.

그는 특이한 용모 때문에 신입생 환영회 때부터 눈에 띄었다. 재수생 출신임을 표나게 내세우는 치렁치렁한 머리칼이 한 달에 한 번은 감는지 마는지 기름때에 절어 이삭이 몇 갈래로 져 있었다. 그리고 새카만 고무신을 꿰차고 나타났는데 짧은 검정 바바리 코트를 갑옷처럼 전면에 내세우고 있었다.

야, 거기 강선태 휘줄그리하게 처박혀 있지 말고 노래나 한 곡 제껴봐라.

선배들이 한구석에 처박혀서 막걸리잔이나 뒤집고 있는 그에게 불쑥 노래를 시켰다.

노래는 못 함다!

그는 겸연쩍은 듯 씨익 웃었는데 입이 어찌나 큰지 웃을 때 드러난 잇바디가 얼굴 아래쪽을 거의 다 차지했다. 특히 앞의 두 옥니는 코미디언처럼 시커멓게 죽어 있었다.

야, 선배가 부르라면 불러야지. 거시키로 밤송이를 까래도 까는 게 신입생 환영식의 불문율이야.

그럼……

그는 두 손을 가지런히 앞으로 모아 쥐고 음악 시간에 배운 가곡이나 건전가요도 아닌, 그렇다고 유행가도 아닌 정체 불명의 가락을 뽑아냈다.

……그리운 시절은 가고 즐겁던 시절도 잠시~ 기쁨에 찼던 옛날이 그립구나~……

야, 침 튄다, 왕침 튀어. 근데 거 좆나리 고상한 노래 같은데 제목이 뭐야?

천재 작곡가 볼프강 아마데우스 모차르트가 천칠백팔십육년 작곡한 오페라 〈피가로의 결혼〉에 나오는 백작부인의 아리아입니다. 바람둥이 남편 알마비바 백작이 몸종 피가로와 결혼할 약혼녀 스잔나를 넘보자 백작부인이 백작을 혼내주기 위해 스잔나와 협동하는 대목인데 그 둘이서 부르는 이중창 〈저녁 바람처럼 부드럽게〉는 언제 들어도 가슴을 촉촉히 적시는 절창이죠, 예.

뭐 오페라 아리아! 볼프강 아마데우스? 와하하하! 야 너 실연했냐? 생긴 것 답지 않게 왜 이래? 이거 촌놈들 주눅들어서 살 수가 있나. 그러고 보니깐 아까 입학 소감 말하라고 할 때도 너 뭐라고 했지? 그때도 또 볼프강 어쩌구 했지? 그래, 뭐 요한 볼프강 괴테의 『파우스트』를 인용하면서 거 되게 근사하데. 악마 메피스토펠레스에게 영혼을 판 파우스트처럼 돼보자 응? 그렇게 한 번쯤 자신의 영혼을 걸고 악마와 도박을 해보지 않는 청춘이란 잿빛 그 자체이며 무의미하다 그랬지. 맞지?

……

야야, 그러지 좀 말고 우리 같은 천민 수드라 계급들도 이해할 만한 노래로 제발 불러주라 응.

꼭 그렇다면 분위기를 조져도 제게 책임을 물을 순 없음다……

하면서 그는 허리를 구부정하게 숙이고 두 손을 들어 기타를 치는 듯한 자세를 잡고는 온몸을 해면처럼 흐느적대며 노래를 불렀다.

한 번 보고 두 번 보고 자꾸만 보고 싶네~ 짠짜잔짜잔 짜자자자잔 짜짜 잔짠~

아름다운 그 여인을 자꾸만 보고 싶네 헤이~ 짠짜잔짜잔 짜자자자잔짜짜 잔짠~

거기까지는 잘 나갔다. 그런데 그가 갑자기 가사를 바꿔 부르기 시작했다.

한 번 하고 두 번 하고 자꾸만 하고 싶네~ 짠짜잔짜잔 짜자자자잔 짜짜 잔짠~

아름다운 그 여인과 자꾸만 하고 싶네 헤이~ 짠짜잔짜잔 짜자자자잔짜짜 잔짠~

그는 거의 직각으로 허리를 굽힌 채 하늘로 향한 엉덩이를 앞뒤로 외설스럽게 흔들어댔다. 그러자 좌중에서는 환호와 탄식과 비명이 뒤섞여 터져나왔다.

한 번 빨고 두 번 빨고 자꾸만 빨고 싶네~ 짠짜잔짜잔 짜자자자잔 짜짜 잔짠~

아름다운 젖꼭지를 자꾸만 빨고 싶네 헤이~ 짠짜잔짜잔 짜자자자

잔짜짜 잔짠~

여학생, 특히 숫기가 없는 신입 여학생들의 귀밑 뺨들이 불그레하게 물들었다. 그러나 강선태는 아랑곳없이 허리를 숙인 채 몸을 계속 흐느적거리며 두 손을 허공으로 뻗어 돌리며 가사에 맞는 시늉을 해 보였다. 누군가 젓가락으로 술상을 두드리며 장단을 맞추자 다들 따라서 했다.

한 번 돌리고 두 번 돌리고 자꾸만 돌리고 싶네~ 짠짜잔짜잔 짜자자자잔짜짜 잔짠~

그가 엉덩이를 들썩들썩하며 빙그르르 한 바퀴 돌리다 앞뒤로 절도 있게 한 번 흔들었다. 그러자 구석에 앉아 있던 어느 여선배가 막걸리가 출렁거리는 잔을 그의 등짝을 겨냥해 던졌다. 뭐 하는 짓이야! 퇴폐적 행태를 즉각 중지하라! 뿌연 막걸리가 팔레트에서 쏟아진 물감처럼 그의 등짝으로 흘러내렸다. 그러나 그는 표정을 바꾸지 않았다. 입가는 더 헤벌쭉하게 벌어졌다.

아름다운 그 늪에서 자꾸만 돌리고 싶네 헤이~ 짠짜잔짜잔 짜자자자잔짜짜 잔짠~

막걸리잔을 집어던진 여선배를 따라 신입 여학생들 몇이 따라나갔지만 좌중의 분위기는 걷잡을 수 없이 달아올랐다. 끝내는 강선태가 신고 온 때가 새까만데다 고린내가 코를 문드러지게 하는 고무신으로 막걸리를 돌려 마시기까지 했다.

신입생 환영회 이후 그는 잠깐 볼프강이라는 별명으로 불렸는데 어느새 울프강으로 바뀌었다. 하긴 독일어식으로 읽으면 볼프강이고 영어식으로 읽으면 울프강일 테니 큰 차이는 없는 터였다. 굳이 어원을 따져본다면 wolfgang의 '-gang'은 고대영어 'gangan'에서 유래하여 'go, walk'의 어원에 해당했다. 따라서 그 말은 '나아가는 늑대 또는 냉혈한, 호색한'이라는 뜻을 담고 있었다.

내가 청암(靑岩)문학회에 든 것은 순전히 그의 권유에 따른 것이었다. 첫 강의가 시작된 지 열흘쯤 지났을까. 강의실을 찾느라 종종걸음을 치는 나를 자장면과 가락국수만 파는 사범대 옆의 깡통식당 앞 나무 밑에 앉아 있던 울프강이 불러세웠다.

헤이 수찬, 수찬 용수찬!

어, 울프강 여기서 뭐 해?

그는 대낮부터 막걸리통을 끌어안고 있었다. 눈자위는 너구리처럼 둥그렇게 불콰해 보였다.

좀 앉지.

수업 있는데.

그래두…… 너랑 얘기를 하고 싶어서.

얘기? 그런데 너 이렇게 술을 마셔도 돼?

그가 물을 먹어 쭈글쭈글해진 종이컵에 막걸리를 따라주기에 내가 물어보았다. 그는 내게 귓속말로 두런거렸다.

괜찮아…… 너도 이젠 새던 수도꼭지 다 아물었지?

나는 얼굴이 빨개진 채 주위를 두리번거리며 고개를 끄덕였다. 사실 신입생 환영식을 하던 날 선배 서넛을 따라 청량리 오팔팔까지 진출했다. 그 일행에 울프강도 끼어 있었는지는 술이 너무 취해 잘 기억나지 않았지만 아무튼 나는 어느 선배의 뒤꽁무니를 따라 삐그덕삐그덕 비명을 지르는 층계를 밟으며 이층 다락방으로 기어올라갔다. 그리고는 재수 시절까지 합해 통산 세번째로 여자와 한자리에 눕게 되었다. 여자의 얼굴도 잘 떠오르지 않았다. 다만 내내 껌을 딱딱 씹으며 천장을 바라보고 있었다는 것, 그리고 아래쪽의 그것보다는 가슴을 더 만지고 싶어한 나에게 신경질을 부리며 윗도리를 더이상 말아올리지 않았다는 것밖에는 기억이 희미했다. 그리고 사흘인가 나흘 뒤부터 수도꼭지가 새기 시작한 것이다. 나는 기본열람실에서 의학 코너의 책을 참고해서 그게 임질임을 알았고 학교에서 몇 정거장 떨어진 시장통의 골목에서 찾아낸 허름한 이층 비뇨기과 의원을 찾아가서 주사를 맞고 약을 타 나오다 층계 앞에서 울프강을 만났다.

어?

응?

나는 인사도 나누지 못한 채 아래로 깐 눈길을 밟으며 허둥지둥 도망치듯 그 자리를 피했다.

야, 우리 구멍동서인지도 모르는데 기왕이면 서클도 같이 하자.

뭔데?

문학회……

그때 그의 손에 이끌려 문학회에 가입했기에 이학년 때 국문과를 택하고 분필 보따리 장수로 연명해가는 것인지도 몰랐다. 그런데 과연 교수가 될 수 있을까? 시간강사에도 정년이 있는데 나한테 남은 시간이래봤자 칠팔 년에 불과했다. 혹시 이번에 어떻게 운때가 맞아서 잘…… 아냐…… 분명히 남 몰래 빽 쓰고 뒷돈 쓰는 개 같은 자식들이 있을 거야.

등나무로 틀을 곁고 대나무 껍질을 쪼개 등받이를 댄 의자에 앉아 몸을 앞뒤로 흔들던 나는 마침 독신자 아파트의 지저분한 벽 위를 슬금슬금 기어가는 바퀴벌레를 발견했다. 등에 검은색 빛이 반질반질하고 날개까지 돋은 놈이었나. 깁지기 손을 운찔거리는 바람에 운두가 낮은 잔에서 뜨거운 커피가 손등으로 넘쳐흘렀다. 바퀴벌레는 내가 가장 싫어하는 곤충 중의 하나였다. 나는 이를 악물고 탁자 위에 펼쳐진 스포츠신문을 주섬주섬 말아쥐며 까치발을 디뎠다. 박살을 내야 돼, 어둡고 퀴퀴한 곳에서 정의로운 밥그릇 위에 구역질나는 유충을 슬어놓는 놈들은! 멀리서는 굼뜨게 보이다가도 위기가 닥치면 발휘되는 녀석의 날렵함을 잘 알고 있는 나는 정신없이 신문지 뭉치를 휘둘러댔다. 그러나 벽에도 신문지에도 녀석이 피살당한 흔적은 눈에 띄지 않았다. 그때 초인종이 울렸다. 문을 열어주니 기한을 하루 넘겨서 중간고사 리포트를 써온 남학생이었다.

들어오지.

늦어서 죄송합니다, 선생님.

마감 기한을 넘기면 감점 대상이야. 잘 알지? 그래야 공평하지 않겠나? 그래, 거기다 놓아도 돼.

채만식의 글쓰기 무대가 됐던 그 도시에 여전히 남아 있는 작품 속의 건축물에 대한 답사기를 쓰라는 것이 과제의 내용이었다. 그 도시는 사실 일제 시대의 거리와 건축물을 고스란히 유지하고 있어 작품 속의 중심 무대가 바로 현실적인 풍경이기도 했다. 그만큼 낙후했다는 반증이기도 했지만 그 때문에 『탁류』에서 유부녀를 겁탈하고 몽둥이에 맞아죽는 은행원 고태수가 다니던 ××은행, 즉 조선상업은행 건물을 비롯해, 정주사의 큰딸 초봉이를 겁탈하고 급기야는 초봉의 발길질에 불알이 터져 죽는 장형보가 일하던 미두취인소(곡식 거래소) 건물이 완벽하게 남아 있고 세관, 해안통의 창고 등도 예전의 모습을 변함없이 지니고 있었다.

출석은 잘 하고 있나?

예, 교수님 그런데요 말입니다……

뭐가?

저번에 교수님이 수업 시간에 지나가듯이 말씀하신 사람 말입니다.

그런데?

가만히 생각해보니 사실 제가 좀 알 것도 같아서요.

어떻게?

저도 농구 허벌나게 좋아하잖습니까 잉? 근디 며칠 전에 여객 터미널 쪽 어디 술집에 우연히 친구들이랑 갔었는데 거기서 본 것 같아서요.

나는 그 학생이 호주머니 속에서 만지작거리고 있는 걸 뚫어져라 쳐다봤고 그러자 하는 수 없다는 듯 그는 선전문구 스티커가 붙은 일회용 라이터를 내게 건네주었다.

이 술집입니다.

나는 속으로 틀림없군 하고 짧게 외쳤다. 담뱃불로 지진 듯한 흔적이 남은 뒤쪽에는 약도가 그려져 있었다.

— 스탠드바 태양의 집! 시내 최고의 젊고 싱싱한 미녀 30명 총집합! NO. 8 로맨스의 황제 울프강을 찾으시면 최고의 만족 OK! 완벽 책임.

알았어. 일러줘서 고마운데 그만 가봐.

무심코 라이터불을 켜보니 쉭 소리를 내면서 불꽃이 이마까지 솟구쳐올랐다. 머쓱한 표정을 지은 나와 학생은 서로의 얼굴을 바라보며 싱겁게 웃었다. 나는 학생을 따라나가 현관문을 잠그기 위해 의자에서 일어났다. 그런데 몇 발짝 떼지 않아 발뒤꿈치에서 스낵 과자 부스러지는 듯한 소리가 빠그작 하고 들렸다. 나는 그 자리에 얼어붙은 채 눈동자를 좌우로 굴렸다. 장판과 발바닥 사이에서 적척한 느낌이 퍼지는 순간 나는 그게 방금 전에 반쯤 때려잡았다가 놓친 바퀴벌레임을 직감했다.

바퀴벌레를 유독 두려워하는 나와는 달리 울프강은 바퀴벌레의 천국인 서클룸 소파에서 그들과 거의 함께 서식하다시피 했다. 당시는 학교 쪽이 서클룸에서 밤을 새지 못하도록 통제를 하던 시절이었지만 그가 거기서 먹고 자는 건 틀림없어 보였다. 애들한테는 학교에서 거리가 좀 떨어진 산동네에서 자취를 한다고 했지만 밤늦게까지 술을 먹다가 학교 주위의 하숙집이나 자취방으로 몰려가 자는 경우를 빼고는 그는 학교 쪽으로 사라지곤 했다. 그는 내게 바퀴벌레의 몸속에는 비타민X가 풍부하다고 어거지를 썼다. 그리고 그 비타민은 혀의 종창, 신경과민, 현기증, 눈까풀 떨림 등의 증상에 특효여서 인간들이 한번 이용해볼 만하다고 너스레를 늘어놓는 것이었다. 실제 그는 우리들을 상대로 숱한 임상 실험을 거친 듯한데, 한번은 내게 술자리 한가운데 놓인 곱창전골에 두 마리의 바퀴벌레 시신을 넣어 비타민X를 보강했다고 귀띔해주었다. 그 순간 비위가 약한 나는 숟가락을 놓고 술맛도 떨어졌지만 여러 사정을 감안해 전골 냄비 안으로 부지런히 숟가락질을 하는 아이들을 말리진 못했다.

울프강은 일학년 때부터 문학회 안에서 단연 뛰어난 문재(文才)를 보여줬다. 세계 문학사는 물론이고 우리나라 문학사에 대해서도 일정한 식견을 갖추고 있어 논쟁이 붙으면 절대 말발에서 달리는 일이 없었다. 선배들도 그가 가장 싹수가 있다고 칭찬을 아끼지 않았다. 약간의 표절 시비가 뒤따르긴 했지만 일학년 말에 응모한 대학 문학상 현상공모에서 아깝게 본선 탈락하기도 했다. 그러나 그는 과작이었다. 그가 일학년 내내 주위에 보여준 시는 그 본선 탈락한 시를 비롯해 딱 두 편뿐이었다. 왜냐하면 그가 학기 초부터 일학년은 술의 해로 삼겠노라고 공언하며 항상 취해 다녔기 때문에 아마 시를 쓸 만한 여유가 없었는지도 몰랐다.

이학년이 되면 폭발적으로 시를 쓰겠다고 하더니 그는 또 연애의 해로 삼겠노라고 선언하고 나섰다. 그 때문에 주변에서 아연 긴장한 사람들이 한둘이 아니었다. 기타 연주 솜씨가 뛰어날 뿐 아니라 그의 기이한 행태는 당시의 암울한 분위기와 맞아떨어져 일부 여학생들 사이에서 묘한 감정과 연민을 불러일으켰다. 소문에 따르면 그는 점찍은 여학생들은 어떤 방법을 동원하든 다 자기 편으로 만들었다고 했다.

그가 제일 즐겨 쓴 최후의 설득 방법은 '아침이슬' 전술로 알려져 있다. 끝까지 호락호락하지 않은 여학생의 하숙집이나 자취방(그는 특히 지방 출신 여학생들을 집중 공략했다고 한다) 앞에서 담요나 신문지 쪼가리를 뒤집어쓰고 밤샘을 하다가 새벽녘에 이슬을 털고 일어서며 김민기의 〈아침이슬〉을 구슬프게 불러준다는 것이었다.

그러다가 철학과의 같은 학번 덕근이한테 얻어맞기도 했다. 덕근이가 짝사랑한 여학생은 불문과 소속이었다. 항상 어깨 위로 분홍빛 망토를 걸치고 다닌 그 여학생은 그러나 덕근이를 본 체 만 체하였다. 그런데 속을 끓이고 있던 덕근이한테 그 여학생이 울프강한테 함락됐다는 소문이 전해졌다. 그 며칠 뒤 학교 앞 막걸리 전문 한잔집에서 덕근이를 만난 울프강은 술에 취해 이기죽거리다가 흠씬 두들겨맞았다. 그때 울프강은 병원으로 실려가 왼쪽 눈썹 아래 눈자위를 여덟 방이나 꿰매는 중상을 입었다. 그러나 당분간 울프강을 학교에서 볼 수 없을 것이라는 주위의 희망 섞인 관측을 깨뜨리고 그는 일 주일 뒤 실밥이 너덜너덜하고 퉁퉁 부어오른 눈으로 학교에 미완성의 프랑켄슈타인처럼 모습을 드러냈다. 그리고 그의 손에는 병상에서 구상했다는 시가 적힌 누런 원고지 뭉치가 쥐어져 있었다. 제목은 '한잔집에서 눈탱이가 밤탱이가 되던 날' 이었다.

……우리를 사랑하는 긴 잎새들 위에 가을이 왔네 / 사랑이 시드는 시절이 닥쳐와도 / 우리의 손이 이렇게 덧없이 흩날릴 수는 없네 / 꼭 쥔 주먹의 광채만이 번뜩이던 한잔집에서 / 눈탱이가 밤탱이

가 되던 날 / 난 알았네 / 허리 잘린 휴전선 이남의 반도에서는 청춘도 유죄라는 것을 / 서로가 서로에게 무덤인 까닭을 / 삶이여, 육체들 사이로, 날카로운 철책선 사이로 포복하거라 / 그런 아픔이 우릴 깨우는 한 우리는 날 수 있네 / 날아야 하네 / 그렇다네 / 주먹은 그대의 절망에서 시작되어 나에게서 사랑으로 끝나네……

그가 이학년 때 쓴 유일한 이 시는 어김없이 표절 냄새가 짙음에도 불구하고 여학생들의 열화와 같은 요청에 의하여 그해 문학회 회보 표제시로 오르지 않을 수 없었다. 그러나 울프강은 한 번 찍어 함락시킨 애와는 석 달 이상을 끌지 않는다고 했다. 그런데 하필이면 이학년 말에 가서 내가 사귀고 있던 독문과의 김량혜숙과 울프강이 그렇고 그런 사이라는 소문이 나돌았다. 아닌게 아니라 혜숙(량혜숙이라고 부르기가 껄끄러워 그냥 혜숙이라고 불렀다)이가 부쩍 나를 피하는 낌새를 느낀 나는 그녀를 돈암동 카페로 조용히 불러 물어보았다.

요즘 울프강을 자주 만난다면서?

그녀는 내 눈길을 외면했다. 나는 가슴속에서 뭔가 느꺼운 것이 울컥 솟구치는 걸 느꼈다. 울프강에 대한 강렬한 증오심에 가슴이 미어지는 듯했다.

미안해…… 그래서 그런 게 아니고 요즘 리포트에다 아르바이트에다 너무 바빠서 말이야.

그렇다면 미안할 게 뭐가 있어? 근데 새벽녘에 〈아침이슬〉이라도 들은 건 아니고? 어느 단계까지 갔어?

물어놓고 나니 어리석은 질문이라는 후회가 들었다.

무슨 질문이 그러니 너? 듣자듣자 하니까.

혜숙은 그제야 두 눈을 동그랗게 뜨며 나를 쏘아보았다.

내가 못 할 질문을 한 거야? 울프강 그 자식은 자신이 찍은 애하고는 반드시 석 달 안에 함께 자고 만다던데?

혜숙이 아직도 뜨듯한 결명자차 잔을 들어 내 얼굴에 뿌렸다.

울프강은 적어도 지금의 너처럼 이렇게 야비하거나 꽉 막힌 애가 아냐. 마음이 열린 애고 그리고 나름대로의 철학과 품위가 있는 애야!

철학? 품위? 야! 너 뭔지나 알고 떠드는 거야? 그 자식은 말이야, 가짜야!

나는 이 말을 해놓고 내 손바닥으로 입을 틀어막고 말았다.

가짜라니?

나는 서둘러 봉합을 해야 했다.

엉터리 같은 놈이라구. 예술가연 하면서 여자애들이나 꼬셔서 재미를 보고 헌신짝처럼 차버리는 사기꾼 같은 놈이라구!

울프강은 내 진정한 친구 중의 하나야! 니가 내 친구를 모독하는 한 너와 나의 관계는 지속될 수 없다는 사실을 명심하라구!

하마터면 가짜 학생이라는 말을 입 밖에 낼 뻔했다. 만일 울프강이 혜숙이를 다시 나한테 돌려보내지 않았다면 그가 가짜 학생일지도 모른다는 강한 혐의를 갖고 있는 나로서는 본격적인 확인이나 폭로 작업에 나설 수도 있었을 것이다. 그러나 한 달 뒤 혜숙은 아무 일 없었다는 듯 고요히 내게 '투항' 해왔다. 물론 투항 이전에 울프강의 '자수' 권유가 있었을 것이라는 짐작이 없는 바가 아니었다.

이학년 이학기를 막 등록했을 무렵 과대표를 맡고 있는 홍우가 나를 찾아왔었다. 그는 은근히 내 소맷자락을 잡아 끈 다음 상의할 일이 있다고 속삭였다.

뭔데?

니 우리 과에 강선태하고 친하지?

야, 그럼. 좀 그런 편이라고 할 수 있지.

일학년 때도 같은 반이었니?

아냐? 아마 아니지. 문과대 어문계열이 자그마치 사백 명이 넘는데 일일이 어느 반인지 학생증 확인하면서 사귀기는 좀 그렇잖아? 반 편성이란 것도 수강 신청을 위한 형식적인 구분이었는데 말이야.

걔가 좀 수상해.

뭐가?

우리 과 애들한테 뭐 조사할 게 있어서 회람을 받고 보면 꼭 그때마다 학번을 한두 자리씩 틀리게 쓴단 말이야. 사는 주소도 불명확하고 말이야.

야야, 그럴 수도 있지 뭘 그래?

아냐, 정말 이상해. 너 번거롭겠지만 나랑 같이 학적과에 가서 한번 확인해보지 않을래?

야, 어떻게 친구를 의심하는 마음으로 학적과까지 가서 신분조회를 하고 그러냐? 우리가 짭새냐? 보면 아는 거지.

나중에 큰 문제가 될 수도 있어. 내가 남 모르게 할 테니깐 넌 그저 내 곁에서 지켜만 봐줘.

에이 참, 알았어.

홍우 말대로 학적과를 찾아가 조회를 해보니 강선태라는 학생은 없었다. 둘은 어안이 벙벙해져서 밖으로 나왔다.

거 봐, 내가 심상치 않다고 했잖아. 혹시, 짭새가 보낸 끄나풀 아닐까?

설마? 홍우 너 이거 아무한테도 얘기하면 안 돼. 내가 알아서 처리할 테니까. 알았지?

언제까지나?

글쎄 내가 좀더 조사를 해보고. 선태가 아직까지 우리한테 어떠한 피해를 준 바가 없잖니. 아, 안 그래? 혹 이번 학기에 선태가 등록을 하지 않아서 학적부에서 잠시 누락됐을 가능성도 배제할 수 없으니깐 만전을 기해야 한다구.

그러나 그 사건은 흐지부지 잊혀지고 말았다. 우선 울프강한테서 그 이후로도 학생이 아니라고 의심이 갈 정도의 흔적이 터럭만큼도 눈에 띄지 않았기 때문이었다. 누구보다도 열심히 아이들과 어울려 술을 마셨고 문학회 활동에 성실하고도 적극적이었다. 선배들은 다들 그를 기특하게 여겼고 후배들은 잘 따랐다. 동기들도 그를 인간적으로 신뢰했다. 혜숙이 사건 때문에 중간에 약간 굴곡을 겪긴 했지만 그와 나는 여전히 궁합이 잘 맞는 단짝이었다.

어느 날 학교 앞 술집에서 대낮부터 술을 마시다 말고 울프강은 갑자기 자리를 박차고 일어섰다.

나 휴학계 좀 내고 올게.

어, 왜? 또 내?

응, 군대 영장이 나왔거든.

그때가 사학년 초였다. 울프강은 전에도 학교는 다니면서 일 년 휴학을 한 적이 있어 삼학년인 때였다.

그래? 그러면 빨리 학교 올라갔다 와. 환송주 좀 거하게 제끼자구!

그가 떠난 교정은 왠지 쓸쓸했다. 그가 군대로 떠난 지 석 달이나 되었을까. 어떤 영남 사투리를 진하게 쓰는 젊은 여자가 내 이름을 대며 찾았다. 처음 보는 여자였다.

저는예, 한애경이라고 합니더.

아 예, 저를 어떻게 아시고 찾아왔죠?

강선태씨를……

아, 선태요? 걔 지금 군대에서 빡빡 기고 있을걸요.

나는 반색을 시으려던 표정을 슨그머니 거둬들였다.

알구 있어예.

저희도 얘가 군대 가서 편지 한 장 없어서 지금 어디 가 있는지 잘 모릅니다.

그게 아니구예…… 그리 친하셨다니까는 저랑 어데 가서 잠깐 얘기 좀 해주이소.

나는 그제야 그 젊은 여자의 아랫배 쪽으로 눈이 갔다. 얼굴에 낀 기미하고 왠지 헐렁한 원피스 차림의 그 아가씨는 몸의 균형을 잡느라 허리를 두 손으로 짚고 있었다. 드디어 올 것이 오고야 말았다는 직감이 들었다. 나는 주위를 두리번거린 다음 서둘러 밖으로 나와 잔디밭으로 갔다. 그 아가씨는 임신 오 개월이었다.

다니던 직장도 그만 나오고예…… 집안에서는 휴가라도 나오면 예를 올리자고 닦달인데 어데 연락이 돼야 말이제예. 근데 그 사람 여기 학교 다닌 것 맞기는 맞능교? 학교 쪽에서는 그런 사람 암만 찾아도 없다고 해쌓아서 말이제예.

……

말 좀 해주이소.

우리도 처음에는 걔가 친구인 줄 깜빡 속아넘어갔죠. 그렇지만 나중에 들통이 나서 저희한테 늘씬나게 얻어터지고 무릎 꿇고 싹싹 빈 다음 다시는 이 주위에 얼씬거리지 않겠다는 각서를 쓰고 쫓겨났는데 그 길로 군대를 간 모양입니다. 이거 미안해서 어쩌죠. 단념하셔야겠습니다.

……!

그러나 울프강은 내가 이듬해 대학원 진학에 실패하고 군대 삼 년을 갔다와보니 나보다 일 년 먼저 복학을 한 상태였다. 그의 변신은 이번에도 내 상상력을 뛰어넘었다. 그는 어느새 혁명가요 이론가가 돼 있었다. 때는 직선제 개헌 투쟁이 절정에 오르던 유월 대항쟁기였다. 그를 만나려 해도 만날 수가 없었다. 그가 철민이란 가명을 쓰고 있다는 사실을 아는 데도 상당한 시일이 걸렸고 약속 장소를 숨바꼭질하듯 세 번이나 바꾸는 바람에 아주 애를 먹었다. 결국 처음 지정한 장소에서 만나게 되었지만.

그는 레인보우라는 지하 카페의 한 방에서 당시 첫선을 보인 최신 전동타자기 라이카로 뭔가 열심히 두들기고 있었다. 열 명쯤은 넉넉히 들어갈 만한 크기였지만 그 안에는 울프강 혼자밖에 없었다. 갓이 달린 알전구가 탁자 한가운데로 길게 늘어져 있어 타자기가 놓인 탁자 부분만 환했을 뿐 전체적으로는 어둑어둑했다. 푹신한 의자 한구석에 담요가 아무렇게나 구겨져 있는 걸로 봐서 이 안에서 잠도 자고 식사도 해결하는 모양이었다. 타자기 주변에는 이런저런 운동권 책자와 유인물 등의 자료들이 뒤엉켜 있어 정신이 하나도 없었다. 문을 열고 들어선 나는 너구리를 잡을 듯이 꽉 들어찬 담배연기 때문에 숨이 턱 막혔다. 그는 웅웅거리는 타자기의 전동기 소리 때문인지 한동안 내가 들어선 줄도 모르고 머리칼을 쥐어뜯다가 간간이 두 손가락으로 전화기 숫자판을 찍듯 자판기를 눌렀다. 이따금씩 유난히 굵은 마디를 지닌 손가락으로 헝클어진 머리칼을 쥐어뜯는 그는 영락없는 지하 혁명가의 모습이었다. 이윽고 그가 수면이 부족해 퀭한 눈빛으로 나를 올려다봤다.

너 왔구나.

거진 사 년 만의 해후였지만 그는 마치 어제 본 사람을 다시 만나듯 덤덤한 표정이었다.

오랜만이야.

그렇군.

그는 전동타자기의 스위치를 내린 다음 뒤통수에 손깍지를 대고 뒷몸을 뒤로 벌렁 뉘였다.

여기서 뭐 해?

후후, 그저…… 별거라기보다는…… 일종의 빰(팸플릿)이야……
보안을 유지해야 하는…… 앉아.

대단한데.

대단하긴…… 선배라면 의당 이 정도는 사상적 지도를 해줘야지 애들이 고삐 풀린 야생 망아지처럼 멋모르고 날뛰질 않지. 이리 가까이 와서 앉아.

그는 맞은편에 앉은 나를 자신의 곁으로 불러들였다.

아직 짬밥 기가 덜 빠졌구나. 몇 달 됐지?

그는 내 어깨 위에 손을 얹어놓았다.

석 달.

후후 하마터면 바리케이드를 사이에 두고 너와 내가 대치하는 운명적 국면을 맞이할지도 몰랐겠구나.

뭐 바리케이드? 야 지금이 무슨 백오십 년 전 파리혁명기냐? 국가독점자본주의 시대에?

지금은 누가 뭐래도 혁명의 만조기야. 곧 부르주아와 프롤레타리아와의 전선이 명확히 갈라져서 중간계급들이 결단을 내리는 시기가 도래할 거야. 내가 주타방으로 삼는 쪽은 동요하는 중간계급들이야.

주타방?

응 주요 타격 방향 말이야. 외곽이 든든하지 않고는 혁명이 성공할 수 없어. 주위에서는 그런 내 글의 내용이 몹시 선동적이라고 하는 모양이야. 너도 아마 이거 완성된 다음 읽으면 바로 이해하게 될걸.

그의 어조는 단호했다. 나는 어이가 없다는 표정을 지었다.

혁명 할 때 하더라도 친구가 왔으니 좀 분위기 있는 데로 가서 술 한잔하자.

안 돼! 여긴 혁명의 사령탑이야. 내가 움직일 수는 없어.

이 타자기하고 여기서 죽치는 돈이랑 다 어디서 나오는 거냐?

민중들과 각성된 중간층으로부터 나오는 것이지.

그것도 혁명세냐 그럼?

내 비아냥거림을 그는 고개를 끄덕이며 정색으로 받아들였다. 하지만 나는 그 민중과 각성된 중간층이 누구인지는 대충 알 만했다. 후배들의 빈약한 호주머니 아니면 이제 막 사회에 진출한 선배들을 반 협박해 우려낸 것일 터였다. 그로서는 참으로 좋은 명분을 확보한데다 당분간 의식주 걱정은 없이 지낼 만해 여간 다행이 아닐 터였다.

처음에 울프강을 만나러 들어갈 때는 긴장을 해서 그런지 곰팡이 같은 음모가 논의되고 스산해 보였던 그 레인보우라는 카페가 나중에 보니 일반 카페와 전혀 다를 바가 없었다. 탁자 사이사이에 커다란 이파리가 우거진 화분들이 들어서 있어 서로의 얼굴을 잘 볼 수 없고 별실로 된 방이 두어 개 있어 운동권 학생들이 많이 들락거리는 건 사실인 모양이었다. 다른 볼일로 그 뒤로도 몇 번 더 가봤지만 울프강이 '빽'을 찍고 있던 그 별실도 밖에서 훤히 들여다보이는 구조였다. 전혀 보안이 유지될 만한 장소는 아닌 것이었다. 나는 가끔 '모든 권력을 ○○○○로'라는 전단을 붙여놓은 유리문을 손가락으로 두들겨 그와 손짓으로 인사를 주고받기도 했다.

철저하지 못한 보안 때문인지 아닌지는 몰라도 울프강은 얼마 지나지 않아 한적한 오전에 속수무책으로 급습을 당했다. 그러나 불행히도 경찰이나 안기부에 의한 것이 아니라 그가 또 손을 댄 여자의 오빠들에 의해서였다. 우연하게도 나는 그 전날 레인보우에서 늦도록 술을 마시고 깜빡 두고 간 가방을 찾으러 갔다가 그 광경을 목도하게 되었다. 그는 전동타자기도 챙기지 못한 채 건장한 사내들에게 둘러싸여 양쪽 어깻죽지가 꺾인 채 카페 밖에 대기하고 있던 하얀색 프레스토 승용차에 강제로 실렸다. 나는 하는 수 없이 그 라이카 타자기를 대신 떠맡을 수밖에 없었다.

어휴, 드디어 찐드기같이 달라붙는 혹을 떼내었군. 이렇게 하면 간단한 걸 가지고 그 동안 애를 먹은 걸 생각하면……

카페 주인 아저씨는 홀가분하다는 듯 양 손을 탁탁 털었다. 정확한 것인지는 모르지만 그 급습에 카페 주인 아저씨가 깊숙이 간여한 것만은 틀림없어 보였다. 그 뒤로는 사실 그를 한 번도 대면하지 못했다. 일 년쯤 뒤인가 문학회 서클룸에 울프강에게서 시가 한 편 날아들었다. 말하자면 노동시였다. 제목은 '파업하던 날'이었다. 그의 시는 역시 표절의 혐의를 뒤엎고 후배들의 열화와 같은 지지를 등에 업고 문학회 회보의 표제시로 장식되었다.

내가 마음만 먹었다면 실제 그를 한 번 볼 수도 있었다. 그가 보낸 편지가 실마리가 되었던 거다. 그 편지지 오른쪽 밑에 성원제강이라는 마크가 찍혀 있었다. 추적 끝에 나는 그가 그 회사에 다니고 있다는 사실을 확인할 수 있었다. 내가 그를 만나고자 한 것은 다름아닌 라이카 타자기 때문이었다. 그때만 해도 꽤나 귀한 물건이었다. 그의 소유가 분명한 이상 어쨌든 그를 만나 처리를 하지 않으면 안 될 것 같았다.

그 학생 아직 안 돌아왔슈.

내가 절친한 친구라고 밝히며 학생증을 보여주자 주인집 아주머니는 그제야 뒷머리를 득득 긁으며 방문을 열어 보여줬다. 한 평쯤 될 만한 속칭 벌집이었다. 방 안에는 아침에 끓여먹다 남은 듯한 때에 전 냄비가 아무렇게나 뒹굴고 있었다.

학생이요?

야간 대학 댕기잖우? 낮에는 일하믄서.

그는 위장 취업을 한 노동 운동가도 아니고 그렇다고 생계를 위한 노동자도 아니고 여전히 학생 꼬리표를 떼지 않은 채 살아가고 있었다. 나는 방문 턱에 엉덩이를 걸치고 앉아 있다가 그를 만나는 것을 포기하고 그냥 돌아서버렸다.

이게 가짜 학생 강선태에 관해 내가 알고 또 기억하고 있는 사실의 전부이다. 아니 어쩌면 사실이 아닐지도 모른다. 그의 이름이 강선태가 아닐지도 모른다. 그의 주민등록증을 본 적이 있긴 하지만 아직도 내 주변에선 그를 순박한 열정으로 살아갔지만 현실과 부적응해서 세상 밖으로 사라진 인물로 기억하고 있는 판에 그깟 손바닥에도 차지 않는 종이 쪼가리가 무슨 소용이 있겠는가? 그렇게 따지면 또 가짜는 무엇이고 진짜는 무엇이란 말인가? 농구장에서 본 그 사내가 울프강이란 보장도 없지만 왜 나는 자꾸 그 사내가 울프강이라고 믿고 싶어지는 걸까? 그가 학생 신분이 아니었다는 의미에서 가짜라고 할 수는 있지만 인생의 다른 부분마저도 가짜라고 할 수 있을까?

아 참, 나말고도 그가 가짜 학생이었다는 사실을 아는 사람이 하나 더 있다. 김랑혜숙. 지금 집에서 아이를 재우고 열심히 고등학생 논술고사 답안지를 빨간 사인펜으로 채점을 하고 있는 내 마누라이다. 언제였던가? 결혼 직후였던 것 같은데 아마 일산에 있는 화사랑이라는 카페에서였을 것이다. 나는 정말 아무 생각 없이 울프강에 대해 얘기를 해줬다. 분위기가 좋았기에 이제는 재미있는 얘깃거리로 입에 올려도 되겠거니 생각했다. 그러나 그게 아니었다. 크게 뜬 눈을 씀벅이며 내 말을 다 듣고 난 아내는 석고상처럼 미동도 않더니 눈에서 동지 팥죽 같은 눈물을 주루룩 쏟아냈다.

그게 정말이에요?

어라, 당신 왜 이리 심각해 이거.

그렇게 풍부한 인간성과 순결한 영혼을 지닌 사람이 그런 쓰라린 상처를 내내 끌어안고 십 년 이상의 세월을 보내야 했다니 가슴이 아프고요. 정말로…… 허무하기도 하구……

낭만의 한 우상이 무너졌다고 아쉬워하던 아내도 내 공개 연구수업에 대해 은근히 기대를 거는 눈치였다. 그러나 나는 아무 말도 꺼낼 수가 없었다.

"……우리나라 비평의 현대화 과정은 전향 문제와 직결돼 있다고 할 수 있습니다. 물론 이때 전향이란 무엇인가를 일단 정의하고 넘어갈 필요가 있죠. 우선 다음 두 가지를 생각할 수 있겠는데 하나는 권력에 의해 강제되어 일어나는 사상의 변화이며, 자기 성장에 의한 사상의 굴절이 그 다른 하나라 할 수 있겠습니다. 첫번째 경우의 권력이란 물론 일제에 의해 확립된 국가 권력의 강제 가령 투옥, 처형, 고문, 생활 위협, 이권 제공 등을 의미합니다. 한편 자기 성장에 의한 자발적인 사상 전향 내지 굴절은 개인과 사회의 새로운 발견이라는 관계를 문제 삼게 됩니다. 이 경우를 세밀하게 분석하는 게 훨씬 중요한 비평사적 의미를 띱니다……"

사흘 전 나를 부른 황교수는 아주 곤혹스런 표정으로 입을 열었다. 대학발전기금 기획실장한테서 들은 얘긴데…… 현재 목표액에 훨씬 미달하고 있어 재단 고위층이 내린 결정이라고 하더구먼. 무슨 말씀인 줄 잘 알았습니다. 내가 그래도 자네가 유능하다고 우겼지. 그랬더니 깎아주더군…… 다른 사람 같으면 얄짤없이 한 장이라나. 고맙습니다 선생님. 나는 학장실을 나오면서 탁교수가 전화번호와 계좌번호를 적어 건네준 메모지를 구깃구깃 접어 호주머니 속에 아무렇게나 처넣었다.

썩은 놈들, 근데 그것만 발라놓으면 틀림없이 된대요. 아내는 전화통을 붙잡고 내게 악을 써댔다. 아 글쎄, 난 그런 추잡한 거래로 교수가 될 뜻이 전혀 없어. 무슨 소리예요. 친정집에서 마침 아파트 분양받으려고 마련해놨는데…… 대충 일 년 정도는 여유가 생긴 돈이래…… 경주에 있는 처가에서 새로 짓는 아파트에 당첨이 됐다. 그런데 그 아파트 공사장의 터를 파는 도중에 유물이 쏟아져나오는 바람에 본격 발굴작업을 거치려면 적어도 일 년 이상 입주가 늦어진다고 했다. 도저히…… 마냥 싫다고만 하면 어떡해! 누군 좋아서 이 짓 할까? 그래도 난 패가망신은 할지언정 처가망신까진 시킬 수가 없어. 그렇게 거렁뱅이처럼 이 문턱 저 문턱 보따리 싸고 기웃거리는 게 처가망신이지 처가망신이 따로 있어! 뭐야, 말 다했어? 당장 전화 끊어!

"전향자의 대부분이 자기 혹은 가족이나 자기의 계층 의식을 돌보지 않고, 빌려온 서양사상을 단지 관념적으로만 받아들였던 셈이어서 그것이 세상 물정이라는 견고한 현실에 부딪치자 산산이 공중분해되지 않을 수 없었던 거지요. 전향자, 즉 지식인 대부분이 실제 소시민에 불과하며 투사도 아니고 혁명가는 더욱 아니었고 공산주의자, 사회주의 운동가, 이 모든 것이 맞지 않는 이름들임을 깨닫는 자리에 우리 전향 문학의 문학사적, 비평사적 계보가 성립했습니다. 그리고 그 계보는 한편 달라 보이기는 하지만 본질에서는 동일한 오늘날 우리 문학의 이른바 후일담류의 계보로 이어지고 있다고 판단됩니다……"

연구수업을 마친 다음날 나는 그 라이터를 호주머니 속에 넣고 울프강을 찾아나섰다. 어떤 이유에서건 그와 나는 대학 교정에 발을 들여놓은 이후로 십육 년 간 그 울타리를 떠나지 못하고 있질 않은가. 물론 나는 시간강사 제한 연령에 걸려 길어봤자 칠팔 년 안에 이 보따리장수 노릇을 자연스레 정리할지도 모른다. 그러나 울프강한테는 혹 제한 연령이란 게 없는 것은 아닌지!

사실 나는 처음부터 그가 가짜 학생이라는 걸 알고 있었다. 그리고 언제든지 그 사실을 폭로해서 그를 완전히 파탄에 빠뜨릴 수도 있었다. 그러나 그렇게 하지 않았다. 그렇다면 은근히 즐긴 것인가, 나는! 그렇다면 그건 죄악인지도 몰랐다. 그는 어쩌면 내게 이렇게 항의할지도 모른다.

—니가 잘 알잖아. 난 강선태 아니 울프강이라는 이름으로 불리던 80년대 내내, 꽃 같은 이십대의 십 년을 고스란히 나 아닌 어떤 허상에 바쳤어. 설혹 내 이름이 이젠 강선태가 아니고 엄선태라고 불린다 치자. 어느 게 진짜 나야? 잃어버린 그 세월에 내 순결한 청춘도 영혼도 추억도 고립된 채 다 묶여 있어. 차라리 네가 나를 폭로해버렸다면 당시는 아팠을지도 모르지만 난 내 세월을 이렇게 잃어버리지 않았을 텐데 하는 생각도 들어. 쓸데없는 짓이지만. 아무리 해도 보상받을 순 없지만.

나는 이런저런 생각에 잠겨 뉘엿뉘엿 바다 속으로 빠져드는 해를 바라보며 해안통 어물 창고들을 따라 걸었다. 군데군데 희끗희끗한 어패류 껍데기 더미들이 쌓여 있었고 고약한 해감 냄새가 코를 찔렀다. 술집의 네온사인들이 점점 더 빛을 뿜어내기 시작하는 해안통 끝 시가지와 만나는 곳에 아주머니들이 카바이트를 켜놓은 함지 위에 굴이나 조개 같은 것을 놓고 글라스에 소주를 따라 파는 좌판이 서넛 보였다. 나는 좌판 앞에 무릎을 쪼그리고 앉았다.

태양의 집은 80년대 중반쯤 서울에서 많이 보던 코너식 스탠드바였다. 내가 앉은 코너는 12번이었다. 삼십은 넘은 듯한 카운터의 여자가 기본이라며 과일 한 접시와 맥주 세 병을 웨이터에게 시켰다.

혼자세요? 올 겁니다.

나는 홀 가운데의 좁은 무대에서 하이힐을 신고 수영복 차림으로 춤을 추는 금발의 여자에게서 눈길을 떼지 않은 채 대답했다.

언니. 왜요? 부탁이 하나 있는데, 로맨스의 황제 울프강 좀 불러주쇼. 아항, 울프강! 보기보담 뭘 좀 아시는 손님이시네 호호. ……그리고 여기 맥주 세 병 더 주시고.

나는 거푸 석 잔을 비우며 울프강이 다가오길 기다렸다.

안녕하십니까 손님? 오늘 밤을 책임질 팔번 웨이터 울프강입니다. 불러주셔서 감사합니다.

고개를 돌려보니 젊고 준수한 용모를 지닌 남자가 두 손을 앞으로 가지런히 모은 채 서 있었다.

나는 고개를 갸웃거렸다.

형씨가 울프강이 정말 맞습니까?

예, 제가 틀림없이 울프강인데요.

혹시…… 머리는 이렇게 길고……

아, 그 형님이요? 제가 그 형님한테 이름 물려받은 지 벌써 넉 달이 넘었는데요 뭘.

그 사람은 지금 어딨습니까?

왜 그러시죠? 대기실에 계실걸요.

카운터 여자가 잔에 술을 따라주며 끼어들었다.

여자아이들 데리고 계시거든요.

아, 마침 저기 가시네요. 화장실 쪽으로요.

나는 고개를 꺾었다. 검은 양복 위로 긴 머리를 치렁치렁 늘어뜨린 사내의 뒷모습이 얼핏 눈에 띄었다. 나는 자리에서 비틀비틀 일어섰다. 그리고는 그가 방금 들어간 화장실로 쫓아들어갔다. 그리고는 그의 옆 소변대에 서서 지퍼를 내리며 말했다.

"시원하시겠습니다."

"……!"

내가 히죽 웃었다. 조금 달뜬 기분인 나는 장난기가 발동돼 있었다. 그런데 옆에 선 나를 뚫어지게 쳐다보는 울프강의 표정에는 아무런 움직임이 없었다. 나는 순간 당황했다. 너무도 닮은 인물이었나! 그러나 입술 새로 살짝 드러난 시퍼렇게 죽은 옥니를 보는 순간 의심의 여지가 없었다.

"울프강, 나야 임마, 용수찬! 몰라?"

"약주가 되신 것 같습니다, 손님. 모쪼록 즐거운 시간 보내십시오."

그는 강렬한 눈빛으로 나를 쏘아보며 물건을 털레털레 흔들었다. 나는 입을 쩍 벌렸다. 일부러 나를 피하는 것인가? 속에서 뭔가가 울컥 솟구쳤다.

"야, 임마 너 왜 이래? 나라니깐, 용수찬! 인간적으로 이럴 수 있어?"

내가 그의 옷자락을 붙잡고 늘어지는 게 마치 시비하는 모습으로 비쳤는지 밖에서 웨이터 복장을 한 우람한 덩치 두 명이 달려와 우악스레 뜯어놓으며 귓볼에 뜨거운 입김을 쏟아부었다.

"술도 곱게 처먹어야지!"

"여기가 어디라고, 죽고 싶어!"

"버릇없는 취객은 아닌 모양이니 다치지 않게 잘해. 괜히 소란 피울 거 없어."

그날 밤은 운이 좋았는지도 몰랐다. 하마터면 그러잖아도 전국적 주먹들의 출신지로 악명 높은 그곳의 토박이 주먹들한테 제대로 걸려 늘씬나게 얻어맞고 해안통 창고 거리의 조개무지 위에 내던져졌을지도 모를 일 아닌가! 다음날 새벽 동이 트기 전에 나는 숙취로 뒤틀리는 속을 움켜쥐고 서울로 차를 몰고 가며 고개를 절레절레 흔들었다.

그리고는 갑자기 생각났다는 듯 양복 주머니 속을 샅샅이 뒤져 뭔가를 찾기 시작했다. 황교수가 건네줬지만 아무렇게나 구겨버린 바로 그 메모 쪽지였다. 안주머니 한구석에서 형편없이 구겨지고 얼룩까지 번진 그 메모지를 찾아내는 순간 나는 깊은 안도의 한숨을 내쉬었다. 그 한숨 위로 새벽에 통화한 아내의 잠기 묻은 목소리가 정겹게 겹쳐왔다.

……잘 생각했어요. 집에서도 일 년 정도라면 얼마든지 좋대요. 임용만 되고 난 다음에는 또 길이 있지 않겠어요?

노란 햇동이 터오는 고속도로의 새벽길이 정말 시원하게 뚫려 있었다. 나는 차의 창문을 끝까지 내리고 얼굴로 쏟아져들어오는 아침공기를 한껏 들이마시며 가속기를 힘차게 밟았다.

(『작가』 1996년 11 · 12월호)

신풍근배커리 略史

끈적해 보이는 아스팔트에서 올라오는 복사 열풍이 보도 블록 위에 서 있는 사람들의 얼굴로 밀려들었다. 가로수는 잎이 제법 무성한 플라타너스였지만 그늘은 기껏 네댓 사람이 들어설 만했다. 그 안에 늦더위 때문에 기운이 빠진 사람 예닐곱 명이 옹기종기 쪼그리고 앉아 빨간 고딕체 글씨로 돌산종점이라고 새긴 마을버스 표지판을 힐끔힐끔 쳐다보고 있었다. 콘크리트를 개어넣어 배가 불룩해진 육면체의 녹슨 쇼트닝 통에 해바라기처럼 박힌 둥근 표지판 아래쪽에는 '나는 오늘 헤어센스에 간다' 는 미용실의 광고문구가 있었지만 새로 생긴 탕수육 전문 체인점 광고 스티커에 가려 '헤어' 자는 아예 보이질 않았다.

조금이라도 그늘을 밟고 가려던 사람들이 가로수 밑에 죽치고 앉아 발치에 툭툭 차이는 이들을 피해 가느라 한 번씩 양미간을 찡그렸다. 재덕은 가로수 오른편으로 네댓 발짝 떨어져 서서는 버릇처럼 몇 번이나 긴 모자 챙을 지그시 다져 눌렀다. 표지판 바로 앞에는 주름치마를 입은 중년 여인이 물방울 무늬가 어룽진 양산으로 햇빛을 가리고 두 발끝을 가지런히 모은 채 곧 도착할 마을버스의 첫 순서를 기다리고 있었다.

"어휴, 우리 애기 땀띠 좀 봐."

젖살이 한창 도톰하게 오른 걸로 봐 첫돌배기쯤 된 듯한 아이를 가슴팍에 안은 젊은 엄마가 아이의 목덜미를 손등으로 연신 훔쳐 종아리가 껑충 드러난 면바지의 재봉선에 닦으며 중얼거린다.

"빌어먹을 차는 왜 이리 안 온디여, 그저 확……"

가로수 그늘 아래에 남방의 윗단추 두 개를 풀어헤친 채 앉은 사내가 신경질이 잔뜩 묻어난 억양으로 투덜거렸다.

"방금 뒤꽁무니 내빼고 떠나버리는 걸 같이 봤으면서두 그래쌓네……"

잠에 빠져 고개가 자꾸 처지는 아이의 턱을 어깨 위로 추스른 젊은 여자가 사내에게 곱지 않은 눈길을 던지며 대꾸했다. 사내는 턱을 밑으로 잡아당겨 눈을 치뜨고 가래를 돋워 뱉은 다음 앉은 다리를 빼 구두 바닥으로 쓱쓱 비볐다. 남자는 광대뼈가 불거진 마른 체격이었지만 여자 쪽은 어깨가 딱 바라진데다 살푸둥이가 좋았다. 두 사람의 억양과 얼굴이 재덕에게 낯설지 않았다. 재덕은 자신과 언뜻 마주친 사내의 눈길이 목덜미께를 칙칙하게 감아도는 느낌을 받았다. 그렇지, 공작이발소에서 한 번 밥사발을 엎어쓴 듯이 촌스럽게 깎은 적이 있었지…… 공작이발소는 재덕의 할아버지 뼁집에서 한길 따라서 겨우 네댓 집 아래쪽이었다.

"근디 잔돈이 호주머니에 달랑 오백원밖에 없어. 팥빙고라도 하나 사먹서 구멍가게서 잔돈 거스를까봐."

"더운데 괜한 안달일랑 하덜 말어. 운전하는 신씨하고 박씨하고 우리집에서 싸비스로 면도 싹 하고 간 게 며칠 돼부렀다고 그깟 차비 갖고 실갱이겠어? 안 그래? 잠자코 나한테 맡겨둬."

"그래두……"

다소곳해진 여자가 아이의 머리를 반대편 어깨로 옮겨놓으며 땀에 헝클어진 머리카락을 가다듬어주었다. 재덕은 손목시계를 들여다보았다. 현경과 약속한 시각에서 칠팔 분이 지났다. 시내에서 볼일이 있다고 했으니 아무래도 지하철을 타고 오기 십상일 터였다. 그는 학보사 기자인 현경과 만나 따로 사는 자신의 할아버지를 찾아가려는 길이었다.

할아버지 저 재덕이에요. 옹냐…… 건강하시죠? 요즘 자주 찾아뵙지도 못하구…… 진지는 잘 드시죠? 아암, 그깟 밥이야 아직까진 어금니도 성하겠다 싱건 짠지 한 쪽이면 선 자리에서 맨밥 한 그릇 뚝딱 말아먹지. 지금 뭐 하세요? 뭐 하긴? 하루벌이 꿰맞추고 있어. 잔돈 센다구. 저, 내일 한번 찾아뵐려구요. 아무때나 오면 되지 전화는 무에…… 저번에 말씀드린 거 있잖아요……

현경이가 전화를 통해 방학 전부터 기획했다고 밝힌 시리즈의 이름은 '민초에게 듣는 이야기'였다. 평범하면서도 거친 삶을 꿋꿋이 살아온 어른들한테 녹음기를 들이대고 살아온 내력에 대한 이야기를 구술받은 다음 맞춤법만 조금 손봐서 싣겠다는 거였다.

요즘 우리 학보가 너무 팍팍한 것 같아서 말이야. 또 정보를 주는 것도 좋지만 부담 없는 읽을 거리들이 받쳐줘야 되지. 말이야 좋지만…… 쉽진 않을 텐데. 처음부터 쉬운 게 어딨어? 이제 한 학기밖에 남지 않은 이 학보사 생활인데 앞으로 후배들한테 원고청탁이니 취재니 편집이니 할 것 없이 훌훌 털어서 다 맡기고 난 이거 하나, 민초에게 듣는 이야기를 위해서 녹음기 하나 꿰차고 발바닥이 닳도록 돌아다녀볼 심산이야. 내 자신한테도 공부가 될 테지 뭐. 울 할아버지

한텐 별로 들을 얘기가 없을걸. 빵집을 오래 하신 분이라니깐 그것 나름대로 얽힌 얘기들이 아마 모르긴 해도 한 소쿠리는 나올걸. 난 벌써 감이 오는데. 빵집은 무슨 빵집…… 그저 길거리에서 찐빵이나 삶으시며…… 그러니깐 더욱 이번 시리즈에 알맞지 안 그래? 사업에 성공한 사람의 자수성가한 이야기 같은 거라면 굳이 우리가 맡을 필요도 없잖아? 암튼…… 취재가 성사되면 알겠지만 울 할아버진 완전 우익이야, 우익. 그 정도는 알아두라구! 웬 우익? 지금 좌익 우익 따지게 됐니? 기층 민중들이 온몸으로 겪어온 우리의 삶을 그저 담담하게 이야기로 풀어보겠다는 거 아냐? 그걸 이해 못 해? 나는 모른다. 말씀은 한번 드려볼게 네가 알아서 해.

할아버지에 대한 취재 요청을 받았을 때 은근히 재덕의 마음에 걸린 이가 바로 할아버지 곁에 새로 생긴 여인이었다. 노인대학에서 만나 이 년 가까이 같이 살던 푸르뎅뎅한 잠자리테 안경 할머니와는 지난해 가을 살림을 깬 모양이었다. 지난봄 홀몸으로 겨울을 난 할아버지한테 기별을 받고 다녀온 작은어머니는 그 여인이 슬하에 한 점 혈육 없이 일찌감치 혼자가 된 한산 이씨인데 재봉틀 일을 꽤 오래 한 사람이라고 귀띔해주었다. 작은어머니는 그 여인이 생각보다는 곱고 조쌀하게 늙어 저번처럼 막돌아먹은 치는 아닌 것 같아 맘이 놓인다면서도, 한 가지 마뜩잖은 점은 종교생활을 하는 듯한데 약간 사이비 냄새를 풍기는 종말론파 같다는 것이었다.

그 연세에 젊은 할머니를 또 얻는 걸 보면 아버님 근력도 절륜하시기도 해. 한데, 종말론이면 이단 광신도 집단이 아닐까 재덕아? 한꺼번에 집단자살하고 그런 거 말이야. 에이 아무렴 다 그럴까요 뭐. 그래두 왠지…… 원래 기독교 교리엔 알고 보면 다 종말론적 요소가 은근히 들어 있다구요. 최후의 심판의 날에 예수가 이 세상에 다시 온다는 믿음도 새로운 게 아니라 이미 다 성경에 나와 있어요. 다만 그날을 아무도 모른다 했는데도 어떤 이들은 몇월 몇일 몇시다 하고 바람 잡고서는 호들갑을 떠는 게 사기일 뿐이죠 뭐.

재덕은 곧바로 할아버지 빵집으로 그 여인을 찾았을 때 선뜻 입이 떨어지질 않아 신풍근씨를 멀뚱멀뚱 쳐다보았다. 어깨부터 내려오는 앞치마를 두르고 있던 할아버지는 재덕의 눈빛을 알아챘을 터이지만 표정 없는 얼굴로 육자배기 같은 잡가를 흥얼흥얼거리다가 빵솥의 뚜껑을 심벌즈 연주자처럼 율동감 있게 훌쩍 열어제쳤다. 그 바람에 할아버지의 모습이 뭉게뭉게 피어오르는 김 속으로 파묻혔다.

보다시피 대접할 게 빵밖에 없어서요…… 아유, 말씀 낮추세요 새할머니. 그러시면 제가 어려워져요. 그리고 제가 빵집 손자인데요 뭘. 어릴 적부터 별명이 빵보였어요……

나이는 갓 환갑을 넘겼지만 갸름한 얼굴에 살갗은 몹시 쪼글쪼글해 살아온 나날이 신산했음을 짐작케 해주었다. 재봉일에 시력을 많이 빼앗겨서 그런지 두툼한 은테 돋보기를 쓰고 있었다.

이런 일 하시기 힘드시죠? 아, 아녜요. 힘든 거는 할아버지가 다 알아서 해주시니깐 나는 그저 빵 접시나 나르고 물이나 떠다주고…… 그런데 돋보기를 껴서 가끔씩 김이 서리면 사방을 분간 못 하고 당달봉사처럼 더듬어서 그게 탈이지. 요구르트 아줌마가 준 물잔도 벌써 몇 개나 깨서 할아버지한테 여간 걱정하시는 말씀을 듣는 게 아니라구 호호.

사춘기 소녀처럼 일부러 입을 가리고 웃는 모습이 재미있어서 재덕은 자신도 모르게 웃음을 한입 베물었었다. 재덕은 할아버지와 단둘이 앉았을 때 슬쩍 떠보았다.

할아버진 왜 교회 안 나가세요? 으응, 내가 왜 이 나쎄에? 새할머니 따라서요. 으응 쩝쩝…… 나도 처음엔 좀 껄쩍지근했지. 사람은 좋은데 말이야, 세상의 끝장을 보겠다는 믿음이 도대체 뭔 소린가 싶어서 말이야. 지금은 동감을 좀 하는 편이지. 어떻게요? 사람도 마찬가지지만 이 세상도 천년 만년을 이대로 홍청망청 가겠니? 어림 반푼어치도 없어. 그런 기고만장한 생각을 깨치지 못하기 때문에 사람들의 마음이 시건방지고 턱없는 욕심의 구렁텅이에서 빠져나오지 못한다는 주장에도 일리는 있어. 안 그렇니 재덕이 넌? 그건 인정하지만요…… 인정하믄 됐어. 나도 그 이상은 모르지…… 아니 알 필요도 없지. 사람 심지 굳고 경우 바르고 해서 의지할 만하면 늘그막에 게서 더이상 그만 아니겠어? 그런 게지…… 옛날 어른들이 자주 말씀하시는 것에 용화(龍華) 세상이라는 게 있었다구 아암. 그 세상엔 그런 게 없어. 병고나 굶주림, 마음이 괴로운 심사 같은 거 말이야. 그렇다고들 하셨지. 그런데 그런 세상이 오려면 한 번쯤은 하늘과 땅이 딱 달라붙는 생난리가 한판 벌어진다는 거야. 말하자면 종말론이라는 것도 갈래는 다르지만 결국 갸륵하게 보자면 그렇게 볼 구석이 없잖지 아암. 할아버진 아는 것도 많으셔.

누군가 다가와 뒤통수에다 가벼운 꿀밤을 먹였다. 물 빠진 청바지 속에다 바둑 무늬 남방을 잡아넣은 현경이였다.

“야 이거 지금 대체 몇 시야?”

“그래도 맞춰오느라고 왔다. 아는 애한테 들러 이 녹음기 좀 빌려오느라고. 이것 좀 받아줘.”

재덕은 현경의 손에서 꼭지가 마른 금메달 수박통 끈을 건네받았다.

“뭘 이런 걸.”

“끝물이라 그런지 값이 만만찮아서 큰 길로 못 골랐어.”

현경은 중의 바랑모양 어깨에 두루뭉실하게 늘어진 헝겊 가방 속에서 녹음기를 꺼내는 시늉을 했다.

“나중에 보고 빨리 줄이나 서! 늦게 타면 자리 없어.”

마을버스가 도착하자 어디서 달려나왔는지 어느새 출입문 앞에는 열댓 명의 사람들이 북적댔다. 둘은 스펀지가 미어져나온 구석빼기 자리에 간신히 앉을 수 있었다.

"신씨 수고 많아 잉!"

"그려 나 이제 막 교대했어. 어딜 한 가족이 휘돌고 와!"

"요기 한마음예식장에 잔치 보러. 돌산방앗간집 둘째아들 말이여."

"아 그 얼굴이 살짝 얽어버린…… 근데 오늘 같은 평일날? 술도 한 잔 안 걸친 모양이네."

"평일날이니깐 내가 잔칫집에 와부렀지 뭐. 토요일이나 공일 같은 날 이발쟁이가 대목 봐야지 나다니면 뭐 먹고 살게. 그리고 술? 말도 말어. 입두 대지 못혔당게. 지금 들어가면 나도 엄청 바빠. 물역가게 홍씨랑 저, 거시기 수도 박씨도 면도해야 쓰겄다며 오후엔 자리 지키라고 다짐을 받아갔으니깐."

"그려 가 앉아. 출발!"

마을버스는 손님을 두 번 더 태우자 금세 콩나물 시루가 되었다. 제일 뒷자리에 자리잡았던 재덕은 머리가 반쯤 센 아주머니가 굽은 허리로 사람 틈새를 파고 다가오자 일어나 자리를 양보했다. 구석배기에 앉은 현경이 머리가 천장에 닿아 고개가 꺾인 재덕을 올려다보며 어색하게 웃었다.

"뭘 웃어?"

"그냥, 힘들겠다."

"곧 내리는데 뭐."

몇 자리 건너 옆에 앉은 중학생들이 요란한 소리를 내며 새우깡을 씹었다.

"새우깡이다…… 그치?"

현경이 손바닥으로 입을 가리고 하품을 하다 말고 물었다. 재덕은 짐짓 못 들은 척했지만 현경이 다시 옷자락을 툭 잡아당기자 "너나 달래서 많이 먹어" 하며 불퉁스럽게 내질렀다. 현경한테 보냈던 시가 떠올라 새삼 쑥스러웠다. 지난달 한총련이 주최한 8·15통일축전 기간중 벌어진 연세대 사태에 휩쓸린 재덕은 이학년 남학생이 주축이 된 사수대로 나섰다. 그때 과학관 안에 갇혀 있던 그는 경찰이 기습적으로 독수리 작전을 펼치며 건물 안으로 밀고 들어오던 날 새벽 누군가의 ID를 빌려 어렵사리 컴퓨터 통신으로 현경에게 편지를 띄웠다. 제목은 '그 사람을 가졌는가' 였다.

그 사람을 가졌는가

만리길 나서는 길/처자를 내맡기며 맘 놓고 갈 만한 사람/그 사람을 가졌는가/온 세상 다 나를 버려 마음이 괴로울 때에도/저 맘이야 하고 믿어지는/그 사람을 가졌는가/탔던 배 꺼지는 시간, 구명대 서로 사양하며/너만은 제발 살아다오 할/그 사람을 가졌는가/불의의 사형장에서/다 죽어도 너희 세상 빛을 위해 저만은 살려두거라 일러줄/그 사람을 가졌는가

잊지 못할 이 세상을 놓고 떠나려 할 때/저 하나 있으니 하며 빙긋이 웃고/눈을 감을 그 사람을 가졌는가/온 세상의 찬성보다도/아니 하고 가만히 머리 흔들/그 한 얼굴 생각에/알뜰한 유혹을 물리치게 되는/그 사람을 가졌는가

찜통 같은 상황실에서 28명으로 쪼갠 몽쉘통통을 입에서 녹이며 찾아낸 시를 H에게(＊P.S. 무엇보다 시원한 생맥주 한 잔에 새우깡 하나만 있어도 살 것 같다)

현경은 경찰의 독수리 작전이 펼쳐지던 날 아침 학보사 편집국 사무실에서 컴퓨터를 열었다가 화면을 가득 채우며 떠오른 시구 때문에 시큰한 콧등을 손끝으로 꾹꾹 눌렀다.

재덕은 경찰서에서 조사를 받고 단순 가담자로 분류돼 풀려난 지 일 주일 뒤쯤 학교 뒤의 텅 빈 노천극장 안에서 정민이라는 가명을 쓰는 운동 선배를 만났다. 그도 연세대 안에 있었지만 용케도 마지막날에 사수대 주력과 함께 진압 경찰의 포위망을 뚫고 탈출에 성공했다. 청바지에 헐렁한 줄무늬 티셔츠를 입은 그는 노천극장 뒤 솔숲 주위를 멀찌감치서 돌다가 아무도 따라붙는 이가 없음을 확인하고는 방아깨비의 뒷다리를 쥐고 장난을 치고 있는 재덕 앞에 모습을 나타냈다. 그는 수배중이었다.

고생했다!

그는 재덕의 등을 일부러 힘차게 두드려주었다. 재덕은 웃어야 한다고 생각했다. 방아깨비가 디딜방아처럼 고개를 끄덕여 인사를 했다.

수배생활은 어때요? 좀 마른 것 같아요. 마르긴? 잘 먹고 잘 자고 있다. 어차피 해야 할 것 아주 즐겁게 하려고 하지. 짱박혀 있다고 해서 고립감에 빠지거나 나태해지지 않으려고 운동도 규칙적으로 하고. 애들 좀 만나보니?

재덕은 고개를 저었다.

탄압을 받고 나온 지 얼마 안 돼서 힘들겠지만 지금이 조직 재정비의 중요한 시기인 것은 잘 알고 있겠지? 이럴 때일수록 힘차고 낙관적으로 사업을 추진하는 게 바로 운동가의 올바른 품성이잖아. 내가 언제 운동가에 속했었나요 뭐? 무슨 소리야? 우리 학교에서 연세대에 도대체 몇 명이나 들어갔어? 채 백 명이 안 되잖아. 물론 이걸로 절대적 잣대를 삼을 순 없지만 그중에서 특히 이삼학년들은 중심적 운동가라고 봐야지. 형, 우리에겐 왜 그게 없죠? 뭔데? 위에서부터의 내부 반성이나 비판 같은 것 말예요. 내부 반성? 아니 우리가 지금 반성을 할 때라는 거야 넌?

재덕은 정민의 눈이 휘둥그래지는 걸 보며 고개를 끄덕였다.

왜 그렇게 생각하지? 넌 이번 싸움에서 우리가 진 거라고 생각하는구나. 이것이 시련임에는 틀림없지만 우리의 난관은 일시적일 뿐이지 않을까. 정권의 하수인인 언론의 이성을 잃은 광란적 보도 때문에 한때 국민 여론이 썰렁했던 건 사실이지만 시간이 지날수록 통일과 애국의 순수한 열정을 가졌던 학우들의 진실이 국민들의 공감을 사고 있다고 봐. 우리 한총련은 도덕적으로도 완벽한 승리를 거뒀다구. 다음번 대선만을 염두에 둔 이 정권은 이번 사태를 통해 비민주적이고 비인도적인 행위를 자초함으로써 스스로 문민이라는 문패를 떼고 그 파쇼적 본질을 여지없이 폭로당했어. 생각해보자. 우리의 피에 물든 근현대사가 어땠는지를. 마치 어둠이 짙을수록 새벽이 가까이 다가오는 것처럼 탄압이 심할수록 우리의 통일운동의 승리는 확정적 아니겠니?

재덕은 쌉싸래한 잔디 이파리를 하나 뜯어 이빨 사이에 넣고 깨물었다.

숭고한 제단을 생각해봐. 피비린내를 풍기지 않는 제단이란 없는 거야. 그것도 아주 순결한 이들의 피를 말이야. 좀더 단련될 필요가 있어, 우린. 동지애나 확고한 세계관이 술집의 흥청거림이나 탁상공론에서 얻어질 수 있다는 낭만적 생각은 버려야 해. 그건 말이지, 이번 싸움처럼 적들의 혹독한 탄압 속에서 굳어지는 거 아니겠니?

검은머리까치가 물수제비를 뜨는 돌처럼 톡톡 튀며 솔숲으로 들어갔다. 재덕은 손에 들고 있는 방아깨비를 풀숲 멀리 던졌다.

형! 지금 제단이라고 했어요?

……!

경찰이 들어오던 마지막날 새벽 과학관 옥상 담벼락에 둘이서 바짝 붙어서 했던 대화 생각나요? 대충 나지…… 그때 형하고 내가 얼마나 위험했는지 알아? 너뿐 아니라 거기 있던 사람들이 다들 지치고 위험한 순간을 맞이하고 있었잖아. 그것말고…… 내가 얼마나 과격했었어? 각종 화학물질이 쌓여 있다는 실습실을 털어서 진짜 무장을 하자고 주장하고 지도부에 울부짖으며 건의했던 것도 나야. 그걸 받아들이지 않은 건 지도부의 현명한 결정이었어. 백번 지당하지 형. 그날 옥상에 서서 어슴푸레하게 다가오는 새벽을 바라보면서 솔직히 얘기하자면 난 죽음을 생각했던 거야. 탈수증에 시달리는 사람 같지 않게 왠지 몸이 가벼웠어요. 아마 형도 내 눈빛에서 그걸 읽었을 거야, 틀림없이. 왜냐고요? 몰라요…… 절망 때문이 아니었을까? 내가 살고 있는 이 땅은 정말 나라가 아니라 마녀사냥이 판치는 어느 중세 암흑기의 한 군거 집단이라는 생각이 들었으니까요. 그 체제가 자본주의든 사회주의든 아니면 파쇼주의든 간에 내가 어느 한 국가가 발급해준 주민증을 가진 인간이라는 게 도무지 이해가 되지 않았거든요. 순식간에 오천 명이 넘는 젊은이들을 토끼몰이로 몰아넣고 법적 용어도 아니고 감정적 용어인 빨갱이라는 이름으로 몰아치는 것까지는 좋다 쳐요. 이에 대해 아무도 논리정연하게 옹호하거나 또는 비판하는 사람들도 세력도 없어요. 그토록 버글대던 거리와 광장이 이렇게 순식간에 조용히 텅 비어 유령처럼 사라질 수 있을까? 그래서 이 땅의 젊은이들을 불타는 바리케이드로 몰아넣고 석기시대를 방불케 하는 투석전만 강요하는 집단이나 사회는 이미 국가라고 할 수 없었어요, 결코. 그렇다면 누군가 죽음으로써 항의해야 한다는 생각이 머릿속에 가득 찼어요. 잠깐 눈을 질끈 감으면 돼…… 그렇게 생각했었죠.

그런 자기 파괴적 행동은 운동에 별로 도움이 되질 않지. 열사는 양산할는지 모르지만.

그래요. 형이 그랬잖아요. 근데 평소 그렇게 엄격하던 형이 그때 갑자기 나한테 뭐라고 물었는지 알아요? 푸훗. 나보고 프렌치 키스를 해봤느냐고 하면서 세상에 키스의 종류가 얼마나 될 것 같냐고 물었어요. 기억나죠?

그랬지.

그리고 나서 형이 운동에 가담하기 전에 무수히 만났던 여자들과 나눴던 키스의 종류와 감도에 대해 적나라하게 풀어놨잖아요. 나는 뭔 소린가 싶었지만 하도 진지한 표정을 짓고 있는 바람에 형 얼굴만 어안이 벙벙해져서 쳐다보고…… 또 가장 맛 좋아 하는 게 뭐냐고도 물었었죠? 그때 나는 문득 할아버지가 손수 빚은 찐빵이 생각나면서 굳었던 얼굴 근육이 좍 풀리는 걸 느꼈어요. 메말랐던 입 안에 침이 흥건히 고이면서. 여기서 나가게 되면 우선 할아버지의 찐빵을 새삼 맛보아야겠다는 강한 식욕이 목구멍에서 갈쿠리처럼 솟구쳤어요. 그러고 나자 나는 형이 진짜 좋은 운동가라는 생각이 들었어요. 형은 내가 절망적 몸짓을 감행하고픈 충동에 시달리는 걸 간파하고는 내게 삶과 연결된 끈을 슬며시 손에 쥐어준 거라구요.

……

그때 생각 같아서는 풀려나자마자 당장 할아버지한테 오고 싶었지만 전화 안부만 여쭙고 미적거리던 터에 마침 현경에게서 취재 제의가 들어왔었다.

높다란 철책을 두른 안쪽에 위장용 얼룩 무늬 칠을 한 콘크리트 물탱크 밑 한길이 바로 종점 차부였다. 방금 오르막길을 헐떡이며 기어오른 낡은 마을버스가 차머리를 반대쪽으로 돌려놓느라 앞으로 밀고 뒤로 빼고 하며 일그러진 배기통으로 시커먼 매연을 토해냈다. 현경은 얼른 손으로 입을 가리며 고개를 돌렸다. 오른쪽으로 깎아지른 돌산이 병풍처럼 막아서 있었다. 그 절벽 아래 원래는 채석장 터였던 곳에는 돌산 정상과 이마를 맞대어 있는 고층 아파트 세 채가 들어서 있었다. 왼쪽으로는 폐타이어가 줄줄이 쌓여 있는 초등학교 담벼락을 에둘러 후문 쪽으로 구불구불 길이 뻗어 있었고 뒤쪽으로는 반대편 산동네로 가파르게 넘어가는 좁은 골목길 어귀가 보였다.

"어디야? 참 할아버지 존함이 어떻게 되신다고 했지? 신……"

"간판을 보면 저절로 알게 돼. 거기 써 있으니깐. 저 차 앞머리가 들이받을 듯 가까이 가려서 간판이 보이지 않지만. 바로 저거라니까."

"안 봬."

재덕이 턱짓으로 공중전화 부스 쪽을 가리켰다. 마을버스 지붕 위로 낡은 이층 창문이 보였다. 차가 비켜가자 옛날 복덕방 간판처럼 흰 바탕에 빨간 페인트로 굵직하게 휘갈겨 쓴 글귀가 눈에 들어왔다.

'신풍근배커리.'

"신, 풍, 근……?"

재덕이 고개를 끄덕였다. 현경은 저도 모르게 터지는 웃음을 손으로 막았다. 간판 밑 문 옆에는 불에 달군 쇠꼬챙이로 '자율방범대 자문위원' '청소년선도위 위촉위원' 이라고 쓴 얇은 나무 현판이 매달려 있었다.

"왜 웃어? 찐빵 만두집에 베이커리라는 간판을 다니깐 어이가 없냐?"

"아냐, 아냐. 오핸 하지 마. 베이커리면 베이커리지 배커리가 뭐야? 그리고 그 밑에 쓴 것 좀 봐. SINCE 1951이라고 써 있는 거 보여?"

"그건 나중에 내가 덧붙인 거야."

"네가?"

"응, 사실이거든. 어언 사십오 년의 유구한 전통이지."

"사실?"

"그래. 저기 또 나와 계시는구나."

재덕이 입을 굳게 다무는 시늉을 하더니 발걸음을 재게 놓았다. 현경은 얼른 웃음기를 거두고 긴장된 눈길로 앞을 바라보았다. 손갓을 이마에 붙이느라 잠시 걸음을 멈추었다. 거기 한 장의 낡은 흑백 사진이 펼쳐져 있었다.

신풍근배커리 간판 위의 이층집은 아귀가 잘 맞지 않는지 반쯤 열린 채 간당거리는 낡은 여닫이 창문 때문에 앞으로 비스듬히 기울어진 느낌을 주었다. 지붕에는 시골 방앗간에서나 볼 수 있는 벌건 녹물이 슨 양철 조각을 얹어놓았다. 일층의 빵집은 대낮인데도 우묵해서인지 안이 잘 들여다보이지 않았다. 오른쪽으로는 드럼통을 삼분의 이쯤 잘라 만든 화로통이 두 개 놓여 있었다. 한쪽에는 넓적한 솥이 있고 그 옆 화로통에는 만두를 찌는 동그란 찜통이 켜켜이 쌓여 씩씩거리며 증기기관처럼 뜨거운 김을 뿜어냈다. 제각기 모양새가 다른 문짝의 유리창에는 철 지난 입춘장처럼 귀퉁이가 닳거나 찢어진 종이짝에 찐빵 만두 분식이라고 쓴 글귀가 붙어 있었다. 문가 왼쪽에 터진 속을 청테이프로 막아놓은 소파에 앉아 희끄무레한 콧수염 사이로 파이프를 물고 있는 한 늙은이가 앉아 있었다. 한눈에 신풍근씨가 틀림없어 보였다. 머리에는 허연 광목천을 뱃사람처럼 둘둘 말아 썼고 어깨에 걸치는 긴 앞치마에다 하얀 고무신을 신고 허공을 멍하니 바라보는 늙은이의 시선은 전신주에 실타래처럼 얽힌 전깃줄에 걸려 있었다.

"할아버지!"

재덕의 목소리에 한줄기 어리광이 배어났다. 담배연기가 눈 속으로 들어가 아린 듯 눈가에 주름살을 지으며 신풍근씨가 고개를 돌렸다.

"저, 저…… 뛰긴 뭘 다 와서 뛰어."

텁텁하면서도 웅숭깊게 울리는 목소리였다. 그는 머리에 둘렀던 두건을 벗으며 자리에서 일어나 두 팔을 벌렸다.

"안 바쁘세요?"

"지금 찌고 있으니까 바쁜 건 얼추 다 막았지. 기다리는 것도 일이야."

"손님은요……?"

"쫌 기둘려야지. 아직 속이 출출할 때가 아니잖남. 근디 같이 델고 온 샥신 누고?"

현경은 두 손을 앞으로 가지런히 모아쥐며 자기가 먼저 소개를 하고 나섰다.

"할아버지 안녕하세요. 전 재덕이 학교 친구구요, 이름은 이현경이라고 합니다. 대학신문사 기자인데요 이번에 할아버님이 살아오신 얘기 좀 취재하려고 이렇게 찾아뵀습니다."

"아, 옛날 얘기 듣겠다고 한 그 처녀인 모양이구먼. 그런 걸 뭐 시간을 내서 들을 건덕지가 있다구설랑 중뿔나게스리…… 다 늙은이들 객쩍고 실없는 소리 줴치는 것일 텐데."

"제가 원래 어려서부터 어르신네들 옛날 얘기를 무척 좋아해서요."

"그런 말 있잖남?"

"뭐요?"

"이바구를 밝히면 가난하다는 말 있지. 재덕아 저기 안에서 의자 있는 거 가져다 좀 앉지 그래? 일루, 일루 더운데 그늘 안으로 더 붙어. 아 보소 임자! 여기 재덕이하고 샥시 한 사람 왔다니깐 그러네! 션한 냉수 사발부터 내오구려."

"아이구 할아버진, 샤시가 뭐예요? 싫어해요."
"얜 참, 괜찮다는데도 그러네."
현경이가 재덕이를 옆눈으로 가볍게 흘겼다.
"어서들 와요. 영감님이 말씀하신 그 학생인가봐."
한산댁이 얼음을 띄운 물잔을 큰 쟁반에 받쳐갖고 나오다가 밀가루가 잔뜩 묻은 손을 색동 앞치마에 쓱쓱 문질렀다.
"예 안녕하세요? 처음 뵙겠습니다."
"손님 대접이 이래서 어쩌나 호호."
"이거 아이들이 사온 수박인 모양인데 반을 쩍 쪼개서 얼른 냉장고 안에 재어두구려. 식는 대로 임자 그 화채 솜씨 좀 발휘하든지."
"솜씬 무슨 솜씨라구…… 근데 이따가 온다고들 했어요?"
"대성 애들 말이지……?"
"예 철공소요."
"준비는 허시구랴. 빵들 좋아하니 한 쟁반 두리기로 내다주면 시커먼 볼따구니가 미어져라 우겨넣겠군. 어제는 자장면을 얻어말이로 먹었으니 오늘은 우리집으로 빵 먹으러 오겠지."
"집 안으로들 드시지 그래요?"
"저희가 바쁜데 눈치도 없이 괜히 폐를……"
한산댁이 손사래를 쳤다.
"그런 게 아니고. 내가 우리 교우 한 사람 불렀으니깐 가게 걱정은 마시고 말씀들 느긋하게 나누세요 응."
"그래, 폐는 무슨 폐…… 말하자면 서로 품앗이지. 늙은이들 입에서 구린내를 가시게 하는 데는 그저 지껄이는 게 최곤데 그럴 자리가 생각보다 많지가 않아. 늙은이가 할말을 내뱉지 못하고 자꾸 꿀떡꿀떡 삼키다보면 명이 짧아지는 법이야 아암."
"어서들 이층 마당으로 오르세요. 평상 펴놨어요. 거기가 여기보남 조용하고 시원하지."

한산댁이 안쪽으로 얼굴을 거두어갔다.

"참, 방금 전에 두리기라고 하신 게 무슨 뜻이세요?"

"으응, 여러 사람한테 한상 푸짐하게 잘 차려주는 거. 갸네들은 한두 개로 성에 차지 않으니깐 큰 쟁반에 층층이 올려 내놔야지 아암. 한 사람에 천오백원만 내면 더 안 받아. 그 대신 남기면 천오백원만큼 벌금이 있지. 벌금 내지 않으려고 나중엔 미주알에 힘을 주며 기 쓰고 먹는 걸 보면 가관이지. 그 나쎄엔 또 그렇게 우겨넣지 않으면 쇠를 다루는 남정네들이 옹글게 힘을 쓰겠나. 자 날 따라들 오게나."

현경과 재덕은 뒷짐을 진 신풍근씨 뒤를 좇아 빵집 문턱을 넘었다. 신풍근씨가 왼쪽 다리를 잘름잘름 절자 눈이 커진 현경이 재덕을 쳐다보았다. 재덕이 고개를 끄덕여 보였다. 회칠을 한 벽에 건 달력 위에 고정된 낡은 선풍기가 덜덜덜 돌아가며 다닥다닥 붙은 여덟 개의 탁자 위로 미지근한 바람을 일으켰다. 밀가루 포대가 켜켜이 쌓인 옆으로 가파른 시멘트 층계가 보였다. 그 층계를 오르자 울퉁불퉁한 바위벽에 가로막힌 이층 마당이 나왔다. 처마를 떠받치는 두 쇠기둥 사이로 비닐 장판을 깐 평상이 꼭 끼어 있었고 한쪽에는 펌프대가 서 있었다.

"앞이 바윗덩이로 꽉 막혀 답답할 것 같지만서두 저 우묵한 돌 틈새에서 여름엔 시원하고 겨울엔 훈훈한 바람이 솔솔 일지. 한번 가까이 가서 얼굴을 들이대보라고."

현경은 평상 위에 가방을 부려놓은 다음 푸른 이끼가 두툼하게 덮인 바위 틈새로 조심조심 얼굴을 들이밀었다.

"정말 찬바람이 나와요 할아버지!"

"이 집이 돌덩이 위에 얹혀 있는 형국이기는 해도 수맥이 아래로 흐르고 있지. 저 뽐뿌를 봐도 알잖겠니? 수십 길 아래라고 하는데 빠이쁘를 참 용하게도 박았어. 가뭄에는 이 뽐뿌가 그래도 아직까지 한몫 단단히 해. 산동네는 상수도 수압이 달리거든."

현경이가 가방에서 녹음기를 꺼내 무릎 위에 얹어놓자 신풍근씨가 물끄러미 내려다보았다.

"참 야그를 채취…… 그게 아니고 아, 그래 취재하려고 왔다고 혔지? 그럼 무슨 얘기부터 주절대야 할까. 살아온 게 다들 그렇고 그렇지 뭐."

현경이가 수첩을 쥔 손을 들어 간판 쪽을 가리켰다.

"저기 천구백오십일년이요. 그게 재밌는 거 같아서요 헤헤."

"그건 니가 한번 설명해보지. 쓴 사람이 직접 해야 어울리지."

신풍근씨는 재덕을 턱짓으로 가리키며 빈 파이프를 입에서 빼 손으로 감싸안았다. 좌우 고갯짓으로 목덜미 근육을 풀고 난 그는 앞치마 옆으로 손을 넣어 호주머니에서 담뱃가루통을 꺼내들었다. 그가 궐련 담배 대신 파이프를 물기 시작한 지는 불과 삼 년 상간이었다. 재덕이 고등학교 이학년 때 설악산으로 수학여행을 갔다가 비선대 아래까지 따라온 행상에게 사서 선물을 한 것이었다. 신풍근씨는 집게손가락에 침을 퉤퉤 뱉는 시늉을 하고 비빈 다음 담뱃가루를 꺼내 파이프에 재고 엄지손가락을 곧추세워 꾹꾹 눌러담았다. 그러고는 뚜껑이 달아난 통성냥갑에서 성냥을 꺼내 불을 댕겼다. 양 볼에 어린아이 주먹만한 자리가 파이도록 힘을 줘 파이프의 물부리를 빨아들이느라 관자놀이께 힘줄이 미어질 듯 불끈 도드라졌고 애벌레처럼 말린 입술 새에서는 쭉쭉 생쥐 소리가 났다. 무릎을 모은 세 사람 얼굴이 모두 한입 가득 뿜어져나온 담배연기에 휩싸였다.

"그건 증거가 확실하잖아요 할아버지. 사진도 있구요."

현경이의 하얗고 기다란 목 한가운데 박인 점을 힐끔 쳐다본 재덕이 입을 열었다.

"사진?"

"예, 그 귀퉁이가 닳아서 너덜너덜한 거 말예요."

"알지. 피란 때 항도 부산에 있던 미군부대 앞에서 털벙거지 뒤쓰고 찍은 거? 꼬챙이로 풀빵 굽는 거 말이지?"

"예 그거요. 거기서부터만 따져도 어언 사십오 년 아녜요? 반세기에 가깝잖아요, 이 빵집이."

"풀빵?"

현경이 수첩에 뭔가를 끼적거리려다 말고 웃음을 참는 듯한 표정으로 신풍근씨와 재덕을 번갈아 쳐다봤다. 신풍근씨는 정색을 하며 고개를 끄덕여 보였다.

"딴은 그런 셈이지. 그게 그래 봬도 그땐 대단한 장사였어. 다들 먹을 게 궁하던 시절이었으니까. 드럼통에다 빵틀을 앉히고 톱밥이나 나무 부스러기들 있잖아, 지저깨비라고 말이야. 그런 것하고 임시 막사 뜯다 남은 허섭쓰레기 따위 같은 거 들입다 쑤셔 때설랑 풀빵을 구우면 사람들이 회가 동해서 말이야 점심 참이 되면 손마다 지전을 꼬나쥐고 일렬로 나래비(줄)를 주욱들 서서 개구리참외처럼 푸르죽죽한 고개들을 옆으로 내빼고 있는 모양이 참 볼 만했었어. 아암. 천세가 났지, 천세가 났어."

"할아버님 죄송한데요 잠깐만요. 저…… 천세라고 하셨죠? 그게 좀……"

"천세? 물건이 없어서 못 판다 이 말이지."

"아……"

"야 너는 명색이 국문과에다 학보사 기자면서 그런 말귀 하나 못 알아듣냐?"

"그러는 넌?"

"나? 나야 할아버지가 맨날 쓰는 말인데 귀에 벌써 못이 박이도록 익었지 뭘그래."

신풍근씨는 현경과 재덕이 아랫입술을 비죽 내밀고 서로에게 지청구를 주는 모습을 바라보며 물부리를 깊숙이 빨았다. 그의 양볼이 또다시 움푹 꺼져들었다.

"그 사진들 죄다 아직 액자에 담아 걸어놨지……"

그는 아랫입술을 옆으로 돌려 담배연기를 귀밑 뺨 쪽으로 뿜어냈다.

"이따가 구경할 수 있나요?"

"기럼. 그게 최초의 우리 가족 사진이었지."

"뭘 그런 것까지 들여다보려고 해?"

재덕이가 타박을 지르고 나섰다.

"할아버지가 흔쾌히 승낙하셨잖아. 너 기자가 취재하는 옆에서 그렇게 온갖 참예를 하려들 생각이라면 미안하지만 자리 좀 비켜줬으면 좋겠어."

"알았어, 알어. 그렇게 도끼눈을 시퍼렇게 뜨고 있어서야 이거 원 참."

현경이 외로 꼬고 있던 고개를 신풍근씨 쪽으로 돌리며 엉덩이를 들썩여 한 무릎 바짝 들여앉았다. 신풍근씨가 두 팔을 활짝 벌리며 두 사람을 다독거렸다.

"기왕 꺼낸 얘긴데 남세스러울 게 뭐 있어? 안 그렇니 재덕아?"

"아유, 제가 뭐 남세스러워서 그런가요?"

"그래 그렇지. 거기 보믄 니 돌아간 애비서껀 다 박여 있지. 한겨울에 눈포래(눈보라)가 콧잔등을 쌩쌩 에이며 콧물을 쥐어짜넌 때니 따끈따끈한 빵틀에 죄다 솜바지들이 놀놀해지도록 바짝 다가앉아서…… 촬영 기사가 대구 웃으라고 하는 통에 언 뺨을 씰룩거리느라 상늘을 고약하게 찡그리고 찌었지 나 참. 그때 재덕이 네 아비가 네 살배기였구 둘째 상구가 미군 부대서 나온 군용 담요 포대기에 싸여 있어서 가만있자, 돌은 지나 젖은 뗐던가? 아무튼 지금 보면 거지 중에 상거지였지만 그렇게 빵틀 주위에 매달려설랑 전쟁통을 벗어났다구. 그게 바로 육이오 나던 그 이듬해니깐 벌써 일천구백오십일년 일이야."

"저두 어렸을 적에 입 천장이 데지 않는 날이 없을 정도로 국화빵 많이 먹어봤어요. 그리고 지금도 겨울에는 붕어빵 무지무지하게 좋아해요 할아버지."

"아무렴 옛날엔 그게 오롯한 끼니 대용이었다구. 마침 미군부대에서 사카린이 봉지째 쏟아져나와서 앙꼬 만드는 데 별로 힘이 들지 않았구. 나중엔 빵틀이 네댓 개나 되어서 말이야 네 애비였던 상엽이도 그 고사리 같은 손으로 빵틀을 돌렸을 정도니 알아보지 않겠니?"

"밀가루는요……?"

"거저 맘만 먹으면 얼마든지 구할 수 있었지. 배급도 나오고 야미로 빼오는 것도 있고…… 암튼 미군 애덜은 줄지 않는 화수분처럼 없는 게 없었어. 빵이 곧 목숨이던 시절에 밀가루 풀어먹이는 거 보면 놀랍지, 놀라워. 대국은 대국이지. 자고로 먹을 빵이 풍부하면 나라의 기틀이 절로 서고 그게 바로 체제고 사상이고 질서를 낳는 거 아니겠니? 빵을 많이 만들어낼 수 있는 쪽은 옳게 마련이야. 다들 거기가 좋다고 떠드는걸? 이 할애빈 그래서 미국을 좋아하게 됐어. 하긴, 걔네들이 보내준 밀가루로 만든 빵을 먹은 입에서 걔네들을 욕하기는 어려울 게야. 그런데 요즘 젊은 애덜은 이상해. 겉 다르고 속 다르니 말이야. 미국 애들 말 애써 배우고 옷도 따라가고 입맛도 따라가면서 또 어쩔 땐 욕을 하거든. 이상한 세태야 아암."

"그래도 힘드셨겠어요 할아버지."

"힘? 딴 게 아니고…… 여름에는 풀빵이 잘 안 팔리니깐 내가 주근주근 피엑스에서 흘러나온 럭키 스트라이크에다 거시키 카멜 따위

양담배하고 입 천장에 딱 달라붙는 허쉬 쪼꼬레 암질러 또 시레이숑이라고 미군 애덜이 먹던 군용 비상 식량이 있어요. 그걸 받아다가 깔고 앉은 사과 상자 속에 감추고 장사를 했지. 그렇지 않으면 처자식 데리고 먹고산다는 일이 까마득했으니까 아암. 그러다보니 그런 사람들한테 각다귀처럼 붙어서 피땀을 빨아먹는 양아치 애덜이 있어요. 주먹깨나 쓴다는 건달들일 텐데 그런 애덜하고 붙으려면 무조건 깡다구가 일등이지 아암. 만주 봉천인가 어딘가서부터 피양파나 뭐 사리원파다 신의주파다 해서 패거리들이 여간하지 않은데 게다가 항도 토박이들까지 나서서 설치는데 정말 죽을 맛이었다구. 이쪽에서 아침에 손을 벌리고는 점심때 또 저쪽에서 옆구리를 찌르러 온다 이 말이야. 그럼 우린 뭘 먹고 살아? 땅 파먹는다는 지렁이도 아니고 거렁뱅이 쪽박새도 아니고? 그렇찮음?"

"아 예……"

현경이가 녹음기에 달린 마이크를 귀에 꽂아 제대로 작동되고 있는지를 점검했다. 손톱을 만지작거리고 있던 재덕이 깍지 낀 손을 뒤통수로 넘겨 손가락 마디에서 우두두둑 소리를 내며 말했다.

"양철 지붕이 달아오르니깐 후끈거리네요."

"조금 있다가 물땅끄 옆에 보면 아주까리 조르륵 심은 텃밭 있잖아. 그리로 나가자꾸나. 거름 냄새가 좀 나긴 해도 이젠 그늘이 꽤 깊어졌을 게야. 든든한 평상도 하나 있지. 아무튼 사진에 나오는 내 젊은 시절 허우대를 구경하믄 절로 알겠지만 그땐 나도 이거 한방은 다들 괜찮았다고 했다우 허허. 기렇치 아암. 나 같은 상이군인이 믿을 게 뭐겠어? 나는 그거 하나뿐이었지. 애들도 우리들 성질을 아니깐 어지간해선 건드리지 않았어."

"울 할아버진 육이오 얘기만 나오면 끝도 시작도 없으셔 항상. 해병대 출신이시거든. 인천 상륙 작전 때 왼 무릎에 파편이 박혀서 제대하셨대."

"상륙 작전 때 그 따위 눈먼 포탄에 당할 내가 아니고 말이지, 그 뒤에 말이야 서울로 선봉으로 진격하면서 마포 쪽에서 최후 저항선을 펴고 격렬하게 저항하는 괴뢰군 잔당과 맞붙은 거야. 그놈아들 깡그리 소탕하느라 밤중에 대검 자루 하나 입에 물고 눈만 물위로 내놓은 채 한강 도하 작전을 펴다가 그렇게 된 거지. 그런데 나한테 그런 얘기 듣자고 온 거 아니야? 임자 그게 뭐야?"

한산댁이 붉은 플라스틱 바가지에 물을 가득 채워갖고 올라왔다.

"더우니까 물 좀 퍼올리려구요. 발이라도 담그고 있으면 좋지 않아요?"

"시원한 화채나 어서 치지."

"가만 계세요. 지금 얼음 새로 얼리고 있어요."

한산댁이 바가지를 기울이며 푸걱푸걱 펌프질을 하자 재덕이 얼른 대신 맡고 나섰다.

"제가 할게요."

재덕이 펌프 손잡이를 몇 번 더 움직이자 곧 꼭지로 물줄기가 터져나왔다.

"한여름에도 이 물로 멱을 감으면 이가 다 덜덜 떨려서 우리는 엄두도 못 내. 할아버지나 냉수 마찰로 건강을 유지하는 덴 좋지만. 가만 얼굴에 땀 좀 봐. 내가 아예 등멱을 쳐줄 테니 바닥에 손 짚어봐 얼른."

"에이, 됐어요 할머니."

"왜? 내가 뭐 젊은 외간 여자라도 되나 뭘."

"그게 아니구요. 할머닌 괜찮은데 저기 숙녀도 보고 있는데……"

"에잉, 여름날 우물가에 나앉은 숙녀라면 그만한 건 감수해야지 뭘. 아유, 엎드려, 엎드려. 누가 본다고 그래 응?"

재덕은 하는 수 없다는 듯 윗도리를 훌렁 벗고는 팔을 몇 번 휘두른 다음 펌프 꼭지 밑에 손바닥을 펴고 엎드렸다.

"우선 애벌로 물칠을 한 다음……"

"흐학흐학…… 에푸, 이거 완전 얼음물이네요. 살려줘요 어푸어푸."

"호호 이렇게 씻고 나면 땀이 십 리 밖으로 쑥 달아날 거야 응."

한산댁의 손이 재덕의 등을 한차례 철썩 소리나게 때리는 걸로 즉석 등멱이 끝나자 현경과 신풍근씨는 마주 보며 웃음을 터뜨렸다.

"근데 할아버지 제가 하나 여쭤볼 거 있어요."

"뭘?"

"왜 밀가루 포대에 보면 강력 밀가루인가, 중력분인가 하는 글귀가 있잖아요. 밀가루는 불면 다 날아가는 건데 뭐가 강력하고 중력한 건지 모르겠더라구요."

"아, 그거. 들어봐…… 옛날에 밀껌이라고 있었어. 요즘처럼 껌이 흔하지 않던 시절에 밀을 훑어서 오랫동안 씹으면 희뿌연 회색빛이 도는 찰기 있는 게 씹히거든. 그게 그런 대로 질겅질겅 씹을 만하거든. 설탕이 너무 많아서 단물 빠지고 나면 맛두 없고 이빨만 썩는 요즘 껌에 비해도 씹으면 씹을수록 구수해지는 게 정말 한참 양반이지 양반. 그게 밀껌이야. 껌처럼 끈끈한 거 그거이 많으면 강력분이 되는 거지 밀가루가. 그런 건 빵이나 국수 만드는 데 제격이야, 제격. 잘 뭉치고 쫀득하니까 말이지 응. 그런 게 별로 없어서 좀 무른 건 말하자면 과자나 튀김에나 쓰는 박력분이 나오는 거지."

신풍근씨는 신이 났다. 엉덩이를 들썩이며 손끝으로 허공을 거머쥐어 반죽하듯 비틀어짜는 바람에 평상이 삐그덕거렸다.

"우리집은 하섀도 눈치챘겠지만 어흠 하고 팔자걸음 걷던 그런 가문은 절대 아닌 거지. 그러니 재덕이 저 녀석도 목수쟁이 되려고 건축학관가 하는 델 갔지."

"에이 할아버진. 건축학과가 얼마나 인기인데 그래요? 어, 시원타."

수건으로 물기를 닦고 난 재덕이 손바닥으로 가슴팍을 탁탁 치며 말했다.

"골체미 자랑하는 게 아니라면 제발 옷 좀 입어줄래."

"아암 그것도 인기를 끌 만치 끌어야지. 집이 없으면 사람이 대관절 사람 행색을 할 수 있겠니? 모르긴 몰라도 빵만큼이나 종요로운 것일 테지. 그건 내가 십분 인정을 하지. 우리가 보통 의식주, 의식주 이렇게 일컫는데 말이야 이거 거꾸로지. 집이 있으면 사람이 굳이 이곳저곳 가리지 않아도 살 수 있지 아암. 우리 재덕이가 데모만 안 하면 그거 이상 없는데 말이야. 그게 참…… 나이가 젊으니깐 피는 엿가마솥 물처럼 펄펄 끓지 환장할 나이지. 그 나이를 잘 견디는 게 바로 슬기로운 사람이야. 하지만 옛말에 미련 먼저 나고 슬기 나중 난다는 말이 있으니 쇠귀에 경 읽기지, 경 읽기. 근데 너 못질이나 제대로 하니?"

"건축하고 못질하고는 달라요, 할아버지."

"쯧쯧. 대목수도 기본은 다 못질에서 나오는 게야."

"근데 할아버지 기왕 말씀 나오신 김에 학생들 데모에 대해선 어떻게 생각하시는지 말씀 좀 해주세요."

"글쎄…… 난 잘 모르지. 왜들 그러는지. 어떨 땐 학생들이 어련히 잘 알아서 그럴까 싶어두 아 내 새끼가 전장터 같은 곳에 내몰린다는데 어느 부모 할애비가 좋아들 허겄어? 안 그래? 어른들이 좋아하지 않는 일은 그만둬야지 아암. 자칫하면 객기가 되기 쉬워요. 하긴…… 객기두 한번 부릴 줄 모르는 싹수없는 젊은 것한테는 십전 한 푼도 허투로 꿔주지 말라는 얘기가 있긴 있지. 세상살이라는 게 때와 곳을 따라서 객기를 가릴 줄 척척 알면 좋은 건데 말이야. 하지만 그게 어려운 거야 아암……"

잠시 대화가 끊어지자 기다렸다는 듯이 한산댁이 수박 화채 그릇을 들고 왔다.

"임자도 잠깐 앉아요."

"앉긴요? 지금 또 꺼내야 하는데."

"내가 찜솥에서 꺼내줌세. 우린 워낙 화로를 끌어안고 사니깐 이렇게 수분을 맘껏 섭취해야 견딘다구."

신풍근씨가 화채 그릇을 들어 훌쩍 비워내며 자리에서 일어났다.

"아녜요. 두 사람은 앉아 있으래두. 찜솥만 열고 곰세 돌아올 테니깐."

"그게 아니고요. 제가 도울 수 있으면…… 물컵이라도 나를게요 할머니."

"아냐, 아냐 일없어."

"어차피 할아버지의 일손을 저희가 빼앗았으니까요. 벌충을 해야죠."

현경은 신풍근씨의 만류에도 아랑곳없이 재덕에게 가방을 맡긴 뒤 한산댁의 뒤를 따라 층계를 내려갔다.

"여기 찐빵 빨리 주세요."

"난 왕만두요."

성마른 아이들이 자리에 앉자마자 지르는 소리가 아래에서 올라왔다. 꼬마 손님들을 받는 시간대인 모양이었다.

"그래그래 잠깐만 앉아 있거라 응."

현경이 팔 소매를 살짝 걷어붙이며 중간에 끼어들었다. 컵에 물 따르고 빵 쟁반을 식탁에 날라놓으면 바로 옆 식탁의 빈 쟁반을 거두어 차곡차곡 쌓아야 했다. 게다가 돈 계산까지 해주랴 현경은 이마에 흐르는 땀을 훔칠 틈도 없었다.

"그것 저를 주시고요……"

"아유, 손님이 이러면 안 되는데."

"호호 그러면 딴 건 말고 접시 비우고 나가는 애들한테 돈이나 받아서 챙겨놔줘요. 여기 값 써 있는 거 보고설랑."

한산댁이 널따란 솥뚜껑 꼭지에 행주를 감은 다음 살며시 옆으로 들어냈다. 벌써 세번째 쪄내는 솥이었다. 요술 램프에서 나오는 뭉게 연기처럼 피어오른 김이 문 앞 처마를 감아들며 허공중으로 사라졌다. 콧속으로 구수한 빵냄새가 밀려들었다. 솥 안에는 어른 주먹만한 하얀 찐빵이 탐스러운 알몸으로 옹기종기 모여 있었다. 한산댁이 김이 다 빠져나간 솥 안으로 고개를 쑥 들이밀고 먹이를 물고 온 어미새처럼 찐빵들을 한눈에 내리훑었다. 그리곤 신풍근씨를 향해 흐뭇한 미소를 지었다.

"터진 것 하나 없이 다들 잘 익었어요?"

"아무렴. 어느 손이 안쳤는데."

배를 채운 아이들은 아쉬운 듯이 자리에서 일어났고 그 자리를 또 다른 아이들이 둘셋씩 들어와 채웠다. 빵을 다 걷어 큰 쟁반마다 수북이 쌓아놓은 신풍근씨는 밀가루가 깔린 목판 위에 미리 빚어놓은 찐빵을 가져나와 찜솥 속의 겅그레 위에 차례로 올려놓았다.

"물 빨리 더 줘요."

"여기 설탕 좀더 찍어 먹을게요. 많이 줘요, 듬뿍."

"설탕통 거기 있잖니?"

"비었어요."

"아무래도 개미가 환생을 한 모양이다, 재호 너는."

"할머닌! 설탕도 없이 무슨 맛으로 먹어요?"

"그래 듬뿍 먹어서 이빨 다 썩은 다음 나중에 이 할미처럼 틀니나

해낄래 응, 호호."

현경은 문턱께에 놓인 앉은뱅이 의자에 앉아 아이들이 건네주는 동전과 꾸깃꾸깃한 종이돈을 바로 펴서 낡은 장부 밑에 모아놓았다. 꼬마 손님들이 썰물처럼 빠져나갔다. 제일 끝에 남은 아래위 흰 운동복 차림의 아이가 다가와 한산댁과 현경을 번갈아 쳐다보며 쭈뼛쭈뼛거렸다. 현경은 그 아이의 뻐드렁니를 쳐다보며 무심코 손을 내밀었다. 그러자 행주로 식탁을 훔치던 한산댁이 얼른 다가왔다.

"그래 많이 먹었니? 얼른 가봐. 이건 동생한테 주고."

한산댁은 미리 빵과 만두를 싸넣은 검은 비닐봉지를 아이의 가방 속 깊숙이 밀어넣고 등을 두드려 보냈다.

"으응…… 걔는 우리집에서 점심 먹고 가는 애라서. 그나마 고물상 하는 애비가 축대에서 술 먹고 한밤중에 떨어져서 꼼짝 못 하니 뭐. 도시락도 못 싼다 그러길래 그냥……"

현경은 아무 말 없이 빙그레 웃었다. 밀가루가 희끗희끗 묻어나 새치와 구분이 잘 되지 않는 한산댁의 머리 쪽으로 현경의 손이 가려다 문득 멈췄다. 물탱크 옆 아주까리 밭에 놓은 평상으로 자리를 옮긴 신풍근씨가 문 밖에서 얼굴을 비죽 들이밀며 그만 부려먹고 내보내라고 우스개를 하였다.

"이거 피마주죠 할아버지? 우리 어릴 적에 씨도 막 먹었잖아요."

"요즘이야 누가 먹는다구. 너희 할망구가 짜서 머릿기름으로 쓴다던가? 샴푸를 기어코 쓰지 않으니까."

"자, 앉아요…… 앉아들. 그렇게 서 있지 말고."

한산댁이 찜솥에서 막 꺼낸 찐빵 접시를 내려놓았다. 얼음을 띄운 물통과 노란 플라스틱 컵 세 개도 따라왔다.

"솔직히 배고팠어요 후후."

"작작 먹어라 이현경."

"어머, 이제 겨우 두 개째야."

팥소가 뜨거워 입을 한껏 벌린 채 쩝쩝 소리를 내며 씹던 현경이 손바닥으로 입을 가리며 멋적게 웃었다.

"그래 많이 들어. 예부터 먹는 죄는 고불통(흙을 고아서 만든 담배통)으로 하나라고 했어요. 이건 주인이 내놓은 것이니 많이 먹을수록 예의가 바른 거제 아암. 단지 너무 쩝쩝 소리를 내며 먹으면 고무락이라는 귀신이 알아들어서 가난해진다고 하니 뜨거우면 찬물을 부으며 먹으라우."

중개는 뒴직한 누렁이 한 마리가 절룩거리며 지나갔다. 앞발 하나가 발목이 뭉텅 잘라져나간 개가 코끝으로 바닥을 헤집다가 문턱에서 안을 기웃거렸다. 신풍근씨가 평상에서 내려 신발을 꿰신고 빗자루를 찾는 척하며 냅따 소리를 질렀다.

"짱깨네 문 앞에서나 걸근댈 일이지 여기가 어디라고!"

"영감님 거 뭔 말이당가요? 듣기 상그러바서 마."

대뜸 시비조의 말이 날아든 것으로 보아 아마 신풍근씨가 사람을 번히 보면서 일부러 부아를 지르는 말을 한 듯했다. 현경이 돌아다보니 대머리 진 중년의 사내가 철가방을 들고 스쿠프 오토바이를 타려는 찰나였다. 종점반점이라는 붉은 현판을 내건 허름한 중국집 앞이었다. 오토바이를 타려던 대머리 사내가 철가방을 내려놓더니 문 앞의 주렴을 화풀이하듯 잡아챘다.

"개가 기름 냄새에 눈이 아조 확 뒤집혔구먼. 누가 먹다 남은 짜장 사발이라도 있으면 괜한 하이다이 설거지 할 것 없이 개나 발쌈히 핥게 내비두지."

"하아, 와 또 가만있는 사람 속을 긁고 그라요?"

철가방을 다시 집어든 사내가 재덕과 현경을 설핏 훑어보다 현경과 눈이 마주쳤다. 누렁이가 갑자기 꼬리를 살랑살랑 흔들며 주렴 문 앞으로 다가서자 희고 가느다란 손이 불쑥 나와 퍼런 플라스틱 그릇을 바닥에 놓아주었다.

"멀리 놔! 개새끼가 문전에서 알랑대며 개털 날리면 하루 좽일 재수 없어."

왼손에 철가방을 쥔 사내가 가랑이를 번쩍 들어 허벅지를 스쿠프 오토바이 안장 위에 올리며 소리쳤다. 그러자 홀태바지를 입고 머리를 길게 딴 여자가 나와 누렁이가 벌써 코를 쑤셔박은 그릇을 빼앗아 들고는 바로 옆 할레루야교회의 대문가 화단 아래로 밀쳐놓았다.

"짜장면 안 뽑고 어딜 내빼?"

공작이발소 이발사가 어느새 하얀 가운으로 갈아입고 허청허청 다가오며 소리를 질렀다. 중국집 주인이 힘껏 페달을 밟자 푸른 연기가 피어올랐다. 이발사가 양미간을 찡그리며 코앞에서 손부채를 활활 부쳤다.

"보믄 몰러? 배달. 우린 시도 때도 없잖아. 거긴 오늘 가위질 안 혀?"

"아 여태껏 잔치 보러 갔었는데 점심도 쫄딱 굶었지 뭐야. 케이크인지 뭔지 빵 부스러기 한 상자 덜렁 손에 쥐어주고 말이야. 그런 잔치는 또 보다보다 첨이야. 두 사람 면도해주고 지금 겨우 짬내서 짜장면 곱배기라도 한 그릇 때려잡아야지 계속 가위질을 허든가 말든가 허지! 영감님 안녕하슈? 지가 오늘은 이 집으로 들어갈란다."

"일없어!"

신풍근씨가 손사래를 치며 시큰둥하게 대꾸했다.

"영감님 손자인가? 쩌그……"

"그런가보데…… 그 뭣이냐 한총련……"

이발사가 주렴을 들치고 안으로 사라지자 스쿠프가 고개를 백팔십도로 돌리고 부르릉 방귀를 연달아 뀌더니 후문 쪽 길 아래로 달려나갔다.

"저 누렁이가 그래도 내 덕분에 이번 오뉴월을 미끈하게 넘겼지."

"왜요?"

신풍근씨가 코를 양쪽으로 벌름벌름하더니 느물거리는 웃음을 지었다.

"초복이 오기 전부터 저 청요리집 양씨가 누렁이를 돌산으로 끌고가 때려잡겠다고 단단히 벼르고 있었는데 내가 미리 말뚝을 박고 나왔지. 복날 전에 다리몽댕이가 분질러진 삼족구를 매달면 집안에 동티 난다고 했지……"

"삼족구요?"

"그래 다리가 셋인 개 말이지. 발목이 뭉개졌으니 그게 삼족구지? 그걸 잡아먹으면 삼재가 든다고 엄포를 놓았더니 개 껍데기라면 입가가 늘어지고 흰자위를 까뒤집는 양씨도 그예 손을 못 대고 삼복을 그냥 넘어가데. 재작년인가 언젠가 한번 주방에 불이 나 크게 혼뜨검을 당한 적이 있으니 그럴 만도 하지. 그러잖아도 그 누렁이가 뉘 때문에 그 꼴이 됐누? 짱깨집 막내녀석이 돌산 가풀막에서 촐랑대다 미끄러져 죽을 뻔한 걸 같이 뒹구느라 다리까지 부러진 갸륵한 개니깐 말이야. 한 일 년쯤 명줄을 더 늘일 만하지 아암……"

"먹으면서 들어요. 얘기 마저 해야 하니까……"

신풍근씨가 입을 열기 전에 다시 파이프에 담배를 재기 위해 허리춤을 뒤지는 사이에 현경은 녹음기에서 테이프를 꺼내 새것으로 바꿔 끼웠다.

"그래, 얘기가 되면 들어두고 말면 잊어버리구. 그러니깐 그때가 벌써 어언 백 년 전이라고 해야겠네 응. 백 년이면 정말 긴 세월이지 사람한테는. 기억도 닳지. 닳고말고. 그래도 그때가 갑오년인 것만은 틀림없을 테지. 그렇지 않고서는 그런 얘기가 나올 수 없었을 테니까 말이야. 갑오년에 선조들이 겪었던 큰 난리 말이여. 그런 노래가 있었다지."

신풍근씨는 목을 자라처럼 움츠리고 으흠으흠 목청을 가다듬었다.

"갑오년에 가보세 가보세, 을미년에 을미적을미적하다간, 병신년에 병신되오 하는 노래 말이야. 그게 메야? 누군들 가고 싶어서 갔겠냐 이거지. 가도 죽지만 똥눈 자리 깔고 뭉개듯 미적미적하다간 또 병신되니깐 오도 가도 못 하다가 떠도는 넋이 된 게지 아마. 해방이 됐다고 하던 해에 한 해 앞서서 돌아가신 할머니는 그 유명하신 장태장군의 샥시셨지."

"장태장군이요? 그러면 재덕이 고조할아버님께서요?"

"거봐, 내가 이래 봬도 장군의 후손이여 엇험!"

재덕이 어깨를 으쓱하며 너스레를 떨었다. 하지만 신풍근씨의 표정은 진지했다. 그는 생 담뱃가루가 입 안으로 들어갔는지 혀끝으로 입술을 핥은 뒤 퉤퉤하고 내뱉었다.

"그분의 함자는 신자, 덕자, 배자셨어. 봉기에 참례하셨을 때가 스물두 살의 약관이셨다지. 어른의 출신에 대해서는 들은 바가 나도 읎다, 읎어. 다만 지금 저그 전라도 김제 출신이신 어른은 소싯적 여느 소년처럼 서당을 다니시며 글을 익히셨는데 글을 잘하고 똑똑해 모두들 갸륵하게 여겼다고 하시더라. 장성하신 다음에는 예의와 염치를 누구보다 소중히 여기시며 현실에 눈을 뜨셨다가 어느 때인지 동학에 입도했다고 하는데 아무튼 녹두장군의 첫 백산 봉기 때부텀 군사를 거느리고 달려가셨다가 이후로두 소접두로서 휘하에 적게는 이천 명에서 많게는 약 일만의 군사를 이끌었다고 하셨지."

신풍근씨는 잠깐 입을 다물었다. 재덕의 입 안에서 목울대를 치며 꼴딱 넘어가는 생침 소리와 녹음 테이프 감기는 소리만 들릴 정도로 침묵이 내려앉아 있었다.

"특히 어른께서는 부적의 명수셨는데, 무슨 말인고 허니 하루는 휘하의 농민군 앞에서 부적을 써붙인 수탉을 오십 보쯤 떨어뜨려 놓고 호령하시길 한번 방포질(총질)을 해봐라, 부적이 있으니 저 수탉이 죽지 않을 것이로다 하셨대. 진짜 총으로 다섯 발을 쏘게 했지만 수탉을 맞히진 못했지. 그게 정녕 부적의 힘이었는지 아니면 총질이 서툴러서 그랬는지는 모르지만 아무튼 그 부적을 앞자락에 단 군사들이 용기백배한 결과 하동에서 관군 쪽에 붙은 포수들로 이뤄진 민포군을 깨고 한때 진주성에도 입성하셨다고 들었지. 영호남에 두루 걸쳐서 호랑이처럼 맹렬히 싸우신 게야 아암."

신풍근씨는 시선을 멀리 던지느라 눈가를 간잔지런하게 폈다.

"그분을 농민군 사이에서 더욱 유명하게 한 것은 남원 전투에서 장태라는 무기를 사용해 승리를 거둔 일이었지. 왜군의 지원을 받는 관군은 신식 무기로 무장을 해서 엄청난 불을 내뿜으며 덤벼들고 농민군은 고작해야 구식 화승총이거나 대부분 죽창 아니었겠니? 그때 어르신께서 짚과 대나무를 엮어 묶은 장태를 굴리면서 과감히 관군에게 다가가 육박전을 벌인 게지."

신풍근씨는 입에 물고 있던 파이프를 빼 앞으로 죽창을 휘두르듯 쭉 내지르며 한쪽 팔로는 재덕의 어깨를 감싸안았다. 재덕은 몸을 기울여 할아버지의 팔이 자신의 어깨에 두루 걸칠 수 있도록 했다.

"장태가 뭐에 쓰는 건가요 할아버지. 말씀 도중에 죄송한데요."

"그게 원래 곡식이나 종자 같은 거 넣어 저장하거나 말릴 때 쓰는 게여. 그러니까 농민군은 장태 뒤에 숨어 밀고 가고, 관군이 암만 총질을 해도 장태 안 짚더미에 박히거나 겉에 엮은 대나무에 맞고 튄다 이거지. 얼마나 기발해 응? 그래서 장태장군이라고들 떠받들었지."

"고조할머니는요?"

"그게 나도 열댓 살 때 처음 들어놔서 말이야. 할머니가 그때까지 끝끝내 숨겼거든. 알려지면 목숨이 달아나니깐. 장태장군하고 할머니가 처음부터 정식 혼약을 치른 건 아니고…… 농민군을 따라다니시면서 밥도 짓고 장군의 뒷수발도 들고 그랬어. 어떤 놈은 할머니께서 도망친 관비(官婢) 출신이라고 함부로 주둥이를 놀리는가본데 언어도단, 말도 안 되지. 관의 계집종이 어떻게 그 많은 농민군의 입을 감당하는 휫손을 발휘했겠니 응? 아니 그러니?"

"어떻게요?"

"풍찬노숙이라는 무서운 말이 있다. 찬 바람이나 이슬을 무릅쓰고 한데서 먹고 자는 일 말이야. 당시 들판으로 내몰린 농민군이 딱 그 신세 아니었겠니? 항상 왜놈이나 관군, 민보군 할 것 없이 쫓겨다니는 신세니 말이야. 언제 제대로 터를 잡아서 무쇠솥을 걸고 밥을 끓여! 걸치작거려서 안 되지. 그런데 할머니께서 간편한 쇠가죽솥을 생각해내신 거야, 쇠가죽솥."

"쇠가죽솥이요?"

"아암. 쇠가죽 하나가 무쇠솥 하나를 감당하는 거지. 농민군이 진을 치면 그 자리에 바로 말뚝을 박고 통쇠가죽 끝을 걸고 물을 부은 다음 밑에서 불을 때지. 물이 절절 끓으니까 암만 밑에서 장작을 때도 음식을 끓이는 쇠가죽이 타버릴 염려는 없어. 그러고 나서 척척 보자기처럼 접으면 들고 다니기도 간편했을걸."

"정말 그랬겠네요."

"게다가 할머니께서 그 전쟁통에서도 쌀가루나 밀가루를 보면 모아다가 반죽을 해서 불로 달군 얇은 돌을 구해다가 빵인지 개떡인지를 해서 기운을 돋우었다지. 들어봐. 그 안에다 산에서 나는 도토리나 상수리 같은 거 있잖아? 그걸 모아다 겉껍질을 벗겨서는 빻아서 팥고물처럼 만든 다음 개떡 안에 넣었다지. 솔찮은 요깃거리였을걸 아마. 그렇게 만들면 군사들이 지니고 다니기도 좋고 소화도 썩 잘 되지 않았겠니? 그게 어느 기록엔가 나와 있다고 접때 날 찾아온 무슨 역사학자라는 사람이 적어주고 가기도 했는데. 그래 마마병인가 보다, 마마병."

신풍근씨는 손바닥에다 한자를 또박또박 그려가며 설명을 해줬다.

"이렇게 쓰는 마마라구. 계집 녀 변에 말 마 자 쓰는 거 말이야. 거 뭣이더라 옛날에 앓고 나면 얼굴에 곰보 자국 생기는 병을 마마손님이라고 했단다."

"천연두요?"

"으응, 천연두? 그래 그 병을 마마손님이라고 했어, 마마손님. 거기다 떡 병(餠) 자 있잖남? 마마병. 기록엔 그렇게 나와 있다고 하데, 그 학자라는 사람이."

"왜 마마병이에요?"

"그건…… 그건 말이지. 에, 그러니깐 그 할머니가 그 마마손님을 맞아서 얼굴이 살짝곰보셨거든. 그랬는지…… 아니면 그 떡…… 떡이라기보다는 빵 쪽에 가까울 텐데, 아무튼 그것의 모양이 울퉁불퉁한 게 꼭 마마손님 맞은 아이의 곰보 딱지 얼굴을 닮아서 그랬는지도 모르지."

"아항! 그 마마병의 전통이 지금 이렇게 맛 좋은 찐빵으로 다시 태어난 거로구나 히히."

신풍근씨가 재덕의 너스레에 너털웃음을 터뜨리며 등을 다사롭게 두드려주었다. 그때 가방에서 사진기를 꺼내들고 일어선 현경이 뒤로 주춤주춤 몇 발짝 물러섰다.

"할아버지 사진 한 장 찍을 게요. 저기 가게 앞 소파에서요."

"사진 박는다고? 거 괜스레……"

신풍근씨는 무릎 위에 놓았던 하얀 천을 몇 번 포개 머리 위에 둘러쓰며 평상에서 내려섰다.

"어이그, 그놈의 궁뎅이 땃땃도 허다 허허."

"야야 현경아, 나는 빠진다, 빠져. 어디 쪽 팔 일 있냐?"

"너는 통사정해도 안 껴줘. 저리 비켜."

현경은 무릎을 반쯤 꺾은 채 사진기에 눈을 들이댔다. 줌 렌즈가 달린 사진기였다. 오른손 검지를 밀자 렌즈 안의 신풍근씨가 앞으로 당겨져나왔다. 그가 콧수염을 씰룩거리는 바람에 잇바디가 살짝 드러났다. 현경은 콧수염에 초점을 맞춰 셔터를 지그시 눌렀다. 그 다음 검지 마디를 쭈욱 펴 렌즈 안의 그림을 넓게 잡았다. 위쪽으로 간판이 보일락말락했다. 현경은 뒤로 몇 발짝 더 물러나기 위해 일어났다.

"간판 들어가니?"

"아니, 그래서 뒤로 좀…… 엄마야."

뒷걸음질을 치던 현경이 누군가의 발을 밟았다. 종점반점에서 막 요기를 하고 나오던 이발사였다. 이미 배갈을 거나하게 마셔 눈자위가 불콰했다. 현경은 고개를 돌리려다 이발사의 툭 불거진 광대뼈에 이마가 부딪칠 뻔했는데 그의 입에서 양파 냄새와 뒤섞여 풍겨나오는 역한 술냄새에 목을 움츠렸다.

"음머 이 아가씨 발등 깨뜨릴랴구? 사람이 뒤에 이렇게 번히 섰는디?"

"죄송해요 아저씨. 제가 모르구서……"

"미안하면 다여? 헤헤 농담여, 농담. 뒤통수에 눈깔 뚫린 사람이 있는가 뭐. 근디 영감님 이쪽 학생이 바로 거시키여?"

"뭐가 거시키여, 거시키는! 대낮부텀 어디서 남세스럽게 술주정이여, 동네 창피스러운 줄 알아야지."

신풍근씨의 콧수염이 부풀어오르면서 침 몇 방울이 튀어올라 앉았다. 현경은 얼른 셔터를 한 번 더 눌렀다.

"영감님도 술주정은 누가 한다고 그 야단이셔? 그냥 놀어보는 거 아녜요. 영감님을 하냥 애달캐달하게 만든 바로 그 한총련이냐구. 궁금하니껜."

재덕이 고개를 홱 돌렸다. 모자 챙 밑의 두 눈에 힘이 들어갔다.

"뭐가 궁금하신데요?"

"아 그러니깐 그러잖아도 경기가 나빠서 말이지 응, 사회가 뒤숭숭허고 우리 같은 사람은 하루 벌어 입에 풀칠하기도 바쁜 판에 대학생들은 데모는 뭐 할라고 허는가 이거지 뭐. 안 그려?"

"……!"

"이 사람아 자네 왜 이러나? 가서 일이나 헐 일이지 웬 시빗거리를 만들고 난리야?"

종점반점 양씨가 얼른 뛰어나와 이발사의 팔짱을 낚아챘다.

"궁금허지, 아 당신은 안 궁금혀? 더군다나 내 동생이 몇 달 뒤면 대학생들헌테 허구한 날 얻어터지는 그 전경에서 제대를 한다구."

"궁금하더라도 나중에 다시 묻든지 말든지 허라구. 웬 행패여! 나랑 한잔 더 해."

"저런 뇌꼴스런…… 끌끌."

신풍근씨는 양씨에게 끌려 주렴 속으로 사라지는 이발사의 뒷모습을 보며 양미간을 찌푸리며 끌탕을 하였다. 재덕은 호주머니 속으로 손을 집어넣어 담뱃갑을 더듬었다.

"할아버지 전 잠깐 요 위에서 바람 좀 쐬고 올게요."

"그럼, 그럼."

"그래서 그 장태장군님은 어떻게 되셨나요?"

현경은 사진기에 얼굴을 들이댄 채 말을 걸었다.

"으응, 어디까지 얘기했더라…… 가설라므네…… 그래 애초부터 살아나시기가 어려운 싸움이었을 게야. 부적 한 장 달랑 앞섶에 달고 총알비 속으로 달겨드는 싸움을 했어야 했으니. 그해 겨울 거듭된 패

전 때문에 결국 일본군 손에 잡혀 돌아가셨지. 배 안에 장태장군의 씨를 겨우 보듬으신 할머님만 간신히 목숨을 건지시고. 할아버지가 애초 병기하셨던 솔뫼마을 뒷산에서 총질을 하며 쫓아오는 일본군에게 그만 뒷다리에 선불을 맞고 붙잡혔다는 소식이 들리자 할머니는 틀림없이 어른께서 돌아가신 줄 아셨지. 하지만 남 몰래 지낼 제삿날이라도 알고 싶었지만 옴쭉달싹 못 하고 숨어 있는 처지에 어디 그럴 수가 있나? 그래서 하루는 할머니께서 황토흙을 담은 소반 위에 밀가루를 훌훌 뿌린 다음 매일 아침 들여다봤었지. 그 얘긴 두고두고 많이도 하셨어. 아, 그랬더니 섣달 초사흗날에 밀가루 위로 새 발자국이 뚜렷이 나타나더래. 그날 이후 할아버지 제삿날이 섣달 초사흗날이야. 그 밀가루를 거둬 마마병을 만드신 다음 정화수 한 그릇을 떠놓고 울음이 삽짝문 밖으로 샐세라 삼키며 첫 제사를 그렇게 지내셨지."

재덕은 빵집 뒤 돌산 쪽으로 오르는 좁은 가풀막길을 올랐다. 시야가 툭 트인 길가에 서서 아래쪽을 내려다보았다. 삼양동이라고 불리는 산자락이 한눈에 내려다보였다. 무너진 집들이 몇 채 눈에 띄었다. 재개발 지역인 모양이었다. 재덕은 담배를 꺼내 불을 붙였다. 재개발 사업이 이뤄지는 바로 옆 구와 경계선을 이루는 한길 가에 있는 할아버지의 빵집도 어쩌면 일이 년 사이에 철거가 될지도 모를 일이었다. 그러면 지금 할아버지가 근근히 손에 쥔 자금력으로 어디 딴 데다 이런 빵집을 차릴 수 있을까? 아니 그만한 근력이 앞으로 얼마나 갈 것인가?

작년인가 언젠가 한번 지나가는 말로 이민을 가자고 조른 적이 있었다. 할아버지는 입을 굳게 다물었다. 재덕 자신은 맘먹기에 따라서 얼마든지 로스앤젤레스에서 청과상을 크게 하고 있는 의붓아버지나 어머니의 추천을 받아 이민을 떠날 수 있었다.

재덕아 사람은 말이야, 그게 그러니까 말이야…… 늙을수록에는 말이야, 한 가지 정신밖에 없는 게지. 이 축축한 땅에 먼저 묻힌 조상님네한테 내가 이 망가진 육신이나마 바쳐야지. 공양을 디리야지 아암…… 아암. 이 땅에 핀 풀과 알곡을 그만큼 악착같이 뜯어먹고 훑어먹고 살았으면 껍데기 같은 육신이래두 말이지, 어데다 묻혀 흙 한 줌이나마 어떻게 더 보태야 하는지 알아야 사람 값을 눈곱만큼이나마 하는 게지. 짐승도 그 정도는 저절로 하는 법인데 무슨 말을 구차스럽게 빼고 보태!

재덕은 손가락 사이에 잡히는 대로 굵은 흙알갱이를 몇 알 움켜쥐고 허공중에 뿌렸다. 길바닥이 아니었더라면 왠지 드러눕고 싶었다. 발치 밑은 사방공사를 해놓은 위로 심은 나무들이 어른 키 정도로 자라나 있었다. 국민학교 때만 해도 그곳은 루핑(검은 기름 종이)으로 지붕을 인 낮은 블록벽 집이 흩어져 있었다. 아이들도 고개를 숙여야 이마를 찧지 않고 드나들 수 있을 정도였다. 그 빈민촌 중간에 모래자루를 매달아놓은 터가 있었다. 그 터 옆에는 이파리가 무성하게 오른 무밭이 있었다. 오후부터 동네 아이들이 몰려와 고무줄놀이나 치기장난을 했으며 일부는 제법 누렇게 바랜 도복을 갖춰 입고 기합 소리를 지르며 태권도 발차기 연습을 하였다. 가끔 교련복을 입은 형들이 올라와 아이들의 자세를 바로잡아줬다. 물론 권투 연습도 이뤄졌다. 학교 급식 빵처럼 검고 두터운 권투 장갑을 낀 채 둘씩 맞붙기도 했다. 그때 재덕은 잠시 권투 도장엘 나가고 있었다. 비탈을 타고 내려가 그 마당 가로 다가선 재덕에게 누군가 톡 쏘아붙였다.

너 뭐야?

구경도 하면 안 되냐?

얼굴이 까무잡잡한데다 좁은 이마 위의 머리마저 심한 곱슬이어서 튀기가 아닐까 싶은 덩치 큰 아이가 흙이 들어간 끈 없는 운동화를 털며 물어왔다. 재덕은 곱슬머리의 유난히 흰 이빨을 쳐다보며 가슴을 쭉 내밀었다.

뭐 구경? 몇 학년인데? 어느 동네서 살아?

……

어쭈 도전이야, 프로포즈야, 애교야?

사뭇 시비조였다. 재덕이 뻣뻣하게 서서 노려보자 곱슬머리는 코방귀를 뀌며 모래주머니에 이마를 툭툭 찧고 있던 빡빡머리 아이한테 고개를 돌렸다.

야, 챔피언! 이거 별꼴이 반쪽인데.

챔피언이라고 불린 아이는 맨발이었고 아랫도리는 복숭아뼈로 한 뼘쯤은 더 올라간 깡똥한 태권도복과 위에는 갈비뼈 윤곽이 오롯이 몸에 착 달라붙는 낡은 자줏빛 폴라를 입었다. 키도 재덕이 정도의 중간키였지만 굵은 힘줄로만 이뤄진 가느다란 발목은 강인한 인상을 주었다. 챔피언이 구름을 밟는 듯 발끝으로 땅을 디디며 가뿐하게 다가왔다.

구경하러 왔으면 그저 얌전히 구경이나 하다 가지 그래.

어? 이봐 챔피언 저 애 도전을 안 받아주는 거야?

넌 좀 찌그러져!

챔피언이 한마디 하자 덩치 큰 곱슬머리는 군말 없이 어슬렁어슬렁 태권도 연습을 하는 아이들 틈새로 끼어들었다. 챔피언은 바로 옆의 텃밭으로 발걸음을 옮기더니 팔뚝 굵기만한 무를 쑤욱 뽑아올렸다. 곱슬머리가 눈이 휘둥그래져서 쳐다보았다. 챔피언은 이파리를 훑어내 밭에다 획 내던진 다음 이빨로 무 껍질을 벗겨 퉤퉤 뱉어냈다. 그의 입 안에서 하얀 무의 속살이 으깨지면서 입가로 거품이 밀려나왔다.

우린 구경하는 건 아무도 안 말리거든.

챔피언이 씨익 웃으며 재덕의 가슴을 손가락 끝으로 콕 찔렀다. 재덕은 몸을 비틀며 손가락을 쳐냈다. 챔피언의 얼굴이 약간 일그러지는가 싶더니 바닥에 침을 탁 뱉었다. 그는 자신의 어깨 뒤쪽 너머로 손가락을 까닥까닥 움직였다. 곱슬머리가 달려왔다. 곱슬머리는 자신을 향해 포물선을 그리며 날아오는 반쪽짜리 무를 황급히 받았다.

너 태권도 좀 하냐?

……!

그럼 권투로 할래?

재덕은 말없이 곳곳에 찢어져 꿰맨 흔적이 있는 권투장갑을 집어 올렸다.

여긴 룰이 있어. 우선 삼 라운드인데 각 라운드는 이 분 싸우고 일 분 쉰다. 세 번 따운되면 자동 케이오구…… 그리고 울기 없기 또 쩨쩨하게 집에다 일러서 아까징끼(머큐로크롬) 값 물어내라고 하기 없기. 알았어? 그럼 야 깜상, 너 시간 재……

경기는 정확히 이 라운드 일 분 이십칠 초 만에 결판이 났다. 운동에는 어느 정도 자신이 있다고 믿었던 재덕은 그 이백칠 초가 얼마나 긴 시간인지 뼈저리게 느껴야 했다. 챔피언의 발놀림은 현란했다. 그는 아예 맨 얼굴을 바로 앞에다 대주는 챔피언의 얼굴을 단 한 대도 때릴 수 없었고 그 대신 챔피언은 정확히 평균 오 초마다 한 대씩 주먹을 날렸다. 주먹을 길게 뻗으면 어느새 귓가로 바짝 달라붙어 올려치기를 날렸었고 관자놀이께를 겨냥하고 힘껏 휘어치면 챔피언은 어느새 재덕의 품을 파고들어 이마를 맞댄 채 히죽 웃으며 옆구리를 야무지게 질렀다. 아마 재덕이가 게이오당하기 직전에 첫 다운을 당해 쓰러져 있었던 칠 초간을 뺀다 해도 대략 마흔 대쯤은 얻어맞았다. 챔피언은 친절하게도 재덕이가 맞을 부위를 미리 가르쳐주며 공격했다. 배!…… 이런 턱이 또 비었잖아…… 바디! 아니지 그쪽말고 왼쪽!…… 관자놀이! 헉헉…… 코피 조심해! 하나뿐인 글러브 젖으면 곤란하다구.

일 라운드의 절반도 지나지 않아 항복하고 싶었다. 울고 싶었다. 그러나 울 수도 없었다. 어느새 명치를 파고든 챔피언의 주먹에 숨이 막혀 목구멍까지 차오른 울음이 아랫배로 쑤욱 빨려들어갔다.

그날은 어머니가 의붓아버지를 데리고 할아버지한테 인사를 올리러 오는 날이었다. 재덕이를 낳은 아버지는 재덕이가 돌을 넘기자마자 요절했으니 어머니는 십여 년 만에 재가를 하는 셈이었다. 며느리를 떠나보내는 할아버지는 무엇이 좋은지 입이 함지박만하게 벌어졌다. 의붓아버지는 재덕이 지레 짐작했던 가발 공장 사장답지 않게 대머리도 배불뚝이도 아닌 살빠진 인물이었다. 재덕은 마치 꿈에도 그리던 아버지가 다시 돌아온 듯한 느낌을 받았다. 진짜 울 아버지였으면! 재덕은 아랫입술을 물어뜯었다.

어르신께서 저희가 새 삶을 살아갈 수 있도록 혼인을 승낙해주십사 하고……

이 늙은이가 무슨 권한이 있다고…… 본인들이 굳게 화합해 부디 잘살기를 바라는 수밖에. 내 술 한잔 받게나.

네 살배기 아버지가 할아버지와 풀빵 기계 앞에서 찍은 사진 밑에서 어머니와 가발공장 사장은 할아버지에게 큰절을 올렸다. 재덕은 오줌을 누겠다며 빠져나와 지금 앉아 있는 자리로 올라왔었고 아래 빈민촌을 내려보다 귀밑 뺨이 발그레 상기된 채 비탈을 타고 그 마당가로 다가섰던 것이다.

재덕은 또다시 손에 잡히는 대로 굵은 마사토 흙알갱이를 집어던졌다. 가발업이 사양길에 접어들고 심한 불황에 시달리자 과감히 공장을 정리한 의붓아버지는 미국으로 이민을 갔다. 중학교 일학년이던 재덕은 다니던 학교나 졸업하고 가겠다며 이 땅에 남았다. 그리고는 작은아버지 댁에 들어갔다. 하지만 고등학교까지 이 땅에서 졸업

하고 한 해 재수를 하면서도 바다로 건너와 대학 공부를 하라는 어머니의 청을 굳이 뿌리치고 건축학과에 입학을 했다. 잘한 건지, 못한 건지…… 가서 의붓아버지 밑에서 과일 상자나 지게차로 옮겨주며 장사나 배워? 아니면…… 재덕은 손가락 끝까지 거의 타들어온 담배를 한 번 길게 빨아들인 다음 구두 밑창에 비벼 껐다.

작은아버지가 아니었더라면 자신도 구속을 면치 못했을 거라고 생각하니 착잡했다. 내가 쥐구멍으로 새듯 빠져나간 비좁은 감방 마루에선 대신 다른 학우들이 시달리고 있겠지 하는 자책감이 들었다.

지난해 가을 부산지검으로 발령이 나 혼자 부임을 했던 작은아버지가 급거 상경해 쇠파이프와 화염병을 든 모습이 사진에 뚜렷이 잡힌 주요 가담자였던 재덕을 단순 가담자로 분류하도록 손을 썼다. 경찰서에서 훈방되던 날 정문 앞에 작은아버지가 차를 대고 기다렸다.

타라. 어디로 갈까? 집으로 갈까?

재덕은 고개를 저었다. 집을 빼고 아무데나 들어가 목욕물에 몸을 담갔다가 우선 푹 자고 싶었다. 차는 강변도로를 달렸다. 재덕은 창문을 열고 쏟아져들어오는 강바람을 가슴 가득히 빨아들였다. 운전대를 잡은 작은아버지는 아무 말이 없었다. 재덕의 눈은 졸음 때문에 자꾸 쌍꺼풀이 졌다. 고개를 몇 번 끄덕였을까 재덕이 눈을 번쩍 떠보니 차가 산속으로 난 도로를 달리고 있었다. 남산으로 접어든 모양이었다. 다시 눈을 스르륵 감았다. 온몸이 젖은 빨래처럼 흐물흐물 늘어졌다. 다시 눈을 떴을 때 차창 밖으로 한강물이 얼핏 보이는가 싶더니 바로 샛길로 빠져 시내 쪽으로 접어들었다. 그 순간 멀미가 날 것 같아서 차를 좀 세워달랄까 싶었는데 마침 오른쪽에 있는 주차장으로 급히 운전대를 꺾었다.

여기서 내릴까?

외벽 주위를 담쟁이 덩굴이 빈틈없이 에워싼 육층짜리 호텔이 보였다. 주차장 쪽으로 난 옆문으로 들어간 작은아버지는 지갑에서 신용카드 같은 것을 꺼내 카운터 여직원에게 내밀며 고개를 바짝 들이대고 특정한 방 호수를 일러주었다. 여직원은 뒤를 한번 돌아다보더니 고개를 위아래로 끄덕였다. 그가 열쇠를 받아들고 올라간 곳은 복도 제일 끝에 있는 육백오호였다. 생각보다 화려하고 큰방이었다.

목욕부터 할래?

그러나 최루액 때문에 등이 헐어 생긴 물집이 아직 완전히 아물지 않아 따가웠기 때문에 욕조에 몸을 담글 수가 없었다. 잠깐 물을 적신 수건으로 찍어내는 게 고작이었다. 그러나 잠은 달았다. 작은아버지는 샤워를 하는 사이 밖으로 나가고 보이지 않았다. 팬티도 걸치지 않은 채 보드라운 침대 위에 엎드려 엿가락처럼 달라붙어 잠속으로 빠져들었다. 얼마나 잤을까, 눈을 떴을 땐 한강 쪽으로 난 창문에 붉은 노을이 걸려 있었다. 작은아버지는 창가의 의자에 앉아 양주잔을 기울이다 재덕이를 돌아다보았다. 한강 주변이라 습도가 높아서 그런지 아니면 착시 때문인지는 몰라도 둥그렇게 지는 해는 평소보다 절반은 더 커보였다.

깼구나?

아 예……

평안하게 잘 자더구나.

저 때문에 심려 많이 하셨죠?

재덕은 얇은 시트 자락으로 앞을 가렸다.

속옷 갈아입지. 구십오호면 되겠지. 그리고 말이야, 대충 요새 애들이 잘 입는다는 셔츠하고 면바지도 사왔는데 맞을지 모르겠구나.

작은아버지가 손가락으로 소파 위를 가리켰다. 옷을 갈아입으면서 보니 식사를 주문해놨는지 둥근 덮개가 맞춰진 큰 쟁반 몇 개하고 소스 세트 같은 게 탁자 위에 놓여 있고 푸른 양주병도 눈에 띄었다.

네가 사수대일 줄은 정말 몰랐는걸.

그는 경제통으로 자리를 굳혀서 그런지 공안 부문에 대해선 잘 모르는 것 같았다.

사수대라고 해서 따로 조직이 있는 건 아니구요. 저도 원래는 단순한 통일 선봉대였어요. 하지만 움직일 수 있는 건강한 남학생들은 대부분 사수대가 될 수밖에 없었어요. 여학생도 보호하고……

사진 속의 네 모습은 너무 딴판이야. 몇 번이고 눈을 씻고 들여다봤단다. 도대체 무엇이 너를 이렇게 내몰았을까? 사상에 대해서 아니?

작은아버지는 창가의 커튼을 치고는 돌아서 다가왔다. 술잔을 채우기 위해서였다. 재덕은 그에게 자신을 닦달하거나 설득하려 할 의도가 없음을 알았다.

자신이 무슨 행동을 하고 있는지는 알아야 해. 그리고 그 행동의 동기가 희망이나 열정이라면 그게 암만 어리석은 것이라 해도 좋고…… 미흡하지만 분노까지는 이해가 돼. 하지만 절망은 안 돼. 그건 인간성 자체를 파괴하기 때문에 해악이라고 할 수 있지…… 있어.

그는 자신의 잔에 술을 따랐다. 독한 술 향내가 코를 찌르자 재덕은 머릿속이 잠깐 아찔함을 느꼈다.

네가 쇠파이프와 화염병을 들다니…… 나는 거기서 우리 가족사의 우울한 초상을 목격했다. 오욕스러운 것이지. 너도 줄거리는 대충 들어서 알고 있을 테지. 흥, 유구한 빵집의 역사…… 그 집안의 아들들 후후.

작은아버지는 피곤한 표정의 얼굴에 미소를 옮게 입혔다. 자조하는 웃음이었다.

내 증조할아버지는 아버지가 입에 침이 마르도록 상찬해 마지않는 동학 때의 반란 농민군의 한 무리를 이끌었지. 촌구석의 별 볼일 없는 집안에서 난세에 뭔가 출세해보기 위해서는 그런 분탕질의 선두로 나서는 길밖에는 달리 없었겠지. 증조할머닌 까놓고 얘기하면 뭇 아전과 사령들의 노리개감이 분명했을 관노 출신이다. 게다가 얽음뱅이였으니 서러움은 더이상 말할 나위도 없겠지. 그 혼돈의 전장터에서 사실 상할머니가 증조부의 씨앗을 진짜로 받았는지도 확실하다고 볼 순 없어. 아버진 오기로 자꾸 우기시지만.

술 한잔할래?

재덕은 고개를 끄덕였다. 작은아버지는 냉장고로 다가가 얼음조각을 꺼내 잔에 담은 다음 양주를 부어주었다. 그가 평소에 즐겨 마시는 발렌타인 십칠 년산이었다. 재덕은 혀끝을 거치지 않고 한 모금 목구멍 안으로 넘기려 했다. 처음에 숨이 확 막히긴 했지만 무사히 위장 안으로 흘러들었다. 불덩이를 삼킨 듯했다. 뇌세포가 천천히 부푸는 느낌이 들었다.

상할머니가 관군이나 일본군의 눈을 피해 간신히 키웠다는 할아버지는 어떻게 사셨는지 아니? 만주에서 일본 관동군에 붙어 그들의 밀정 노릇으로 근근이 입에 풀칠을 하면서 독립군을 때려잡는 일에 앞장서다가 결국 쥐도 새도 모르게 밤 골목에서 목숨을 잃고 말았다지. 아버지 하나 남기고. 아버지가 육이오 때 해병대에 복무한 것만큼은 틀림없는 사실일 거야. 하지만 전투중 부상을 당한 게 아냐. 보초 근무중 실족해서 무릎 골절상을 입었다고 하는데 그 일 때문에 당시 약식 군사재판에 회부됐다는 서류가 남아 있어. 고의에 의한 병역의무기피 혐의가 적용됐는데 재판 결과는 무죄로 나왔고 아버진 소원대로 바로 제대를 했어. 나의 오랜 수사 경험에 비춰볼 때 이 경우는 전쟁공포증에 의한 자해일 가능성이 아주 높아. 하긴 그건 아무 상관이 없겠지. 아버지는 내가 존경해. 평생 불구가 된 몸을 이끌고 빵을 빚어 남의 뱃속을 채워주는 일에 종사하셨으니. 그리고 너도 알겠지만 우울증으로 요절한 너희 아버지, 내 형님이지. 그 양반이 어떻게 돌아갔는지 넌 아직 잘 듣지 못했을 거야. 하사관으로 군에 입대한 너의 아버지는 칠십일년 월남전에 참전해서 그 이듬해 캐논 전투에서 혁혁한 전공을 세웠지. 그때 받은 훈장이라는 게 아마 어딘가 찾으면 나올 게다. 그 양반이 원래 예민한 성격이었거든. 월남전에서 돌아와 제대한 뒤 그 동안 모은 돈으로 벽돌 공장을 친구랑 동업으로 차렸는데 실패했지. 사업은 실패한데다 형님은 얼마 전에 언론에서도 크게 떠들었지만 고엽제 후유증에 과민하게 반응했단다. 형님은 당시 월남전에 함께 간 전우가 화학 부대에 있어서 고엽제에 대한 얘기를 약간 들은 적이 있는데다 과연 귀국하고 얼마 있다보니 이따금씩 만나는 옛 동료들이 원인 모를 병을 앓는 데 충격을 받은 거야. 암, 충격이었지. 그때 재덕이 네가 태어난 지 기껏 몇 달 채 되지 않았을 게다. 유달리 성홍열 같은 게 심해서 온몸에 발진이나 수포…… 설사가 끊일 날이 없었지. 점차 우울증에 빠진 형님은 그것을 고엽제의 후유증이 아기한테 유전된 걸로 오해를 하신 거야. 그때부터 형님의 눈에 광기가 비치기 시작했어. 난폭해졌지. 술주정도 심해지고, 술만 마시면 끝장내겠다고 울부짖었는데…… 어디다 숨겨두었던 권총이었는지……

그만하세요, 제발 좀 그만……

누군가의 손이 자신의 어깨 위에 놓이는 순간 재덕은 움츠렸던 어깨를 폈다.

"여기서 뭐 해?"

"앉아. 취재 잘됐냐?"

"생각보다는 그럭저럭."

"다행이구나. 그리고…… 늦었는데 그날 쫓아내지 않고 재워줘서 정말 고마웠어."

"으응…… 그럼 오갈 데 없는 애를 내쫓냐 어쩌냐? 마침 쥐어서 보낼 돈도 없구. 네가 불쑥 풀려나왔다고 찾아와서 나는 이거 꿈인가 생신가 했어 정말. 근데 어딨다가 그렇게 밤늦게 왔던 거야?"

"작은아버지를 만났어."

"검사 하신다는 분 말이지?"

"응."

"……"

작은아버지와 투숙한 호텔에서 뛰쳐나온 재덕은 곧바로 현경을 찾아갔었다.

"요즘 더 힘들지? 운동에 회의도 생기고?"

"야야, 딴 얘기 하자. 내가 언제 운동했다고 그러냐? 딴 얘기 하자구. 참, 그날 밤 내가 정신이 없는 판이었는데도 네 품안에 안기니깐 거 기분 되게 삼삼하데."

"뭐야?"

"그렇잖아? 그런 경험 처음이었으니."

"그런 경험? 애 좀 봐! 남들이 들으면 무슨 일 난 줄 알겠네. 놀란 새처럼 파들파들 떠는 걸 불쌍해서 진정시키느라고 머리 좀 두 팔로 감싸안아줬더니 뭐라고?"

"농담이다, 농담! 그러게 딴 얘기 하자고 했잖아."

"근데 수업에도 안 들어간다며? 이번 학기는 휴학할 거니?"

"글쎄 아직 고민중이야."

"그만 내려가지. 토란국 끓여놨다고 기다리시는 것 같던대."

저녁으로 곁들인 반주가 좀 과한 듯했다. 신풍근씨는 재덕이 보는 앞에서 평상 바닥을 손바닥으로 두 번이나 탕탕 내리쳤다.

"여러분들은 해병대원의 긍지를 갖고 자율 방범 활동에 임해야 해요. 그게 중요해. 특히 오토바이 타고 다니며 폭주족 행세하는 우리 동네 청소년들을 보면 경찰과 잘 협조하여 무사히 선도할 수 있도록 만반의……"

자율방범대 자문위원과 청소년선도위 위촉위원이라는 직함이 허울은 아닌 모양이었다. 해병대 출신으로 짜인 자율방범대의 더벅머리 청년 두 사람이 신풍근씨 옆에서 한 달에 한 번 펼치는 정기 활동에 앞서서 당부의 말을 들었다. 주걱턱을 한 청년은 반질반질한 군화에다 군복 바지를 입고 근육질의 가슴팍이 훤히 드러나는 가죽 조끼를 걸치고 있었다. 그는 좀전에 빵을 먹으러 왔던 대성철공소의 용접공이기도 했다.

"대선배님 절대 걱정 마십쇼. 우리 저 무스탕이 중고긴 하지만 명색이 백오십 씨씨짜리입다. 낮에 철가방이나 까스통 따위를 싣고 다니던 거 주인 몰래 밤중에 끌고 나와서 설치는 아이들은 걸리기만 하면 완전 우리 밥입다."

물탱크 옆에는 보안등 불빛을 받아 번쩍이는 육중한 오토바이 한 대가 서 있었다.

"임자! 여기 자율대가 야식으로 먹을 찐빵하고 왕만두 좀 푸닥지게 싸주구려!"

"아이구, 어련히 알아서 할까요. 여기 밤더위 피해서 주무시려고 나온 사람들도 있고 하니 그만 말씀하시고 안으로 드세요. 어서요."

"그래. 하지만 이 나라의 질서는 경찰이 지켜주는 것도 아니고 그렇다고 판검사들이 지키는 것도 아니라구! 당신들 같은 젊은이가 잘해야 돼!"

신풍근씨는 재덕과 현경이 겨드랑이를 부축하자 별 저항 없이 일어서면서 판검사라는 말에 힘을 주었다. 이층 뒤곁으로 올라와 평상에 걸터앉은 그는 허리춤에서 파이프를 꺼내 담뱃가루를 엄지로 다지며 말했다.

"그때 재덕이 네가 그 빵을 못 먹었지……"

"저 오늘 빵 원 없이 먹었어요."

파이프 물부리를 입에 문 신풍근씨가 손사래를 쳤다.

"그거말고. 너 그 대학 건물 안에 갇혀 있을 때 말이야. 이 할애비가 얼마나 가슴이 미어졌겠니? 먹을 것도 마실 것도 다 끊어버렸다는 무지막지한 소리는 떠돌지 밖에서는 중무장한 병력이 때려잡으려고 잔뜩 독을 품고 기둘리고 있지…… 평소엔 잘났다고 떠드는 놈 중에 하나 해결하겠다고 나서는 화상은 없지…… 내가 어떡하면 좋았겠냐 응?"

"할아버지 송구스럽습니다. 앞으로 다시는……"

"그런 말 듣자는 게 아냐. 들어보라구. 나는 아무것도 모르는 늙은이지만 한 가지 원칙은 있어. 원칙…… 혼찌검을 내더라도 먹여가면서 해야 한다는 게지. 사람 먹는 것 가지고 우롱하면서 집적거리고 닦달하는 놈들을 보면 그저 한심하다 못해 콱 종주먹을 안기고 싶지. 내가 그 옛날 사일구 일어나던 때도 노상 빵집 주인이었지만, 그 빵 때문에 한때 붙들려가 조사도 메칠 받었지. 거리의 시위대한테 빵을 나눠줬거든, 물하고. 이마빡에 김이 무럭무럭 나면서 뛰는 애덜이 목도 말라하고 허기도 졌길래 데모하는 걸 잘한다고 할 순 없지만 먹고는 해얄 것 아닌감? 사실 부정 선거고 뭐고 간에 난 자유당 정권이 을매나 밀가루 파동을 일으키며 국민들한테 고통을 줬는지 그게 미웠지."

"예에……"

물끄러미 앉아 있던 현경이 수첩 갈피를 열고 부지런히 받아적기 시작했다.

"오일륙혁명 나던 때는 또 시청 광장에 진주한 군인들한테 빵을 쪄 날랐지. 겪어보니 민주당 정권도 부패했더라 이거야. 허구한 날 썩은 밀가루만 풀고 말이지. 근데 이번엔 그러잖아도 손자인 네놈이 그 사지에 기어들어가 있는데 내가 가만히 있을 수 있겠니? 그래서 오전부터 할망구를 닦달해서 빵을 세 찜통이나 쪄서 한 쉰댓 개 비닐에 잘 포장해서 생전 안 매던 등산 가방에 넣고는 마침 비번으로 놀고 있는, 그 개인택시 하는 전라도 김씨 있다구. 그이 차를 만원에 세를 내서 그 대학으로 가자고 했지. 오 개 사단이 깔려도 뚫고 지나갈 길을 알 만큼 서울 지리에 빠꼼하다는 김씨도 이 골목 저 골목을 쑤시고 다니더니 혀를 내두르더라구. 자기가 광주사태 때도 귀신처럼 시내를 쑤시고 다녔다고 한 사람인데 병력들이 워낙 개미처럼 좌악 깔려서 막아대는 데는 두 손 들지 않을 수 없다는구먼. 그래서 돌려보냈어, 오천원 더 보태서. 그리고는 천연덕스럽게 등산 가는 늙은이라고 둘러대며 막무가내로 들어가려 해도 안 돼. 외국인도 막 검문을 해서 닭장차에 실려보내는 걸 보고는 그만 포기했어. 공기는 매캐하고 날은 푹푹 찌고 그랬지. 하지만 저 안에서 굶고 있는 손자놈한테 이걸 먹여야 하는데 하는 마음으로 그 무거운 배낭을 지고도 서너 시간 동안 다리를 쉬지 않았어."

"할아버지 냉수 드시고 말씀하세요."

"으, 으응…… 커, 시원하고. 아, 그래서 어떡하누? 이 더운 날에는 빵이 오래가질 못하거든. 앙꼬도 쉬이 상하고 비닐 안이니까 빵도 다 물크러질 텐데 말이야. 애가 타서 입술은 바짝바짝 마르지. 이건 하늘이 두 쪽이 나도 내 손주한테 먹이긴 글렀구나 싶어서 어느 주택가 골목 목련나무 그늘에 털썩 맥이 풀려 주저앉아서 쉰다는 게 그만 전경 애들 일개 소대 옆이 되고 말더구먼. 근데 보니 그 젊은이들도 고생 많이 하데. 하이바를 벗으니까 안경 쓴 앳된 젊은이들뿐이야. 지들끼리 점심때가 훨씬 지났는데 식사 추진이 안 된다며 돈 거둬서 빵하고 음료수나 사서 때우자고 한숨을 푹푹 쉬는 소릴 들었어. 그 소리를 듣는 순간 나도 모르게 배낭 끈을 풀었어. 그리곤 빵 봉다리들을 하나하나 꺼냈다구. 보니 아직은 먹을 만하고…… 무전기를 들고 있는 고참인 듯한 젊은이를 손짓으로 불렀어. 그 친구 눈이 휘둥그래지더구만. 몇 번이나 고개를 굽신거리며 할아버지 고맙다고 인사를 하고…… 재덕이 네 또래만한 젊은이들이 빵을 허겁지겁 먹으며 허기를 끄는 모습을 보니 그래도 빵을 쓰레기로 버리지 않아 다행이구나 싶으면서도 왜 그렇게 눈물이 나오는지…… 너랑 맞설지도 모르는 젊은이한테 기껏 너를 주려고 갖고 갔던 빵을 먹이고는 그 꾸역꾸역 먹는 전경들 모습을 보니깐 맴이 이상해. 그래도 지금 생각해도 그것 하나는 잘한 일 같아. 내가 취했니 재덕아?"

"할아버지 안 취셨어요."

"아냐, 난 취했어. 말을 막 하는 걸 보니."

"아니라니까요……"

재덕은 눈시울이 붉어졌다.

"그 빵은 이미 제가 먹은 거나 다름없어요 할아버지."

"왜? 어째서?"

"할아버지가 그렇게 인덕을 쌓으셨으니까 제가 그 와중에서도 크게 다친 데 없이 또 일찍 풀려나왔잖아요? 전 그렇게 믿어요."

"그렇게 생각해주니 고맙다, 고마워."

신풍근씨는 재덕의 목덜미에 손을 휘감고 앞으로 잡아당겨 이마끼리 맞대었다.

열시 반. 어느덧 마을버스의 막차 시간이었다.

"그냥 쉬세요 할아버지."

신풍근씨는 부득부득 배웅을 하겠다고 나섰다. 네 사람은 마을버스에 시동이 걸리길 기다리며 나란히 서서 잔모래 같은 불빛으로 가득 찬 세상을 바라다보았다.

"재덕아!"

"예."

"재덕아!"

"예, 할아버지!"

"저 불빛들 보이지?"

"예."

"저 불빛들이 이렇게 멀리서 보면 가물가물한게 불면 곧 꺼질 것 같지만 그 둘레에 서너 명의 식구들이 곤한 몸으로 모여앉아 힘겹게 빚어내는 것이라는 생각 안 해봤니? 저 혼자 고립된 불빛들이란 세상에 하나도 없단다. 있을 수가 없어요."

"그럼 불빛과 불빛 사이는 모두 길이겠네요 할아버지."

"응? 그렇지 허허. 이럴 땐 호랭이가 물어갈 만큼 영특도 허지. 아무렴 끊어진 길이란 없지, 없어."

재덕은 할아버지가 무슨 말을 하려는지 어렴풋이 이해가 될 듯도 하였다.

부르릉 부릉부릉.

"탈 거면 빨리 타슈. 나도 빨리 한바퀴 돌고 집에 들어가야 하니깐."

마을버스 운전기사가 차창을 열고 소리쳤다.

"아, 예 갑니다. 할아버지 또 찾아뵐게요."

"할아버지 고맙습니다. 할머님도요."

"자주 올 필요 없다니까. 너희들 길이나 열심히 가!"

차문을 닫은 마을버스는 곧바로 내달리기 시작했다. 손을 흔들던 재덕은 신풍근배커리 간판을 한 번 더 봐두기 위해 고개를 차창 밖으로 길게 빼 늘였다.

(『문학과사회』 1996년 겨울호)

눈사람 속의 검은 항아리

내가 겸사겸사 미아리 셋집엘 한번 다녀오겠다는 말을 꺼내자 이번에는 어머니가 펄쩍 뛰었다. 그깟 돈 삼만원 은행 온라인으로 부쳐버리면 그만 아니냐는 거였다.

"그 집 남자가 요즘은 문짝 샤씨 달러 다니는 모양이더라. 낮에 가봤자 코빼기도 구경하기 어려워서. 그 예전에 요한네 집에 세살던 오종종한 해자 엄마 있지? 웃음이 헤퍼서 남자한테 그저 얻어맞고 살던 그 여자 얼굴을 꼭 닮은 그 집 여편네도 뭘 하러 쏘다니는지 갈 때마다 아이들만 둘이서 집을 지키고 있더라구."

"그 집 전화번호 있어요?"

"저기 가방 찾아보면 나오긴 나올 텐데. 늙은이 혼자 있는 듯하니깐 아주 만만히 보고 능갈을 치는 데 이골이 났더라구. 두 젊은 양주가 안팎으로 말이야. 여깄다. 구, 일, 사에…… 아유 침침해."

삼만원은 입농 무렵에 연탄에서 기름형으로 바꿔 설치한 셋집 보일러가 기습 한파에 얼었다며 손을 보려 하니 보내달라고 셋집 사내가 기별한 것이었다.

"이 추위에 보일러가 아예 서버렸대요?"

"그런 건 아니고 온수통이 얼어서 따신 물을 못 받아서 쓴다는데 뭔. 지 입으로도 그러더구먼. 보일러 놓을 때 보니 그 온수통께가 허전해서 온 사람들한테 뭘로 좀 덮어야 하는 거 아니냐구 했다는 거야. 근데 요즘 같은 세상에 일 더하기 좋아하는 이가 어딨니? 그러니깐 그 사람들이 아이구 그냥 괜찮다고 그러면서 쓱싹 바르고 시브저기 가더니 그 동티가 났다는 거지 뭐. 자기도 남의 집 문짝서껀 주무르러 다니는 사람이면 눈썰미가 있어서 그런 것쯤은 기술자들이 안 해줘도 스스로 알아서 재활용도 안 되는 그 흔한 누더기 짜배기라도 덮어놔야지 그게 뭐야. 자기 집 아니라고 데면데면하고서는 그것 얼어붙어 따신 물 안 나온다고 돈타령이야, 돈타령을? 내가 자기한테 한 달에 기껏 돈 십만원 셋값 받아서 어느 구녕에 처바르는지 다 알면서 말이야. 지난달엔 재개발됩네 하니깐 이젠 관에서도 달라붙어서 토지세 내라 무슨 세 내라 하면서 거진 돈 삼백이 다 깨지게 생겼는데 말이야. 아주 낯이 맨질맨질한 사람들이야 생각할수록."

이 년 반 전에 성남 근처에서 일 년 계약으로 살던 신혼살림을 접어서 신도시에 들어갈 때 미아리 집에서 혼자 살던 어머니를 모셔왔다. 말이 모셔온 거지 집사람이 다시 직장에 나가기 위해선 아이를 봐줄 사람이 절실했다. 그 때문에 어머니는 뭔가 서운한 일이 있으면 동냥자루 타령을 하였다. 몸도 시원찮은데 애를 보자니 차라리 밥을 빌어먹는 한이 있더라도 혼자 나가서 사시겠다고 까탈 아닌 까탈을 부리곤 하였다. 어머니가 그렇게 큰소리를 낼 수 있는 배경에는 물론 그 세내준 미아리 집이 있었다. 우리가 아니래도 당신 몸 하나 거처시킬 공간은 있다고 은근히 내비치는 태였다.

"더군다나 그 보일러가 완전 새것으로 해단 건데 왜 그리 고장이 쉬 난단 말이야. 얼마나 시덥잖게 다루며 썼으면 몇 달도 채 안 돼 그 지경이 됐을라구."

처음에 셋집에서 겨울을 날 기름 보일러를 달아달라는 연락이 왔을 때 어머니는 중고품을 하나 헐값에 달 요량이었다. 재개발을 앞둔 그 동네도 길어야 일 년 안에 철거가 시작될 기세여서 일 년 쓰고 버릴 것을 굳이 돈 더 얹어주며 새것으로 할 게 뭐 있냐는 생각이었다. 그래서 셋집 여자한테 알아서 중고를 하나 골라보라고 했더니 사십만원 견적이 나왔다고 알려왔다. 그러자 아버지 살아 계실 적부터 친하게 지내온 석유집의 임씨 아저씨한테 전화를 걸어 시세를 알아본 어머니는 혀를 내둘렀다.

"새것으로 해도 사십오만원이면 뒤집어쓰고 남는다는데 뭔 말라빠진 중고가 사십만원씩이야 응? 이놈의 집이 아주 작정을 해도 단단히 한 모양이야. 구 경계선인 한길 너머 미아동 쪽으로는 거진 철거가 끝나서 집집마다 헌 보일러가 남아돌아 너도나도 갖다 쓰라고 난리들이라고 그러더구먼."

"품삯이 많이 들잖을까요?"

"삯이 들어도 그렇지, 그놈의 집이 자기네한테 먼 인척이 되어 잘 아는 물역 가게에서 들여놓겠다 그러는데 그게 바로 아삼륙으로 붙어먹으려는 깜깜한 심보지 뭐야. 그래서 내가 임씨 영감한테 부탁을 해서 아예 새 걸루다 달아달라고 했어. 괜히 중고로 달면 뭐가 어쨌네 저쨌네 뒷말이 많이 나올 집구석이고 그러면 내가 이 시큰시큰한 종짓굽을 이끌고 그때마다 어떻게 달려가겠니? 생각 같아서는 다시 벼룩시장에다 한 줄 신고 싶지만 또다시 몇 번 발걸음하고 도배해줄 생각을 하니 입맛이 써서 원."

"기왕 말 나온 김에 제가 한번 다녀와본다니까요."

"거긴 뭐 허러?"

"창이형 만나서 이런저런 얘기도 들어두면 좋잖아요. 그리고 셋집 연탄광 쪽에 달아낸 작은방에서 가져올 것도 있구요."

"뭘?"

"영정으로 썼던 아버지 사진틀도 솜이불 보따리 틈새에 아직 박혀 있을 텐데……"

"그 생각은 잊고 꿈에도 하지 마라. 그 뱀의 허물 뒤집어쓴 것처럼 아물아물한 사진은 가져다 어디다 두려고? 애어멈이 그 형상을 보면 얼씨구나 하겠구나!"

말은 그렇게 했지만 어머니도 짐짓 내가 한번 재개발을 앞둔 그 동네를 후딱 살피고 왔으면 하는 눈치였다. 서너 달 전에 본격적으로 재개발 승인이 떨어지자 그곳 분위기가 급격히 달라졌다. 심지어는 현대부동산인가 하는 데서 어머니 앞으로도 딱지를 넘길 의향이 없느냐는 제안이 들어와 '넉 장'을 받고 매매를 하기로 전화로 약속까지 했다가 내가 말리는 바람에 취소한 적도 있었다. 마침 임씨 아저씨 아들인 창이형이 재개발조합에서 간사 자리를 꿰차고 있다는 말을 들은 어머니는, 내가 평소 가까이 지내온 창이형을 만나면 그곳 분위기나 시세에 대한 정확한 정보를 얻어듣고 오지 않을까 내심 짐작하는 모양이었다.

경의선 기차를 타고 나와 신촌에서 미아리행 버스에 몸을 실었다. 광화문 네거리를 지나면서 차창 밖으로 펼쳐지는 풍경이 익숙해지면 질수록 내 머릿속에는 그날 새벽의 모습이 좀더 선명히 어른거리기 시작했다. 혹시 그 종이처럼 얇은 기억이 나를 이렇게 사라져가려는 동네로 밀고 가는 것이 아닐까? 정말 그런지도 모를 일이었다. 창이형을 만나 재개발 정보를 듣거나, 아버지 영정을 다시 꺼내오거나, 잇속 바른 셋집 사내를 만나 삼만원을 직접 건네주며 다독거려주려고 나선다는 것은 어쩌면 허울뿐이지 않을까. 나는 머리통에 난 혹을 더듬는 기분으로 손끝으로 옆머리를 짚으며 기억의 끈질김에 대해 새삼 진저리치지 않을 수 없었다. 따져보니 이십 년도 더 바랜 기억이었다. 물론 지금 내가 가고자 하는 미아리 셋집에 대한 기억이 아니라 그 전에 국민학교 시절을 보낸 한 지붕 아홉 가구의 장석조네 집에 대한 기억이었다.

아마 설을 쇤 지 며칠 지나지 않은 때였을 것이다. 양말을 신은 채 부뚜막에 올라서 까치발을 하고 찬장 위에 얹어진 소쿠리 안을 휘저으면 아직도 뻣뻣하게 굳긴 했지만 부침개 쪼가리나 쉰 두부전 같은 게 손끝에 걸리곤 했다. 내가 태어나자 큰외숙모가 엄마의 산후조리를 봐주기 위해 마른 미역을 담아갖고 올 때 쓴 것이라고 하니, 이미 십 년은 지난 그 소쿠리는 낡을 대로 낡아 테두리가 반쯤은 빠져나갔고 군데군데 풀어진 댓개비들이 날카롭게 비어져나와 자칫 맘이 급해 서둘다간 손톱 밑을 파고들거나 손등에 생채기를 내기 일쑤였다.

그 소쿠리를 더듬다가 찔린 가운뎃손톱 밑의 감각이 아직 얼얼한 데다 몇 해 전에 뇌졸중으로 쓰러지기까지 한 아버지가 그 동안 입에 대지 않던 쇠고기 한 점을 배즙과 함께 삼켰다가 며칠째 자리보전을 하던 중이었으니 기껏해야 설에서 사나흘 이상은 벗어나지 않았을 것이다. 어머니는 시큰한 나박김치 국물을 많이 먹으면 육식 때문에 덧이 난 아버지의 고혈압이 풀린다는 말을 어디서 듣고 왔는지 저녁이면 멕기칠이 벗겨진 양푼에 살얼음이 버석버석한 김칫국물을 담아 내왔다. 덕택에 며칠 간 기름 음식에 질린 내게 그 등골이 오싹하고 인중이 고무줄처럼 늘어나도록 차가운 나박김치 국물에 국수를 한 그릇 말아먹는 맛은 별미 중의 별미였다.

그런데 밤새 장을 빠져나와 오줌보로 슬금슬금 고여든 김칫국물이 탈이었다. 평소 같으면 한밤중이나 새벽녘이나 가리지 않고 머리맡에 놓인 사기 요강에다 볼일을 보고 따순 공기가 다 빠져나가기 전에 다람쥐처럼 이부자리 속으로 되돌아오면 그만이었을 터였다. 하지만 설부터 정월 대보름까지 보름 동안은 요강을 쓸 수가 없었다. 어머니가 금했기 때문이었다. 어머니는 자신이 시집올 때 가져온 그 난초 무늬 사기 요강에 대해 엄청난 터부 의식을 갖고 있었다. 그것이 깨지거나 혹은 금이라도 가는 날이면 감당할 수 없는 커다란 동티가 생겨서 끔찍한 경우를 당할 것이라고 굳게 믿었다.

어머니가 전하는 얘기에 따르면 어렸을 적에 외할머니가 요강에 금이 간 것을 보고 걱정하시던 날 밤 소 장사를 하시던 외할아버지가 실제로 뿔이 위아래로 어긋나게 솟은 검둥이 수소를 감쪽같이 도둑맞았다. 어머니의 외가 쪽으로 촌수를 따질 수 없을 만큼 멀어 그저 사돈이라고 부르는 한 집안에서는 평소 새살맞던 며느리가 정초에 요강을 부시러 나왔다가 깬 뒤로 배냇병신을 낳고 결국 집안도 몇 년 안에 풍비박산이 되었다는 것이다. 그런 요강이기에 특히나 정초부터 대보름까지는 각별히 조심하는 게 제일이고 그러자니 아예 화선지로 덮어싸서 부엌 한구석에 모셔두고 쓰지 않는 게 상책이라고 엄마는 일러주었다.

나박김치 국물 때문에 눈을 떠보니, 아니 고개를 이불 밖으로 빼 창호지로 막은 봉창을 보니 아직 어스레한 새벽이었다. 사실은 진작에 깨서 이불 안에서 새우등을 한 채 꼼지락거리고 있었다. 어머니조차 깨어나지 않은 걸로 봐서 어지간히 이른 새벽이라는 걸 알고 있었다. 나는 겁이 많았다. 형을 깨울까 생각해봤지만 새벽잠에 유달리 약한 형이 순순히 내 부탁을 들어줄 리 만무했다. 그렇다고 누나를 깨우자니 알량한 자존심이 허락을 하지 않아 진땀을 흘리며 사타구니를 꽈배기처럼 꼬고 등뼈가 부러져라 구부러뜨렸다. 오줌이 몇 방울 질금거려 허벅지를 땃땃하게 적실 때쯤 해서 나는 욕을 바가지로 얻어먹으며 어머니를 깨울 것인가, 아니면 용감하게 혼자서 아홉 가구가 딸린 기찻집의 제일 끝자락에 서 있는 변소로 갈 것인가 결정해야 했다. 나는 홀가분하게 후자를 택했다.

"어디 가니……"

"아, 아니요……"

"근데 우와기(윗도리의 일본말)는 왜 껴입고…… 부뚜막 옆 밥통에 미지근한 숭냉(숭늉) 있다."

문간 쪽에서 모로 누워 자던 엄마가 고개를 빼 뒤로 제치며 한마디 던지고는 다시 이불을 끌어당겼다. 엄마의 입에서 하얀 입김이 뿜어져나왔다. 아마 내가 목이 말라서 일어난 줄 아는 거였다. 이불깃 위로 대머리 진 이마만 보이는 아버지가 밭은기침을 쏟았다. 또다시 따스했다가 이내 척척해진 오줌 방울이 허벅지를 타고 흘렀다.

"예에……"

뒤꿈치가 헤진 아버지의 낡은 털신을 끌고 사개가 잘 맞지 않아 삐그덕거리는 부엌문을 열며 한 발짝 덜펵 내딛자 차가운 눈가루가 신발등 위를 덮쳤다. 간밤에 내린 눈이 기찻집의 기다란 마당을 곱게 덮어버린 것이었다. 눈빛 때문에 사위는 생각보다 희부윰했다. 오줌보를 미어뜨릴 듯하던 팽만감도 조금 너누룩해졌다.

나는 낡은 털신 밑에서 뽀드득거리는 소리가 나도록 성큼성큼 무릎을 들어 발걸음을 옮겼다. 그리고 아홉 가구가 함께 쓰는 변소 문을 열고 문턱에 올라 두 번씩이나 푸드덕푸드덕 몸서리를 치며 오줌을 갈겼다. 이빨을 위아래로 서너 번 맞부딪치며 뽑아내는 오줌줄기가 원뿔형으로 딱딱하게 굳은 언 똥에 둔탁하게 달라붙는 소리가 들렸다. 곧이어 따스한 오줌 세례를 받은 언 똥이 물컹물컹하게 녹아내리는 소리를 눈을 지그시 감고 듣다가 김이 되어 무럭무럭 콧속을 파고드는 지린내에 코를 쫑긋거리며 돌아나온 것까지는 좋았다.

바지춤을 추스리며 김장독을 가리런히 묻어둔 곁을 어정어정 걸어 나오다가 발끝으로 눈 덮인 가마니때기 밑에서 뭔가 묵직한 것을 밟았다. 가마니때기 속에 발을 담근 채 눈을 푹 뒤집어쓰고 벽에 기대 있던 그 기다란 물체는 고개를 발딱 젖히는가 싶더니 옆으로 풀썩 쓰러졌다. 눈이 털려나간 그 물체는 공사판에서 쓰는 빠루라는 연장이었다. 어른 엄지보다도 굵은 그 기다란 쇠뭉치는 지렛대로 쓰였는데 끝이 물음표처럼 생겼고 또 갈래가 져서 대못 같은 것을 빼는 데 아주 쓸모가 있었다. 그런데 그 빠루가 넘어지면서 하필이면 땅속에 묻지 않고 그냥 바깥에 놔둔 조그마한 짠지 단지를 스치자 뚜껑은 두 동강이 나 떨어졌고 몸통에는 왕금이 좌악 그어졌다. 금은 갔지만 그 짠지 단지가 당장 두 쪽으로 갈라질 것 같진 않았다. 하지만 그 갈라진 틈새에서는 시금털털한 김치 냄새를 풍기는 국물이 찔끔찔끔 새어나오고 있었다.

사태는 명백하고도 돌이킬 수가 없었다. 일어나서는 안 되는 일을 저지른 것이었다. 나는 삭풍이 부는 황량한 벌판으로 변한 마당 가에 서서 힘이 쭈욱 빠져나간 두 어깨를 거느리며 고개를 젖혀 하늘을 바라보았다. 오오, 하느님 지금 무슨 일이 벌어진 것입니까! 그러나 무거운 눈을 밤새 다 털어버린 새벽 하늘은 너무 높이 올라가 있어 내 혼잣소리가 도저히 닿을 수 없었다. 고개를 숙였다. 나는 시치미를 떼고 누워 있는 그 시커먼 빠루가 마치 마녀의 주문을 받아 밤새 뿌린 눈송이를 덮고 위장한 채 기다리다가 내 발길을 일부러 잡아채지나 않았는기 히는 엉뚱힌 의심이 들 정도였다.

나는 어린애답지 않게 몹시 피로하다는 생각이 들었던 듯하다. 그것은 내가 그 순간 헐떡이고 있었던 이유를 적절하게 해명해줄 수 있었다. 피로하다는 것, 이루 말할 수 없는 피로감…… 하긴 어찌 피로하지도 않고 감쪽같이 기절할 수 있겠는가. 바로 그때 내가 피로해야 하는 목적은 두말할 나위 없이 기절하는 것이었다. 기절이라도 하고 나면 이 세상에 뭔가가 달라져 있겠지, 혹은 최소한 모면의 여지는 남겠지 하는 맹렬한 위안이 달라붙었다. 동시에 그 피로감은 어쨌든 세상에 대한 것이라는 게 명백해졌다. 변소에서 오줌보를 비우고 돌아서기까지 나는 너무나 생생했고, 빠루를 밟고 나서 갑자기 피로감을 느끼기까지 불과 십여 초가 흐르는 동안 나는 아무 일도 하지 않았다. 따라서 그 피로감이란 육체적 고단함에서 비롯된 게 아니라 정신적 흔들림에서 우러난 것이 분명했다. 그런 의미에서 그 피로감은 어른에게나 해당하는 피로였다.

한편으로는 그 피로감은 몹시 물리치기 어려운 불길함을 품고 있었다. 몇 해 전 길게 뺀 혓바닥 위에 거꾸로 올려놓은 박탄-D 병의 밑바닥을 손으로 탁탁 두들겨가며 쥐어짠 두어 방울의 알싸한 액체로는 도저히 풀 수 없을 것이라는 확신마저 어렸다. 그리고 무엇보다도 앞으로도 오랫동안 그 피로감을 떨쳐낼 수 없을 것이라는 지루한 예감이 그날 어슴푸레한 새벽에 덮친 절망감의 핵심이었다. 문간통에서 두번째 집구석에 사는 술주정뱅이 고물장수 순심이 아부지의 노상 흐느적거리는 두 팔과 술 때문에 항상 짓물러져 있는 눈자위가 눈앞에 어른거렸다. 아저씨도 나처럼 피로해서 그랬을까? 돌산 밑에서 개를 끄실리다가 덴 손가락에 약국에서 사온 가제를 칭칭 감고 소독을 한답시며 두 홉들이 소주를 다 따른 스뎅 주발 안에 질벅질벅 담그다가 홧김에 그 소주 주발을 잡아채 박탄-D처럼 벌컥벌컥 들이켜던 순심이 아부지도 되게 피로해서 그랬을까.

그런데 그토록 피로한 사람이 왜 뒤늦게 사팔뜨기 여자는 단칸방으로 불러들여 국민학교도 다니지 못하고 실밥 따는 공장에 다니던 순심이를 말이 기숙사지 공장의 골방으로 내보내고 배추 장수가 꿈이던 상준이를 이미 개가한 전처 집으로 억지로 떠맡겨 보내 세상살이의 피로감을 되레 가중시켰는지 모를 일이었다. 그렇게 새로 낸 살림이 채 일 년도 가지 못해 계집이 달아나 깨지고, 오도 가도 못 하게 된 순심이 아부지가 하필 겨울이 닥쳐 일도 안 나가고 전세 보증금을 야금야금 까먹다 또 종무소식이 된 걸 두고, 엄마는 새로 온 여자가 수돗가에서 스뎅 요강을 부시다 내리쳐 찌그러뜨렸기 때문이라며 끌탕을 했다.

엄마가 남의 딱한 사정에 어거지 비슷하게 푸념을 하며 동정의 여지를 누르는 이유는 사실 딴 데 있었다. 순심이 아부지한테 작정을 하고 거금 칠백원을 들여 산 중고 석유 곤로가 보름도 채 가지 않아 결딴이 났다. 제일 밑에 있는 연료통 바닥이 샜던 것이다. 순심이 아부지는 자기가 넘길 때는 아무런 이상이 없었다고 모르쇠를 딱 잡아뗐지만 엄마는 그렇게 생각하지 않았다. 습기 때문에 너덜너덜 부식한 밑바닥에 난 구멍을 임시방편으로 뻬빠질로 때운 흔적이 있다는 거였다. 그 일 때문에 순심이 아부지에 대한 엄마의 감정이 되돌이킬 수 없을 만큼 상해 있었다. 엄마는 새로 끼워넣은 하얀 심지를 꺼내 말렸고 됫병에 종이 깔때기를 꽂고 석유 곤로에 남은 기름을 부어넣고 병 입에 신문지를 박박이 쑤셔넣었다. 그리고 고철값 이백원을 쳐서 줄 테니 자신한테 넘기라는 순심이 아부지의 말을 귓등으로 듣고 내게 누런 울릉도 호박엿으로 바꿔 먹도록 뜻밖의 승낙을 했었다.

아버지가 중풍으로 쓰러진 다음날 아침 제일 처음 들렀다가 한의원으로 가라는, 사실상의 진료 거부를 당한 신풍의원 맞은편의 동사무소 옆 골목길을 타고 꾸역꾸역 올라가다보니 길음초등학교 담벼락을 끼고서 마을버스 종점인 콘크리트 물탱크 밑 차부까지 올라갔다. 구 경계선인 한길을 따라 걸어내려가려니까 왼쪽으로는 임마누엘교회 하나와 구멍가게 한 채를 빼놓고는 이미 철거가 다 끝난 폐허의 등성이뿐이었다. 미처 챙겨가지 못한 망가진 가재 도구들이 제멋대로 누워 있는 벽돌 무더기 사이로 사람들이 자근자근 밟고 다녔을 골목길들이 호젓한 산길처럼 구불구불 뻗어나 서로 얽히고 설켜 있었다. 무너져 방구들이 내려앉은 집들은 터무니없이 작아 보였다. 사방 서너 발짝쯤이나 될까 한 장방형 방 안에서 살을 맞부빈 식구들이 최소한 넷 아니면 우리처럼 여섯쯤일 수도 있었을 것이다. 이제 막 재개발이 결정된 셋집이 있는 오른편 기슭은 겉으론 아직 옛 모습 그대로인 듯했지만, 이상하게도 인적이 끊긴 듯 적조한 분위기를 풍겼다. 어쩌면 벌써 방을 빼 나간 집주인도 있을지 모를 일이었다.

"어머닌 건강하시냐, 어때?"

한길가에서 구멍가게를 겸하고 있는 임씨 아저씨 집 앞을 지나는데 가게 반대쪽 터에서 귀에 익은 목소리가 들려왔다. 나는 반코트 호주머니에서 손을 빼 공손히 고개를 숙였다.

"예에…… 안녕하세요?"

머리가 허옇게 센 임씨 아저씨와 대충 얼굴은 알 만한 술꾼들 네댓이 가게 앞 철거된 집터에서 자그마하게 모닥불을 피우고 모여 앉아 있었다. 그 위에 걸친 프라이팬에서 삼겹살을 굽는 연기가 피어올랐다. 대충 짐작컨대 예전의 88이발관 자리였다. 다들 불콰한 얼굴이었다. 철거하고 남은 터라 그런지 부서진 장롱, 의자 다리, 문설주 등등 모닥불에 넣을 나무 쪼가리 지천이어서 그저 안주거리만 있으면 술추렴을 해서 한낮 거나하게 흔전만전 보내기 맞춤인 나날이었다.

"어딜 바쁘게 가?"

"아유, 아닙니다. 바쁘긴요. 그냥 한번 들렀습니다."

"그렇지. 이젠 들를 때가 되긴 됐지."

임씨는 고개를 무던하게 끄덕이다 프라이팬에서 올라온 연기에 눈가를 구기며 고기를 한 점 집어 깨소금 종지 안에 휘저었다. 옆에서는 고깃점을 양념빛이 좋은 김치에 싸서 길게 뺀 혓바닥 위에 실었다.

"형은 아랫집에 있죠?"

"지금 개 데리고 돌산에 똥 뉘러 갔을 게야. 보다시피 아래루다 말짱 바숴놨으니깐 아무데서나 누이라고 해도 운동 삼아 간다니 뭐. 곧 올 게야. 그건 그렇고 정 바쁘지 않다고 했으니 이리 와서 술이나 한잔해라 너!"

"아, 예……"

방울 달린 벙거지를 쓴 사내가 엉덩이를 들었다 놓으며 모닥불 앞으로 끼어들 틈새를 열어주는 시늉을 했다. 나는 곱은 손을 숯잉걸 앞으로 들이밀었다.

"너 우리 창이 만난 지 꽤나 된 모양이구나. 그치?"

"아, 예 그동안 제가……"

"쩝, 이따 만나서 얘기 좀 나누면 되겠지."

흔적 없이 무너져내린 집터에서 벽돌을 엉덩이 밑에 깔거나 듬성듬성 속이 터진 비닐 소파에 뭉개고 앉아 벽돌 위에 프라이팬을 걸고 낮술을 마시는 광경이 전혀 어색하지 않고 오히려 잘 어울릴 지경이었다. 폐허와 술! 그 광경을 보지 못한 사람은 아마 어떤 허무적인 정조를 떠올릴지 모르나 그것은 야릇하게도 정반대의 느낌을 띠었다. 묘한 활력이라고나 할까. 기름기가 자글자글 흐르는 육질 안주 때문인지 술 한잔에 목을 빼고 걸근거리던 꾀죄죄한 술꾼들의 얼굴이 이미 아니었다. 그들의 얼굴에 궁기라고는 찾아볼 수 없었다. 앞으로 한 해, 아니 길게 잡으면 두 해쯤은 재개발 경기의 훈풍이 그들의 버즘꽃 핀 얼굴에 개기름이나마 번드르하게 발라줄 수 있을지 모른다.

"없어, 남은 거 없어……"

내가 귀기울이지 않는 사이에 누군가 입을 쩝쩝거리며 푸념했다. 딱지 거래 얘긴가 싶어 고개를 돌렸더니 빈 소주병을 잡고 흔들었다.

"이번엔 당신이 한 두어 병 사. 이 참에 나 술장사 좀 하게."

임씨 아저씨가 농을 던지자 기다렸다는 듯 막 이발을 했는지 자를 대고 그은 듯 곧바르게 가르마를 탄 머리에 기름기가 번들거리는 사내가 호주머니에서 구깃구깃한 천원짜리를 두어 장 꺼내 던졌다. 임씨 아저씨가 아무렇지도 않은 표정으로 챙겨넣고는 가게로 가 소주병을 들고 돌아오며 가르마 탄 사내에게 물었다.

"웬 찍다 남은 벼루를 그렇게 많이 두고 갔어? 어제 그저께까지만 해도 애들이 벽돌 틈새를 안 뒤지나 난리들이었어."

"그럼 뭘 해? 그깟 세멘또 덩어리 짐만 되지."

그제야 나는 그 가르마 탄 사내가 88이발소 옆 담벼락 밑에 지붕이 푹 빠진 자그마한 가내 벼루 공장 사내임을 알아보았다. 불과 며칠 전에 집을 허물고 딴 곳으로 옮긴 눈치였다.

"편지가 아직 여기 허물어진 집주소로 오는감?"

"에이구 딴 건 필요 없구…… 오늘니알 중으로 거시키 받을 게 있어서 이렇게 자리를 지키는 거여, 커어."

그만 일어나야겠다고 생각하는데 마침 개를 끌고 내려오는 창이 형이 멀찌감치 보였다.

"민홍이 왔구나!"

나는 엉거주춤한 자세로 한 손을 높이 들었다.

"형 얼굴이 많이 좋아보이는데요. 근데 이놈 그새 많이도 늙었네요."

"이젠 눈독 들이는 사람도 없어."

"무슨 눈독이요? 종자 더 못 쳐요?"

그 개는 온 동네 암캐한테 흘레를 붙여주는 종자 개였다.

"그것도 그렇고 요즘 여기 개가 흔해서 사람들이 심심찮게 개를 꼬실려 먹거든."

"아무래도 경기가 좋아지니까 그간 입에 못 대던 개고기가 날개 돋친 듯하나요?"

"그게 아니고 저 동네 집 다 부수고 나서 임자 잃은 개도 많고 하니깐 먼저 보고 때려잡는 놈이 장땡이지. 저건 뭔 거 같니?"

"그럼 저게……"

"헤에, 아침녘에 발발이 하나 잘못 걸려들어서 바로 매달았지. 냄새 맡아보면 알 텐데."

"멍멍이 고기도 돼지고기처럼 구워 먹어요?"

"그게 또 별미래. 이놈 빨리 집 안으로 들여서 묶어놔야겠어. 같은 종족 살점 굽는 냄새 맡으니깐 흰자위가 돌아가고 뒷다리에 바들바들 힘주고 성질 부리려 드는데. 참 어머니께서 집 내놓으셨다 도로 거둬들이셨데?"

"아, 그거요? 그런 모양이던데 전 잘 몰라요. 어머니 명의로 돼 있잖아요."

"그거 잘하셨어. 파시더라도 내년까지 최고로 오를 때까지 기달려야지. 너랑 같이 사시니깐 당장 뭐 큰돈 필요한 건 없으시지?"

"아, 예…… 그것도 그렇구요, 전 그 셋집 아저씨가 보일러 고쳤다고 어쩌구 구시렁대기도 하고 또 아버지 영정 사진도 아직 거기 골방 구석에 처박혀 있고 그래서요…… 겸사겸사."

"아암, 아무튼 좋아."

그 동안 형은 몸이 골골한데다 직장 없이 가끔씩 아버지 가게에서 석유나 연탄 배달을 해주며 개나 벗 삼고 지내온지라 낼 모레 마흔 줄을 앞두고도 장가를 들지 못했다. 나는 그런 창이 형한테서 예전과 달리 풍기는 활력의 정체를 형이 따로 방을 내서 사는 데를 가보고서야 알았다. 올봄에 내가 들렀던 사랑방교회 위의 허름한 방이 아니었다. 형은 한길을 좀더 타고 내려가다 정육점과 슈퍼 비디오점 미장원이 모인 거리에 있는 연립주택의 반지하방으로 나를 이끌었다.

"형, 방 옮겼어요?"

"응. 너 점심이라도 먹고 가야지."

창이 형은 성실정육점에 들러 돼지고기 한 근을 썰어달라고 했다.

"형은 네 발 달린 고기 잘 안 먹는 등 푸른 생선파잖아요?"

"식성이란 변하게 마련 아냐. 부쩍 근력이 달려서 요즘 육질을 입에 많이 대는 편이지. 사람 입이 간사해서 자꾸 먹어보니깐 또 먹을 만해져."

형의 뒤를 따라 현관문을 들어서는 순간 으레 코를 찌르던 쉬어터진 홀아비 냄새가 풍기지 않았다. 그것보다 반짝반짝 빛나는 휴지통을 필두로 내 눈앞에 펼쳐진 규모 있는 살림집의 모습이 나를 잠시 당혹스럽게 만들었다. 부쩍 근력이 달린다는 형의 말이 무슨 뜻인지 알 듯했다.

"이 사람이 밥 먹고 또 자는 모양이지?"

"예에…… 아니 형 그럼 혹시……"

"올 여름에 그냥 도둑장가 들어버렸지 뭐 헤헤."

"왜 연락을……"

"식은 안 올리고……"

나는 놀라움보다 반가움이 앞서서 입을 쩍 벌리며 뒤에서 형의 두 어깨를 끌어안았다. 그때 방문이 열리면서 아직 잠기가 가시지 않은 눈매를 한 여자가 부스스한 퍼머 뒷머리를 긁으며 원피스 잠옷 차림으로 나왔다. 나도 제법 안면이 있는 여자였다.

"형수님 안녕하세요? 인사 올립니다."

"어머나 챙피, 이를 어째! 오늘 아침따라 얼굴에 물칠도 못 하고…… 아, 누군가 했더니 저기 가겟집 할머니 막내아들 아녜요?"

"왜 아닙니까 하하. 늦었지만 두 분께 진심으로 축하드립니다."

나는 한껏 너스레를 떨었다.

"이거 목살 썰어온 거예요. 그냥 소금구이로 해주실래요?"

깍듯한 존대말을 붙이는 형의 얼굴에 어린애처럼 마냥 천진난만한 미소가 잠시 어렸다. 여자의 퍼머머리를 단발머리로 바꾸어 머릿속에 그려보자 비로소 이름이 떠올랐다. 국희일 것이다. 미아리 셋집 옆의 구둣집 문간방에 살던 효상이 엄마의 동생. 어머니가 국희라고 대뜸 이름으로 불렀던 그 단발머리 아가씨는 처음엔 재봉사였다.

우리집 뒤의 마당 넓은 집이 한때 바느질집을 할 때 효상이 엄마가 자신의 동생을 소개해서 효상이네 다락방에서 자면서 그 집 대문으로 한동안 들락거렸다. 땅딸막한 몸매에 얼굴도 오막오막하게 생겼지만 목덜미에 잔털이 비치도록 귀밑까지 바짝 깎아올린 단발머리가 인상적이었다. 당시 나는 대학생이었다. 이따금 엄마의 구멍가게에 와서 새참으로 단팥빵이나 알밤케익을 나한테 돈을 주고 사서 선 자리에서 눈만 깜짝깜짝거리며 먹곤 돌아갔다. 실밥이 잔뜩 묻은 헐렁한 면바지의 무릎은 풍덩 빠져 있었고 굵은 허리까지 내려온 옷의 밑단추가 가끔 하나씩 풀려 있었지만, 빵을 잔뜩 베문 뽀얀 양 볼따구니 밑으로는 파란 거머리 같은 실핏줄이 해맑게 비쳤다. 나는 그 볼따구니를 흘깃흘깃 훔쳐보느라 요구르트 하나 값을 계산에서 빠뜨릴 적이 많았다.

내가 미국 레이건 대통령 방한 반대 가두시위중 종로 3가에서 연행돼 구류를 살고 나온 동안 그 처제는 어디론가 가고 없었다. 엄마는 내가 들을세라 말세라 어쩐지 그 입술 시퍼런 게 사내깨나 후리게 생겼더리 어쩌구 하면서 구시렁거렸다. 며칠간 동네를 세게 휘젓고 간 사건이 벌어진 모양이었다. 형부와 처제가 붙어먹었다는 내용이었다. 그 가공할 풍문 덕택에 내가 데모를 하다 나흘간 유치장에 있다 나온 사건은 동네에서 흔적도 없이 휩쓸려갔다. 나중엔 결국 정식으로 이혼을 했지만 그때 죽네 못 사네 하던 효상이네 부부도 겨우내 별거를 하더니 이듬해 봄에 다시 합방을 했다. 그 뒤로 효상이 엄마는 자기 동생이 원래 품행이 방정치 못하다고 동네방네 입에 욕을 달고 다녔다.

몇 년 뒤 내가 방위생활을 할 때 단발머리는 돌아왔다. 아니, 긴 머리가 돼 있었다. 그리고 내가 유격훈련을 받느라고 도시락도 싸가지고 다니지 않던 여름철이었다.

"방우 학생, 히힛!"

그녀가 후줄근한 모습으로 부대에서 돌아오던 날 밤 날 불렀다. 알전구 빛이 짱짱하게 내비치는 호남상회 앞 나무 평상 위에 다리를 꼬고 걸터앉은 모습이었다. 석계역 앞 포장마차에서 동기들과 오백원빵으로 소주를 한 병쯤 걸친 취기 때문인지 그날따라 심하게 받은 피티 체조 때문인지, 아무튼 오르막에 코를 박고 오르는 호흡이 거칠었다. 신경이 곤두서 있던 나는 땅바닥에 침을 퉤 뱉는 시늉을 하며 스스럼없이 다가서서 감자와 양파가 반쯤 담긴 라면 박스를 밀치고 평상에 엉덩이를 걸쳤다. 동네에서 오며가며 얼굴 마주칠 기회는 많았지만 서로 인사를 할 만한 숫기도 또 그럴 필요도 없었다. 그녀가 내 코앞으로 방금 딴 차가운 코카콜라 한 병을 내밀었다. 갑자기 목젖을 우그러뜨린 갈증이 나도 모르게 그 병의 잘록한 허리를 덥석 잡게 만들었던 것 같다.

"고생이 많은가봐요."

한번 반말이면 끝까지 갈 것이지 웬 또 경어람! 그녀가 여러 남정네들을 요정냈다는 소문은 이미 듣고 있었다. 요즘 말로 하자면 꽃뱀이었다. 유부남과 붙어놓고는 돈을 뜯었다는 것이다. 나는 대꾸 없이 병을 입속에 꽂고 난 뒤 사레가 들려 기침을 자지러지게 했다. 사실 콜라를 병째로 마시려고 시도한 건 그때가 처음이었다. 고통스런 기침이었지만 마음은 편했다. 그녀는 내 등을 시원스레 두들겨주지도 못하고 두 손을 마주 쥔 채 어쩔 줄 몰라했다. 나는 뭔지 모르지만 재미난 기분이었다. 그녀한테 질펀한 농지거리라도 하고 싶은 심정이었다. 만약 그때 어깨 위에 간신히 달라붙은 줄에 매달린 얇은 윗옷을 거추장스러운 듯 걸치고 있는 두 봉긋한 젖가슴이 벌름벌름 숨을 쉬고 있지 않았고, 그래서 내 아랫도리가 불끈 천막을 치지만 않았더래도 말이다. 나는 바짓주머니에서 동전 이백원을 꺼내 평상에 내려놓고 일어섰다. 뒤에서 욕이 튀었다.

"썅새끼!"

욕과 동시에 동전 하나가 뒤통수를 알딸딸하게 파고들었다. 나는 입술을 종그렸다.

"쐐년!"

그러나 뒤돌아보진 않았다. 슬그머니 맥이 풀어졌기 때문이다.

창이 형이 그런 사실을 모를 리가 없었다. 내가 알고 있는 것은 벌써 형이 다 알고 있는 사실일 터이고, 형이 이미 알고 있다면 그건 어떻게 달리 부를 말이 없지 않을까. 운명이라고 할밖에는. 창이 형과 나는 소금구이에 맥주를 퍼마시고 또 놀러 오라는 형수의 말을 뒤로하고 나왔다. 형은 파출소 건너편에 있는 재개발조합 사무실로 가기 위해 마을버스 돌산 종점으로 올라가는 길이었다.

"형, 늦은 신혼 재미가 어때요? 좋죠?"

순전히 술김이었다. 나는 돼지기름 때문에 더부룩한 배를 쓰다듬으며 물었다.

"헹, 좋나구? 너도 알다시피 내가 개를 오래 길러봐서 이는데 시실은 사람도 짐승하고 크게 다르지 않을걸. 목숨이 끊어지지 않는 한 야만이면 야만인 대로…… 그런데 사람한테는 어쩔 수 없이 미운 정도 있고 고운 정도 있는 거니깐 그거 한 가지 다르다고나 할까……"

나는 으스스 끝에 몰려온 현훈(眩暈) 때문에 눈앞이 캄캄해졌다.

그 캄캄함 속에서 오래 전에 내가 깬 짠지 단지가 두둥실 떠올라주었다. 나는 아직 다 쓰러지지 않은 길가의 전봇대에 시린 이마를 대며 중얼거렸다. 가자……!

그 한마디에 동화 속 같던 온 세상이 한 순간에 흰빛 절망감의 구렁텅이로 변하던 장석조네 집 마당에서 어쩔 줄 모르던 소년의 모습이 환하게 떠올랐다.

나는 깨진 단지를 눈으로 찬찬히 확인하는 순간 입술을 파르르 떨었다. 어찌 떨지 않을 수 있었을까. 그 단지의 임자가 욕쟁이 함경도 할머니임에 틀림없음에랴! 이 베락 맞아 뒈질 놈의 아새낄 봤나, 하는 욕설이 귀에 쟁쟁해지자 등뒤에서 올라온 뜨뜻한 열기가 목덜미와 정수리께를 휩싸며 치솟아올라 추운 줄도 몰랐다. 눈을 비비고 또 비볐지만 이미 벌어진 현실이 눈앞에서 사라져줄 리는 만무했다.

집 안팎에서 귀청이 떨어져라 퍼부어질 지청구와 매타작을 감수하는 게 상수인 듯싶었다. 아무도 밟지 않은 첫길이라고 일부러 발끝에 힘을 주어 제겨딛고 가느라 우리집 앞에서 변소 앞까지 뚜렷이 파인 눈 위의 내 발자국은 요즘 말로 도주 및 증거 인멸의 가능성을 일찌감치 봉쇄하고 있는 터였다. 이미 아홉 가구의 어느 방 안에서인지 잠에서 깨어난 사람들이 내 행동을 처음부터 끝까지 지켜보기라도 한 양 두런거리는 목소리들이 들려왔다. 나는 울기 전에 최후의 시도를 하기로 맘먹었다. 우랑바리나바롱나르비못다라까따라마까뿌라냐……

손오공이 부리는 조화를 기대하며 입 속으로 주문을 반복해서 외었다. 그리고는 고개를 홱 돌려 깨진 단지를 내려보았다. 주문이 헛되지 않았는지 내 입가에 기쁨의 미소가 어렸다. 깨진 단지는 그 모양 그대로였지만 어떤 기발한 생각이 별똥별처럼 머릿속을 스치고 지나갔기 때문이었다. 그렇다 눈사람이다! 나는 가슴이 터질 듯 기뻐 하늘을 향해 두 팔을 쫙 벌렸다. 일단 이 아침만큼은 별일 없이 맞이할 수 있겠지. 나는 장갑도 끼지 않은 손으로 서둘러 주위의 눈을 긁어모으기 시작했다. 마침 찰기가 좋은 눈이어서 손이 한번 닿을 때마다 흙알갱이가 알알이 박인 눈덩이들이 붙어올라왔다. 나는 우선 항아리 주변에 눈사람의 아랫부분을 뭉쳐놓았다. 그리고는 조금 작은 눈덩이를 서둘러 올려놓았다. 그렇게 해서 깨진 단지를 감쪽같이 눈사람 속에 집어넣을 수 있었던 것이다.

"너 벌써부터 나와 노는구나. 부지런하구나."

바로 이웃방에 사는 현정이 아빠가 담배를 꼬나물고 변소에 가려고 내복 바람으로 나왔다.

"방학 숙제로 낼 일기를 쓰는데요, 눈사람 굴리기라도 해서 적어넣으려구요. 앞으론 날이 따듯해서 눈사람을 만들려 해도 그러지 못할 거예요. 이것도 금세 녹을걸요."

나는 빨리 집으로 들어가지 않고 내 앞에서 밍기적거려 자꾸 거짓말을 하게 만드는 그가 얄미워졌다. 그 감정을 눙친다고 하는 게 느닷없이 그가 보는 앞에서 눈사람의 귀때기를 조금 떼어내 입에 넣는 행위로 표출되었다. 찝찔한 것 같기도 하고 맹숭한 것 같기도 한 눈 녹은 물을 뱉으려 하자 혀 아래에 흙알갱이들이 서너 개 걸치적거렸다. 벌써 쉰 줄에 들어선 그가 몇 해 전에 면도사 하는 젊은 마누라를 새로 후려왔을 때 주변에서는 어떻게 다루려느냐는 시샘 어린 걱정이 많았다. 하지만 베니어판을 사이에 두고 그의 옆방에 살던 꼬마인 나는 한밤중에 자신을 불현듯 깨우곤 하는 숨죽인 앓는 소리의 정체를 알고 있었다. 변소가 떠나갈 듯이 소피를 보고 나온 그는 내가 세운 눈사람을 힐끗 보더니 두터운 입술 새에서 담배를 꺼내 눈사람의 입가에 꽂으며 호탕하게 웃었다. 나도 따라 웃었다. 그러자 기다렸다는 듯이 부엌문들이 차례로 열리기 시작했다.

그 현장을 더이상 지킬 수 없었던 나는 그날 하루 동안의 가출을 감행하지 않을 수 없었다. 왜냐하면 눈사람 속에 감춰진 비밀이란 영원할 수가 없어서 반나절만 지나면 오후의 찬란한 햇빛 아래 만천하에 드러나게 마련이기 때문이었다. 비밀이란 햇볕을 피해 곰팡이가 피도록 묻혀 있어야 제격인데, 기껏 푸석푸석한 눈덩이에 휩싸인 비밀이란 애초 성립하기 어려운 것이었다.

그 하루 동안 나는 주로 더러운 곳만 골라서 돌아다녔다. 개똥 천지인 돌산길을 돌아나와, 눈이 녹아 질척거리는 시장거리, 연탄재가 어지럽게 뒹구는 인수교회 뒤쪽의 좁은 골목들을 혼자 떠돌다 딱총용 화약이 숭숭 박인 종이를 두 장 사서 차돌로 터뜨린 다음 콧방울을 벌름벌름하며 한껏 화약내를 맡았다. 가끔 아버지의 아티반을 사러 가는 불란서약국 뒤의 연탄 가스 냄새가 눈을 찌르는 어두운 단골 만화가게에서 호주머니를 탈탈 털어 성인만화를 보며 지금쯤 녹아내렸을 눈사람에 대해 서너 번 생각했다. 마지막 만화책을 처음부터 세 번이나 되풀이 보고 덮고 나올 때 연탄 난로 위에 끓고 있는 떡볶이를 보며 후회했다.

그 길로 처음 볼 땐 한복집인 줄 잘못 알았던 길음천변의 음산한 텍사스 거리를 겁 없이 걸어다녔다. 그런 용기를 준 것은 허기진 배와 눈사람 속에 묻힌 짠지 단지다. 텍사스 거리의 한쪽 끝에 있는 튀김집 거리를 지날 때는 싸구려 기름 냄새 때문에 뱃속의 내장들이 요동을 치다 못해 밖으로 꾸역꾸역 뛰쳐나올 듯했다. 하지만 설에도 집에 가지 못한 손톱이 긴 매춘부들이 건네주는 오징어 튀김의 유혹에 굴복하진 않았다. 나중에 떨어질 매와 꾸지람을 이겨내기 위해서라도 다른 것은 다 더럽혀져도 자존심만큼은 더럽힐 수 없었다.

그리곤 어느덧 해질녘…… 이미 비밀이 다 까발려졌을 아홉 가구 집으로 돌아갔다. 대문간 앞에서 나는 심호흡을 몇 번이고 했다. 엄마한테 연탄집게로 맞으면 안 되는데 싶은 생각뿐이었다. 하지만 내가 대문간 앞을 흐르는 시궁창을 가로지르는 돌다리를 건너갔지만 아무도 나를 보고 아는 체하는 사람이 없었다. 내게 일제히 안됐다는 시선을 던지며 몰려들었어야 할 사람들이 평소와 다름없이 냄비를 들고 왔다갔다했고, 문짝에 기대 입을 가리고 웃었으며, 수돗가에 몰려나와 쌀을 일며 화기애애하게 얘기를 나누고 있었다. 심지어 수돗가에서 시래기를 다듬다 마주친 엄마도 너 점심 굶고 어디 갔다 왔니, 하는 지청구조차 내리지 않았다. 나는 무척 혼돈스러웠다. 사람들이 나를 더 곤혹스럽게 만들기 위해 일부러 짜고 그러는 것도 같았다. 나는 얼른 눈사람을 천연덕스럽게 세워두었던 변소통 쪽을 돌아다보았다. 거기엔 아무것도 없었다. 눈사람은 깨끗이 치워져 있었다. 물론 흉칙한 몰골을 드러내고 있어야 할 짠지 단지도 눈에 띄지 않았다. 도대체 무슨 일이 일어난 것일까?

나는 나를 둘러싼 세계가 너무도 낯설게 느껴졌다. 내가 짐작하고 또 생각하는 세계하고 실제 세계 사이에는 이렇듯 머나먼 거리가 놓여 있었던 것이다. 그 거리감은 사실 이 세계는 나와는 상관없이 돌아간다는 깨달음, 그러므로 나는 결코 주변으로 둘러싸인 중심이 아니라는 아슴프레한 깨달음에 속한 것이었다. 더이상 나를 상대하지도 혼내지도 않는 세계가 너무나 괴물스럽고 슬퍼서 싱거운 눈물이라도 흘려야 직성이 풀릴 듯했다. 하긴 눈물 서너 방울쯤 짜내는 것은 일도 아니었으니까. 난 시래기 줄기가 매달린 처마 밑에 서서 몇 방울 떨구며 소리없이 울었다. 차라리 그 깨진 단지라도 제자리를 지키고 있었다면 혼은 나더라도 나는 혼돈스럽지도 불안해 하지도 않았을 것 아닌가.

"뭘 잘했다고 소리 없이 눈물을 꼭꼭 짜니? 정초부터 에밀 못 잡아먹어서 그러니? 넉살 좋게 단지를 깨뜨려 눈사람 속에 파묻을 생각은 어찌 했담."

엄마가 물에 젖은 손으로 내 볼따구니를 야무지게 잡아 비틀며 어이가 없다는 듯 픽 웃음을 지었다. 그 얼얼함이 내 균형감각을 바로잡아주었다. 아주머니들의 웃음소리 사이에서 나는 울음을 딱 그쳤다. 그리고는 어른처럼 땅을 쿵쾅거리며 뛰쳐나와 이 골목 저 골목을 헤집으며 어딘가를 향해 가슴이 터져라고 마구 달리고 또 달렸다. 그렇게 컸다.

"그래 딴 데는 안 들르고?"

"오다가 저기 전에 살던 기찻집이라고 있어요. 옛날 침례교회 밑에 말예요."

"으응, 있었지."

"거기 뭐 좀 볼 게 있어서 들어가려다 개조심이라고 씌어 있어서 제대로 보지도 못하고 나왔어요. 보니깐 너무 바뀌었어요. 지붕도 기와에서 슬래브로 바뀌고 마당 쪽까지 집을 새로 지어서 반지하까지 치면 이층이나 다름없대요."

형이 고개를 건성으로 주억거렸다.

"형, 조합일 보면 보수는 좀 나와요?"

"돈?"

"예."

"정식으로 받는 급료는 한푼도 없지. 하지만 나야 큰돈은 못 만지지만 청탁이 큰 이권사업이 물렸으니 잘만 하면 떡고물깨나 묻힐 수 있는 자리지, 그 자리가. 근데 너 참 아버님 틀사진 가지러 왔다며 아랫집엔 안 들를 거니?"

"그만둘까봐요. 대낮부터 벌겋게 술도 마시고…… 또 불쑥 찾아간다는 게 좀 그렇잖아요. 돈 삼만원 건네주는 건데 엄마가 말한 대로 온라인 이용하는 게 낫죠 뭐."

"그건 또 그래. 그럼 나랑 같이 마을버스 타고 내려갈래? 지하철 타려면. 아니면, 나랑 조합 사무실에 들러서 커피나 마시며 이곳 돌아가는 얘기나 좀 듣고 가든지."

"듣긴요 뭘. 형이 어련히 잘 알아서 해줄까."

"내가 해주긴 뭘. 네가 딱지를 팔고 싶다든지 아니면 그냥 입주를 하겠다든지 가부간에 결정을 내리면 내가 아무튼 최고 시세로 되도록 다리는 놔줄 순 있겠지. 내 생각엔 니가 어머니를 모시고 있으니까 당장 현찰이 필요한 게 아니라면 이리저리 굴려서 분양받을 때까지 기다렸다가 처분하는 게 장땡인데."

"예…… 엄마가 결정을 할 거예요. 전 심부름이나 몇 번 하면 되겠죠 뭐."

아무래도 마을버스 종점까지 가기는 그른 모양이었다. 거기까지 간다고 해서 변소가 어서옵쇼 하고 대령하고 있으라는 법도 없지 않은가. 나는 똥이 마려웠던 것이다. 아랫배가 이렇게 딱딱한 걸 보니 모르긴 몰라도 애들 팔뚝만한 걸로 한 자쯤은 뽑아낼 수 있을 듯했다.

"형 먼저 가세요. 전 다음에 또 올게요."

"왜? 버스 안 타?"

"예, 뭐가 갑자기 생각나서요."

나는 미주알에 힘을 잔뜩 주고는 형의 등을 떼밀어 마침 출발하려고 하는 마을버스 안으로 밀어넣었다. 그리고는 폐허 사이로 난 내리막길을 내달렸다. 반쯤 부서진 집들이 몇 채 보이자 나는 그리로 뛰어들었다. 아무리 사람이 버리고 간 집이지만 똥 눌 곳이 마땅치 않았다. 얼마 전만 해도 밥 먹고 잠 자던 부엌이나 방이라고 생각하니 선뜻 바지춤을 까내릴 수가 없었다.

잠시 주춤거리는 새에 마침 세로로 절반쯤 깨진 큼직한 항아리가 눈에 띄었다. 그 안에는 아마 그 항아리의 반을 깨고 들어왔을 한 뼘짜리 벽돌이 들어 있었다. 크기로 봐서는 한 열 명쯤 되는 식구는 좋이 먹여 살렸을 장독 같았다. 나는 누렇게 마른 소금기 자국이 얼비치는 옹색한 항아리 안으로 엉덩이를 비집고 들어가 벽돌과 깨진 장독 쪼가리를 디디고 서서 허리띠를 풀었다. 귀밑이 달아오르도록 용을 쓰느라 기침이 터졌다. 기침이 끝나자 나는 서러운 아이처럼 입초리가 비죽비죽 위로 치켜져 올라가는 걸 알았다. 울고 싶은 모양이었다. 나는 구린내가 나는 두 가랑이 사이로 고개를 바짝 쑤셔박고 굵은 김이 무럭무럭 오르는 굵은 황금빛 똥을 쳐다보았다. 왠지 모르게 뿌듯했다.

그런데 나는 왜 구린내가 진동하는 깨진 항아리 속에서 똥을 누는데 울고 싶어졌을까? 늙은 어머니와 아내 그리고 이제 막 초콜릿 맛을 안 네 살배기 아이, 이렇게 세 사람의 식솔을 거느린 가장이 비록 속눈썹이나마 이렇게 주책없이 적셔서야 되겠는가, 아아. 하지만 여태껏 나를 지탱해왔던 기억, 그 기억을 지탱해온 육체인 이 산동네가 사라진다는 것이 아니겠는가, 나를 이렇게 감상적으로 만드는 게. 이 동네가 포크레인의 날카로운 삽질에 깎여가면 내 허약한 기억도 송두리째 퍼내어질 것이다. 그런데 나는 기껏 똥을 눌 뿐인데…… 그것밖에 할 일이 없는데……

똥을 다 누고 난 나는 빈집을 나와 모래주머니를 발목에서 풀어낸 달리기 선수처럼 가뿐하게 폐허 사이로 뚜벅뚜벅 걸어 들어갔다. 뒤를 돌아다보니 냄새를 맡은 누렁이 한 마리가 내가 나온 집으로 코를 쑤셔박고 들어가는 모습이 보였다. 나는 입술을 굳게 다물었다. 그리고는 뭔가를 잃어버린 사람처럼 주위를 계속해서 두리번거리며 걷기 시작했다.

(『21세기문학』 1997년 봄호)

내 마음의 세렝게티

"이번 연수는 말이 좋아 연수지 거의 지옥훈련이나 다름없다며?"

"왜?"

"척 보면 몰라? 연수원엘 보내면서 인사부 대기는 왜 시키겠어? 너그들은 이제 파리 목숨이다 이거지 뭐."

다른 사람들의 짧고 고단한 수면을 방해하지 않겠다는 듯 한껏 좁아진 목울대에서 조근조근 빠져나온 목소리들이 뒤통수 언저리를 휘감아돌았다. 그 바람에 뒤로 젖혔던 고개를 바로 세운 나는 양쪽 안경 사이로 손가락을 밀어넣어 억지로 잠을 청하느라 뻑뻑해진 눈두덩을 서너 번 꾹꾹 눌렀다. 잠기가 채 가시지 않은 다른 목소리가 끼어들었다.

"저…… 인사팀에 내 동기가 하나 있는데 임원회의에 올라가는 연수 기획서를 슬쩍 봤다는 거야……"

"거봐, 내 말이 맞지? 지옥훈련……"

"좋아하시네…… 인간 개조 프로젝트래……"

"인간 개조?"

삐그덕거리는 의자 소리가 들려왔다. 내 의자 밑에서도 나는 소리였다.

"쓰발, 알쪼지 뭐. 너희들 이래도 안면에 철판 깔고 안 나가면서 개기겠느냐 이거지 젠장……"

으음 하는 긴 신음 소리가 나지막이 흐르고 난 적막한 공간을 코 고는 소리와 스포츠신문 따위를 뒤적거리는 소리가 채웠다. 간밤에 마신 술이 덜 깬 사람이 많은지 남한강을 낀 양평에 자리잡은 회사 연수원을 향해 고속도로에 코를 박고 고꾸라질 듯 달리는 버스 안은 시금털털한 술냄새로 출렁거렸다. 나도 마찬가지였다. 새벽 다섯시 반까지로 못박은 출발 시각에 맞춰 본사 현관 앞에 닿으려면 새벽 한시가 넘어 술에 떡이 된 채 부슬비를 맞으며 들어간 집에서 눈을 붙이는 둥 마는 둥 허겁지겁 다시 달려나와야 했다.

나는 안경을 벗어 무릎 위에 올려놓고 양 손바닥을 맞부빈 뒤 마찰열이 식을세라 얼른 눈두덩에 대고 마사지를 했다. 모래가 들어간 듯 깔깔했다. 때에 전 커튼을 밀자 마침 내가 앉은 창가 쪽으로 물기를 머금은 구름 쪼가리들 사이를 뚫고 샛노란 햇동이 부챗살처럼 터오고 있었다. 그 광경을 물끄러미 쳐다보고 있자니 명치 끝에 체증처럼 괴어 있던 피로감이 조금은 삭아내리는 느낌이 들었다.

그래, 어떡하든지 간에 살고 보자…… 지옥훈련이면 어떻고 인간 개조 훈련이면 어떠랴. 비서실 대기 발령을 받은 사람들도 있는데. 그래도 연수원 입소 명령을 받은 이는 연수 끝나고 나면 큰 잘못이 없는 한 현업부서에 재배치하겠다는 시사이고 결국 목숨은 보장이 된 셈이지 않은가. 입 안에 가득 고인 생침을 칼칼한 목구멍 너머로 넘기자 어젯밤 비서실 대기 발령을 받고 같이 술을 마신 국제부의 추희엽

대리의 처연해 하는 모습이 떠올랐다.

형, 사표 쓴다고 설마 산 입에 거미줄 치겠어? 얌마, 사표는 무슨 사표야! 차라리 명퇴 신청하랄 때 했어야 하는 건데…… 슷…… 시끄러워!

그는 대학뿐 아니라 입사도 내 일 년 후배였다. 넌 괜찮을 거야. 외국어 구사 능력도 그렇고 인간관계도 원만한 편이잖아? 말은 그렇게 했지만 분위기상 비서실 대기 명령이란 그만두라는 말임을 모르는 사람은 없었다. 인사부 대기도 아닌 비서실 대기 동안에는 재취업이나 유망 자격증, 창업 정보 등에 관한 사회 적응 교육 내용이 일색을 이뤄 사실상의 권고사직 교육이라는 소문이 파다했다.

형, 모멸감을 참을 수가 없어! 하수구통의 시궁쥐 알지? 그것들이 내 머리통에 깔긴 오줌을 뒤집어쓴 듯이 더럽고 역겨워! 진작에 때려치우고 나가서 회계사 준비를 하든지 아니면 동시통역 대학원을 진학하든지 해서 자립을 했어야 하는 건데 아아, 후회스러워 정말! 이 회사는 더이상 사람 다닐 데가 못 된다구. 맞아, 그건 네 말이 맞아…… 그렇게 말하면 난 또 뭐냐? 증권회사랍시고 들어와서는 실무를 익혔냐 하면 그것도 아니고, 이날 입때껏 인사부 아니면 홍보부에서 기안하는 펜대나 굴리다가 이제 와서 가라면 어디로 간단 말이야 응? 일선 영업 창구로 보냈다가 결국 몰아내려는 수순을 밟기 위해 명색이 연수지 보나마나 신입사원 극기훈련 식으로 굴릴 텐데……

"김형, 뭘 그렇게 한숨을 푹 쉬어요?"

나도 모르게 뿜어져 나온 한숨 소리에 옆사리에 앉은 최기석씨가 팔꿈치로 어깨를 툭 건드렸다. 나는 말라비틀어진 옥수수 수염을 빗어놓은 듯 뇌리끼리한 곱슬머리 밑에 걸려 있는 진한 잠자리 안경테 속에서 꿈뻑거리는 그의 눈동자를 슬며시 들여다보았다. 하관이 긴 말상인데다 유난히 흰자위가 많이 드러나는 그의 커다란 눈망울을 보고 있자면 그가 흔히 독기로 똘똘 뭉친 전형적 인물로 거론되는, 최씨 성을 지닌 곱슬머리에 옥니박이라는 사실이 믿겨지지 않았다.

"글쎄요. 그저…… 버릇이 됐나봐요."

그는 두터운 원서 갈피에 보람줄을 박은 다음 조심스레 덮었다. 제목을 얼핏 보니 해외 자금의 흐름에 관한 책인 듯싶었다. 입사 때부터 사내 경제연구소에 배치된 그는 핫머니 전문가였다. 핫머니란 국제 금융 시장에서 구름처럼 떠돌다가 단기간에 걸쳐 매매 차익을 남기고 빠져나가는 투기성 자금을 일컫는 말이다. 그가 연수원 입소 명령을 받은 사실은 내게 좀 뜻밖으로 받아들여졌다. 모름지기 세계화라는 구호가 자연스레 입에 붙는 시대가 아닌가? 자본 시장 개방이다 어쩌구 하는 판에 그같은 핫머니 전문가를 그렇게 홀대한다는 게 나로서는 선뜻 이해가 되질 않았던 것이다. 한 가지 추측해볼 수 있는 여지는 있었다. 그것은 다름이 아니라, 그가 분석한 자료에 따라 외국환이나 금융 상품에 베팅을 했다가 회사 쪽에서 큰 손해를 보자 그에게 문책의 의미로 연수원 입소를 명령했을 가능성이었다.

지난해 초여름쯤 회사 근처의 태양빌딩 지하에 있는 벅시(BUGSY)라는 카페에서 우연히 만난 그의 모습은 내게 핫머니를 다루는 이의 정신적 긴장감이 얼마나 큰지를 생생히 보여주었다. 와이셔츠 소매를 걷어붙이고 카운터 앞에 혼자 앉아 스트레이트 잔을 기울이고 있던 그는 나를 보자마자 팔뚝을 손수건처럼 공중으로 휘휘 내저으며 불렀다. 그 앞에는 이미 반쯤 비운 국산 양주병이 놓여 있었다.

어이, 김형!

불콰한 얼굴이 된 그에게 다가서다 말고 나는 함께 온 여자를 어떻게 해야 할지 몰라 잠깐 어색한 미소를 지으며 머뭇거렸다. 내 뒤를 따라 들어온 박선영이라는 여자는 선배가 운영하는 출판사의 직원이었다. 일 년 전부터 선배와 만나는 술자리에서 몇 번 어울렸는데 밤이

깊어 공릉동에 있는 그녀의 자취방까지 빗길에 택시를 같이 타고 따라갔다가 충동적으로 관계를 맺은 일이 있긴 하지만 그 뒤로는 연락이 끊긴 사이였다. 그날은 우연히 국회도서관으로 몇 년 전 잡지에 실린 단편소설을 복사하러 왔다는 그녀가 전화를 걸어왔기에 저녁이나 같이 먹으려 했던 게 이차로 술집까지 진출하게 된 것이었다. 내가 그녀에게 구석의 빈 테이블을 가리키며 좀 앉아 있으라는 시늉을 하자 그가 다시 손짓을 보냈다.

어허, 그러지 말고 애인 되시는 분도 함께 이리로 모시지 그래 응!

평소 과묵한데다 입사 동기긴 했지만 그렇게 친하게 지내온 사이가 아니었기에 그날 그의 모습은 나로선 몹시 낯설지 않을 수 없었다.

오늘 무슨 기분 좋은 일이라도 있는 모양이네요?

김형한텐 그렇게 보이슈?

그럼 아녜요? 그렇게 보이는데.

하하, 그렇다면 내 한잔 사리다! 김형이 모처럼 만에 몰래데이트를 하는데 내가 훼방을 놓는 게 아니라면 말이우.

몰래데이트라뇨! 소개가 늦었는데 이쪽은 제 선배님 출판사에서 일하시는 분이에요. 우리 회사 앞에 볼일이 있어 왔다가 만나는 바람에 저녁이나 같이 하려고 한 건데요 뭐.

껄껄, 누가 뭐래요 글쎄. 아무튼 전 최기석이라고 합니다. 보쇼, 여기 잔 두 개만 갖다줄래! 그래…… 전 김형하곤 같은 하우스에서 밥을 벌어먹구요.

코끝까지 밀려나온 안경 너머 술기운에 젖은 그의 눈동자는 곤 달걀처럼 개개 풀어져 있었다. 그의 호탕한 웃음소리를 들으며 나는 이 작자가 진짜 최기석이 맞는가 싶어 그의 얼굴을 힐끗힐끗 쳐다보면서 말했다.

선영씨, 이분은 우리 회사에서 아주 잘나가는 국제 금융 전문가로 통해.

잘나가는? 하하, 김형 오늘 내가 한 건 히트쳤시다, 히트. 자그마치 삼십육만 달러를 회사에 벌어다줬다 이거요.

그러면 우리 돈으로 삼억이 넘네요?

새침하던 표정에서 대번에 휘둥그래진 여자의 눈을 보자 그는 신명이 나서 떠벌이기 시작했다.

바로 앞전에 쥐 쎄븐이 열렸지요?

쥐 쎄븐?

거 있잖아요? 달러화가 자꾸 바닥을 치며 폭락을 하니까 그것을 막으려고 서방쪽 선진국 일곱 개 나라에서 재무장관들을 보내서 회의한 것 말예요. 그게 쥐 쎄븐이라는 건데, 그 회담이 끝나기도 전에 내가 서둘러 달러화를 매각하자 이렇게 제안했죠.

거 참…… 달러화 부양책이 나오면 달러 가치가 높아질 테고 그러면 꼭대기까지 오를 때까지 놔뒀다가 그걸 팔았……

히히, 딴 딜러들은 다들 아마 선진국 중앙은행들이 짜고서 외환 시장에 개입을 할 거고 그러면 당연히 달러화가 반짝하는 반등세로 돌아설 것이다 이렇게 예상했지만 난 돌아가는 상황으로 볼 때 뾰족한 수가 나올 수 없다고 판단했다 이거지. 그래서 베팅에 건 게 모두 천팔백만 달러고 그것이 사흘 동안 자그마치 이 퍼센트라는 높은 수익률을 올리는 바람에 회사에 뜻밖에 효자 노릇을 톡톡히 했지 아암. 이 퍼센트니깐 이팔은 십육, 이일은 이 해서 모두 삼십육만 달러가 고스란히 굳었다는 거 아냐.

아니, 최형만 그렇게 반대로 예측할 만한 무슨 근거가 있었어요? 정보랄지.

그거? 글쎄 근거를 따지고 들자면 한이 없고 또 늦어요, 늦어. 분석하고 어쩌구 하다보면 정작 밥은 다 타버리지. 그럴 땐 순전히 감이 장땡이지 뭐.

어머, 그렇게 큰 돈을 감으로 해요? 무섭지 않으세요? 도박하는 것 같아서.

그렇죠. 도박…… 바로 그거예요. 하지만 위험을 사랑하지 않으면 역시 돈을 사랑할 수 없는 법 아닌가요? 이게 제가 신봉하는 신조입니다. 사랑도 마찬가지잖아요? 위험한 것일수록 짜릿하고 즐길 만한 가치가 있듯이 말예요.

그는 술잔을 쥔 손으로 우리 두 사람을 차례로 가리키며 쭉 들이켠 다음 내게 잔을 돌렸다.

그래, 대어를 낚았으니 기념으로 한잔할 만도 하군요. 근데 그렇게 히트를 칠 때 기분이 어때요?

어떠냐구?

물론 말할 수 없을 만큼 째지겠지만 어디 들어나 보자구요.

컴퓨터 모니터로 히트를 확인하는 순간의 기분이라…… 샤크일 거요…… 그거밖에는 달리……

샤크? 상어? 샥스핀 같은…… 그러니까 상어의 지느러미 요리를 맛보는 기분이다? 난해한데.

이런 쯧쯧……

아항, 충격…… 쇼크 말이지요.

난 처음에 쇼크라는 말을 샤크로 본토식 발음에 가깝게 한 그의 말을 알아듣지 못했던 것이다.

그래 그거요. 어떤 충격 같은 거…… 여자분이 계신 자리에서 좀 노골적인 표현이 될지는 모르겠는데 거의 오르가즘에 해당하는 느낌이라고 해도 지나친 말이 아닐걸. 흥분 때문에 오한 같은 떨림이 등줄기를 좌악 훑고 지나가면서 머리는 파도 속에 담근 듯 아무 소리도 들리지 않는 먹먹한 상태 있잖아요. 바로 그런 것 같아.

몰라…… 난 불감증이라서 그런지 몰라도 아직 오르가즘을 그렇게까지 느껴보진 못했어요.

하하하!

그때 그가 얼마나 부러웠는지 모른다. 자본주의의 꽃이라는 증권회사에 뛰어들었다면 의당 그 정도의 판돈을 건 어마어마한 도박을 하고 싶은 욕심이 누군들 없었겠는가. 내 앞에 앉아 있는 그는 이 체제의 화려한 꽃술에 부드럽고 긴 빨대를 꽂고 꿀을 한껏 빨아들이는 나비처럼 보였다. 그에 비하면 땀으로 구겨져 등짝에 붙은 내 셔츠는 마치 나방의 날개처럼 초라하고 후줄근해 보였다. 그래서 나는 그가 당연히 인사부 대기 명령자의 명단을 적은 인사 방이 게시판에 나붙자마자 회사의 방침에 반발을 해 사표를 제출할 것으로 예상했다.

그러나 그는 회사 본관 앞에서 벌어진 새벽 점호에 모습을 드러냈다. 제법 쌀쌀해진 새벽 기운 때문에 바바리 코트 깃을 한껏 세우고 자라목을 한 입소자들이 시동 소리로 몸을 떠는 낡은 관광버스 근처에서 삼삼오오 모여 얘기를 나누고 있었다. 택시에서 내려 잠깐 주위를 두리번거리던 나는 화단 뒤쪽 길가에서 담배를 피우고 있는 그를 발견하고는 반가운 표정을 지으며 종종걸음을 쳤다.

"어이 최형, 거기서 뭐 하쇼?"

"흐흐흐, 김형도 오셨군요."

"내가 용 뺄 재간이 있나요 뭐."

말없이 고개를 끄덕거리는 그의 입가에는 버짐이 핀 듯 살비듬이 부시시 일어나 있었다. 그가 호주머니에서 빼내 권하는 슈퍼슬림형 담배를 내가 한 개비 뽑아들자 찰칵 소리와 함께 어느새 그의 한 손에는 뚜껑이 열린 지포 라이터가 새파란 불꽃을 피워올렸다. 멕기칠이 벗겨진 낡은 지포 라이터를 다루는 동작이 마치 서부영화에서 본 총잡이의 총 다루는 솜씨를 연상케 했다. 나는 손바닥으로 불을 감싸쥐는 시늉을 했다.

"그나저나 최형, 새벽밥은 좀 드셨나요? 안 드셨으면 저기 순두부 리어카에라도 가서 따끈하게 한 그릇 비우는 것도 좋지 않겠어요?"

옆 건물 지하에 있는 대중 사우나탕 옆에는 알전구를 두 개나 단 순두부통 리어카가 뚜껑이 열릴 때마다 송이버섯 모양을 짓는 김을 무럭무럭 뿜아올렸다. 그 주위를 속 쓰린 새벽의 위를 채우려는 회사원 대여섯이 몰려들어 고개를 빼고 후르륵 소리를 요란스레 냈다.

"아이구 참 맛있게도 먹네. 우리 회사 사람들인가본데 다들. 그럽시다. 난 사실 새벽밥을 몇 술 뜨긴 했지만 일단 같이 가죠. 구경이나 하는 셈 치고."

그는 구두 밑창에 담뱃불을 비벼 끈 다음 꽁초를 호주머니 속으로 집어넣었다.

"파 좀 숭덩숭덩 썰어서 듬뿍 넣어주세요 아줌마."

빈속에 따끈한 국물이 들어가니 해장이 좀 되는 것도 같았다. 나는 코밑으로 질펀하게 흐르는 콧물을 손등으로 닦아가며 나도 모르는 새 어흐 좋다를 연발했다.

"어흐 좋다. 근데 새벽밥이라는 게 참…… 쩝쩝."

"우리 엄니는 그걸 더 좋아해요. 어릴 때부터 내가 무슨 시험을 보러 간다든지, 먼길을 떠나게 된다든지 하면 꼭 새벽에 일어나셔서 찬물에 쌀 일어 안치질 않나, 새로 된장을 한 숟가락 퍼서 국을 짓고…… 하이고 부엌에서 덜그럭거리는 소리에 난 저절로 잠이 깨고 하이고…… 그예 밥상머리 참견까지 하고야 마시는 게 참 정성이긴 한데 그러실 필요가 없다고 해도 막무가내니……"

"복이시죠 뭐. 참, 최형은 아직 미장가라고 했죠 아마? 어머님이 너무 잘해주시니깐 그런 거 아뇨?"

"뭐 그러기야……"

그는 어깨 끝으로 흘러내리는 가방끈을 추스려 올리며 기다란 옥니를 드러낸 채 히죽 웃어보였다. 그와 함께 연수원에 들어간다는 사실이 왠지 내게 위안을 주었다. 왜였을까? 사실 연수 과정을 통해 일부를 정리하는 것은 필지의 사실이었다. 그렇다면 그와 나는 현실적으로 경쟁자의 관계에 있는 거나 다름이 없었다. 하지만 나는 그때 문득 고문관이라는 말을 떠올렸다. 군대에서 행동이 엉뚱하고 좀 바보스러운 사병을 가리키는 그 말이 떠올랐던 것이다. 그런데 국제 금융시장의 최근 정보에 정통한 핫머니 전문가인 그에게 과연 그 말이 적당한 것이었을까? 물론 결코 적당할 수가 없을 터였다. 그건 말할 것도 없이 내 직감에서 검열 없이 불쑥 튀어나온 단어일 뿐이었지만 나는 그가 눈치 채지 못하게 빙그레 웃지 않을 수 없었다.

순두부 그릇을 들어 국물을 후르륵 마시려고 고개를 쑤셔박는 순간 날카로운 호각 소리가 들려왔다. 그러자 트림이 터지면서 명치끝에 걸린 듯한 순두부가 시큼한 생목이 되어 입 안으로 넘어왔다.

"좆도 똥개훈련 시키려나……"

누군가 투덜거리며 그릇을 리어카 판 위에 내동댕이쳤다.

"한 그릇에 삼천원씩입다!"

그렇게 급하게 먹은 순두부 때문인지 언제부턴가 아랫배 쪽이 살살 아파왔는데 관광버스가 고속도로를 빠져나가 양 옆으로 추수가 끝난 논이 펼쳐신 좁은 비포장길로 접어들어 난파선처럼 요동치는 바람에 괄약근을 조이느라 무척 애를 먹고 있었다. 몇 번이고 운전사 앞으로 가 차를 세워달라고 하고 싶었지만 주위를 둘러보니 그럴 사정이 아니라는 생각이 들어 엉덩이만 들썩거렸다가 도로 주저앉았다. 그런데 그 위기 상황은 의외로 쉽게 해결이 났다. 새벽에 내린 비로 움푹움푹 파인 물웅덩이가 곳곳에 도사리고 있었는데 버스의 뒷바퀴가 그 진흙탕 웅덩이에 빠져 헛바퀴만 요란하게 노는 것이었다.

"어이 젠장, 이거 뭐야. 연수원이 저만치서 보이기 시작했는데 말이야."

잠에서 깨어난 사람들이 팔을 뻗어 기지개를 켜며 한마디씩 주절거렸다.

"안 되겠는데. 다들 내려 걸어서 가야겠어."

"건긴 이 사람들아, 팔자 늘어진 소릴 하네. 협동정신을 발휘해 달라붙어 밀어서 연수원 마당까지 타고 들어가야지 그냥 내팽개치고 초장부터 패잔병처럼 들어가면 위에서 좋아들 허겠다! 자, 팔 걷어붙이고 다들 나서 어여!"

하루만 면도를 안 해도 시커먼 구레나룻이 턱밑을 시커멓게 덮는 기업분석팀의 표정길 대리였다. 자리에서 얼른 일어난 나는 표대리의 곁을 스치면서 귀엣말로 설사, 설사를 연발했다. 표대리는 절박한 내 얼굴 표정을 보더니 고개를 끄덕여 보였다. 버스에서 내린 나는 마침 십여 미터 앞 길가에 있는 붉은 슬레이트 지붕의 농가를 향해 경보 마라톤 선수처럼 엉덩이를 좌우로 실룩샐룩 흔들며 달려갔다.

표대리는 강인해 보이는 인상에 걸맞게 특전사 장교 출신이었다. 특채로 들어온 그는 입사 시기로 따질 때 나보다는 사실 기수가 하나 아래인 셈이었지만 군대 경력 때문에 방위 출신인 나보다 오히려 한 호봉 위여서 동기처럼 지내는 터였다. 그는 장교 출신답게 통솔력이 있어 그런지 회사 본관 앞에서 출발할 때부터 자연스레 연수원 입소자 대표 구실을 했다. 그의 뒤에는 인사부장이 뒷짐을 진 채 버티고 있었다.

"자, 버스에 오르기 전에 인원 점검을 해보겠습니다. 사열 종대로 맞춰주시기 바랍니다. 사열 종대! 거기 뒤쪽에서 어영부영하지 말아요!"

누군가 볼멘 소리를 내었다.

"추운데 빨랑빨랑 차에 오릅시다 예!"

"이거 뭐 예비군훈련 나온 것도 아니고……"

"거 뭐라고 했어요? 이번 연수는 예비군훈련 정도가 아니고 전쟁터에 간다는 생각으로 임해도 모자를 판에 그런 불평불만이 나옵니까? 열외하고 싶은 사람 있으면 지금 당장 이 자리에서 열외해도 좋다는 게 상부의 방침인 걸로 알고 있으니 알아서들 하쇼!"

표대리의 일갈에 상황은 금세 평정이 되었다. 사람들은 어깨를 맞대고 줄을 맞춰 서서 표대리의 구령에 따라 번호를 외쳤다. 앞에서 뒤로 앉은번호! 하누앗! 뚜울! 서이! 너이! 다슷…… 한 사람이 비잖습니까? 번호 다시!

그때 유일하게 앉은번호 대열에 합류하지 않은 이가 바로 최기석씨였다. 제일 뒷줄 끝에 엉거주춤 서 있던 나는 그를 향해 빨리 오라는 손짓을 해보였지만 그는 팔짱을 낀 채 느긋이 웃고만 있었다. 묘한 웃음이었다. 비웃음 같기도 하고 일그러진 표정 같기도 한 웃음이었다. 당신 거기 혼자서 뭐 하는 거야! 드디어 그를 알아본 표대리의 우렁우렁한 목청이 폭발했다. 연수 안 갈 거요 뭐요, 정말! 그는 아무런 대꾸 없이 자신의 가방을 어깨 위로 다시 한번 추스른 다음 저벅저벅 걸어서 버스에 올랐다. 시간이 다 되었기에 사람들은 표대리의 눈치를 슬금슬금 보며 버스 계단을 밟았다. 표대리는 땅바닥에 침을 뱉은 다음 구두 뒷발로 짓이기고 나서야 돌아섰다.

연수원 앞 비포장길에서 버스가 물웅덩이에 빠졌을 때도 그 비슷한 실랑이가 있었던 모양이었다. 나야 급한 설사를 만나 다행히 비켜갔지만 모두들 버스에 달라붙어 웅덩이에서 밀어내려 하다가 헛도는 바퀴에서 무차별적으로 튀긴 진흙탕물이 옷에 달라붙어 엉망들이었다. 유일하게 최기석씨만 또 뒤로 멀찌감치 물러나 수수방관했고 그 바람에 얼굴까지 흙탕물이 튄 표대리가 험상궂은 표정으로 그에게 으르렁댔다는 것이었다.

—모두들 야수가 되자는 건가……

연수원 마당으로 들어서면서 그가 들릴 듯 말 듯 읊조린 말이 내내 내 귀에 여운이 되어 남았다. 그러나 그걸 길게 염두에 둘 겨를이 없었다. 그게 바로 회사에서 요구하는 바라는 걸 깨닫는 데는 많은 시간이 들지 않았다.

"……지금은 잡지 않으면 거꾸로 자기가 잡아먹히는 무한경쟁 시대임을 명심해야 합니다…… 한마디로 피도 눈물도 없는 전쟁판입니다. 앞으로 여러분이 임하게 될 연수는 육체적으로 아니, 사람에 따라서는 정신적으로 몹시 힘겨울지도 모릅니다. 편안한 연수가 아니라는 점은 미리 밝혀둡니다. 하지만 낙오는 바로 죽음을 의미합니다. 따라서 여러분이 이번 연수에서 살아남기 위해선 무엇보다 불굴의 투지와 생존력을 키우는 게 급선무가 될 것입니다. 모쪼록 저는 여기서 여러분들이 낙오하지 않고 훌륭히 살아남아 회사에 복귀하기를 바라는 마음 간절합니다……"

이번 연수를 총괄하는 홍여탁 전무이사가 막 운동복을 지급받고 입소식을 치르기 위해 강당에 모인 직원들에게 두 주먹을 불끈 쥐어 보이며 한 얘기였다. 나는 자신도 모르는 사이에 어금니를 꽉 다물었다.

이번 연수에는 다른 계열사 직원들도 참가를 해서 삼층 연수원의 방이 거의 꽉 찰 지경이었다. 소속 계열사에 관계없이 아무렇게나 추첨식으로 방 배정을 하는 바람에 최기석씨와 나는 각각 이층과 삼층으로 갈렸다. 각 팀마다 교육 일정이 조금씩 달랐기 때문에 유명인사 초청 강연이나 정신 교육 등의 공통 교육 시간이 아니면 따로 그를 만날 시간이 별로 나지 않았다.

입소식 이후 그를 처음 본 것은 사흘째 되던 날의 서바이벌 게임장에서였다.

"난 극기훈련이라고 해서 이젠 죽었다 싶었는데 이건 동심으로 돌아가는 게임이니 오랜만에 즐길 만하군 그래 응?"

"아이고 맘 편하게 그리 생각하는 것도 바람직하지. 그렇잖아도 답답한 사무실에서 찌든 생활을 하느라 제대로 짬을 내지 못했는데 모처럼 공기 좋은 곳에서 휴양 한번 잘하게 됐지 뭐 하하."

이렇게 일부러 우스개를 하며 싱숭생숭한 맘을 달래는 사람도 없진 않았다. 하지만 그런 분위기는 오래 가지 않았다. 안구 보호용 고글과 얼룩무늬 군복·전투화는 물론이고, 볼펜이나 공책 대신 실물과 똑같은 권총, 반자동 저격용 M16-A1, FA-MAS 소총에다 페인트가 든 직경 6mm 플라스틱 총탄까지 지급받고 나니 비로소 사람들의 얼굴에 긴장감이 흘렀다.

"주목! 본 교육 훈련의 효과를 극대화하기 위한 목적상 앞으로 존칭은 생략하겠습니다. 자 그럼, 교육 훈련에 앞서 굳어진 몸을 풀기 위해 피티 체조를 실시하겠습니다. 자, 다들 군대는 갖다왔을 테니, 피티 체조 일번 준빗! 어허, 이거 복창 소리 봐라. 아침 굶었습니까?"

왕년에 군복무를 할 때 받던 유격 훈련장의 유격 교관 복장을 한 젊은 진행요원은 나이고 직급이고 따질 것 없이 가차없는 태도였다.

"십번 올빼미 정신 못 차리나!"

나는 내 가슴팍에 달린 십번 표찰을 보고서야 머리를 자라처럼 집어넣었다. 피티 체조를 끝내고 두입된 코스들 가운데 만만한 것은 하나도 없었다. 모두들 입 안 가득히 신음 소리를 물면서 무릎이 얼얼하고 팔꿈치가 까지는 아픔을 감수하며 죽어라 뛰어다녔다. 그럴 수밖에 없는 것이 각 체크 포인트마다 교관들이 지키고 서서 몸에 맞은 플라스틱 총탄에서 새어나온 페인트 자국의 부위나 수류탄, 지뢰 폭발 여부로 각각 낙오, 경상, 중상, 전사 등의 판정을 내렸다. 물론 그 판정 결과는 형식적인 것이 아니어서 고스란히 인사고과에 반영될 판이었다. 심지어는 하루 네 번 거쳐야 하는 코스에서 모두 살아남지 못하고 전사 판정을 받은 사람은 바로 퇴사를 의미하는 연수원 퇴원 조처를 받을 것이라는 소문도 있었다.

"김형, 여기서 보게 되는군요."

그를 만난 것은 그날 오후 늦게 실시된 네번째 코스, 즉 지뢰밭 통과 코스였다. 그와 나는 서로 다른 방어군에 편성이 돼 있어 하루 종일 전쟁을 벌인 아군과 적군 사이였다. 네번째 코스는 아군 적군 구별 없이 개인적 역량을 측정하는 코스였다.

"아니, 그럼 여태까지 최형하고 맞붙어 싸운 겁니까, 제가?"

"후훗, 그런 셈이네요."

그는 몹시 땀을 많이 흘린 듯 젖은 머리칼이 이마 위에 다닥다닥 말라붙어 있었다. 나는 허리에 차고 있던 수통을 꺼내 입 안에 쏟아넣은 다음 그에게 건넸다. 그도 나처럼 수통을 입 안에 넣고 목울대가 출렁거리도록 빨았다.

"그런데 왜 이렇게 몸에 총탄 자국이 많으세요? 하나, 둘, 셋…… 도대체 몇 번 전사 판정을 받았어요 최형?"

그의 군복은 총탄에서 새어나온 페인트로 얼룩져 있었다. 내가 얼핏 보기에도 가슴팍과 복부 등 치명상을 입을 만한 곳만 해도 서너 군데였다. 입 안의 물 때문에 볼이 불룩해진 그는 손가락 셋을 펴서 내게 보여주었다.

"셋이요? 그럼 코스마다 다 걸린 셈이네요. 허참, 이번 지뢰밭에도 걸리면 이거 안 되겠는데요. 벌점이 클 텐데……"

"난 아무래도 안 되겠어. 이게 도대체 무슨 짓들인지……"

그는 '좌측 능선을 타고 적의 후방에 침투해 적군을 교란하라' 는 명령이 내려온 일단계 침투전 코스에서 낮은 포복을 하지 않는 바람에 우리편 매복조의 기습 사격을 가슴에 받고 교관으로부터 전사 판정을 받았다고 했다. 이단계 전멸전 코스에선 적 참호 앞까지 매복으로 잘 접근했지만 뜻하지 않게 크레모어가 터지는 바람에 그 자리에서 폭사 판정을 받았고, 그리고 세번째 단계였던 기밀 탈취전 코스에선 적의 기밀함을 몰래 빼내오는 데까지는 성공했지만 갑자기 그 기밀함의 비밀번호를 입력하지 않고 뚜껑을 열었다가 시한 폭탄이 터지는 바람에 대원 전체가 전사당했다고 털어놨다.

"최형, 이게 장난 같아도 장난이 아니잖수? 이번엔 내 말만 들으면 살 길이 있어요. 뭐냐면 최형 바로 앞 순번이 표대리 아뇨?"

표대리는 특전사 장교 출신답게 아직까지 부상은커녕 손끝에 생채기 하나 입지 않은 상태였다. 그는 주위 사람들한테 자신만만한 목소리로 도움말까지 주고 있었다.

"우선 잘 닦인 소로길이나 사람이 스쳐간 자국이 있는 곳, 지나가기 좋은 나무와 나무 사이는 피하라구. 그리고 지뢰가 묻혔다고 의심되는 곳은 돌 같은 것을 미리 던져서 확인한 다음 통과하면 안전빵이지 뭐……"

"저 사람 뒤만 잘 따라가면 길이 열리지 뭐."

"……!"

물론 표대리가 걷는 길과는 반대쪽으로만 간 그는 전사했다. 이미 한 차례 전사 판정을 받은 나는 최형의 뒤를 멀찌감치서 조심스레 따르다가 그의 발밑에시 티진 모의지뢰 때문에 허연 연기가 뭉게뭉게 피어오르는 걸 보았다.

"십육번 올빼미 전사!"

교관이 판정을 내리고 사라졌지만 그는 한동안 쓰러진 자리에서 일어날 줄 몰랐다. 그 순간 나는 혹시 그 터진 지뢰가 모의용이 아니라 실전용이 아닌가 싶어 간담이 서늘해지기까지 했다. 나는 그가 쓰러진 곳을 향해 마구 달려갔다.

"최형, 최형 왜 이러지? 정신이 들어요? 물 좀 마셔볼래요?"

나는 수통을 열고 꼭지를 그의 입으로 쑤셔넣다시피 했다. 그러나 물이 문제가 아니었다. 그는 내 앞에서 입을 딱 벌린 채 발작이 난 간질병자처럼 눈을 까뒤집고 있었다. 열린 입에서는 거품인지 침인지 모를 액체가 보글보글 뿜어져나왔다. 허벅지께에 불규칙한 경련이 이는 것을 본 나는 손을 들고 산 아래쪽을 향해 소리를 질렀다.

"여어, 여어 여기 빨리 위생병, 아니 사람 좀 보내. 쓰러졌다구!"

그러나 내 목소리는 여기저기서 터지는 지뢰 소리와 따따따 기관단총 소리와 빽빽한 나무 틈새에 묻혀 사그러들었다. 나는 그의 고개를 돌려놓고 손에 손수건을 감고 입 안에 넣어 끈적한 액체를 닦아낸 다음 천천히 인공호흡 순서를 생각해내며 심호흡을 가다듬었다. 다른 건 다 까먹었고, 그래 입을 서로 맞추는 구강 대 구강 인공호흡은 예비군 훈련 때도 비디오로 많이 봤으니…… 하고 고개를 그의 얼굴로 가까이 대는 순간 그가 입을 열었다.

"김형…… 나 멀쩡해요."

아무 일 없었다는 듯 일어나 나뭇잎 따위를 툭툭 털고 앉은 그는 내게 가느다란 담배를 권하며 예의 그 지포 라이터를 가슴 주머니에서 꺼내 불을 붙여주었다.

"아니 정말이에요? 근데 아까는 왜 진짜 발작하는 사람처럼……"

그는 담배를 빽빽 소리가 나게 맛있게 빤 다음 허공으로 연기를 길게 날려보냈다. 나는 뭔가 더 물어보려다 그의 눈가에 맺힌 이슬 방울을 보고는 입을 나물었나.

"김형, 세렝게티를 아시오?"

"뭐라구요? 세, 세렝게티요? 글쎄요, 금시초문인데……"

그는 당연하다는 듯 고개를 끄덕였다.

"아프리카에서 제일 넓고 신성한 초원이고요."

"아프리카?"

"드넓은 풀밭 위에 온갖 초식 육식 동물들이 모여서 사는 곳이죠. 무리지어 노니는 기린과 하마들, 나무를 뿌리째 뽑아 질질 끌고 다니는 코끼리, 놀란 듯 초원을 껑충거리며 뛰어가는 톰슨 가젤, 호수를 덮어버린 이백만 마리 홍학의 황홀한 군무…… 물론 이곳도 자연의 법칙에 따라서 약육강식의 먹이 사슬이 존재합니다."

나는 그가 무슨 소리를 하는지 갈피를 잡을 수가 없었다. 그의 눈동자를 주의 깊게 살폈지만 흰자위를 까뒤집었던 조금 전과는 달리 그의 눈동자는 초롱초롱한 빛을 내뿜고 있었다. 그는 자그만 소리로 그곳에 가고 싶어요 하고는 고개를 푹 숙이며 울먹였다. 그때 날카로운 호각 소리가 울려왔다. 출발선으로 돌아오라는 신호였다. 누군가 장난스럽게 부르는 군가 소리가 들려왔다. ……나는야 언제나 독사 같은 싸나이~ 막걸리 먹고플 땐 흙탕물을 마시고~ 사랑이 그리울 땐 주먹을 깨물었다 아아…… 나는 그의 어깨를 감싸안고 몸을 일으켰다. 그의 어깨가 불규칙하게 떨리고 있었다.

"김형, 나는…… 나는 말이오……"

"예에……"

"나는……"

그는 입술을 달싹이며 내 귀에다 대고 무언가 말하려 했으나 너무 작아서 내 귀에는 들리지도 않았다. 그 다음날은 어제의 격렬했던 전투에 직원들이 지쳤다고 판단했는지 오전 나절은 명상의 시간으로 때웠다. 명상의 시간에 늘어지게 잠을 자둔 사람들은 어제의 피로를 씻고 원기를 회복했는지 활기가 있어 보였다.

"이거 연수 후에 원대 복귀가 될지 몰러?"

"꿈도 꾸지 말라구. 우리가 연수원에 들어와 있는 사이에 조직 개편이 단행된다는, 아니 벌써 됐다는 말이 있다구."

"뭐야? 우리는 다 빼놓고? 그럼 우린 뭐야? 연수 끝나고 어디로 돌아가라는 거야?"

"누가 알아, 또 세월 죽이는 대기생활의 연장일지."

"설사 조직 개편이 됐다고 해도 우리들 자리는 남겨놓고 했겠지 뭐. 한두 명도 아니고 여기 모두 몇 사람인데 그럴 리가 있겠어?"

"그래그래 여기서 암만 떠들어봤자 아무 소용이 없어. 그건 그렇고 지금 사회에선 완전히 벌집을 쑤셔가지고 큰일이 났데. 아까 명상의 시간에 듣자니깐 오늘 아침에 유력한 대권주자 중 한 사람이 테러를 당했다는 말이 떠돌더만……"

"누가 그런 엉터리 소문을……"

"엉터리 좋아하네. 쉬는 시간에 우편물 부칠 거 내러 연수원 일층 행정 사무실에 내려갔다가 텔레비전 속보를 봤다는 사람이 있다니깐."

"그게 사실이라면 지금 텔레비전 틀어보면 당장 속보가 나올 텐데?"

"일과중에 허락 없이 신문 보거나 텔레비전 틀다 적발되면 즉각 퇴원 조처되는 거 몰라?"

"에헤, 연수원에 들어오면 꼭 이 따위로 유언비어나 퍼뜨리며 장난치는 짓궂은 작자들이 있다니깐."

"근디 고해의 시간이라는 건 도대체 뭐야?"

"글쎄 다들 그게 좀 아리송한 모양이야."

"뭔가 고문 같은 걸 하겠다는 거 아닐까? 고해가 그런 말 아녀? 고생 고 자에다가 가설라므네 바다 해 말이야. 고생을 바가지로 헌다 이거지."

"맞을는지는 몰라도 내가 다니는 성당에선 고해성사라고 허는 게 있긴 있는데 말이야."

"아, 죽을 때 신부가 뭐 이렇게 막 용서를 빌고 천당 가라고 해주는 거 말이지."

"에라이 무식헌, 그건 종부성사지."

"고해성사는 신자가 죄를 지으면 신부를 찾아가서 그 죄를 뉘우치고 고백하면서 용서를 받는 거지. 그게 고해성사라는 건데."

"그럴듯해……"

입실을 알리는 차임벨이 울리자 사람들은 서둘러 담배를 끄거나 호주머니에 넣었던 손을 빼고는 모여들었다.

"자 이번 시간은 성찰의 시간입니다. 여러분들은 앞서 명상의 시간에서 동서고금에 걸친 성현들의 훌륭한 말씀과 채근담 등을 통해 우리가 살아가면서 진정으로 추구해야 할 삶의 참가치들에 대해 생각해보았다고 할 수 있습니다. 삶을 관조하는 생각의 폭과 깊이가 한결 더 원숙해지는 계기가 됐으리라 믿습니다."

강사는 세계사이콜로지연구자협회 한국지회장으로 직함이 박혀 있는 사람이었다. 좀 심한 대머리여서 천장의 불빛에 머리가 번쩍번쩍거렸는데 강연대 위에 얄팍한 노트북 컴퓨터를 켜놓고 이따금씩 자판기를 두들겨가며 화면을 들여다보았다.

"그럼 이번 시간, 즉 고해의 시간에는 무엇을 할 것인가? 어떻게 보면 명상의 시간하고 그 의미는 비슷할지도 모릅니다. 명상의 시간이라는 게 말하자면 어떻게 왜 그리고 무엇을 위해 살아가야 하는가에 대한 도움말이었다면, 이번 고해의 시간은 삶에 대한 명상이나 성찰이 아니라 반대로 죽음에 대한 성찰이 주된 테마가 될 겁니다. 이렇게 얘기하면 벌써부터 기분이 나쁘거나 실례가 될지 모르지만 우리는 엄밀한 의미에서 태어날 때부터 시한부 인생을 선고받은 처지가 아닌가요? 모두 언젠가는 다 죽습니다. 권력자도 천재도 갖은 보약을 다 먹는 사람도 겨우 백 살을 넘기는 게 고작입니다. 중국의 진시황제를 보세요. 우리나라에까지 사신을 보내서 불로초를 구하려 했지만 도대체 몇 살까지 살았습니까? 제가 알기로는 쉰 살을 갓 넘기자마자 죽은 것으로 알고 있어요. 근데 하물며 여러분의 운명은 어떨 것 같습니까? 대부분 지금까지 살아온 나날보다 앞으로 살아갈 나날들이 분명히 더 짧을지도 모릅니다. 더군다나 각종 불의의 사고와 스트레스 등으로 죽음은 예고하지 않고 언제 불시에 들이닥칠지 모르는 불청객입니다. 항상 마음의 준비를 하고 있는 이야말로 현명하다고 아니할 수 없습니다. 그런데 당신은 마음의 준비를 어느 정도 하고 있습니까!

죽음 앞에서 인간은 한없이 겸손해집니다! 자신의 초라함을 극명히 깨닫기 때문입니다. 죽음 앞에서 인간은 한없이 고통스러워집니다! 감당하기 힘든 공포를 느끼기 때문입니다. 죽음 앞에서 우리 인간은 한없이 외로워집니다! 절대적 고독 앞에 직면하기 때문입니다. 죽음 앞에서 무기력한 인간은 그러나 한없이 순진무구해집니다! 자신이 곧 발가벗겨질 것을 본능적으로 알기 때문입니다. 공수래공수거! 가져갈 게 없어요. 바로 그겁니다. 그 엄연한 사실 앞에서 우리 인간은 참으로 순수한 마음으로 우리의 삶을 투명하게 되돌아볼 수 있다 이겁니다. 그런 의미에서 죽음만큼 우리의 삶을 잘 비춰주는 거울은 없다고 말씀드리지 않을 수 없겠지요.

그래서 이번 고해의 시간에서는 무엇을 할 것인가 하면, 우리가 이런 가정을 하나 하는 겁니다. 약 두 시간만 흐르면 우리 모두는 죽는다. 절대 다시 살아날 수 없다 이겁니다. 이 절체절명의 순간에 우리는 무엇을 할 것인가? 뭐 사과나무 한 그루를 심겠다고 한 사람도 있다는 걸 우리는 압니다만 무엇보다 유언장을 한번 써봐야 하지 않겠나 이겁니다. 자신의 삶을 되돌아보고 평가하면서 진지하게 한번 반성을 해보는 겁니다. 반성해야 합니다. 정신 없이 굴러가던 삶의 수레바퀴에 브레이크를 걸어봐야 합니다. 그래야만 비로소 우리의 삶을 되돌아볼 여유와 기회가 생기는 법이지 않습니까? 그래서 이번 시간의 주제는 바로 여러분들 앞에 놓인 에이포 용지에, 예 몇 장이고 좋습니다. 모자라서 달라면 달라는 대로 드리겠어요. 물론 성찰할 삶이 없어서 한 줄을 써도 좋구요. 아무튼 자신이 죽어 묘지 앞에 설 비석에 무엇을 새길 것인가를 고민하면서 유언장을 작성해보시기 바랍니다. 아주 좋은 기회가 될 겁니다. 어디 가면 이런 자리가 따로 있겠어요. 아, 안 그래요 여러분!"

천장에서 환한 빛을 뿌리던 큼직한 전등들의 조명도가 급속히 낮아졌다. 음향 시설에서는 아까 명상의 시간에 듣던 음악 대신 장송곡풍의 가락이 고즈넉이 흘러나오고 있었다. 장내는 숙연한 분위기에 사로잡혔다. 누군가 코를 한번 훌쩍거리자 여기저기서 따라서 코를 훌쩍거리거나 팽 소리를 내며 코를 푸는 사람도 있었다. 기다란 신음소리도 났다. 어디선지는 몰라도 가느다랗게 흐느끼는 소리도 이따금씩 끊길 듯 말 듯 들려왔다. 마치 절묘한 관현악단의 연주 같다는 생각이 들 정도였다. 어둠이 걷히고 죽음의 의식에서 벗어난 사람들은 언제 그랬냐는 듯 웃고 떠들며 희희낙락한 표정들이었다.

"난 그저 억울하다는 생각밖에는 안 들데."

"넌 죽으면서까지도 마누라 바람날까봐 그것 걱정하는 말투데 힐끗 보니 히히."

"벌써 그새 났는지 어떻게 알아 껄껄."

"갑자기 유서 써야 한다니깐 아파트하고 보험금 생각나는 거 있지. 그거 어떻게 처분할까 싶더라구. 혹시 죽 쑤어서 뭣 주는 건 아닌가 싶어서 말이야."

"아이구, 다들 정말 죽어야지."

"인지상정이지 뭘 그래."

고해의 시간에 제출된 유언장은 정말 각양각색이었다. 명상의 시간에 뒤이어 있어서 그런지 말은 이렇게 우스꽝스럽게 했지만 대부분의 사람들이 그때 몇 마디 인상 깊이 들었던 말을 실마리로 삼아서 무거운 내용의 유서를 작성한 모양이었다.

—내 삶의 주사위가 완전히 던져졌을 때 이 세상의 가족들은 나에게 아무 소용이 없다. 나 혼자 컴컴한 사후세계를 방황할 때……

—나는 그 동안 너무 물질에 집착해왔습니다. 그러나 모든 물질은 본디 마음속에 있으며 죽음 앞에서는 티끌과 같은 것임을 깨달았습니다. 한 번 더 새로운 생이 주어진다면 이런 잘못된 생각을 바로잡고 이웃과 공동체, 더 나아가 국가와 민족을 위해 무엇을 할 수 있는가를 고민하는……

—아, 나는 우주의 왕으로 다시 태어날 것이다……

대머리 강사가 몇몇 잘됐다고 뽑힌 글들을 소개했다. 그중에서 최기석씨의 글이 단연 두드러졌다. 사람들의 웃음을 가장 많이 이끌어냈기 때문이었다.

—……이제 나는 세상의 똥으로 돌아갑니다. 더럽고 냄새 나고 아무짝에도 쓸모 없이 버려지는 똥 말입니다. 저 다양하고 갖가지 표정을 짓고 있는 똥을 한번 들여다봅시다. 똥은 거짓말을 못 합니다. 짜장면을 욱여넣고 싼 검은 똥, 김밥을 먹고 눈 푸르딩딩한 똥, 땡감을 마구 먹고 싼 된똥, 비곗살을 먹고 나와 기름기가 둥둥 뜨는 똥, 매운 김칫국물에 말아먹고 싼 빨간 똥, 변비에 걸려 토끼처럼 동글동글하게 쏟아지는 구슬 똥, 단물을 하도 먹어서 단내가 눌씬눌씬 나는 물똥, 라면 먹고 심사가 뒤틀려 배배 꼬여서 나오는 똥, 껍질 벗긴 군고구마처럼 한덩이로 쑤욱 크게 떨어지는 똥, 천둥 치는 소리만 요란한 방귀 똥, 폭탄주 마시고 술내가 풀풀 풍기는 까칠까칠한 똥, 돈만 보며 달리다 똥끝이 타서 새카맣게 그을러 나온 똥, 이게 바로 저입니

다. 하지만 밑으로 빠지는 똥이 없이는 위로 들어가는 밥도 없다는 사실을 나는 죽음 앞에서 깨닫습니다. 인간의 구불구불한 창자를 통과해서 이런 똥이 되기 전에 나는 싱싱한 푸성귀였군요. 맑은 샘물이었군요. 토실토실한 살코기였군요. 넓고 푸른 바다의 깊은 곳을 마음껏 헤엄치던 지느러미를 단 생선이었군요. 투명한 공기이자 햇살이었군요. 저 온갖 욕망과 허영과 오기와 아둔함으로 가득 찬 나라는 껍데기 인간의 어둡고 탁한 터널을 통과하기 전에는 말입니다. 똥이 다시 부드러운 흙과 투명한 바람과 서로 몸을 섞고 맑은 공기를 따라 푸성귀도 되고 짐승의 살이 되듯 일평생 똥이 가득 머물다 간 집이었던 내 몸뚱어리는 스스로가 똥이 되려 합니다. 거름이 되려 합니다. 끝내 다시 태어나려는 기억도 잊으려 합니다……

"똥이 되어서라도 회사에 끝까지 충성하겠다는 심정이 절절하게 넘치는 것 같지 않아?"

"나는 똥이다! 과연 유언이 아니라 수필의 경지군."

"아냐, 한 편의 시야, 시!"

누군가 빈정거리는 건지 감탄하는 건지 모를 소리를 터뜨렸다. 나는 두 줄 건너 서너 자리 뒤쪽에 앉은 그에게 힐끗 눈길을 주었다. 나와 눈길이 마주친 그의 얼굴은 몹시 창백해져 있었고 파리한 입술에는 가벼운 경련 같은 게 스치고 지나가는 듯했다. 아무튼 유언장이 뽑히는 바람에 상점으로 얻은 오 점은 그에게 매우 긴요할 것이었다. 상점과 벌점은 서로 상쇄가 됐는데 벌점 총점이 이십 점을 넘어서면 가차없이 보따리를 싸는 게 규정이었다. 그는 이미 서바이벌 게임에서만 네 번 전사를 해서 받은 벌점이 팔 점에다 하루 이삼 점씩은 벌점을 추가하는 바람에 어느덧 십육 점에 육박해 있었다. 때문에 상점 오 점이 생김으로써 벌점이 십일 점으로 낮아져 한숨 돌릴 수 있게 된 것이었다.

연수원 입소 뒤 처음으로 맞이하는 토요일 오후였다. 오전 교육만 마치고 오후는 자유 시간이었고 다음날인 일요일은 외출도 가능한 터이라 연수원생들은 모처럼 만에 자유로운 분위기를 만끽하고 있었다. 나는 몇 사람과 알코올 추진위원으로 뽑혀 산책을 가장한 채 과부 집으로 통하는 개구멍이 뚫린 연수원 뒷산으로 가기 위해 감시가 가장 허술하다는 저녁식사 직후 시간을 택해 어슬렁어슬렁 이층 로비를 빠져나가려는 참이었다.

"김형, 빨리 와보쇼!"

로비에서 텔레비전을 보고 있던 그가 나를 황급히 불렀다. 나는 곧 따라가겠다고 같이 가던 사람들한테 말한 뒤 그에게 다가갔다.

"식사 안 하세요?"

"김형, 저게 내가 말했던 바로 그 세렝게티라는 데야, 세렝게티! 저 굶주린 사자한테 쫓기는 톰슨 가젤이 껑충껑충 뛰는 모습이 보이지? 저 풀들이 융단처럼 끝없이 깔린 대초원을 좀 보라구. 거기서 펼쳐지는 사냥이라니!"

그는 두 손을 앞으로 뻗어 뭔가를 움켜쥘 것 같은 자세로 부르르 떨며 나를 재촉했다. 나는 심드렁한 표정으로 그가 가리키는 텔레비전 화면을 쳐다보다가 입을 뗐다.

"예 봤어요. 뭔가요? 〈재미있는 동물의 세계〉네요? 근데 저, 최형 사람들하고 같이 갈 데가 있어서 요 일층 현관에서 만나기로 했어요. 쭈욱~ 요거요. 이거 추진하려구요. 다들 목젖을 쩌르르르 흔들고 싶어서 난리거든요. 그러니……"

"으응……"

그 순간 그의 눈동자에 이상하게 퍼져 있던 열기가 걷혔다. 마침 그의 눈은 톰슨 가젤을 덮친 사자의 날카로운 이빨로 가득 찬 화면에 꽂혀 있었다. 나는 그의 무표정한 얼굴을 뒤로 하고 서둘러 층계를 내려갔다.

"저 김형! 하나 부탁 좀 합시다."

"아 예, 뭔데요?"

"건빵 좀 사다주슈. 한 서너 봉지만. 가져온 게 다 바닥이 나서."

"그럽시다. 근데 아직도 건빵이세요? 몸도 생각해야 할 텐데."

그는 어색하게 웃으며 고개를 끄덕여주었다.

"어떻게 과부집에 과부가 없어!"

과부집에서 소주와 안주거리들을 챙기고 있는데 방문 안쪽에서 귀에 익은 목소리가 들려왔다. 표대리였다.

"붕어빵에 붕어 든 것 봤간디?"

누군가 맞장구를 치면서 딱 화투짝을 내리치는 소리가 났다.

"아따 과부 한번 되게 찾네! 술이나 마시쇼 잉! 정 계집에 허발이 났다믄 이따 젊은것들 몇 불러다줄까, 어쩔끄나?"

"됐시다, 됐어. 이거 하다가 우리가 걸리면 무단 이탈에다 음주 노름 다 합치면 벌점이 삼십 점은 되지 아마."

"당장 이거지, 이거!"

"아, 뭐 해? 쇼당을 걸래면 확실히 걸든지!"

"차암 누가 받아나 준대? 저 설사 패를 내가 들고 있는데 쇼당이 되나 되길? 헤헤 거 뭣이야, 여기말고 저기 반대쪽으로 안성집 있잖우 아줌마? 거기는 엊그제 완전히 쑥밭 됐잖아. 연수원에 그 독종 노 차장이 덮쳐가지고 여섯 명이 현장에서 벌점 이십오 점 맞고 그 길로 바로 짐 싸가지고 갔다는 거 아냐."

"우리집은 걱정 말우. 집에 있는 아저씨가 다 보초 서주니깐."

내게 술을 담아주던 아저씨가 뒤를 돌아보며 헤벌쭉 웃었다. 눈썹이 진하고 구녕새가 확실해 얼굴은 그런 대로 균형이 잡힌 인물이었지만 한쪽 팔이 곰배팔이였다.

"보초를 서도 같이 연수받는 놈들 중에 스파이가 있거든, 스파이. 등에 칼 맞으면 하는 수 없이 전사지 뭐. 에헤 그러면 말이 안 되지. 그걸 대주면 이쪽이 초단하는데 그러면 당신이 바가지 쓸 텨?"

"그러니깐 아까 그래서 쇼당을 부른 거 아뇨? 어때 지금이라도 받지 그래."

"이만원 내슈."

"방도 빌려줘요?"

내가 봉지 속에 건빵을 서너 봉다리 집어넣은 다음 만원짜리 지폐 석 장을 건네며 물어보았다.

"그럼요. 근데 한 시간에 고리가 만오천원이니까."

"뭐 그렇게 비싸요?"

"비싸긴요? 집에서 담근 동동주 한 동이에다 두부김치 안주 한 사라는 거저 공짜로 대주는데도 그래?"

뒤돌아서 나가려는데 귀에 걸리는 말이 있었다.

"나참, 다 된 밥에…… 아참 아까 말한 그 스파이로 짐작이 가는 놈이 있긴 있는데."

"누구?"

"최 대리."

"으응, 나는 똥이다라고 선언한 그 친구?"

"그래…… 좆도 없는 게 잘난 척은 왜 그리 차고 넘쳐? 출발 때부터 말썽이더니 사회생활 한다는 놈이 첫날 연수원 앞에 버스 바퀴 빠졌을 때도 허는 꼬락서니 좀 봐. 그런 놈이라면 고자질도 꽤 잘할 거야. 아휴, 그런 놈한테는 그저 조직의 쓴맛을 진하게 봬줘야 하는 건데 내 손에 걸리기만 해봐라……"

일요일 아침 나도 남들처럼 연수원을 벗어났다. 왠지 집엔 가고 싶지가 않았다. 그래서 아내에겐 연수원 교육이 하도 빡빡해서 일요일에도 못 쉰다고 연락을 해두었던 것이다. 마침 아내는 여고 동창회가 있다며 별로 아쉬워하지 않는 기색이었다.

나는 양수리로 향했다. 그곳에는 출판사를 하는 선배의 콘도가 있었고 밤늦게 찾아간 그 콘도에서 출판사 직원과 필자 그리고 신문사 기자들과 어울려 술을 진탕 마신 적이 서너 번 있었다. 물론 그 콘도를 찾아가는 것은 아니었다. 박선영이라는 여자를 만나러 가는 길이었다. 이른 아침 잠이 덜 깬 목소리로 전화를 받은 그녀에게 내가 양평이라고 말하며 만나고 싶다고 하자 대뜸 양수리에서 보는 게 좋겠다고 말했다.

선배의 콘도 앞쪽에 있는 카페의 창가에서 만난 남녀는 각각 천년의 불꽃과 고양이의 눈이라는 달착지근한 칵테일을 한 잔씩 시켜 마시고 시간이 아깝다는 듯 자리를 미련 없이 털고 일어났다.

(1997년 3월, 미완성 유고)

동물원

시월은 영기(英基) 같은 아마추어 사진사한테는 사진 찍기에 더할 나위 없이 좋은 때이다. 사철 중 풍광이 가장 낫기도 하지만 여름처럼 사납지 않은 가을빛이 사람 얼굴을 더욱 도두보이게 해 사진발이 잘 먹히기 때문이다.

나중에 쓰고 남은 사진 있으면 잘 나온 거로 한 장 크게 뽑아주실래요?

영기는 사진기에 눈을 댄 채 큰 소리로 물론이죠 하고 외쳤다. 여자는 상큼한 강바람에 고무되었는지 오전 나절 사무실 작업 모습을 찍을 때와는 달리 발그레 달아오른 표정으로 턱을 자주 위로 쳐들며 두 손으로 긴 머리칼을 뒤로 쓸어넘기는 시늉을 하였다. 하지만 그것은 그가 바라는 동작이 아니었다. 그녀의 얼굴 윤곽선을 거의 실루엣처럼 잡아서 그 뒤로 오후의 햇살을 받아 고깃비늘처럼 퍼덕거리는 한강을 담아내고 싶었다.

왜 그러세요? 애인한테 삐삐 왔어요?

사진기에서 눈을 뗀 영기는 고개를 숙이며 버릇처럼 왼쪽 옆구리에 찬 무선호출기를 짚었다.

아뇨! 왼쪽 쌍까풀이 풀린 것 같아요.

원래 반쌍까풀인데 어제 철야를 해서 그런지 쌍까풀 라인이 깊숙이 졌다가 제멋대로 슬슬 풀리는가봐요 후후.

건성으로 셔터를 두어 번 누른 영기가 다른 각도에서 한 컷만 더 찍고 마치겠다고 하자 여자는 양쪽 어깨를 움찔하며 손목시계를 힐끗 들여다보았다.

생각보다 굉장히 많이 찍네요.

힘드시죠? 저기 벤치에 잠깐 앉아서 쉬었다 할까요? 그 대신 촬영 마치고 나서 제가 연구소까지 모셔다드릴게요.

마감 시간이 별로 남지 않았다면서요?

사실은 다음주 안으로 막으면 되긴 하지만 아는 후배들하고 암실을 같이 써서요. 후배들이 꼭 주말이면 암실을 독차지하고서 작업을 하기 때문에 내일부터는 제가 일을 할 수가 없어요.

주말이 지나면요?

마침 내일 제가 지방에 내려갑니다. 거기서 한 사나흘 머물러야 하거든요. 그러니깐 내일 새벽 안으로 글도 써놓고 현상 작업도 다 마쳐놔야 돼요.

사진 찍다보면 지방출장이 무척 잦죠?

꼭 그런 건 아니지만…… 실은 제주도 가거든요. 신혼부부들 사진첩 만들어주려구요. 선배가 그거 전문인데 수입이 좋으니깐 저보고 자꾸 내려오라고 해서요.

그럼 무척 바쁘시겠네요. 전 바로 요 앞이 전철역이니까 그거 타고 가는 게 제일 빠르고 편해요. 지금부터는 도로가 순대처럼 꽉 막힐 때잖아요?

아, 그럴지도 모르겠네요. 근데 왜 운전면허를 따지 않으세요?

그녀가 갑자기 어깨를 떨며 얼굴 근육을 실룩거렸다.

운전에 소질도 없고…… 그리고 한번 시도는 해봤는데 강사를 이상하게 잘못 만나가지고 학을 떼는 바람에 생각만 하면 치가 떨려요.

……!

군데군데 페인트 칠이 벗겨진 벤치에 앉은 그녀는 갈색 가죽가방에서 얼른 손거울을 꺼내 들여다보며 인중을 아래로 잡아늘여 콧잔등을 팽팽하게 만들었다. 손거울을 쥔 손이 디자이너답지 않게 의외로 까칠했다. 그녀는 자신의 이름을 딴 김윤선환경디자인연구소의 대표였다. 사무실에서 컴퓨터그래픽 작업을 하는 광경을 찍으러 갔을 때 그녀는 종아리께가 꾸깃한 감청색 청바지에 헐렁한 홈스펀 스웨터를 입은 채 영기를 한 번 힐끗 쳐다보고는 화면에서 눈을 떼지 않고 마우스를 열심히 굴렸다.

예, 제가 전화 통화했던 김윤선입니다. 반가워요.

그녀는 모니터 옆 종이에서 크래커 하나를 집어 입 안으로 쏙 털어넣은 뒤 청바지에 손가락을 썩썩 문질렀다. 컴퓨터 화면에는 고층 아파트 입체화상이 띄워져 있었다. 아파트 건물에 색채를 입히는 디자인 작업을 하는 모양이었다. 영기가 사진기를 꺼내며 목에 두른 머플러가 잘 어울린다고 말하자 그녀는 퉁명스럽게 원래는 잘 하지 않지만 마흔 살 문턱에 들어선 노처녀의 주름진 목살이 찍히는 것만큼은 참을 수 없는 일 아니냐며 웃다가 입을 가리고 하품을 했다.

근데 환경디자인이라는 게 무엇입니까? 그쪽에는 정말 문외한이어서요.

뭐, 도시의 코디네이터니 어쩌니 하는데 알고 보면 이렇게 노가다 뛰는 직업이에요. 어제도 날밤을 홀딱 샜거든요. 다음달 중순에 우리가 주관하는 퍼블릭 아트전이 열리는데…… 관에서 대는 거라 별로 남는 것은 없고……

한 시간쯤 사무실 구석구석을 돌며 셔터를 눌러댄 영기는 필름이 바닥난 사실을 알았다. 그래서 어차피 오후에 밖에 나가서 찍으려면 몇 가지 준비할 게 있으니 점심 뒤에 보자고 하자 그녀는 점심은 같이 해야 한다며 그의 대답도 듣기도 전에 성큼성큼 앞장을 섰다. 그는 흰 하이힐 뒤꿈치를 보며 겅중겅중 쫓아갔다. 그녀는 연구소 디자이너들이 점심을 달아먹는 데라며 허름한 비빔밥집으로 들어갔다.

밖에서 찍으려면 제가 정장을 해야 하나요? 제가 명색이 디자이너지만 제 몸 주위를 디자인하는 데는 영 젬병이거든요.

좋으신데요 뭐, 편해 보이고. 정장은 하셔도 되고…… 근데 하면 아무래도 좋을 것 같은데요. 날씨도 좋고……

왜 자꾸 꼬치꼬치 캐묻긴 캐물으세요?

영기가 식탁 위에 수첩을 꺼내놓고 검정 플러스펜으로 한마디한마디를 다 받아서 끼적거리자 그녀는 의아하다는 듯 물었다.

이거요? 사실은 제가 사진도 찍고 기사도 작성하거든요.

영기는 호주머니용 취재수첩의 갈피에 펜을 끼우고 덮은 다음 손바닥으로 한 차례 탁 두들겼다.

어머, 그러세요? 그 도시락 남년지……

하하, 도시남녀 코너이죠.

호호, 미안해요 백 선생님. 제가 지금 잠이 모자라서 제정신이 아닌 것 같아요. 근데 거기에 글도 쓰시고 사진도 찍으신다구요?

예, 그렇게 됐어요. 처음엔 사진만 맡았는데 그때 글 쓰던 분이 사정이 생겨서 중간에 떨어져나갔거든요. 그래서 제가 땜빵용으로 당분간 사진하고 글을 다같이 맡게 된 거예요.

아 참, 그 홍보실에서 전화한 여자 직원이 그러는데 백 선생님도 정식으로 등단하신 소설가시라며요? 그러면 못 쓰실 것도 없겠네요. 그러고 보니깐 원래 글을 쓰셔야 할 분이 카메라를 들고 다니신 셈이네요.

아유, 소설가는요 무슨…… 개점하자마자 폐업한 지 꽤 지났습니다. 사, 오 년 됐을 거예요.

왜요? 한번 소설가면 영원한 소설가 아녜요? 제가 작가라면 얼마나 존경하는데요.

거 참…… 제 질문에 대답은 안 해주시고 정말 이렇게 나오시깁니까?

호호 전 사람만 보면 궁금한 게 많아서요. 다들 어떻게 사는지……

예, 알았습니다. 성실히 아는 대로 취재에 응해드릴게요. 근데 질문 하나만 딱 더 하고 관둘게요. 학번이 어떻게 되세요?

팔이입니다. 김 선생님한테는 실례가 되는 말이지만 영계에 끼는 편이죠.

호호호.

참, 저랑 동문이시더라구요. 대학원이…… 환경대학원 나오셨죠? 학부는……

대학원은 거길 나왔는데 학부는 딴 대학을 다녔어요. 왜 육사 축제 때 파트너를 일괄 공급해주는 학교로 잘못 소문난 거기 의상학과를 나왔어요.

전 약력에 환경대학원을 나왔다고 돼 있어서, 그렇다면 환경디자인이라는 게 무슨 생태학이나 환경보호하고 연관이 있나보다 싶더라구요.

그래서 앞으론 환경이라는 말을 간판에서 빼려구요.

인터뷰 경험이 많은지 그녀의 답변은 조리가 있고 일목요연했다.

……우리가 다니는 거리는 하나의 살아 있는 생명체이며 늘 성장

하고 변화하고 에너지를 내뿜고 있는 거예요. 죽은 사물이 아니라는 말이에요. 그곳을 사람과 인정이 보이는 거리로 만드는 게 말하자면 나 같은 환경디자이너의 할 일인 셈입니다. 그런 의미에서 전 일차 생산자는 아니죠. 이미 거리에 훌쩍 나서면 가로등이 서 있고 각종 표지판이 달려 있고 휴지통이나 벤치, 건물 등이 무표정한 얼굴로 따로따로 웅크리고 서 있는 거 아녜요? 나는 다만 그 개별적인 대상들을 가지고 어떨 때는 색채를 입히고 어떨 때는 모양새를 바꾸어 생생한 느낌을 불어넣음으로써 하나의 총체적인 이미지를 빚어내는 지휘자 노릇만 할 뿐이지요.

하긴 저만 해도 아무튼 마음 편하게 눈길을 맡기고 걸을 수 있는 거리가 별로 없었던 것 같아요. 아무리 바쁠수록 말입니다, 한 번쯤 엉덩이를 붙이고 쉬어가고픈 생각을 불러일으킨 벤치나 화단이 눈에 띄질 않았으니.

글도 쓰시고 사진도 찍으시는 백 선생님이 그 정도니 여느 사람들은 오죽하겠어요? 그렇다면 좀 늦기는 했지만 지금이나마 우리는 우리들 주변 환경과 또 이 도시공간 전체가 우리한테 얼마나 인간적인가를 물어야 할 때가 된 것도 같다 이겁니다. 바둑판식으로 펼쳐진 획일적인 도시계획과 경제성이나 효율성만을 고려한 공간배치로 말미암아 그 안에 갇힌 우리의 감성은 피로를 거듭해왔어요. 저 거만하게 도열한 기둥과 표지판, 또 무겁게 짓누르는 지붕과 하늘을 찌를 듯한 마천루의 거리에 한번 서보세요. 왠지 우리의 모습이 더 왜소해지고 숨죽여지는 것 같지 않으세요?

여태까지는 저도 길들여져서 그런지 잘…… 한데 말씀 듣고 보니 고개가 끄덕여지는데요. 바로 그런 이유가 있기에 아무리 위용을 뽐내고 편한 것일지라도 그것이 보기에 아름답다는 느낌을 주지 못한다면 그 가치를 인정할 수 없다, 뭐 이런 주장과 맥락이 같은 거겠네요?

그렇긴 한데…… 제가 무조건 겉으로만 예쁘장하게 보이는 게 좋다, 그게 환경디자인의 목표다 이렇게 말씀드리는 건 결코 아니고요. 결국은 하나마나한 얘긴지는 모르겠지만 실용성과 아름다움의 이상적인 조화야말로 우리 환경디자이너가 추구하는 궁극적 가치다 이겁니다. 가령 옥내에 있어야 할 조각품이나 조형물을 무조건 바깥으로 꺼내놓는다고 해서 심미적 느낌이 확보될 것이다 하는 생각은 좀 곤란한 거 아녜요? 그럴 바에는 차라리……

아, 예. 그러면 환경디자인이 우리에게 주는 감동이 있다면 어떤 것일까요? 일반인들이 쉽게 알아들을 수 있게 예를 들어 설명을 해주시면……

글쎄요…… 거리에서 흔히 보는 휴지통이 하나 있다고 치죠. 그것을 하나의 범상한 물건으로 보아넘기지 않고 거기에 전체 거리의 분위기를 좌우할 수 있는 커다란 힘과 우주가 있다는 암시와 깨달음을 주도록 꾸며야죠. 쉽진 않겠지만. 그럴 때만이 우리의 이 잿빛투성이 도시환경에 새로운 문화와 생활방식이 열릴 것이라고 믿어야죠.

어느 거리를 제일 정성들여 꾸며보고 싶으세요?

자본이 있어야 움직이죠, 자본이. 관공서나 기업 의식 수준이 아직……

그래도요.

뭐, 서울의 젖줄인 한강으로 가는 길을 제대로 한번 꾸미고 싶기는 한데…… 한강 같은 푸근한 강이 서울 같은 대도시를 감싸 흐르는 건 정말 세계적으로 보기 드문 일이라고 생각하니까요. 그런데 그 가까운 한강으로 가는 길이 이상하게도 너무 멀게 느껴져요. 한강변에 자주 나가보셨겠네요?

웬걸요? 아직 안목이 없어서 그런지 그림이 잘 안나오는 것 같아서요. 밋밋하잖아요. 허구한날 육삼빌딩 배경 삼아서 노을지는 장면이나 청둥오리 노니는 장면만 찍을 수도 없고요. 그리고 찍을 만한 건 이미 유능한 사진작가들이 다 찍어놔서 나 같이 어수룩한 아마추어 사진사들은 어디 발 한번 내딛기도 수월치 않아요.

백 선생님도 느끼셨겠지만 무엇보다 사람들이 편하고 자유롭게 접근을 할 수가 없지 않아요? 강 따로 도시 따로라는 생각이 안 드세요? 뭔가가 자꾸 눈에 보이지 않게 훼방을 놓는단 말이에요. 예를 들어볼까요? 우리가 한강 치수사업의 성과로 내세우는 거대한 시민공원 말예요. 그거 말이 안 돼요. 그걸 조성한다는 미명 아래 한강변을 쭉 둘러가며 쌓은 고수부지의 콘크리트 둑방이 얼마나 생태계를 흔들고 정작 시민들의 발길을 주저하게 만들었는지는 정말 말도 못 해요. 게다가 숱한 강변도로들은 그게 어디 길이라고 할 수 있나요? 길이기에 앞서 한강으로 가는 길을 일방적으로 가로막는 장애물 구실이나 톡톡히 해왔죠 뭐.

절두산유적지기념관 성당에서 오륙십 명 가량의 신도들이 성경을 들고 몰려 내려오고 있었다. 영기는 촬영용 사다리를 펼쳐놓은 다음 올라섰다.

아무래도 한강 근처로 나오길 잘한 거 같아요.

영기는 호주머니에서 필름을 꺼내 재빨리 갈아끼우며 말했다.

여기 자주 오시나봐요?

여기요? 두번째인 걸요. 아주 오래 전에…… 아마 한 십 년도 더 넘었을 거예요. 시선을 조금만 한강 쪽으로 돌려주실래요?

이 정도면 됐어요? 이곳이 그러니깐 옛날 우리나라에서 천주교가 처음 들어올 때 임금이 선교를 못 하게 말리면서 많이 처형한 곳이죠?

예…… 맞습니다. 어느 기록을 보면 그때 천주학쟁이로 몰려 배교를 하지 않아서 목이 잘린 사람들이 흘린 피로 한강 물이 벌겋게 물들었을 정도라고 하니 짐작할 만하죠.

그렇게나 많이……

저 뒤쪽 위로 올라가보면 그때 순교한 사람들 유류품이랑 처형 도구 같은 거 전시한 데가 있어요. 한번 가보실래요?

시간이 없으시다며요? 마감 때문에.

어차피 하룻밤쯤 새야 되는데요 뭐. 저도 이런 일에 밥줄을 매다보니 밤새는 데는 이골이 나 있어요.

강바람에 그녀의 머플러가 목덜미를 휘감고 날리는 모습이 렌즈 속으로 들어왔다. 영기는 검지 끝에 천천히 힘을 주었다.

됐어요. 고생하셨습니다 김 선생님. 끝입니다.

고생은요…… 강물 색이 정말 너무 곱네요. 좀 구경할게요.

그러세요.

성모 마리아상을 모신 제단 앞으로 몰려든 신도들이 영기의 간이 사다리를 툭툭 건드리고 지나갔다. 그는 허리를 숙여 몸을 낮췄다. 사다리를 접어 어깨에 두르고 알루미늄으로 된 촬영가방을 들고 허리를 펴는 순간이었다. 열 발짝쯤 앞에서 비스듬한 자세로 서 있던 여자가 영기 쪽으로 몸을 돌려 서서히 걸어오기 시작했다. 위아래로 온통 검정 천을 두르고 있었다. 알이 작은 선글라스를 낀 그 여자는 입술을 살짝 안쪽으로 말아들여 보조개가 파인 얼굴이었다. 봉긋한 왼편 윗가슴에는 동전만한 브로치가 빛을 뿌렸고 각선미가 고스란히 드러나는 검정 홀태바지 끝이 말려들어간 목 짧은 부츠는 블록 위를 소리나지 않게 디뎠다. 커피색 선글라스 때문에 그 여자의 눈길을 가늠할 수는 없었다.

영기는 제자리에 서서 물끄러미 턱주가리를 쓰다듬으며 자신에게 다가오는 여자를 바라보았다. 웃음을 띄우려 했지만 그게 잘 되지 않았다. 분명히 어색하게 일그러진 표정이리라 젠장…… 영기는 촬영

가방과 사다리를 양 옆에 내려놓고 팔짱을 끼면서 정시 오 분 전의 분침처럼 고개를 오른편으로 슬쩍 기울였다. 분명하진 않지만 선글라스 속의 눈동자와 눈길이 마주쳤다고 느끼는 순간 여자의 말린 입술이 풀리며 살짝 벌어진 붉은 입술 새로 하얀 잇바디가 얼추 비쳤다. 날 알아보는가! 그 순간 영기의 머릿속에 인사말로 쓸 몇 마디 구절이 떠올랐다. 여, 인계숙 이거 몇 년 만이야! 살다보니 결국 이렇게 만나는군! 아냐, 무조건 두 손을 잡고 세차게 흔드는 것도 괜찮지. 팔짱을 낀 오른쪽 손바닥에 갈비뼈 밑을 상어 지느러미처럼 힘차게 두들기는 심장의 파동이 느껴졌다.

그러나 여자는 영기와 눈길을 오래 맞추지 않았다. 서로 인사를 나누기에 적당한 삼, 사 미터 거리를 넘어 거의 영기 옆을 스쳐갈 듯했다. 영기는 주의를 끌기 위해 저도 모르게 발을 한 번 탕 하고 굴러보았다. 그 때문인지 고개를 옆으로 돌린 여자는 촬영가방에 발이 걸려 중심을 잃은 듯 두어 걸음 비척거렸다.

미, 미안합니다.

영기는 무릎을 반쯤 굽혀 여자를 부축하려는 듯 손을 내밀다 말고 엉거주춤한 자세로 여자의 얼굴을 빤히 쳐다보았다. 여자는 발길에 채여 밀려난 가방을 제자리에 놓으며 의례적인 미소를 지었다.

딴 데 한눈을 파느라 보질 못했어요. 정말 미안하군요.

바로 옆에 돋보기를 쓴 할머니가 큰 소리로 찬양문을 따라 외우는 바람에 여자의 목소리가 잘 들리지 않았다.

괜찮습니다만…… 어디 다치진 않으셨나요?

여자는 대답 대신 가벼운 목례를 하며 그냥 지나칠 태세였다. 영기는 뒤로 주춤 물러서며 여자 앞을 가로막았다.

잠깐만요……

……!

여자의 가느다란 윗눈썹이 곱게 파동을 쳤다.

혹시……

무슨 일이신지…… 저한테 볼일이 있나요?

아닙니다.

영기는 고개를 살랑살랑 저었다.

후후, 사진사세요?

예, 그렇습니다. 한 장 찍어드려도 될까요?

저는 이젠 사진 안 찍습니다. 그럼 이만 실례……

뺨에서 보조개를 황급히 지운 여자가 걸어가는 쪽에서 난간에 붙이고 있던 엉덩이를 떼낸 디자이너가 타박타박 걸어오고 있었다.

백 선생님 여기서 아는 분 만나셨나보다?

아녜요. 서로 그냥 부닥쳤을 뿐이에요. 그건 그렇고 이 근방에서 차나 한잔 하고 갈까요? 제가 너무 시간을 뺏어서 미안해서 그럽니다.

그런 게 어딨어요? 근데 지금은 그냥 집에 가서 오랜만에 샤워 좀 하고 따뜻한 커피하고 토스트 구워먹은 다음 무조건 푹 자고 싶어요. 잡지 나오면 그때 연락해서 제가 차 한잔 대접할게요.

그러실래요……

영기는 주차장 밑으로 뚫린 굴레방다리 어귀까지 디자이너를 배웅해주었다. 호주머니에 두 손을 찔러넣고 고개를 약간 숙이고 올라오는데 바로 앞에서 경적이 울렸다.

어이, 형씨 앞을 좀 보고 다녀야지. 좁은 길인데.

승합차 창문을 열고 머리를 짧게 올려친 사내가 인상을 잔뜩 쓰며 침을 뱉었다. 영기는 미안하다는 표시로 손바닥을 들어 보이려다 말고 사내 옆에 무표정하게 앉아 있는 여자를 보았다. 여자가 선글라스를 벗으며 입가에 보일락 말락한 웃음을 지어 보였다. 영기는 입을 약간 벌렸다. '유로파 양행' 이라는 로고가 쓰인 승합차의 뒤꽁무니를 쳐다보며 그는 두 주먹을 불끈 거머쥐었다.

내가 잘못 본 걸 테지. 세상에는 비슷한 사람이 얼마나 많아!

영기는 운전석에 앉아 있다 꽂혀 있던 자동차 열쇠를 뽑아들고는 좀전에 사진을 찍던 절두산유적지 앞뜰로 걸어갔다.

그래 인계숙은 아닐 거야. 그렇다면 나를 못 알아볼 리가 없잖아! 쌍둥이가 있다는 얘기는 들은 바도 없고 말이야. 내 눈에 명태 껍질이라도 씌었나?

기념관 앞뜰을 이리저리 거닐던 영기는 오성(五聖)바위 앞에 멈춰 섰다. 오성바위, 오성바위라…… 그는 갑자기 온몸에 오한이 휩쓸고 지나가는 느낌을 받았다. 무릎에 힘이 없었다. 눈물이 왈칵 쏟아지려고 해 일부러 고개를 젖히고 눈을 씀벅거렸다. 겨드랑이께로 뜻뜻한 땀기가 끈적하게 번져났다.

그 여자가 자신과 부닥치기에 앞서 오성바위를 유심히 쳐다보던 모습이 떠올랐다. 그는 잔디를 보호하자는 팻말 옆으로 저벅저벅 걸어들어가 화초에 둘러싸여 끄트머리만 비죽이 드러난 오성바위에 무릎 끝을 기대고 섰다. 한 평이 채 안 되는 마름모 꼴의 그 넓적한 바위 앞에 쭈그리고 앉아 영기는 기도하는 사람처럼 손을 얹고 눈을 감았다. 그는 이미 그 바위의 내력을 알고 있었다.

약 백이십 년 전쯤 오랜 문초에 시달린 다섯 명의 사내가 피고름이 말라붙은 얼굴과 찢겨진 옷자락으로 줄줄이 굴비두름처럼 엮여 끌려가다 이 바위에 잠시 걸터앉을 수 있었을 것이다. 그들은 십 분, 아니 길어봤자 이십 분 안에 이 세상 사람이 아닐 운명들이었다. 그랬기 때문에 그들을 닦달해서 인솔해가던 군관은 마지막 가는 황천길 문턱에서 푸닥진 인심을 쓴 것이었다. 다섯 사내의 뒤를 구름처럼 따르는 사람들의 이목을 의식하지 않은 것도 아니었다. 그들 중 적어도 절반 정도는 아마 천주학쟁이가 틀림없었다. 그들이 심히 받드는 이들을 저 참혹한 꼴로 끌고가 목을 치는 일은 국법의 엄중함을 내보이는 것이긴 했지만 잘못 하다가는 민심의 원망을 고스란히 혼자 뒤집어쓰고 어느 밤길에 물고를 당할지도 모를 일이 아니던가.

다블뤼-안 주교, 오메뜨르-오 신부, 위앵-민 신부, 조선인 교우 장주기-요셉, 황석두-루까가 후일 다섯 성인 즉 오성이라고 불린 그들의 이름이었다. 그들은 자신들한테 잠시 쉬고 가도록 허락을 해준 군관에게 축복을 내려주려 했으나 군관은 눈을 부라린 채 호령을 붙이며 이를 거부하였다. 신선한 바람이 그들의 콧속으로 밀려들어갔다. 마지막으로 보는 산천이 그렇게 고울 수가 없었다. 그중의 한 사내가 살이 너덜너덜 해진 손을 간신히 들어 군관에게 내저었다. 벙거지를 눌러쓴 호랑이상의 포졸이 육모방망이를 휘두르며 냅다 패댕이를 칠 기세로 달겨들었다. 어허, 그만두거라. 그래 무슨 할말이 있는고? 그러나 사내의 바짝 마른 입술은 말을 지어내지 못했다. 어허, 목이 마른 모양이구나! 너희는 국법을 어긴 중죄인으로서 오늘 이 세상을 하직해야 하는 극형을 받아야 하지만 그 처지가 심히 불쌍토다. 옛사람들이 일컫기를 죽은 사람 소원도 들어준다는데 아직 명줄이 붙어 있는 너희들 마지막 소원 하나 들어주지 못할까보냐! 여봐라! 예잇! 내 너희에게 이르노니, 저 화상들에게 막걸리나 한 사발씩 퍼다줘 목이나 축이도록 하여라! 나으리, 이제 곧 뒈질 목숨들인데 인심은 써서 무엇…… 어허, 잔말이 많다. 분부대로 어김없이 시행하렷다!

막걸리라는 말에 다섯 사내의 목울대들이 자신들도 모르는 사이에 살가죽 밖으로 금세라도 툭 미어져나올 만큼 심하게 요동을 쳤다. 그들은 서로의 얼굴을 의아스런 눈초리로 쳐다보았다. 그 사이에 포졸들이 저만치서 앞서 가던 망나니 서넛을 불러세웠다. 털배자를 입은 한 망나니가 흰자위를 까뒤집으며 포졸들 앞을 가로막았다. 어느 귀신이 내 막걸리를 축내려 드는 게야! 오늘은 나랏님 명이래도 안 돼!

어허, 이것이 아무리 칼 잡는 망나니라지만 왜 이리 분수 없이 까탈을 부리고 그래. 군관 나으리 명이니 곧이 듣게나! 털배자를 입은 잔등 뒤로 큰칼을 거꾸로 비끄러맨 것으로 봐 그가 아무래도 그날의 참수형 집행을 직접 할 모양이었다. 그는 막걸리가 그득하게 든 함지박 앞을 부득부득 가로막아서며 한 발짝도 양보할 기세가 아니었다. 비록 불가촉 천민에 해당하는 망나니였지만 형을 집행하는 날만큼은 아무도 그의 심기를 거스를 수 없는 게 불문율이었다. 평소 같으면 이마빡에 날카로운 육모방망이를 불똥이 번쩍 튀도록 안기고 덥썩 막걸리 함지박을 빼앗으련만 날이 날인지라 포졸들도 우물쭈물 군관 나으리의 눈치를 보지 않을 수 없었다.

어찌하오리까? 어허 무엇 하는고? 빨리 명대로 시행치 못하고!

그러나 군관도 어찌할 도리를 몰라 뒷짐을 진 채 돌아서서 맑은 하늘만 쳐다볼 뿐이었다. 망나니도 사람인 이상 사람의 목을 뎅겅뎅겅 자르는 자리에 들어서자면 얼근하게 취하지 않을 수 없는 노릇이고 그러자니 막걸리를 담은 함지박은 망나니에게 필수적인 것이었다. 다섯 사내는 일이 어떻게 돌아가나 궁금해 목을 늘이고 망나니 쪽을 바라보았다. 그때 열 발짝쯤 앞에서 아무 소리도 없이 둘러싸고 구경하던 사람들 틈바구니로 누가 던졌는지 모를 엽전 대여섯 냥이 날아와 실갱이를 벌이고 있는 망나니와 포졸들 사이로 떼구르르 굴렀다. 모든 이의 눈길이 다 엽전이 굴러가는 쪽으로 쏠렸다. 무거운 침묵이 사람들을 휘감았다.

어흠, 어흠 컹.

망나니가 평소 같으면 감히 생각도 할 수 없는 헛기침을 대중 앞에서 내뱉었다. 그러나 그것을 탓하는 사람은 아무도 없었다. 망나니가 슬그머니 무릎을 꿇어 먼지를 뒤집어쓴 엽전을 하나씩 주으며 한결 부드러워진 입을 뗐다. 그러니깐 설라므네…… 우리도 이 짓을 허고 싶어서 허는 건 아닐 테고…… 목구멍에 막걸리를 치면 뻣뻣한 목덜미도 풀릴 테고 그렇다면 우리도 그만큼 일이 수월한 것이니깐…… 그깟 인심일랑 써도 그만 아니겠수. 포졸 나으리께서 손수 한 사발씩 떠서…… 어? 주저리주저리 이어지던 칼 찬 망나니의 사설이 뚝 끊겼다. 네 개인가, 다섯 개인가를 주으려는 손가락 끝을 한 포졸의 고린내 나는 퀘퀘한 짚신이 덮쳐 지긋이 누른 것이다. 망나니는 엽전을 쥔 손아귀에 힘을 주고 험악한 인상을 쓰며 고개를 꺾어 위를 쳐다보았다. 광대뼈가 유난히 두드러진 한 포졸이 눈에 힘을 주고 맞쏘아보았다. 미끼를 물까 말까 유혹에 시달리다 용기를 내어 고개를 들이밀었다가 쥐덫에 대갈통이 오부지게 치인 쥐새끼처럼 눈알이 광대뼈보다 더 튀어나온 그 포졸의 눈빛을 가만히 쳐다보던 망나니는 씨익 웃으며 손가락에 주었던 힘을 슬그머니 빼어 거둬들였다. 에헤이, 다 주웠다! 그러나 그 말은 나머지 두 개는 네가 먹고 떨어지라는 소리였다. 망나니의 손등을 밟았던 포졸이 옆 동료를 쳐다보며 아주 짧게 빙긋이 웃은 뒤 바짓가랑이에 묻은 흙먼지를 털기 위해 허리를 굽혔다.

그리하여 우여곡절 끝에 바위에 걸터앉은 다섯 사내 앞으로 막걸리 다섯 사발이 배달되었다. 그들은 약속이나 한 듯이 먼저 코를 희뿌연 막걸리 사발 위로 디밀어 서너 번 돌렸다. 외국인 신부들도 이미 막걸리 맛을 알 만큼 아는 이들이었다. 한 신부는 그 긴 코를 너무 깊숙이 디미는 바람에 그야말로 사발에 빠진 코로 막걸리를 휘저은 셈이 되었다. 다섯 사내는 더이상 참을 수가 없어 입 안으로 술을 흘려 넣었다.

어느 프랑스 신부였을까? 이국만리 낯선 땅에서 숭고한 선교의 사명을 다하다 죽임을 당하는, 아니 영광스런 순교의 문턱에 다다라서 문득 한 입 막걸리를 베물었을 때 머릿속에 너무도 그리던 고향땅의 풍경이 떠오른 이가 있지 않았을까. 따스한 햇살과 사시사철 부는 지중해의 곰살궂은 바람이 푸른 눈을 한 소년의 잘 여문 포도송이처럼 통통한 뺨을 어루만지던 그 나즈막한 마을이 있었을 것이다. 소년의 꿈도 포도주처럼 상큼하게 익어갔을 것이다. 신부가 되려던 포부도 그리고 포도축제 때마다 만나던 이웃마을 빨간 머리 주근깨 소녀에 대한 풋연정도 말간 포도주에 담겨 있지 않았을까. 꿈에도 있지 못할 그 포도주의 맛을 그는 혹시 막걸리에서 순간적으로 느끼지 않았을까? 소년의 눈빛으로 돌아가 사발 속의 희뿌연 막걸리가 진홍빛 포도주로 변하는 모습을 지켜보면서 달디달게 목구멍으로 넘겼을 수도 있을 것이다. 그걸 두고 착각이니 환상이니 지적하는 게 무슨 의미가 있으리.

그리고 어느 조선 천주학쟁이였을까? 장주기(요셉)? 황석두(루까)? 저 멀리 보이는 여염집 담장 너머로 피비린내의 전조를 맡고 몰려들기 시작하는 까마귀들이 어릴 적 뒤뜰에 서 있던 감나무 꼭대기에 남긴 서리 맞은 뾰주리감을 물어뜯으러 오는 까마귀인지 아닌지 구분이 되지 않았을 것이다. 어린 시절 나무 위의 홍시에 한눈을 팔다가 종아리 살이 배배 꼬이도록 파고드는 회초리를 맞으며 외웠던 천자문 책 속의 그윽한 먹향이 잠시 고통을 잊은 그의 머릿속에 아련히 되살아나진 않았을까?

그쳐라!

위엄을 다시 찾은 추상같은 군관의 목소리가 울려퍼지고 바위에서 일어난 그들은 막걸리 때문에 생긴 기운을 빌려 귀를 솔깃 세우고 있는 신도들에게 우리의 기도를 받아주옵소서, 또 우리 모두를 불쌍히 여기소서 하는 내용의 설교를 하지 않았을까? 짧은 설교가 끝난 뒤 그들은 다시 성가를 부르며 끌려갔고 뒤에 처져서 불콰한 얼굴로 걷는 망나니들의 발걸음은 이미 갈지자걸음이었다.

그로부터 한 백십 년쯤 뒤인 어느날 오후 오성바위에 똑같이 막걸리에 취해 엉덩이를 걸쳤던 사내가 바로 영기였다. 그 생각을 다시금 하자니 영기는 쥐구멍이라도 파고들고 싶은 심정이었다. 얼굴에 모닥불이라도 뒤집어쓴 듯 화끈거렸다.

그는 다음날 아침 출근시간에 맞춰 일터로 향하는 사람들로 붐비는 구로공단 근처의 한 오거리에서 벌어질 가두시위의 주동자 노릇을 해야 할 처지였다. 이른바 노학연대를 위한 생산지 가투(街鬪)였다. 그 시각쯤이면 조용히 심경 정리를 하고 있어야 할 그는 엉뚱하게도 파전을 안주 삼아 혼자 들이부은 막걸리에 취해 그 절두산기념관 앞뜰에 와 있었다.

손목에 차고 있던 시계는 야속하게 고장도 나지 않고 재깍재깍 잘도 돌아갔다. 앞으로 열네 시간 뒤면 나는 저 야수 같은 구둣발에 짓이겨지고 뭉개진 얼굴로 끌려갈 것이다. 두렵다. 주기도문을 외우며 성모 마리아상 앞에서 합장을 드리는 신도들이나 가족끼리 산책이라도 나온 저 눈앞의 평온한 사람들을 보라. 목이 뒤틀리고 두 손에 오랏줄이 채워진 순교자상 앞에서 영기는 울고 싶었다. 이렇게 나약해져서는 안 된다고 입술을 깨물며 스스로 다짐을 해봤지만 절망감은 사라지지 않았다. 저 한강물 속에 빠져들어 어디론가 헤엄쳐 도망가고픈 생각이 일었다. 그 절망감이 영기로 하여금 공중전화기를 붙들게 만들었다. 인계숙에게 전화를 걸기 위해서였다.

여보세요…… 여보세요.

영기는 수화기를 타고 흘러오는 계숙의 목소리보다 그 목소리 뒤에 뒤섞여 들리는 웃음소리와 응응거리는 대화 소리에 더 귀를 기울였다. 이상하게 그 배경음들이 더 또렷하게 그의 귀로 달라붙었다. 그는 갑자기 목이 메었다. 그건 가족들이 따스한 공간에 모여앉아 빚어내는 화음이었기 때문이었다. 바리톤 같은 굵직한 남자 목소리를 애교스럽게 받쳐주는 여자들의 목소리가 오케스트라의 연주처럼 들려왔다. 보지 않아도 수화기 너머의 광경이 머릿속에 확연히 떠올랐다.

애 누구니? 무슨 전화야……

잘못 걸렸나봐요.

그럼 빨리 끊고 이리 와서 차 좀 들어라.

예…… 쿨룩.

계숙은 사래가 든 듯 수화기에다 대고 일부러 기침을 서너 번 하며 시간을 끌었다. 영기는 계숙이 전화를 건 사람이 자신임을 알고 있다고 느꼈다.

나…… 영기인데 말하지 말고 듣기만 해. 곧 끊을게.

……!

그냥…… 아무 할말도 없어. 그저 네 목소리가 듣고 싶었어. 이게 나야, 추하고 약한 내 모습이야. 내일 아침이 너무 겁이 나거든.

지금 어디니?

거리야…… 그리고 술도 취했어.

알아…… 어디 근방인지나 말해.

모르겠어. 절두산유적지에 와 있나봐.

그럼 꼼짝 말고 기다려! 찰카닥.

계숙은 대령의 딸이었다. 대학 삼학년 때 안양천변 달동네 철거 장면을 보고 충격을 받아 운동권에 뛰어들었다는 그는 아버지가 이른바 실세 대령이었다. 영기는 언젠가 계숙이가 『소비에트 이데올로기 I·II』를 급히 빌려달라고 해서 그의 집에 들를 기회가 있었다. 계숙의 집은 양재동의 울창한 숲 속에 있었다.

놀랐지?

현관에서 대문까지 펼쳐진 잔디밭 속에 띄엄띄엄 놓인 징검돌을 밟으며 계숙이 물었다. 영기는 뒤통수를 긁었다.

으응……? 아니, 놀라긴…… 좀 뜻밖이긴 하지만.

집엔 아무도 없어. 일하는 아줌마도 휴가야. 점심이나 같이 먹고 가. 내가 라면 맛있게 끓여줄게.

어, 그래?

정원의 잔디는 사람의 발길이 한 번도 닿지 않은 듯 고르게 펼쳐져 있었다. 정원 한 귀퉁이엔 작은 연못이 보였고 그 곁에는 파라솔과 하얀 식탁, 의자가 영화 속의 한 장면처럼 가지런히 놓여 있었다.

울 아버진 그래도 내겐 좋은 사람이야.

계숙은 나중에 뜬금없이 이렇게 말했었다.

무슨 말이야. 내가 너희 아버지보고 함부로 악질 군바리거나 부르주아라고 비난할 것 같니?

사실 그렇지 뭐. 아빤 내년 초에 장성으로 진급할 거야 아마. 저것 좀 봐.

계숙이가 가리키는 곳에는 유리관 속에 브이 자 받침대에 놓인 칼이었다.

저게 뭔지 아니?

칼집의 장식들은 진짜 금박을 입혔는지 안온하게 빛났다.

저게 바로 삼정도라는 거야.

삼정도?

그래. 장군이 되는 사람한테만 내려주는 칼이래나봐. 아빤 미리 저렇게 하나 마련해두었어.

영기는 유리함에 가까이 다가갔다. 계숙이 자기가 아는 대로 삼정도에 대해 설명을 해줬다.

손잡이에는 피나무에다 물고기 가죽을 입혔고 삼정도의 삼은 호국 통일 번영을 의미한대. 길이는 거진 일 미터쯤 되고.

영기는 유리관 속에서 고이 숨쉬고 있는 칼을 뚫어져라 바라봤다. 이 칼의 임자는 민중 억압을 주도한 세력에 합류한 사내일 뿐이다. 저

칼의 주위에는 출세와 특권과 또 어쩌면 신의 가호까지 떠돌지 모른다. 하지만 그런 사내의 손에 저 칼이 쥐어져 있는 한 그 칼은 하나의 흉기일 따름이다. 피 묻은 도끼에 다름아니다. 칼집에서 빠져나오는 순간 저 칼은 또다시 어떤 피바람을 불러올지 모른다. 영기는 침을 꼴깍 삼켰다.

독재자와 결탁해 역사의 수레바퀴를 거꾸로 돌려온 이들이 일으킨 매서운 회오리 바람에 얼마나 많은 민중들이 채찍질을 당하고, 피 묻은 둥지 속에 온몸이 갈가리 찢겨져 있으며 또 얼음구덩이 속에서 꽁꽁 얼어붙은 채 암담한 하늘을 바라보고 있을 것인가. 그러자 특히 물고기 가죽으로 감싸인 손잡이 부분이 영기에게 혐오감과 불쾌감을 안겨주었다. 그러나 손잡이 밑의 칼집에 새겨진 금테 문양은 현란하고 아름다웠다. 게다가 바로 옆에 서 있는 계숙의 얼굴을 보는 순간 일시적인 혐오감은 눈 녹듯이 스러졌다.

영기는 넘실거리며 흘러가는 한강물을 바라보며 계숙이 올 때까지 꼼짝없이 앉아 있었다. 그는 그러면서 한강물을 처음 보던 때를 떠올렸다. 고삼짜리 낡은 교복을 입은 채로 그는 밤기차를 타고 서울역을 향했다. 기지촌 근방에서 태어난 그는 그때까지 한강을 한 번도 본 적이 없었다. 등록 마감일을 하루 앞두고 담임이 학교에서 주는 거라며 전해준 십만원에 엄마가 마련한 이십만원, 그리고 색싯집을 하는 수양 이모가 우수리를 간신히 에워순 등록금 뭉치를 배에 무명천으로 두르고 떠난 길이었다. 입학원서도 담임선생이 대신 넣으러 갔고 합격 여부도 선생님을 통해서 알았다. 담임은 영기의 등을 세차게 두드려주며 우리 종고(綜高)에서 너 같은 놈이 다신 나오지 못할 것이라며 자못 감격한 표정으로 말했다. 그리고 네 어머니 고생은 이제 끝났다는 말도 덧붙였다. 영기는 아무런 감흥이 없었다. 다만 이 지긋지긋한 기지촌을, 엄마의 선술집을 떠나게 되었다는 사실이 너무 기쁠 따름이었다.

앞치마를 풀지 않은 채 동네 어귀까지 따라나온 엄마는 파카 잠바의 지퍼를 턱 밑까지 올려주며 기차 시간 늦지 않게 빨리 가라는 손짓을 한 뒤 돌아서서 앞치마에 물코를 탱탱 풀었다. 밤공기는 아직 차가웠다. 영기는 어깨에 맨 보스턴 비닐백을 한번 추스른 다음 돌아서 걸었다. 비닐백 속에는 새로 산 옷가지들과 세면도구들 그리고 학원사판『안나 카레니나』세 권이 들어 있었다.

모자를 기찻간에 두고 내리는 일 없도록 꼭 쥐어 응!

걱정 마세요.

그 모자 속에는 어머니가 처음으로 아버지의 먼 친척이라고만 밝힌 사람의 이름과 집주소가 적힌 쪽지가 뜯어진 안감 안쪽 어딘가에 들어 있었다.

영기야, 영기야!

부르는 소리에 다시 뒤를 돌아다보니 엄마가 입에 손나발을 대고는 소리 없이 붕어처럼 입만 벙긋벙긋하며 뭔가를 알려주려고 했다. 영기는 알아들었다는 듯 고개를 끄덕이며 어서 들어가라는 손짓을 해보였다. 서울 닿기 전에 꼭 변소를 한 번 거쳐가라는 부탁이었다. 누구한테서 들은 말인지는 몰라도 영기에게 손재수가 붙어서 그것을 털어내려면 더러운 곳을 들러 일을 보아야 한다는 것이었다. 그렇다면 그럴 곳은 바로 기찻간 변소밖에는 없을 터였다.

텅 빈 비둘기호 열차에 올라탄 영기는 낡은 푸른 융단 의자 위에 기다란 비닐백을 던진 다음 비스듬히 몸을 포개며 창 밖을 바라보았다. 간이역 역장이 깃발을 흔들자 기차는 서서히 움직이기 시작했다. 그는 속으로 단단히 외쳤다.

잘 있어라, 이 작은 도시야! 다시는, 다시는 너를 찾지 않겠다.

그리고는 얼른 얼굴 위로 모자를 덮고 눈을 감았다. 배에 전대를 둘

렸으니 잠을 잔다 해도 돈을 잃어버릴 염려는 없었다. 마침 방금 먹고 나온 따스한 저녁밥 때문인지 졸음도 슬슬 밀려왔다. 잠깐 눈을 붙였다 떴나 싶었다. 뭔가 이상한 느낌이 자꾸만 들어 영기는 눈을 떴다. 앞이 캄캄했다. 얼굴 위를 덮고 있던 모자를 치우며 그는 희미한 기차 전등 빛에도 눈이 부셔 양미간을 찌푸렸다.

어, 넌…… 염홍미! 네가 웬일이야? 어딜 가는 거지?

맞은편 자리에는 목탄집 딸인 홍미가 목도리를 칭칭 두른 채 사추리 사이로 두 손을 가지런히 집어넣고 앉아 있었다.

나도 서울 가……

뭐? 미쳤냐? 니 아버지가 아냐? 알고 있냐고?

……

야, 너 내가 차비 줄 테니 다음 역에서 내려가는 기차로 갈아 타라구! 너 지금 제정신이니 응?

난 제정신이야. 너 쫓아가는 건 아니니깐 아뭇소리 말아!

홍미는 짐짓 뾰루퉁한 표정을 지었다.

도대체 여자애가 이 밤중에 야반도주하듯 밤기차를 타고 가서 뭐 하려고?

니가 걱정 안 해줘도 돼. 공장 다니면 그만이니깐.

누가 너보고 어서 옵쇼 하며 기다리고 있는 공장이라도 있다든?

재작년에 서울 간 복순이 언니네 쥔집 전화번호 내가 다 갖고 있다구 칫.

영기는 차창에 옆머리를 쿵 소리가 나게 짓찧었다. 이 계집애가 쌍, 드디어 무작정 상경 가출을 시도하는 거야 뭐야! 재수 옴 붙게시리. 싸나이가 수도 서울로 막 진군을 하는 마당에 말이야 차암. 그러나 아무리 속으로 투덜거려봤자 소용이 없었다. 좋은 소리로 한다고 해서 홍미년이 순순히 기차를 바꿔탈 리는 만무했다. 영기는 도회지 큰아기인 양 꾸미기 위해 입술을 쥐 잡아먹은 년처럼 벌겋게 처바르고 두텁게 화장을 한 홍미의 얼굴을 보며 피식 헛웃음을 흘렸다. 그리고는 에라 모르겠다는 심정으로 다시 모자를 푹 눌러쓰고 기차 바퀴 소리에 귀를 맡겼다.

홍미는 뒷산 솔뫼골에서 나무로 숯을 구워 파는 홀애비 염씨의 딸이다. 염씨네 집에서 골짝으로 오 리쯤 더 들어가면 숯을 굽는 움막이 나오고 숯가마도 두 개나 있었다. 예전에 숯이 한창 널리 쓰일 때는 숯가마 두 개를 다 가동시켰지만 그때는 숯 경기가 떨어져 있던 터라 하나는 폐쇄한 채 거의 쓰고 있지 않았고 나머지 하나만 썼다.

염씨는 마누라가 도망가기 전만 해도 바로 영기네 뒷집에 이웃을 하고 살았었다. 그러다가 도망친 마누라 때문에 술에 젖어 살던 염씨가 정신을 차리고 숯을 굽기 위해 솔뫼골 깊은 골짝으로 이사해 들어가는 바람에 멀어졌던 홍미를 영기는 교회에서 다시 만나게 되었다. 국민학교밖에 나오지 않은 홍미는 산골생활이 지겨운지 교회에 나와 친구들을 사귀고 만나는 것을 위안으로 삼았다. 영기는 중학교 삼학년 겨울방학 때 좀 껄렁껄렁한 친구들을 따라 몇 번 교회에 나간 적이 있었다. 공부깨나 한다는 친구들은 인근 도시의 유명 고교에 진학을 했지만 영기는 시험에 미끄러져 고작 읍내의 종합고등학교로 결정이 되었다. 때문에 그는 고교 진학 준비는 하지 않은 채 동네 친구들과 어울려 몰려다녔던 것이다. 교회 문턱을 기웃거린 것도 사실은 계집애들을 꼬시기 위해서였다. 그때 홍미를 점찍었다. 쟨 내 꺼야. 아무도 건들지 마! 야, 네 눈엔 쟤가 여자로 보이냐? 방뎅이만 빵빵한 밀가루 푸대지? 트럭으로 갖다줘도 트럭만 빼고는 안 갖겠다 응. 어쭈! 친구들은 비아냥거렸지만 영기 눈에는 짧은 인중 때문에 약간 위로 올라간 홍미의 도톰한 입술과 눈동자를 항상 흡뜨는 듯한 얼굴 표정 때문에 어리는 백치미가 맘에 들었다. 이미 국민학교 때 이웃했던 꼬맹이 홍미가 아니라 처녀티가 착실히 배어 있었다. 친구들의 등쌀에 떼밀려 홍미에게 몇 번 성경공부를 같이 하자고 말을 붙여보았더니 의외로 붙임성 있게 나왔다. 그리고는 그렇게 별일 없이 지나갈 수도 있었는데……

고일 겨울방학이 막 끝나가는 무렵이었다. 삼 년간 소식이 끊겼던 아버지가 마치 읍내에서 일을 보고 돌아오는 사람처럼 아침부터 다시 집으로 찾아들었다. 아버지도 아버지였지만 도마 위에서 대파를 썰며 술꾼들 아침 해장국 준비를 하다 말고 힐끗 한번 쳐다본 다음 순순히 받아들이는 엄마가 영기의 눈에는 더 미워 보였다. 뜨악한 아들의 눈길을 의식했는지 아버지는 이노므 자석 오래 머물지 않을 거구마 하고는 감발 친 털신으로 술청 바닥을 탕탕 울렸다. 영기는 우울한 심사가 되어 낮에 집을 나섰다. 마침 전날 늦게 눈이 수북이 쌓여 올가미 놓은 곳에 토끼가 들었는지 궁금하기도 했던 터였다. 걸린 게 있으면 아예 친구들을 불러 꼬챙이 산적을 해먹을 작정으로 몰래 막걸리통을 신문지에 뚤뚤 말아가지고 룩색에 넣어두었다. 해가 서산에 설핏 기울도록 돌아다녔지만 허탕이었다. 다시 산바람이 일면서 날씨가 쌀쌀해진데다 산등성이를 돌아다니면서 흘린 땀으로 등줄기가 뻣뻣하게 식어버렸다.

그러다보니 주근주근 룩색에서 막걸리통을 꺼내 입맛만 다신다는 게 거진 다 비워버렸다. 빰이 화끈화끈 열을 내어 잠시 추위는 잊을 수가 있었다. 내려오다보니 솔뫼골 숯가마가 눈에 띄었다. 영기는 잠깐 바람이나 피하고 더운 물이나 얻어 마실 겸 발길을 염씨네 집으로 돌렸다. 그러나 염씨는 없었고 홍미 혼자서 골짝 개울가에 앉아 월렁월렁 바가지에 담은 저녁 쌀을 일고 있었다. 눈 녹은 물에 담근 두 손이 말갛게 얼어 있었다.

뭐 하나?

칫, 보믄 모르나? 장에 숯 팔러 간 아부지 밥 안치려고 하지.

아직 안 돌아왔나부지?

오늘 좀 늦네. 파장하시고 한잔하시려는지…… 산엔 뭐 할러 쏘다녔는데?

올가미 놓은 데 퇴끼 들었나 보려고.

들었나?

쯧, 허탕……

부연 쌀뜨물을 부어버리고 난 양푼을 들고 일어선 홍미는 젖은 팔뚝을 들어 이마 위로 내려온 머리카락을 쓰다듬어 올렸다. 그때 영기는 명치께에서 뭔가 후끈한 기운이 목덜미를 지나 귀밑 뺨으로 쩌르르 훑어오는 느낌이 들었다. 술기운인지도 몰랐다. 홍미의 몸집에 비해 짧은 츄리닝복의 윗도리가 위로 바짝 추켜올라가면서 흰 허릿살이 얼핏 드러나는 바람에 영기는 잠깐 눈을 감을 수밖에 없었다.

추운데 몸 좀 녹이고 갈 수 없냐?

방은 아부지가 언제 오실지 모르니깐 좀 그렇고…… 으응 그래, 저기 숯가마 속이 아직까진 꽤 뜨듯할 거야. 온기가 하루는 너끈히 가거든. 가끔씩 자고 가는 사람들도 있어.

영기는 거적문을 열고 어둑신한 숯가마 속으로 미적미적 허리를 숙이고 기어들어갔다. 후끈한 열기가 그의 얼굴을 덮쳤다. 갑자기 얼었다 풀린 뺨이 근지럽다가 나중에는 까시럽게 느껴졌다. 얼마 있다가 홍미가 따끈따끈하게 데운 숭늉을 한 대접 들고 들어와 바닥에 가마니때기를 깔아줬다. 대접 안에는 눌은밥이 꽤나 들어 있어 요기가 될 만했다.

어허, 얼었던 속이 다 풀리네. 얘기 좀 하지 어딜 가니?

무슨 얘기?

하다못해 성경 얘기라두……

아부지가 곧 장에서 돌아오실 텐데……

……!

영기는 그날 여자의 보드라운 맨살을 처음으로 만져보았다. 둘이 어떻게 옆으로 비스듬하게 포개져 누웠는지는 모른다. 문득 눈을 떠 보니 홍미는 힝힝 코울음 소리를 내며 한사코 두 손으로 츄리닝 바지춤을 움켜쥔 채 모로 누워 있었다. 영기는 거친 숨소리를 내며 츄리닝 윗도리 위로 홍미의 가슴과 어깨를 더듬다가 나중에는 손을 옷 안으로 디밀어 넣어 맨살과 접촉을 했다. 뒤에서 몸을 더욱 밀착시킨 영기는 자신도 모르는 사이에 손을 아래로 가져가려 했지만 그때마다 거센 제지를 받아야 했다. 드디어 아랫도리에서 뭔가가 맹렬히 빠져나가는 순간 영기는 몸을 돌려 누으며 가마니때기 끝자락을 손아귀에 움켜쥐었다.

거적문이 열린 것은 바로 그때였다. 아니 그보다 훨씬 전인지도 몰랐다. 문득 인기척이 느껴져 고개를 깔딱 젖힌 영기와 홍미는 둘을 응시하고 있는 사람과 눈길이 마주쳤다. 구레나룻을 잔뜩 기른 염씨였다. 그는 한동안 아무 말 없이 두 사람을 쏘아붙인 다음 거적문을 닫고 굵은 통나무로 문을 봉쇄하였다. 그리고는 숯가마 어귀에 쌓인 장작에 불을 붙이기 시작했다. 매캐한 연기가 안으로 쏟아져들어왔다.

이대로 태워 죽일 생각인가!

영기는 너무도 당황해서 어쩔 줄을 몰랐다. 그러자 홍미는 그의 손을 이끌어 숯가마 뒤로 간 다음 돌 몇 개를 드러내었다. 그러자 한 사람이 간신히 통과할 만한 구멍이 나왔다. 숯가마의 숨구멍인 모양이었다. 영기는 그 구멍을 빠져나오자마자 뒤도 돌아보지 않고 그대로 줄행랑을 놓아버렸다. 아무튼 홍미가 아니었더라면 영기는 숯가마 안에서 구리적쇠 위의 꽁치처럼 새카맣게 타죽었을지도 몰랐다. 그러나 뒤에 남게 된 홍미는 염씨에게 죽지 않을 만큼 얻어맞았다. 염씨가 숯

굽는 일을 작파한 채 홍미에게 달포 이상씩 마음을 끓여댈 만큼 혼뜨검을 낸 모양이었다. 그게 홍미에 대한 마음의 빚이라면 빚이었다.

덜커덩덜커덩.

갑자기 요란해진 바퀴 소리에 잠에서 깨어난 영기는 주위를 두리번거렸다.

여기가 어디냐?

한강 다리잖아.

뭐? 벌써!

영기는 후다닥 윗몸을 일으켰다. 그리고는 일어나 성큼성큼 걸어나갔다. 서울에 닿기 전에 변소에 한번 들르라는 엄마의 당부가 생각나기도 했지만 처음 보는 한강을 직접 눈으로 확인하고 싶었던 것이다. 승강장 층계에는 드센 바람이 몰아쳤다. 영기는 신문지 쪼가리를 바닥에 깔고 앉았다. 한강은 생각했던 것보다 훨씬 더 광활했다. 그리고 강을 에워싼 불빛은 정말 웅장하고 휘황찬란해서 그의 설레는 가슴을 우악스레 움켜쥐고도 남았다. 아, 이게 진짜 세상이라는 거구나. 그는 그때서야 비로소 세상이라는 말의 질감을 확인할 수가 있었다. 그는 숨을 틀어막을 듯이 몰려오는 강바람을 가슴 한가득 받아들였다.

영기는 문득 담배가 피고 싶어졌다. 바람 때문에 몸을 옹송그린 채 두 손으로 감싸고 간신히 불을 붙였다. 담배 맛은 왜 그리 좋은지. 서울의 공기는 역시 달라 하는 생각까지 들었다. 영기는 손끝까지 밀고 들어온 담배꽁초를 바람의 방향과 세기를 고려해 힘껏 튕겨보냈다. 꽁초는 어두운 강물 속으로 이내 짧은 섬광을 그리고 사라졌다. 그리고 일어서는 순간 뒤통수께에 뭔가 걸렸다. 그 바람에 머리에 쓰고 있던 모자가 벗겨져 그만 기차 밖으로 떨어졌다. 그는 얼른 뒤를 돌아다보았다. 스포츠용품 가방을 메고 얼룩무늬 군복을 입은 제대병이 미안하다고 중얼거렸다. 영기는 손을 들어 빈 머리통을 쓰다듬었다. 그 안에 엄마가 먼 친척의 주소를 적어준 쪽지가 들어 있다는 생각이 들었지만 아쉽지는 않았다. 어차피 인연을 맺고 싶지 않았다.

늦은 밤에 내린 서울역전은 지하철 공사 때문에 온통 벌집을 쑤셔놓은 듯 정신이 없었다. 영기는 끝내 기찻간 변소에 들르지 못한 게 좀 께름칙했지만 당장의 문제는 혹처럼 들러붙은 홍미였다. 말로는 자신을 쫓아온 것이 아니라고 했지만 공중전화로 복순이네 주인집 전화번호를 돌리고 난 그녀가 전화가 안 된다고 울상을 지을 때는 난감하지 않을 수 없었다.

야, 그럼 지금 나보고 어쩌란 말이냐? 나도 오줌누러 나갔다가 모자를 한강물 속에 잡아먹는 바람에 먼 친척 되는 분의 주소를 잃어버렸단 말이여.

누가 너보고 어째달래?

길거리에서 마냥 싸우고 있을 수도 없는 노릇이었다.

알아서 각자 헤어지자구, 이만.

막 돌아서려는 순간 골목길 어귀에서 어정거리던 젊은 여자가 튀어나와 영기의 팔짱을 끼었다.

오라버니, 어서 와요. 뜻뜻한 아랫묵하고 삼삼한 여자도 있으니깐 쉬었다 가쇼 응? 긴 밤 자고 가도 되고.

어어, 나참 이거 놔요 씨……

영기는 뒤를 돌아다보았다. 잠바때기 사내 둘이 홍미에게 접근해서 뭔가 집적거리는 모습이 눈에 들어왔다. 영기는 잠시 망설이다 홍미 앞으로 잰 걸음을 놓았다.

야, 얼른 따라오지 않고 뭐 해?

이 아저씨들이……

허참, 우리가 어쨌다고 그래 응?

두 사내는 영기가 나타나자 길바닥에 가래를 돋우어 타악 뱉고는 바지춤 사이에 두 손을 찔러넣은 채 어정어정 골목길로 걸어들어갔다.

거봐, 이 바보야. 서울이 너 얼마나 무서운 곳인 줄 알고 이렇게 철딱서니 없이 덜렁 나섰냐 말이야. 집에서 느그 아버지 밥이나 잘 지어주기나 할 일이지.

히잉……

용산역 근방까지 걸어내려온 영기와 홍미는 어느 허름한 여인숙으로 찾아들어갔다. 그리고 방을 하나 빌렸다. 이불은 낡고 지저분했지만 방구들은 장판지가 새카맣게 눌을 정도로 절절 끓었다. 자정이 한참 지나서까지 여인숙 마당은 시골 장마당처럼 시끌벅적했다. 싸우고 주정하는 소리에 질려 처음엔 내외를 하는 듯 이부자리 밑에 발목을 밀어넣고 멀찍이 떨어져 말없이 앉아 있던 두 사람은 몸이 풀리자 노곤함을 이기지 못하고 졸기 시작했다. 새벽에는 얇은 벽을 뚫고 거침없이 들려오는 남녀의 교합 소리 때문에 두 사람은 더욱 어색해졌다. 그러다가 홍미는 가방을 베고 몸을 새우처럼 구부린 채 잠이 들었다. 바람벽에 기대어 잠이 들었던 영기는 깨어나자 홍미의 가방 밑에 만원짜리 석 장을 끼워넣은 다음 그녀를 방 안에 그대로 둔 채 아직 어둠이 걷히지 않은 새벽길로 나섰다. 공사 때문에 울퉁불퉁 고르지 않은 길의 모퉁이돌에 걸려 하마터면 긴 입김을 쑥쑥 토해내는 신문배달꾼의 짐자전거랑 부닥칠 뻔했다.

누군가 영기의 어깨를 건드렸다. 그는 천천히 고개를 돌렸다.

나와줬구나.

계숙은 말없이 고개를 끄덕였다. 둘은 나란히 서서 노을이 지는 한강을 맞이하고 있었다. 영기는 강바람에 흩어진 머리칼을 손갈퀴로 쓰다듬으면서 힐끔힐끔 계숙을 훔쳐보았다. 먼저 말문을 연 것은 영기였다.

무슨 생각 하니?

견딜 수 없을 정도로 두려우면 그만두는 게 좋을 것 같아.

안 돼, 그건. 이제 와서…… 내가 자청한 일이야.

그런 건 중요하지 않을 걸. 중요한 건……

그래 나란 놈은 이렇게 겁쟁이고 역사에 대해 책임도 못 지는 한심한 놈이야!

……!

국민학교 삼학년 땐가…… 발을 헛디뎌 뒷간에 빠진 적이 있었어. 다행히 내 키보다 깊지는 않아서 목숨은 건졌다구. 그날은 마침 아버지가 오신다는 날이어서 엄마는 새 옷을 꺼내 날 입혔어. 나는 바람처럼 떠도는 아버지만 생각하면 자꾸 아랫배가 싸르르 아파와서 몇 번이고 뒷간으로 달려갔거든. 끔찍하지? 똥통에 빠진 나는 울지 않았어. 주위에서 난리가 나고 아버진 똥통에서 건져내온 내 몰골을 보곤 그 길로 길을 떠났거든. 오장육부가 뒤집혔지만 한편으론 얼마나 통쾌했다구. 어린 놈이 뭔지도 모르면서……

그날 영기가 먹고 싶은 술을 계숙은 한껏 사주었다. 결국 다음날 아침에 있은 시위에 영기는 동을 뜨지 못했다. 빠개질 듯한 두통을 느끼며 깨어나보니 낯선 방 안이었다. 그게 아무튼 호텔방에서 자본 최초의 경험이었다. 주위에는 아무도 없었고 텔레비전을 켜보니 약속시간에서 삼십 분이나 지나 있었다. 그 바람에 예정에 없던 영기의 후배 준모가 즉석에서 주동을 떠 백골단에게 잡혀갔고 집행유예로 나오긴 했지만 두 달 가까이 혹독한 고생을 치러야 했다.

영기는 차 트렁크를 닫은 다음 차를 몰고 절두산유적지 주차장을 빠져나왔다. 그러나 후배들과 같이 쓰는 암실로 직행하지 않았다. 유적지에서 얼마 떨어지지 않은 호텔 준의 주차장에 차를 세웠다. 그는 담쟁이 덩굴로 에워싸인 그 호텔의 지하 레스토랑으로 향하는 층계를 밟았다.

스파게티 주세요.

음미하듯 천천히 접시를 비우고 난 영기는 커피를 주문했다. 그리고는 약속이나 있는 사람처럼 등받이에 기대어 느긋이 커피를 마셨다. 때문에 문 쪽에서 유적지 앞뜰에서 맞닥뜨렸던 바로 그 여인이 두리번거리며 다가왔을 때도 전혀 놀라지 않는 기색이었다.

여기 계셨군요.

절 찾으셨나요?

그런가보죠……

앉으시죠. 일행이 있으신가요?

그 사람은 돌아갔어요. 바쁜 사람이거든요.

그러세요? 근데 혹시 제 뒤를 쫓아오신 건 아닌가요?

불쾌하시다면 사과를 드릴게요.

아뇨, 전혀. 뭐 하나 드시는 게 좋을 것 같은데요.

그러죠. 커피 레귤러.

여자는 끓인 커피 속에 설탕만 한 스푼 넣고는 입으로 가져갔다.

제 뒤를 쫓아오셨다니깐 이런 질문 하나쯤은 던져도 될 것 같은데요?

여자가 어깨를 으쓱거렸다. 한번 들어보자는 품이었다.

유로파 양행은 뭐 하는 곳인가요?

뭐, 그저 장사하는 곳일 뿐이죠. 이것저것 해외에서 들여와 국내에서 팔죠, 특히……

유로파라고 어디서 많이 듣던 말 같은데요.

그거요…… 그리스 로마 신화에 나오는 인물인데요 시돈이라는 나라가 있어요. 유로파는 그 나라의 왕의 딸입니다. 공주죠. 황소의 모습으로 변신한 조우브라는 신에게 반해 짐승과 통정을 하는 여인이죠.

황소로 변신을 했다구요? 신이요?

시돈의 처녀를 갖고 싶었던 신은 자신의 위엄을 버리고 소떼에게 친숙한 공주에게 잘 보이기 위해 근육질의 우람한 덩치와 보석처럼 조각을 해놓은 듯한 뿔로 자애로운 눈빛을 뿜으며 접근을 한 겁니다. 결국 황소는 처녀의 손에 입맞춤을 하는 데 성공했고 그 처녀로 하여금 자신의 몸을 애무하도록 하고 끝내 자신의 등에 태워 남들이 보이지 않는 곳으로 데려갔지요.

아, 그래요. 정말 재밌습니다. 신화학에 일가견이 있으신 모양이죠.

그냥 그 대목만 외운 셈이죠. 회사 이름을 짓다보니깐.

그 이름만 들으면 무슨 귀중품이나 고급 물품을 거래하는 회사 같아요.

비슷하게 맞춘 셈입니다. 근데 사진가라고 하셨죠?

사진가라기보다는 그저 사진사입니다. 돈이 되는 건 아무거나 다 찍죠.

여자는 비로소 선글라스를 벗었다.

전 사진가라는 직업이 왠지 좋은 것 같아요.

고달프죠……

사진보다 확실한 기억의 증거는 없잖아요. 인간의 기억보다 오래가니까 말예요.

그렇긴 하죠.

혹…… 나를 알고 있는 사람인가요?

전혀요. 초면인 것 같습니다.

그래요……? 그런데 왠지 낯이 좀 익은 것 같아요…… 기억할 수는 없지만.

……!

송호선씨를 혹시 아세요?

영기는 짧게 대답했다.

모릅니다.

여자의 눈에 약간 초조한 빛이 어리다 사라졌다.

그러시겠죠.

저도 한번 물어나 봅시다.

……

백영기라는 사람을 아세요.

글쎄요. 모르는 것 같아요. 사진으로 본 적도 없고……

아마 그럴겁니다.

그렇다면 전혀 무관한 사이가 되는데……

하마터면 영기 입에서 우리라는 말이 무람없이 튀어나올 뻔했다.

전혀요? 후후.

여자가 선글라스를 다시 쓰며 가벼운 웃음을 터뜨렸다. 햇볕 아래서는 붉게 비쳤지만 샹들리에 불빛 속에서는 사뭇 연둣빛으로 빛나기조차 하는 루즈를 엷게 바른 입술 사이를 가지런히 채운 그 희고 고른 잇바디에서 물기가 반짝였다. 영기는 자신도 모르게 진저리를 치듯 어깨를 서너 번 털었다.

어차피 그렇지 않은가요……

이렇게 마주 보고 앉아서 차를 마시며 대화를 나눈 지도 꽤나 되는데 전혀 무관하다고 할 수 있을까요?

아, 듣고 보니 그건 그렇군요, 정말 그래요.

천장에서 내리쪼이는 불빛이 선글라스에 튕겨 바로 영기의 눈 속으로 파고들었다. 그의 눈길은 그 매끄러운 안경알 표면에서 번번이 미끄러져 겨우 여자의 얼굴 주변을 불안하게 맴돌았다. 그는 어깨를 쭉 펴며 들숨을 크게 빨아들여 가슴을 풍선처럼 한껏 부풀렸다.

진작 말씀을 드렸어야 하는 건데……

여자의 눈썹이 물결처럼 꿈틀거리더니 양미간이 한결 좁아들었다.

……

사실은 아까 저 위 절두산유적지에서 제가 그만 무의식중에 셔터를 눌러버렸습니다.

저를요?

예에…… 필름을 열어서 인화를 해봐야 알겠지만…… 일부러 그런 건 결코 아니고 처음엔 아는 사람 같기도 했고요…… 렌즈를 조절하고 있었는데 그 안으로 뭔가 검은 피사체가 불쑥 뛰어들어와 제 손가락에 그만 힘이 좀 들어갔던 모양입니다.

그렇다면 오히려 제가 촬영을 방해한 셈인가보죠? 전 정말 눈치채지 못했거든요.

예에…… 아무튼 언짢으시다면 필름 확인 뒤 혹 나온 게 있다면 책임지고 보내드리거나 없애도록 하겠습니다.

영기는 주섬주섬 호주머니를 뒤져 모서리가 뭉개진 자신의 낡은 명함 한 장을 탁자 위에 올려놓았다. 그러나 그녀는 흘낏 한번 쳐다보았을 뿐 거두어갈 생각을 하지 않았다.

그럴 필요가 뭐 있겠어요? 작가가 그만한 자유도 권리도 없대서야 도통 말이 되나요. 전혀 신경 쓸 거 없고…… 근데 담배 피우세요?

허리를 놀려 가죽가방을 열며 여자가 물어왔다.

아뇨, 재떨인 여깄습니다.

고마워요.

길고 가느다란 담배를 문 여자는 첫 모금을 빨아들이고 나서 한동안 숨을 멈췄다가 고개를 들어 허공중에 푸른 연기를 길게 뿜아냈다. 영기는 탁자의 어중간한 자리에 어색하게 놓인 자신의 명함을 바라보며 말머리를 돌렸다.

아까 말씀하신 건데요. 제가 제대로 옮기는지 모르겠습니다만……
사진이 가장 확실한 기억의 증거라고 하셨나요? 전 그렇게 들었는데요. 인간의 기억보다 오래간다고 하시면서요.

……!

여자의 양 볼에 살짝 파인 보조개가 급속히 풀렸다. 홍조가 스치는가 싶더니 좀전과는 영 딴판인 무표정한 얼굴이 되었다. 영기는 갑자기 막막해져서 무슨 말을 해야 할지 갈피가 잡히지 않았다. 그러나 무슨 말이든 쏟아놓아야 한다는 느낌이 들었다.

일종의 사진론인가보죠?

푸른 담배연기가 둘 사이에 저녁 이내처럼 스멀스멀 번져갔다.

그렇지는 않겠지요. 아직 프로라고 말씀드리기에는 그리 길지 못합니다. 처음부터 전공도 아니었고, 말하자면 얼치기인 셈인데……
전 기억에 대해서 말씀드리고 싶었을 뿐입니다. 인간의 연약한 뇌세포 사슬에 간신히 이슬처럼 매달려 있다 대부분 흔적도 없이 사라지기 일쑤인 기억에 대해서 말입니다. 하지만 이 기억이 무너지고 나면 우리 삶이란 아무런 흔적을 찾을 수 없고 따라서 온전히 존재할 수도 없다는 게 제 생각이죠.

그럴까요? 무척 관념적인 듯한데……

그녀의 보조개가 서서히 되살아나기 시작했다. 우연히 꺼낸 기억이라는 화제가 묘한 관심을 끌어당기는 모양이었다. 영기의 명함은 어느새 여자의 손가락 사이에 끼워져 있었다.

글쎄요, 그럴지도 모를 일이죠. 하지만 전 사진보다는 제 기억을 더 신뢰하는 편입니다.

기억력에 자신이 있으셔서 그런가보다!

아뇨, 그건 물론 제가 특별히 기억력이 뛰어난 사람이라서 그런 건 아니고요.

그럼 똑같은 시공간을 놓고 기억과 사진이 다툴 때 기억이 두말할 나위 없이 명백한 사진을 이길 수 있는 경우란 도대체 어떤 경우가 되는 거죠? 방금 전에 연약하다는 표현을 하셨는데 기억이란 사람의 흐물흐물한 두뇌를 거쳐 오랜 세월의 풍화작용에 바래다 못해 원래 모습과는 다르게 변형되질 않나요? 그러고서도 기껏 살아남은 기억이란 굳어질 대로 굳어진 의식의 거미줄에 갇힌 나비의 사체처럼 남루한 것이 아닐까요? 원래 그대로 기억의 원형을 고스란히 간직하려는 시도란 마치 어린애 손장난으로 쌓은 허술한 모래성으로 거대한 밀물을 막겠다는 발상에 그치는 것 아닐까요?

인정합니다만……

흰 와이셔츠에 나비 넥타이를 받쳐 맨 젊은 사내가 빈 물 잔에 생수를 가득 채운 다음 엉덩이를 뒤로 빼며 고개를 숙였다. 혀끝으로 핥는 입술이 까칠했다.

예를 하나 들어보고 싶은데요. 제가 명색이 사진 찍어서 밥 먹고 사는 사람이긴 한데 사실 지금껏 살아오면서 찍은 사진의 분량이래봤자 다 합쳐서 앨범 한 권을 채울까 말까 합니다.

호호, 알고 보면 다들 그렇다니까요.

영기의 말을 들은 여자는 무엇이 우스운지 목젖이 들여다보일 만큼 고개를 젖히며 큰 소리로 웃었다. 그 바람에 턱밑에서 목울대로 한달음에 미끄러져 내리는 윤곽의 부드러운 선이 한눈에 가득 차왔다. 유선형으로 흘러내린 그 윤곽선은 편도선 양쪽의 힘줄을 타고 빗장뼈로 빠진 뒤 봉긋한 가슴께로 숨어들었다. 영기는 명치까지 차오른 숨을 입술 새로 조심스레 밀어내며 손을 뻗어 물잔을 거머쥐었다.

가령 한 장의 아주 오래된 흑백사진이 있다고 칩시다. 아니 있다고 치는 게 아니라 있습니다. 틀림없이. 제가 국민학교 입학하기 직전인 일곱 아니면 여덟 살 때일 겁니다. 전 백일 사진이나 돌 사진이 없어서 그 사진이 사실상 가장 어릴 적의 제 모습을 담고 있는 사진이기도 했어요.

그럼 가족사진이겠네요?

물론이죠. 가족이래봤자 부모님하고 저 이렇게 셋뿐이긴 하지만. 아, 그때는 제 아래 누이동생이 여섯 살 땐가, 굿판에서 가져온 떡을 먹고 급체로 죽기 전일 테니까 그땐 가족이 모두 넷이라고 해둬야겠네요. 저 같은 깡촌 출신이 혼자서 독사진을 찍는다는 건 당시로서는 있을 수 없는 일이라서. 아무튼 그 사진을 찍게 된 것도 아주 우연이었을 거예요. 내 기억으로는……

예, 기억으로는……

그러니까 기억으로는 말이죠. 날이 이슥해져서 손님 하나가 들었던 것 같아요. 우리집은 손님들 잠을 재우는 집은 아니었거든요.

그럼……

술과 국밥만 말아주는 집이었어요. 방이 하나 더 있긴 했지만 그건 세상을 떠돌던 아버지가 드문드문 집을 찾아올 때 군불을 때곤 하던 방이었거든요. 재미가 없으시죠?

아뇨, 아뇨. 전 남이 자기가 살아온 흔적을 닦아서 들춰보여주는 얘길 듣는 데 취미가 있어요. 아유, 취미라고 하니깐 좀 경박스럽고 이상하긴 한데 아무튼 좋아합니다. 전 재미있어요.

다행이군요. 그때 찾아온 젊은 사내는 초췌한 모습으로 기억됩니다. 밭은기침을 잦게 했던 것으로 미뤄보아 아마 폐병이 아닌가 싶더라구요. 그때는 먹는 게 시원찮아서 그런지 사람들이 폐병 같은 데 많이 걸렸잖아요.

그랬죠……

여자의 눈동자에서 언제부턴가 초점이 사라져버리고 없었다. 딴 생각을 하는 걸까. 영기는 높낮이가 없는 낮은 목소리로 이어갔다.

첨엔 울 어머니도 길 잃은 무장공비가 아닌가 싶어 겁에 질린 목소리였을 겁니다. 인기척에 방문을 열어보니 위는 검정 물을 들인 군복을 입고 아래는 갈 지 자로 누빈 솜바지에다 너덜너덜한 농구화를 신은데다 뭔가 배낭 같은 걸 짊어지고 있었으니까요. 동생 숙이하고 저하곤 기절초풍을 해서 이불을 뒤집어쓰고 발발 떠는데 문을 열어본 엄마가 한마디로 거절을 하는 것 같았어요. 딴 집으로 가보라 이거였겠죠 뭐. 희끗희끗 눈발이 날리는 어둠 속에 서 있던 젊은 남자가 통사정을 하는 소리가 들려서 저도 이불을 까고 나와서 물끄러미 내다보았던 것 같은데…… 사정이 영 딱해 보였는지 어머니도 마지못한 듯 허락을 하고는 아버지가 몇 날째 비우고 있는 방의 고리를 풀어주었죠 아마. 그리곤 그 방에 짐을 풀고 나온 사내가 호주머니에서 지폐 같은 것을 꺼내주자 그제야 양미간의 주름을 편 엄마는 군불도 집적거리는 시늉을 하고 가마솥을 긁어 먹다 남은 따끈한 눌은밥에다 허연 동치미 국물 주발을 방 안으로 들여보내주었을 겝니다.

내내 추측형으로만 말씀하시네요.

아무래도 기억이라서 그런 게 아닐까요? 다 알고 있다고 여기는 기억이란 둘 중의 하나일 가능성이 높습니다. 오해이거나 기만. 즉 잘못 알고 있거나 스스로 속이고 있는 것이란 얘긴데…… 이럴 땐 추측의 형식이 균형감각을 잡아주지 않을까요. 어?

영기는 허리춤으로 손을 가져갔다. 호출기가 격렬하게 몸을 뒤챘다.

이거 죄송한데요, 전화 좀 한 통화……

호출이 왔나요?

예. 후배녀석인데 자꾸 급하다고 찍어대기에 욕이라도 한마디 해주고 와야 할 것 같아요.

전화를 걸고 온 영기는 의자에 풀썩 앉으며 턱을 어루만졌다. 재떨이를 갈아주러 온 젊은 사내가 등을 돌리자 그는 말을 이어갔다.

어디까지 했죠, 제가?

그 떠돌이 사진사를 결국 방에 들여서 늦은 식사 대접을 한 대목 같은데요.

그렇죠. 그런데 제가 그 젊은 사내가 떠돌이 사진사라고 미리 밝혔던가요?

아, 그거요? 그러고 보니 이상하네요. 그건 제 추측이긴 한데 맞죠? 어때요?

맞긴 맞았어요. 대단한 상상력이세요.

글쎄요. 상상한 것도 아니고, 뭐라고 해야 하나? 그저 그럴 것 같았어요. 그래야 자연스러울 것도 같고.

뭐 나올 얘기는 대충 다 나온 셈이네요. 가족사진은 다음날 아침 그 사진사가 하룻밤 묵게 해준 고마움의 표시로 찍어줬는데 나중에 집 주소로 부쳐준 것인가봐요. 그 사진에 대해 까마득히 잊고 있다가 제가 구경하게 된 것 자체가 아주 훗날의 일이구요. 툇마루 섬돌 아래 동생이랑 쪼르륵 올라서서 햇살이 눈부신지 아니면 앞에 있는 사진기가 낯설어서 그런지 양미간을 잔뜩 찌푸리며 어색하게 웃는 듯한 모습이 지금 봐도 웃음이 절로 나게 하지요.

나도 어느 정도 눈에 선하게 그려지네요. 그 사진이 있는 한 그때 추억이나 상황이 머릿속에서 사라질 염려는 없겠어요.

여자는 거보라는 표정을 지었다. 내기에서 이긴 사람의 득의양양함이 내비쳤다. 그러니까 사진이 기억보다 더 강하다는 사실을 스스로의 입으로 실토하고 있는 형국이 아니냐는 태도였다.

여기서 얘기가 끝나면 아마도 그럴 겁니다. 머리카락 한 올도 놓치지 않은 사진의 위력 앞에 실낱처럼 가냘픈 기억이 기껏해야 배추벌레처럼 헐레벌떡 쫓아갈 뿐이겠죠. 근데 그 사진을 다시 음미해보자면 이래요.

……

우선 눈이 부신 건 사실이지만 엄마와 동생 가운데 털신을 짝짝이로 신고 서 있던 꼬마는 실제론 울고 있었던 겁니다. 입을 커다랗게 벌리고 울면 입가에 난 아구창 딱지가 찢어져 아플까봐 입술을 종그리고 양미간을 찌푸린 묘한 표정으로 질질 짜고 있는 중이었죠. 왜냐하면 간밤에 오줌을 지려 내복이 젖었으니까요. 앞치마를 두른 어머니가 들고 계시는 키는 방금 전에 꼬마가 머리에 쓰고 이웃집에 소금을 얻으러 다녀온 거죠. 문설주 옆에 놓인 찌그러진 양은그릇에 키를 뒤집어쓴 등짝을 싸리비로 흠씬 얻어맞으며 얻어온 어른 두어 주먹 분량의 왕소금이 담겨 있는 게 사진으로는 잘 안 보일 겁니다.

아항, 얘기를 듣고 보니 기억도 사진만큼이나 끈질기네요.

조금 전문적인 듯한 걸 말씀 드릴게요. 뇌 속에 유입된 기억이 어떻게 기록되는지는 아직도 정확히 알려지지 않았다고 하는데, 다만 외부의 강한 자극이 뇌의 특정 신경을 자극하는 결정적인 순간에 신경세포에서 단백질 합성이 이뤄지고 이것이 기억의 기록과 긴밀한 관계가 있다고 합니다. 그 다음부터는 상식에 관한 문제일 텐데 한번 형성된 단백질이란 곧 소멸해버리기 쉬운 것 아닙니까? 반복적인 자극이 가해져서 부단한 단백질 형성이 신경세포 속에서 이뤄지도록 해야 하는데 그것이야말로 기억을 기억하는 행위가 아니고 뭘까요?

기억을 기억하다니 이거 정말 어려워졌군요……

과연 어려울까요? 꼬마가 이부자리에건 바지에건 오줌을 싸기 위해선 적어도 서너 시간 전에 과다한 수분을 섭취해야 할 겁니다. 이건 이론의 여지가 없는 자연의 법칙에 해당하지 않아요? 물론 그런 사실이 있었구요. 꼬마는 지청구를 먹어가면서 엄마가 옆방에 든 젊은 사내한테 제공했던 동치미 국물을 먹고 싶다고 졸랐고 결국 목덜미를 덮친 찬 소름을 털어내느라 으스스를 치며 한 사발 마시는 데 성공했어요. 그리곤 잠이 들었는데 까마득한 시각에 탱탱 불은 오줌보를 움켜쥐고 일어났을 때 엄마는 옆자리에 없었어요. 무섬증이 와락 달라붙었는데 그 무섬증은 오줌보에 수축작용을 더욱 촉진시켜 꼬마는 한층 고통스러웠겠죠. 그 바람에 신경이 바짝 곤두서고 귀는 십 리 밖에서 떨어지는 낙엽 소리도 들을 만큼 예민해져 있는데 옆방에서 엄마의 가느다란 울음소리가 들리는 거였죠. 어디선가 배고픈 당나귀가 내지르는 듯한 울음소리를 닮은 엄마의 울음소리는 앵앵앵 잦아들어갔고…… 영기야, 영기야 자신을 부르는 소리에 귀를 기울이며 꼬마는 두 사람이 싸운다고 생각했던 겁니다. 엄마가 왜 그리 낯선 사내한테 두들겨맞아 울어야 하는지 영문을 몰라 난감했던 겁니다…… 그런데 나중에 가만히 생각해보니 전 그때까지 한 번도 당나귀 울음소리를 들어본 적이 없다는 걸 알았어요. 하지만 분명히 그때 그 울음소리를 들었던 확신에는 변함이 없고…… 그 울음소리를 빼면 그때의 그 장면은 주춧돌을 들어낸 집처럼 페허더미가 되는 걸 어떡합니까? 기억이 기억을 기억한다는 제 생각은 여기서 비롯합니다. 이런 기억 앞에서 아무리 세밀한 사진이라할지라도 어떻게 배겨낼까요? 어떻게 초라해지지 않을 수 있을까요?

영기는 자신도 모르는 새 느꺼운 감정이 복받쳐 잠시 말문을 닫았다. 여자는 고개를 끄덕였다.

참으로 소중한 얘기를 들려주시는군요. 전적으로 동감입니다. 근데 제가 지금 뭔가 빚을 진 느낌이 들어요. 일방적으로 듣기만 해서 그런가요? 이거 참. 그렇다면 저도 기억에 대해서 한마디쯤 해야 될 것 같은데 그렇게 되면 서로 기억을 주제 삼아서 한바탕 겨루는 셈이 되는 건가요? 호호호.

그녀는 담배를 거느린 검지와 셋째손가락을 비스듬히 내밀어 세워 영기의 얼굴을 찌를 듯이 가리켰다.

혹시 수달을 보신 적이 있으세요?

수달이요?

예. 그런데 나한테 사진을 요구하진 마세요. 그런 것은 아예 없으니까.

여자는 선글라스를 이마 위로 훌쩍 치켜 썼다.

대충 압니다. 물개 비슷한 거 말이죠? 화면으론 좀 본 것도 같은데 실물은 글쎄요…… 보지 못했을 걸요. 그게 외국에서만 사는 것으로 알고 있었는데 우리나라에서도 서식합니까?

물론이죠. 어릴 적 어버지 근무처를 따라 남도에 있는 한 지방 도시에서 학교를 다닌 적이 있었는데 시에서 운영하는 아담한 동물원이 마침 집 바로 옆에 있어서 자주 가보곤 했어요. 동물들을 좋아하면서도 막상 가까이 다가서서 구경하지도 못하고 겁을 먹곤 했어요. 사오학년이나 된 다 큰 계집애가 말예요. 주로 중학생이던 오빠가 내 옆을 지켜주곤 했고 또 동물원 쪽 사람하고는 친해져서 관람시간이 끝난 뒤에도 얼마든지 들어가서 맘대로 구경을 할 수 있었거든요. 처음엔 행운을 기원하러 들락거렸어요. 시험을 잘 보게 해달라, 예쁜 옷가지를 선물로 받게 해달라 뭐 그런 것 일색이었죠. 그중에서 후문 쪽에 있는 타원형의 연못에 살던 수달이 특히 내 눈에 띄게 되더라구요. 글쎄, 뭐랄까? 탁해서 한 치 속도 들여다보이지 않는 연못 속에서 갑자기 까맣고 번쩍번쩍 빛나는 수달의 몸뚱어리가 불쑥 솟구쳐오를 때 오금이 저리면서 이상한 카타르시스를 느끼곤 했어요. 손으로 직접 막 만져보고 싶고. 어쩔 땐 악마의 영혼이 씌어진 짐승 같이 느껴져 새삼 주위를 두리번거리며 소름이 오싹 돋을 때도 있지만 또 부지런히 활동을 하면서 구경꾼들한테 응석까지 부리려 드는 모습을 보면 천진난만한 품성을 지닌 동물 같기도 하더라구요. 연못과 닿아 있는 바위투성이 속의 동굴이 수달의 우리였는데 어쩔 땐 그 우묵한 동굴에 하루종일 쳐박혀 있는지 그 수달녀석이 코빼기도 내밀지 않아서 아무리 오래 기다려도 구경도 못 하고 허탕을 치는 경우도 많았어요. 그러면 난 땅속 깊이 구멍이라도 난 듯 캄캄한 연못의 심연을 한없이 들여다보며 오랫동안 그 녀석을 기다리곤 했었어요.

그럴 땐 먹을 걸 싸가지고 가서 주근주근 던져줘야지요. 안 그래요? 동물들은 금세 알아봅니다. 먹이 주는 사람을 말예요. 사람도 마찬가지긴 할 테지만.

동물원에서 함부로 못 주게 해요. 아무거나 먹으면 탈 난다고요. 상하지 않은 생선은 괜찮다고 했는데 그게 어디 쉽나요. 동물원에서 일하고 계시던 아저씨 아줌마들은 모두들 나를 잘 알아요. 그곳에서는 야릇한 본능 같은 게 냄새로 맡아졌어요. 냄새 말이에요.

전 냄새를 잘 못 맡습니다. 아주 오래됐어요.

그럴 것 같았는데…… 적어도 후각이, 미안한 말이지만 몹시 무뎌져 있을 거란 생각은 들었어요.

어떻게 그걸 눈치채셨어요?

지금 그쪽이 마시고 있는 커피가 뭔지 아세요?

이름은 알았었는데 방금 까먹었네요.

김이 모락모락 오르는 헤이즐넛 커피잔을 입에 대면서 콧방울을 움쩍거리지 않는 것을 보곤 알았죠.

하하하, 도리가 없군요.

근데 저는 그 동물원에 갈 때마다 길을 잃곤 했어요. 안이 그렇게 크지도 않은 동물원이었지만 나는 아름드리 나무로 빽빽이 찬 숲 속에 혼자 들어온 양 어리둥절해지고 불안한 나머지 가슴이 답답해져서 숨을 헐떡거려야 했다니까요. 정문이 저쪽에 빤히 보이건만 사막의 신기루에 홀린 아이처럼 어쩔 줄 몰라했어요. 그걸 어떻게 설명해야 할까요? 그때보다 훨씬 앞선 어느 시점에 그 동물원 자리에 일찌감치 와본 것 같은 느낌이 생생히 들었던 건데. 이런 심리 상태를 가리키는 용어가 따로 있죠?

저도 그런 적이 가끔 있었습니다만……

나는 어떤 예감의 손아귀에 어깨를 단단히 잡혀 있었던 거예요. 어떤 예감…… 마술에 걸려 악마와 손잡을 수밖에 없는 운명을 타고났을 것이라는 어린아이답지 않은 불길한 예감 같은 데 들려서 속눈썹에 이슬 방울이 맺힌 게 한두 번이 아니었어요. 그 마술을 어떻게 풀 수 있을까요? 한때는 아프리카의 축축한 세렝게티 초원이나 먼지가 풀풀 날리는 암보셀리 고원을 내달렸을 타조의 터무니없이 작고 장티푸스에 걸린 듯 털이 빠진 머리통을 구경하다가 그 새의 우악스런 발등에 호주머니에서 꺼낸 조약돌을 멋도 모르고 던졌지요. 썩은 사과를 삼키는 하마 앞에선 침을 세 번 꼴깍 삼켰고 이를 잡는 원숭이 우리 앞에선 트림을 하려고 애를 쓰다 토할 뻔하기도 했어요. 그러다 보면 마술에서 풀려난 듯 서서히 미로에 빠졌다는 의식이 걷히고 걸어나가는 길이 눈에 환히 들어오는 것이었어요. 그래서 또다시 그 수달이 사는 인공 연못으로 가는 길은 질척거렸거든요. 부슬비가 내리고 있었으니까요. 빨간 구두에 달라붙는 진흙덩이가 무거워 어슬비슬한 발걸음으로 비를 맞다가 우산을 쓰다가 하면서 속으로 그 빛나는 수달은 어떻게 비를 맞고 있을까 이상한 궁금증을 쓰다듬으며 은빛 깔깔이 화학견사로 지은 치마의 끄트머리를 한 손으로 배배 꼬아 허벅지 위까지 말아오렸는데……

나비넥타이를 맨 사내가 빈 물잔에 다시 생수를 따라주곤 돌아섰다.

날은 금세 어두워졌어요. 인공 연못 옆에 껑충 서 있는 가로등 불빛 때문에 연못 위에 떨어지는 무수한 빗물 자국이 곰보 자국으로 보였어요. 연못 뒤 안갈색 이끼가 낀 바윗덩이 사이로 빗물이 구정물이 되어 거세게 연못으로 흘러들어오는 장면을 멍한 표정으로 바라보았어요. 그 위로 창백한 백엽상이 유령처럼 서 있었고 숟가락 두 개를 맞대놓은 듯한 풍향계가 빙글빙글 돌아가는 걸 보는 순간 비로소 추위 때문에 비에 젖은 몸이 으스스 떨리는 걸 느꼈어요. 콧구멍에서 단내 비슷한 게 풍겨나오기도 했구…… 그때 죽어도 안 나올 것 같았던 수달이 나를 기다렸다는 듯 불쑥 짙은 갈색의 머리통을 쳐들고 나오는 게 보였어요. 어차피 물속에선 물기에 젖어서 살겠지만 빗물을 맞으며 좁은 연못을 도는 게 좋은지 물갈퀴 달린 발을 몸통에 바짝 붙인 채 온몸을 회오리처럼 비틀어 헤엄치느라 물방울이 내 옷에 튈 정도였어요. 머릿속으로 자장가 음악이 빗소리와 뒤섞여 흐르고…… 우산은 내 손아귀를 벗어나 제멋대로 바람에 밀려가고…… 빗줄기는 거세지는데 두 주먹을 꽉 그러쥔 채 차렷자세를 짓던 나는 온몸을 부르르 떨었어요. 살의를 느꼈던 거예요. 누구를 죽이고 싶다는 알 수 없는…… 언니를 죽이고 싶다는 생각에 치를 떨며 감았던 눈을 떠보니 수달은 온데간데없고 문득 한 마리 커다란 금빛 붕어가 지느러미를 하비작거리며 연못 안을 노니는 게 아닌가요? 내 입술이 몹시 떨렸을 거예요. 혼절하기 일보 직전이었으니까. 언니는 무척 맑은 사람이었는데…… 그때 내가 느꼈던 살의를 지금도 이해할 수가 없어요. 도대체 왜 그랬을까? 모를 일이죠. 또 그 금빛 붕어는 무엇이고…… 환각이라면 왜 그리 또렷한 기억으로 남아 있는 건지…… 학예회에서 입게 돼 있는 요정 의상으로 엄마가 언니가 몇 해 전에 입었던 금빛 옷을 내놓았을 때 생도라진 표정을 짓던 나…… 금빛 붕어가 그 옷으로 변하는 순간 나는 아마 쓰러졌던 것 같아요. 다행히 바로 동물원에서 청소일 하는 아줌마한테 발견이 된 모양인데……

그 수달이 어떻게 됐나요?

수달이요?

예.

그건 왜 묻죠? 혹시 제가 죽여버리기라도 했을 것 같아서 그런가요?

꼭 그런 건 아닌데……

푸후, 대단하시네요. 예 그 수달은 제가 죽여버렸어요. 그 인공 연못 앞에서 혼절하고 나서 거진 보름 가까이 열병을 참을성 있게 앓았었거든요. 온 세상이 하얗게 재로 변해버릴 만큼 지독한 열병이었을 거예요. 열병을 앓는 내내 헛것과 싸웠어요. 금빛 붕어 말이죠. 그래서 열병을 털고 일어서자 나는 그 수달을 없애기로 맘먹었죠.

그거 참……

방법이 궁금하지 않으세요. 그 방법을 아시면 제 얼굴을 다시 쳐다볼지도 모르는데요.

왜요?

여자의 입초리가 옆으로 길게 늘어졌다. 반쯤 타다 남은 담배를 재떨이에 비벼 끄며 물잔을 들었다. 물을 마시는지 마는지 잔 속의 물이 입술을 적실락 말락 출렁거리기만 했다.

너무 잔인해서요. 수달이 좋아하는 싱싱한 생선 내장 안에 날카로운 낚싯바늘을 꽂아서 웃으며 던져줬어요. 그놈은 덥석 받아 삼켰지요. 그 바늘이 장을 꿰고 놓아주지 않자 수달은 먹이를 입에 대지 못하고 시름시름 앓다가 죽었어요. 죽었다고 해요. 직접 본 것은 아니니까. 그 수달의 죽음이 한 소녀의 의식을 한달음에 어른으로 키웠던 것 같아요. 전과는 너무나 다른……

금빛 붕어는 환각이 아닐까요?

환각이요? 환각이면 기억으로서 자격이 없나요?

그런 건 아닙니다만……

지금 우리는 친근한 기억의 게임을 벌인 셈이 되는 건가요 그럼?

영기는 우리라는 말이 좀 거슬렸다. 그는 건성으로 고개를 주억거렸다.

기억으로 게임을 하다니요…… 왠지 자신이 없습니다 전. 근데 아무튼 이 게임은 제가 진 것 같아요.

왜죠?

글쎄요…… 제 기억 속엔 낚시바늘처럼 운명을 낚아채 올리는 악마성 같은 게 없잖아요.

재미나는 판정이네요 호호호.

그럼 이거 제가 시간을 너무 빼앗은 것 같아요. 괜히……

여자가 등뒤로 허리를 받치고 있던 손을 빼내 손사래를 쳤다.

천만에요. 그쪽이 날 알고 있다는 느낌이 들어서였어요.

그런가요…… 결론은 어떻게 났나요? 제가 아는 사람 명단에 들어 있나요 후후.

여자는 대답 없이 싱긋 웃어 보였다. 영기는 명치끝에 밤송이가 밀려와 박히는 듯한 아픔을 느꼈다. 입 안에 해삼처럼 늘어져 있던 혀의 뿌리쪽에서 가벼운 경련이 밀려왔다. 그 사람의 오래된 이름을 뱉어내기 직전이었다.

저는 이제 일어나겠습니다. 암실에 가서 작업을 해야 하거든요. 아무튼 좋은 시간 감사합니다.

계산서 판을 집고 일어서는 그에게 여자가 숫자만 간결하게 휘갈겨진 종이딱지를 내밀었다.

디렉터 황이라면 통합니다. 우린 또 만나게 될 것 같기도 하네요.

그럼……

촬영가방을 들고 성큼성큼 걸어나가던 영기는 자신도 모르게 터져 나오는 웃음을 소리 없이 베물었다. 얼굴이 기묘하게 일그러졌다. 디렉터 황이라고? 하하하!

자조 섞인 웃음이었다. 동기들이 학사모를 쓰는 모습을 본 며칠 뒤

여섯 학기도 채우지 못한 영기는 군입대를 위해 논산행 열차를 타야 했다. 그후 이등병 시절 때 아버지가 돌아갔다는 부음을 받고 가짜 일등병 계급장을 달고 휴가를 나와 야학 선배인 현구 형을 만난 게 학교 쪽 사람들하고는 마지막 자리였다. 그리곤 휴가를 나와도 학교가 있는 서울에는 얼씬도 하지 않았다. 말년휴가 때는 아예 사단 사령부가 있는 마을의 여인숙에서 밤마다 여자를 불러 고스톱을 치고 술을 마시며 뒹굴었다.

그때 함께 휴가를 날려보낸 군 후배가 완호였다. 제주도 출신인 녀석은 전문대에서 사진학을 공부한데다 좋은 줄을 잡고 있는지 사단 직할대에 찍사 보직으로 들어왔다. 사단에서 큰 행사나 훈련이 벌어지면 자료로 남기기 위해 사진기를 둘러메는 게 주된 일이었지만 사단의 영관급 장교들의 증명사진이나 집안 대소사에 가끔 불려나가 사진을 박아주는 일도 중요한 일과 중의 하나였다.

백 병장님 요즘 여자들 때문에 죽겠어요.

야 임 상병, 그게 무슨 말이야.

급한 일이 있다고 해서 가보면 황당한 일을 당하곤 하거든요.

무슨……

말두 말어요. 피엑스 관리관 있잖아요? 예, 그 배불뚝이요. 그 집에 몇 번 간 적이 있거든요. 중대장이 가보라 그래서요. 지지난춘가는 그 집 애 국민학교 입학식을 한대나 어쩐대나 말은 그렇게 듣고 갔는데…… 마누라는 반반하던데요.

따먹었어, 안 먹었어?

먹긴요? 누가 대준다고 막 먹나요? 암만 까라면 까는 군발이지만 나 그런 놈 아닙니다 이거. 단도직입적으로 통사정을 하더구만요. 그 배불뚝이가 얼굴에 개기름은 질질 흐르지만 알고 보면 거시기 빙신이라지 뭐예요. 처음엔 너무 노골적이어서 맛이 확 갔더랬는데

군복가랭이를 붙잡고 여자가 눈물로 호소를 하는데 정말 못 참을 지경이더라구요.

그래서 한탕 뛰었어 안 뛰었어, 그것만 말해!

허참, 명색이 최고 학부에서 교육까지 받으신 대한민국 육군 병장께서 왜 이리 막나가실까?

완호의 너스레에 영기는 입술이 나팔처럼 튀어나와 을러댔다.

암만 휴가중이지만 휴가 군기가 있는 법이야 너 응? 당나라 군대도 아니고 말이야. 고참이 불라면 불어야지.

나참, 별 것을 다…… 그런데 첫 휴가 때 터미널에서 천원에 네 권하던 책을 사서 읽었는데 그중에 그 엉뚱한 기행으로 유명한 걸레스님 얘기를 다룬 책이 있었다구요. 거기서 읽은 한 줄기가 문득 생각나는 것 있죠? 그게 날 번뇌에서 해탈시켜 주더라구요. 뭐긴요? 그 땡중이 하루는 허름한 기차를 타고 여행을 하는데 옆에 안팎곱사등이에다 난쟁이인 여자가 앉아서 동행을 하게 됐다지 뭐예요. 한 사람은 불구이고 또 한 사람은 냄새나는 걸레 옷에다 인상 드럽지 하니깐 사람들이 근처에 접근을 안 해서 자리를 널찍이 차지하고 가던 참인데, 아 그렇게 종주먹만 들이대지 말고 끝까지 한번 들어나 보세요. 그런데 처음엔 슬쩍 코를 감싸쥐던 그 꼽추 여인이 뭔가 바늘에 색깔 있는 실을 매어서 무늬 놓는 것 있잖아요? 아, 맞아요 수옌가 자순가 뭔가 하는 데 일가견이 있어서 밥 먹고 사는 것은 별 어려움이 없는 정도가 아니라 재산도 꽤나 모은 형편이었는데 맘을 돌이켜서 마침 그 땡중이 남루하긴 하지만 허우대가 천하장사급이라 이거죠. 그래서 중을 만남 김에 이것저것 물어보는데 은근히 머리를 깎고 출가를 했으면 하는 티를 내더래요. 불구자였으니 사회에 대한 냉대가 견디기 힘들어서일 테죠 뭐. 산에나 들어가버릴까 하는 심정이 되어서. 그래서 그 땡중이 기색이 심상찮아서 꼬치꼬치 캐물었다지 뭐예요. 도대체 어딜 갔다 오는 길이냐. 그 나이에 머리는 깎아서 무얼 하려고 그러느냐, 이렇게 따져물어보니깐 그 여자가 흑 하고 손바닥으로 얼굴을 가린 채 울더라 이겁니다. 왜 우느냐 하니깐, 솔직히 다 털어놓는데 지금도 남편한테서 버림을 받고 가는 길이다 하면서 그렇게 서럽게 울 수가 없었대요. 그것도 벌써 세번째 남편이라는데 그 동안 얻은 남편들이 하나같이 처음엔 자신이 지닌 알량한 재산이 탐이 나서 결혼에 응하고서는 단 한 번 잠자리를 같이 하는 법도 없이 술 처먹고 행패만 부리면서 돈만 달라고 해서는 바람이나 피우고 하는 통에 눈자위에서 퍼런 멍기운이 가실 날이 없었다 이겁니다. 얼마나 기가 막혀요. 아녜요, 이거 정말이에요. 『선데이서울』 보고 하는 것 아니라니까요. 정말 제대로 된 책을 사서 읽은 거라니까요. 저를 뭐 책 한 권도 안 읽는 놈으로 보시는 모양인데 이거 백 병장님 섭섭함다. 그래서 그 꼽추 여인이 응, 왜 남편이라는 작자가 아내와 잠자리도 한번 같이 안 하면서 그저 패면서 돈이나 뜯어가냐고 막 따져서 물었더니 그 남편들이란 작자들이 하나같이 내가 너 같은 병신에다 박색인 계집한테 뭔 어여쁜 구석이 있어서 결혼을 했겠냐, 하면서 그저 돈깨나 있어 보이길래 그것 하나 보고 잠깐 호의호식해볼 양으로 그런 건데 어디서 돼먹지도 않은 빙신이 감히 잠자리 타령이냐며 되레 호령을 내리고 매타작을 퍼부었다지 뭡니까? 백 병장님은 어떻게 생각하세요. 우리 사회가 요즘 이렇다 이 말입니다. 내가 어때서요 차암? 아, 그래서 그 매타작과 모멸을 견디다 못해서 도망을 치는 길에 스님을 만났다 이렇게 말했다 이겁니다. 그러더니 스님 지가 낼 모레면 마흔 줄을 바라보는 나이에 아직도 처녀랍니다, 하면서 스님의 손을 꼭 잡는데 그 뜻을 모를 스님이 아닌지라 고개를 크게 끄덕였대요. 한 번이라도 남자 맛을 보고 싶다는 건데 그렇게만 해주신다면 스님 앞으로, 아니 스님이 댕기시는 절이 있으면 그 앞으로 남은 전 재산을 바치겠다고 굳게 맹세했지만 그 땡중은 그 제안을 한마디로 단칼에 자르고, 정말이에요, 책에 그렇게 씌어 있다구요. 그리고는 그 다음번에 기차가 서는 간이역에서 그 꼽추 여인을 앞세우고는 성큼성큼 내렸답니다. 그 길로 낙엽이 폭신폭신하게 쌓인 야산으로 올라사 대낮부터 두 남녀가 옷을 훌라당 벗고 붙었는데 그 땡중이 힘은 좋은지라 무협지에 나오는 말로 삼 합, 사 합을 거쳐 무려 일곱 합이나 정성을 다해 겨뤘다는데 온몸이 땀으로 흠뻑 젖고 갖은 교성이 터지는데 날짐승 들짐승들이 놀라서 무리져 대피를 하고 나자 축 늘어진 그 꼽추 여인이 심봤다!가 아니고 흐흐, 부처님을 보았다며 앉은자리에서 큰절로 삼천 배를 드리려는 걸 굳이 말렸대요. 그게 말하자면 육보시라는 것인데 땡중이 그 딱한 여인한테 줄 것은 없고 하니깐 몸으로 평생 맺힌 응어리를 풀어주었다고 씌어 있대요. 정말 감동적이지 않아요?

그래 본론으로 돌아와서 넌 그 피엑스 관리관 여편네한테 부처님으로 비쳤어 못 비쳤어? 그것만 말해. 군발이 해골 복잡하게 할 것 없이.

부처님은 못 됐지만…….

뭘! 니가 이 여인숙 돈 뭉청뭉청 대는 걸 보니 다 그 곰팡내 나는 구멍에서 나온 거구나. 내가 눈치는 챘다만.

그건 아니라니깐요.

아니긴 뭐가 아냐? 낄낄.

사진은 완호한테 배운 것이었다. 나중엔 이렇듯 친해졌지만 처음 완호가 사단 직할대로 배속받아왔을 때 그를 가장 혹독히 다룬 사람이 바로 영기였다. 영기는 그때 상병 삼호봉으로 군기담당 기수였다. 완호는 감히 쫄다구 주제에 전입오고 나서도 한동안 토요일 해가 떠서 질 때까지는 아무 일도 할 수 없다고 버텼다. 물론 종교적인 이유에서였다. 다행히 총을 아예 안 잡겠다는 극단적인 종교집단은 아니고 다만 예수재림을 주된 교리로 삼되 토요일을 금욕의 날로 잡아 죄를 대속받고 재림예수가 올 깨끗한 길을 닦는다는 것이었다. 그후로 일 년 동안 완호는 금욕주의적 종교의 신봉자에서 어찌보면 탐욕주의자로 극단적인 변신을 감행하게 되었다.

처음엔 집안에 제법 높은 계급을 단 사람이 있어서 그런지 사단 작전참모를 통해서 군대생활에 적응할 때까지 잘봐주라는 청탁이 들어왔다. 사실 토요일이래봤자 사역을 나가거나 자연보호활동, 정신훈화, 정비시간으로 메우는 경우가 태반이어서 그다지 문제가 되지는 않았다. 중대장 특별지시에 의해 완호는 교육자재 창고나 보급창고 등에 가서 눈에 띄지 않게 짱박혀 있으면 그만이었다. 완호도 처음엔 완강히 버텼지만 차츰 창고 정리를 도와주는 등 심경의 변화를 일으키고 있는 와중이었지만 영기는 한번 그를 크게 손봐주겠다고 별렀다. 그가 그렇게 맘이 꼬인 것은 곱디고왔지만 사이비 기독공동체에 빠져들었다가 마침내는 음독자살로 생을 마감한 수양이모네 외동딸 희경이누나 때문이었다.

희경이누나는 관상이 좋질 않았다. 시장통에서 목도장을 파는 안경잽이 박 영감은 그녀의 얼굴만 보면 혀를 찼다. 젊었을 적에 도인을 만나 관상술을 좀 터득했노라고 떠벌리는 박 영감은 특히 희경의 좁은 양미간에 사기(邪氣)가 뻗쳐 있다며 끌탕을 했다. 눈썹을 덮을 듯이 바짝 내려와 있는 머리칼이 안색을 흐리고, 눈썹과 눈초리는 관자놀이께로 바짝 치켜올라간 반면 양미간의 골은 좁기 한량이 없어 수명이 급히 휩쓸려내려가는 여울목 같다는 것이었다. 그 때문에 저절로 짧아진 콧날과 인중의 길이로 보건대 요절할 상인데 단 하나 양 볼에 머무는 엷은 도화색이 잘 풀려 일찌감치 육덕 좋은 사내와 궁합을 맞추면 열두 가지 악운을 물리치고 무병장수할 수도 있다는 말을 양념 삼아 덧붙였다.

박 영감의 말을 들은 수양이모는 턱살이 떨려 말문을 제대로 열지 못했지만 그의 관상 실력을 평소 익히 들어 알고 있는지라 애절복통을 하며 비단으로 지은 털배자를 헤치고 앙가슴을 쥐어뜯을 수밖에 없었다. 그러나 나중에 그 말을 전해들은 당사자인 희경이누나는 태연자약했다.

그깟 막걸리나 걸근거리고 술색시들 비린내 나는 치맛속을 못 들쳐 허천이 난 영감탱이 관상쟁이의 말을 너는 믿니 영기야?

국민학교 사학년짜리 꼬마 영기는 고개를 세차게 저었다.

호호, 그럼 됐어.

그때 희경이누나는 삼학년까지 다니던 중학교를 중퇴하고 수양이모가 하는 색싯집 한쪽 골방, 술에 취한 손님들이 함부로 오줌줄기를 갈겨 오줌버캐가 허옇게 말라붙은 문짝 없는 화장실 뒷방에 엎드려 있다가 결국 색싯집 뒤편의 자그만 하천 건너 독채 살림방으로 옮겨가 살았다. 영기는 가끔 엄마가 썰어주는 순대며 소 간, 처녑 삶은 것 따위를 담은 양은그릇을 들고 희경이누나를 찾아가곤 했다. 그때까지만 해도 숙제물을 건성으로 들고가 하는 시늉을 하며 노닥거리다가 그대로 희경이누나 방에서 자고 다음날 아침까지 얻어먹고 집으로 돌아갈 적도 몇 번 있었다. 희경이누나는 밤중에 영기가 걷어찬 이불을 다시 끌어다 덮어주는 너그러움도 보여주었다. 그럴 때마다 엄마는 눈을 허옇게 흘기며 상피나면 어쩌냐고 펄쩍 뛰었지만 보살처럼 턱살이 늘어진 수양이모는 사촌끼리 공부하다 잠들 수도 있는 거라며 오히려 엄마를 나무라고 영기를 두둔해주었다. 그때는 영기는 근친상간을 의미하는 상피란 말의 뜻을 알래야 알 수가 없었다.

국민학교 들어가기 전만 해도 첨버덩거리며 바윗돌 틈새의 가재나 피라미 새끼를 흰 고무신으로 퍼내던 하천이었다. 하지만 시장통을 따라 흐르다보니 양쪽에 늘어선 집 뒤안에서 쓰레기나 개숫물이 많이 꾀어서 물속이 탁해진데다 물이 줄어 그 안에 물고기가 거의 살지 않아선지 아니면 아이들이 시들해져서인지 그런 풍경은 보기가 어려워졌다. 다만 한여름에는 이따금씩 물색모르는 아이들이 장난 삼아 미역을 감는 모습은 종종 볼 수 있었다.

사람들은 그 다리를 철다리라고 불렀다. 어른 주먹도 들락날락할 만한 둥그런 구멍이 줄지어 숭숭 뚫린 철판이 상판 구실을 했기 때문이었다. 하천 가운데 세운 기둥을 두고 양쪽으로 그 기다란 철판이 하나씩 걸쳐져 있었다. 뻥 뚫린 구멍 안으로 흐르는 물을 들여다보며 그 출렁거리는 철다리를 건너는 일이 영기에겐 수월치가 않았다. 잘못하면 발목이 빠지거나 출렁거림 때문에 옆으로 떨어질지도 모른다는 무서움 때문에 살얼음판을 딛는 사람처럼 주춤주춤 발짝을 떼곤 했다.

색싯집에서 술값을 못 내고 쫓겨나온 침례교회의 예수탄생 설교 담당 주일교사인 만복이가 자기의 팔을 베고 드러누워 코를 골던 곳이 바로 철다리 건너 희경이누나네 살림집 골목으로 들어서는 어귀였다. 흙더미에다 시멘트를 미숫가루처럼 섞는 시늉만 한 반죽을 덮어씌우는 바람에 양성이 부실하게 되어 움푹 팬 자리마다 타다 남은 연탄재를 메워넣은 곳에 광대뼈가 툭 튀어나온 만복이가 잠꼬대를 퍼지르며 드러누워 있곤 하였다. 술에 부대꼈는지 허리춤이 아슬아슬하게 엉덩이에 걸려 있어 누렇게 변색이 된 사루마다가 비죽이 보이고 입에는 안주로 뜯어먹다 남은 김 쪼가리인지 피딱진지 모르는 시커먼 게 잔뜩 물려 있었다.

희경이누나는 영기가 갈 때마다 기도를 드리고 있었다. 누가 옆에 바짝 다가가도 전혀 몰라볼 만큼 몰두해 있었다. 몸을 좌우로 앞뒤로 흔들다가 어쩔 땐 흐느끼는 소리와 함께 온몸을 부르르 떨기까지 했다.

주여, 저들이 지금 자신들이 저지르는 죄의 무거움을 알지 못하고 있나이다…… 부디 사탄의 유혹에 너무도 맥없이 굴복한 가엾은 저들의 죄를 예수님의 순결하신 피로 사하여 주시옵기를 간절히 소망하옵나이다……

방문을 열고 기도가 끝나기를 기다리며 하릴없이 안을 들여다보던 영기를 향해 희경이누나가 고개를 홱 돌렸다. 눈길이 마주 치는 순간 영기는 너무 놀랐다. 평소 희경이누나의 얼굴이 아니었기 때문이었다. 그녀의 얼굴은 마치 전설의 고향에 나오는 변신한 고양이과의 짐승처럼 구불구불한 줄이 여러 겹으로 칠해져 있었다. 웃는 표정인 것도 같았다. 영기는 하마터면 잡고기가 담긴 그릇을 놓칠 뻔했다. 주춤주춤 몇 발짝 뒤로 도망을 치다가 그대로 줄행랑을 치고 말았다. 부엌 문턱을 넘고 열려진 쪽문에 이미빡을 쪼며 넘어서서 철다리를 허겁지겁 건너려는데 누군가 발목을 확 그러쥐었다. 영기는 심장을 돌던 피가 일순간에 얼어붙는 듯했다. 그 바람에 풀썩 엎어졌고 그릇은 내용물을 쏟아내며 떼그르르 하천 속으로 빠졌다. 비명을 지르며 간신히 뒤돌아보니 술에 취해 입가에 끈끈한 침을 길게 매단 만복이가 거슴츠레한 눈을 뜬 채 바라보고 있었다. 영기는 연탄재의 매캐한 먼지가 목구멍을 알싸하게 파고들도록 심하게 발버둥을 쳤다. 만복이의 손아귀에서 빠져나오자마자 열 발짝은 됨직한 철다리를 단 두 번만 딛고 육백만 불의 사나이처럼 훌쩍 넘어섰다. 그리곤 다신 그 철다리를 건너가지 않았다. 오 년 뒤, 단 한 번 희경이누나가 신앙공동체 생활을 청산하고 도로 집으로 돌아와 한동안 틀어박혀 있다가 농약을 한 사발 마시고 목울대를 쥐어뜯으며 마당가를 나뒹굴 때를 빼고는. 마당가를 어슬렁거리던 누렁이가 그 약사발을 혀로 한번 훑더니 눈을 하얗게 까뒤집었다고 하니 얼마나 많은 양을 마셨는지는 불을 보듯 뻔했다. 평택의 큰 병원에 실려갔지만 애초부터 회생 가망성은 없었다. 중학교 삼학년이던 영기는 수양이모를 모시고 중환자실에서 희경이누나를 이틀간 돌보다 임종을 지켜봤다. 그녀는 '우리 모두는 벌레 같은……' 이라는 말을 누구나 들을 수 있게 또렷하게 발음하고는 마지막 숨을 내쉬었다. 영기는 투명한 소주의 악마스러운 맛을 그때 처음으로 알게 되었다.

영기가 군기를 잡으려 들면 들수록 완호는 어떤 순교자적 엄숙함에 젖어 아무런 효과가 없었다. 영기는 완호의 신체가 골고루 고통을 느끼도록 갖가지 자세의 얼차려를 주고 인간적 조롱도 마다지 않았다. 그러나 끝내 폭력만은 쓰지 않으려 했던 영기의 인내심을 완호는 단 한마디에 무너뜨리고 말았다.

우리 모두는 벌레입니다……

바닥에서 온몸을 휴지 구기듯 해야만 간신히 들어갈 수 있는 한 뼘 남짓한 공간이 있는 침상 밑에 억지로 기어들어가야 하는 쥐잡기 기합을 받고 나온 완호는 부동자세로 서 있었다. 덩치가 좋은 그는 벌써 땀을 호졸근하게 흘리고 있었다. 침상 밑의 먼지 답쌔기를 잔뜩 마신 콧가는 시커먼 때가 더께로 앉아 있었고 옷도 뿌연 먼지투성이였다. 밖에서는 눈발이 희끗희끗 날리는 날씨인데도 중대 대항 축구경기가 열려 환성이 드높았다. 영기는 문득 한 인간이 다른 인간을 이런 식으로 억압한다는 것에 대해 피로감이 몰려왔다. 피로하다는 것, 그것의 의미를 영기는 알고 있었다. 그것은 세상으로부터의 고립감이었다. 영기는 완호를 한번 인간적으로 설득해보고 싶은 생각이 들었다.

쉬어, 편히 쉬어. 침상에 걸터앉아도 좋다. 너나 나나 다 같은 대한민국의 젊은이다. 유치한 말로 들릴지는 모르지만. 개인적 사정이야 어쨌든 대부분 비자발적으로 이 군대라는 곳에 오게 됐어. 나도 물론 너의 종교적 순수성과 믿음을 존중해주고 싶기는 마찬가지다 알겠나? 그러나 군대라는 곳은 특수한 곳이야. 이곳은 어느 한 개인의 자유가 절대적으로 보장받을 수 없는 곳이야. 표현이 맞는지 모르겠지만은. 너는 속으로 나보고 꽉 막힌 놈이라고 할지도 모르겠지. 알량한 군대 짬밥수로 쫄다구에게 물리적 핍박이나 주는 놈이라고. 맞긴 맞는 말이지. 나는 종교에 대해서는 시쳇말로 좆도 몰라. 하지만 이건 분명해. 여긴 세상이 아냐. 세상에서라면 넌 얼마든지 스스로의 책임 아래 남한테 피해를 주지 않고 네가 믿는 바대로 생각할 수도 살아갈 수도 있어. 혹시 네가 재림예수에 대한 신앙을 통해 이 세상을 구원하는 게 궁극적인 목표라면 좋아! 나도 이해 못 할 바는 아냐. 다만 세상에 나가서 하란 말이지. 그러면 돼. 이 군대 안에는 말이지 너도 곧 알게 되겠지만, 세상이 싫어가지고 그래서 피하다보니깐 오게 된 사람도 많아서 기계처럼 움직이면서 마음 좀 쉬고 싶은 사람도 있는 법이야. 그런 사람들이 모처럼만에 갖는 단순한 휴식이나 질서를 네가 종교나 구원이란 이름으로 헷갈리게 하고 방해할 권리가 있다고 생각하나?

우리 모두는 벌레입니다……

영기는 자신이 아직도 부동자세로 서 있는 완호의 곁을 닿을락말락 스칠 때 귓속을 파고든 소리에 얼어붙은 듯 서버렸다. 자신의 귀를 의심하지 않을 수 없었다.

지금 뭐라고 그랬지?

……

뭐라 그랬어?

영기의 목소리는 다소 거칠어져 있었다. 분노인지 모욕감인지 형언할 수 없는 감정 덩어리가 들끓어 머릿속이 엉망진창이 되었다. 그러자 똑같은 톤으로 울리는 목소리가 완호 입에서 새나왔다.

우리 모두는 벌레입니다……

이 새끼가 죽을려고!

순간 완호는 침상 위로 뛰어올라 가지런히 정돈된 관물대 위에서 야전삽을 집어들었다. 그리고는 완호를 향해 달려들었다. 마침 대공

초소 경계근무 교대를 위해 워커를 신으러 들어온 동료 두 사람이 말리지 않았다면 무슨 일이 일어날지 몰랐다. 아니 일은 이미 일어난 것이나 다름없었다. 영기가 휘두른 야전삽 끄트머리를 손으로 막다가 완호의 검지 마디가 부러진 것이다. 찍사가 가장 중요한 오른쪽 검지가 날아갔으니 문제가 될 게 분명했다. 더군다나 다음날은 부사단장 이취임식이 예정돼 있어 빼도 박도 못 할 상황이었다. 영기는 영창 갈 각오를 하지 않을 수 없었다. 그러나 완호는 폭행당한 사실을 완강히 부인했다. 순전히 자신의 실수로 넘어져 다친 것일 뿐이라고 본부중대장에게 진술했다. 대충 눈치를 챈 중대장이었지만 문제가 커지는 것을 바라지 않았기 때문에 인사참모에게 구두로 보고하고 지휘를 받아서 사진병이 소총의 방아쇠나 다름없는 셔터를 누르는 오른손 검지의 관리를 소홀히 한 것은 군기해이 사항에 해당한다면 완호에게 사단 영창대기 일 주일을 명했다. 그러나 그 일을 계기로 영기와 완호 사이는 급속히 가까워졌다.

디렉터 황이라고 명함을 내민 여자와 얘기하는 도중 걸려온 삐삐에 찍힌 번호는 바로 완호 핸드폰이었다.

어, 완호냐? 나 영긴데 무슨 일이야?

예 형, 다름이 아니고 저번에 말씀 드렸던 것 있잖아요?

저번이라니?

왜, 광고에 곤충 출연시키자는 제안이 들어왔었다고 했잖아요?

아, 그래 그래. 근데 그거 물 건너갔던 거 아냐……

누구 맘대로 물 건너가요? 그거 안 받을 거예요?

받긴 어떻게 받아. 그쪽에서 요구하는 곤충이 나비래며? 가을철에 어디 가서 나비를 찾는다고? 겨울에 잉어를 잡아오라는 말이나 다름이 없지 말이야. 게다가 거기서 요구하는 게 뭐야? 그거래며? 거, 뭣이냐 응, 그 오색창연한 빛깔의 날개를 자랑한다는 청띠제비나비 말이야.

나참, 요즘 배시때기가 부르긴 부른 모양이구먼. 그거만 찍어오든 잡아오든 하면 오백만환이 굴러들어오는데 한번 해보겠다는 맘도 없어 그래 형은?

그래도 불가능한 건 불가능한 거지.

떴대요, 떴다구!

뭐가?

그쪽에서 알아본 건데 그 나비가 떼로 나타났대요.

어디?

어디긴요. 그 나비의 본래 서식처인 바로 그 섬에요!

그 섬?

예, 그렇다니까요.

그럴 리가?

아무튼 지금 나 바쁘니까 오늘 저녁에 시간 있죠? 그럼 거기 암실에서 봐요. 내 자세한 정보는 그때 알려줄 테니.

아, 알았어. 이따 보자구

전화통화는 그렇게 끝났다. 완호는 사진을 그만두고 자신의 학교 후배 몇몇을 데리고 소형 비디오를 들고 다니며 다큐멘터리를 찍어 방송사에 파는 독립다큐사를 차렸다. 의외로 돈이 많이 들지 않는데다 참신한 기획력에다 전문성 있는 소재를 살릴 만한 능력만 있으면 판로는 그럭저럭 열려 있는 셈이어서 지금은 제법 장부상으로 흑자를 보는 모양이었다. 영기는 완호가 물려준 기계와 인맥으로 제주도까지 들락거리며 근근히 입에 풀칠을 하는 형편이었다.

주택가를 빙빙 돌며 간신히 차를 세운 영기는 암실이 들어 있는 사층짜리 복합상가로 향했다. 암실은 사층에 있었다. 층계를 오르려던 그는 갑자기 갈증을 느꼈다. 말을 많이 한 탓일까. 그의 발걸음이 지하에 있는 그린호프로 돌아섰다.

어머 영기씨 어서 와, 정말 오랜만이다 응!

카운터 밑에서 고개를 불쑥 내민 주인 여자는 삼십대 초반으로 영기보다 두 살이 아래였지만 말을 트고 지내는 사이였다. 미희이라는 이름은 믿음이 가지 않았지만 팽씨라는 성은 사실인 듯했다. 그녀는 부러 종종걸음으로 달려와 영기의 촬영가방을 받아주는 시늉을 했다.

뭐가 오랜만은? 그새 며칠이나 됐다고.

이번주엔 오늘이 첨 아냐? 그럼 오랜만이지 뭐. 어디 지방출장이라도 갔댔나봐?

그거 아니고…… 잠깐 할 일이 생겨서.

참 맥주 줘야지?

두 병.

눈두덩이 쑥 들어간 걸 보니 어지간히 출출한 모양이니 골뱅이 무침에다 국수 푸짐하게 얹어서 안주에다 요기도 하면 되겠네? 기다려 마침 국수 삶던 차였는데 금세 돼.

사내 얼굴에 어린 허기를 읽어내는 팽의 눈썰미가 여간 푸근하게 느껴지는 게 아니었다. 팽은 어찌된 일인지 영기가 우연히 어느 생명보험회사 사보에 쓴 콩트를 찾아 읽어보고는 자신의 얘기를 썼다며, 가끔 들르던 손님에 불과했던 그를 붙잡고 몹시 호들갑을 떨었다. 그때부터 갑자기 친해지기 시작했다. 물론 그 콩트는 팽의 이야기를 쓴 게 아니었다. 그린호프 카운터 한귀퉁이에서 어항 관리가 부실한 탓에 죽어가고 있는 한 마리의 남생이를 보고 먼저 죽어버렸을 한짝을 생각해내 자유의 의미를 우화적으로 풀어본 것이었다.

맞았어요. 원래 두 마리였는데 한 마리가 밤새 감쪽같이 사라지고 나서 한 달이 넘어서 청소하다보니깐 냉장고 뒤에 말라죽어 있었는데 그걸 어떻게 알고서……

알고 그런 게 아니라 우연의 일친데……

제목, 타는 목마름도 너무 멋져요.

그래요?

베갯머리에 놓고 매일같이 펼쳐본다니까요. 역시 작가는 다르다 싶더라구요.

민망스럽게 작가는요 뭐……

그녀는 사보에 실린 그 콩트를 크게 복사해서 주방 벽에까지 붙여 놓았다.

……사람들은 나를 남생이라고 부릅니다. 냇가나 연못에서 사는데 사촌지간인 거북과 생김새가 비슷하지만 조금 덩치가 작고 네 발에는 또 물갈퀴가 달린 다섯 개의 발가락이 있지요. 내 고향은…… 나도 잘 모릅니다. 다만 공기 좋고 물 맑고 먹을 것이 풍부했던 어느 시골의 계곡에서 푸른 하늘을 바라보며 마음대로 헤엄치며 살았던 기억만이 새롭습니다. 그러다가 석 달 전에 나는 형과 함께 그만 눈썹이 짙은 한 시골아이가 쳐놓은 그물에 걸리고 말았지요. 아무리 몸부림쳐도 우리는 그 그물에서 빠져나갈 수가 없었습니다. 그럴수록 오히려 그물은 우리 형제의 몸을 더욱 옥죄어왔답니다. 그물에 걸린 우리를 발견한 그 시골아이는 환호성을 질렀습니다.

—야, 오늘은 천원 벌었다!

형과 나는 빈 커피병에 갇혀 읍내에 있는 어항집 주인에게 넘어갔고 또다시 큰 도시로 실려갔습니다. 그 큰 도시의 한 어항집에 가보니 우리 형제처럼 붙잡혀온 남생이들이 한둘이 아니었습니다. 커다란 어항 속에는 무려 백여 마리의 남생이들이 갇혀 있었지요. 그 광경을 보고 형은 눈물을 지었답니다.

—동생아, 너무 슬프다.

—그렇지만 형, 사람들이 우릴 죽일 것 같지는 않은데?

—하지만 앞으로 우린 다시는 그 아름다운 계곡, 우리의 고향으로 되돌아갈 수 없을 거야. 평생 좁고 지저분한 어항 속에 갇혀 죽지 못해 살 운명이지, 아아!

우리를 사간 사람은 머리가 긴 여자였습니다. 어항 앞에 바짝 붙어 안쪽을 이리저리 살펴보던 그 여자는 주인아저씨한테 항상 둘이서 붙어 다니는 우리 형제를 손가락으로 가리켜 보였습니다.

—마리당 삼천원씩 모두 육천원 내슈.

그 여자는 자그마한 지하 술집의 주인이었습니다. 그 술집 한구석에는 아주 좁은 어항이 놓여 있었지요. 바로 우리 형제가 살 집이었습니다. 어항 속에는 앙증맞은 조약돌과 빈 조개 껍데기 몇 개, 그리고 이끼도 끼고 제법 편편해 보이는 바윗돌도 놓여 있어서 그럭저럭 살아가는 데는 큰 어려움이 없었답니다. 닭을 튀기고 굽는 데서 나오는 매캐한 연기에다 소란스럽게 마시고 떠드는 손님들의 담배연기 때문에 우리 형제는 물 밖으로 고개를 내밀 생각을 먹지 못했답니다. 사람들은 뭐가 답답한지 술집 안에서 소리를 고래고래 질러댔고 어떤 이는 어항을 건드려서 하마터면 우리 모두 깨진 어항 밖으로 내동댕이쳐져서 목숨을 잃을 뻔한 아슬아슬한 일도 있었답니다.

—형, 이 술집은 좀더 큰 어항인가봐?

—왜?

—사람들이 답답해서 소리만 고래고래 지르질 않나, 또 물 같은 것만 꿀꺽꿀꺽 마시며 살잖아?

그래도 그들은 어디론가 갈 곳이 있는 이들이고 우린 처지가 달라. 우린 완전히 고립돼 있다구!

조금 못생기긴 했지만 마음씨가 좋아 보이는 그 여자는 오후 늦게 문을 열고 들어온 직후나 밤늦게 퇴근하기 직전에 꼭 우리 형제에게 밥을 던져주었습니다. 동글동글 좁쌀만하게 뭉친 사료였는데 처음에는 입맛이 맞지 않아 정말 애를 먹었지요. 생각해보세요. 맑은 계곡물에서 싱싱하고 맛 좋은 먹잇감만 먹던 우리 형제가 아닙니까? 하지만 배가 고프니깐 그런 먹이에도 적응하지 않으면 안 됐습니다.

나는 이것도 운명이겠거니 생각하고 먹이를 주면 주는 대로 열심히 받아먹으며 지냈는데 문제는 바로 형이었습니다. 형은 무슨 생각을 하고 있는지 며칠째 밥도 먹지 않고 또 말도 하지 않고 바윗돌 밑 틈새에 죽은 듯이 쳐박혀 지내는 것이었습니다.

—나는 돌아갈란다!

나는 형의 입에서 이런 말이 나오자 깜짝 놀랐지요. 아니 가긴 어딜 간단 말입니까?

—어디로? 왜?

—어디로든…… 아니 될 수 있으면 우리가 살던 그 푸른 계곡으로.

—형, 죽으려고 환장했어? 거길 갈 수 있을 것 같아?

—가다 죽는 한이 있더라도 나는 가야 돼. 내 마음대로 할 수 있는 게 아무것도 없는 이런 곳에서는 더이상 살고 싶지 않아. 너도 나처럼 자유를 얻고 싶으면 내 뒤를 따르든지 아니면 여기서 사람들이 던져주는 먹이나 받아먹다 죽든지 하라구!

하지만 나에겐 어항을 탈출할 용기가 없었습니다. 자유가 아무리 좋다지만 탈출은 곧 죽음 아닙니까?

—우린 물이 없으면 목이 타서 죽어버린다구! 형은 지금 몹시 흥분돼 있어!

—자유를 향한 갈증은 충분히 흥분시키고도 남을 만한 가치가

있는 것이지. 목이 타서 죽는다 해도 나는 자유를 찾아서 떠날 거야!

형은 나의 눈물 어린 만류도 뿌리치고 드디어 술집이 텅 빈 어느 날 밤 간신히 어항을 넘어서 어둠 속으로 서서히 사라져 갔습니다. 형, 잘 가! 부디 그 계곡에 가 닿으라구! 거기서 씨억씨억한 남순이를 만나 새끼 남생이를 치고 잘 살라구! 나는 울면서 배웅을 했답니다.

—어머, 한 마리가 도망을 쳤네. 이게 어디로 숨었을까?

여자는 사람들을 동원해 술집 구석구석을 뒤졌지만 끝내 형을 찾지는 못했습니다. 형은 정말 대탈출에 성공해서 드디어 그 계곡으로 가는 길로 접어들었을까? 나는 형이 없는 쓸쓸한 어항 속에 엎드려 곰곰이 생각하다 잠이 들었답니다.

형이 간 뒤로 두 달이 흘렀습니다. 물론 나는 어항 속에서 잘 먹고 잘 살았지요. 그런데 어느 토요일인가, 주방 배치를 다시 한다며 술집 안이 시끌벅적했답니다.

—어머, 접때 도망간 남생이가 여기서 죽어 있네!

주방 한구석을 치우던 여자가 소리를 쳤습니다. 그러자 가끔 나와서 술잔을 날라다주곤 하는 우락부락한 남자애가 다가가 뭔가를 집게 손가락으로 집어올렸습니다. 그것은…… 아아, 바로 자유를 찾아 나섰던 형의 바싹 마른 몸뚱어리였답니다. 나는 눈을 질끈 감았지요. 그런데 그 짓궂은 남자애는 형의 주검을 바로 어항 앞에 갖다놓지 무엇입니까?

—야 임마 봐라! 도망치면 이렇게 되는 거야. 그러니깐 너는 아예 도망칠 생각을 먹지 말라구!

형의 몸은 정말 수수깡처럼 말라 있었습니다. 머리와 다리는 쪼글쪼글해져서 등껍질 속으로 꺼져들어가 있었고, 그처럼 초롱초롱

하던 눈두덩은 검은 구멍처럼 푹 들어갔습니다. 도저히 형이라고 믿을 수가 없었지요. 얼마나 타는 듯한 목마름에 시달리다 죽어갔을까 생각해보니 눈물이 쑤욱 솟았습니다.

그래서 나는 사람들이 다 퇴근하자 힘껏 물장구를 쳐서 어항 속의 물을 조금이라도 형 몸뚱어리 위로 끼얹어주고자 애썼습니다. 그 노력이 헛되지 않아 곧 형의 몸은 내가 튀긴 물방울로 촉촉히 젖어갔습니다.

—형, 늦긴 했지만 지금이라도 이 물방울들로 타는 목마름을 풀어봐, 보라구 엉엉!

그러나 형은 조금도 움직일 줄 몰랐습니다. 그래도 나에게 위안을 준 것은 쭈글쭈글했던 형의 얼굴이 물기 때문에 조금 펴진 일이었습니다. 아, 그런데 무슨 일이 일어났는지 아세요? 되살아난 형의 표정에 말입니다. 내가 전혀 예상치 못했던 어떤 환한 미소가 어려 있지 뭡니까? 그러니깐 형은 목을 찢는 듯한 갈증 속에서도 기꺼이 웃으면서 죽어갔던 겁니다. 형은 비록 죽었지만 결국 자신의 몸뚱어리를 던져서 진짜 중요한 그 무엇, 형이 생전에 자유라고 표현했던 것을 맛보았던 것이지요. 나는 그 사실이 너무 기뻐서 또다시 엉엉 울기 시작했습니다. 기쁘면서도 약간은 두려워졌답니다. 왜냐하면 내 마음 한구석에 이미 내가 억누를 수 없는 자유에의 갈망이 새싹처럼 고개를 디미는 걸 느꼈으니까요. 나는 삶에의 환희와 죽음에의 공포를 동시에 느꼈답니다. 아아, 아마 형도 자유라는 걸 처음 느낄 때 이러지 않았나 하는 불길한 예감이 들었던 겁니다.

팽은 여기서 자유란 뭐예요 하고 묻고는 스스로 해답을 내었다.

허깨비일 거예요. 왜냐하면 원래 없는 거니까요. 맞죠? 없잖아요? 푸른 계곡도 좁아터진 어항과 마찬가지로 먹고 먹히는 살벌하고 답답한 공간일 텐데 뭐하러 그 남생이 형은……

영기는 그럴 운명인가보죠, 하고 얼버무렸었다.

나도 막 배고팠어.

오늘따라 왜 이렇게 손님이 없어? 이거 이러다 문 닫아야 하는 거 아냐? 나라도 안 왔으면 큰일 날 뻔했네.

원래 안 나오려고 하다가 그냥 늦게 나와봤어. 그러니깐 당연히 손님이 없지.

영기는 고개를 빼어 플라스틱 담쟁이 덩굴 같은 거로 얼기설기 가려진 어스레한 구석으로 눈길을 주었지만 홀 안은 텅 비어 있었다. 거의 매일 기둥서방이라도 되는 듯 출근하다시피 하는 일층 비디오가게 정씨의 곱슬머리도 눈에 띄지 않았다.

손가락에 고추장 바르고 쪽쪽 빨면 되지 뭐. 왠지 자기가 올 것 같더라니깐.

정씨는 오늘 안 봬?

마누라 특별감사 기간이라서 꼼짝 못 할걸.

영기는 고개를 주억거리며 옆에 앉은 팽이 따라주는 술을 받았다.

거기도 한잔 받아야지. 근데 왜 이렇게 옷을 야하게 차려입었을까? 술맛 당기게스리.

허벅지가 고스란히 드러나도록 추켜올라간 가죽치마 자락을 밑으로 잡아당기는 시늉을 하며 팽은 영기의 어깨를 꼬집었다. 눈초리에 발라진 애교가 엷은 웃음으로 번졌다.

무슨 말을 그렇게 해? 야하다니. 킥킥 하긴 야하긴 야하겠네. 그래도 섹시하다고 해야지 천박스럽게 야하다가 뭐야?

뭐가 다른데?

야한 건 천박스런 거고 섹시하다는 건 그래도 고상틱하게 들리잖아.

재랄! 오늘 셔터 내리지 그래?

자기가 하루 매상 다 올려줄려구?

내가 미쳤남.

입 안 가득히 욱여넣은 면발 사이로 씹히는 골뱅이의 부드러운 살맛에 콧구멍을 벌름거리며 말했다.

근데 뭘?

뭘이라니? 셔터 내리나 올리나 파리 날리는 건 마찬가지 아냐 지금?

어머 해도 해도 너무해. 기껏 찾아와서 한다는 말이 밉살스러워서 나 참.

옆 허벅지에 벌처럼 날아와 달라붙는 팽의 집게손가락 사이에서 따끔함이 일었다. 그 바람에 영기는 사레가 들린 듯 손바닥으로 입을 틀어막고 기침을 해댔다.

꼬집긴 젠장. 작작 좀 마시고 술이나 두 병 더 가져오지 그래.

맥주를 가지러 간 팽은 문을 열고 밖을 두리번거리며 살핀 다음 셔터를 반쯤 내린 뒤 문을 잠갔다. 하루 장사는 그냥 때려치울 모양이었다.

근데 나 도둑 맞았어.

또? 저번 때말고 말이야.

그렇다니깐두. 이번에도 용달차를 밖에 대고 전기밥솥 하나 남김없이 싹 쓸어가버렸는데 말도 말아요.

영기는 어처구니없다는 듯 입을 딱 벌린다.

아니, 그때 보안창이고 현관 자물쇠 시건장치고 뭐고 감옥살이한다는 기분으로 죽들 새로 해서 달았다며 또 웬 도둑 타령이야?

아, 낸들 아남 뭐. 어쩜 그리 귀신처럼 문을 따고 들어오는지…… 현관 이중잠금장치 여는 열쇠도 보통 것말고 둥글둥글한 신형이었는데 그것까지 따고 들어오는 걸 보니깐 완전히 질려버리더라구. 혼자 사는 여자라고 아예 작정을 하고 깔아뭉개기로 맘먹고설랑 짜고 치는 패들이 있는 건지 원. 재수없어……

낄낄……. 그 연립 못 쓰겠네.

남은 도둑맞았다고 하는데 뭐가 고소해서 그렇게 희희낙락해 거기는? 얄미워 죽겠어!

저번 생각이 나서 그렇지 뭐 낄낄.

쯧쯧, 아무 도움이 안 돼!

팽의 눈가가 갑자기 축축해지며 속눈썹께가 호로록 풀린다. 영기는 어마 뜨거라 싶은 심정이 되어 팽의 빈 잔에 차가운 맥주 거품이 넘치도록 콸콸 따랐다.

마셔, 마시라구. 그깟집 이사가버리면 그만이지 뭐. 골치 아프게 끌어안고 있을 이유가 무에 있다구.

옮기려 생각하니 귀찮기도 하고 또 그새 전셋값이 어지간히 올라야지.

오르긴 많이 올랐지.

근데 지금은 그 집에 오만 정이 다 떨어져서 무슨 소름끼치는 벌레집에 들어가는 기분이라구 정말.

터가 안 좋은 모양이네 정말. 성주풀이라도 다시 허든지 해야지 이거.

팽은 지난봄에도 전문 털이범에게 걸린 적이 있었다. 봄비가 추적추적 내리던 한밤중에 느닷없는 삐삐가 울려 연락을 취하고 달려가 보니 넋이 빠진 팽이 거실 한가운데 퍼질러앉아 있었다. 혼자 사는 여자 집이긴 했지만 그녀가 애지중지하는 진공관 오디오세트를 비롯해 40인치 대형 텔레비전, 화장품 세트, 무스탕 가죽코트, 심지어는 아직 뜯지 않은 속옷 나부랑이까지 걷어가버렸다. 유일하게 남아 있는 냉장고는 안에 썩은 냄새를 풍기는 식품들이 들어 있어 귀찮아서 내

버려둔 모양이었다.

그래도 경찰에 신고해야 하지 않을까?

필요 없어. 개 같은 년놈들!

년? 여자도 끼어 있었대?

다들 봤대는데 청바지 입은 젊은 계집년이 하나 촐랑거리면서 위아래층으로 소란을 피워 죄송하다며 백설기까지 한 덩이씩 돌렸다니 기가 차서.

내가 도와줄 일이 뭐 있어야지……

그때는 현관문을 딴 게 아니라 보안창을 끊고 들어왔었다. 보안창이 떨어져나간 창문이 빼꼼 열린 틈새로 빠져나가 펄럭이는 커튼 자락이 봄비에 젖고 있었다.

지긋지긋해 정말……

팽은 두 손으로 얼굴을 가린 채 울기 시작했다. 영기는 어쩔 줄 몰라 호주머니에 손을 찌른 채 뒤돌아서서 창 밖을 내다보는 척했다. 울음소리가 그치면 마구리께가 새까맣게 죽어 껌벅거리는 형광등이나 갈아주고 갈까 싶은 생각도 없진 않았다. 팽의 흐느낌 소리가 점점 잦아드는 것 같았다.

영기의 어깻죽지에 여자의 뺨이 비스듬히 포개졌다. 뒤에서 뻗어온 여자의 가느다란 두 팔이 그를 지그시 감싸안았다. 그 순간 영기는 자신의 가슴팍 근육에 힘을 주었던 것 같았다. 오랜만에 여자의 젖무덤이 와 닿자 쩌르르 지지는 전류가 등짝을 온통 휘저어놓았다.

비가 그치려는가보지……

영기는 말을 더듬었다.

……!

여자의 흐트러진 머리칼에서 후끈거리며 올라오는 땀내와 화장품 냄새 같은 게 묘하게 뒤섞여 콧속을 후벼냈다. 머릿속이 이상하게 몽

롱해지려고 했다. 영기는 아랫배 깊숙이 숨을 들이쉬었다 내뿜으며 몸을 돌리려 했다.

영기씨 잠깐만이래도 그냥 그대로 있어. 불쾌하지 않다면. 나 영기씨가 원하지 않는다면 아무런 짓도 하지 않을 테니까……

미희.

쉬이, 아무 말도 하지 말아줘 제발…… 세상이 내게 이런 식으로 대접하는 건 정말 싫어, 정말……

그게 아니고……

그래두…… 죽도록 외로워……

영기는 몸에서 뭔가가 미끈덩 빠져나갈 것만 같아 오줌이 마려운 아이처럼 사추리를 꽉 조이고 발뒤꿈치를 든 채 참아냈다. 정수리 끝으로 김이 모락모락 솟구치는 느낌을 받았다. 그의 등짝에 밀착시킨 팽의 몸이 부싯돌처럼 조금씩 움직였다. 그럴수록 영기의 어깨는 더욱 높아졌고 입에서 뿜어져나온 더운 기운 때문에 창유리에 서린 뿌연 김의 둥근 테두리가 급속히 넓어지기 시작했다. 영기는 팽의 팔을 풀려고 몸을 한 번 더 뒤챘다. 그 팔이 풀리면 자신이 어떻게 나올지 알 수 없었다. 팽의 팔이 스르륵 풀려나갔다. 영기는 돌아섰다.

미안해 영기씨, 나 꼭 미친년 같지?

두어 발짝 떨어진 팽은 두 손으로 늘어진 머리를 뒤로 쓰다듬어 넘기며 어색하게 웃었다.

너무 황당한데다 배도 고프고 해서 그냥 마음이 와락 풀어졌나봐. 어수선하지만 잠깐 앉아. 봉지커피라도 타줄 테니 한잔 마시고 가지 뭐.

영기는 어깨가 축 늘어져 고개를 끄덕거릴 힘마저 없었다.

어이 팽 마담!

닫힌 현관 밖에서 그림자가 어른거렸다. 팽이 문을 따주자 사내 서넛이 셔터를 들어올리며 우르르 밀려들었다.

오늘 그림 좋아!

오늘 장사 끝난 줄 알고 맥 놓고 앉아 있었는데 뭘.

시방 타임이 몇 타임인데 그런 말이여!

영기의 발밑에서 촬영가방이 채였다. 그는 그 가방을 암실에 올려다놓고 내려올까 생각했다. 어차피 완호가 오면 술 한잔 걸쳐야 할 테고 그렇다면 기왕에 잡은 자리니 그린호프로 불러내는 게 나을 성싶었다.

가세요?

아뇨. 가방 갖다두고요.

백형 오랜만입니다?

비디오 정씨가 손을 번쩍 들어 알은 체를 했다.

아 예, 별일 없으시죠?

영기는 생태 촬영을 아직 한 번도 해본 적이 없어 완호로부터 나비 촬영 제의를 받았을 때 황당한 느낌까지 들었다. 처음에는 그 제의에 미더움이 가질 않았다. 물론 최근 들어 제품광고에 동물들이 실제로 출연하는 사례가 부쩍 잦아진 게 사실이었고 그중 나비가 등장하는 광고도 아주 없진 않았다. 어느 전자제품 회사가 해외에서 제작한 전화기 광고에 화려한 무늬의 나비가 여러 마리 등장해 눈길을 끈 바도 있고, 특히 텔레비전이나 비디오 광고에는 옛날 전설적인 화가였던 솔거가 그린 소나무 벽화로 날아든 새들이 절벽에 부딪혀 죽었다는 데 착상을 해 동물들을 차츰 광고모델로 선보이는 추세가 자리잡은 지는 꽤나 오래된 터였다. 오랑우탄이 화면의 바나나를 실물로 착각해 손으로 집으려다 화면에 부딪치는 모습을 보여주는 녹화재생기(VTR) 광고도 있었고, 화면 속의 호랑이의 포효하는 모습에 꼬리를 사리는 개의 모습을 보여준 텔레비전 광고도 나왔다.

동물 광고가 그렇게 효과가 있나?

형도 차암, 어떤 모델을 써야 광고가 성공할까 하는 게 광고장이들의 고전적인 고민 아녜요?

그렇지.

여기엔 원래 모범답안이 있는데 바로 쓰리 삐라는 거 아녜요.

쓰리 삐라니?

뷰티(Beauty), 베이비(Baby), 비스트(Beast)! 그러니까 미인과 아기와 동물 같은 걸 내세워야 하는데 요즘은 마침 겹치기 출연으로 웬만한 모델 애들 신선도가 떨어지죠, 환경보호의식 어쩌구 하면서 동물 광고가 좋은 이미지를 주는데다 동물들은 고정된 특성이 강해서 이미지화가 비교적 쉽잖아요? 곰은 푸짐한 것, 개나 고양이는 사람한테 편안한 느낌, 사자나 호랑이는 힘찬 것…… 예를 들면 자동차나 뭐 그런 것에 어울리고…… 물고기는 깨끗함 같은 거, 또 새는 가볍고 미래지향적인 이미지, 으응 거시키 또 공작은 화려한 것이고 사마귀 같은 건 순간적으로 먹이를 덮칠 때 느껴지는 냉정하면서도 포착능력이 뛰어남을 빗댈 때 좋구요. 그리고 무엇보다도 빽하면 억대 모델인데 이것들은 돈이 적게 드는 게 실제로는 제일 큰 이점이지 뭐예요 나참!

그게 맞긴 맞는 말이긴 한데 왠지……

못 미덥다 이거죠?

근데 그걸 왜 나한테 떠넘기냐?

떠넘기긴…… 나는 또 프로젝트가 따로 있지 클클.

프로젝트?

으응, 방송사하고 거진 협의를 마친 건데 한국호랑이 있잖아요?

그게 어딨어? 다 멸종된 거 아냐?

그러니깐 시베리아 호랑이 말예요. 그거 찍으러 러시아까지 가야할 것 같은데 아마 다음달이래두 당장 떠날지도 몰라요. 이미 비자는

다 받아놨고…… 이건 좀 큰 건수예요. 몇 천 잘하면 건질 수도 있을 거예요. 우리 팀말고 다른 팀 하나 더 묶어서 같이 가는데.

그래서 이거 오백만원짜리는 내게 넘긴거구?

오백만원이라면 작은 돈은 아니잖아요? 형 사정에 낄낄. 근데 형도 알다시피 이게 광고주가 베일에 싸여 있어. 나도 한 다리 건너서 제의를 받아서 실제 광고주가 누군지 알 수가 없어요. 나비, 그것도 청띠제비나비를 산 채로 잡아오든지 찍어오든지 하라는 것을 보니깐 아까 내가 말한 대로 무슨 전자제품 쪽 회사든지 아니면 기업 이미지 광고 쪽인 것만은 틀림없는데……

아닐 수도 있지 뭐. 그리고 나비는 몇 번 써먹었는데 굳이 진짜 나비를 찍어야 할 건 뭐야? 자료 필름도 꽤 있을 테고 듣자니 컴퓨터 합성기술도 꽤나 활용된다고 하던데? 광고주가 원하는 컨셉을 알아야 그것에 맞출 것 아냐? 아, 안 그래?

아무래도 요즘은 화질이나 사진이 정교해지는 추세고 진짜가 아무래도 뭐가 달라도 다른 맛을 주니깐 그러는 거 아니겠어요? 딱히 명토 박아서 요구한 컨셉 같은 것 없었고…… 사실 그게 더 어렵긴 한데 쩝쩝…… 형이 찍어오기 나름이니까. 그리고 오늘 내가 굳이 만나자고 한 것은 다름이 아니라 착수금조로 이백만원 미리 땡겨왔으니깐 술 한잔 거하게 푸자 이거지 뭐.

이백만원을?

글쎄 그렇다니까요. 뙈놈의 마누라 빤스를 입으셨나? 왜 그렇게 의심이 많으실까 딴 분도 아니고 우리 성님이 응?

의심하는 게 아니고.

완호가 호주머니에서 지갑을 꺼내 팔랑팔랑하는 백만원짜리 수표 두 장을 올려놓았다.

집어넣으세요.

이거 뭐 넣긴 넣는다만은 왠지…… 근데 찬바람 나면 다 들어가는 게 나빈데 무슨 나비가 떴다고 그래?

그건 나도 모르는 일이고 아무튼 내가 연락받길 그 나비의 주서식지인 보길돈가 뭔가 하는 섬에서 아직 청띠제비나비를 봤다고 하는 주민이 있다는 거예요.

누가?

거기 사는 주민들이 직접.

아니 그걸 누가 그렇게 전하더냐고 이거지.

나한테 수표 전한 광고주 쪽 사람이죠, 누구긴 누구예요 차암. 자자 대충 알아들었으면 술이나 좀 시원하게 빨읍시다 이거. 돈벌이시켜 주러 온 놈한테 그렇게 빳빳하게 쪼아대서야 되겠나 원.

미, 미안.

영기는 빳빳한 백만원짜리 수표의 영 여섯 개를 눈으로 확인하고 손끝으로 감촉하는 순간 실감이 와 닿았다.

근데 곤충촬영은 도대체 어떻게 하는 거냐 응? 너는 경험이 많을 거 아냐?

그게 다 거기서 거기예요. 지금 말로만 떠들어선 아무 소용도 없겠지만 정확하게 눈에 초점 맞추는 것은 어느 사진이나 기본일 테고 먼 거리에선 매크로 렌즈를 쓰고 근접해서는 광각 렌즈를 쓰면 대충 찍을 거예요. 찍지 못하겠으면 아예 잡아가지고 오라구요. 그래도 상관없다고 그랬으니까. 아마 그게 제일 확실할 거야. 내 생각에는 형이 카메라 대신 일찌감치 잠자리채나 서너 개 둘러메고 가는 게 아무래도 나을 성싶은데 낄낄.

너 죽을래! 그런데…… 그러면 이번 주에는 제주도 못 내려가겠나. 성수형이 내목 본나고 꼭 내려오라고 했는네 진와 금 해줘야겠지?

그냥 두세요 뭐. 형 안 내려가면 뭐 거긴 찍사가 없나요?

그래도 기다릴 텐데. 내가 도착하기 전에 섬에서 나비떼가 사라지면 어떡하냐? 그것도 그렇고, 아무래도 차를 가져가는 게 편할 텐데 차가 배로 들어가려나?

아이고 알아서 합쇼! 술 한잔 얻어먹긴 애시당초 그른 것 같으니 이 몸은 또 딴 약속을 찾아 이만 물러가렵니다.

암실로 들어온 영기는 낡은 소파 위에 앉아 탁자에 발꿈치를 올리며 팔을 들어 뒤통수에 손깍지를 질렀다. 섬으로 그것도 나비를 찾으러 간다고 생각하니 어릴 적 소풍을 앞둔 아이처럼 맘이 설레었다.

국민학교 삼학년 한때 양호교사였던 김순이 선생님의 지도로 서너 명이 모여 옛날에 좋은 흙이 나서 사기그릇을 많이 구웠다는 사기막들판에서 나비채집을 하던 기억이 떠올랐다. 우표수집은 돈이 많이 들지만 나비수집은 달랐다. 채집망과 구멍을 숭숭 뚫은 비닐 보리쌀 봉지만 있으면 되었다. 우선 나비 이름을 하나씩 배워갔다. 특히 서울에서 내려왔다고 하는 순이 선생님하고 방과후에 사기막들판을 쏘다닌다는 사실은 한 소년의 가슴을 벅차게 만들었다. 들판의 끝에는 숲을 이루고 있는 야트막한 산이 맞이해줬고 나비가 날아다니도록 도와준 부드러운 바람, 꽃이파리와 나뭇잎 그리고 날개가 젖지 않도록 말려주는 햇볕이 한 소년의 정강이를 나비처럼 두둥실 떠다니게 했다.

대학에 입학하느라 한강 다리를 건널 때 미처 챙겨갖고 오지 못한 두툼한 나비 채집본이 잠깐 머릿속을 스쳐 지나갔다. 순이 선생님이 서울에서 가져다 나눠준 두툼한 사진용 앨범이었다. 날개의 가장자리가 가루가 된 흰나비들을 비롯해 아직도 광채를 잃지 않고 있던 호랑무늬 날개를 단 나비들이 그 안에서 들판을 날아다니며 꾸었던 꿈을 접고 영원한 잠을 자고 있었다. 그들은 시체가 아니었다. 그러기에 그들은 잠 속에서도 자신을 두려워하고 있다고 생각했다. 채집망은 신들린 듯이 휘둘러졌고 꼬마는 거의 온몸을 던지다시피 했던 것이다. 그러면 나비들은 어쩔 수 없다는 듯 채집망 안으로 빨려들어왔다. 나비 왕국은 그렇게 해서 건설되었다. 영기는 그 왕국의 남 모르는 왕이었다.

밀짚모자를 쓰고 다니던 순이 선생님은 나비를 손으로 또 채집망으로 잡으려 들지 말라고 말씀하셨다. 그러면 어떻게 잡나요? 하하하! 웃음소리가 들판의 바람에 실려 멀리 날아갔다. 규칙이 있어요! 규칙! 말을 따라 할수록 의미가 증폭되었다. 규칙이라고 복창하는 순간 정말로 규칙이 생겨났다. 그건 이어달리기를 할 때 선발주자에게서 건네받는 바통 같은 거라는 관념이 퍼뜩 떠올랐다. 서두르면 안 되는 것, 놓치면 안 되는 것, 승부보다도 더 중한 것, 어기면 바보 되는 것, 놓치면 그 자리에서 넘어져서 무릎이 까져도 할말 없는 것…… 뭐든지 다 되었다. 그래요 규칙! 마음으로 잡는 거예요. 마음으로! 우선 빛과 공기를 느끼세요. 그리곤 나비의 날개가 펄럭거리는 동작에 따라, 그 자유로운 곡선을 좇으면서 마치 물에 자신의 몸을 적시듯 흠뻑 빠져보세요. 나비가 움직일 때나 멈춰서 앉아 있을 때나 우리의 마음의 결정을 따르게 될 때 손을 뻗으세요. 선생님 그때를 어떻게 알아요! 날개의 색채가 더욱 영롱하게 보이는 순간이 바로 그때예요. 알겠어요! 녜에에! 그러나 다들 긴 당부가 끝나자마자 아무 소용없이 곧바로 폭군으로 변했다. 종아리를 스친 억센 풀들 때문에 생채기 자국이 가실 날 없으면서도 소년은 달리고 또 달렸고 그 발길 아래 무수한 꽃잎과 가녀린 풀들이 꺾이거나 짓밟혀갔다. 아아, 나는 마술에 걸린 아이다! 마술이 풀리면 다들 내 모습에 깜짝 놀랄걸! 이토록 많은 파괴와 거친 행위 그리고 폭력에도 불구하고 소년들의 채집망에 걸려든 나비들은 그물 속에서 만화영화 속의 귀부인처럼 우아하게 몸을 떨고 있었다. 그것이 소년이 보기에는 나비가 파리 따위와 다른 모습이었다. 자기 몸보다 훨씬 큰 날개를 지니게 된 곤충하고 겨우 자기만한 날개에 몸을 싣고 다니느라 오도방정을 떨며 앵앵 붕붕거리는 곤충하고는 뭐가 달라도 다른 것이라는 생각이 들었다. 아아, 큰 날개! 소년은 나비를 한 마리 잡을 때마다 푸른 하늘을 쳐다보았다. 순간 이 작은 수집가의 마음속으로 나비의 마음이 그리고 정신이 알알이 스며들었다. 다가오는 채집망의 위험을 알고서도 꽃봉오리 위에 앉은 나비가 끝내 꽃과 못다 한 어떤 얘기를 속삭이다 기어코 그물 안으로 빨려들어왔음을 작은 수집가는 직감적으로 알고 있었다. 무슨 말이었을까? 그 언어를 알려고 애쓰는 순간 나비를 살인하고 싶은 욕구는 어느덧 달아나고 그 대신 그 마음속에는 그 동물에 대한 미더움이 하릴없이 부쩍 커지고 있었다. 그때 가까이서 포성이 들렸다. 사격장에 너무 가까이 온 것이었다.

그러나 이렇게 힘든 작업을 통해 얻은 나비를 그대로 날려보낼 수는 없었다. 다시 인간적 즐거움을 회복한 어린 수집가들은 작업실로 달려가서 에테르, 솜, 머리 부분이 다채롭게 만들어진 바늘들 그리고 핀셋 등을 꺼내 채집한 나비들을 박제화시키는 작업을 단팥빵을 씹으며 했다. 양호실에서 선생님과 함께. 그래서 그해 여름은 쉽게 끝나지 않았다. 지금은 흔적도 찾아볼 수 없는 사기막들판과 더불어.

암실에서 작업을 마치고 주름문을 열고 나오니 새벽 세시 무렵이었다. 먼 길을 떠나자면 적어도 서너 시간은 눈을 붙여둘 필요가 있었다. 영기는 담요를 두른 채 전기요가 깔린 이층 간이침대 위에 드러누웠다. 그러나 피곤에 젖어 예민해진 뇌세포는 조용히 순응하려 하지 않았다. 눈꺼풀을 덮으려 하면 할수록 눈동자는 더욱 말똥말똥해졌다. 싸구려 위스키라도 한잔 털어넣으면 혹 잠이 올지도 몰랐다. 영기는 담뇨를 걷고 일어나 캐비닛 위쪽을 더듬었다. 삼 분의 일쯤 남은 커티삭이 손에 걸렸다. 민규옥이 들고온 것이었다. 만화를 그리는 남동생 종구가 유럽의 전시회에 자료를 수집하러 갔다가 면세로 사왔다며 직접 영기의 암실로 가져왔었다.

뭘 이런 걸 다.

내가 뭐 있어야죠. 크고 작은 일에 불러서 매번 도와달라고 하면서 말이야 히.

규옥은 현구형이 실종되기 일 년 전부터 사실혼 관계에 있었다. 그때만 하더라도 깍듯이 형수라고 불렀지만 형이 사라지고 난 지 어언 오 년이나 지나자 예전에 야학에서 만났을 때처럼 이름에 씨 자를 붙이던 버릇으로 되돌아갔다.

커피를 마시고 난 종이컵에 술을 따라 마신 뒤 목젖을 털던 영기는 문득 자신이 왜 이렇게 무감각한가 생각하며 스스로 놀라운 생각이 들었다. 오후에 만난 디렉터 황이라는 여자가 도대체 누구란 말인가! 그녀는 두말할 것도 없이 인계숙이 틀림없었다. 그녀가 호텔 준 지하 레스토랑에서 넋두리처럼 들려준 어린 시절의 기억의 한 토막을 들을 때 그건 이미 영기의 확신으로 굳어졌다. 틀림없는 것은 그뿐만이 아니었다. 그녀가 대학동기이자 같은 운동서클에서 일했던 자신을 몰라본다는 사실도 일단은 의심의 여지가 없었다. 군대 갔다 오고 나서 계숙과 한 번도 연락이 닿은 적이 없었다. 집안이 모두 이민을 갔다는 풍문은 어느 술자리에선가 들은 적이 있지만 분명치 않았다. 인계숙과 디렉터 황 사이에는 엄청난 괴리가 있었지만 그 틈바구니에서 허우적거리면서 영기는 뭔가 어쩔 수 없을 것 같은 힘에 짓눌려 있었다. 그녀가 뭔가 충격적인 사고를 당해서 기억의 일부분이 손상된 것은 아닐까? 아니, 그게 아니라 내가 뭔가 중대한 착각을 하고 있는 건 아닐까? 당장은 아니라 해도 결국 시간이 문제를 풀어줄 거라는 생각이 들었다. 영기는 기푸 종이잔에 커티삭을 기울였다.

정현구, 인계숙, 민규옥. 뭔가 머릿속에서 그려지려는 그림을 영기는 서둘러 지워버렸다. 현구형은 실종된 지 만 오 년이 지났으니 어쩌면 지금쯤 서류상으로는 이 세상 사람이 아닌지도 몰랐다. 그렇지 않아도 주변에서는 다들 주검만 못 찾았지 죽은 사람으로 쳐오고 있었다. 현구형의 실종은 영기가 이태 전에 한 월간 문예지 소설 부문에 당선한 「실종」이란 소설의 주된 모티프이기도 했다.

같은 서클 선배긴 했지만 영기는 학내에서는 그를 한 번도 본 적이 없었다. 대학 삼학년 겨울방학을 앞두고 일 년 선배인 동욱형한테서 노동야학 일을 해보라는 권유를 받고 서클 삼 년 선배라는 그를 소개받았다. 동욱형은 현구형이 대학 이학년 때부터 학교를 정리하고 야학을 꾸려온 노동야학 전문가라고 영기에게 귀띔해주었다.

사회과학 전문 책방인 청죽서점에서 만난 현구형은 구부정한 어깨 위에 모자가 달린 낡은 초록색 잠바의 지퍼를 목울대 아래까지 바짝 끌어올린 모습이었다. 쌍까풀이 커다랗게 져서 울멍줄멍한 두 눈 앞에는 부러진 다리를 하얀 반창고로 처맨 검정 뿔테가 차창처럼 가로 놓여 있었다. 입은 파리를 막 잡아먹은 두꺼비인 양 컸다. 자연스레 떠오른 두꺼비가 그의 오래된 별명임을 알아챈 것은 며칠 뒤의 일이었다.

그는 영기를 보자마자 콧잔등을 잔뜩 찌푸리고 그 주름살로 콧등에 미끄러져내린 안경을 위로 추켜올리며 가래를 카악 돋우어 바닥에 뱉었다. 버릇이라고 했다. 그러곤 다짜고짜 『전태일 평전』과 '야학비판' 이라는 흐릿한 팸플릿 복사본을 신문지에 말아 건네주며 다 읽은 다음 만나자고 하곤 시내버스 안으로 몸을 던졌다. 다음번 만남에서는 공장활동을 경험해야 한다며 부천에서 막 새로 짜인 공활팀으로 영기를 끌고 들어갔다.

약 한 달 가까이 지속된 그 공활은 영기의 기억에 별로 남은 게 없었다. 왜냐하면 한방살이를 한 세 사람 중 겨우 한 사람만이 구직 첫날 마찌꼬바라는 직공 여섯의 작은 선반공장에서 철 쪼가리를 줍는 일당 이천오백원짜리로 취직을 했을 뿐 영기를 포함한 둘은 이 주일째 일을 구하러 허탕만 치며 돌아다녔다. 일요일에 각기 자신이 속한 세미나팀에 가서 학습을 하고 돌아오는 게 유일한 규칙적인 일이었다.

영기는 토요일이 기다려지곤 했다. 그날 저녁이면 어김없이 현구형이 얼굴을 디밀었다. 그의 발소리에 앞서 속의 내장을 단숨에 휘저어놓을 듯한 동물성 기름 냄새가 세 사람의 코에 갈고리를 먼저 걸었다. 통닭 봉지를 풀어놓은 현구형은 영기의 손에 슬그머니 노란 토큰 두 개를 쥐어주곤 했다. 그러나 오래 머물진 않았다. 셋이서 손가락과 입술에 기름기를 잔뜩 묻히며 닭고기를 뜯는 모습을 일이 분 물끄러미 바라보다 고생들 해 하면서 부엌문을 박차고 사라지곤 했다. 영기는 일요일에는 얼굴에 비누 세수도 하고 빨아둔 양말이며 하다못해 끈이라도 빨아둔 운동화와 손질해둔 바둑무늬 셔츠를 꺼내 입고 제기동에 있는 세미나방으로 찾아갔다. 계숙이도 그 세미나팀의 일원이었다. 교재는 『한국민중사』와 『자본론』 1권, 『반뒤링론』 번역판 등이었다. 노동자들의 궁짜 낀 얼굴만 쳐다보다 모처럼만에 해끔한 학생들의 얼굴을 보러, 또 학교 소식을 들으러 간다는 사실이 영기를 무척이나 즐겁게 만들었다. 돌아오는 길에는 자신이 이 공장가의 더러운 흙덩이를 더이상 밟지 않도록 적당한 사고라도 당했으면 하는 엉뚱한 바람을 품어보기도 했다.

나머지 이 주일간은 영기도 플라스틱 제품을 뽑아내는 사출기 공장에서 일을 하게 되었다. 일당 이천이백원이었다. 당시 달걀을 푼 라면이 삼백원 했었다. 라면 열 그릇 값이 견습 초짜들의 공인된 일당이라는 말이 있었지만 제 구실을 못 하는 생초짜인 영기로서는 그만한 대가도 감지덕지였다. 아무튼 약품 냄새가 독하긴 했지만 원래 축

농증으로 후각이 무뎌진 영기는 마스크 한 장만으로도 충분히 견뎌낼 만했다. 그래도 일을 마치고 나면 머리가 어질어질한 것은 어쩔 수 없었다. 공장 문 앞에는 삼층 사장실까지 뻗은 은행나무가 한 그루 있었다. 점심시간이면 썩은 통나무로 길을 가로질러 놓고 대여섯명씩 갈라서서 족구를 하거나, 거기에 끼지 못한 서너 명은 다른 한패가 되어 은행나무 밑 담벼락에서 희희덕거리며 이른바 쩐치기를 했다. 벽에 동전을 튕겨서 바닥에 굴릴 때 상대방의 동전에 한 뼘 거리 안으로 접근시키는 사람이 돈을 먹는 단순한 게임이었다. 영기도 이 주째 되는 날부터는 그 패거리에 낄 수 있었다. 노동자들과 친해지자면 그런 유치한 짓도 해야 한다고 생각했던 것이다.

어제 심야다방에서 콩 까는 걸루다 서너 편 신나게 조지고 있는데 설라므네 한참 쌕쌕이 불고 있는 장면에서 단속나온 짜부가 덮쳤다고 불을 끄더라니깐 주인이 글쎄. 그러더니 요구르트 값으로 천원씩 더 걷더라구. 나갈 사람 나가라고 하구.

씨발 그거 다 연극이래. 요즘엔 주인들이 천원 내고 들어와서는 잠까지 자고 가는 죽돌이들이 넘치니깐 괜히 짜부 떴다고 해설랑 손님 물갈이 하려고 요구르트 값으로 웃돈을 받아처먹는다니깐.

추운데 갈 곳도 없고 할 수 없이 돈 내고 새벽까지 죽통 다물고 한 골 쪼개는데 어쭈 야, 가만가만 이거 닿지 않았잖아?

뭔 소리야! 가운데 손톱 끝을 잘 보라구. 내가 손톱을 괜히 기른 줄 알아? 헤헤.

동전과 동전 사이를 한 뼘으로 연결시키려고 손아귀가 찢어져라 벌리다보면 별의별 시비가 다 벌어졌다. 영기가 금을 밟고 벽 쪽으로 엉덩이를 돌린 채 고개를 가랑이 사이에 집어넣고 동전을 벽에 튕기자 공중으로 솟아오른 동전은 한참 때굴때굴 굴러갔다.

야, 임광 애들 지나간다. 히익, 휘이이익 삑삑!

누군가 입가로 두 손가락을 집어넣고 휘파람을 불었다. 임광어패럴 아가씨 두 사람이 늦은 점심을 먹으러 가는지 서로 팔짱을 꼭 끼고 걸어가고 있었다. 꽉 달라붙는 청바지에 회사 규정에 따른 듯한 단발머리를 감싼 파란 머릿수건을 귀 뒤로 맨 두 아가씨의 얼굴은 기름때에 전 공돌이들의 자장면 같은 얼굴과는 대조가 되었다. 영기의 동전이 아가씨 발길에 채여 나동그라졌다.

붙잡어, 붙잡어. 게임을 망쳐놨잖아 삑삐이익!

족구팀들이 일제히 뒤돌아보며 들개처럼 누런 이빨들을 드러내었다. 그러나 파란 머릿수건은 콧방귀도 뀌지 않고 고개를 외로 꼰 채 걸어갔다. 그런 길을 많이 지나가본 이력이 있는 모양이었다.

야, 명춘아 뭐 해 임마? 얼른 가 동전 줍지 않고?

명춘은 영기가 쓴 가명이었다. 영기는 수줍음을 타는 듯 뒤통수를 벅벅 긁으며 고참 노동자가 시키는 대로 동전을 따라 쭈뼛쭈뼛 두 여자한테 다가섰다. 동전은 나이키 운동화 코앞에 부닥쳐 멈춰서 있었다. 동전을 주운 영기는 문득 고개를 들어 운동화의 임자를 올려다보았다. 영기는 눈을 씀벅거렸다. 세상에! 홍미였다. 그녀는 더 놀란 듯 눈을 휘둥그래 뜨며 입을 딱 벌렸다.

아니, 이게 누구야? 영기 맞아?

어머, 홍미 너 아는 사람이니?

여기서 도대체 뭐 하는 거야? 그 옷차림하곤…… 대체 뭐야? 대학곤 그만뒀어? 집에도 통 내려오지 않는다면서? 너 혹시……

홍미는 따발총처럼 질문을 쏟아냈다. 영기는 당황한 가운데서도 사려물은 이빨들 사이로 말을 자근자근 씹어서 내뱉었다.

나, 나중에 만나서 얘기하지…… 빨리 지나가. 지금은 안 돼!

여, 명춘이 너 애송이 쑥맥인 줄 알았더니 수완이 대단한 모양이야? 그래, 뭐라고 그랬어? 데이트 신청하니깐 나중에 기숙사로 찾아오라고 하든? 갈 때 같이 가자 응, 하하하!

그 바닥에서 홍미를 만날 줄은 정말 꿈에도 생각지 못했던 일이었다. 홍미는 영기 자신이 그토록 여러 번 퇴짜를 맞은 노동자가 되어 있었다. 그것도, 두억시니 같은 남자 노동자들이 누런 이빨을 들이밀며 하이에나처럼 껄떡거리고 있는 틈새를 아무렇지도 않다는 듯 당당히 또박또박 걸어서 갈 줄 아는 아주 이골난 고참 여자 노동자가 되어 있었다. 영기는 그런 홍미를 다시 한번 만나보고 싶었다. 그저 외로움 때문에라도 만나보고 싶었다. 나는 대학으로, 저는 복순이 누나를 찾아서 노동자의 길로 따로따로 헤어지던 그 새벽의 서울역 앞에서 헤어지고 난 뒤 삼 년 만에 처음이구나! 그 사이에 까마득한 심연이 도사리고 있으리라 생각했는데 둘이 이렇게 한 거리에서 만나다니, 영기는 뭔가 느꺼운 감정이 가슴을 적시고 있음을 알았다. 고개를 저었다. 자신이 세상과 맞서기에는 약하다는 사실을 알아채기 시작하는 순간이었다.

식기 전에 마셔!

그 다음 일요일 영기가 아침 나절부터 노루표페인트 대리점과 대성전파사가 세를 든 건물의 지하에 있는 별천지다방 수족관 옆 명당자리에 일찌감치 자리잡고 앉아 만난 홍미는 얼굴에 검댕이 칠이나 하던 솔뫼골의 홍미가 아니었다. 도시의 공기가 그 촌떼기 삼겹살을 그렇게 화장품 냄새를 제법 풍길 줄 아는 풋내기 아가씨로 만든 거였다. 영기는 세미나를 미련 없이 포기하였다. 지금 자신한테 필요한 것은 오만한 활자가 아니라 구체적인 인간의 숨결과 감정이 넘치는 사적인 대화라고 판단해서였다.

왜 죄지은 사람처럼 이 구질구질한 공장에 들어와 있니?

그냥……

그냥이라니? 대학생이 된 애가 갑자기 걸레 같은 작업복을 걸치고 헤매면서도 그게 말이 돼?

난, 난 말이지…… 운동을 하고 있어.

운동? 아니 그런 애가 몸이 그게 뭐니? 비썩 곯아가지고.

그런 거 말고…… 뭐랄까, 우리 사회가 모순이 많아서 이대로는 안 되고 골고루 잘사는 사회로 바뀌어야 한다고 생각하고 실천하는 그런 거 말이야.

어머, 니가 그런 일에 왜 나서니 나서길?

너희 회산 노조 같은 거 없니?

있다 왜?

물론 어용일 테지?

어용은 또 뭐야? 무슨 말을 그렇게 어렵게 해?

억압당하는 사람들 편에 서라고 존재하는 노조가 노동자 편은 안 들고 부려먹는 사람 편만 드는 것 말이야. 그런 걸 어용이라고 하지.

아냐, 우리 노조는 잘해줘. 명절 때 선물도 주고 차편도 마련해줘. 애로 사항도 수시로 접수해서 시정해주고. 사장님한테 월급 좀 올려달라고 말도 잘 해준다는데?

바로 그게 글러먹은 거야. 기업이란 노동자가 없으면 쓰러지게 돼 있어. 자본가란 게 뭐야? 돈만 갖고 노동자들의 노동력을 착취해서 자기 배만 쏙쏙 불리는 그런 기생충 같은 존재란 말이야.

야, 누가 들으면 어쩌려고 그래?

듣긴 누가 듣는다고 그래? 탐욕스런 자본가들은 절대 노동자들을 제대로 대접해주지 않아.

일 시키는 대신 월급을 주잖아.

홍미가 수족관 유리를 손끝으로 톡톡 두드리자 금붕어가 놀라서 달아났다.

그건 노동자들이 벌어다주는 것에 십 분의 일도 안 될걸 아마. 겨우 굶어죽지 않고 계속 일을 할 수 있을 만큼만 주는 거지. 이런 불합리한 제도를 뜯어고치자면 노동자들이 노조 같은 것을 조직해서 거기로 힘을 모아서 바꿔놔야 돼. 그런 세상이 오도록 애쓰는 게 말하자면 운동인 거야.

넌 그럼 진짜 노동자가 되려는 거야? 그 힘들게 들어간 좋은 대학 다 때려치우고?

필요하다면 그럴 수도 있지……

어쩜 기가 막혀서. 노동자는 말이지…… 내 생각에는 되려고 해서 되는 게 아닌 것 같던데? 왜냐하면 말이지. 뭐랄까, 그게 자신의 운명이 아닌 사람은 지겨워서 끝까지 참고서 살아갈 수 없는 게 바로 자기 몸 하나 부지런히 놀려서 먹고 사는 노동자인 거 같아서. 딴 길이 있는 사람은 다 그저 그래. 아유, 지겨…… 우리 이렇게 답답한 말 할래면 시간 아껴서 영화 구경이나 갈래?

영화?

저기 오거리에 있는 용성극장 있지? 거기에 다녀온 우리 기숙사 애들이 다들 눈두덩이 퉁퉁 붓도록 우는 통에 미치겠어.

그러지 뭐……

그때 홍미를 통해 야학에 들어올 사람으로 소개받은 이가 바로 민규옥이었다. 키는 작달막하였지만 모래밭을 연상시키는 시원하고 동글한 이마를 방풍림처럼 막고 선 진한 눈썹 아래로는 쌍꺼풀진 눈매가 서글서글했고, 오똑한 콧날과 도톰한 뺨을 거느린 입술은 금관악기의 구릿빛 표면처럼 완고한 굴곡을 보였다. 야학의 강학(가르치며 배운다는 뜻에서 주로 대학생을 뜻함)이나 학강(배우며 가르친다는 뜻으로 주로 노동자를 뜻함)을 가릴 것 없이 다들 그녀를 좋아했다. 물론 영기도 규옥에게 끌렸다. 편안한 외모는 물론이고 부침개나 김밥 등을 손수 간식으로 마련해오면서 교실 청소까지 도맡는 그녀의 넉넉한 마음씨는 대지의 어머니에 버금가는 노동자의 어머니상을 영기 가슴속에 불러일으켰다.

진보적이라고 알려진 교회의 별채 지하실이 야학교실이었다. 야학의 성격은 좀 모호했다. 검정고시 야학이냐 하면 그것도 아니었고 현실인식을 기르는 사회과목과 한자와 노동자 수기, 작품을 읽히는 국어과목 그리고 풍물이나 노래를 배우는 특활시간으로 짜인 어정쩡한 생활야학 수준이었다. 물론 현구형은 그중에서 규옥과 성원철강 제련과 소속인 경호를 따로 빼내 다른 현장지도조직과 연대해 별도의 노동야학을 이중으로 꾸리고 있었다. 한자 수업을 맡았던 영기로서는 자신을 노동야학팀에서 뺀 현구형이 야속하고 김도 빠져 육 개월 과정인 한 학기를 마치자 야학을 그만두었다.

그게 영기의 알량한 운동 경력으로서는 실질적으로 끝이나 다름없었다. 학교에 돌아와봤지만 그가 할 일은 없었다. 계숙은 대학원 준비를 하는 듯 무척 바쁘게 보였다. 그러나 영기처럼 어영부영하지는 않았다. 세미나로 단련된 계숙의 논리에 부담을 느낀 영기는 점점 그녀와도 멀어지지 않을 수 없었다. 그러다가 이학기 때 가두시위의 주동을 덜컥 맡았던 것은 차라리 오기에 가까운 거였고, 따라서 애꿎은 후배 준모를 집행유예로 몇 달간 고생케 하는 엉뚱한 결과를 빚어 영기로 하여금 군대로 도피케 만든 계기가 되었을 뿐이었다.

영기는 군대에서의 첫 휴가가 아버지의 죽음으로 인해 그처럼 얼룩질 줄은 몰랐었다. 아버지가 죽음을 맞기 전까지 이태 동안은 사실 집안이 모처럼의 화목을 누린 시기이기도 했다. 맘을 잡은 듯이 보이는 아버지는 그 좋아하는 술도 끊고 동네 사람들과 어울려 고철이나 탄피를 줍는 일도 서슴없이 다녔다. 아버지의 죽음은 사격장 근처의 군사통제구역 안에서 이루어졌다. 지나친 욕심에 통제선을 넘어 들어가 흩어진 누런 탄피를 줍느라 정신이 없어 지뢰밭에 들어선 줄도 몰랐다. 아버지의 무덤은 없었다. 이 산하에 바람이 불면 부는 대로 비가 오면 오는 대로 휩쓸려다닐 뿐이었다. 그 암담한 재앙은 가까운 이의 죽음이 보통 곁에 남은 자에게 문득 수수께끼처럼 속삭여주곤 하는 아무런 말도 영기에게 남겨주지 않았다. 그냥 사라져가는 것이었다. 그래서 영기의 눈엔 처음부터 눈물도 없었다. 서러운 건 바로 자기 자신이었다.

어렵사리 연락이 닿아서 만난 현구형은 정치조직에 뜻이 많은 모양이었다. 맨 그 얘기뿐이었다. 노동자계급을 위한 대중적 정치조직이 필요할 때다! 하지만 그런 건 가짜 일병 계급장을 단 영기의 관심사가 아니었다.

형, 규옥씨는 어떻게 됐어요?

임광어패럴에서 민주노조 결성을 주도하다 해고를 당해서 지금 농성투쟁중인데 어려워. 아마 곧 구사대하고 경찰이 들이닥쳐서 깨지고 난 뒤 구속될지도 몰라…… 깨지면서 되살아나는 게지.

규옥으로부터 현구형이 실종됐다는 소식을 들었을 때 영기는 학교 졸업을 완전히 포기한 채 과 동기가 차린 자그마한 속셈학원에서 강사로 일하고 있었다. 일 년쯤 지나 뒤따라 제대를 한 완호에게 사진을 배우며 시간이 날 때마다 사진기를 들고 해돋이나 해넘이, 기암 절벽이나 고사목 지대 같은 찍을거리를 찾아 전국 이곳저곳을 기웃거리며 아마추어 사진사 티를 내던 시기였다.

여, 여보세요…… 흑.

전화를 걸어온 여자의 떨리는 목소리 끝에 끈적한 흐느낌 소리가 달라붙어 있었다.

아, 예 여보세요?

영기씨, 저 규옥이에요.

아, 규옥씨 오랜만이네요? 제가 두 분 오류동에 살림방 내실 때 하이타이 들고 찾아가 봤으니 이거 뭐 거진 일 년이 다 돼가는 모양이네요. 별일 없으시죠?

흑…… 도와주세요 영기씨. 저 지금 완전히 혼자예요.

아니, 무슨 일이신데요?

현구씨가 없어졌어요. 수소문을 해봤지만 요 며칠 사이에 아무도 만난 사람이 없대요. 사람이 증발해버린 거예요.

정확히 며칠인데요?

내가 편집실에 나가던 날이니깐 수요일이고 오늘이 그러니깐…… 사흘짼가봐요.

규옥은 노동운동단체 사무실에서 기관지 편집일을 비상근으로 도와주고 있었다. 영기는 처음 현구형의 실종 소식을 들었을 때 시국사건이 아닐까 의심했다. 공안기관에서 길을 가는 사람 입을 틀어막은 뒤 쥐도 새도 모르게 납치해 고문을 하며 사건을 하나 만드는 것쯤은 식은 죽 먹기가 아닐까 싶었던 것이다.

아, 알았어요. 거기가 어디죠?

집이에요.

기다리세요. 택시 잡고 바로 달려갈 테니.

그러나 시국사건일 가능성은 규옥 자신이 부인하고 나왔다.

현구형한테서는 아마 얻을 게 거의 없을 거예요. 그건 그들이 누구보다도 잘 알고 있는 사실이니까요.

일단 경찰에 단순 가출신고를 내놓았다.

아주머니 바가지 긁었죠?

예……?

그렇잖으면 아저씨가 왜 집을 나가요? 여기 인적사항이랑 신체적 특징 그리고 가출 당시의 옷차림 같은 거 빠짐없이 적으세요.

아무튼 무슨 연락이라도 닿으면 저희한테 바로 알려주세요 아저씨.

그럭 허슈 뭐. 하지만 별일이 없다면 아마 사나흘 뒤면 면도를 못해서 덥수룩한 수염에 슬리퍼 질질 끌며 돌아올 테니 두고 보슈. 이런 건 사건도 아녜요. 하이고 말도 마시라니깐두.

그후 달포간 영기는 규옥을 위해 발 벗고 나서서 뛰어주었다. 규옥의 주변에 그럴 만한 사람이 없었기 때문이었다. 영기는 스스로도 현구형의 실종이 시국과는 관계가 없을 것이라는 짐작을 품고 있었지만 주위의 눈길을 끌기 위해서 일부러라도 시국성이 있는 것처럼 몰고가는 게 유리하다는 판단을 했다. 이런 사건은 자꾸 떠들어야 뭔가 매달릴 만한 지푸라기라도 떠오르는 법이었다. 그리고 형의 전력으로 보아 문제를 제기하는 일은 그닥 어려운 일이 아닐 거라는 생각이 들었다. 그러나 그 생각은 완전한 오판이었다.

실종 당일 집을 나설 때 일찍 들어오느냐는 규옥의 물음에 구두주걱을 건네주며 지나가는 어투로 던진 말을 실마리 삼아 약속이 돼 있던 사람을 찾아낼 수 있었다. 수도권 지역을 총괄하는 재야단체의 중앙상임위원급 간부였다.

뭐요? 시국사건화하자구요?

그는 영기의 말을 듣자마자 소리부터 버럭 내질렀다. 그는 뜻밖에 당장이라도 영기에게 멱살잡이라도 해올 만큼 험악한 인상을 지었다.

이 사람이 지금 정신이 있이 떠드는 거요, 없이 떠드는 거요?

아니, 왜 이러십니까? 같이 운동을 했다는 사람이 살았는지 죽었는지 생사를 모르는 판국에 그 정도도 봐주지 못한다 이겁니까?

동지? 헐헐헐.

그는 김 빠진 웃음을 지으며 한심하다는 듯 영기의 얼굴을 빤히 쳐다보았다.

이것 보쇼, 형씨. 우리가 정현구를 만나려고 한 그 자리가 어떤 성격의 자린 줄이나 알고 그러는 거요? 하긴 안다면 이렇게 능청을 피우며 나올 순 없겠지만. 그 자린 바로 우리가 정현구라는 인간이 정말 프락치 짓을 했나 안 했나 무릎맞춤을 해서 결정적인 진술을 받아내고, 또 가능하면 양심선언을 유도해서 최소한 인간적인 파탄만큼은 막아보려고 배려를 한 자리였단 말이오. 알겠소? 가출을 했는지 아니면 저쪽 애들이 보호를 하고 있는지 알지도 못하면서 무슨 시국사건이라고……

아니 무슨 말을 그렇게 심하게……

이해가 안 가면 내가 보충설명을 해드리리라. 그 동안 우리 조직의 일급 비밀들이 숱하게 저쪽으로 솔솔 빠져나갔는데 자체 점검을 아무리 해봐도 조직내에 프락치, 그것도 최소한 중앙위원급으로 여겨지는 작자가 심어져 있다는 심증을 굳히게 됐다 이거요. 한적한 시골 같은 데서 은밀히 중앙위원 연석회의가 열려서 결정사항이 나오면 다음날 돌아오자마자 이미 저들이 그 문건을 훤하게 꿰뚫고 있곤 했으니 나 참. 사람 피해는 또 얼마나 됐는지. 하지만 사안이 사안인지라 사람을 함부로 의심할 수도 없고 해서 아예 프락치진상특위를 꾸려서 한 사람, 한 사람 정밀 내사를 벌인 결과 두 사람으로 압축이 돼서 하는 수 없이 우리도 다가오는 팔월투쟁 지침에 대한 가짜 문건을 만들어 두 사람 앞으로 은밀히 돌린 다음 이십사 시간 맨투맨 추적을 했시다.

그런데요…… 정현구씨가 프락치로 밝혀진 겁니까?

나머지 한 사람은 혐의를 벗었시다.

어떻게요?

그 문건이란 게 딴 것이 아니고, 이번 광복절을 맞이하는 우리의 통일투쟁 지침을 각기 달리 담고 있는 거였어요. 하나는 학생운동 및 해외 통일세력과 연대해서 현 정부를 고립시키는 적극적인 투쟁방안이었고 또다른 것은 비교적 온건하달 수 있는 방법인데 말하자면 인간

통일띠 잇기 같은 행사 위주로 중간층과 시민단체의 동참을 이끌어 내 실질적인 통일 분위기 조성에 나서자는 온건투쟁 내용이 주된 것이었고. 그런데 이곳 대공담당인 박 전무한테서 바로 확인이 되더구만. 이번 팔일오는 재야단체가 대학생들과 거리를 두겠다니 좀 편히 지내겠구먼 하는 말이었는데, 말하자면 온건론을 편 문건이 그쪽에 전달됐다는 얘기 아니오?

저쪽의 역공작일 가능성에 대해선 알아보지 않았습니까?

정현구가 박 전무라는 사람을 몇 번 만나는 장면을 봤다는 사람의 진술도 우린 이미 확보하고 있고 하니깐 누명일 가능성은 크게 줄었다는 게 우리의 판단이오.

만나는 것 자체야 얼마든지……

정 위원도 이미 자신이 의심받고 있는 기미를 충분히 눈치챘을 텐데 적극적으로 나와서 해명은 않고 꼬리나 감추는 마당에 우리더러 어떻게 좋은 방향으로 생각하란 말이오?

……!

(『실천문학』 1996년 겨울호~1997년 봄호, 미완성 장편)

■ 해설

소진(消盡)의 미학

손정수(문학평론가)

1. 변두리 콤플렉스

미아리고개 넘어 정릉 천변의 산동네, 길음동. 한 청년이 재개발이 한창인 산등성이를 옆에 끼고 멀리 우뚝 솟아 있는 고층 아파트들을 바라보며 좁은 골목길을 오르고 있다. 낯선 풍경에 당황하며 구불구불 얽히고 설킨 골목길을 올라가던 청년은 골목에 서 있는 한 소년과 마주친다. 해진 러닝셔츠에 반바지 차림의 소년이 겁먹은 표정으로 빤히 청년을 쳐다보고 있다. 청년 또한 어딘지 모르게 낯설지 않은 소년의 인상에 순간 걸음을 멈춘다. 얼핏 종이처럼 얇은 기억이 청년의 뇌리를 스친다. 그 순간 청년 주위의 풍경들이 갑자기 흑백의 장면들로 빠르게 바뀌기 시작하고, 소년이 사라진 그 자리에서 풍경 속에 웅크리고 있던 회색의 유령들이 일제히 자리를 털고 일어서기 시작한다.

회색의 유령을 만나고 온 날이면 청년은 자신의 머릿속에 있는 기억을 다시 바로잡아야만 했다. 회색의 귀신이 쥐어준 펜으로 쓴 이 새로운 기억의 서사에는 기억하고 싶지 않은 기억들만 집요하게 씌어져 있다. 앞으로 한 발짝 디뎠다 싶을 때마다 발목을 잡고는 놓아주지 않던 그 기억들. 그 기억의 풍경 속에는 항상 변두리 길음동 산동네와 장석조네 집 마당이 놓여 있었다. 그곳은 기억의 원풍경이라는 점에서는 어쩔 수 없이 추상화의 일종이었지만, 그럼에도 불구하고 그 기억에 시간과 공간의 형식을 부여해준다는 점에서는 그 무엇보다도 확실한 구상화였다. 명문대 영문과 졸업의 학력과 기자 경력과 그리고 지금의 서른세 평 아파트와는 도무지 어울리지 않을 것처럼 보이는 그 풍경이 알 수 없게 그의 마음을 편하게 해주는 것이었다. 오히려 도무지 화해할 수 없는 것처럼 보이는 현실과 기억의 풍경 사이의 거리야말로 청년이 감당하기에는 벅찬 것이었다. 그것은 청년이 그 풍경의 주위를 서성거리며 때로는 옛집 마당을 하릴없이 기웃거리곤 하는 이유이기도 했다.

나는 나를 둘러싼 세계가 너무도 낯설게 느껴졌다. 내가 짐작하고 또 생각하는 세계하고 실제 세계 사이에는 이렇듯 머나먼 거리가 놓여 있었던 것이다. 그 거리감은 사실 이 세계는 나와는 상관없이 돌아간다는 깨달음, 그러므로 나는 결코 주변으로 둘러싸인 중심이 아니라는 아슴프레한 깨달음에 속한 것이었다. 더이상 나를 상대하지도 혼내지도 않는 세계가 너무도 괴물스럽고 슬퍼서 싱거운 눈물이라도 흘려야 직성이 풀릴 듯했다. 하긴 눈물 서너 방울쯤 짜내는 것은 일도 아니었으니까. 난 시래기 줄기가 매달린 처마 밑에 서서 몇 방울 떨구며 소리 없이 울었다.(「눈사람 속의 검은 항아리」, 312쪽)

어쩌면 그때부터인지 모른다. '나'가 자꾸만 세계를 낯선 것으로 느낄 수밖에 없었던 출발점은. 아니, 현재의 자신을 사로잡고 있는 어떤 의식이 그때의 기억을 자꾸만 그런 식으로 새롭게 구성하고 있는 것일지도 모른다. 혹은 기억 속의 그 체험과 현재 속의 의식이 서로를 일깨우며 키워가고 있는 것이었는지도 모른다.

기억 속의 체험과 현재 속의 의식을 이어주는 매개는 곧 "나는 결코 주변으로 둘러싸인 중심이 아니라는 아슴프레한 깨달음"이다. 아무도 '나'를 상대하지도 혼내지도 않았다는 것, 요컨대 아무도 '나'에게 삶의 원칙(세계관)을 가르쳐주지 않았다는 것. 가령 '나'의 아버지는 어떠했던가. "테제도 그렇다고 안티테제도 아니었다."(「개흘레꾼」, 『고아떤 뺑덕어멈』, 솔, 1995, 44쪽) 「개흘레꾼」에서의 '나'에게 아버지는 명숙의 아버지처럼 사회주의 경력을 지닌 인물도 아니고, 석주 형의 아버지처럼 여당의 거물 정치인도 아닌, 다만 '개흘레꾼'이었다. 이렇게 보면 "아비는 개흘레꾼이었다"는 명제는 이처럼 변두리에 속한 '나'가 가질 수밖에 없었던 의식을 극단적으로 표현하는 일종의 자학적 메타포가 아닐 것인가. 가난이라는 사실 그 자체보다도 더욱더 깊이 '나'를 절망케 하고 더욱더 끈질기게 '나'를 괴롭혔던 것은 바로 이 의식 혹은 콤플렉스가 아니었겠는가. 김소진 소설의 바탕에 '아버지'로 표상되는 핏빛의 밑그림이 자주 어른거리는 것, 하지만 (어쩌면 당연하게도) 그것이 '아버지'와의 싸움이면서 보다 본질적으로는 그 자신에게 할당된 운명과의 힘겨운 싸움이었다고 말할 수 있는 것 또한 이와 관련된다.

이 변두리 의식은 중심으로부터 벗어나 있다는 점에서 주변성의 일반적 특성을 공유하지만, 그럼에도 불구하고 고향 상실 의식이나 유목민 의식과는 구별되는 그것만의 특수성을 지닌다. 이 의식은 하숙방이나 자취방에서 상상 속의 고향의 정경을 떠올리며 한순간이나

마 그 품속에 아늑하게 안길 수 있는 것과는 다른 차원에 놓여 있기 때문이다. 말하자면 이 경우에는 버스 토큰 한두 개면 가 닿을 수 있는 집이 있으며 따라서 그것은 기억으로 위장한 상상이 아니라 매일같이 겪고 확인해야만 하는 구체적인 현실일 수밖에 없기 때문이다. 그런 의미에서 보자면 본질적으로는 낭만주의적 포즈와도 거리가 먼 일종의 짓눌린 현실주의에 속하지 않을 수 없다. 넓게 보자면 "뼛골 빠지게 일해서 등록금 대주는 부모님과 운동의 당위성 틈새에서 고민"(「혁명기념일」, 『고아떤 뻥덕어멈』, 149쪽)해야 했던 의식 또한 이 영역에 속하는 것이 아닐까. 중심과 주변을 매일같이 왕복해야만 하는 이러한 의식 속에서는 이념 선택을 둘러싼 문제 또한 결국 존재 확인의 문제로 귀착되고 만다.

이렇게 본다면 변두리 콤플렉스란 애초에 부여된 밑그림대로 삶을 살 수 없었던, 그 연필 자국 위에 끊임없이 짙은 색으로 덧칠을 하며 살아올 수밖에 없었던, 그 덧칠에도 불구하고 더욱 선명하게 연필 자국이 돋을새김되어 있는 자기 삶의 어두운 밑그림을 확인할 수밖에 없었던 어떤 운명에 붙여진 이름이 아니겠는가. 그리고 그것은 글쓰기 의식의 유력한 근거 가운데 하나가 아니겠는가.

2. 기억의 소진

1990년대 이전 소설에서 과거의 기억은 현재와 마주하는 의식의 일종으로 존재하고 있다. 그러하기에 그 기억은 사회적이자 역사적인 것이 아닐 수 없다. 그리고 그런 의미에서 본질적으로 그 기억은 현재의 이데올로기에 의해 구성된 산물일 터이다.

1990년대 이후의 기억의 서사는 그 이전의 기억의 서사와는 다소 성격이 다르다고 할 수 있다. 이 새로운 형태의 기억의 서사는, 현재의 변화에 대해 합리적인 설명을 부여할 수 없게 된 상황과 그러한 상황을 초래한 보다 더 근본적인 힘의 발견에 대응되기 때문이다. 그렇기 때문에 이 기억의 서사는 이전 시기의 공적이자 역사적인 존재로서의 주체보다 사적이자 실존적인 주체에 더욱 밀착되어 있다. 김소진이 초기의 지식인 성향의 소설 경향으로부터 벗어나 기억의 서사로 침잠하게 되는 계기 또한 1990년대 이후 수많은 유년 시절의 성장담을 쏟아낸 이 커다란 흐름 속에서 발견할 수 있지 않을까.

현재와 단절된 그 기억의 풍경 속에 현실의 변화 속도가 감히 손을 미치지 못하는 황금의 시간들이 놓여 있다. 순금처럼 단단하고도 아름답게 굳어 있는 시간들을 불러내어 현실의 변화에 맞설 수 있다는 것, 바로 이것이 기억의 서사가 갖는 의미에 다름아닐 터이다. 그 기억의 서사 속의 시간들은 현재에 의해 오염되지 않았기에 더욱 찬란하게 빛날 수 있다. "그들 때문에 내가 받았을 괴로움 같은 건 도무지 떠오르지 않고 왠지 애틋하고 끈끈했던 기억만 몇 토막씩 머릿속에 환하게 켜지곤"(「밥풀때기가 살고 있었네」, 『아버지의 미소』, 솔, 1998, 16쪽) 하는 것, 그리고 김소진 소설의 한 축을 이루는 아버지 서사의 결말이 화해로 마무리될 수 있었던 것 또한 이러한 맥락에서 설명될 수 있다.

> 흔적 없이 무너져내린 집터에서 벽돌을 엉덩이 밑에 깔거나 듬성듬성 속이 터진 비닐 소파에 뭉개고 앉아 벽돌 위에 프라이팬을 걸고 낮술을 마시는 광경이 전혀 어색하지 않고 오히려 잘 어울릴 지경이었다. 폐허와 술! 그 광경을 보지 못한 사람은 아마 어떤 허무적인 정조를 떠올릴지 모르나 그것은 야릇하게도 정반대의 느낌을 띠었다. 묘한 활력이라고나 할까.(「눈사람 속의 검은 항아리」, 302쪽)

폐허 속에서 추레한 사람들이 낮술을 마시는 광경을 바라보는 '나'가 그곳에서 허무적 정조 대신 묘한 활력을 느끼는 것은 실상 '나'의 말처럼 이 광경을 직접 보았는가 혹은 보지 못했는가에 달려 있지 않다. 그것은 오히려 '나'의 정체성을 이루고 있는 한 요소를 '나'의 외부에서 확인하는 데서 오는, 타자가 아닌 동일자의 발견에서 말미암은 느낌이기 때문이다. 만일 '나'의 의식과 체험 속에 익숙하게 자리하고 있던 광경이 아니었다면, 비일상적인 그와 같은 광경은 낯설고 불편한 타자로서 인식되었을 수도 있었을 것이다. 바로 이 지점에 기억의 나르시시즘이 작동하고 있다. 실상 기억이란 동일자 속의 '나'를 확인하는 것에 다름아니기 때문이다.

김소진의 후기작에서 드러나는 뚜렷한 특징 가운데 하나는, 이러한 기억의 자명성, 혹은 나르시시즘적 성격에 대한 반성적 의식이 개입하고 있다는 점이다.

> 그런데 어쩌면 이것은 허구적인 기억에 불과한지도 모른다. 얼마간 깜빡 잊고 있다가 언제부턴가 다시 그 기억의 뿌리를 더듬게 된 나는 그것이 착각일지도 모른다는 생각이 자꾸 들었다. 그러나 분명한 것은 그것이 실제에 근거한 기억이든 아니면 한갓 착각이든 간에 이미 상처가 됐다는 사실이었다.(「벌레는 단 과육 속에 깃들인다」, 177쪽)

그 기억이 허구이든 착각이든 상관없으리라. 분명한 것은 그것이 실제에 근거한 기억이든 아니면 한갓 착각이든 이미 상처로 의식 속에 자리잡고 있다는 사실이기 때문이다. 기억 속에 자리잡은 상처는 단 과육에 든 벌레처럼 그 삶의 의미를 역설적으로 입증해주는 것인지도 모른다. 이와 같은 성숙한 시선은 기억의 자동적인 작동 방식에 대한 문제 제기를 가능케 하고 있지만, 그럼에도 불구하고 기억 그 자체와의 정면대결이라기보다 일종의 아포리즘을 통한 초월에 해당되기에 기억의 서사로부터 벗어나 현실로 시선을 전환시킬 수 있는 가능성을 스스로 차단하고 있다. 비록 상처로 얼룩진 기억이라 해도 그것은 어쨌거나 감싸안을 수밖에 없는 탕자와도 같다.

어쨌든 기억의 자명성에 문제를 제기하기 시작하는 것에 대응하여 김소진의 후기작들은 전체적으로 보아 다양한 현실의 단면과 그 속에 놓인 개성적 인물들을 형상화하는 경향으로 나아가고 있는바, 「갈매나무를 찾아서」 「쐬주」 「건널목에서」 「지붕 위의 남자 1」 「신풍근 배커리 略史」 「울프강의 세월」 등의 소설들이 이를 입증하고 있다. 이들 소설에도 작가의 체험의 편린들이 박혀 있지만, 그럼에도 불구하고 이전의 자전적인 고백 혹은 자기 운명과의 싸움과는 거리가 있다.

후기작들에서 특히 김소진이 지속적으로 관심을 기울였던 것은 "꽃 같은 이십대의 십 년을 고스란히 나 아닌 어떤 허상에 바쳤"(「울프강의 세월」, 234쪽)던 시대와 그 속의 군상들의 형상화이다. 그 허상의 시대 이후에 남겨진 인물들을 애정 어린 시선으로 바라보면서도 그것을 일방적으로 낭만화하지 않고 현실의 일부로 바라보고자 하는 여러 방식의 균형 잡힌 시도들이 「갈매나무를 찾아서」 「지붕 위의 남자 1」 「울프강의 세월」 등의 작품에 담겨져 있다. 여전히 지난 시대가 파놓은 함정에 빠져 허우적대는 「갈매나무를 찾아서」의 두현이나 우스꽝스럽게 전락해가는 「울프강의 세월」의 가짜 대학생 강선태가 허상으로 남은 앞선 시대에 대한 반성의 계기를 내포하고 있다면, 「지붕 위의 남자」에서 운동권 출신으로 정계 진출에 성공한 달원이 형이나 약사 아내에게 얹혀사는 무기력한 '나', 혹은 지참금을 써서라도 시간강사 자리를 청산하고자 하는 「울프강의 세월」의 '나'는 전망 없이 초라하기만 한 현실의 자화상을 그려 보이고 있다.

그럼에도 불구하고 이들 현실에 대한 서사에는 삶의 원체험의 기억이 제공했던 시선의 밀도를 대신할 만한 그 무엇이 요구되지 않을 수 없다. 「갈매나무를 찾아서」의 수칼매나무는 아름다운 상징이긴 하나 초월적 이미지에 그쳐 있고, 「지붕 위의 남자 1」의 벙어리 아가씨와 지붕 위의 남자의 결합은 순수하기는 하나 필연적인 근거를 갖추고 있다고 보기 힘들기 때문이다.

작가 김소진이 마지막으로 발표한 단편 「눈사람 속의 검은 항아리」에서 '나'가 다시 그 산동네 속으로 들어가고 있는 사실은 이런 점에서 볼 때 의미심장한 바가 있다. 「눈사람 속의 검은 항아리」에서 '나'는 다시 길음동의 산동네 사이의 골목을 걷고 있다. 하지만 이번 경우에는 의식 속에서 기억을 통해 접근하는 것이 아니라, 변화해버린 그 골목골목을 실제로 답사하고 있다는 점에서 이전의 방식과는 결정적으로 차원을 달리 한다. 곧 셋집에 보일러 수리비 삼만원을 전한다는 명목으로 '나'가 직접 경의선 기차를 타고 나와 신촌에서 미아리행 버스에 몸을 싣고 그곳을 찾아가고 있는 것이다.

그곳에서 '나'가 발견한 것은 무엇인가. 우선 산동네는 재개발로 인해 폐허 비슷하게 되어 있는 반면, 그곳의 주민들은 재개발 경기에 대한 기대로 활력에 차 있다. 몸이 골골한데다 직장도 없이 장가도 들지 못했던 창이 형은 연립주택 반지하방에 살림을 차려놓고 재개발 조합 사무실에서 일하는 어엿한 생활인으로 자리잡았다. 여러 남정네들을 요정냈다는 풍문의 주인공 국희는 창이 형의 아내가 되어 있다. 그런가 하면 아홉 가구가 모여 비벼대며 살아가던 장석조네 사람들의 삶의 공간이자 '나'의 기억의 무대인 기찻집은 이미 사라지고 없다.

그렇다면 '나'는 어떠한가. '나'에게 산동네의 기억은 과거와 현재 사이의 간극을 메울 수 있는 장치로서 존재하고 있다. 그리고 산동네의 풍경들은 그 과거의 기억이 현실로서 존재함을 보증하고 있는 기억의 육체이다. 산동네의 풍경이 기억이자 동시에 현실인 것 또한 이 때문이다. 그러하기에 '나'는 줄기차게 그 기억들을 소재로 소설을 써오지 않았던가.

> 하지만 여태껏 나를 지탱해왔던 기억, 그 기억을 지탱해온 육체인 이 산동네가 사라진다는 것이 아니겠는가, 나를 이렇게 감상적으로 만드는 게. 이 동네가 포크레인의 날카로운 삽질에 깎여가면 내 허약한 기억도 송두리째 퍼내어질 것이다. 그런데 나는 기껏 똥을 눌 뿐인데…… 그것밖에 할 일이 없는데……(「눈사람 속의 검은 항아리」, 315쪽)

그런데 지금 산동네가 사라진다는 것, 그것은 기억이 허구임을 증명하는 셈일 테고 나아가 아직 다른 차원으로 정립되지 못한 '나'의 존재의 한 축을 허무는 것에 해당된다. '나'가 떠올릴 수 있는 기억이 눈사람 속에 들어 있던 깨진 검은 항아리밖에 없는 것은 이 때문이다. 아버지도, 어머니도, 장석조네 사람들도 아닌 단지 그 사건. 그것은 곧 기억의 글쓰기의 막다른 골목이기도 하다. 그리고 그것은 「눈사람 속의 검은 항아리」가 기억의 글쓰기의 최종 지점일 수밖에 없다는 사실을 말해주는 것이기도 하다.

3. 기억으로부터 벗어나기

기억의 서사로부터 벗어나 현실과 마주하고자 하는 경향을 1990년대 후반 우리 소설의 커다란 흐름이라고 말할 수 있다면, 앞서 살펴본 바와 같이 김소진의 후기작들 또한 이러한 경향에 대응시켜볼 수 있을 것이다. 다만 거침없이 새로운 경향으로 달려나가는 소설계의 중심과는 달리, 김소진은 미련 섞인 시선으로 뒤를 돌아다보며 머뭇거리는 발걸음으로 천천히 옮겨간 점이 차이라면 차이라고 할 수 있을 터이다.

김소진이 발표한 마지막 작품이자 미완의 소설 「동물원」은 전작 「경복여관에서 꿈꾸기」와 유사한 모티프로 되어 있지만, 전작과는 달리 비교적 큰 스케일로 본격적인 장편을 시도하고 있다는 점에서 이채롭다. 82학번 주인공 백영기와 그의 동기 인계숙의 만남을 중심에 두고, 노동운동가 정현기와 여성노동자 염홍미가 각각 서사의 한 축을 이루는 이 소설은 김소진 소설세계에서 보기 드물게 등장인물들의 관념적인 대화로 채워진 작품이다. 여기에서 관념적인 대화의 화두는 다름아닌 '기억'이다. '기억'이라면 그가 그 이전부터 줄기차게 다루어온 주제가 아니겠는가. 하지만 이 경우에는 기억의 내용이 아니라 기억이라는 대상 그 자체이다. 관념적으로 흐르게 되는 것 또한 이와 무관하지 않다.

> 전 기억에 대해서 말씀드리고 싶었을 뿐입니다. 인간의 연약한 뇌세포 사슬에 간신히 이슬처럼 매달려 있다 대부분 흔적도 없이 사라지기 일쑤인 기억에 대해서 말입니다. 하지만 이 기억이 무너지고 나면 우리 삶이란 아무런 흔적도 찾을 수 없고 따라서 온전히 존재할 수도 없다는 게 제 생각이죠.
>
> 그럴까요? 무척 관념적인 듯한데……(「동물원」, 378쪽)

'기억'에 대해 이야기한다는 것, "뇌세포 사슬에 간신히 이슬처럼 매달려 있다 대부분 흔적도 없이 사라지기 일쑤인 기억"에 대해서 말한다는 것, 이것이 바로 「동물원」의 주제이다. 이것은 다른 말로 하자면, 작가가 깊숙이 빠져 있던 기억의 서사에 대해 반성하고 자각한다는 의미에 다름아니다.

소설 속에서 주인공 영기가 대학 동기 인계숙이라고 확신하는 여인이 전혀 처음 보는 인물인 듯 행동하는 일 자체가 이미 기억의 교란을 야기하고 있다. 이 소설에서 주인공 백영기가 사진사라는 설정 또한 기억이라는 화두를 위해 선택된 것이라고 할 수 있다. 둘 사이의 대화의 화두가 '기억'이 될 수밖에 없는 필연적인 이유 또한 이곳에서 찾을 수 있다. 기억의 존재 방식에 대한 문제 제기는 영기의 대화 상대자인 여인에 의해 촉발된다.

기억이란 사람의 흐물흐물한 두뇌를 거쳐 오랜 세월의 풍화작용에 바래다 못해 원래 모습과는 다르게 변형되질 않나요? 그러고서도 기껏 살아남은 기억이란 굳어질 대로 굳어진 의식의 거미줄에 갇힌 나비의 사체처럼 남루한 것이 아닐까요? 원래 그대로 기억의 원형을 고스란히 간직하려는 시도란 마치 어린애 손장난으로 쌓은 허술한 모래성으로 거대한 밀물을 막겠다는 발상에 그치는 것 아닐까요?(「동물원」, 379쪽)

기억은 시간의 풍화작용 속에서 변형된 남루한 허구에 불과하다는 것이 여인의 기억에 대한 비판의 요지라면, 이에 대한 영기의 반론은 무엇인가. 그것은 기억이 곧 삶이라는 것, 기억이 삶의 존재 방식 자체라는 것이다. 어떻게 이러한 등식이 작가에게 가능한 것일까. 다음의 인용 대목이 그 실마리를 담고 있어 흥미롭게 읽힌다.

그런데 나중에 가만히 생각해보니 전 그때까지 한 번도 당나귀 울음소리를 들어본 적이 없다는 걸 았았어요. 하지만 분명히 그때 그 울음

소리를 들었던 확신에는 변함이 없고…… 그 울음소리를 빼면 그때의 그 장면은 주춧돌을 들어낸 집처럼 폐허더미가 되는 걸 어떡합니까? 기억이 기억을 생산한다는 제 생각은 여기서 비롯합니다. 이런 기억 앞에서 아무리 세밀한 사진이라 할지라도 어떻게 배겨낼까요? 어떻게 초라해지지 않을 수 있을까요?

(……)

그렇다면 저도 기억에 대해서 한마디쯤 해야 될 것 같은데 그렇게 되면 서로 기억을 주제 삼아서 한바탕 겨루는 셈이 되는 건가요? 호호호.(「동물원」, 384쪽)

기억이 살아남기 위해서는 부단히 반복적인 자극이 가해져야만 한다. 그것은 곧 "기억을 기억하는 행위"(「동물원」, 383쪽)에 다름아니다. 한 번도 들어보지 못했던 당나귀 울음소리가 기억의 장면에 끼어드는 것 또한 이러한 작용에 의한 것일 터이다. 이 순간 기억은 사진으로는 결코 복원할 수 없는 차원으로 전이된다. 곧 기억은 과거의 한 순간에 머물러 있는 것이 아니라 '나'의 삶과 더불어 변화하면서 실재하는, '나'가 온전히 떠안지 않을 수 없는, '나' 자신의 일부를 이루는 '나'의 삶 그 자체인 것이다.

이에 대해 여인은 자신의 어린 시절 동물원에서 본 금빛 붕어의 환각에 시달린 기억과 그 환각으로부터 벗어나기 위해 수달을 죽였던 기억을 털어놓는다. 소녀에게 그 체험은 소녀의 의식을 한달음에 어른으로 키웠다. 그렇다면 또렷하게 머릿속에 남아 있는 그 환각은, 한 인간의 성장에서 결정적인 계기로 작용했던 그 환각은 무엇인가. 어떠한 실재보다도 강력하게 한 인간의 삶을 뒤흔든 세계 그 자체의 형상이 아니겠는가.

객관적으로 존재하는 물질로서의 사진과 의식 속에서 끊임없이 유동하는 기억, 그리고 의식을 한순간 다른 차원으로 전이시킨 환각이 서로의 우열을 다투는 이 "찬란한 기억의 게임"(「동물원」, 389쪽)은 작중에 나오는 단순히 관념적인 대화가 아니라, 기억의 서사에서 벗어나 현실과 마주하기 위한 방법적 장치라는 점에서 그 의미를 지닌다고 할 것이다. 말하자면 이 경우 관념성은 실험성의 표지라고 할 수 있을 것이다. 이렇게 본다면, 이 작품이 미완으로 그쳐 있다는 사실은 새삼스런 아쉬움으로 남는다. 그의 시도가 도달한 자리를 확인할 수 없는 안타까움이 그것이다.

4. 소진의 미학

기억이 소진된 자리에서 기억의 새로운 서사 방식을 찾아나서는 것이 그 한 방향이었다면, 그 다른 한 방향은 기억의 소진을 육체의 죽음에 대응시키는 방식에서 발견할 수 있다. 미완의 장편 「동물원」이 전자의 방향을 이루고 있다면, 후자의 방향은 역시 미완으로 그친 단편 「내 마음의 세렝게티」에서 찾아볼 수 있다.

「내 마음의 세렝게티」는 표면상으로 구조 조정 위기에 놓여 연수원에 모인 군상들의 위기의식을 다루고 있는 것처럼 보인다. 같은 처지에 놓여 있는 이들 사이에도 엄연히 권력관계가 작용하고 있다. 그런 의미에서 보자면, 연수원은 약육강식의 먹이사슬로 얽힌 현실 그 자체의 축도라 할 만하다. 이러한 배경을 통해 제시되고 있는 이 작품의 주제는 관찰자 시점의 서술자인 '나'의 동료 최기석의 다음과 같은 발언에 암시되어 있다.

인간의 구불구불한 창자를 통과해서 이런 똥이 되기 전에 나는 싱싱한 푸성귀였군요. 맑은 샘물이었군요. 토실토실한 살코기였군요. 넓고 푸른 바다의 깊은 곳을 마음껏 헤엄치던 지느러미를 단 생선이었군요. 투명한 공기이자 햇살이었군요. 저 온갖 욕망과 허영과 오기와 아둔함으로 가득 찬 나라는 껍데기 인간의 어둡고 탁한 터널을 통과하기 전에는 말입니다. 똥이 다시 부드러운 흙과 투명한 바람과 서로 몸을 섞고 맑은 공기를 따라 푸성귀도 되고 짐승의 살이 되듯 일평생 똥이 가득 머물다 간 집이었던 내 몸뚱어리는 스스로가 똥이 되려 합니다. 거름이 되려 합니다. 끝내 다시 태어나려는 기억도 잊으려 합니다……(「내 마음의 세렝게티」, 339쪽)

연수원 프로그램 가운데 일부인 고해의 시간에 각자의 유언장을 작성하는 과제가 주어진다. 그중 단연 두드러지는 글이 바로 '나'에게 아프리카의 제일 넓고 신성한 초원 세렝게티에 대해 이야기해주었던 동료 최기석의 것이었다. 그의 욕망은 위의 인용에서 제시된 대로, 인간 이전의 존재로 회귀하고자 하는 것이다. 그것은 곧 인간이라는 껍데기를 벗어 던지고 부드러운 흙과 투명한 바람과 맑은 공기로, 즉 자연의 일부로 되돌아가고자 하는 욕망이다. 말할 것도 없이 그 욕망은 육신의 소멸을 통해서만 비로소 성취될 수 있는 성질의 것이다.

작중 인물을 통해 표현된 이와 같은 욕망이 절실한 울림을 갖는 것은 거기에 작가 김소진의 죽음이 겹쳐져 있기 때문이다. 기억의 서사가 풍성해지는 것에 비례하여 현실이 점점 더 빈곤해지는 역설이 발견되자, 그 순간 그의 앞에는 육신의 죽음이 입을 벌리고 있다. 기억의 소진으로 인해 초라해진 현실, 그리고 그로 인해 초래된 육신의 죽음이라는 현실에 저항하는 유일한 방법은 기억하지 않기, 곧 자신을 죽음으로 내몰고 있는 세계보다 한 발 앞서 스스로를 무(無)로 규정하는 것일 터이다. 이 순간 의식은 현실로부터 벗어나 세렝게티 초원으로 향한다. 이 경우 세렝게티 초원은 현실과 관계하는 모든 기억을 소진한 자가 선택할 수 있는 마지막 도달점의 상징이 아니겠는가. 이는 미래에 대한 열정으로 충전된 유토피아적 전망이나 여전히 현실에 대한 부정의 태도를 강력하게 담고 있는 허무주의적 태도와도 분명하게 구분될 터이다. 이 경우는 중심에 대한 자의식조차 소멸한 장면이기 때문이다.

삶의 종말을 통해 기억조차도 잊겠다고 말하는 이 순간 그는 기억과의 힘겨운 싸움에서 비로소 벗어나기에 이른다. 바로 이 지점에 모든 것을 쏟아내고 동시에 그것들이 관계하고 있던 현실조차도 일시에 초월하여 투명하게 빛나는 '소진의 미학'이 놓여 있다.

■ 작가 연보

1963년 12월 3일(음), 강원도 철원군 김화읍 학사리 미상번지에서 아버지 김응수(金應壽), 어머니 김영혜(金英惠)의 이남이녀 중 막내로 태어남. 함경남도 성진이 고향인 아버지는 6·25당시 원산의 한 병원에서 서무원으로 일하다가 국군이 올라오자 우익(右翼)치안대에 가입. 순전히 원활한 배급을 위해서였는데 이 때문에 원산 대철수 때 예고 없이 원산 앞바다의 군함으로 전격 소개(疏開)되는 바람에 처자식(아버지는 북쪽에서 결혼을 한 상태였음)을 고스란히 포화(砲火)속에 남기고 옴.

1967년 군부대에서 흘러나오는 군수품 장사가 어려워지자 서울로 이사 와 미아리 산동네에 자리잡음. 서울에 첫발을 내딛던 때 김치동이를 머리에 인 어머니의 손에 이끌려 시외버스 차부에서 미아리 산동네까지 오면서 길음시장의 간판숲에 넋이 빠져 기웃거리느라 어머니를 생고생시키기도 했던 기억이 있음.

1968년 아버지가 중풍으로 쓰러졌으나 거동은 비교적 원활함. 어머니가 삯

바느질 등으로 생계를 떠맡음.

1970~75년 미아국민학교를 다님. 5학년 한때 아버지가 어미니말고 북쪽에서 결혼한 사람이 있다는 얘기를 듣고는 동네 양아치 형들 방에서 성인 만화 탐독.

1976년 추첨번호 14로 보성중학교에 입학. 중학교 2학년 겨울 방학 때 파출부로 다니던 어머니의 장기(長期)하혈이 시작됨. 요강에는 항상 불그죽죽한 개짐이 빠져 있었음. 아버지는 한 평짜리 구멍가게를 열어 매우 열성적으루 꾸려갔는데 이 구멍가게는 훗날 데뷔작 「쥐잡기」의 배경이 됐음.

1979년 서라벌고등학교 입학. 숨막히는 입시기를 보냄.

1982년 서울대학교 인문대 입학함. 『해방전후사의 인식』과 백산서당의 『경제사입문』 등을 읽고 충격을 받음. 이승만·박정희 등 그 동안 존경해왔던 인물들이 모두 반역사적이라고 기술돼 있었음. 영문과로 진입한 2학년 4·19때 첫 데모를 해봄. 그 뒤 졸업 때까지 웬만한 집회와 시위에는 거의 참여함. 하지만 갈수록 가투(街鬪)가 자신이 없어지면서 차선책으로 글쓰기를 염두에 둠. 주로 황석영·이문구·박완서 씨의 작품들을 습작 테스트로 삼음.

1983년 이산 가족 찾기 열풍이 몰아닥침. 아버지도 텔레비전 앞에서 며칠씩 밤을 새며 눈물을 흘림. 그 광경을 지켜보면서 그 동안 아버지를 경제적 무능력자로 경원시했으나 마음을 돌려 화해하기로 작정함.

1984년 영문과 학회지 『생성』에 소설 「아버지의 슈퍼마켓」 「소외」와 시 「조냉」 빌표.

1985년 아버지 돌아가심. 휴학함.

1986~87년 일 년 반 동안 방위 생활을 함. 신기철·신용철 공저 『새우리말큰사전』을 독파하며 우리말 어휘·어구·속담 등을 대학 노트에 기록·정리함. 이때 습득한 어휘와 자라면서 어머니 곁에서 들어야 했던 입심이 합쳐져 소설 문체의 중요한 밑거름이 되어줌.

1990년 직장을 두 번 옮기고 『한겨레신문』 교열부에 자리잡음.

1991년 신춘문예에 연거푸 두 번 떨어지고 난 다음, 대학 복학생 때 『대학신문』 현상문예에 응모했던 「쥐잡기」를 개작해 『경향신문』 신춘문예에 투고한 것이 당선됨. 그해 등단하여 첫 작품 「키 작은 쑥부쟁이」를 『문학사상』 5월호에 발표했는데 서점에서 갓 나온 잡지에 실린 얼굴 사진을 보고 눈물이 글썽했음. 민족문학작가회의 소설분과에 가입. 단편 「수습일기」(『현대문학』 8월호), 「열린 사회와 그 적들」(『문예중앙』 가을호) 발표.

1992년 단편 「적리(赤痢)」(『문학사상』 5월호), 「춘하 돌아오다」(『민중문예』 여름호), 「그리운 동방」(『현대소설』 여름호), 「사랑니 앓기」(『문예중앙』 가을호), 「용두각을 찾아서」(『문학과사회』 겨울호) 발표.

1993년 단편 「처용단장」(『문예중앙』 봄호), 그리고 미발표작 「임존성 가는 길」 등 열한 편의 작품을 묶어 첫 창작집 『열린 사회와 그 적들』을 솔출판사에서 펴냄(3월). 이후 단편 「가을 옷을 위한 랩소디」(『민족문학』 4·5·6월호), 「고아떤 뺑덕어멈」(『샘이깊은물』 6월호), 「지하생활자들」(『지평의문학』 창간호), 「혁명기념일」(『실천문학』 가을호), 「파애」(『세계의문학』 가을호) 발표. 『소설과사상』 겨울호에 연작 장편 『장석조네 사람들』의 연재를 시작. 6월 6일 김윤식 선생의 주례로 소설가 함정임과 결혼. 강남구 세곡동에서 신혼살림.

1994년 단편 「개흘레꾼」(『한국문학』 3·4월호), 「쌍가매」(『문학정신』 6월호), 「세월의 무늬」(『동서문학』 가을호), 「늪이 있는 마을」(『문예중앙』 가을호), 「첫눈」(『작가세계』 겨울호), 「아버지의 자리」(『리뷰』 겨울호) 발표. 교열부에서 문화부로 자리를 옮겨 국악, 클래식, 무용 등의 공연 취재를 담당. 3월 20일 아들 태형(泰亨) 태어남. 7월 일산 신도시로 이사. 한 분뿐인 형 세상을 뜸.

1995년 「파애」부터 「늪이 있는 마을」까지 아홉 편의 작품을 묶어 두번째 창작집 『고아떤 뻴덕어멈』을 솔출판사에서 펴냄(1월). 『소설과사상』에 4회 연재했던 연작 장편 『장석조네 사람들』을 고려원에서 펴냄(4월). 단편 「달개비꽃」(『현대문학』 4월호), 「문산행 기차」(『문학사상』 6월호), 「자전거 도둑」(『문예중앙』 여름호), 「원색생물학습도감」(『문학동네』 가을호) 발표. 6월, 한겨레신문사를 그만둠. 선배와 친구들이 일하는 서교동의 강출판사 한켠에 자리를 얻어 소설 노동자 생활로 본격 진입.

1996년 중편 「경복여관에서 꿈꾸기」(『오늘의 문예비평』 봄호), 단편 「마라토너」(『창작과비평』 봄호), 「길」(『문학사상』 3월호) 발표. 「첫눈」부터 「길」까지 아홉 편을 묶어 세번째 창작집 『자전거 도둑』을 강출판사에서 펴냄(3월). 『작가세계』 봄호에 전재했던 장편소설 『양파』를 세계사에서 펴냄(7월). 아들 태형이가 커서 읽어주기를 바라면서 짬짬이 써왔던 장편 창작 동화 『열한 살의 푸른바다』를 국민서관에서 펴냄(9월). 그간 매달 두세 편씩 사보의 청탁에 응해 썼던 콩트를 간추려 『바람 부는 쪽으로 가라』를 하늘연못에서 펴냄(9월). 중편 「목마른 뿌리」를 『자유공론』에 3회 분재(2·4·5월호). 단편 「갈매나무를 찾아서」 (『월간 에세이』 6월호) 발표. 이 작품을 개작하여 테마소설집 『서른 살의 강』(문학동네)에 수록(7월). 단편 「씨주」(『소설과 사상』 여름호), 「건널목에서」 (『금호문화』 9월호), 「벌레는 단 과육

속에 깃들인다」(『현대문학』 9월호), 「지붕 위의 남자」(『기업과문학』 9·10월호), 「부엌」(『시와사람』 가을호), 「울프강의 세월」(『작가』 11·12월호), 중편 「신풍근배커리 略史」(『문학과사회』 겨울호) 발표. 『실천문학』 겨울호에 장편 『동물원』의 연재를 시작. 8월, 한겨레신문사의 최인호·현이섭 선배와 함께 중국 여행길에 올라 장강을 구경. 10월, 문화의 날에 문체부가 수여하는 제4회 '오늘의 젊은 예술가상'을 수상. 서경석, 김만수, 진정석과 계간 『한국문학』 편집위원으로 참여. 가을학기부터 대전에 있는 중경공업전문대 문창과에 출강.

1997년 『실천문학』 봄호에 『동물원』 2회분 연재. 단편 「눈사람 속의 검은 항아리」(『21세기문학』 봄호) 발표. 3월 초 서교동의 한 내과의원에서 내시경으로 위염 검사를 받음. 3월 9일 고양시 화정동에 있는 서영병원에 입원. 11일 신촌 세브란스병원으로 옮김. 암종증 진단을 받음. 4월 8일 연희동 동서한방병원으로 옮김. 4월 22일(음력 3월 16일)새벽 3시 43분 같은 병원에서 눈을 감음. 4월 24일 용인 공원묘원에 묻힘.

미망인 함정임의 뜻에 따라 6월 9일(음력 5월 5일) 신촌의 봉원사에서 영가(靈駕)의 명복을 비는 천도의식(薦度儀式)인 사십구재(四十九齋)를 지냄. 이 자리에는 김성동, 김원우, 김사인, 임우기 등의 문단 선배들과 정홍수, 안찬수, 진정석, 정홍섭, 하영춘 등 오랜 지우, 그리고 가족과 친지를 비롯 평소 그의 글을 따르던 독자들이 지상에서 하늘로 길을 떠나는 그의 마지막을 지킴. 김성동 선생이 직접 붓으로 초(草)한 비문을 새긴 비석이 섬.

김소진 전집 4
신풍근배커리 약사

1판 1쇄 | 2002년 7월 23일
1판 5쇄 | 2020년 3월 17일

지은이 김소진
펴낸이 염현숙
책임편집 김현정 조연주 장한맘 손미선
마케팅 정민호 박보람 우상욱 안남영
홍보 김희숙 김상만 오혜림 지문희 우상희 김현지
제작 강신은 김동욱 임현식 | 제작처 (주)상지사P&B

펴낸곳 (주)문학동네
출판등록 1993년 10월 22일 제406-2003-000045호
주소 10881 경기도 파주시 회동길 210
전자우편 editor@munhak.com | 대표전화 031)955-8888 | 팩스 031)955-8855
문의전화 031) 955-3576(마케팅) 031) 955-8864(편집)
문학동네카페 http://cafe.naver.com/mhdn

ISBN 89-8281-550-3 04810
89-8281-546-5(세트)

* 이 도서의 국립중앙도서관 출판예정도서목록(CIP)은 서지정보유통지원시스템 홈페이지(http://seoji.nl.go.kr)와 국가자료공동목록시스템(http://www.nl.go.kr/kolisnet)에서 이용하실 수 있습니다.(CIP제어번호 : CIP2006000325)

www.munhak.com